杨冬 著

文学理论
从柏拉图到德里达

Literary Theory:
From Plato to Derrida

(第3版)

北京大学出版社
PEKING UNIVERSITY PRESS

图书在版编目(CIP)数据

文学理论：从柏拉图到德里达 / 杨冬著 . —3 版 . —北京：北京大学出版社，2015.7
ISBN 978-7-301-25802-6

Ⅰ.①文… Ⅱ.①杨… Ⅲ.①文学理论–理论研究–西方国家 Ⅳ.①I0

中国版本图书馆 CIP 数据核字(2015) 第 095985 号

书　　名	文学理论：从柏拉图到德里达（第3版）
著作责任者	杨　冬 著
责 任 编 辑	于海冰
标 准 书 号	ISBN 978-7-301-25802-6
出 版 发 行	北京大学出版社
地　　址	北京市海淀区成府路 205 号　100871
网　　址	http://www.pup.cn　新浪微博：@ 北京大学出版社 @ 阅读培文
电 子 邮 箱	编辑部 pkupw@pup.cn　总编室 zpup@pup.cn
电　　话	邮购部 62752015　发行部 62750672　编辑部 62750883
印 刷 者	三河市吉祥印务有限公司
经 销 者	新华书店
	720 毫米 ×1020 毫米　16 开本　29.25 印张　513 千字
	2009 年 3 月第 1 版　2012 年 12 月第 2 版
	2015 年 7 月第 3 版　2024 年 5 月第 3 次印刷
定　　价	58.00 元

未经许可，不得以任何方式复制或抄袭本书之部分或全部内容。
版权所有，侵权必究
举报电话：010-62752024　电子邮箱：fd@pup.cn
图书如有印装质量问题，请与出版部联系，电话：010-62756370

目 录

第一章 古希腊罗马至中世纪的文学批评 …………………………… 1
   第一节 柏拉图 ……………………………………………… 4
   第二节 亚理斯多德 ………………………………………… 11
   第三节 贺拉斯 ……………………………………………… 19
   第四节 朗吉弩斯 …………………………………………… 25
   第五节 从普罗提诺到但丁 ………………………………… 29

第二章 文艺复兴至 18 世纪的文学批评 ……………………………… 36
   第一节 文艺复兴时期的文学批评 ………………………… 39
   第二节 从布瓦洛到伏尔泰 ………………………………… 45
   第三节 卢梭与狄德罗 ……………………………………… 51
   第四节 德莱顿与蒲柏 ……………………………………… 59
   第五节 约翰逊 ……………………………………………… 64
   第六节 莱辛 ………………………………………………… 70
   第七节 歌德 ………………………………………………… 77
   第八节 席勒 ………………………………………………… 85

第三章 19 世纪前期的文学批评 ……………………………………… 91
   第一节 史雷格尔兄弟 ……………………………………… 95
   第二节 华兹华斯与柯勒律治 ……………………………… 101
   第三节 赫士列特与济慈 …………………………………… 110

第四节　雪莱 ………………………………………………… 118
　　　第五节　斯达尔夫人 …………………………………………… 125
　　　第六节　司汤达与雨果 ………………………………………… 131
　　　第七节　爱伦·坡 ……………………………………………… 138
　　　第八节　爱默生 ………………………………………………… 143
　　　第九节　黑格尔 ………………………………………………… 149
　　　第十节　别林斯基 ……………………………………………… 158

第四章　19世纪后期的文学批评 …………………………………… 167
　　　第一节　圣勃夫 ………………………………………………… 171
　　　第二节　泰纳 …………………………………………………… 178
　　　第三节　波德莱尔 ……………………………………………… 185
　　　第四节　朗松 …………………………………………………… 192
　　　第五节　马修·阿诺德 ………………………………………… 198
　　　第六节　佩特与王尔德 ………………………………………… 206
　　　第七节　车尔尼雪夫斯基与杜勃罗留波夫 …………………… 213
　　　第八节　托尔斯泰 ……………………………………………… 221
　　　第九节　尼采 …………………………………………………… 228
　　　第十节　勃兰兑斯 ……………………………………………… 237

第五章　20世纪前期的文学批评 …………………………………… 246
　　　第一节　托·斯·艾略特 ……………………………………… 250
　　　第二节　艾·阿·理查兹 ……………………………………… 259
　　　第三节　弗·雷·利维斯 ……………………………………… 265
　　　第四节　欧文·白璧德 ………………………………………… 273
　　　第五节　美国新批评派 ………………………………………… 280
　　　第六节　克罗齐 ………………………………………………… 293
　　　第七节　弗洛伊德 ……………………………………………… 300
　　　第八节　卢卡契 ………………………………………………… 307
　　　第九节　本雅明 ………………………………………………… 314
　　　第十节　普鲁斯特与瓦莱里 …………………………………… 321

　　　　第十一节　萨特 ………………………………………… 329

　　　　第十二节　俄国形式主义 ……………………………… 337

第六章　20世纪后期的文学批评 …………………………… 346

　　　　第一节　雷纳·韦勒克 ………………………………… 350

　　　　第二节　诺思罗普·弗莱 ……………………………… 358

　　　　第三节　韦恩·布斯 …………………………………… 367

　　　　第四节　巴赫金 ………………………………………… 373

　　　　第五节　奥尔巴赫 ……………………………………… 384

　　　　第六节　加达默尔 ……………………………………… 393

　　　　第七节　姚斯与伊瑟尔 ………………………………… 401

　　　　第八节　罗兰·巴特 …………………………………… 409

　　　　第九节　热拉尔·热奈特 ……………………………… 419

　　　　第十节　雅克·德里达 ………………………………… 427

　　　　第十一节　布鲁姆与米勒 ……………………………… 436

　　　　第十二节　爱德华·萨义德 …………………………… 444

主要参考文献 ………………………………………………… 454

后　记 ………………………………………………………… 459

第一章

古希腊罗马至中世纪的文学批评

柏拉图（Plato，公元前427—347）在其《理想国》（*Republic*，约写于公元前373年）一书中，曾经提到过那场发生在哲学与诗歌之间的旷日持久的论争。[1]虽然历史的尘埃早已遮蔽了那场论争的真实性质，以致我们今天已无法弄清争论双方各自所持的确切立场，但却不难猜想，自从诗歌诞生之日起，便有了关于诗歌的争论。或许正是这种争论，促成了西方文学批评的萌芽及其在此后的发展。

迄今保存下来的文献表明，尽管雏形的文学批评早在柏拉图和亚理斯多德（Aristotle，公元前384—322）之前业已出现，涉及的问题也相当广泛，但却大多只言片语，不成格局。例如，荷马（Homer，约公元前9世纪）在其史诗的开篇，总是虔诚地向诗神缪斯乞求灵感，吁请帮助。另一位古希腊诗人赫西俄德（Hesiodas，约公元前8世纪）则告诉人们，有一天当他在赫利孔山下牧羊时，缪斯曾教他优美地吟咏，"并把一种神圣的声音吹进我的心扉，让我歌唱将来和过去的事情"。[2]显而易见，这些说法正是灵感理论的最初起源。而在早期哲学家赫拉克利特（Heracletus，约公元前530—470）和德谟克利特（Democritus，约公元前460—370）的著作残篇中，我们则可以发现摹仿理论的最初萌芽。例如，德谟克利特就天真地认为："从蜘蛛我们学会了织布和缝补；从燕子学会了造房子；从天鹅和黄莺等歌唱的鸟学会了唱歌。"[3]显然，这一说法不仅把艺术与动物的本能等同了起来，而且也

---

[1] 柏拉图：《理想国》，见《柏拉图文艺对话集》，朱光潜译，人民文学出版社，1980年，第87—88页。
[2] 赫西俄德：《工作与时日·神谱》，张竹明等译，商务印书馆，1991年，第26—27页。
[3] 德谟克利特：《著作残篇》，见《古希腊罗马哲学》，北京大学哲学系外国哲学史教研室编译，商务印书馆，1961年，第112页。

把艺术与人类的其他活动混为一谈。

稍后，在阿里斯托芬（Aristophanes，约公元前446—前385）的喜剧《蛙》（Frogs，约公元前405）中，通过埃斯库罗斯与欧里庇得斯之间的争论，表现了对文学的教化作用的高度重视。作者借埃斯库罗斯之口声称："教训孩子的是教师，而教训成人的则是诗人，因此我们必须说有益的话。"[4]然而，所有这些见解都过于质朴、直观，也难以说明多姿多彩的古希腊文学。唯有到了柏拉图和亚理斯多德那里，以深厚的哲学思想为基础，文学批评才第一次被赋予较为系统的理论形态。

毫不夸张地说，柏拉图和亚理斯多德对西方文学批评的影响之大，是任何其他人都无法比拟的。柏拉图有关创作灵感的论述，有关诗歌的真理性和社会功用的论述；亚理斯多德的悲剧理论，以及他对诗歌的有机整体论和悲剧的净化作用的思考，这些理论问题既深深困扰着一代又一代的诗人和批评家，也给此后两千余年的西方文学批评以巨大影响。即使在20世纪西方文学批评中，我们依然能够听见它们低沉的回声。从这个意义上说，古希腊文学批评的丰富性和深刻性，的确是令人惊叹的。不过，我们应当认识到，柏拉图和亚理斯多德的文学理论都受制于他们当时的文学视野，一旦脱离特定的语境，我们便无法真切地把握他们的见解。

同样，贺拉斯（Horace，公元前65—8）和朗吉弩斯（Langinus，约1世纪）所确立的罗马古典主义，无非是表达了当时罗马作家对古希腊文学的普遍崇敬之情而已。而修辞学的兴起和哲学精神的衰微，一方面导致他们高度重视诗歌的读者效果；另一方面，也使他们不复殚精竭虑地探讨文学的本质问题，却热衷于制订诗歌的创作规则。仅此两点，就足以表明贺拉斯和朗吉弩斯代表了一种与古希腊文学批评迥异其趣的理论趋向。尽管文艺复兴和新古典主义时期的批评家常常把贺拉斯与亚理斯多德相提并论，但就理论建树而言，贺拉斯的《诗艺》（Art of Poetry，约写于公元前20年）显然是无法与亚理斯多德的《诗学》（Poetics，约写于公元前330年）相比的。倒是朗吉弩斯的《论崇高》（On the Sublime）在18世纪以来备受青睐，人们在其中逐渐发现了那些被新古典主义批评所忽略的异质因素，即对天才的赞扬、对"狂喜"效果的重视，以及对作为美学范畴的崇高的阐述，从而在推动美学和文学批评的风气转变方面起了重要作用。

由于基督教的传入，从罗马帝国后期开始，西方文学批评呈现出一种截然不同的面貌。一方面，普罗提诺（Plotinus，204—270）阐发了一套具有神秘主义色彩的

---

[4] 阿里斯托芬：《蛙》，见《欧美古典作家论现实主义和浪漫主义》（一），中国社会科学院外国文学研究所编，中国社会科学出版社，1980年，第16页。

艺术理论；另一方面，圣·奥古斯丁（Saint Augustinus，354—430）和波伊提乌斯（M. S. Boethius，480—524）则表达了那个时代对文学艺术的恐惧和仇视的心理。从此以后，在漫长的中世纪里，由于将一切学术研究都纳入了基督教神学的轨道，西方文学批评一直处于停滞不前的状态。尽管托马斯·阿奎那（S. Thomas Aquinas，1225—1274）和但丁（Dante Alighieri，1265—1321）的寓意理论，以一种独特的方式开启了文学阐释学的先河，但其基本精神仍未能冲破基督教神学的樊篱。从这个意义上说，近代西方文学批评的兴起，是以恢复和发扬古希腊罗马的批评传统为契机的，与中世纪文论几乎没有什么关联。

　　毫无疑问，修撰任何批评史都不能没有一定的理论立场，不能没有作者自己的取舍标准和评价尺度。而这种理论立场和取舍标准，一方面理所当然地受到我们时代的影响，并为我们的理论视野所制约；另一方面，它也应当植根于文学批评的发展历史之中，在阐释与评价那些批评文献时，必须充分考虑它们在历史上的作用和影响。从这个角度来看，本章对以下几节的处理就可以理解了。柏拉图和亚理斯多德的文学理论无疑在批评史上占据着极其重要的地位，因而必须给予高度重视。以贺拉斯和朗吉弩斯为代表的罗马文学批评虽然早已成为明日黄花，但却在历史上产生过广泛影响。最后，我们将罗马帝国后期与中世纪文论纳入同一节来加以讨论，这不仅是因为受到文献资料的限制，也是由它本身的性质和历史地位所决定的。在长达千余年的岁月里，文学批评在欧洲几乎处于停滞状态，直到文艺复兴时期才彻底改变这种局面。

第一节　柏拉图

从某种意义上说，柏拉图（Plato，公元前427—347）是西方文学批评的真正开创者。这不仅是因为他第一次赋予文学批评以完整的理论形态，建构了一套系统的文学理论，而且也由于他是文学批评史上第一个对后代产生巨大影响的人物。然而，令人难以置信的是，这位古希腊哲学家却对当时文学抱有一种极端仇视的态度，他的文学理论几乎都是从否定诗歌的角度提出来的。概括起来，柏拉图攻击诗人是在丧失理智陷入迷狂状态时创作诗篇的；断言诗歌只能捕捉影像，不能为人们提供真理；还指责诗人亵渎神明，败坏道德，对国家和人生毫无益处。因此，他断然地将诗人和诗歌驱逐出了他的"理想国"。

《伊安篇》及其灵感理论

柏拉图的早期对话录《伊安篇》（Ion，约写于公元前390年），是对灵感问题所作的全面探讨。伊安是一位专以吟诵荷马史诗为业的诵诗人，这天参加诵诗竞赛归来，正为自己获得头奖而洋洋自得。不料，遇见苏格拉底假装向他求教，提出许多令人困惑的问题，结果却使伊安自相矛盾，难以招架。按照苏格拉底的逻辑，如果伊安果真是凭技艺解说荷马史诗的话，那么，他也就能凭借技艺去解说其他诗人的作品。因为既然它们都是诗歌，就会具有诗歌的共通性。可是，事实上伊安只擅长吟诵荷马，谈及别的诗人来就要打瞌睡。由此看来，他之擅长解说荷马，并非是一种技艺，而是凭借着灵感。柏拉图由此指出：

> 凡是高明的诗人，无论在史诗或抒情诗方面，都不是凭技艺来做成他们的优美的诗歌，而是因为他们得到灵感，有神力凭附着……因为诗人是一种轻飘的长着羽翼的神明的东西，不得到灵感，不失去平常理智而陷入迷狂，就没有能力创作，就不能做诗或代神说话。诗人们对于他们所写的那些题材，说出那样多的优美辞句，像你自己解说荷马那样，并非凭技艺的规矩，而是依诗神的驱遣。[5]

---

[5] 　柏拉图：《伊安篇》，见《柏拉图文艺对话集》，朱光潜译，人民文学出版社，1980年，第8页。

显然，柏拉图所谓"神力凭附"、"诗神的驱遣"，多半与古希腊人的宗教信仰有关。随着这一古老的宗教信仰的衰亡，人们当然不会相信创作的灵感是由缪斯传授的说法，近代诗人也只是在比喻的意义上才祈求缪斯的援助。然而，由于柏拉图断言诗歌创作并非凭借技艺，而是凭借灵感，是失去理智陷入迷狂而吟咏出来的，因而突出强调了创作活动中的非理性因素。更何况，柏拉图一方面把灵感的传递比喻为无意识的磁石吸引力；另一方面，他又强调诗人创作就像巫师在舞蹈时一样，都受到一种迷狂的支配，"一旦受到音乐和韵节力量的支配，就感到酒神的狂欢……这是她们在神智清醒时所不能做的事"。[6]

然而，指责诗人丧失理智而陷入迷狂，并不意味着在柏拉图看来仅凭技艺就能成为一位真正的诗人。恰恰相反，再也没有谁比他更痛恨那种玩弄词藻、侈谈技艺的风气了。早在柏拉图之前，以普罗泰戈拉（Protagoras，约公元前481－前411）、希庇阿斯（Hippias，生卒年不详）和高尔吉亚（Gorgias，约公元前483－前375）为代表的智者派便已悄然崛起，并逐渐赢得了公众的认可。他们周游希腊各地，以公开演说和传授修辞学为生，在哲学上则持相对主义和怀疑主义立场。在柏拉图看来，这些人根本无意于探索真理，所关心的只是如何把话说得悦耳动听，以为只要掌握了一点修辞学技巧就能赋诗作文，实在大谬不然。因此，为了纠正智者派侈谈技艺规矩的流弊，柏拉图在《斐德若篇》（Phaedrus，写作年代不详）再次论及诗人的灵感时，话语间竟不乏赞许之意：

> 这是由诗神凭附而来的。它凭附到一个温柔贞节的心灵，感发它，引它到兴高采烈神飞色舞的境界，流露于各种诗歌，赞颂古代英雄的丰功伟绩，垂为后世的教训。若是没有这种诗神的迷狂，无论谁去敲诗歌的门，他和他的作品都永远站在诗歌的门外，尽管他自己妄想单凭诗的艺术就可以成为一个诗人。他的神智清醒的诗遇到迷狂的诗就黯然无光了。[7]

于是，在《伊安篇》中受到辛辣嘲讽的诗人，在《斐德若篇》里却因为他的迷狂而受到了赞赏。

由于年代久远和资料匮乏，我们无法说明这种价值判断的变化是如何发生的，更无法把这种变化与柏拉图对诗歌的一贯敌视态度协调起来。但嘲讽也罢，赞赏也

---

[6] 柏拉图：《伊安篇》，见《柏拉图文艺对话集》，朱光潜译，人民文学出版社，1980年，第8页。
[7] 柏拉图：《斐德若篇》，见《柏拉图文艺对话集》，朱光潜译，人民文学出版社，1980年，第118页。

罢，柏拉图始终强调的都是理智与迷狂、灵感与技艺的对立。从此以后，灵感理论便成为西方文学批评史上的一个焦点问题，引发了无数论争。当然，除了卢多维科·卡斯特尔维特罗和爱伦·坡等人断然否定灵感之外，大多数批评家都持一种天才与技艺相结合、灵感与理智相协调的见解。就连那些迂腐的新古典主义批评家在标榜理性的同时，也从未彻底否定过天才、灵感和想象在文学创作中的作用。

"从荷马起，一切诗人都只是摹仿者"

如果说柏拉图的灵感理论涉及的仅仅是诗人的创作心理问题，那么，他的摹仿理论则关系到对艺术本质的认识。而要评述这一摹仿理论，就必须从他的理念论哲学说起。在柏拉图看来，人们通常感觉到的种种变动不居的事物只是现象，只是理念这一本体的派生物。理念超然独立于现象世界之上，却又决定一切具体的事物。从这个意义上说，理念是万物存在的根据，真理也仅仅存在于理念世界，而它只能通过理智来加以认识，不能靠感觉来获得。

正是基于这一理念论哲学，柏拉图在《理想国》中提出了有关三种床的说法，用以说明理念、现象和艺术之间的关系。按照他的说法，第一种是神所造的理念的床，它是各种具体的床的根据和摹本；第二种是木匠摹仿床的理念所制造出来的床，这是个别的、物质的床；第三种是画家摹仿木匠制造的床而画出来的床，这当然不是床的实体，而只是摹仿外形的一种影象。柏拉图认为，作为万物存在的根据，理念犹如一个无所不能的工匠，他有本领造出一切器具，造出地和天、各种神，以及天上和地下阴间所存在的一切事物。因此，只有理念的床才是真实体。相形之下，木匠所制造的床只是近似于真实体的东西。至于画家所画的床，那就更低一个等级，与真理隔着两层。柏拉图把艺术比拟为镜中的映象，尽管它看来仿佛能创造一切事物，就像"拿一面镜子四面八方地旋转，你就会马上造出太阳，星辰，大地，你自己，其他动物，器具，草木，以及我们刚才所提到的一切东西"，[8] 然而，这一切毕竟不是实体，而只是事物的影象而已。柏拉图由此得出结论：

> 从荷马起，一切诗人都只是摹仿者，无论摹仿德行，或者摹仿他们所写的一切题材，都只能得到影象，并不曾抓住真理。[9]

---

[8] 柏拉图：《理想国》，见《柏拉图文艺对话集》，朱光潜译，人民文学出版社，1980年，第69页。
[9] 同上书，第76页。

这样，经过柏拉图理念论哲学的改造，摹仿理论这一最古老的文学观念不仅改变了它原有的朴素性质，而且变成了否定诗歌的根本依据。

事实上，早在《伊安篇》里，柏拉图就对那位自命不凡的诵诗人作了无情的嘲讽。在他看来，尽管伊安像海神的随从普洛透斯（Proteus）那样变来变去，但他对于所摹仿的各种东西都缺乏真知灼见。论驾车他不如驾车人，论治病他不如医生，论打仗他也不如那些将士。而在《理想国》中，柏拉图则进一步指出，虽然人们总是称颂荷马无所不知，他本人也总是热衷于谈论那些高尚的事业，诸如战争、将略、政治、教育之类，然而，这位诗人绝非什么英雄，充其量不过是一个摹仿者。"他如果对于所摹仿的事物有真知识，他就不愿摹仿它们，宁愿制造它们，留下许多丰功伟绩，供后世人纪念。他会宁愿做诗人所歌颂的英雄，不愿做歌颂英雄的诗人。"[10] 因此，在这样一种现实功利的考虑之下，诗人在柏拉图心目中的地位就变得相当低下。

更有甚者，在柏拉图看来，艺术摹仿本身就是一件有害于身心的事。在《理想国》第3卷中，根据摹仿方式的不同，柏拉图把诗歌分为三种：一是单纯采用摹仿（即表演），如悲剧和喜剧；二是单纯采用叙述，如合唱队的颂歌；三是兼用摹仿和叙述，如史诗。然而，这一体裁分类的最初尝试却由于柏拉图对摹仿的偏见而大大贬值了。在他看来，只有颂歌不带摹仿而单用叙述，因而最好；戏剧和史诗或全部或部分采用了摹仿，因而是有害的。[11] 他认为，戏剧免不了要摹仿女人、奴隶、坏人和懦夫的言谈举止，久而久之，摹仿者就会习惯成自然，势必导致道德堕落。总之，在柏拉图看来，艺术摹仿既不能为人们提供真理，也不能给人们带来实际利益，就连摹仿本身都是道德堕落的陷阱。

在西方文学批评史上，诗歌是否能为人们提供真理，这一问题曾经长期困扰着诗人和批评家，他们惧怕倘若不能证明诗歌的真理性，自己就会沦为柏拉图所指控的"谎言制造者"。然而，我们应当认识到，柏拉图的摹仿理论是建立在谬误的基础上的，因而其结论也是错误的。第一，柏拉图之所以断言诗歌只能捕捉影象，不能为人们提供真理，是因为他在经验世界之外又建构了一个超越经验的理念世界，并到这个理念世界中去寻找现实的根据。可是，问题的症结就在于，柏拉图的理念世界恰恰是一个子虚乌有的"空中楼阁"。第二，当柏拉图把艺术作品比拟为镜中影象的时候，

---

[10] 柏拉图：《理想国》，见《柏拉图文艺对话集》，朱光潜译，人民文学出版社，1980年，第73页。
[11] 同上书，第50页。

他只是从消极反映现实的角度去理解艺术,并没有认识到艺术是一种创造性的精神活动。事实上,虽然艺术的真理不能通过科学实验来加以证实,也与哲学把握世界的方式迥然不同,但不可否认的是,即便在今日,艺术仍然是人类认识世界的一种特殊方式,在帮助人们完整地把握世界、感悟人生方面具有不可替代的作用。

"理想国"的文艺政策

柏拉图既然以天下为己任,企图创建一个纲纪严明、等级森严的"理想国",那么,在这个国度里,艺术问题就不可能从单纯审美的角度来考虑,必须用政治、道德和宗教的标准来加以审视。换言之,正是由于意识到文学艺术对于塑造年轻人的性格具有巨大的影响力,为了培养合格的"理想国"公民,柏拉图才强调必须把艺术问题纳入整个教育体系来加以考虑。这是他讨论文学的社会功用的出发点,也是他评价诗歌作品好坏的一个基本尺度。

以这样的评价标准来衡量古希腊文学,柏拉图不禁深感失望。在他看来,赫西俄德和荷马笔下的神似乎专做缺德的事,他们彼此争斗不已,撒谎哄骗人们,还把祸福随意地分配给人。为了培养年轻人的品德,就必须禁止这类故事在"理想国"里流行。同样,诗人笔下的那些英雄也显得面目可憎。他们一方面贪生怕死,意气消沉;另一方面又贪婪放纵,对饮食色欲毫无节制。他们还动辄痛哭哀号,或轻狂大笑,全无一点英雄的样子。所有这些行为,岂不违背"理想国"公民理应恪守的道德规范?"我们不能让诗人使我们的年轻人相信:神可以造祸害,英雄并不比普通人好。我们早就说过,这类故事既大不敬,而且也不真实……像这样的英雄也做过同样的坏事,谁不自宽自解,以为自己的坏事可以原谅呢?"[12]

柏拉图认为,人应当受到理性的指引,而诗人为了迎合普通观众的趣味,往往不去摹仿人性中的理性部分,却最喜欢摹仿人性中的低劣因素。悲剧迎合的是人们的感伤癖和哀怜癖,这无异于在拿别人的痛苦来取乐,一旦面临灾祸,这种感伤癖和哀怜癖就难以控制了。喜剧迎合的则是人们诙谐的欲念,平时视为粗鄙引为羞耻的事,此时反倒觉得是莫大的快感,不知不觉就沾染了小丑的恶习。正是出于对诗歌的负面效应的忧虑,柏拉图为"理想国"拟订了严厉的文艺政策。他在《理想国》第3卷中指出:

> 如果有一位聪明人有本领摹仿任何事物,乔扮任何形状,如果他来到

---

[12] 柏拉图:《理想国》,见《柏拉图文艺对话集》,朱光潜译,人民文学出版社,1980年,第45页。

我们的城邦，提议向我们展览他的身子和他的诗，我们要把他当作一位神奇而愉快的人物看待，向他鞠躬敬礼；但是我们也要告诉他：我们的城邦里没有像他这样的一个人，法律也不准许有像他这样的一个人，然后把他涂上香水，戴上毛冠，请他到旁的城邦去。至于我们的城邦哩，我们只要一种诗人和故事作者：没有他那副悦人的本领而态度却比他严肃；他们的作品须对于我们有益；须只摹仿好人的言语，并且遵守我们原来替保卫者们设计教育时所定的那些规范。[13]

而在《理想国》第10卷中，柏拉图再次告诫人们：

你心里要有把握，除掉颂神的和赞美好人的诗歌以外，不准一切诗人闯入国境。如果你让步，准许甘言蜜语的抒情诗或史诗进来，你的国家的皇帝就是快感和痛感，而不是法律和古今公认的最好的道理了。[14]

即使稍作让步，准许那些诗歌入境，也必须让诗人撰写一篇辩护诗，以证明诗歌"不仅能引起快感，而且对于国家和人生都有效用"。[15] 我们将会看到，在此后漫长的岁月里，西方诗人和批评家果真接受了柏拉图的挑战，写下了一系列为诗辩护的篇章。而为这一目的所写的批评论著，几乎都毫无例外地夸大了文学的道德教育功能，却不会强调文学的快感。

美作为涵盖一切的学问

如果说柏拉图把诗人驱逐出了他的"理想国"，使诗人和诗歌从此蒙上恶名的话，那么，在另一种场合，至少在《会饮篇》(Symposium，约写于公元前380年)里，他又是把美视为涵盖一切、统摄一切的最高理念，把对美的追求当作人生的一种最高境界来加以描述的。

的确，《会饮篇》是一篇千古奇文，所讨论的中心话题是爱情问题。但这里所说的爱情却要作宽泛的理解，不仅涉及当时雅典流行的男子同性恋，而且涉及对美的哲学思考。正是通过苏格拉底所转述的一个曼提尼亚的女人第俄提玛 (Diotima of Mantinea) 的看法，柏拉图表达了他对美的见解。按照这一说法，爱就是对美的追

---

[13]　柏拉图：《理想国》，见《柏拉图文艺对话集》，朱光潜译，人民文学出版社，1980年，第56页。
[14]　同上书，第87页。
[15]　同上书，第88页。

求，这是一个由底往高、逐步上升的过程：人总是从爱一个美的形体开始的；随后，由于认识到这一形体的美是与其他形体的美相贯通的，因而他不再把热情专注于这一形体，而把爱推广到一切美的形体；进一步，他学会将心灵的美看得比形体的美更珍贵，如果遇见一个美的心灵，即使形体并不美观，他也会爱上这心灵；后来，他就上升到爱美的行为和美的制度；最后，他爱上各种学问知识，看出它们的美。于是，放眼回望已经走过的广阔领域，他终于达到一个最高的境界，彻悟美的本体：

> 这时他凭临美的汪洋大海，凝神观照，心中起了无限欣喜，于是孕育无量数的优美崇高的道理，得到丰富的哲学收获。如此精力弥满之后，他终于一旦豁然贯通唯一的涵盖一切的学问，以美为对象的学问。[16]

柏拉图认为，这种对美本身的观照是一个人最值得珍惜的人生境界，也是一个哲学家毕生追求的最高目标。因为只有循着这条途径，一个人才能通过视觉所见的事物窥见美的理念本身，所产生的不是幻相，而是真实的本体。柏拉图把这种对美的追求描述为一个"好像升梯，逐步上进"的过程，以为这才是参悟爱情道理的正确道路。[17] 而究其实质，这无非是一个逐步摆脱肉体和物质的羁绊，不断精神化的过程。西方所谓"柏拉图式的精神恋爱"，正是来源于这一学说。同时，柏拉图强调，这种美的本体是人世间一切美的事物的源泉，因而也是涵盖一切、统摄一切的最高理念，它凝聚了从行为、制度到知识学问的人类所有文化成果。因此，美的理念就成了最高的学问，哲学境界便与审美境界融为一体。

就柏拉图的本意而言，这种美的本体是哲学研究的对象，既非通常意义上的艺术美，也与一般诗人无缘。就此而言，我们本不必在此加以讨论。然而，《会饮篇》所表述的这一思想也常被转换成一种文学理论，从而在西方文学批评史上产生了深远的影响。事实上，它不仅为罗马帝国后期普罗提诺的新柏拉图主义奠定了基石，而且从这种涵盖一切的美到浪漫主义时期流行的泛诗论，其间的演变轨迹也依稀可辨。我们将会看到，尽管浪漫主义批评家有着各自不同的思想背景，但却往往把诗歌概念的内涵加以无限扩大，将诗歌视为无所不包的人类创造力本身，甚至把诗歌与宇宙万物混为一谈。华兹华斯在其《〈抒情歌谣集〉第二版序言》中强调："诗是一切知识的精华，它是整个科学面部上的强烈的表情……诗是一切知识的起源和终

---

[16] 柏拉图：《会饮篇》，见《柏拉图文艺对话集》，朱光潜译，人民文学出版社，1980年，第272页。
[17] 同上书，第273页。

结,——它像人的心灵一样不朽。"[18]雪莱也在《为诗辩护》中声称:诗歌"既是知识的圆心又是它的圆周:它包含一切科学,一切科学也必须溯源到它",[19]而追根溯源,这些诗歌观念无非是对《会饮篇》主题所作的改造和引申。两者的不同之处在于:柏拉图所谓涵盖一切的美,后来演变成了无所不包的诗歌;而柏拉图对诗歌的敌视,却被转换成了浪漫主义批评家对诗歌的礼赞。

第二节 亚理斯多德

亚理斯多德(Aristotle,公元前384—前322)晚年所写的《诗学》(*Poetics*,约公元前330年)尽管不是正式著作,已经残缺不全,而且在罗马和中世纪曾经长期湮没无闻,但自从文艺复兴时期被重新发现之后,便引起了人们的极大关注。在此后几个世纪里,注家蜂起,诠释繁多,以致成为文学批评探讨的中心话题。

要阐释和评价《诗学》,理应对以下情况有所了解:第一,亚理斯多德曾师从柏拉图多年,但在思想学问上却是柏拉图的批判者。他的《诗学》虽未指名道姓,却处处针对柏拉图的文学思想作了逐一批驳。第二,文艺复兴和新古典主义时期的批评家把《诗学》奉为不朽的经典,苦心孤诣地做了大量阐释工作,这些工作不能说完全白费功夫,但糟糕的是他们却把《诗学》变成了僵死的教条。我们应当认识到,《诗学》的方法是描述性的,而非规定性的,尤其它的丰富内涵和灵活态度,绝非新古典主义的教条所能局限。第三,由于现存《诗学》很可能只是一个讲授提纲,部分章节(比如有关喜剧部分)已经佚散,某些问题(比如有关悲剧的净化作用)又语焉不详,因而造成了阐释上的诸多困难。对我们来说,与其强作解人,不如提出问题来讨论,这样或许更有助于推进学术研究的发展。

亚理斯多德的摹仿理论

亚理斯多德在《诗学》一开篇就指出,一切艺术,包括史诗、悲剧、喜剧和酒神颂,实际上都是摹仿,只是摹仿的媒介、摹仿的对象和摹仿的方式各有不同

---

[18] 华兹华斯:《〈抒情歌谣集〉第二版序言》,见刘若端编《十九世纪英国诗人论诗》,曹葆华译,人民文学出版社,1984年,第153页。
[19] 雪莱:《为诗辩护》,见《十九世纪英国诗人论诗》,缪灵珠译,人民文学出版社,1984年,第153页。

罢了。就摹仿的媒介而言，绘画与雕塑用颜色和姿势来摹仿，音乐用声音来摹仿，史诗用语言来摹仿，悲剧和喜剧则兼用了节奏、歌曲和语言。就摹仿的对象而言，悲剧和喜剧的差别就在于："喜剧总是摹仿比我们今天的人坏的人，悲剧总是摹仿比我们今天的人好的人。"[20] 就摹仿的方式而言，戏剧用动作来摹仿，史诗则兼用叙述和动作来摹仿。论及艺术的起源，亚理斯多德也把它归结为人类与生俱来的摹仿天性。因此，摹仿理论既是亚理斯多德诗学的基石，也是他对艺术体裁进行分类的基础。

然而，我们必须认识到，亚理斯多德对艺术摹仿的理解完全不同于柏拉图的看法。正如我们所知，在柏拉图看来，艺术摹仿的对象只是表象世界，因而断言诗歌与理念隔着两层，不能为人们提供真理。但对亚理斯多德来说，柏拉图的那个理念世界是根本不存在的。正如他在《形而上学》(*Metaphysics*，写作年代不详) 一书中所指出的，柏拉图一方面声称理念是有关对象的本质，另一方面却又认为它存在于对象之外。其结果，仅仅是把事物增加了一倍，却丝毫无助于它们的存在以及我们对它们的认识。[21] 这样，亚理斯多德就从根本上取消了柏拉图的理念世界，从而为探讨艺术与现实的关系奠定了基础。

不仅如此，亚理斯多德还强调，诗歌具有更高的品格，比历史拥有更多的真理性，因而也更富于哲学意味。他在《诗学》第 9 章中指出：

> 诗人的职责不在于描述已发生的事，而在于描述可能发生的事，即按照可然律或必然律可能发生的事。历史家与诗人的差别，不在于一用散文，一用韵文；希罗多德的著作可以改写为韵文，但仍是一种历史，有没有韵律都是一样；两者的差别在于一叙述已发生的事，一描述可能发生的事。因此，写诗这种活动比写历史更富于哲学意味，更被严肃的对待；因为诗所描写的事带有普遍性，历史则叙述个别的事。[22]

以今天的眼光来看，文学与历史的关系当然远比亚理斯多德所设想的要复杂得多。历史知识未必只涉及个别的事，而文学作品也未必不可以根据历史来加以改编。但这些毕竟只是枝节问题。重要的是，亚理斯多德在此清算了柏拉图所谓诗歌只能捕

---

[20] 亚理斯多德：《诗学》，见《诗学·诗艺》，罗念生译，人民文学出版社，1962 年，第 3 页。
[21] 亚理斯多德：《形而上学》，见《古希腊罗马哲学》，北京大学哲学系外国哲学史教研室编译，商务印书馆，1961 年，第 286—287 页。
[22] 亚理斯多德：《诗学》，见《诗学·诗艺》，罗念生译，人民文学出版社，1962 年，第 28 页。

捉影象的说法，强调了诗歌是一种特殊的认知方式，因而具有历史所无法比拟的真理性。

不过，问题并不这么简单。对于亚理斯多德来说，写诗之所以比写历史更富于哲学意味，不外乎这样两点理由：一是诗歌着眼于普遍性的事物，而历史则着眼于个别的事物；二是诗歌描述可能发生的事，而历史则叙述已经发生的事。然而，联系《诗学》对后世文学批评的影响来看，这两点理由与其说是对问题的解决，不如说是争议的开端。

诗歌究竟应该描写个别性的事物，还是描写普遍性的事物？这是西方文学批评史上一个争论不已的问题。文艺复兴和新古典主义时期的批评家往往祖述亚理斯多德的见解，断言诗歌唯有摹仿普遍的自然和普遍的人性，才会取得永恒的价值。然而，正如我们所知，一旦把普遍性的要求推向极端，势必会导致文学创作的概念化和类型化。事实上，自从浪漫主义以来，西方文学批评的主导倾向恰好与此相反，不是强调从普遍性出发，而是更看重艺术表现的特殊性和个别性。

另一方面，所谓诗歌应当描写可能发生的事的说法，则容易演变成一种标榜艺术想象和理想化的主张。亚理斯多德在《诗学》里谈到，诗人摹仿的对象有三种："过去有的或现在有的事、传说中的或人们相信的事、应当有的事"，他显然更赞成描写第三种对象，因为他推崇的索福克勒斯就是按照应当有的样子来描写人物的。[23] 亚理斯多德甚至主张："为了获得诗的效果，一桩不可能发生而可能成为可信的事，比一桩可能发生而不能成为可信的事更为可取。"例如，古希腊画家宙克西斯（Zeuxis）所画的人物或许是不可能有的，但艺术作品理应比生活的原型更美。[24] 如此说来，艺术摹仿并不意味着对现实作如实地摹写，而是意味着对自然的筛选和改造，也意味着艺术的想象和理想化。文艺复兴时期的批评家往往对艺术摹仿作如此理解，把一套想象理论发挥得淋漓尽致，由此推导出来的结论足以颠覆本来意义上的摹仿理论，而这是亚理斯多德始料未及的。

尤其值得注意的是，虽然摹仿理论构成了亚理斯多德诗学的基石，但他却从未将真实性作为衡量艺术作品的价值尺度。在他看来，诗歌中可能存在两种不同性质的错误，一种是艺术本身的错误，另一种则是属于常识方面的偶然的错误。对于艺术创作来说，"不知母鹿无角而画出角来，其错误远不及画鹿而缺乏艺术性那么严

---

[23] 亚理斯多德：《诗学》，见《诗学·诗艺》，罗念生译，人民文学出版社，1962年，第92—94页。
[24] 同上书，第101页。

重"。[25] 毫无疑问，这是一个引人深思的见解。一方面，它显然是对柏拉图的有关说法所作的批驳。正如我们所知，柏拉图曾嘲笑诗人缺乏真才实学，论治病他不如医生，论打仗他不如将士，论驾车他也不如驾车人。而亚理斯多德则强调，必须区分两种不同性质的错误。如果诗人所选择的事物不正确，例如写马的两条右腿同时并进，或是在医学或其他科学上犯了错误，那么，这都不是艺术本身的错误，也不足以抹煞诗人的成就。另一方面，这一见解突出强调了艺术有其独特的评价标准，既不能用生活的真实性来取代艺术的评价，也不能用其他科学的标准来衡量艺术。而在西方文学批评史上，这意味着一种艺术评价标准的确立，因而与柏拉图单纯从政治、道德和宗教的角度来看待诗歌的做法判然有别。

诗歌的有机整体论

如果说上述摹仿理论确立了诗歌与现实的关系的话，那么，当亚理斯多德转而讨论悲剧艺术时，则为人们观察和评价艺术作品提供了另一种新颖的视角。正如美国学者迈·霍·艾布拉姆斯在《镜与灯》（*The Mirror and the Lamp*，1953）中所指出的，在《诗学》中，经过亚理斯多德所作的一番改造，悲剧所摹仿的行动和行动者就被内化为作品中的情节、性格和思想，并与言词、形象和歌曲一起，共同组成了一个有机整体。[26] 因此，要评价一部文学作品，就必须着眼于这一内在结构。

亚理斯多德的有机整体论诗学，集中体现于以下两段论述。其一，见于《诗学》第 7 章。按照他所下的定义，悲剧是"对于一个严肃、完整、有一定长度的行动的摹仿"。何谓"完整"？他这样解释道：

> 所谓"完整"，指事之有头，有身，有尾。所谓"头"，指事之不必然上承他事，但自然引起他事发生者；所谓"尾"，恰与此相反，指事之按照必然律或常规自然的上承某事者，但无他事继其后；所谓"身"，指事之承前启后者。所谓结构完美的布局不能随便起讫，而必须遵照此处所说

---

[25] 罗念生先生将这段话译为："不知母鹿无角而画出角来，这个错误并没有画鹿画得认不出是鹿那样严重。"见《诗学·诗艺》，人民文学出版社，1962 年，第 92—93 页。而 S. H. Butcher 则将这段话译为："For example, not to know that a hind has no horns is a less serious matter than to paint it inartistically." H. Adams ed., *Critical Theory since Plato*, Harcourt Brace Jovanovich, Inc., 1971, p.64.

[26] M. H. Abrams, *The Mirror and the Lamp*, Oxford University Press, 1953, p.27.

的方式。[27]

其二，见于《诗学》第 8 章。为了使悲剧成为一个有机整体，亚理斯多德在此提出了著名的"情节整一律"：

> 情节既然是行动的摹仿，它所摹仿的就只限于一个完整的行动，里面的事件要有紧密的组织，任何部分一经挪动或删削，就会使整体松动脱节。要是某一部分可有可无，并不引起显著的差异，那就不是整体中的有机部分。[28]

总之，在亚理斯多德看来，文学作品作为一个不可分割的有机整体，既不是某些成分的简单相加，也不是各个部分的随意拼接，而是一个结构完美的统一体。构成这一整体的各个部分之间不仅前后衔接，环环相扣，具有内在的必然联系，而且一切局部都从属于这个整体，整体大于局部之和。

显然，有机整体论既是亚理斯多德用来分析文学作品的主要方法，也是他用来评价作品的一个基本尺度。比如，在悲剧的六大成分（即情节、性格、思想、言词、形象和歌曲）中，亚理斯多德之所以最看重情节，而不是性格，称情节为"悲剧的灵魂"，就是因为在他看来，只有情节的整一性才能充分显示行动的必然联系，确保作品成为一个有机整体。反之，如果以人物性格为纲，由于一个人物往往会关涉许多事件，那就势必导致全剧结构的松散。[29] 又如，亚理斯多德认为，悲剧情节有"简单的情节"与"复杂的情节"之分。而他之所以特别欣赏索福克勒斯的《俄狄浦斯王》，就是因为这一包括了"发现"和"突转"手法的"复杂的情节"，能够容纳一个相当复杂曲折而又首尾连贯的行动，其中任何一个部分的改动，都会起到牵一发而动全身的效果。与此相反，埃斯库罗斯的《被缚的普罗米修斯》之所以失败，就在于它作为一种"穿插式"的"简单的情节"，"各穿插的承接见不出可然的或必然的联系"，因而整个悲剧结构便显得支离破碎。[30] 最后，悲剧之所以优越于史诗，原因也在于悲剧能把更多的成分和更多样的表现手法融合成一个整体，例如，像音乐这一成分就是悲剧所有而史诗所无的。[31]

---

[27]　亚理斯多德：《诗学》，见《诗学·诗艺》，罗念生译，人民文学出版社，1962 年，第 25 页。
[28]　同上书，第 28 页。
[29]　同上书，第 23 页。
[30]　同上书，第 31—33 页。
[31]　同上书，第 105 页。

尽管亚理斯多德的《诗学》仅限于讨论悲剧和史诗，他的某些具体看法也未尝不可质疑，但从今天来看，贯穿其中的有机整体论无疑是亚理斯多德对西方文学批评的一个卓越贡献。首先，它意味着一部文学作品是由诸多成分构成的统一体，因而可以把它当作一个不受外在因素干扰的整体来加以解读，这就为我们分析文学作品提供了一种范例。其次，它也意味着文学作品是一个具有自身价值系统的客体，对它的评价必须着眼于其内在的组织结构。这就从根本上纠正了柏拉图那种仅仅根据政治、道德、宗教等外在标准来评判文学作品的做法。

令人遗憾的是，文艺复兴和新古典主义时期的批评家对亚理斯多德的有机整体论诗学未能深刻领会，或牵强附会地把"情节整一律"曲解为时间、地点和行动的"三一律"，使之成为戏剧创作的清规戒律；或以贺拉斯的眼光来阐释《诗学》，仅仅将它视为对构思清晰、布局完美的泛泛要求。只是随着新古典主义的解体和浪漫主义的兴起，亚理斯多德的有机整体论诗学才重新焕发了活力。经过歌德、史雷格尔兄弟、柯勒律治等人的阐发，它逐渐发展成为一种有影响的文学理论。在20世纪西方文学批评中，这一理论比以往任何时候都充满蓬勃的生机。克罗齐、艾略特、理查兹、美国新批评派和俄国形式主义，尽管有着各自不同的学术背景，但都在不同程度上坚持了从浪漫主义批评家那里传承下来的有机整体论诗学。

论悲剧的净化作用

在《诗学》第6章中，亚理斯多德给悲剧下了这样一个定义：

> 悲剧是对于一个严肃、完整、有一定长度的行动的摹仿；它的媒介是语言，具有各种悦耳之音，分别在剧的各部分使用；摹仿方式是借人物的动作来表达，而不是采用叙述法；通过引起怜悯和恐惧而导致这些情绪的净化。[32]

显然，在这一定义中，前三句话是分别从摹仿的对象、摹仿的媒介和摹仿的方式来界定悲剧的，最后一句话则是从它的观众效果来解说悲剧的。但由于语焉不详，所谓悲剧的净化作用就成为批评史上一个争论不已的问题。自从文艺复兴时期以来，

---

[32] 罗念生先生将 Catharsis 译为"陶冶"，自有其不同的理解。此处将 Catharsis 译为"净化"，系根据 S.H. Butcher 的译文转译，见 H. Adams ed., *Critical Theory since Plato*, Harcourt Brace Jovanovich, Inc., 1971, p.51。

人们已就这一问题写下了卷帙浩繁的论著。这里无意对各种阐释作出裁决，只是想在梳理前人论点的基础上，找出问题的症结所在，以供人们进一步思考。

显而易见，亚理斯多德提出悲剧的净化作用，首先是为了反驳柏拉图对悲剧艺术的非难。正如我们所知，柏拉图曾指责悲剧滋养了人们的感伤癖和哀怜癖，以致一旦亲临灾祸，人们就会被这些情绪压倒。正是针对这一指责，亚理斯多德为悲剧辩护，强调悲剧的作用在于"通过引起怜悯和恐惧而导致这些情绪的净化"。但细究起来，这里又包含着两个问题：第一，悲剧何以能引起人们的怜悯和恐惧？第二，悲剧何以还能导致怜悯和恐惧这两种情绪的净化？通读《诗学》，我们不难发现，亚理斯多德已经对第一个问题作了详尽阐述，却对第二个问题未作解释，各种争议便由此而来。当然，这两个问题是紧密联系在一起的，必须结合起来加以考虑。

悲剧何以能引起人们的怜悯和恐惧？对此，亚理斯多德解释道："怜悯是由一个人遭受不该遭受的厄运而引起的，恐惧是由这个这样遭受厄运的人与我们相似而引起的。"[33] 这就是说，悲剧之所以能引起我们的怜悯和恐惧，是因为它表现了一个与我们相似的人所遭受的不该遭受的厄运，使我们在对他表示怜悯的同时，也对自身可能的处境产生一种联想性的恐惧。为了达到这样的悲剧效果，《诗学》明确规定：悲剧第一不应当写好人由顺境转入逆境，因为这只能引起人们的厌恶；第二不应当写坏人由逆境转入顺境，因为这是最违背悲剧精神的；第三不应当写极恶的人由顺境转入逆境，因为这是他罪有应得的下场。如此看来，理想的悲剧人物应当是"不十分善良，也不十分公正，而他之所以陷于厄运，不是由于他为非作恶，而是由于他犯了错误"。[34] 从这个意义上说，亚理斯多德讨论悲剧的怜悯和恐惧，在很大程度上从道德的角度着眼的。

然而，对于亚理斯多德来说，悲剧唤起怜悯和恐惧的根本目的，还在于使这两种情绪得到净化。那么，又怎么来理解"净化"呢？文艺复兴时期的意大利批评家明屠尔诺（A. S. Minturno，1500—1570）认为，如果人们看惯了别人的种种不幸，对自己遭遇的灾祸就不会惊惶失措。因此，时常观看悲剧就可以使人们的心灵变得更加坚强，足以经受命运的打击。[35] 不过，这种解释却很让人怀疑。观赏悲剧究竟会使人变得心肠冷漠，还是会使人变得愈加多愁善感？恐怕大多数人的经验恰好与明屠尔诺的结论相反。另一种错误的解释，出自法国悲剧作家高乃依（P. Corneille，

---

[33] 亚理斯多德：《诗学》，见《诗学·诗艺》，罗念生译，人民文学出版社，1962 年，第 38 页。
[34] 同上书，第 39 页。
[35] 明屠尔诺：《诗艺》，见《缪灵珠美学译文集》第一卷，中国人民大学出版社，1987 年，第 392 页。

1606—1684)。在他看来,悲剧人物之所以遭受厄运,是由于对爱欲、野心、仇恨等激情失去了控制。观众通过对他们的怜悯和对自己可能遭受同样厄运的恐惧,便可引以为鉴,把这些有害的激情从自身中清除出去,从而达到道德改善的目的。[36] 显然,高乃依的这一解释实际上是偷换了概念。按照他的说法,怜悯和恐惧已不复是悲剧所要净化的对象,反倒成了悲剧用以净化其他有害情绪的工具。这种偷梁换柱的做法,理所当然地受到了德国批评家莱辛(G. E. Lessing,1729—1781)的批驳。在《汉堡剧评》中,他根据亚理斯多德在《尼科马科斯伦理学》(*Ethics Nicomachea*,写作年代不详)中提出的美德必须适中、情感必须适度的主张,把悲剧的净化作用同他的伦理学思想联系起来考察,认为"净化只存在于激情向道德的完善的转化中"。这就是说,悲剧的净化作用就在于对过多感到怜悯和恐惧或过少感到怜悯和恐惧的人进行调控,使之达到适中的程度。在莱辛看来,这正是悲剧的道德作用的体现。[37] 如果考虑到亚理斯多德讨论怜悯和恐惧多从道德的角度着眼,那么,莱辛以他的伦理学思想来阐释悲剧的净化作用,当不失为一种合乎情理的做法。

但是,不少现代西方学者却注意到,亚理斯多德提出悲剧的净化作用,很可能受到古希腊医生希波克拉底(Hippocrates,公元前460—前357)的启发。更何况,参照亚理斯多德在《政治学》(*Politics*,约写于公元前348年)中论音乐的一段话,说明他很可能是从医学和心理学角度来看待这一问题的:

> 有些人受宗教狂热支配时,一听到宗教的乐调,就卷入迷狂状态,随后就安静下来,仿佛受到了一种治疗的净化。这种情形当然也适用于受哀怜恐惧以及其他类似情绪影响的人。某些人特别容易受某种情绪的影响,他们也可以在不同程度上受到音乐的激动,受到净化,因而心里感到一种轻松舒畅的快感。[38]

这里谈的虽然是音乐,但却同样适用于悲剧,因为他明确指出受哀怜和恐惧情绪影响的人也可以受到净化。由此不妨推断,所谓悲剧的净化作用,就是通过强烈的悲剧效果,使观众的怜悯和恐惧之情得到痛快淋漓的宣泄,使原来郁积的情绪得以释放和疏导,从中获得"一种轻松舒畅的快感"。这种将悲剧的净化作用理解

---

[36] 高乃依:《论悲剧》,见《古典文艺理论译丛》,第6辑,王晓峰译,人民文学出版社,1963年,第27—28页。

[37] 莱辛:《汉堡剧评》,张黎译,上海译文出版社,1981年,第400—401页。

[38] 亚理斯多德:《政治学》,转引自朱光潜《西方美学史》上卷,人民文学出版社,1979年,第88页。

为医学疗效的说法看似粗浅，但一些西方学者却认为，这或许更接近于亚理斯多德的本意。[39]

由此看来，不同见解之间的分歧在于：作为医学和心理学意义上的净化作用，如何与作为道德情感的怜悯和恐惧合乎逻辑地协调起来？如果说，观看悲剧可以使人们在宣泄抑郁之情的同时，在道德情操上也受到一种陶冶的话，那么，是否在人的身心健康与道德情感之间具有某种对应关系呢？这的确是值得我们深思的。不过，自从18世纪后期以来，悲剧理论研究的重心已经转移，批评家更多探讨的是悲剧快感和悲剧冲突的问题，有关悲剧的净化作用问题一般不再为人们所关切。黑格尔虽然阐发了一套独特的悲剧理论，但却对悲剧的净化作用没有多大兴趣。而尼采则干脆断言，侈谈悲剧的净化纯属乱弹琴，压根儿就不懂得作为最高艺术的悲剧。[40]

第三节　贺拉斯

要谈论贺拉斯（Horace，公元前65—8）和朗吉弩斯（Longinus，约1世纪）的文学批评，就必须对罗马时代的学术背景和文坛风气有所了解。第一，从亚理斯多德到贺拉斯所生活的时代，相距二百余年，西方的学术风气发生了深刻的变化。当年曾受到柏拉图严厉驳斥的修辞学，此时已结出硕果。西塞罗（Cicero，公元前106—前43）的《论演说家》（*On the Orator*）与昆提利安（Quintilian，约35—95）的《演说术原理》（*Institutes of Oratory*），堪称这一时期修辞学研究的集大成者，在当时产生了广泛影响。修辞学对探讨抽象的理论问题不感兴趣，却最讲究如何取悦听众，说服听众。在这种风气浸染下，罗马文学批评一方面致力于修辞技巧的研究，另一方面则高度重视诗歌对读者的影响效果。而贺拉斯和朗吉弩斯的著作，正是将修辞学的方法应用于文学批评的典范。

第二，正如我们所知，罗马人一向注重实际，重视军事武功，文化发展比较落后。直到公元前2世纪征服希腊之后，罗马文学才在古希腊文学的强大影响下发

---

[39] 参见 W. K. Wimsatt and Cleanth Brooks, *Literary Criticism: A Short History*, Alfred A Knope, Inc., 1957, p.36. 又参见凯·埃·吉尔伯特、赫·库恩：《美学史》，夏乾丰译，上海译文出版社，1989年，第100—101页。

[40] 尼采：《悲剧的诞生》，见《悲剧的诞生——尼采美学文选》，周国平译，生活·读书·新知三联书店，1986年，第87页。

展起来。因此，从一开始起，罗马诗人的创作就带有仿效的性质，他们的喜剧、悲剧、史诗、田园诗无不带有摹仿古希腊文学的痕迹。在这种情况下，贺拉斯和朗吉弩斯都对璀璨的古希腊文学充满仰慕之情，而他们所确立的罗马古典主义（Roman Classicism），无非是表达了当时作家对古希腊文学的普遍敬意而已。

寓教于乐——诗歌的读者效果

贺拉斯的《诗艺》（Art of Poetry，约写于公元前 20 年）原是写给罗马贵族皮索父子（Pisos）的一封诗体书简。一个世纪后，才被修辞学家昆提利安称为"诗艺"，从此沿用至今。我们今天来读这篇不足五百行的诗简，很难发现多少高明的理论见解。然而，对于文艺复兴和新古典主义时期的批评家来说，贺拉斯的"寓教于乐"说，他的古典主义原则，以及他所制订的种种创作规则，都是不容置疑的金科玉律。甚至贺拉斯用韵文来写作批评论著的做法，也为后人竞相仿效。

如上所述，由于深受修辞学传统的影响，贺拉斯的《诗艺》在字里行间表现了对诗歌的读者效果的高度重视。他认为，"一首诗仅仅具有美是不够的，还必须有魅力，必须能按作者愿望左右读者的心灵"。[41] 而贺拉斯有关寓教于乐的主张，更被人们当作统摄全文的核心内容来看待。他指出：

> 诗人的愿望应该是给人以益处和乐趣，他写的东西应该给人以快感，同时对生活有帮助……如果是一出毫无益处的戏剧，长老的"百人连"就会把它驱下舞台；如果这出戏毫无趣味，高傲的青年骑士便会掉头不顾。寓教于乐，既劝谕读者，又使他喜爱，才能符合众望。[42]

一个诗人的最大愿望不是倾诉心中的情感，而是考虑如何去左右读者的心灵，这种想法对于像约翰·斯图亚特·穆勒（J. S. Mill, 1806—1873）这样的浪漫主义批评家来说，几乎是不可思议的。因为在穆勒看来，"诗是幽居独处时感情的自白"，一旦诗人抱着影响他人的目的，那么，他的作品就不复为诗，而成了雄辩。[43] 穆勒的见解虽然偏激，但却足以说明一种高度重视读者效果的诗论是深深植根于修辞学传统之中的。而贺拉斯将教益与快感同时并举，则可以看作是对古希腊后期以来有

---

[41] 贺拉斯：《诗艺》，见《诗学·诗艺》，杨周翰译，人民文学出版社，1962 年，第 142 页。
[42] 同上书，第 155 页。
[43] 穆勒：《论诗及其变体》，见《十九世纪英国文论选》，李自修译，人民文学出版社，1986 年，第 223 页。

关争论所作的一个总结。当时的斯多葛学派（Stoics）推崇坚忍耐苦、克己制欲的道德精神，因而看重诗歌的教育作用。而伊壁鸠鲁学派（Epikureans）则奉行享乐主义的人生哲学，在文学上自然偏重于强调诗歌的快感。因此，贺拉斯倡导寓教于乐，可以视为对这两派意见所作的一种调和。

然而，细读《诗艺》，不难发现贺拉斯实际上更强调的还是诗歌的教化作用。他称颂俄耳甫斯（Orpheus，古希腊神话中的乐师）使人类不再自相残杀，放弃野蛮的生活；安菲翁（Amphion，古希腊神话中的人物）用琴声感动了顽石，筑成忒拜城邦；荷马和提尔泰俄斯（Tyrtaeus，公元前7世纪的斯巴达诗人）的诗歌鼓舞了战士们的勇气，使他们斗志昂扬地奔赴战场。诗人还以智慧划分公私，禁止淫乱，建立邦国，制定法律。总之，在贺拉斯看来，"神的旨意是通过诗歌传达的；诗歌也指示了生活的道路"。[44]

古往今来，几乎所有"寓教于乐"说的信奉者都把文学的教化作用视为诗歌的首要使命，而把提供快感当作实现这一使命的手段。然而，我们应当认识到，问题并不在于教益与快感何者为重，而在于文学的快感究竟是一种什么性质的快感，而文学的教化作用也理应与一般的政治、道德说教判然有别。事实上，自从康德在《判断力批判》（*Critique of Judgment*，1790）中对这一问题作出辨析之后，泛泛地谈论"寓教于乐"已在学理上毫无意义。正如黑格尔所指出的："贺拉斯的寓教于乐，到后来经过无穷的推演和冲淡，以至变成了一种最滥俗最肤浅的艺术论。"[45]

罗马古典主义及其创作规则

如上所述，贺拉斯也是古希腊文学的热情崇拜者。他虽然也从一个诗人的创作经验出发，劝告罗马作家"到生活中到风俗习惯中去寻找模型，从那里汲取活生生的语言"，[46]但却更强调谨守传统，仿效古希腊作家。他这样告诫皮索父子："你们应当日日夜夜把玩希腊的范例。"[47]因为在他看来，一个作家要懂得写什么和怎样写，首先就应当知道古人是怎样做的。这样，亚理斯多德的摹仿自然，在贺拉斯手里就被改造成了摹仿古人的训条，罗马古典主义作为创作的指导思想由此得以确立。

尽管贺拉斯并不排斥独创的题材，甚至还称许罗马诗人敢于采用本国的题材写

---

[44] 贺拉斯：《诗艺》，见《诗学·诗艺》，杨周翰译，人民文学出版社，1962年，第157—158页。
[45] 黑格尔：《美学》，第一卷，朱光潜译，商务印书馆，1979年，第62页。
[46] 贺拉斯：《诗艺》，见《诗学·诗艺》，杨周翰译，人民文学出版社，1962年，第154页。
[47] 同上书，第151页。

成悲剧和喜剧,但却认为沿用传统的题材更为稳妥。他这样说:"用自己独特的方式处理普通题材是件难事;你与其别出心裁写些人所不知、人所不曾用过的题材,不如把特洛亚的诗篇改成戏剧。从公共的产业里,你是可以得到私人的权益的。"[48]他甚至规定,描写帝王将相的业绩和悲惨战争的诗篇,也应当采用荷马式的六音步诗格。只有在语言问题上,贺拉斯才表现出比较灵活的态度。他意识到语言总是处于新陈代谢的变化过程中,习惯才是语言的裁判。因此,只要安排得当,家喻户晓的字也会取得新义,还可以创造新字来丰富既有的语言。

为了给当时罗马作家以更有效的指导,贺拉斯还制订了一套创作规则。这些规则的核心可以称为"合式"(decorum)原则,这既是指人物、布局和风格自身的首尾一致,也是指体裁、风格与所要处理的材料之间的相互配合。举个反面的例子来说,《诗艺》一开篇所描述的那幅画,就是一种不伦不类的拼凑:"上面是个美女的头,长在马颈上,四肢是由各种动物的肢体拼凑起来的,四肢上又覆盖着各色羽毛,下面长着一条又黑又丑的鱼尾巴。"[49]在贺拉斯看来,这种随意的拼凑就是最违背"合式"原则的。

那么,"合式"原则应当体现在哪些方面呢?在人物描写上,贺拉斯首先要求作家遵循古人的传统写法,使人物性格保持前后一致。例如,写阿喀琉斯就要写他的急躁、暴戾;写美狄亚就要写她的凶狠、强悍;写伊俄就要写她的流浪;写俄瑞斯忒斯就要写他的悲哀。其次,要注意不同年龄有不同的性格特点。比如,儿童生来贪玩,情绪变化无常;年轻人欲望无穷,却又喜新厌旧;成年人追求金钱和朋友,野心勃勃,却又患得患失;老年人固执己见,贪财吝啬,企盼长生不老,感叹今不如昔。"我们不要把青年写成个老人的性格,也不要把儿童写成个成年人的性格,我们必须永远坚定地把年龄和特点恰当配合起来"。[50]再次,不同身份的人物也应保持他们典型的言谈举止。神和英雄说话,或贵妇、乳娘、货郎、农夫说话,自然相互有别,不可混同。

贺拉斯还规定,风格要前后一致,不可在庄严的诗篇中冷丁冒出一两句与上下文不相协调的华丽词藻,这类"大红补丁"(a purple patch)无论如何美妙也必须忍痛割舍。[51]喜剧与悲剧之间泾渭分明,喜剧的主题不能用悲剧的诗行来表达,悲剧的

---

[48]　贺拉斯:《诗艺》,见《诗学·诗艺》,杨周翰译,人民文学出版社,1962年,第144页。
[49]　同上书,第137页。
[50]　同上书,第146页。
[51]　同上书,第137页。

题材也不能用喜剧的诗格来叙述,"每种体裁都应该遵守规定的用处"。[52] 同样,谋篇布局也应以荷马史诗为典范,比如,描写特洛亚战争不要从海伦的诞生写起,而应从故事的中间说起。贺拉斯甚至还规定,类似美狄亚杀死孩子这样的流血恐怖事件,不宜在舞台上表演,只须由演员向观众叙述一遍就够了。戏剧最好是分成五幕,不多也不少。舞台上同时出场的演员不宜超过三名。凡此种种,不一而足。

对于贺拉斯来说,这些诗艺规则之所以不容置疑,就因为它们是从古希腊文学中提取出来的,若不谨守它们,就会招致有教养的罗马观众的耻笑。因此,它们既是罗马古典主义的体现,也是高度重视读者效果的必然产物。而对文艺复兴和新古典主义时期的批评家来说,不仅这些规则是不可动摇的金科玉律,为他们所普遍遵从,即便是《诗艺》中的某些用语也已成了成语格言,早已融入在文学批评和修辞学之中。贺拉斯在西方文学批评史上的影响之大,由此可见一斑。

贺拉斯论天才与技艺

贺拉斯不仅以文坛的立法者自居,热衷于制订诗艺规则,而且还对诗歌采取了一种近乎苛刻的批评态度。在他看来,世上某些事情犯了平庸的毛病尚可容忍,比如,一个平庸的律师虽不那么雄辩和博学,但在打官司上还有一定的用处。唯独写诗这一行例外,来不得半点含糊。"一首诗歌的产生和创作原是要使人心旷神怡,但它若是功亏一篑不能臻至最上乘,那便等于一败涂地。"[53]

那么,要创作完美的诗篇,究竟是靠天才还是靠技艺呢?在贺拉斯看来,天才和技艺要互相结合,两者不可偏废。他这样指出:

> 苦学而没有丰富的天才,有天才而没有训练,都归无用;两者应该相互为用,相互结合。[54]

然而,天才毕竟是难以传授的,关键还在于强化技艺的训练。对于贺拉斯来说,文学创作首先是一种理性的活动,因而要创作优秀的诗篇,"判断力是开端和源泉。"[55] 他还勉励诗人:"我们罗马在文学方面(的成就)也决不会落在我们的光辉的军威和

---

[52] 贺拉斯:《诗艺》,见《诗学·诗艺》,杨周翰译,人民文学出版社,1962 年,第 141—142 页。
[53] 同上书,第 157 页。
[54] 同上书,第 158 页。
[55] 同上书,第 154 页。

武功之后，只要我们的每一个诗人都肯花功夫、花劳力去琢磨他的作品。"[56] 由此可以理解，贺拉斯何以对那些不修边幅的狂狷诗人不屑一顾，对他们的做派大肆挖苦。他告诫诗人：要认真听取批评意见，反复修改润色作品，切不可急于发表，不妨先把稿子压上九年。也不要轻信那些假意奉承者的吹捧，虽然他们装得比懂行的人还要激动。严肃的批评家是不留情面的，假如谁想包庇自己的错误，那就只好让他钟情于自己的文章，自封老子天下第一了。[57]

贺拉斯是一位有着大量创作实践经验的诗人，尤其擅长讽刺诗的写作。但作为一个批评家，他却饶有风趣地把自己比作"磨刀石"——虽然本身切不动什么，但却能使钢刀变得格外锋利。基于这一认识，贺拉斯对批评家的任务作了如下描述，那就是他"愿意指示（别人）：诗人的职责和功能何在，从何处可以汲取丰富的材料，从何处吸收养料，诗人是怎样形成的，什么适合于他，什么不适合于他，正途会引导他到什么去处，歧途又会引他到什么去处"。[58] 如果批评家的任务果真限于此，那么，贺拉斯确乎交出了一份明白无误的答卷。然而，我们应当认识到，文学批评的任务绝非仅仅是为了指导诗人的创作，更不是为了给文学创作开列"方剂"。贺拉斯的根本错误就在于，他一心想充当文坛的立法者，却无意于深入探讨文学的本质，阐明文学作品的艺术构成。因此，一旦时过境迁，《诗艺》的大部分内容也就成了历史的遗迹。

---

[56] 贺拉斯：《诗艺》，见《诗学·诗艺》，杨周翰译，人民文学出版社，1962 年，第 152 页。
[57] 同上书，第 160 页。
[58] 同上书，第 153 页。

第四节 朗吉弩斯

朗吉弩斯（Longinus，约 1 世纪）的《论崇高》（*On the Sublime*）原是写给朋友的一封讨论诗艺和修辞学的书信，在历史上曾经长期无人知晓。但自从 16 世纪意大利学者将它首次刊印以来，这一罗马批评文献便引起了人们的浓厚兴趣。然而，时至今日，它的作者究竟是谁，写作于何时，依然难以确定。一般学者认为，作者是 1 世纪时旅居罗马的一位希腊修辞学家，因为他所批驳的凯齐留斯（Caecilius）就是当时颇为知名的批评家。可是，文中援引了希伯来的《圣经》，个别段落又接近于 3 世纪时普罗提诺的新柏拉图主义，这又使人们把它的写作年代尽可能地往后推移。当然，这些问题都无关宏旨，重要的是作为罗马时代的一部批评文献，《论崇高》为后代提供了颇为丰富的文学思想。

崇高的根源与效果

如果说贺拉斯生当奥古斯都统治下的罗马盛世，当时的文学也不乏庄严主题的话，那么，透过《论崇高》的描述，我们可以想见，朗吉弩斯所面对的罗马文坛却盛行着浮艳夸饰、刻意雕琢的文风，恰好与腐败堕落的社会风尚彼此呼应。对此，朗吉弩斯充满了忧愤之情。他感叹对金钱和享乐的追逐腐蚀了人们的灵魂，滋长了浮夸、虚荣和无耻的社会风气。在这种道德堕落的"瘟疫"中，人们心灵中一切高尚的东西都日趋枯萎，哪里还会产生伟大的文学？因此，《论崇高》的宗旨，就是热切召唤崇高、庄严的风格，召唤伟大的、震撼人心的作品。

而要创造崇高的文学，首先就要唤醒人们的使命感，恢复对崇高事物的感悟与向往。朗吉弩斯这样写道：

> 自然并非要我们去做卑微下贱的动物，当它把我们引入人生和浩瀚的宇宙，仿佛带我们赶赴盛会，要我们成为宇宙壮观的观赏者和荣誉的热切追求者，从一开始就在我们心灵中注入了对一切伟大的、比我们更神圣的事物的爱……倘若我们观察周围的生命，发现万物是如此惊人、博大和美丽，我们即刻便会领悟我们此生的目的。正因如此，出于某种自然的冲动，我们不会去赞美涓涓溪流，虽然它们有用而且清澈，却会赞叹尼罗河、多瑙河、莱茵河，甚至汪洋大海……关于这一切，我们要说，有用或必需的

事物在人看来相当平凡，他们所赞叹的是令人惊异的事物。[59]

尽管朗吉弩斯并无完整的哲学思想，但他的这段话却力图表明，对崇高事物的向往是我们与生俱来的天性。一旦与壮丽的宇宙景象相遇，便会即刻激发起潜伏在我们天性中的使命感，使我们领悟生命的意义，升华到崇高的精神境界。

作为一个修辞学家，朗吉弩斯也对崇高风格的读者效果予以高度重视。换言之，崇高风格不仅源自人们的使命感，也可以从它的效果去加以界定："崇高语言对听众的效果不是说服，而是狂喜。无论何时何地，庄严的演说总是远远超过说服和愉悦，对我们具有深刻的感染力。信服与否往往可以由我们自己作主，但是崇高的影响却具有专横的、不可抗拒的威力，而且征服了所有的听众。"[60] 正如我们所知，自从亚理斯多德以来，修辞学就被人们视为一种"说服的艺术"，"一种能在任何一个问题上找出可能的说服方式的功能"。[61] 但朗吉弩斯却并不以此为满足，而是提出了更高的要求。在他看来，崇高风格所产生的效果，是一种令听众的全身心都为之震撼、与之共鸣的强烈情感和忘我境界。而他所谓的"狂喜"（transport），正是这样一种心醉神迷、欣喜若狂的状态。因此，同是重视读者效果，朗吉弩斯的见解显然不同于贺拉斯，而是更接近于普罗提诺的新柏拉图主义。

"崇高风格是伟大心灵的回声"

朗吉弩斯认为，崇高风格是由以下五个因素构成的：第一是"形成伟大思想的能力"，第二是"强烈而激越的感情"，第三是"修辞格的妥善构成"，第四是"高雅的措辞"，第五则是将以上四个因素组合起来的"高超庄严的布局"。按照他的意见，前两项主要依赖于诗人的天赋，后三项则主要来自艺术方面的功力。通篇《论崇高》虽然旁征博引，但大体是依照这个顺序来展开论述的。

值得注意的是，尽管朗吉弩斯用了大量篇幅来讨论修辞学问题，但却对当时一味讲究形式技巧的风气甚为反感。在他看来，"崇高风格是伟大心灵的回声"，[62] 因

---

[59] Longinus, "On the Sublime", in Hazard Adams ed., *Critical Theory since Plato*, Harcourt Brace Jovanovich, Inc., 1971, p.97.

[60] Ibid., p.77.

[61] 亚理斯多德：《修辞学》，罗念生译，生活·读书·新知三联书店，1991年，第24页。

[62] Longinus, "On the Sublime", in Hazard Adams ed., *Critical Theory since Plato*, Harcourt Brace Jovanovich, Inc., 1971, p.81.

而伟大的思想是构成崇高风格的重要源泉。那些把生命耗费在琐屑事物和卑微目标上的人，绝不可能写出让人激赏的不朽篇章。反之，一个崇高而朴素的思想即使不置一词，也往往能凭借心灵的伟大而令人赞叹不已。为了说明这一点，朗吉弩斯甚至援引了《旧约·创世记》中的那段话："上帝说要有光，于是就有光；要有大地，于是就有大地"，以此作为崇高风格来源于伟大思想的例证。

同样，朗吉弩斯把感情当作文学的重要因素来予以强调，在批评史上也具有开创性意义。他指责凯齐留斯讨论崇高居然对感情只字未提，以为这是一个不容忽视的错误，并许诺自己将专门撰文来加以论述。他指出，尽管崇高与感情并不是一码事，但强烈的感情显然有助于崇高风格的形成，"只要运用恰当，没有任何语调能像真挚的感情那样高尚；当它以一阵狂热的激情喷涌而出，仿佛使演说者的语词充满迷乱"。[63] 此外，虽然修辞格、措辞和布局属于艺术功力的范畴，但它们的运用却必须服从于感情的调遣。例如，朗吉弩斯认为，"使用隐喻的适当时机，是当感情澎湃犹如洪流之际，大批隐喻便汇成了不可抗拒的春潮"。[64]

限于篇幅，我们无法逐一介绍朗吉弩斯有关修辞格、措辞和布局的具体论述。但应当指出是，朗吉弩斯的卓越之处，就在于他始终强调将修辞技巧与诗人的思想感情协调起来，反对不分场合地滥用修辞技巧。他认为，华美的词语理应是思想的独特光辉，假如"给卑微的事物冠以伟大而响亮的名字，那就无异于给幼稚的小孩戴上大号的悲剧面具"。[65] 就此而言，虽然身为修辞学家，但朗吉弩斯的态度却接近于柏拉图的《斐德若篇》，而后者反对侈谈修辞学技巧的立场是广为人知的。

为了阐明上述问题，朗吉弩斯也探讨了天才与技艺的关系。概括地说，他的见解与贺拉斯的看法大体相仿，也强调天才与技艺必须互相结合，不可偏废：

> 崇高风格的表达倘若没有学识的引导，放任自流，那就会听凭盲目冲动的摆布，就会变化无常失去平衡，从而陷入危险。确实，天赋常常需要刺激，但同样确实的是，它也常常需要约束。[66]

尽管如此，为了抵制当时雕琢夸饰的文风，朗吉弩斯却更多地强调了天才的发挥。

---

[63] Longinus, "On the Sublime", in Hazard Adams ed., *Critical Theory since Plato*, Harcourt Brace Jovanovich, Inc., 1971, p.89.
[64] Ibid., p.86.
[65] Ibid., p.94.
[66] Ibid., p.78.

在他看来，平庸的诗人由于从来不冒风险，才小心翼翼地写出了四平八稳的"完美之作"。而伟大的诗人一任才情的纵横驰骋，难免会有偶然的疏漏。他宁愿选择那些略带瑕疵的伟大作品，也不能容忍流于琐屑的"完美之作"。"没有错误仅可以免受指责，崇高才能引起赞叹。更何况每一位伟大的作者往往能以崇高而幸运的一笔，便挽回了他所有的失误。"[67] 如果考虑到古往今来确乎存在着两种不同类型的诗人，一种似乎更需要陶冶和训练，另一种则更需要才情的发挥，那么，我们就应当承认，在贺拉斯和朗吉弩斯的见解中都包含着部分真理。

从古人的创作中汲取灵感

像许多罗马作家一样，朗吉弩斯也对古希腊文学充满崇敬之情，倡导向古人学习。他告诫自己的友人泰伦提努斯（P. Terentianus），要使自己的创作达到崇高的境界，一条重要的途径就是摹仿古代伟大的诗人和散文家，并同他们展开竞赛，因为许多人便是这样获取创作灵感的。朗吉弩斯确信：

> 一般来说，凡是为所有人永远喜爱的便是美的和真的，可以视为崇高风格的典范。当那些职业、生活、志趣、年龄和语言各不相同的人们都对一部作品取得一致意见时，这种不谋而合、异口同声的判断，就会使我们赞扬这部作品的信心更加坚定。[68]

这就是说，唯有赢得一切时代的人们喜爱的诗文才堪称上乘之作，而古希腊文学无疑是经受住了这样的考验的。

而在如何学习古人的具体方法上，朗吉弩斯却采取了一种与贺拉斯截然不同的策略。正如我们所知，贺拉斯致力于从古希腊文学中归纳出一套诗艺规则，要求作家亦步亦趋，严格遵守。朗吉弩斯则不然，他主张沉潜于古代伟大的作品中，从中汲取创作的灵感。他认为，每当此时，"从古代作家的伟大精神中，便有一股潜流仿佛从那神圣的山洞中流出，注入摹仿者的心灵，使那些很少有灵感的人也会顿生灵感，从别人的巨大魅力中得到支持"。[69] 这就意味着学习古人绝不能削足适履，死

---

[67] Longinus, "On the Sublime", in Hazard Adams ed., *Critical Theory since Plato*, Harcourt Brace Jovanovich, Inc., 1971, p.94.

[68] Ibid., p.80.

[69] Ibid., p.85.

守教条，而是一个潜移默化、陶冶性情、激发灵感的过程。也正是在这里，朗吉弩斯创造性地发挥了柏拉图的灵感理论。

朗吉弩斯的《论崇高》也是一部理论与批评实践相结合的著作，其理论见解往往是通过引证具体作品来加以阐述的。更重要的是，朗吉弩斯对古人作品采取了一种鉴赏式的批评态度，从而成为印象主义批评方法的始作俑者。例如，他把荷马的《伊利亚特》视为诗人才华横溢时期的创作，把《奥德修记》比作光华已逝的落日和退潮时分的大海，认为这是诗人才华衰退的征兆。[70]同样，他也将狄摩西尼与西塞罗的演讲风格作了比较。在他看来，前者的风格是粗犷的，后者的风格则如激流急湍。前者将一切都迅速地燃烧起来，可以比拟为迅雷闪电；后者却像野火燎原，既席卷一切，又有一股持续的火焰。[71]显然，倘若我们并不知道狄摩西尼的演讲以热情奔放而著称，西塞罗的演讲则以逻辑严谨而取胜，那就难以理解朗吉弩斯上述比喻的确切所指。由此可见，他所看重的与其说是对作品风格的客观描述，不如说是记录批评家的主观感受。

朗吉弩斯的《论崇高》是由意大利学者罗鲍特罗（F. Robortello，1516—1567）在1554年首次刊印的。1674年，法国批评家布瓦洛又将它译成法文出版。从此，它便受到新古典主义批评家的高度重视。到了18世纪，人们又在其中逐渐发现了那些被新古典主义批评家所忽略的异质因素，即对天才的赞扬，对感情的重视，对"狂喜"效果的强调，以及作为一种美学范畴的"崇高"。从此以后，朗吉弩斯的《论崇高》便成为近代文学批评的重要理论资源之一，从而推动了审美趣味和批评风气的转变。

第五节　从普罗提诺到但丁

严格说来，在欧洲中世纪，几乎不存在今天意义上的文学批评。如果考虑到当时特定的文化氛围，这种情况不足为奇。中世纪把一切学术研究都纳入基督教神学的轨道，在西方文化史上是古希腊罗马之后的一个中断。在当时的文化氛围下，人们把注意力放在赞美上帝和准备进入天国上，禁欲主义的戒律使人们将提供感官愉

---

[70] Longinus, "On the Sublime", in Hazard Adams ed., *Critical Theory since Plato*, Harcourt Brace Jovanovich, Inc., 1971, p.82.

[71] Ibid., p.85.

悦的文学艺术视如洪水猛兽，或干脆把它们当作一种异教文化加以排斥。与此同时，岁月也尘封了古希腊罗马的批评文献，其传统也早已被人遗忘。亚理斯多德的《诗学》在他死后不久便已失传，朗吉弩斯的《论崇高》也长期无人知晓。贺拉斯的只言片语虽然为人提及，可是在理解上却远不是那么一回事，更没有像它在文艺复兴和新古典主义时期所具有的那种权威意义。唯独柏拉图是一个例外，但也只是由于他对诗歌的仇视而受到中世纪学者的青睐。因此，一部西方文学批评史几乎不得不从头写起，人们只能在基督教神学的缝隙中去追寻文学思想的演变轨迹。

普罗提诺的新柏拉图主义艺术观

虽然罗马帝国后期的普罗提诺（Plotinus，204—270）并不是正统的基督教徒，但他生活在各种宗教神秘仪式在欧洲迅速传播的时代，或多或少总会受到当时宗教思想的影响。他所创建的新柏拉图主义（Neoplatonism），正是柏拉图的理念论哲学与宗教神秘主义的混合物，具有那个时代思想文化的显著特征。然而，与中世纪敌视文学艺术的普遍倾向不同，普罗提诺却在改造柏拉图摹仿理论的基础上，阐发了一套标榜审美理想的艺术观，对西方文学批评产生了深远的影响。

在普罗提诺看来，宇宙万物的本原是超越经验的"太一"（The One）。它是永恒、绝对的神，也是真、善、美的三位一体。"太一"创造万物犹如阳光的辐射，表现为一个由高而低、由强而弱的发散过程。最先从"太一"发散出来的是宇宙理性或纯粹精神，称作"弩斯"（Nous）；然后，从"弩斯"发散出"整体灵魂"（The All-Soul）；从"整体灵魂"又发散出个别灵魂，最终遇到物质的障碍，个别灵魂便与肉体结合起来。既然"太一"是我们神圣的精神家园，那么，为了重返家园，就必须使灵魂超越肉体，清修静观，以直觉的方式与"太一"融为一体。每当此时，我们便沐浴在一片光明之中，灵魂得以再度纯洁化。普罗提诺认为，通常的美主要是诉诸视觉和听觉的，但从感觉逐步上升，就有了美的事业、美的行为、美的学问和美的道德。在此之上，则是最高的美，即美的本体。而这一美的本体不是凭视觉所能见到的，而是要凭心灵去观照。一旦心灵飞升到上界观照这最高的美，我们就会无比兴奋，欣喜若狂。由此可见，普罗提诺的美学思想在很大程度上受到柏拉图的影响，是对《会饮篇》主题所作的改造与发挥。

然而，与柏拉图不同的是，艺术在普罗提诺的思想体系中却被赋予了重要的地位。他在《九章集》（*The Enneads*，约写于 260 年）中指出，艺术所创造的美并非依赖于物质材料，而是由于它分享了艺术家心中的理念，艺术创作的高低，就取决于物质材料被艺术家的心灵所征服的程度。举例来说，假如有两块石头，一块未经艺术的加工，自然就谈不上美；另一块经过艺术家的塑造，便成为一座优美的雕像。而这块石头之所以美，并非由于石头本身，而是由于艺术所注入的形式。而艺术家拥有形式，"不是因为他生有眼睛和双手，而是由于他参与了艺术创造。"[72] 换言之，艺术之所以为艺术，就在于它是心灵的创造。艺术家将他的理念注入到石头中去，石头便被赋予了形式，即刻便焕发为优美的艺术作品。从这个意义上说，正是由于心灵的参与，艺术才远远高于一般自然事物，更接近于那永恒的美的本体。

如果说上述见解颠覆了柏拉图的摹仿理论，从而肯定了艺术作为一种精神创造活动的价值的话，那么，通过一个著名例证，普罗提诺则强调了艺术家的审美理想在创作中的积极作用。他指出：

> 不应当以艺术创造只是摹仿自然对象为由来贬低艺术。首先，因为这些自然对象本身也是摹仿；其次，我们应当知道，艺术创造并非只是可见事物的单纯复制，它必须回到自然事物所渊源的理性原则；进一步说，许多艺术作品都是为自己所独有的，它们是美的拥有者，并且弥补了自然的缺陷。因此，斐狄亚斯（Phidias）创造宙斯的雕像，并不是以感性事物为摹本的，而是依照他所设想的宙斯出现在眼前应该是个什么模样来创造的。[73]

正是在这个意义上，普罗提诺强调艺术创作不应当摹仿外在的自然，而应当摹仿艺术家心灵中的"内在摹本"（internal model）。换言之，艺术创作不应抄袭自然的本来面目，而应当凭借艺术家心中的审美理想去创造。唯有这样，艺术作品才能够弥补自然的平庸与缺陷，达到美化自然，高于自然的目的。不难发现，这种理论渗透在文艺复兴至浪漫主义时期的文学批评中，成为标榜审美理想和艺术想象的理论根据。在斯卡里格、锡德尼、狄德罗、歌德、黑格尔、雪莱等人那里，我们都能够发现普罗提诺的影响。

---

[72] Plotinus, "The Enneads", in Hazard Adams ed., *Critical Theory since Plato*, Harcourt Brace Jovanovich, Inc., 1971, p.106.

[73] Ibid., p.106.

奥古斯丁与波伊提乌斯对诗歌的偏见

不过，在中世纪早期，我们更多看到的并不是对文学艺术的赞扬，而是人们对它的恐惧和仇视。其中最突出的例证，莫过于圣·奥古斯丁（Saint Augustinus，354—430）对诗歌的偏见。这位出生于北非的基督教神父，早年曾阅读过不少古希腊罗马的文学作品。皈依基督教之后，他在《忏悔录》（Confessions，约写于400年前后）中反省这段经历，不禁痛悔万分。他责备自己当初只知为《埃涅阿斯纪》中狄多的殉情而伤心落泪，却不曾为自己因此离弃了上帝而痛哭。[74]他悔恨当年曾醉心于那些描写淫乱的朱庇特和嫉妒的朱诺的诗歌，竟让罪恶的欲望玷污了心灵。让他感到愤怒的是，"荷马编造这些故事，把神写成无恶不作的人，使罪恶不成为罪恶，使人犯罪作恶，不以为仿效坏人，而自以为取法于天上神灵"。[75]

另一方面，奥古斯丁也试图从基督教道德的角度来揭露悲剧的危害性。在他看来，悲剧场景使观众袖手旁观他人的苦难，并从中获取快感，这岂不是一种罪恶的变态心理吗？所以，他把沉湎于戏剧怒斥为"染上了可耻的、醒醐不堪的疥癣"，避之唯恐不及。[76]显然，奥古斯丁的上述偏见，在中世纪具有广泛的代表性。从那时以来，许多人都把阅读文学作品看成是浪费光阴或是引诱灵魂堕落的罪恶，并将艺术视为基督教徒的"禁果"而予以禁绝。

无独有偶，另一位早期基督教哲学家曼·塞·波伊提乌斯（Manlius Severinus Boethius，480—524）也对艺术作了严厉指责。他在《哲学的慰藉》（The Consolation of Philosophy，约写于523年）中这样写道：有一天，当他企图以写诗来排遣自己的忧伤时，哲学女神赶到他的身边，把诗神缪斯当作行骗的女子加以训斥。因为她们用"有毒的蜜糖"来假充良药，"用感情的贫乏的荆棘窒息了理智的丰硕果实，使人的精神沉湎于疾病，而不是从疾病中挣脱出来"。[77]显然，这段富于寓言色彩的自述，不仅生动再现了柏拉图在《理想国》里提到的那场哲学与诗歌之争，而且也像当年柏拉图一样，把诗歌当作了浇灌感情的有害物品来加以清除。另一方面，在波伊提乌斯看来，诗神缪斯是异教徒崇拜的神灵，理应为基督教徒所不齿。这样，

---

[74] 奥古斯丁：《忏悔录》，周士良译，商务印书馆，1963年，第16页。
[75] 同上书，第19页。
[76] 同上书，第37页。
[77] M. S. Boethius, "The Consolation of Philosophy", in Hazard Adams ed., *Critical Theory since Plato*, Harcourt Brace Jovanovich, Inc., 1971, p.115.

柏拉图敌视诗歌的立场便与基督教的禁欲主义纠缠在一起，成为中世纪对待文学艺术的基本态度。

托马斯·阿奎那与但丁的寓意理论

从今天看来，文学理论的长期停滞状态，直到中世纪后期才有所改观。这一方面固然与当时欧洲文学的日趋活跃有关，但另一方面，当时经院哲学的发展也为它提供了思想资源。然而，这几乎意味着它必须另辟蹊径，以阐释《圣经》的方法来解读文学作品。托马斯·阿奎那和但丁的寓意理论，正是这一特定文化背景的产物。

毫无疑问，圣·托马斯·阿奎那（Saint Thomas Aquinas, 1225—1274）在思想史上的独特贡献，就在于他用亚里斯多德的哲学来阐释基督教神学，把经院哲学推向了一个新的高度。他认为，上帝的存在并非是不言自明的，而是必须通过上帝的创造物即世界的存在来加以证明。为此，他提出了五种证明上帝的方式，即从事物的运动推论出"第一推动者"，从动力因的性质推论出"第一原因"，从偶然与必然的关系推论出"必然的实体"，从事物真实性的等级推论出"绝对完善的存在"，从宇宙的秩序推论出"无限智慧的创造者"。而这样的论证，无异于把世界看成是一座象征的森林，世间万事万物最终都喻指着它们的创造者——上帝。

以这种方法来解读基督教经典，在托马斯·阿奎那看来，《圣经》作为上帝的自我陈述，除了其字面的意义之外，必有其精神的寓意。他在《神学大全》（*Summa Theologica*，约写于1256—1272年）中指出：

> 我认为，《圣经》的作者是上帝，就其能力而言，他不仅能以文字（像人所做的那样）来表达，而且也能以事物本身来表达他的意思。因此，任何别的学问都以文字表达事物，而这门学问则具有这样的性质，即以文字表达的事物自身还另有所指。所以，前者用文字来表达事物，其意义是历史的或字面的；后者被文字表达的事物自身还另有其含义，可称为精神性的。它基于文字，却又超越文字。[78]

这意味着阐释《圣经》不可拘泥于字面的意义，而应当把它当作寓言来解读，即透过字面的意义，领悟其神学方面的启示。为了捍卫《圣经》的权威性，托马斯·阿

---

[78] Saint Thomas Aquinas, "Summa Theologica", in Hazard Adams ed., *Critical Theory since Plato*, Harcourt Brace Jovanovich, Inc., 1971, pp.118—119.

奎那把这套阐释方法严格地限定在解读基督教经典的范围之内。但是，这一阐释理论却给予但丁以深刻的影响，他不仅从中发展出一套阐释方法，而且也用来说明一般诗人的艺术创作。

在《飨宴》(The Banquet, 1304—1308) 和《致斯加拉亲王康·格兰德书》(Letter to Can Grande della Scala, 1318) 等论著中，但丁·阿里盖利 (Dante Alighieri, 1265—1321) 重申了诗歌所具有的寓意性质。在他看来，要分析一部作品，必须对文本不同层面的意义加以区分。以《旧约·诗篇》第 114 篇为例："以色列出了埃及，雅各家离开说异言之民，那时犹大是主的圣所，以色列为他所治理的国度"，便可从中细分出四种意义：以字面的意义而言，这是指以色列的子孙在摩西时代离开埃及；以寓言的意义而言，这是指基督为我们赎罪；以道德的意义而言，这是指灵魂从罪恶转入到蒙恩的境界；以神秘的意义而言，这是指圣灵摆脱堕落的奴役，转入永恒荣光的自由。但丁认为，后三种意义虽然名称不同，但都可以称作寓意的 (allegorical)，因为它们区别于字面的 (literal) 和历史的 (historical) 的意义。[79]

同样，《神曲》的意义也是双重的。第一层意义是通过文字而获得的，可称为字面的意义；第二层意义则是通过文字所指的事物而获得的，可称为寓意的或神秘的意义。由此，但丁对《神曲》的主题作了如下概括：

> 如果仅从字面的意义看，整个作品的主题是写"死后灵魂的境遇"，这无需什么证明，因为作品的全部发展都是围绕它而进行的。但如果从寓意的角度来看，那么，作品的主题就是"人在运用其自由选择的意志时，由于行善或作恶，理应受到善报或恶报的公正赏罚"。[80]

显然，但丁对《神曲》的这一阐释完全借用了托马斯·阿奎那解释《圣经》的模式。然而，我们应当认识到，《神曲》毕竟出自诗人自己的虚构和想象，与《圣经》在中世纪的权威地位不可同日而语。因此，当但丁如此阐释他的《神曲》时，实际上便建构了一套独特的文学理论。

而追根溯源，这是一种建立在基督教神学基础上的阐释方法，在中世纪早期的《圣经》学者那里有着悠久的传统。奥利根 (Origen, 约 185—254)、圣·哲罗姆 (Saint Jerome, 347—419) 等人都曾经试图揭示《圣经》的寓言性质，阐发其微言大

---

[79] Dante, "Letter to Can Grande della Scala", in Hazard Adams ed., *Critical Theory since Plato*, Harcourt Brace Jovanovich, Inc., 1971, p.122.

[80] Ibid..

义。而经过托马斯·阿奎那和但丁的阐发，它更成为了中世纪教会所能接纳的唯一的文学理论。甚至当乔万尼·薄迦丘（Giovanni Boccaccio，1313—1375）撰写《但丁传》（*Life of Dante*，1364）时，依然采用了这一理论模式。他把《圣经》和一切诗歌都视为寓言，以此来证明诗歌的神圣性质。只是理论的重心已有所转移，因为在他看来，不仅诗歌是神学，"产生于上帝的怀抱"，而且神学也是诗，同样充满了"诗的虚构"。[81]

---

[81] Giovanni Boccaccio, "Life of Dante", in Hazard Adams ed., *Critical Theory since Plato*, Harcourt Brace Jovanovich, Inc., 1971, pp.126—127.

第二章
文艺复兴至 18 世纪的文学批评

从文艺复兴到 18 世纪的文学批评,是以恢复和发扬古希腊罗马的批评传统,建构一套新古典主义(Neoclassicism)的理论体系为其基本特征的。我们可以把这段批评史大致分为几个阶段:起初,由 16 世纪意大利批评家开创了研究古希腊罗马批评文献的风气,重新恢复了亚理斯多德和贺拉斯的权威。其后,经过各自不同的途径,法国、英国和德国先后成了新古典主义批评的一统天下。直到 18 世纪后期,由于文学潮流的不断变化,新古典主义批评才第一次面临严峻的挑战。从此以后,浪漫主义诗学的崛起和新古典主义批评的解体,便构成 18、19 世纪之交西方文学批评的一道独特景观。

新古典主义批评的形成固然有其历史根源,诸如路易十四时代法国宫廷的风尚,1660 年斯图亚特王朝复辟以后的英国社会,都是它得以滋生蔓延的温床,但其直接背景却是文艺复兴时期以来文化氛围和学术风气的转变。从那时起,人们就对古希腊罗马文化表现出巨大的热情,并把那些古代典籍视为一切知识的源泉。随着亚理斯多德《诗学》和朗吉弩斯《论崇高》的重新发现,人们不仅恢复了古希腊罗马的批评传统,而且也把它们当作颠扑不破的真理。在那几个世纪里,亚理斯多德和贺拉斯的诗学理论为人们普遍接受,批评家反复讨论的无非是《诗学》和《诗艺》中的那些命题和规则。就连对法国新古典主义戏剧深恶痛绝的莱辛(G. E. Lessing,1729—1781)也宣称:亚理斯多德的《诗学》就"像欧几里德定理一样可靠……特别是我敢于用悲剧无可辩驳地证明,假如它不想远离自己的完美性,就寸步离不开亚理斯多德的准绳。"[1]

---

[1] 莱辛:《汉堡剧评》,张黎译,上海译文出版社,1981 年,第 513 页。

当然，作为一种文学思潮，新古典主义批评从来就不是整齐划一的，它在不同批评家之间存在着显著的差异。对于那些食古不化的新古典主义批评家来说，它意味着紧跟古人亦步亦趋，谨守各种清规戒律。而对于这一时期优秀的批评家来说，它不仅意味着"摹仿自然"、"寓教于乐"和"普遍性"等基本原则，也意味着将这些原则与各自的民族文学传统结合起来，以促进本民族文学的发展。以约翰逊（Samuel Johnson，1709—1785）、狄德罗（Denis Diderot，1713—1784）和莱辛为例，他们虽然在不同程度上信守新古典主义的基本原则，但都坚决反对盲目崇拜古人，反对戏剧的"三一律"，并为莎士比亚式的悲喜剧进行辩护。由此可见，优秀的批评家从来都不会胶柱鼓瑟，抱残守缺，而是能够以一种睿智、开阔的精神与时共进。可是，当这种意识变得越来越强烈的时候，新古典主义批评体系也就面临着解体的危险。

20世纪初，在经历了浪漫主义洗礼的一个世纪之后，许多批评家试图重新评价新古典主义批评的历史功过。在著名的《传统与个人才能》（*Tradition and the Individual Talent*，1917）一文中，托·斯·艾略特（T. S. Eliot，1888—1965）不仅强调自荷马史诗以来的西方文学传统是一个整体，而且他的非个性化理论，即所谓"诗歌不是放纵感情，而是逃避感情；它不是表现个性，而是逃避个性"，[2] 都是为复活新古典主义批评而作的努力。当然，新古典主义批评不可能重振当年的雄风，它的观念和方法毕竟过于狭窄，不但无法阐释浪漫主义以来纷繁复杂的文学现象，即使在它的鼎盛时期，面对文学上的种种创新，它也时常显得捉襟见肘，落伍于时代的发展。然而，艾略特等人对它的重新评价，却有助于我们更好地审视这段批评史，不致于将新古典主义批评一笔抹煞。

尽管文艺复兴时期的意大利批评家恢复了古希腊罗马批评传统，对此后的西方文学批评产生了深远的影响，但除了个别情况之外，在这一时期卷帙浩繁的著作中却罕有创造性的建树。从这个意义上说，虽然文艺复兴时期的文学批评是近代西方批评走向繁荣的一个起点，但它同时却助长了崇尚古代权威的风气，新古典主义批评的基本倾向已在这一时期酝酿形成。其后，经过一个多世纪的沉寂，18世纪的意大利学者贾巴蒂斯塔·维柯（Giambattista Vico，1668—1744）以"诗性的智慧"（poetic wisdom）为核心概念，阐述了一种新颖的文学思想。但令人遗

---

[2] T. S. Eliot, "Tradition and the Individual Talent", in *Selected Essays*, Faber and Faber Limited, 1932, p.21.

憾的是，维柯的著作在当时欧洲几乎无人知晓，直到 20 世纪才备受克罗齐、弗莱等人的青睐。

在法国，布瓦洛 (Nicolas Boileau-Despreaux, 1636—1711) 概括了新古典主义文学在发展过程中形成的基本理论，他的《诗的艺术》(*The Art of Poetry*, 1674) 从此成为法国诗坛的"法典"。布瓦洛的见解过于刻板，但却并非无的放矢，而是针对路易十四时代的文学现状而发。令人惊异的是这一"法典"竟在法国垄断了一个多世纪，导致文学批评长期停滞不前。伏尔泰 (Voltaire, 1694—1778) 虽然在创作上是个多面手，但在文学批评上依然追随布瓦洛的那一套。卢梭 (Jean-Jacques Rousseau, 1712—1778) 尽管在政治思想上是一个激进派，可是对于整个文学艺术却抱着一种极其狭隘的偏见。今天看来，这一时期法国最卓越的批评家还是狄德罗。如果说他的早期理论是将新古典主义批评与情感主义诗论奇特地混合在一起的话，那么，他晚年的戏剧理论则更富于启发意义。

英国的新古典主义批评虽然深受法国的影响，但由于莎士比亚及其伟大的文学传统，使许多批评家在理论上不致于过分僵化。仅此一点就足以说明，德莱顿 (John Dryden, 1631—1700) 和约翰逊在坚持"摹仿自然"和"寓教于乐"的同时，何以会对"三一律"等清规戒律不屑一顾，对莎士比亚戏剧表示由衷的赞赏。唯独蒲柏 (Alexander Pope, 1688—1744) 显得相当刻板，一方面强调摹仿自然就是摹仿古人，另一方面指责英国诗人藐视古典规则。当然，面对近代异彩纷呈的文学现象，即使像约翰逊这样一位批评大师，有时也会陷入无所作为的尴尬境地。

德国文学曾长期处于滞后状态，直到 18 世纪前期，才由高特舍特 (J. C. Gottsched, 1700—1766) 将法国新古典主义戏剧引进德国，以期推动本国戏剧的改革。可是，他完全拜倒在法国人面前，因而理所当然地遭到了莱辛的严厉批判。莱辛固然试图恢复亚理斯多德的诗学精神，但却从未忘记自己所肩负的创建德国民族文学的使命，他的《拉奥孔》(*Laokoon*, 1766) 和《汉堡剧评》(*Hamburg Dramaturgy*, 1767—1769) 都是在这个意义上写成的。在随后的狂飙突进运动中，赫尔德 (J. G. Herder, 1744—1823)、歌德 (J. W. Goethe, 1749—1832) 和席勒 (Friedrich Schiller, 1759—1805) 更是突破了新古典主义批评的樊篱，把德国文学批评带入了一个全新的境界。因此，本章的最后两节，将讨论歌德与席勒在文学批评史上的贡献，因为正是他们开启了一条通往 19 世纪文学批评的道路。

第一节　文艺复兴时期的文学批评

　　文艺复兴时期文学批评的活跃，在很大程度上得益于当时钻研古典著作的学术风气，尤其是得益于一批古希腊罗马批评文献的重新发现和翻译出版。1498年，意大利学者乔尔乔·瓦拉（Giorgio Valla，生卒年不详）译印了亚理斯多德《诗学》的拉丁文本。不久，其他学者又陆续翻译出版了《诗学》的希腊文本和意大利文本，使这一久已失传的著作得以再度熠熠生辉。1554年，弗朗西斯科·罗鲍特罗（Francisco Robortello，1516—1567）整理出版了朗吉弩斯的《论崇高》，愈加丰富了人们对古希腊罗马文学批评的认识。正是对这些古典文献的发掘和研究，促进了16世纪文学批评的繁荣。

　　然而，这既是一个重新恢复古希腊罗马批评传统的时代，也是一个重新拜倒在古代权威面前的时代。亚理斯多德的《诗学》和贺拉斯的《诗艺》在这一时期被人们普遍接受，几代批评家反复讨论的，无非是那些古典文献所提出的理论问题。因此，透过表面的繁荣，这一时期文学批评的实际建树每每是令人失望的，只有在想象理论方面，才取得了某种程度的突破性进展。

批评家普遍信奉"寓教于乐"理论

　　虽然亚理斯多德《诗学》的翻译出版，激起了人们的一片欢呼，不过，正如迈·霍·艾布拉姆斯所指出的，这一时期批评家对《诗学》的赞扬和附和多半是虚假的，人们兴趣的重点实际上已经转移，从此以后，文学理论的主要趋向不再是关注作品与世界的关系，而是作品与观众的关系。[3]因此，真正被人们奉为圭臬的并不是亚理斯多德的《诗学》，而是贺拉斯的《诗艺》，而且往往是以贺拉斯的理论来阐释亚理斯多德的。

　　正是在这种情况下，批评家普遍信奉贺拉斯的"寓教于乐"理论，把文学的教化作用看作是诗人的首要任务。意大利批评家尤里乌斯·凯撒·斯卡里格（Julius Caesar Scaliger，1484—1558）在他的《诗学》（*Poetics*，1561）中指出：摹仿虽然是一

---

[3]　M. H. Abrams, *The Mirror and the Lamp*, Oxford University Press, 1953, p.14.

切诗歌的基础,但却不是它的目的,"诗歌的目的在于以娱乐的方式给人以教诲,因为诗歌应当教诲,并不像某些人所想的那样仅仅是娱乐。"[4] 同样,英国诗人和批评家菲利普·锡德尼(Philip Sidney, 1554—1586)也认为,正像长袍不能造就一位律师一样,音韵也不能造就一位诗人,唯有表现善恶并给人以教益的,才能配得上诗人的桂冠。他在《为诗一辩》(An Apology for Poetry, 1595)中强调:

> 诗歌是一种摹仿的艺术,因而亚理斯多德用 mimesis 一词来界说它。这就是说,诗歌是一种再现,仿效,或形象的描绘;而从比喻的意义上说,诗歌是一幅能言的画,其目的在于教诲和娱乐。[5]

由此可见,重视诗歌的读者效果,强调文学的教化作用,在文艺复兴时期的文学批评中始终占据着主导地位。

与此同时,人们也用贺拉斯的"寓教于乐"理论来解释亚理斯多德的悲剧净化论,却完全忽视了它们之间的根本区别。例如,意大利批评家安东尼奥·塞巴斯蒂安·明屠尔诺(Antonio Sebastian Minturno, 1500—1570)一方面认为,通过观看悲剧可以使人的心灵变得愈加坚强,对怜悯和恐惧之情习以为常;另一方面,他又把这种解释同"寓教于乐"联系起来,强调"诗人的任务不是别的,就是用诗来讲话,以便教导、娱乐、感动别人,所以他能净化观众心中的激情"。[6] 然而,限于当时的认识水平,文艺复兴时期的批评家始终未能将艺术的教育功能与一般道德说教区分开来,也未能将审美愉悦与其他性质的快感区分开来。

不过,事情总有例外。另一位意大利批评家卢多维科·卡斯特尔维特罗(Lodovico Castelvetro, 1505—1571)一反当时流行的见解,公然声称诗歌的目的就是给人们提供娱乐,而不是传授真理或培养美德。因为在他看来,诗人所要取悦的对象是缺乏文化教养的普通百姓,而他们根本不懂得那些高深的哲理。为了证明这一点,他在《亚理斯多德〈诗学〉译释》(The Poetics of Aristotle Translated and Explained, 1570)一书中指出,亚理斯多德从来都把快感视为悲剧的唯一目的,唯

---

[4] Julius Caesar Scaliger, "Poetics", in Hazard Adams ed., *Critical Theory since Plato,* Harcourt Brace Jovanovich, Inc., 1971, p.137.

[5] Philip Sidney, "An Apology for Poetry", in *Critical Theory since Plato,* p.158.

[6] 明屠尔诺:《诗艺》,见《缪灵珠美学译文集》,第一卷,中国人民大学出版社,1987年,第390页。

有关于悲剧的净化作用的论述才多少含有道德教育的意味。[7] 但我们应当指出，尽管这一结论与当时流行的"寓教于乐"理论大相径庭，但就思维模式而言，卡斯特尔维特罗的看法与上述斯卡里格、锡德尼的见解并无实质性的区别，他们对文学的社会功用的认识仍然是极其肤浅的。

斯卡里格和锡德尼的想象理论

尽管文艺复兴时期的批评家都普遍确信，诗歌是一种摹仿的艺术，但对于许多人来说，"摹仿"往往可以作相当宽泛的理解，并不意味着艺术只是丝毫不差地摹写自然。另一方面，亚理斯多德关于诗歌应当描写可然律或必然律的主张，普罗提诺关于"内在摹本"的说法，在这一时期具有特殊的活力，为批评家标榜艺术想象提供了理论依据。因此，艺术摹仿并非仅仅意味着再现自然，更意味着对自然的改造和完善，甚至意味着对上帝的创造活动的摹仿。正如斯卡里格所指出的：

> 其他技艺都按事物的本来面目来描写它们，而诗歌在某种意义上却像一幅能言的画，诗人描绘的是另一种自然和形形色色的命运。这样，诗人事实上就几乎将自己化身为第二神灵。在万物的创造者所制造的事物面前，其他学问只是监督者；然而，由于诗歌塑造的是与事物不同的形象，是比事物的原来面目更优美的形象，因此它似乎与别的书面形式不同，不像历史限于真实的事件，而是像另一个上帝，创造万物。[8]

这样，斯卡里格就颠覆了"摹仿"这一概念的本来意义，而赋予诗人的虚构和想象以至高无上的权利。

而锡德尼也以同样的口吻宣称，任何人类的技艺都是以自然为对象的，诸如天文学家、数学家、音乐家、哲学家、法学家、历史学家、修辞学家和医生，所有这些人都是以服从自然为天职的。唯独诗人是一个例外：

> 唯有诗人不屑被这种服从所束缚，而为自己的创造力所鼓舞，通过创作比自然更好的事物，或新的、自然所无的形式，诸如英雄、半人半神、

---

[7] L. Castelvetro, "The Poetics of Aristotle Translated and Explained", in Hazard Adams ed., *Critical Theory since Plato*, Harcourt Brace Jovanovich, Inc., 1971, p, 148.

[8] Julius Caesar Scaliger, "Poetics", in Hazard Adams ed., *Critical Theory since Plato*, Harcourt Brace Jovanovich, Inc., 1971, pp.139—140.

独眼巨人、妖怪、复仇女神等等，诗人便创造了另一种自然。由此，诗人便与自然携手同行，不被自然所赐予的狭小权利所局限，而是自由地在自己才智的黄道带中漫游。自然从未像诗人所做的那样，以如此华贵的花毯来装点大地；自然既没有欢腾的河流、丰硕的果树、芬芳的花朵，也没有其他的事物能使这可爱的大地变得愈加妖娆。自然的世界是铜的，唯有诗人给予的世界是金的。[9]

虽然锡德尼认为诗歌是一种摹仿的艺术，但这并不妨碍他与斯卡里格一样，强调诗人犹如"第二神灵"，能够凭借其非凡的想象力创造出"第二自然"，而它比自然本身更加多姿多彩，绚丽夺目。

也正是在这个意义上，弗朗西斯·培根（Francis Bacon, 1561—1626）在《学术的推进》（*The Advancement of Learning*, 1605）中指出："诗歌一向被人认为是多少有点神性的，因为它使事物的外表顺从心灵的愿望，从而提高和振奋心灵，而理智则使心灵屈从、附就事物的本性。"[10] 不过，我们应当认识到，与浪漫主义时期的想象理论相比，这一时期对想象问题所作的探讨毕竟处于相当粗浅的阶段。由于缺乏近代心理学的基础，批评家只是对诗人的创造力作了一种充满诗意的描述和讴歌，不仅未能揭示想象的心理机制，甚至也很少使用"想象"这一术语。

由新体裁引发的争论

在这一时期的文学批评中，有关体裁问题的讨论也占据着显著的位置。但是，由于批评家生活在一个等级森严的社会，因而他们多半是以作品人物的等级身份来划分文学体裁的，而这样做的结果，便是把亚理斯多德的诗学理论加以庸俗化，难以取得真正的学术进展。例如，斯卡里格认为，悲剧与喜剧的区别，就在于人物的等级、行动的性质和行动的结果，由此也决定了语言风格的差异。喜剧描写的是平民百姓，用的是日常口语。悲剧描写的是帝王将相，语言便应当庄重、高雅，并尽

---

[9] Philip Sidney, "An Apology for Poetry", in Hazard Adams ed., *Critical Theory since Plato*, Harcourt Brace Jovanovich, Inc., 1971, p.157.

[10] Francis Bacon, "The Advancement of Learning", in Hazard Adams ed., *Critical Theory since Plato*, Harcourt Brace Jovanovich, Inc., 1971, p.193.

可能地不同于口语。[11] 此外，许多批评家还不厌其烦地对悲剧和喜剧的人物、行动及其结局进行分类，制订种种规则。

然而，自从文艺复兴时期以来，一种新型的民族文学已成为有目共睹的事实。而阿里奥斯托的《疯狂的罗兰》和塔索的《解放的耶路萨冷》的相继问世，更是大大超出了亚理斯多德和贺拉斯所讨论的诗学范围。于是，如何看待这些作品，就成为当时批评家争论不已的问题。由于把荷马和维吉尔的史诗奉为典范，具有保守倾向的明屠尔诺对这些渊源于中世纪的传奇诗横加指责。在他看来，诗人无论如何也不能违背古人制订的创作规则，而传奇诗的发明者却是"化外之民"，完全不了解古希腊罗马的史诗观念。[12] 另一位批评家钦提奥（G. Cinthio，1504—1573）则撰写了《论传奇诗的写作》（*On the Composition of Romances*，1549）一文，替阿里奥斯托的作品进行辩护。他指出，有些人想要使传奇诗的写作墨守亚理斯多德与贺拉斯的规矩，却不考虑古人既不懂得我们的语言，也不懂得我们的写作方式。钦提奥认为，荷马史诗的模式并非适合于所有的时代，当今诗人即使取材于荷马，也必须使之与自己的时代合拍。"有见识有技巧的作家不应让前人所定的界限束缚自己的自由，以致不敢稍越雷池一步。"[13]

类似的争论也发生在戏剧创作领域。乔·巴·瓜里尼（Giovanni Battista Guarini，1538—1612）的剧本《牧羊人费多》由于突破了悲剧和喜剧之间的界限而受到嘲讽，他为此撰写了《悲喜混杂剧体诗的纲领》（*Compendium of Tragicomic Poetry*，1601）一文，为自己的艺术实践作出理论说明。瓜里尼并不否认悲剧和喜剧是两个不同的剧种，但他却强调，唯有悲喜混杂剧才能把"悲剧的和喜剧的两种快感揉合在一起"，它"可以兼包一切剧体诗的优点而抛弃它们的缺点；它可以投合各种性情、各种年龄、各种趣味，这不是单纯的悲剧或喜剧所能做到的"。[14] 不过，他的论证方式还相当幼稚，根本不足以撼动传统的体裁分类体系。

---

[11] Julius Caesar Scaliger, "Poetics", in Hazard Adams ed., *Critical Theory since Plato*, Harcourt Brace Jovanovich, Inc., 1971, pp.141—142.
[12] 明屠尔诺：《诗艺》，见《缪灵珠美学译文集》，第一卷，中国人民大学出版社，1987年，第386页。
[13] 钦提奥：《论传奇诗的写作》，见《缪灵珠美学译文集》，第一卷，中国人民大学出版社，1987年，第429页。
[14] 瓜里尼：《悲喜混杂剧体诗的纲领》，见《西方文论选》，上卷，朱光潜译，上海译文出版社，1979年，第198页。

卡斯特尔维特罗的异端理论

当然，即便在这样一个普遍崇尚古典权威的时代，也存在着个别叛逆的特例。在《亚理斯多德〈诗学〉译释》一书中，卡斯特尔维特罗最为离经叛道的见解有这样两点：其一，他断然否定了"寓教于乐"的学说，宣称诗歌的唯一目的就是为普通百姓提供娱乐和消遣。这一点前面已有所论及，无需赘述。其二，他也断然摒弃了柏拉图的灵感理论，并斥之为一种欺骗。在他看来，将诗歌创作归因于迷狂，其原因多半出自普通百姓的愚昧无知，加上诗人故弄玄虚，更使这一谬说广为流传。他甚至认为，柏拉图其实是以调侃的态度来谈论灵感的，"假如他是认真的，而且坚信诗歌来源于神圣的灵感，他为何还要把诗人驱逐出他的理想国呢？"[15] 在卡斯特尔维特罗看来，诗歌创作与其说是凭借神秘的灵感，不如说是凭自觉的技巧和刻苦的训练。人们欣赏艺术，就是欣赏对种种困难的克服，艺术作品是以其精湛的技巧来吸引观众的。

不难发现，卡斯特尔维特罗对亚理斯多德《诗学》的阐释，往往采取了一种借题发挥的策略。例如，他借助于亚理斯多德的论点，大谈诗歌与历史的区别，进而得出了诗歌创作不应采用历史题材，而应当凭借虚构和想象的结论。在他看来，"诗歌的题材是诗人凭借才能发现和想象的"，"诗歌的语言是凭诗人天才的运用以韵律写就"，否则，诗人便不配受人赞赏。因为唯有诗人才懂得处理一个从未发生的、仅凭想象创造出来的故事，同时又能使它如同历史一样令人感到欣喜和逼真。[16]

此外，卡斯特尔维特罗也是戏剧"三一律"的最初制订者。不过，我们应当认识到，他制订"三一律"的着眼点，与其说是出于对古典权威的误解和盲从，毋宁说是基于对舞台效果的高度重视，即试图通过这一规则在舞台上创造一种逼真的幻觉。他认为，戏剧演出的时间不能超出观众的方便，而为了营造舞台上的真实感，剧情发生的时间就应当与演出的时间保持同步。同样，既然观众没有挪动地方，那么，一出戏也就不应表现几个相距遥远的地点，必须严格限定在同一地点。最后，由于时间和地点方面的严格限制，便决定了一部戏剧只能表现一个主人公的单一事件。[17] 由此可见，卡斯特尔维特罗完全曲解了《诗学》的基本精神。在这一规定中，时间整

---

[15] L. Castelvetro, "The Poetics of Aristotle Translated and Explained", in Hazard Adams ed., *Critical Theory since Plato,* Harcourt Brace Jovanovich, Inc., 1971, pp.146—147.

[16] Ibid., p.145.

[17] Ibid., p.149.

一律和地点整一律成了戏剧家必须首先考虑的问题，而亚理斯多德所看重的情节整一律反而被置于从属的地位。总之，卡斯特尔维特罗所制订的"三一律"，不仅将艺术与生活混为一谈，而且以一种机械的规定限制了戏剧艺术表现的范围，因而成了束缚戏剧艺术发展的清规戒律。

第二节　从布瓦洛到伏尔泰

要评述法国的新古典主义批评，固然可以列出一长串批评家的名单，但明智的做法还是某些个案入手，将尼古拉·布瓦洛-德彼雷奥（Nicolas Boileau-Despreaux，1636—1711）和伏尔泰（Voltaire，1694—1778）作为两个典型人物来加以评述。正如我们所知，布瓦洛是路易十四时代的讽刺诗人和批评家，由于概括了新古典主义在发展过程中形成的理论，而被誉为"帕尔那斯的立法者"。伏尔泰尽管是一位杰出的启蒙思想家，但他的文学趣味却从未超出新古典主义所许可的范围，因而可以将他视为法国新古典主义批评的后期主要代表。

布瓦洛的新古典主义"法典"

的确，当布瓦洛发表《诗的艺术》（*The Art of Poetry*，1674）之时，新古典主义文学已在法国汇成一股强劲的潮流。高乃依已完成了《熙德》和《贺拉斯》等优秀剧作，拉辛和莫里哀也都进入了各自创作的高潮期。而围绕《熙德》一剧所展开的那场论争，也提出了不少重要的理论问题。从这个意义上说，布瓦洛的《诗的艺术》似乎姗姗来迟。另一方面，布瓦洛的许多论点都来自于亚理斯多德、贺拉斯和文艺复兴时期批评家的见解。它不仅摹仿贺拉斯的形式用韵文写就，而且许多段落简直就是贺拉斯著作的法文翻译，只不过把话说得更加斩钉截铁罢了。那么，布瓦洛在批评史上的意义究竟何在呢？

概括地说，布瓦洛虽然祖述贺拉斯的见解，但却把他的诗艺规则建立在理性的基础上，而且处处针对路易十四时代法国文坛的实际情况而发，具有鲜明的理性主义色彩和明确的现实针对性，从而在理论上为法国新古典主义文学作了总结。换言之，要正确评价布瓦洛，就必须将他的理论见解置于当时特定的语境中去加以考察。

对于布瓦洛来说，亚理斯多德和贺拉斯的诗艺规则之所以重要，并非因为那是古代权威说的，而是由于它们符合理性的要求。在他看来，不仅文学创作必须

自觉遵循理性的引导,而且一切诗艺规则也应从理性的角度来予以权衡。正如他所强调的:

> 因此,首须爱理性:愿你的一切文章
> 永远只凭着理性获得价值和光芒。[18]

而布瓦洛所谓的"理性"(reason),正是笛卡尔(René Descartes,1596—1637)在《论方法》(*Discourse on Method*,1637)一书中所说的"良知"(good sense),即一种普遍永恒的人性,也是一种与生俱来的明辨是非、作出判断的能力。而布瓦洛在批评史上的意义,就在于他把笛卡尔的理性主义哲学引入了文学批评,并试图在此基础上建立起一套完整的诗学体系。

然而,环顾当时文坛,布瓦洛却发现理性常常遭到人们的轻视。有的人恃仗才气,一味放纵;有的人玩弄形式,雕章琢句;有的人标新立异,哗众取宠;还有的诗人不讲章法,粗制滥造。在布瓦洛看来,所有这些弊端都是由于缺乏理性的指引而导致的。因此,必须以理性约束天才,以良知统辖音韵:"不管写什么题目,或庄严或是谐谑,都要情理和音韵永远地互相配合,二者似乎是仇敌却并非不能相容;音韵不过是奴隶,其职责只是服从……在理性的控制下韵不难低头听命,韵不能束缚义理,义理得韵而愈明。"[19]

而遵循理性,首先就意味着文学创作要忠实地摹仿自然,"永远也不能与自然寸步相离"。布瓦洛再三告诫道:"作家啊,若想以喜剧成名,你们唯一钻研的就该是自然人性。""好好地研究宫廷,好好地认识都市,二者都是经常地充满人性的典式。"[20] 不仅如此,诗人还应该摹仿普遍永恒的自然,忠实于普遍永恒的人性。在悲剧中,"凡是写古代英雄都该保存其本性",[21] 在喜剧中,则要描写风流浪子、守财奴以及荒唐、糊涂、吃醋等性格类型,也要表现不同年龄的性格类型。[22]

其次,遵循理性,意味着文学创作必须以"寓教于乐"为目的,高度重视诗歌的教化作用。正如我们所知,贺拉斯曾以俄尔甫斯、安菲翁、荷马等人为例,说明

---

[18] 布瓦洛:《诗的艺术》,任典译,人民文学出版社,2009 年,第 5 页。
[19] 同上书,第 5 页。
[20] 同上书,第 52—54 页。
[21] 同上书,第 37 页。
[22] 同上书,第 53—54 页。

"神的旨意是通过诗歌传达的；诗歌也指示了生活的道路"。[23] 布瓦洛也高度重视诗歌的教化作用，几乎原封不动地援引了贺拉斯的论调，反复重申："上天启发人也用诗传达旨意；每当巫师通神时震动得有如癫痫，阿波罗凭而显圣，也用诗授着真言……无数著名的作品载着古圣的心传，都是利用着诗来向人类心灵输灌；那许多至理名言能处处发人深省，都由于悦人之耳然后能深入人心。"[24]

其三，遵循理性，也意味着必须在创作上保持体裁的纯净及其相互之间的等级界限，绝不容许它们互相混杂或彼此僭越。布瓦洛指出："喜剧性在本质上与哀叹不能相容，它的诗里绝不能写悲剧性的苦痛"。[25] 反之，倘若在悲剧或悲歌中，"用俏皮话点缀着它的哀思"，[26] 或是"在一首田园诗中却奏起铙歌鼓吹（军号）"，[27] 掺杂进史诗的风格，那就更加显得不伦不类。但是，文学体裁的区别和等级究竟是根据什么来划定的，布瓦洛根本没有作出说明。

最后，遵循理性，还意味着必须向古希腊罗马诗人学习，以便把法国文学提高到一种高雅纯正的趣味格调上来。就三种主要体裁而言，在悲剧方面，要学习古希腊三大悲剧诗人，特别要学习索福克勒斯；在史诗方面，要学习荷马和维吉尔；在喜剧方面，要以古希腊"新喜剧"作家米南德和罗马作家泰伦斯为楷模。这里必须指出的是，布瓦洛心目中的荷马，并不是后来赫尔德所推崇的那个充满原始色彩的行吟诗人，而是把一切题材都"发挥得齐齐整整"的荷马。[28] 同样，布瓦洛心目中的索福克勒斯，也不是狄德罗所描述的那个粗野而充满激情的悲剧诗人，而是"把粗糙的台词琢磨得十分圆滑"的索福克勒斯。[29] 由此可见，一切都是按照新古典主义的趣味标准加以取舍和改造过的。

我们应当认识到，上述言论并非无的放矢，而是处处针对路易十四时代的文坛实际而发的。一方面，在布瓦洛看来，无论是矫揉造作的沙龙文学，还是流于粗俗的市民文学，都与新古典主义趣味相去甚远，因而都属于扫荡之列。另一方面，尽管布瓦洛并不掩饰他对高乃依、拉辛和莫里哀的赞许，但对于他们的各种缺陷，也作了毫不留情的批评。在他看来，高乃依的剧情过于复杂难解，不能引人入胜，反

---

[23]　贺拉斯：《诗艺》，见《诗学·诗艺》，杨周翰译，人民文学出版社，1962年，第157—158页。
[24]　布瓦洛：《诗的艺术》，任典译，人民文学出版社，2009年，第65—66页。
[25]　同上书，第55页。
[26]　同上书，第24页。
[27]　同上书，第18页。
[28]　同上书，第49页。
[29]　同上书，第35页。

而让人觉得疲乏。[30] 同样，莫里哀的喜剧过分迎合平民趣味，以至丢失了"风雅和细致"。[31] 由此可以理解，布瓦洛所倡导的高贵纯正，庄重典雅，是以路易十四时代的宫廷和贵族为接受对象的，我们唯有对那个时代的贵族社会及其繁文缛节有所了解，才能体会这种独特而造作的新古典主义审美趣味。

综上所述，布瓦洛所做的一切，都是为了严格规范当时的法国文坛，把法国文学纳入新古典主义的轨道。因此，他不仅获得了"帕尔纳斯的立法者"的称号，也被伏尔泰誉为"万世师表"。[32] 在法国，从《诗的艺术》发表直到雨果的《〈克伦威尔〉序言》(1827)，布瓦洛的这部著作统治文坛竟长达一个半世纪之久。在英国，德莱顿将它译成英文而使之广为流传，蒲柏摹仿布瓦洛写成了《论批评》(*An Essay on Criticism*, 1711)，从此一举成名。因此，尽管布瓦洛的理论创见不多，但就影响而言，他却在西方文学批评史上具有不容忽视的地位。

伏尔泰的新古典主义趣味

作为18世纪法国思想界的泰斗，伏尔泰在文学创作上雄心勃勃，对当时各种体裁都作了大胆尝试。然而，纵观他留下的批评论著，无论是对莎士比亚的评论，还是对高乃依、莫里哀、拉辛和布瓦洛的评论，他却始终追随着新古典主义的批评传统。因此，虽然伏尔泰与布瓦洛相隔了半个多世纪，在时代背景、个人经历和思想志趣等方面都相去甚远，但在文学趣味上却一脉相承。

伏尔泰的早期批评论著《论史诗》(*Essay upon Epic Poetry*, 1727) 和《英国通信》(*Letters Concerning the English Nation*, 1733)，是他当年旅居英国期间 (1726—1728) 的重要收获。前者回顾了从荷马、维吉尔到弥尔顿的西方史诗的发展历程，结论部分则为自己即将付印的史诗作品《亨利亚特》预先作了辩护。后者广泛涉及了哲学、科学、宗教和社会问题，其中第18、19封信则分别评述了英国的悲剧和喜剧。

在《论史诗》一文中，伏尔泰对前辈批评家雷纳·勒博叙 (René Le Bossu, 1631—1680) 所制订的史诗创作规则颇多微词，强调各民族自有不同的风俗习惯和文学传统，反对盲目地摹仿古人。他认为："自然界本身既有如许悬殊，又怎能用几条一般规律来束缚艺术呢？风俗习惯，即可变因素，对艺术有巨大影响。假如我

---

[30] 布瓦洛：《诗的艺术》，任典译，人民文学出版社，2009年，第31—32页。
[31] 同上书，第54页。
[32] 伏尔泰：《路易十四时代》，见《伏尔泰论文艺》，丁世中译，人民文学出版社，1993年，第89页。

们想对这些艺术有较广泛的知识，就应当去了解各民族各自怎样来发展它们。要想懂得史诗，只靠读过维吉尔、荷马是不够的。"[33]

尽管如此，伏尔泰并没有放弃对一种普遍的文学趣味的追求。他强调："如果欧洲各民族能避免失之偏颇的相互鄙夷，而能更深入地关注邻邦的作品与风格，并且不抱取笑的态度，而力图从中获益，通过此种见解交流，或能产生一种普遍性的情趣。"[34] 更况且，伏尔泰写作《论史诗》一文，在很大程度上是为他即将付梓问世的《亨利亚特》制造舆论。因为这部史诗既非取材于神话传说，也不像弥尔顿的《失乐园》那样取材于《圣经》，而是选取了法国 16 世纪的亨利四世作为史诗的主人公。而这种不合规范的做法，只能诉诸文学趣味的相对性予以辩护。

可是，等到写作《英国通信》时，伏尔泰的新古典主义趣味就不加掩饰地流露出来了。诚然，英国观众对莎士比亚戏剧的热爱给他留下了深刻印象，但以他的文学趣味来衡量，莎士比亚戏剧既不典雅，也不合规则。伏尔泰这样写道：

> 莎士比亚被奉为英国的高乃依；他的全盛期与洛珀·德·维加大体同时。他创造了戏剧。在他的天才里，处处充满力量与丰盈、自然与崇高，没有一点"高雅情趣"，也没有关于创作规则的任何知识。我要说一句冒昧的实在话：这位作家的成就把英国戏剧给毁了。[35]

伏尔泰列举了那些在他看来是不伦不类的戏剧场景：《奥瑟罗》中的苔丝狄蒙娜被丈夫扼住脖子时还在呼叫，《哈姆莱特》中那几个掘墓人的粗俗玩笑，《裘力斯·凯撒》中与罗马贵族勃鲁托斯和凯歇斯同时出场的，却是个言谈嬉笑的鞋匠。

伏尔泰一生多次发表过莎士比亚评论，但涉及的不外乎是那几部作品，而且始终持有大同小异的看法。概括地说，他一方面承认莎士比亚的天才，声称在他的剧作中发现了"某些崇高的，不愧出自最伟大天才的优美笔触"，"上苍所兴之所至，将最丰富、最伟大的想象，连同盲目粗鲁事物中最卑贱可恶的东西，统统摄集于莎士比亚脑中，使之融为一体"。[36] 另一方面，他又把莎士比亚的时代看作是一个"野蛮无知的时代"，《裘力斯·凯撒》充满了"比比皆是的粗野而不合章法的笔

---

[33] 伏尔泰：《论史诗》，见《伏尔泰论文艺》，人民文学出版社，1993 年，第 302—303 页。
[34] 同上书，第 305 页。
[35] 伏尔泰：《英国通信》第 18 封信，见《伏尔泰论文艺》，人民文学出版社，1993 年，第 368 页。引文中提到的洛珀·德·维加 (Lope de Vega, 1562—1635) 是西班牙文艺复兴时期的戏剧家。
[36] 伏尔泰：《古代与现代悲剧论析》，见《伏尔泰论文艺》，人民文学出版社，1993 年，第 392 页。

墨",[37]《哈姆莱特》则是"一个粗野的剧本,即令法国和意大利最下层的平民也不能接受","人们会以为,此作是一名蛮子兼醉鬼胡思乱想的产物"。[38]

与此相反,伏尔泰则把路易十四时代的法国文学视为不可企及的典范,对高乃依、拉辛、莫里哀、布瓦洛、拉封丹等新古典主义作家推崇备至,把这个世纪当作人类历史上少有的几个辉煌的文艺时代之一加以讴歌。他指出:

> 路易十四时代的命运在各方面都略同于利奥十世、奥古斯都和亚历山大大帝时代的命运。经长期酝酿之后,这个光辉的时代才具有培养众多天才果实的土壤。这迟暮的繁荣及随之而来的长期荒芜,若从精神和物质要素中去推究原因,就不免枉费力气。真正的原因是:修习文艺的民族需要经历漫长的岁月方能将语言和趣味锤炼得纯净。一迈出最初的步履,天才便逐步成长。竞争的局面,公众对新秀的扶掖,激励着各种才具……[39]

对伏尔泰来说,路易十四时代之所以伟大,就在于这个时代汇集了如此众多的杰出作家,谱写了法国文学史上最辉煌的一页。在他看来,"高乃依之所以特别值得钦佩,是因为他编写悲剧之初只有一些拙劣的范本",正是他开创了法国戏剧的新纪元。莫里哀则由于讽刺了社会的陈规陋习,因而被他称为"社会礼仪的立法人"。伏尔泰对拉辛尤为推崇,把他视为文学趣味的标准:"拉辛自发表《亚历山大大帝》以来,每部剧作无不力求高雅、纯正、真切,处处扣击读者心扉……在对炽热感情的洞悉方面,拉辛远胜于希腊人和高乃依;他极注重诗歌的柔和谐协和词句的优美流畅,使两者都达到力所能及的高峰。"[40]在伏尔泰心目中,布瓦洛无疑是一代批评大师,"他之成为万世师表,全靠他那优美的书简诗,特别是《诗的艺术》。连高乃依亦可从中获益匪浅。"[41]

---

[37] 伏尔泰:《论悲剧——致波林勃洛克勋爵》,见《伏尔泰论文艺》,人民文学出版社,1993年,第402页。

[38] 伏尔泰:《古代与现代悲剧论析》,见《伏尔泰论文艺》,人民文学出版社,1993年,第391页。

[39] 伏尔泰:《路易十四时代》,见《伏尔泰论文艺》,人民文学出版社,1993年,第93—94页。引文中提到的利奥十世(Leon X,1475—1521)是罗马教皇,曾扶持米开朗基罗、拉斐尔等人的艺术活动。奥古斯都(Augustus,公元前63—公元14)是古罗马帝国皇帝,热心于奖掖艺术,在他统治的时代涌现了维吉尔、贺拉斯、奥维德等杰出诗人。亚历山大大帝(Alexander the Great,公元前356—323)是马其顿国王,早年曾拜亚理斯多德为师,酷爱文艺和哲学,具有广博的知识。

[40] 同上书,第86—89页。

[41] 同上书,第90页。

总之，在伏尔泰的心目中，路易十四时代是一个既无古人、又无来者的伟大世纪。而令人遗憾的是，"这批名家的峥嵘岁月流逝之后，天才就不复辈出"。他不禁感叹道："那个时代是值得后世缅怀的"，因为"这样的时代是永远不会再出现了"。[42] 然而，伏尔泰何尝不抱这样的期望：既然那些新古典主义作家将引导整个法兰西民族学习如何思考、如何感受、如何表达，那么，为什么他们就不能成为欧洲文学的楷模呢？

第三节　卢梭与狄德罗

众所周知，让-雅克·卢梭（Jean-Jacques Rousseau，1712—1778）与德尼·狄德罗（Denis Diderot，1713—1784）都是18世纪法国启蒙运动的代表人物，也是那个时代卓有建树的文学家。然而，如果从文学批评史的角度看，他们之间则毫无共同之处。卢梭不仅持论偏激，逻辑混乱，而且继承柏拉图的衣钵和清教徒的论调，对戏剧艺术作了大肆攻击。相反，狄德罗则是18世纪法国最卓越的批评家。他早期倡导"严肃剧"或"家庭悲剧"，旨在扩大戏剧反映现实生活的容量，提倡一种强烈的舞台效果，从而达到改善道德的目的。而他后期的戏剧理论则又强调艺术创作活动必须控制自发的情感，应该凭判断，凭思索，也凭一种"理想的范本"去创造。

卢梭的《致达朗贝尔论戏剧书》

早在《论科学与艺术》（*Discours sur les sciences et les arts*，1750）一文中，卢梭就以一种惊世骇俗的姿态，对科学和艺术的社会功用作了全盘否定。在他看来，文艺复兴以来的西方文明是与无穷无尽的罪恶相伴随的，也是以人类丧失自由和道德沉沦为代价的。他断言："我们的灵魂是随着我们的科学和我们的艺术之臻于完美而越发腐败"，"随着科学与艺术的光芒在我们的天边上升起，德行也就消逝了"。[43] 说到底，科学和艺术的诞生是出于人类的罪恶，它们的作用就在于"把花冠点缀在束缚着人们的枷锁之上，窒息人们那种天生的自由情操——人们本来就是为自由而生的，——就会使他们喜爱自己被人奴役的状态，并且会使他们成为人们

---

[42]　伏尔泰：《路易十四时代》，见《伏尔泰论文艺》，人民文学出版社，1993年，第89—90页。
[43]　卢梭：《论科学与艺术》，何兆武译，商务印书馆，1959年，第7页。

所谓的文明民族"。[44]

所有这些偏激的见解，在卢梭的《致达朗贝尔论戏剧书》(Lettre a d'Alembert sur les spectacles, 1758)中都被推向了极端。事情的原委是这样的：当时的著名学者让·勒隆·达朗贝尔(Jean Le Rond d'Alembert, 1717—1783)在为《百科全书》撰写"日内瓦"这一词条时，对于当时这座城市禁止戏剧演出表示惊异，因此建议在日内瓦建立一家剧院。不料，这一建议却引起了卢梭的强烈反感，撰文对此进行反驳。卢梭断言，戏剧只会毒化当地纯朴的民风，败坏日内瓦公民的美德。

不难发现，卢梭对戏剧的攻击常常是逻辑混乱，自相矛盾的。一方面，他声称："但愿我们不要认为戏剧有改变感情和风尚的能力，戏剧只能遵循它们和美化它们。"[45] 另一方面，通篇文章的结论却在于证明戏剧是如何激发人们的罪恶情感，败坏社会道德风尚的。一方面，他断言悲剧中的崇高感情只会停留在舞台上，剧中人物的美德也不适合在生活中加以摹仿，"学习舞台上的英雄的美德也正如用诗来说话和穿罗马古装一样荒谬"。[46] 另一方面，他又反复强调："剧中所有的坏的和有害的行为都不能不对观众产生影响。既然喜剧的娱乐作用是建立在人心的缺陷上，因而可以得出结论，一个喜剧愈成功和愈能引人入胜，它对道德风尚就愈起败坏的影响。"[47] 然而，我们却不能想象，同是一部戏剧，为什么其中的美德只停留在舞台上，而其中的恶德败行却必然对观众产生毒害的作用？假如戏剧毫无改善社会风尚的功用，又何以能起到败坏道德的作用？显然，这些说法至少在逻辑上是难以自圆其说的。

追究起来，最根本的原因还在于卢梭对戏剧乃至整个文学艺术抱着一种极其狭隘的偏见。他指责莫里哀的喜剧是"一所教唆坏事和败坏风俗的学校，甚至比那些宣扬恶德的书还要危险。"[48] 而爱情题材的戏剧则"唆使心灵去追求过分温柔的感情，而满足这种感情就可能给美德带来损害"。[49] 他甚至重复当年柏拉图的极端论调，痛斥那些演员把骗人的技艺变成一种职业，而这一职业灌输给他们的，只不过是下贱、欺骗、自命不凡和可怜的逆来顺受等种种恶习。男演员大多沉溺于贪淫好

---

[44] 卢梭：《论科学与艺术》，何兆武译，商务印书馆，1959 年，第 4 页。
[45] 卢梭：《论戏剧》，王子野译，生活·读书·新知三联书店，1991 年，第 22 页。
[46] 同上书，第 22 页。
[47] 同上书，第 43 页。
[48] 同上书，第 43 页。
[49] 同上书，第 67 页。

色，女演员过的是充满丑闻的生活。他们经常是债务缠身，而又挥霍无度，为了弥补亏空甚至不择手段。所有这些攻击性的言论都毫无理论价值可言，与狄德罗在同一时期所阐发的戏剧理论也不可同日而语。

狄德罗论"严肃剧"或"家庭悲剧"

狄德罗关于"严肃剧"(the serious drama)或"家庭悲剧"(the domestic tragedy)的理论，见于他早期所写的两篇论文——《关于〈私生子〉的谈话》(*Entretiens sur 〈Le Fils naturel〉*，1757)和《论戏剧诗》(*De la poesie dramatique*，1758)。正是在这里，狄德罗对这一新的戏剧类型作了如下界说："一切精神事物都有中间和两极之分。一切戏剧活动都是精神事物，因此似乎也应该有个中间类型和两个极端类型。两极我们有了，就是喜剧和悲剧。但是人不至于永远不是痛苦便是快乐的。因此喜剧和悲剧之间一定有个中心地带。"[50] 而这个中心地带，就是"严肃剧"或"家庭悲剧"。狄德罗把古罗马剧作家泰伦斯(Terence，公元前190—159)视为"严肃剧"或"家庭悲剧"的远祖，强调这一新品种"处于其他两个剧种之间，左右逢源，可上可下，这就是它优越的地方"，它的"题材必须是重要的，剧情要简单和带有家庭性质，而且一定要和现实生活很接近"。[51]

从今天来看，狄德罗关于"严肃剧"或"家庭悲剧"的论述在以下两个方面突破了传统的戏剧理论。其一，狄德罗认为，"严肃剧"或"家庭悲剧"所要表现的，并不是人的性格或单纯的性格之间的对比，而是要表现情境(condition)，表现人物性格与情境之间的对比。因为只有借助于情境，新型的"严肃剧"或"家庭悲剧"才能够把"文人、哲学家、商贾、法官、律师、政治家、市民、司法官、税务官、大老爷和管家"引入到戏剧中来，把"各种亲属关系：作为一家之主的父亲、丈夫、姐妹、兄弟"引入到戏剧中来。他不胜感慨地说："情境！从这块土壤里能抽出多少重要的情节、多少公事和私事、多少尚未为人所知的真理、多少新的情况啊！各种情境之间，难道不和人类个性之间一样具有矛盾对比么？诗人难道不能把这些情境对立起来么？"[52] 由此可见，狄德罗倡导"严肃剧"或"家庭悲剧"，主要是力图扩大戏剧反映现实生活的容量，表现市民阶级的生活和愿望。

---

[50] 狄德罗：《关于〈私生子〉的谈话》，见《狄德罗美学论文选》，张冠尧等译，人民文学出版社，1984年，第90页。

[51] 同上书，第91—93页。

[52] 同上书，第108页。

其二，倡导"严肃剧"或"家庭悲剧"，也意味着追求一种强烈的舞台效果。狄德罗对当时循规蹈矩、冷漠僵硬的法国戏剧甚为失望，以期在舞台上重新恢复古希腊戏剧那种强烈的情感效果。他这样写道：

> 我将不倦地向我们法国人呼吁：真实！自然！学习古人！学习索福克勒斯！学习他的菲罗克忒忒斯！诗人将菲罗克忒忒斯搬上舞台，他倒在洞口，身上穿着破烂的衣衫，在地上打滚。他感到一阵剧痛，他号叫，发出含糊不清的声音。布景是粗野的，剧中不讲排场，只有真实的声音，真实的语言，简单而自然的剧情。如果这样的景象倒不如衣着华丽、油头粉面的人物的景象更使我们感动，那准是我们的鉴赏力退化了。[53]

显然，这里所谓"真实"和"自然"，实际上成了强烈的情感效果的同义语，而它们是与"礼仪"、"规矩"或"排场"截然不同的一种效果。而要表现激情，在狄德罗看来，仅靠辞令是不够的，"声音，语调，手势，动作，这些都是演员份内的事，也正是打动我们的东西，尤其是在充满激情的戏里"。[54]他甚至要求改革传统的舞台设计，打破情节整一律的限制，以便把埃斯库罗斯的《复仇神》那样的场景重现于法国舞台，以恐怖、野蛮的场景制造震撼人心的效果。"那时，诗人不再像现在那样勉强满足于转瞬即逝的激动、稀稀落落的掌声、有限的几滴眼泪。相反，诗人将会震撼人们的精神，将混乱和恐怖带到人们的心灵中去"。[55]也正是在这里，表明在狄德罗的早期批评中存在着一种强烈的情感主义倾向。

当然，即使在早期理论中，狄德罗也从未放弃过新古典主义的基本原则。他强调艺术必须摹仿自然，确信"只有建立在和自然万物的关系上的美才是持久的美"。而摹仿自然，就意味着排斥荒诞不经的题材，表现事物的普遍秩序，因为"事物的普遍秩序应该永远是诗歌理想的基础"。[56]狄德罗同样也信奉"寓教于乐"的学说，认定艺术的目的就在于改善人们的道德。他指出："只有在戏院的池座里，好人和坏人的眼泪才融汇在一起……当我们有所感的时候，不管我们愿意不愿意，这个感

---

[53] 狄德罗：《关于〈私生子〉的谈话》，见《狄德罗美学论文选》，张冠尧等译，人民文学出版社，1984年，第77页。文中提到的菲罗克忒忒斯（Philoctetes）是古希腊神话传说中的神箭手，在远征特洛亚的途中被蛇咬伤，被人遗弃在荒岛上。古希腊悲剧诗人索福克勒斯曾写有同名剧本。
[54] 同上书，第62页。
[55] 同上书，第72页。
[56] 同上书，第114—115页。

触总是会铭刻在我们心头的;那个坏人走出包厢,已经比较不那么倾向于作恶了,这比被一个严厉而生硬的说教者痛斥一顿要有效得多"。[57]

狄德罗的情感主义与原始主义

然而,与当时的理性主义思潮不同,狄德罗却赋予了情感以极其重要的意义。在早些时候所写的《哲学思想录》(Pensees Philosophiques,1746)中,狄德罗就争辩道:"人们无穷无尽地痛斥情感;人们把人的一切痛苦都归罪于情感,而忘记了情感也是他的一切快感的源泉。因此,情感就其本身来说,是一种既不能说得太好也不能说得太坏的因素。但使我感到不平的是人们总是从坏的方面来看情感……可是只有情感,而且只有大的情感,才能使灵魂达到伟大的成就。如果没有情感,则无论道德文章就都不足观了,艺术就回到幼稚状态,道德也就式微了。"[58]正是基于这一认识,在狄德罗的早期批评活动中,将一套情感主义诗论发挥得淋漓尽致。

大体上说,我们可以从三个层面来认识狄德罗的情感主义诗论。首先,是情感在创作活动中所起的主导作用和驱动作用。在他看来,在艺术创作中,"如果没有热情,人们就缺乏真正的思想……诗人感觉到这种热情的时刻,这是他冥想之后。他身上的一阵战栗宣告它已来临,这阵战栗发自他的胸膛,愉快而迅速地扩展到四肢,很快它不再是战栗,而是变成一种强烈的持久的热力,它使他燃烧,气喘,使他心劳神疲,烧毁他,但它却把灵魂和生命赋予他手指所触到的一切"。[59]这就是说,艺术创作正是在这种感情的白热化状态下进行的。

其次,是作品对观众所产生的强烈的情感效果。在狄德罗看来,戏剧要达到改善道德的目的,不能仅仅诉诸人的理智,而应该首先诉诸人的情感。他这样告诫诗人:"你们所要争取的真正的喝彩不是一句漂亮的诗句以后陡然发出的掌声,而是长时间静默的抑压以后,发自内心的一声深沉的叹息,待它发出之后心灵才松一口气。"[60]因此,戏剧旨在深深地打动观众的情感世界,舍此便无法达到它的目的。

最后,也是最重要的一点,艺术所要表现的不是矫揉造作、讲究礼仪的生活场景,而是那些更粗犷、更原始、更富于感情色彩的题材。狄德罗这样写道:

---

[57]　狄德罗:《论戏剧诗》,见《狄德罗美学论文选》,人民文学出版社,1984年,第137页。
[58]　狄德罗:《哲学思想录》,见《狄德罗哲学选集》,江天骥等译,商务印书馆,1959年,第1页。
[59]　狄德罗:《关于〈私生子〉的谈话》,见《狄德罗美学论文选》,人民文学出版社,1984年,第59页。
[60]　狄德罗:《论戏剧诗》,见《狄德罗美学论文选》,人民文学出版社,1984年,第139页。

> 一般说来，一个民族愈文明，愈彬彬有礼，他们的风尚就愈缺乏诗意；一切都由于温和化而失掉了力量。自然在什么时候为艺术提供范本呢？是在这样一些情景发生的时候：当儿女们在垂死的父亲床边扯发哀号；当母亲敞开胸怀，指着哺育过他的双乳恳求她的儿子；当一个人剪下自己的头发，把它撒在他朋友的尸体上；当他托着朋友尸体的头部，把尸体扛到柴堆上，然后搜集骨灰装进瓦罐，每逢祭日用自己的眼泪去浇奠；当披头散发的寡妇，因死神夺去她们的丈夫，用手指抓破自己的脸；当人民的领袖在群众遭遇到灾难时伏地叩首，痛苦地解开衣襟以手捶胸……当那些被魔鬼附体，受着魔鬼折磨的女预言者，口吐白沫，目光迷乱，坐在三足凳上，呼号着预言性的咒语，从魔窟阴森森的底里发出悲鸣；当神灵渴欲一饮人血，必待看到鲜血流淌才安定下来；当淫乱的女巫手持魔杖在森林里徜徉，引起了沿路遇到的异教徒的恐怖；当另一些淫妇无耻地脱光了衣服，看到随便哪个男人走来，就伸开两臂把他抱住，满足淫欲，等等。
>
> 我不说这些是好风尚，可是我认为这些风尚是富有诗意的。[61]

不难发现，所有这些所谓"富有诗意的"风尚，既是高度悲苦、充满激情的场景，也是一些野性十足、具有粗犷风习的场景。因此，狄德罗的情感主义诗论，往往又与当时流行的原始主义思潮缠绕在一起。

当然，18 世纪出现的原始主义不过是一种美学上的幻想。作为一种文化思潮，它表现为对远离文明的自然状态的向往，对所谓"高贵的野蛮人"的偏爱，以及对自发的激情的热烈推崇。作为一种文学趣味，原始主义则表现为崇尚创作的自发性，崇尚感情的自然流露，推崇"天才"，以及转向粗犷、质朴的抒情风格。尽管狄德罗并不是原始主义思潮的典型代表，但他的上述见解却反映了那个时代审美情趣的深刻变化。

"唯有绝对不动感情，才能造就伟大的演员"

尽管狄德罗的情感主义诗论曾对后世产生过很大影响，但这一文学观念所固有的偏颇也是显而易见的。在他的早期论著中，往往把文学视为情感的单纯倾诉，也过分夸大了艺术创作的自发性。比如，他认为："第一流的诗人、演员、音乐家、

---

[61] 狄德罗：《论戏剧诗》，见《狄德罗美学论文选》，人民文学出版社，1984 年，第 205—206 页。

画家、大歌唱家、大舞蹈家、温柔的情人、真诚的教徒,这一大群激奋而热情的人们都感觉敏锐,而很少思考。指导并启发他们的,不是戒律,而是另一种更直接、更深刻、更难捉摸、也更可靠的东西。"[62]

然而,随着阅历的增长和探讨的深入,在狄德罗的后期论著中,尤其是在对话体的《演员奇谈》(*Paradoxe sur le comédien*,约写于1770—1778年,1830年发表)中,理论重心却发生了根本性的转移。虽然他依然强调伟大的艺术应当诉诸人的情感,应当具有强烈的情感效果,但他却坚决主张,对于创作者本人(无论是诗人还是演员)来说,不应当单凭情感去创作,而应当凭思索、凭判断,也凭一种"理想的范本"去创作。"唯有绝对不动感情,才能造就伟大的演员"。[63] 毫无疑问,这是一个悖论,然而却是一个有关艺术创作的深刻而又伟大的悖论,它不仅适用于戏剧表演艺术,也同样适用于文学创作。

狄德罗的立论基于这样一个常见的事实,那就是单凭感情去表演的演员总是把握不好分寸和火候,总是忽冷忽热,忽好忽坏。但是,另一种演员却并不进入角色,而始终是一个冷静的旁观者。"他表演时凭思索,凭对于人性的钻研,凭经常摹仿一种理想的范本,凭想象和记忆。他总是始终如一,每次表演用同一个方式,都同样完美。一切都事先在他头脑中衡量过,配合过,安排过。"[64] 由此,狄德罗得出结论:

> 大诗人、大演员,也许无论哪一种伟大的摹仿自然者,都有丰富的想象力、高超的判断力、精细的处理事物的机智、很准确的鉴赏力。他们是世上最不易动感情的人。他们在同等程度上适合做许许多多事情;他们专心致志观察、认识和摹仿外界,所以他们自己内心深处不会受到强烈的触动。[65]

狄德罗指出,卓越的演员,其才能并不在于易动感情,而在于他能掌握艺术的特殊语言,极有分寸地表现感情的外在标志。他在舞台上表演的惨叫、绝望、暴怒或昏厥,都是认真训练的结果,"都是事先记录下来的功课,虽然做作却悲怆动人,尽管虚假却达到崇高的境界"。[66] 因此,艺术家不应受到当事人感情的驱使,而应

---

[62]　狄德罗:《关于〈私生子〉的谈话》,见《狄德罗美学论文选》,人民文学出版社,1984年,第64页。
[63]　狄德罗:《演员奇谈》,见《狄德罗美学论文选》,施康强译,人民文学出版社,1984年,第287页。
[64]　同上书,第281—282页。
[65]　同上书,第284页。
[66]　同上书,第286页。

在理智的控制之下从事创作。狄德罗这样问道:

> 你是否在你的朋友或情人刚死的时候就作诗哀悼呢?不会的……只有当剧烈的痛苦已经过去,感受的极端灵敏程度有所下降,灾祸已经远离,只有到这个时候当事人才能够回想他失去的幸福,才能够估量他蒙受的损失,记忆才和想象结合起来,去回味和放大过去的甜蜜时光,也只有到这个时候他才能控制自己,才能作出好文章。[67]

因此,狄德罗早期的情感主义诗论就被一种截然相反的理论所取代了。在后期的创作理论中,他所强调的不再是强烈的感情,而是冷静的思考和判断,长期的积累和训练。而这是狄德罗的文学思想中最有价值的部分。

由此也引出了另一个问题:人们是在什么年龄成为大诗人和大演员的?是在血气方刚、易动感情的青年时代吗?显然不是。狄德罗认为:"一个人即使天生是个大演员,也只有当他积累了长期的经验,火热的情欲已经熄灭,头脑变得冷静,灵魂具备充分自制力的时候,才能达到炉火纯青的境地"。[68]当然,问题并不仅仅在于年龄,而在于艺术经验的积累,在于只有摆脱自我情感的束缚,才能摹仿各种性格都莫不应付自如。伟大的演员"可能正因为他谁也不是,所以他才能惟妙惟肖地成为一切人。他本人的特殊形态,绝不限制他需要采取的任何外在形态"。[69]

与此同时,狄德罗也认识到,艺术的真实毕竟不同于生活的真实,艺术创作不应当抄袭自然的本来面貌,而应当高于自然,美化自然。正如他在《1767年沙龙随笔》(*Salon*, 1767)中所说的,艺术作品理应"比自然本身更能强烈地表现出自然的博大、雄伟和庄严"。[70]在他看来,一个不幸女人的痛哭未必能够打动人,因为在这种情况下她难免会不自觉地做出一些怪相来。"赤裸裸的真相,不加任何修饰的行动总是平庸的,与其他部分的诗意很不协调"。[71]因此,艺术家切不可原封不动地抄袭自然,而应当按照自己心目中的"理想的范本"去创作。狄德罗以当时法国著名女演员梅尔·克莱蓉(Mlle Clairon, 1723—1803)为例来说明这一问题:"毫无

---

[67] 狄德罗:《演员奇谈》,见《狄德罗美学论文选》,施康强译,人民文学出版社,1984年,第305页。
[68] 同上书,第295页。
[69] 同上书,第312页。
[70] 狄德罗:《1767年沙龙随笔》,见《狄德罗美学论文选》,张冠尧译,人民文学出版社,1984年,第500页。
[71] 狄德罗:《演员奇谈》,见《狄德罗美学论文选》,施康强译,人民文学出版社,1984年,第292页。

疑问，她自己事先已塑造出一个范本，一开始表演，她就设法遵循这个范本。毫无疑问，她在塑造这个范本的时候要求它尽可能地崇高、伟大、完美。但是这个范本是从戏剧脚本中取来的，或是她凭想象把它作为一个伟大的形象创造出来的，并不代表她本人。"[72]这样，狄德罗就回到了普罗提诺的新柏拉图主义立场上来，而所谓"理想的范本"，其实就是强调了审美理想在创作实践中的重要作用。

第四节 德莱顿与蒲柏

如果说英国新古典主义批评在本·琼生（Ben Jonson，1572—1631）那里已初见端倪，那么，通过约翰·德莱顿（John Dryden，1631—1700）、亚历山大·蒲柏（Alexander Pope，1688—1744）和撒缪尔·约翰逊（Samuel Johnson，1709—1785）等人的阐发和总结，这一思潮也在英国占据了主流地位。虽然英国新古典主义批评深受法国的影响，但与法国批评家相比，这些英国新古典主义批评家（恐怕蒲柏除外）的态度往往灵活得多，也宽容得多。这其中的一个主要原因，就在于他们背后有着莎士比亚及其伟大的文学传统，而这是不应该、也不可能用刻板僵死的教条来加以抹煞的。仅此一点，就表明了英国新古典主义批评的主要特征。

德莱顿的《论戏剧诗》及其他

德莱顿写作《论戏剧诗》（*An Essay of Dramatic Poesy*，1668；1684年修订）的背景，是1660年斯图亚特王朝复辟之后，伦敦的戏剧活动得以重新恢复。正如我们所知，伦敦剧院关闭于内战爆发的1642年，时隔近20年后重新开放，固然有助于促进戏剧创作的活跃，但时代风气变了，英国戏剧将向何处去？这正是当时人们所关心的问题。究竟是古代戏剧优越，还是近代戏剧优越？戏剧是否应该遵守"三一律"？是继承莎士比亚、约翰·弗莱彻、本·琼生等人开创的本国戏剧传统，还是应该仿效当时的法国戏剧？最后，写作剧本应采用韵体，还是像莎士比亚那样采用无韵诗体？凡此种种，正是德莱顿依次探讨的问题。

有趣的是，《论戏剧诗》是用一种情景对话的方式写成的。时值英国与荷兰在英吉利海峡交战的1665年6月3日，四位颇具文学修养的英国绅士泛舟于泰晤士河

---

[72] 狄德罗：《演员奇谈》，见《狄德罗美学论文选》，施康强译，人民文学出版社，1984年，第282页。

上，远处则传来隆隆的炮声。返航途中，他们之间便展开了一场有关古今文学的谈话。正是通过他们各抒己见，德莱顿生动展示了当时文坛的各种主张。

首先发表见解的是克里特斯（Crites），此人通常被认为是德莱顿的妻弟罗伯特·豪伍德爵士（Sir Robert Howard, 1626—1698）的化身。他站在崇古的立场上，强调近代诗人应把亚理斯多德和贺拉斯所制订的规则奉为圭臬。在他看来，本·琼生正是因为遵循规则，才获得了巨大的成功。克里特斯也对戏剧的"三一律"深信不疑。因此，克里特斯代表了一种食古不化的文学见解。

第二位发言者尤金尼斯（Eugenius）的看法，一般认为是表达了德莱顿的文友布克赫斯特爵士（Lord Buckhurst, 1638—1707）的见解，持论则恰好与克里特斯相反。在他看来，近代诗人远胜于古代诗人，因为自亚理斯多德以来，科学已取得了长足的进步，诗歌也将臻于更加完美的境地。但令人费解的是，他认为近代诗人之所以优越，就是由于他们严格遵守了古代批评家所制订的创作规则。由此可见，作为一个新古典主义者，他依然对亚理斯多德和贺拉斯的诗学理论抱着一种近乎虔诚的态度。

当话题转入法国戏剧和英国戏剧孰优孰劣的争论时，讨论进入了高潮。作为剧作家查尔斯·塞德莱爵士（Sir Charles Sedley, 1639—1701）的化身，李西德斯（Lisideius）极力推崇以高乃依为代表的法国戏剧，抨击当时的英国戏剧。在他看来，或许40年之前，荣誉是属于英国诗人的，但从那时以来，法国戏剧已焕然一新，成就远远超出了英国和欧洲其他国家。法国诗人遵守规则，富于良知，既没有英国那种荒唐的悲喜混杂剧，也从不在舞台上表演流血恐怖的场景。况且，法国戏剧用优美的韵体诗写成，不像英国戏剧采用无韵诗体。

最后发言的是尼安德（Neander），实际上表达了德莱顿自己的戏剧观。他并不否认法国戏剧在情节设置上更遵守规则，更讲究舞台的"合式"。然而，他却把摹仿自然的生动性视为戏剧的第一要义，如果以此来衡量，法国戏剧便远不如英国戏剧那样生动感人。尼安德为英国人的悲喜剧进行辩护，认为这是一种"比任何国家的古今作家更能令人愉快的舞台写作方法"。[73] 与此同时，他也为英国舞台上的流血战斗的场面作了辩解。他反问道："还有什么比写作一部合乎规则的法国戏剧更容易，比写作一部不合规则的英国戏剧，比如弗莱彻或莎士比亚的戏剧更困难的呢？"[74]

---

[73] John Dryden, "An Essay of Dramatic Poesy", in Hazard Adams ed., *Critical Theory since Plato*, Harcourt Jovanovich, Inc., 1971, p.244.

[74] Ibid., p.246.

尽管德莱顿是英国新古典主义文学的一代宗师,在引进法国新古典主义思潮方面曾起过重要作用,然而,出于一种强烈的民族自豪感,他坚决反对盲目仿效高乃依式的法国戏剧,极力为伊丽莎白时代的英国戏剧进行辩护。尤为惹人注目的是,他对莎士比亚戏剧作了高度评价:

> 在所有古今诗人中,他具有最广阔、最能包容一切的心灵,自然的所有意象总是展现在他面前,由他随心所欲地汲取。无论他描绘什么,你不仅能看见它,还能触摸到它。那些指责他没有学问的人,反倒给了他更大的赞誉:他是天生渊博的人;他并不需要透过书本的框框去了解自然;他向内心一看,就发现自然在那里。我不能说他总是如此……他时常平淡无味;他的滑稽机智流于俏皮;他的严肃夸张为装腔作势。然而,一旦重大的机遇出现在他面前,他总是伟大的;没有人能说他有了一个适合他才智的题材,而不能高出于其他诗人之上。[75]

我们今天已对莎士比亚戏剧有了更深刻的认识,因而对上述评语很可能不再感到新奇。可是,倘若考虑到在此之前除了本·琼生的几句赞语之外,几乎还没有人对莎士比亚作出过如此深刻的评价,那么,德莱顿的这一评语就显得格外珍贵。

蒲柏《论批评》的保守倾向

然而,英国新古典主义批评中的保守倾向在德莱顿之后不是削弱了,而是强化了。即使从形式上看,蒲柏的《论批评》(*An Essay on Criticism*, 1711) 由于摹仿贺拉斯和布瓦洛而采用诗体写成,也表明了这种保守倾向的滋长。虽然蒲柏把自己的论著命名为"论批评"而不是"论诗艺",似乎表明他的忠告首先是针对批评家,其次才是针对诗人的,但就基本精神而言,蒲柏的见解却与他所推崇的那些批评家(亚理斯多德、贺拉斯、朗吉弩斯和布瓦洛等人)如出一辙。

蒲柏在《论批评》一开篇就指出,批评家的工作与诗人的创作同样不易,同样需要天才、趣味、判断力和学识。从某种意义上说,批评的失误甚至比创作的错误危害更大:"写作的错误较小,而评判的毛病却多,十个错误的批评针对一个写作的错误;一个愚人只有他自己曝光一次,而诗文中的一个愚人却招致批评中的许多

---

[75] John Dryden, "An Essay of Dramatic Poesy", in Hazard Adams ed., *Critical Theory since Plato*, Harcourt Jovanovich, Inc., 1971, p.247.

蠢蛋。"因此，在蒲柏看来，要真正赢得批评家的高贵称号，避免批评中的失误，"就应该认识你自己和你的造诣，认识你的天才、趣味和学问有多高；不要去做力所不及的事，而要审慎，划清理智与愚钝的界线"。[76]

显然，蒲柏的核心思想依然是"摹仿自然"。在他看来，无论从事诗歌创作，还是从事文学批评，首先就必须忠实于普遍永恒的自然：

> 首先要追随自然，让你的判断力
> 以它永远同样正确的标准构成：
> 正确无误的自然！永远神圣灿烂，
> 一种清晰的、不变的和普遍的光辉，
> 以生命、力量和美灌注一切，
> 它是艺术的源泉，也是艺术的目的和检验。[77]

而"追随自然"，就意味着诗人的想象和感情必须遵从理性的指引。正如他所说的："重要的是引导而非鞭策缪斯的骏马，抑制其暴怒而非刺激其速度；那长着双翼的骏马，就像一匹大度的坐骑，一旦你控制其进程，它便愈益显出真正的气概。"[78]

而要正确地摹仿自然，在蒲柏看来，最便捷的一个方法，就是遵从亚理斯多德和贺拉斯所制订的诗艺规则。举例来说，当初维吉尔构思史诗，除了探寻自然的源泉什么都不屑一顾，最后却发现"自然与荷马原为一体"，从此他便以古人的规则指导创作，深知"摹仿自然就是摹仿它们"。[79]因此，蒲柏这样告诫诗人：

> 你学习和欣赏的应是荷马的作品，
> 白天阅读它，夜晚沉思它；
> 由此形成你的判断，引发你的箴言，
> 追溯着缪斯直至她们的源泉。[80]

当然，即使像蒲柏这样一位崇尚古人、讲究规则的批评家，有时也会意识到，诗歌

---

[76] Alexander Pope, "An Essay on Criticism", in Hazard Adams ed., *Critical Theory since Plato*, Harcourt Jovanovich, Inc., 1971, p.278.

[77] Ibid., p.279.

[78] Ibid., p.279.

[79] Ibid., 1971, p.279.

[80] Ibid., p.279.

创作仅凭遵从清规戒律是不够的，要创造伟大的艺术，往往还需要天才的发挥。因此，他以一种朗吉弩斯式的口吻指出："（倘若）幸运的某次放纵可以完成预期的意图，那么放纵便是一种规则……伟大的天才有时可以光荣地冒犯规则，他有意为之的错误令真正的批评家也不能修改。"[81] 但他旋即又告诫诗人，在这方面务必谨慎从事，切忌胆大妄为，如果不得已只好违反规则，也要援引古人的先例。

《论批评》也历数文学批评中存在的各种偏见，并逐一加以批驳。这些偏见多半属于道德修养方面的问题，诸如骄傲、浅薄、专注局部而不顾整体、门户之见、追逐时尚、趋炎附势、嫉妒，等等。蒲柏强调："要懂得批评家应展现什么样的道德，因为知道作品只是评判任务的一半。趣味、判断力、学识合起来还不够，要让真诚和坦率在你的所有言谈中闪光。"[82] 而我们理应认识到，真诚和坦率固然是一个批评家应有的品质，但仅凭这些品质显然并不能造就一位优秀的批评家。

在《论批评》的最后部分，蒲柏回顾了西方文学批评的发展史，从而向我们亮出了他的"底牌"。他赞扬亚理斯多德"第一个驶离岸边，展开他的风帆，敢向深海探索"，粗野的诗人由于接受了他所制订的规则，从此走上正途。同样，贺拉斯的"判断力就像他的机智一样卓越，可以大胆地指责如同他大胆地写作"。[83] 蒲柏称赞朗吉弩斯："他本人的范例强化了他的规则，他描绘的伟大的崇高正是他自己。"而近代的权威则非法国的布瓦洛莫属："从此艺术向整个北方推进，但批评的学问却在法国最盛行；这一民族生来就尊崇规则服从规则，布瓦洛仍凭借贺拉斯的权威在统治。"[84] 相形之下，在蒲柏看来，英国文坛就落后得多，许多诗人仍然为了创作的自由而藐视诗艺规则，只是靠了几位明达之士才得以"恢复才智的基本法则"。他指的是翻译贺拉斯《诗艺》的罗斯康芒伯爵（Earl of Roscommon，1633—1708）和自己的朋友威廉·沃尔什（William Walsh，1663—1708）。但我们不妨认为，当蒲柏撰写《论批评》的时候，这位年轻气盛的诗人正是以"英国的布瓦洛"自居的。

---

[81] Alexander Pope, "An Essay on Criticism", in Hazard Adams ed., *Critical Theory since Plato*, Harcourt Jovanovich, Inc., p.280.
[82] Ibid., p.284.
[83] Ibid., p.285.
[84] Ibid., p.286.

第五节　约翰逊

18世纪中期以来，英国文学批评日趋活跃，一股与新古典主义相背离的文学思潮正悄然兴起。大卫·休谟(David Hume, 1711—1776)的《论趣味的标准》(*Of the Standard of Taste*, 1757)、埃德蒙·博克(Edmund Burke, 1729—1797)的《关于崇高与优美两种观念起源的哲学探讨》(*A Philosophical Inquiry into the Origin of Our Ideas of the Sublime and Beautiful*, 1757)、爱德华·扬格(Edward Young, 1685—1765)的《试论独创性作品》(*Conjectures on Original Composition*, 1759)、托马斯·沃顿(Thomas Warton, 1728—1790)的《英国诗歌史》(*The History of English Poetry*, 1774—1781)，在推崇想象、天才和崇高感，强化独创性意识和倡导文学史研究方面，都预示了一种新的批评方向。

由此可以想见，处在这样一个新旧交替的时代，撒缪尔·约翰逊(Samuel Johnson, 1709—1784)的文学批评不能不打上深刻的时代烙印。一方面，作为英国新古典主义批评的集大成者，约翰逊对它的基本原则依然信守不渝，继续重申了"摹仿自然"、"寓教于乐"和忠实于"普遍人性"等传统的文学观念；另一方面，他又从以莎士比亚为代表的英国民族文学中汲取了丰厚的营养，从而能以一种灵活、通达的态度对待古今文学，对新古典主义的某些教条提出了质疑。

"莎士比亚忠实于普遍的人性"

与同时代的许多批评家一样，约翰逊也信奉摹仿自然的理论。正如他在《〈莎士比亚戏剧集〉序言》(*Preface to Shakespeare*, 1765)中所指出的：

> 莎士比亚应该受到这样的称赞：他的戏剧是生活的镜子；谁要是被其他作家们捏造出来的荒唐故事弄得头昏眼花，读一下莎士比亚用凡人的语言所表达的凡人的思想感情就会医治好他的颠三倒四的狂想；读一下莎士比亚所写的那些场景便可以达到这个目的，因为读了这些场景以后就连一个隐士也会对尘世间的事务作出判断，甚至一个教士也会预测到爱情是怎样发展的。[85]

---

[85] 约翰逊：《〈莎士比亚戏剧集〉序言》，见《莎士比亚评论汇编》，上卷，李赋宁等译，中国社会科学出版社，1979年，第41—42页。

这就是说，莎士比亚之所以伟大，就在于他始终忠实于生活的真实。因此，面对当时争论不休的问题，即莎士比亚究竟是得益于生活，还是得益于那些古代作家的范本？约翰逊作了毫不含糊的回答：莎士比亚的知识不是来自于书本，而是来自于实际生活。他的卓越成就乃是他天才的创作，而这一天才恰好体现在他对生活的非凡观察力上。

约翰逊强调，一个诗人必须认真细致地观察自然，而不应当亦步亦趋地摹仿古人。为什么许多民族最初的诗人名声历久不衰，后代诗人却往往昙花一现呢？在约翰逊看来，这是因为最初的诗人必须直接从生活中汲取他们的创作素材，因而他们的摹仿是正确的，他们的作品也能为人们普遍接受。而后代诗人却一半摹仿自然，一半摹仿古人，甚至以摹仿古人代替了摹仿自然，其结果，便愈来愈远离自然，作品也就毫无生命力。而莎士比亚则不然，他"无论描写人生或是描写自然，总是交代得明明白白，他的材料都是亲眼看见的；他把自己获得的物象转述出来，并没有因为通过另一个人的脑子而遭到削弱或歪曲"。[86]这样，约翰逊便不点名地批驳了蒲柏的陈腐论调，而把生活视为文学创作的源泉。

然而，在强调摹仿自然的同时，约翰逊有时也走向了另一个极端，即把艺术与生活混为一谈，以致忘记了诗歌的真实毕竟不同于生活的真实。例如，他虽然赞誉弥尔顿的史诗性作品《失乐园》，但却对其早年诗作《黎西达斯》(*Lycidas*, 1637)评价甚低，认为诗人为悼念亡友爱德华·金（Edward King）而写下的这一诗篇由于充满神话典故而显得缺乏真情实感。在约翰逊看来，"不能认为它是真实感情的倾诉，因为感情不会追求古老的隐喻和晦涩的见解。感情并不从长春花和常春藤上采摘浆果，并不呼唤阿瑞修斯和明西俄斯，也不会讲述'粗鲁的森林神和长着偶蹄的农牧神'。哪里有虚构的闲暇，哪里就没有什么悲伤"。[87]但约翰逊在此显然忽视了一个基本常识，即弥尔顿不是在起草一篇讣告，而是按照牧歌传统在创作一首悲悼主题的诗歌。因此，正如后来加拿大批评家诺思罗普·弗莱在《文学作为语境：弥尔顿的〈黎西达斯〉》(*Literature as Context: Milton's Lycidas*, 1959) 一文中所指

---

[86] 约翰逊：《〈莎士比亚戏剧集〉序言》，见《莎士比亚评论汇编》，上卷，李赋宁等译，中国社会科学出版社，1979年，第66页。

[87] Samuel Johnson, "Lives of Poets, Milton", in M. H. Abrams ed., *The Norton Anthology of English Literature,* vol.1, W. W. Norton & Company, Inc., 1974, p.2296. 文中提到的阿瑞修斯（Arethuse）和明西俄斯（Mincius），均为古希腊神话中的人物。

出的,个人生活的真实在这一诗篇里是无足轻重的。[88]

作为一个新古典主义批评家,约翰逊也强调诗人不应摹仿个别的自然,而应该忠实于普遍的自然。这既意味着承认一种普遍永恒的人性和一种普遍永恒的趣味标准,也意味着在文学表现中排斥个别性、特殊性和地方性。在约翰逊看来,莎士比亚之所以卓尔不群,不仅在于他作品的真实性,更在于他始终"忠实于普遍的人性"。[89] 他这样写道:

> 莎士比亚超越所有作家之上,至少超越所有近代作家之上,是独一无二的自然诗人:他是一位向他的读者举起风俗习惯和生活的真实镜子的诗人。他的人物不受特殊地区的世界上别处没有的风俗习惯的限制;也不受学业或职业的特殊性的限制……他的人物更不受一时风尚或暂时流行的意见所具有的特殊性的限制;他们是共同人性的真正儿女,是我们的世界永远会供给,我们的观察永远会发现的一些人物……在其他诗人的作品里,一个人物往往不过是一个个人;在莎士比亚的作品里,他通常代表一个类型。[90]

要求艺术摹仿普遍的自然和普遍的人性,其理论渊源可以追溯到亚理斯多德和贺拉斯的若干论述,经过新古典主义批评家的阐发,最终被推向了极端。然而,我们应当认识到,普遍性的要求却很容易导致艺术的概念化和类型化。因此,自从浪漫主义时代以来,越来越多的批评家对此提出了质疑,更倾向于强调艺术表现的独特性和个别性。正如威廉·布莱克(William Blake,1757—1827)在其《雷诺兹〈讲演录〉批注》(Annotations to Reynolds' Discourses,1808)中所强调的:"概念化是一件蠢事,具体化才是唯一的优点。概念的知识是蠢人所有的知识","独特的、特殊的细节是崇高艺术的基础"。[91]

---

[88] Northrop Frye, "Literature as Context: Milton's Lycidas", in *Fables of Identity*, Harcourt, Brace & World, Inc., 1963, p.125.

[89] 约翰逊:《〈莎士比亚戏剧集〉序言》,见《莎士比亚评论汇编》,上卷,中国社会科学出版社,1979年,第42页.

[90] 同上书,第39页.

[91] William Blake, "Annotations to Reynolds' Discourses", in Hazard Adams ed., *Critical Theory since Plato*, Harcourt Jovanovich, Inc., 1971, p.405.

"诗歌的目的在于通过快感给人以教导"

作为新古典主义批评家,约翰逊也信奉"寓教于乐"理论,因而他一再重申:"写作的目的在给人以教导;诗歌的目的在通过快感给人以教导。"[92] 然而,他往往把诗歌的教育作用归结为一种狭隘的道德说教,并在批评实践中以此为标准,对莎士比亚戏剧和18世纪现实主义小说横加指责。而当他这样做的时候,道德的评价便凌驾于一切之上,以致遮蔽了他作为一个优秀批评家的许多真知灼见。

在约翰逊看来,莎士比亚的最大缺陷,就是"牺牲美德,迁就权宜,他如此看重给读者以快感,而不大考虑如何给读者以教导,因此他的写作似乎没有任何道德目的……他没有给善恶以公平合理的分布,也不随时注意使好人表示不赞成坏人;他使他的人物无动于衷地经历了是和非,最后让他们自生自灭,再不过问,使他们的榜样凭着偶然性去影响读者"。[93] 不仅如此,他甚至再次重申了"诗的公正"说。按照这一理论,每个人物在剧终时都应当善有善报,恶有恶报,从而在舞台上展示一个赏罚分明的道德世界。

同样,尽管约翰逊对当时的现实主义小说颇有好感,认为它们远比那些充满离奇幻想的传奇作品更贴近生活,因而也更易于被普通读者所接受;但另一方面,他又告诫人们,正因为这些小说对读者影响甚大,所以作者就更应当谨慎从事。"摹仿自然已被公正地认为是艺术的最大优点;然而,必须分清自然中哪些部分最适于摹仿:表现生活总需要格外小心,生活往往由于激情而变色,由于邪恶而变形。"[94] 因此,并非什么人物和故事都可以写进小说,必须按照严格的道德标准来加以选择和改造。这样,在约翰逊的批评实践中,"摹仿自然"的要求就让位给了道德标准,文学作品也就被当作了一种道德说教的工具。

在其他方面,约翰逊也表现了典型的新古典主义文学趣味。他指责莎士比亚的情节往往是一种松散的架子,他的俏皮话往往流于粗俗,语言风格也过于臃肿,堆砌着大量浮夸华丽的字眼和令人厌倦的长句。在约翰逊看来,莎士比亚对双关语的滥用已经到了毫无节制的程度,"尽管一个双关语并不高明或空洞乏味,它仍能给他以极大的乐趣,以至于即使让他付出理性、情理和真理作为代价来换得它,也在所

---

[92] 约翰逊:《〈莎士比亚戏剧集〉序言》,见《莎士比亚评论汇编》,上卷,中国社会科学出版社,1979年,第43页。

[93] 同上书,第47页。

[94] Samuel Johnson, "The Rambler, Number 4", in Hazard Adams ed., *Critical Theory since Plato*, Harcourt Jovanovich, Inc., 1971, p.325.

不惜。双关语是他所宠爱的那个倾城倾国的克莉奥佩特拉,为了她,他丧失了江山,为了她,让他丧失江山也在所不惜"。[95] 而我们将会看到,莎士比亚这种语义双关的特点,正是20世纪英美批评家所喜爱谈论的一个话题。

关于悲喜剧和"三一律"

不过,与前人相比,约翰逊对莎士比亚的认识毕竟大大深化了。尤其是当他为莎士比亚戏剧突破"三一律",也突破了悲剧与喜剧之间的严格界限而热情辩护时,显示了一个批评家的开阔胸襟和深刻见地。何况他的看法是如此犀利,一针见血,以致在他之后任何有关这方面的讨论似乎都显得多余了。

不难发现,约翰逊替莎士比亚的悲喜剧进行辩护的理论根据,依然是生活的真实和普遍的人性。他指出:

> 莎士比亚的剧本,按照严格的意义和文学批评的范畴来说,既不是悲剧,也不是喜剧,而是一种特殊类型的创作;它表现普通人性的真实状态,既有善也有恶,亦喜亦悲,而且错综复杂,变化无穷,它也表现出世事常规,一个人的损失便是另一人的得利;往往在同一时刻,一个作乐,赶赴宴会,而另一人埋葬亡友,哀伤不已……莎士比亚不仅本人兼有引起读者发笑和悲伤的本领,而且能在同一作品里达到这样的效果。几乎在他的全部剧作里都是严肃的和可笑的人物平分秋色,而且在情节的先后发展过程中,时而引起严肃和悲伤的感情,时而令人心情轻快,大笑不止。[96]

约翰逊承认,莎士比亚如此处理显然是违背古典规则的,因为在古希腊罗马戏剧中并无这样的先例。然而,他却强调这种悲喜剧更接近于生活的真实,而且"一切快感的源泉是多样化的"。他甚至认为,硬把莎士比亚戏剧分为喜剧、历史剧和悲剧是徒劳的,因为它们之间的界限本来就不很明确。因此,约翰逊既为《哈姆莱特》中的喜剧场景喝彩,也为《奥瑟罗》中的某些处理辩护,虽然他认为莎士比亚的天赋似乎更适合于写作喜剧。

论及莎士比亚戏剧违反"三一律"的问题,约翰逊指出:"鉴于对情节来说,除

---

[95] 约翰逊:《〈莎士比亚戏剧集〉序言》,见《莎士比亚评论汇编》,上卷,中国社会科学出版社,1979年,第50页。
[96] 同上书,第42—43页。

行动的整一律外,其他的整一律都无关紧要,又鉴于时间和地点的整一律显然是从错误的假设里得出的结论,它们限制了戏剧的范围,从而也削弱了戏剧的多样性,鉴于以上的事实,我认为莎士比亚不熟悉这些法规或没有遵守这些法规,并不是一件值得遗憾的事。"[97] 我们将会看到,约翰逊的这一结论与几年后莱辛在《汉堡剧评》中所表达的见解,是完全一致的。但重要的不在于结论,而在于约翰逊否定了时间整一律和地点整一律的理论前提,即所谓舞台效果的逼真幻觉。

约翰逊认为,制订时间整一律和地点整一律是出于这样一种错误的假设,即为了使观众产生一种错觉,以便把戏剧当作真实事件来相信。然而,这种幻觉理论从根本上说就是错误的。关于地点整一律,约翰逊指出:"认为不可能第一点钟在亚历山大里亚度过,第二点钟又在罗马度过,这样的提法就假设了开幕时观众真正假想他们是在亚历山大里亚,相信他们步行到剧院去的这一行动就是去埃及的旅行,相信他们生活在安东尼和克莉奥佩特拉的时代,事实上谁要是能够幻想这一切,也就能幻想更多的事情。"[98] 当然,观众实际上并没有产生任何错觉,他们始终知道舞台只不过是舞台,他们到剧院去只是为了看戏。所以,让舞台一会儿代表雅典,一会儿又代表西西里,这毫无可笑之处。

既然地点可以随人想象,那么,时间就更不成问题了。"在所有的存在事物当中,时间对于幻想是最惟命是听的;幻想几年的度过和几小时的度过是同样不费力气的事。"[99] 事实上,正如约翰逊所指出的,时间的跨越是在幕与幕之间完成的,一幕之内行动的时间和表演的时间则往往是一致的。值得注意的是,在否定地点整一律和时间整一律的时候,约翰逊克服了把艺术与生活混为一谈的毛病,而始终诉诸于艺术的虚构性和舞台表演的虚拟性,从而表明了他对戏剧艺术的深刻理解。

---

[97] 约翰逊:《〈莎士比亚戏剧集〉序言》,见《莎士比亚评论汇编》,上卷,中国社会科学出版社,1979年,第56页。
[98] 同上书,第53页。
[99] 同上书,第54页。

第六节 莱 辛

论及高特荷德·埃夫拉姆·莱辛(Gotthold Ephraim Lessing, 1729—1781)在文学史上的贡献,海涅这样评价道:"莱辛是文坛上的阿米尼乌斯,他把我们的戏剧从异族统治下解放出来。他向我们指出,法国戏剧本身是希腊戏剧的摹仿,而那些摹仿法国戏剧的剧本就更其空洞无物,索然寡味,荒唐可笑了。莱辛不仅通过批评文章,还通过自己的文艺创作,成为现代德国独创文学的奠基人。"[100] 除了早期的文学通信之外,莱辛的主要批评著作是《拉奥孔》(*Laokoon*, 1766)和《汉堡剧评》(*Hamburg Dramaturgy*, 1767—1769)。前者的意义在于首次系统阐明了画与诗的区别,促使德国文学转向表现生动的人生和激烈的冲突。后者的意义则在于批判法国新古典主义文学及其追随者,以期恢复亚理斯多德的诗学精神,指明德国民族文学的发展方向。

《拉奥孔》论画与诗的界限

《拉奥孔》一书的副标题是"论画与诗的界限"。而全书探讨的核心问题,是由拉奥孔这一题材在古代雕塑和古代史诗中的不同艺术处理而引起的。据古希腊传说,拉奥孔是特洛亚城邦的祭司,因极力劝阻特洛亚人不要把希腊联军留下的木马拉进城里而受到惩罚,他和两个儿子被海神派来的两条大蛇活活缠死。然而,同是这一题材,在不同的艺术中却作了截然不同的处理。在维吉尔的史诗《埃涅阿斯纪》中,着力描写了拉奥孔仰天呼号的悲痛情景。而在罗马废墟中发掘出来的古代雕塑却对这一情形作了淡化处理,拉奥孔的嘴巴只是微微张开,仿佛发出一种轻微的叹息。为什么雕塑要如此处理呢?

对此,德国著名艺术史家温克尔曼(J. J. Winckelmann, 1717—1768)曾经给出一种解释。他认为,古希腊艺术的基本特征是"高贵的单纯和静穆的伟大",而这座雕像正是这一审美理想的具体体现。尽管拉奥孔忍受着剧烈的痛苦,但这种痛苦并没有在面部和全身姿势上流露出来。"他并不像在维吉尔的诗里那样发出惨痛的哀号,张开大口来哀号在这里是在所不许的。他所发出的毋宁是一种节制住的焦急

---

[100] 海涅:《论浪漫派》,见《海涅选集》,张玉书译,人民文学出版社,1983年,第25页。文中提到的阿米尼乌斯(Arminius,公元前18—公元19)是德国古代民族英雄,曾率领军队打败罗马人,将日耳曼民族从异族统治下解放出来。

的叹息……身体的苦痛和灵魂的伟大仿佛都经过衡量,以同等的强度均衡地表现在雕像的全部结构上"。[101] 因此,在温克尔曼看来,拉奥孔雕像之所以避免表现悲痛的哀号和激烈的感情,正是为了体现心灵的伟大与沉静。

而在莱辛看来,温克尔曼的这一解释显然是难以令人信服的。他指出,古希腊文学从来就不回避表现激烈的感情。例如,在索福克勒斯的悲剧中,菲罗克忒忒斯的痛苦呼声响彻了整个剧场。而在荷马史诗里,"每逢涉及痛苦和屈辱的情感时,每逢要用号喊、哭泣或咒骂来表现这种情感时,荷马的英雄却总是忠实于一般人性的。在行动上他们是超凡的人,在情感上他们是真正的人"。[102] 因此,要说明为什么诗人故意表现哀号,而画家或雕塑家却避免这种描绘,就必须重新寻找原因。

通过画与诗的比较研究,莱辛得出了如下结论:首先,由于绘画和雕塑都是直接诉诸人的视觉的,因此,"美是造型艺术的最高法律","凡是为造型艺术所能追求的其他东西,如果和美不相容,就须让路给美;如果和美相容,也至少须服从美"。[103] 由此可以理解,拉奥孔雕像之所以如此处理,是由于雕塑家要在摹仿肉体痛苦的同时表现出最高的美。这并非因为哀号就显示不出心灵的伟大,而是因为哀号会导致面部的扭曲,与美的原则相抵触。正是出于这样的考虑,雕塑家才把哀号淡化为轻微的叹息。但诗却并不直接诉诸人的视觉,因而诗人就完全不必顾及人物形体的美丑。莱辛指出:

> 诗人既然有整个无限广阔的完善的境界供他摹仿,这种可以眼见的躯壳,这种只要完整就算美的肉体,在诗人用来引起人们对所写人物发生兴趣的手段之中,就只是最微不足道的一种。诗人往往把这种手段完全抛开,因为他深知他所写的主角如果博得了我们的好感,他的高贵的品质就会把我们吸引住,使我们简直不去想他的身体形状……[104]

其次,莱辛认为,拉奥孔雕像表现为叹息而不是哀号,也是因为雕塑家只能选择某一顷刻加以表现。而"选择上述某一顷刻以及观察它的某一角度,就要看它能

---

[101] 温克尔曼:《论希腊绘画和雕刻作品的摹仿》,转引自莱辛《拉奥孔》,朱光潜译,人民文学出版社,1979年,第6页。
[102] 莱辛:《拉奥孔》,朱光潜译,人民文学出版社,1979年,第8页。
[103] 同上书,第14页。
[104] 同上书,第22页。

否产生最大效果了。最能产生效果的只能是可以让想象自由活动的那一顷刻了"。[105]这就是说,倘若表现哀号便是选择了激情的顶点,那就束缚了想象的自由活动。与此相反,诗却完全不受这一规律的局限:"诗人也毫无必要去把他的描绘集中到某一顷刻。他可以随心所欲地就他的每个情节(即所写的动作)从头说起,通过中间所有的变化曲折,一直到结局,都顺序说下去。"[106]

《拉奥孔》第 16 章有一段总结性的论述,由于比较抽象,我们不妨转述如下:绘画所用的媒介符号是空间中的形体和颜色,因而宜于表现在空间中并列的事物。莱辛把这种在空间中并列的事物称为"物体",认为它们是绘画所特有的题材。相反,诗所用的媒介符号是在时间中发出的声音,因而宜于表现在时间中先后承续的事物。莱辛把这种在时间中先后承续的事物称为"动作",认为它们是诗所特有的题材。当然,绘画也能摹仿动作,但它只能摹仿动作中的某一顷刻,所以就应选择"最富于孕育性的顷刻"(the most pregnant moment),使前前后后的过程通过这一顷刻得到表现。同样,诗也能描绘物体,但它只能摹仿物体的某一属性,在动作的过程中去描绘物体,所以就应选择能引起该物体的最生动的感性形象的那个属性。以荷马史诗为例,"荷马写一件事物,一般只写它的某一个特点。在他的诗里一条船是黑色的,有时是空空的船,有时是快船,至多也只是划得好的黑色船。他就止于此,不再对船作进一步的描绘。但是对于船的起锚、航行和靠岸,他却描绘出一幅极详细的图画"。[107]

现代学者业已指出,莱辛的上述见解并非完全是独创的,在 18 世纪美学家夏夫兹博里(Shaftesbury, 1671—1713)、埃德蒙·博克(Edmund Burke, 1729—1797)和狄德罗那里,均不难找到其先声。[108] 然而,莱辛却总结了前人的成果,第一次系统阐明了画与诗之间的界限。更何况,莱辛虽然处处将画与诗进行比较,揭示它们各自的艺术规律,但他得出的结论却是要证明诗具有更多的优越性,也更富于表现力。他试图说明,由于诗不受视觉方面的限制,因而它的表现题材更为广阔;诗也完全不必选择某一瞬间来束缚自己,因而它可以表现持续的动作。此外,绘画绝不允许表现的丑,对于诗人来说却并非禁区,诗人可以利用丑作为一种因素,去产

---

[105] 莱辛:《拉奥孔》,朱光潜译,人民文学出版社,1979 年,第 18 页。

[106] 同上书,第 23 页。

[107] 同上书,第 84 页。

[108] R. Wellek, *A History of Modern Criticism*, vol. 1, Yale University Press, 1955, p.166. 另参见凯·埃·吉尔伯特、赫·库恩:《美学史》,夏乾丰译,上海译文出版社,1989 年,第 405—406 页。

生和加强某种混合的情感,即可笑性和可怖性所伴随的情感。

当然,这并不意味着诗人可以去从事画家所做的事,事实上,莱辛写作《拉奥孔》的主要动机,正是为了纠正18世纪盛行一时的描绘体诗。他以当时德国诗人哈勒(Albrecht von Haller, 1708—1777)的诗作《阿尔卑斯山》为例,说明诗人尽管把这些花草一一描绘了出来,可是却不能产生任何视觉意象。[109] 同样,阿里奥斯托在《疯狂的罗兰》中对阿尔契娜的外貌描写,尽管罗列了她的头发、额头、眉毛、鼻子、嘴唇、牙齿、胸脯和四肢的美妙,但却仍然归于失败,这足以成为一个教训:"警告一切诗人不要去尝试连阿里奥斯托去做也必然要失败的事。"[110]

那么,诗人应该如何表现物体美呢?在莱辛看来,大体可以有这样两种方法。第一,与其直接地描绘物体美,不如间接地通过美的效果去暗示美。例如,《伊利亚特》第三卷写到海伦出现在会场时引起特洛亚元老们的一片赞叹,其效果便远胜于对她的外貌作静态描绘。莱辛由此写道:"凡是不能按照组成部分去描绘的对象,荷马就使我们从效果上去感觉到它。诗人啊,替我们把美所引起的欢欣、喜爱和迷恋描绘出来吧,做到这一点,你就已经把美本身描绘出来了!"[111] 第二,诗人应当化静为动,化美为媚,而"媚就是动态中的美"。[112] 以《疯狂的罗兰》中对阿尔契娜的描写为例,传神之笔在于她的眼睛"娴雅地左顾右盼,秋波流转",从她的嘴里发出"嫣然一笑"。只要把这些媚态集中在几行诗里,整个人物就呼之欲出,较之那些罗列式的描写无疑能产生更好的效果。

从今天来看,莱辛的某些观点无疑是有局限的。为了强调诗的优越性,他过分夸大了诗与画之间的界限,也有意无意地贬低了造型艺术的表现力。然而,瑕不掩瑜,对于文学创作来说,莱辛最富有启示意义的见解,就在于反对文学中的静态描写,反对过分看重文学作品中的视觉形象效果。这不仅有助于扭转当时德国文学一味追求静穆境界的风气,而且也为19世纪以来的文学创作实践所证实。从那时起,越来越多的诗人在诗歌中追求一种音乐的效果,而不是把诗歌比附为绘画。小说中的外部描写固然风行一时,但从19世纪后期以来,心理刻画便日益占据了上风。不过,我们理应认识到,在莱辛的心目中,最典范的文学乃是戏剧,而不是小说和抒情诗。正如他在致弗里德利希·尼柯莱(Friedrich Nicolai, 1733—1811)的

---

[109] 莱辛:《拉奥孔》,朱光潜译,人民文学出版社,1979年,第92—93页。
[110] 同上书,第116页。
[111] 同上书,第120页。
[112] 同上书,第121页。

信中所指出的：最高级的诗应当"把人为的符号完全变成自然的符号。戏剧体诗就属于这一类，因为在戏剧体诗里文字已不再是人为的符号，而变成了人为的对象的自然的符号"。[113]这就是说，如果诗仅仅停留在文字上，那么，它就仍然是人为的符号。只有当它搬上舞台，由剧中人物之口说出来时，诗才真正变成了自然的符号。因此，从《拉奥孔》到《汉堡剧评》可谓一脉相承，莱辛所探讨的始终是如何创建德国民族戏剧的问题。

《汉堡剧评》的基本精神

从某种意义上说，莱辛写作《汉堡剧评》似乎纯属偶然。1767年，莱辛应邀担任汉堡民族剧院的艺术顾问，他的主要任务是创办一份小报，就上演剧目发表评论。但这个剧院的创建者却同床异梦，结果剧院创办一年就倒闭了。莱辛在此期间的唯一成果便是撰写了104篇评论，于1769年辑成两卷出版，取名为《汉堡剧评》。然而，这部论著从两个方面来说都是令人失望的。第一，由于它开始时是根据上演剧目而写的，因而它并不是一部系统的理论著作。第二，由于那些上演的剧目在今天已很少有人阅读，因此即使在具体作品的评论方面，这部论著也很难引起人们的兴趣。

但从另一个角度看，《汉堡剧评》的出现又是必然的。因为长期以来，莱辛就关注戏剧活动，主张创建德国的民族戏剧。而在莱辛之前，德国戏剧极其落后，水平之低近乎杂耍和胡闹。莱比锡大学教授高特舍特（J. C. Gottsched, 1700—1766）和女演员奈贝尔（C. Neuber, 1697—1760）曾经携手合作，试图改变这种状况。但他们却完全照搬法国新古典主义戏剧那一套，结果南辕北辙，越走越远。早在《关于当代文学的通讯》（*Briefe die neueste Literatur betreffend*, 1759）中，莱辛就对高特舍特的做法进行了严厉谴责，批评他想以"法国化的戏剧"来改进古老的德国戏剧。而在10年后出版的《汉堡剧评》中，莱辛依然坚持了这一批判立场。概括地说，批判法国新古典主义戏剧及其追随者，号召人们以莎士比亚为榜样创建崭新的德国民族戏剧，这正是《汉堡剧评》的基本主题。

显然，这一主题在《汉堡剧评》最后一篇中得到了清晰的表述。莱辛在此痛心地谈到德国戏剧的可怜现状，谈到德国人至今"仍然是一切外国东西的信守誓约的摹仿者，尤其是永远崇拜不够的法国人的恭顺的崇拜者"。而要破除对法国新古典主义戏剧的盲目崇拜，就必须继承亚理斯多德的诗学精神。他强调："我不否认我

---

[113] 莱辛：《拉奥孔》，朱光潜译，人民文学出版社，1979年，第206—207页。

把《诗学》视为一部可靠的著作，像欧几里得定理一样可靠……特别是我敢于用悲剧无可辩驳地证明，假如它不想远离自己的完美性，就寸步离不开亚理斯多德的准绳。"[114] 那么，在莱辛看来，法国新古典主义戏剧究竟在哪些地方违背了亚理斯多德的诗学精神呢？

首先，是戏剧的"三一律"问题。莱辛指出，时间整一律和地点整一律是由于古希腊戏剧有歌队而产生的，而法国新古典主义戏剧不了解这一点，在废除歌队的情况下依然机械照搬老规矩，结果反而忽视了根本性的东西。值得注意的是，莱辛在批判"三一律"的同时，修正了亚理斯多德关于性格从属于情节的见解，突出强调了人物性格塑造的重要性：

> 一切与性格无关的东西，作家都可以置之不顾。对作家来说，只有性格是神圣的，加强性格，鲜明地表现性格，是作家在表现人物特征的过程中最当着力用笔之处。[115]

因此，"对于一个作家来说，性格远比事件更为神圣。"[116] 由此可见，随着人们对"三一律"的怀疑日益加深，18世纪后期批评家开始把注意力转移到对人物性格的塑造问题上来了。

其次，针对法国新古典主义的体裁理论，莱辛为悲剧和喜剧的混杂进行了辩护。他指出："在教科书里人们尽量准确地把它们（指悲剧和喜剧）区分开来，但是，如果有一位天才为了达到更高的目的，把多种体裁集中于同一部作品里，人们便会把教科书抛诸脑后，而去探讨是否达到了这种更高的目的……"[117] 在莱辛看来，天才可以超越规则，创造出惊世骇俗的作品。他甚至不无偏激地声称："天才可以不了解连小学生都懂得的千百种事物。他的财富不是由经过勤勉获得的贮藏在他的记忆里的东西构成的，而是由出自本身、从他自己的感情中产生出来的东西构成的。"[118]

第三，关于悲剧的净化作用，莱辛指责高乃依等人从根本上曲解了亚理斯多德的学说。他指出，按照高乃依的说法，悲剧可以净化一切激情，却唯独不能净化悲剧所引起的怜悯和恐惧。莱辛则把悲剧的净化作用与亚理斯多德在《尼科马科斯伦

---

[114] 莱辛：《汉堡剧评》，张黎译，上海译文出版社，1981年，第512页。
[115] 同上书，第125页。
[116] 同上书，第176页。
[117] 同上书，第255页。
[118] 同上书，第178页。

理学》(Ethic Nicomachea)中提出的美德必须适中、情感必须适度的思想联系起来，认为"净化只存在于激情向道德的完善的转化中"。具体地说，悲剧的净化作用就表现为："就怜悯而言，悲剧性的怜悯不只是净化过多地感觉到怜悯的人的心灵，也要净化极少感觉到怜悯的人的心灵。就恐惧而言，悲剧性的恐惧不只是净化根本不惧怕任何厄运的人的心灵，而且也要净化对任何厄运，即使是遥远的厄运，甚至连最不可能发生的厄运都感到恐惧的人的心灵。"[119]

正如贝纳德·鲍桑葵(Bernard Bosanquet, 1848—1923)在其《美学史》(A History of Aesthetic, 1892)中所指出的，当莱辛打着亚理斯多德的"旗号"来批判法国新古典主义戏剧的时候，他内心真正想要证明的是，符合亚理斯多德诗学精神的是莎士比亚，而不是高乃依、拉辛和伏尔泰之流。[120]在莱辛看来，那些法国作家根本就算不上是真正的悲剧诗人，"他们的高乃依和拉辛，他们的克莱比翁和伏尔泰，很少或者根本不具备使索福克勒斯之所以成为索福克勒斯，使欧里庇得斯之所以成为欧里庇得斯，使莎士比亚之所以成为莎士比亚的东西。后者很少违背亚理斯多德那些重要主张，前者却是常常如此"。[121]但另一方面，尽管莱辛在《汉堡剧评》中处处称赞莎士比亚，号召德国作家向这位英国的伟大诗人学习，但令人遗憾的是，他的莎士比亚评论仅限于浮泛的赞誉之词，却很少作出深入细致的分析。

莱辛是一个非常谦虚的人，他把自己所写的东西完全归功于批评这一拐杖，而不是自诩为天才人物。"诚然，拐杖可以帮助跛子从一个地方走到另一个地方，但不能帮助他成为长跑运动员"。[122]他也把自己的批评活动看作是德国文学重新走上正路之前的一种引导，"以便它能骤然间以更快、更大的步伐走完自己的路程"。[123]然而，倘若我们不把这些话仅仅视为一种自谦的话，那么，它们反倒成了对德国文学批评在未来发展的一种展望。千真万确，《拉奥孔》对画与诗之间关系的论述，《汉堡剧评》对法国新古典主义戏剧的批判，澄清了许多重大的理论问题，为德国民族文学的发展指明了方向。随后到来的狂飙突进运动和歌德、席勒的批评活动，就以更快、更大的步伐向前迈进，一个批评史上更为壮观的长跑竞技运动从此开始了。

---

[119] 莱辛:《汉堡剧评》，张黎译，上海译文出版社，1981年，第400—401页。
[120] 贝纳德·鲍桑葵:《美学史》，张今译，商务印书馆，1985年，第301页。
[121] 莱辛:《汉堡剧评》，张黎译，上海译文出版社，1981年，第416页。
[122] 同上书，第509页。
[123] 同上书，第512—513页。

第七节 歌 德

在18、19世纪之交的德国文学批评中，约翰·沃尔夫冈·歌德（Johann Wolfgang Goethe，1749—1832）占据着一个独特的位置。然而，要概括他的文学理论却殊非易事。一方面，在漫长的一生中，歌德的文学思想几经变化，其重点的转移和前后的抵牾是个不争的事实。另一方面，歌德一生著述甚多，但又缺乏比较系统的理论著作。即使在晚年由约翰·爱克曼（Johann Eckermann，1792—1854）所辑录的《歌德谈话录》（Conversations with Goethe，1823—1832）中，多半也是即兴式的言论。因此，我们这里只能对歌德文学思想的前后变化作一简要评述，距离深入、系统的研究还差了一大截。

从《莎士比亚命名日》说起

按照文学史家的通常见解，可以把1770年歌德在斯特拉斯堡与赫尔德（J. G. Herder，1744—1823）的相识视为狂飙突进运动的开始。正是在后者的影响下，歌德狂热地阅读莎士比亚剧本，对他的卓越天才充满敬慕之情。他在这一时期发表的《莎士比亚命名日》（Zum Shakespears Tag，1771）虽然是一篇颂歌式的演讲稿，但却足以代表歌德在狂飙突进运动中的文学观念。像莱辛当年一样，他把莎士比亚看作是一个将德国文学从黑暗中拯救出来的光明使者，一个赐给诗人以智慧的神灵："当我读完他的第一个剧本时，我好像一个生来盲目的人，由于神手一指而突然获见天光。我认识到，我极其强烈地感到我的生存得到了无限度的扩展；对我来说一切都是新奇的，前所未有的，不习惯的光辉使我的眼睛酸痛。"[124] 与此同时，青年歌德也以一种激进的姿态表示，要与法国新古典主义戏剧彻底决裂：

> 我没有片刻犹豫拒绝了有规则的舞台。我觉得地点的统一好像牢狱般的狭隘，行动和时间的统一是我们想象力的讨厌的枷锁。我跳向自由的空间，这时我才觉得有了手和脚。现在我知道了这些讲规律的先生们在他们的洞穴里对我加了多少摧残，并且还有多少自由的心灵在里边卷曲着。因此，要是我不向他们宣战，不每日寻思着去攻破他们的牢狱，那我的心要

---

[124] 歌德：《莎士比亚命名日》，见《莎士比亚评论汇编》，上卷，杨业治译，中国社会科学出版社，1979年，第289页。

激怒得爆裂了。[125]

歌德的意大利之行（1786—1788），标志着他文学思想的一个重大转折。由于研究古希腊罗马艺术和接受温克尔曼的观点，他放弃了早先推崇天才、推崇艺术的自发性的观念，重新回到古典主义的立场上来。然而，我们必须认识到，这是一种独特的古典主义理论，它既保留了摹仿自然和"普遍性"等传统艺术观念，又不为它所束缚，蕴含了丰富而深刻的美学思想。其核心，毋宁说是阐发了一套主观与客观、精神与自然高度统一的文学理论。

在《自然的单纯摹仿，作风，风格》(*Einfache Nachahmung, Manier, Stil*, 1788)一文中，歌德对这三种艺术境界作了区分，并将主观与客观相统一的风格视为艺术追求的最高理想。他认为，自然的单纯摹仿偏重于纯粹的客观性，艺术家的思想感情完全服从于外在自然。这样的作品虽然也能达到真实的目标，但终究流于自然主义，算不得上乘。与此相反，作风则偏重于单纯的主观性，这样的艺术家往往厌倦于摹仿自然而热衷于表现自我，其结果，"他就愈来愈远地背弃了艺术的基础。他的作风会变得更浅薄、更空疏"。[126] 至于风格，则是主观与客观的高度统一，因而也是艺术成就的极致："通过对自然的摹仿，通过竭力赋予它以共同语言，通过对于对象的正确而深入的研究，艺术终于达到了一个目的地……这是艺术所能企及的最高境界，艺术可以向人类最崇高的努力相抗衡的境界……风格奠基于最深刻的知识原则上面，奠基在事物的本性上面，而这种事物的本性应该是我们可以在看得见触得到的形体中认识到的。"[127]

因此，歌德既反对自然主义式的摹写生活，也反对艺术中的一味主观的创造。在他看来，理想的艺术家应该是这样一个人："他既能洞察到事物的深处，又能洞察到自己心情的深处，因而在作品中能创造出不仅是轻易的只产生肤浅效果的东西，而是能和自然竞赛，具有在精神上是完整有机体的东西，并且赋予他的艺术作品以一种内容和一种形式，使它显得既是自然的，又是超自然的。"[128] 这就是说，伟大的

---

[125] 歌德：《莎士比亚命名日》，见《莎士比亚评论汇编》，上卷，杨业治译，中国社会科学出版社，1979 年，第 298 页。

[126] 歌德：《自然的单纯摹仿，作风，风格》，见《文学风格论》，王元化译，上海译文出版社，1982 年，第 6 页。

[127] 同上书，第 3—4 页。

[128] 歌德：《〈希腊神庙的门楼〉发刊词》，转引自朱光潜《西方美学史》，下卷，人民文学出版社，1979 年，第 426—427 页。

艺术既应当体现艺术家的审美理想，又应当揭示自然事物的内在本质。而这一思想后来也为黑格尔所继承，构成了他美学体系中的核心部分。

而愈到晚年，歌德便愈是坚信："诗应采取从客观世界出发的原则。"[129] 他这样告诫青年诗人爱克曼：

> 世界是那样广阔丰富，生活是那样丰富多彩，你不会缺乏做诗的动因。但是，写出来的必须全是应景即兴的诗，也就是说，现实生活必须既提供诗的机缘，又提供诗的材料。一个特殊具体的情境通过诗人的处理，就变成带有普遍性和诗意的东西。我的全部诗都是应景即兴的诗，来自现实生活，从现实生活中获得坚实的基础。我一向瞧不起空中楼阁的诗。[130]

这里所谓"应景即兴的诗"，就是植根于客观现实、洞察事物本质的文学；所谓"空中楼阁的诗"，就是沉溺于主观世界、一味无病呻吟的文学。然而，使歌德深感遗憾的是，他认为自己生活在一个主观艺术风行的时代，并且把这种沉溺于主观的风气斥为"时代的通病"。在他看来，一个诗人"要是他只能表达自己的那一点主观情绪，他还算不上什么，但是一旦能够掌握世界而且能把它表达出来，他就是一个诗人了"。更进一步说，"一切倒退和衰亡的时代都是主观的，与此相反，一切前进上升的时代都有一种客观的倾向。我们现在这个时代是一个倒退的时代，因为它是一个主观的时代……与此相反，一切健康的努力都是由内心世界转向外在世界，像你所看到的一切伟大的时代都是努力前进的，都是具有客观性格的"。[131]

艺术的生命"在于对个别特殊事物的掌握和描述"

对歌德来说，文学创作从客观世界出发，也就意味着必须从个别特殊的事物出发，在特殊中显示出一般。反之，从主观世界出发，就意味着从一般概念出发，只是把特殊作为一般的例证而已，而这正是歌德所极力反对的。因此，他告诫爱克曼："艺术的真正生命正在于对个别特殊事物的掌握和描述……作家如果满足于一般，任何人都可以照样摹仿，但是如果写出个别特殊，旁人就无法摹仿，因为没有亲身

---

[129] 爱克曼辑录：《歌德谈话录》(1830年3月21日)，朱光潜译，人民文学出版社，1978年，第221页。
[130] 爱克曼辑录：《歌德谈话录》(1823年9月18日)，朱光潜译，人民文学出版社，1978年，第6页。
[131] 爱克曼辑录：《歌德谈话录》(1826年1月29日)，朱光潜译，人民文学出版社，1978年，第96—97页。

体验过。你也不用担心个别特殊引不起同情共鸣。每种人物性格,不管多么个别特殊,每一件描绘出来的东西,从顽石到人,都有些普遍性;因此各种现象都经常复现,世间没有任何东西只出现一次。"[132]

另一方面,这个问题也关系到寓意诗与象征诗的根本区别。在晚年所写的《格言与感想集》(*Maximmen und Reflexionen*)中,歌德这样写道:

> 诗人究竟是为一般而找特殊,还是在特殊中显出一般,这中间有一个很大的分别。由第一种程序产生出寓意诗,其中特殊只作为一个例证或典范才有价值。但是第二种程序才特别适宜于诗的本质,它表现出一种特殊,并不想到或明指一般。谁若是生动地把握住这特殊,谁就会同时获得一般而当时却意识不到,或只是到事后才意识到。[133]

不仅如此,歌德还指出:"寓意把现象转化为一个概念,把概念转化为一个形象,但是结果是这样:概念总是局限在形象里,完全据守在形象里,凭形象就可以表现出来。"而象征则不然,"象征把现象转化为一个观念,把观念转化为一个形象,结果是这样:观念在形象里总是永无止境地发挥作用而又不可捉摸,纵然用一切语言来表现它,它仍然是不可表现的"。[134]

由此可见,寓意诗与象征诗的主要区别在于以下两点:其一,寓意诗重一般而轻特殊,因而作为特殊的意象只是用来指示一般,其本身并不重要,也未必生动可感。象征诗则高度重视生动可感的意象,通过"生动地把握住这特殊"来暗示一般。其二,寓意诗只是用意象来指示某个抽象的概念,并且把这个抽象的概念完全闭锁在意象中。象征诗是用生动的意象来暗示某个丰富的观念,但这个丰富的观念却又超越于意象,其意蕴并不是意象本身所能穷尽的。因此,象征诗既表现为对特殊的、具体可感的意象的高度重视和生动把握,也意味着它所暗示的意义往往是极为丰富的、不可确定的。在西方文学批评史上,歌德不仅首次深刻论述了寓意诗和象征诗的区别,而且是正确阐明象征理论的第一人。他的象征理论对史雷格尔、谢林等德国浪漫派批评家产生了重大的影响,后来又通过柯勒律治而传入英国,为人们探讨诗歌的象征问题开辟了一条正确的道路。

---

[132] 爱克曼辑录:《歌德谈话录》(1823年10月29日),朱光潜译,人民文学出版社,1979年,第9—10页。
[133] 歌德:《格言和感想集》,转引自朱光潜《西方美学史》,下卷,人民文学出版社,1979年,第416页。
[134] 同上书,第416—417页。

关于古典诗与浪漫诗之争

说起当年德国文坛那场有关古典诗与浪漫诗的论争,歌德晚年曾经这样回忆道:

> 古典诗和浪漫诗的概念现已传遍全世界,引起许多争执和分歧。这个概念起源于席勒和我两人。我主张诗应采取从客观世界出发的原则,认为只有这种创作方法才可取。但是席勒却用完全主观的方法去写作,认为只有他那种创作方法才是正确的。为了针对我来为他自己辩护,席勒写了一篇论文,题为《论素朴的诗与感伤的诗》。他想向我证明:我违反了自己的意志,实在是浪漫的,说我的《伊菲姬尼亚》由于情感占优势,并不是古典的或符合古代精神的,如某些人所相信的那样。史雷格尔兄弟抓住这个看法加以发挥,因此它就在世界传遍了。目前人人都在谈古典主义和浪漫主义,这是五十年前没有人想得到的区别。[135]

对于歌德的这番话,我们需要作两点说明。首先,尽管歌德与席勒是这场论争的发起者,但"古典诗"与"浪漫诗"这对概念的发明专利权却属于史雷格尔兄弟。席勒虽然提出了古今两类诗歌的对比,但他只是把它们称作"素朴的诗"与"感伤的诗"。后来经过史雷格尔兄弟的改造,才将它们改称为"古典诗"与"浪漫诗"。因此,当歌德晚年重提这段往事时,实际上是沿用了史雷格尔兄弟改造之后的概念。其次,歌德似乎更多地强调了席勒与史雷格尔兄弟的相近之处,而忽视了他们之间在这一问题上的重大区别。事实上,尽管席勒区分了素朴的诗和感伤的诗,但在孰优孰劣的问题上却犹疑不定。史雷格尔兄弟则毫不含糊地声称浪漫诗是"包罗万象的进步的诗",其倾向性是不言而喻的。[136] 况且,"感伤的诗"与"浪漫诗"在概念内涵上也不尽相同。举例来说,史雷格尔兄弟将莎士比亚划入了浪漫诗人的行列,席勒则把莎士比亚视为与荷马相似的素朴的诗人。

歌德在《说不尽的莎士比亚》(*Shakespeare und Kein Ende*, 1813—1816) 一文中指出,莎士比亚戏剧的基础是"他生活的真实和精悍,因此,来自他手下的一切东西,都显得那么纯真和健康。所以人们也已经认清了,他不当属于近代诗人的范畴,即被称为'浪漫的'一派,而当属于'素朴的'一派,因为他的作品充满着现

---

[135] 爱克曼辑录:《歌德谈话录》(1830年3月21日),朱光潜译,人民文学出版社,1978年,第221页。
[136] 弗·史雷格尔:《断片》,见《古典文艺理论译丛》,第2辑,人民文学出版社,1962年,第53页。

实真实"。[137] 而这一看法显然是与席勒的见解相一致的。只是在这篇论文的后半部分，歌德才将莎士比亚视为一位既是古代的，也是近代的戏剧诗人，其根据则基于他对古今文学所作的比较。在他看来，正是自然的与感伤的、异教的与基督教的、古典的与浪漫的、现实的与理想的、必然与自由、职责与意愿等差异，构成了古今文学的鲜明对比。[138]

然而，在生命的最后几年，歌德对德国浪漫派的批判变得越来越严厉了。他在1829年4月2日的谈话中指出：

> 我把"古典的"叫做"健康的"，把"浪漫的"叫做"病态的"。这样看，《尼伯龙根之歌》就和荷马史诗一样是古典的，因为这两部诗都是健康的，有生命力的。最近一些作品之所以是浪漫的，并不是因为新，而是因为病态、软弱；古代作品之所以是古典的，也并不是因为古老，而是因为强壮、新鲜、愉快、健康。[139]

何以古典诗就是"健康的"，浪漫诗就是"病态的"？联系歌德在其他场合发表的言论，大体包含这样两层含义：第一，正如前面所述，在歌德看来，一切倒退和衰亡时代的艺术都是主观的，一切健康向上时代的艺术都具有一种客观的倾向。近代艺术偏重于主观表现，因而歌德把这种沉溺于主观世界的风气斥为"时代的通病"；古代艺术总是面向客观世界，因而歌德倡导向古代艺术学习。因此，所谓"健康的"与"病态的"，正是着眼于古代艺术的客观倾向与近代艺术的主观倾向之间的对比。第二，歌德把古今艺术分为"健康的"和"病态的"，也与他高度重视作品的社会效果有关。他再三强调伟大的人格在艺术创作中的重要作用，强调真正的艺术家"是凭着自己的伟大人格去对待自然的"。[140] 令歌德深感痛心的是，当时一些作家由于自身的虚弱，所以就认为伟大的人格不过是微不足道的多余的因素。[141] 而德国浪漫派作家正是这样一些陷于内心分裂，一味沉溺于主观梦想和死亡情绪的诗人，这甚

---

[137] 歌德：《说不尽的莎士比亚》，见《莎士比亚评论汇编》，上卷，见《莎士比亚评论汇编》，上卷，杨业治译，中国社会科学出版社，1979年，第301页。

[138] 同上书，第302页。

[139] 爱克曼辑录：《歌德谈话录》(1829年4月2日)，朱光潜译，人民文学出版社，1978年，第188页。

[140] 爱克曼辑录：《歌德谈话录》(1828年10月20日)，朱光潜译，人民文学出版社，1978年，第174页。

[141] 爱克曼辑录：《歌德谈话录》(1831年2月13日)，朱光潜译，人民文学出版社，1978年，第229页。

至已经成为"一种地区性和流行性的疾病了"。[142]

"世界文学的时代已快来临了"

正如"客观"和"健康"常常成为评价作品的标准一样，在歌德的文学思想中，诗歌的有机整体论也是其中的一个核心内容。究其根源，这一方面与歌德对生物学的浓厚兴趣有关，另一方面也是因为歌德晚年受到康德的目的论的影响。他时常用生物的有机体来比拟一部艺术作品，认为诗人的任务就是根据现实生活所提供的机缘和材料，将作品"熔铸成一个优美的、生气灌注的整体"。[143] 由此可以理解，他何以讨厌用"构成"（compose）一词来说明艺术创作："怎么能说莫扎特 compose 他的乐曲《唐·璜》呢？哼，构成！仿佛这部乐曲像一块糕点饼干，用鸡蛋、面粉和糖掺合起来一搅就成了！它是一件精神创作，其中部分和整体都是从同一个精神熔炉中熔铸出来的，是由一种生命气息吹嘘过的。"[144]

当然，把艺术作品视为一个有机整体，并不意味着它是一个与时代环境相脱离的自足体。恰恰相反，歌德总是不断地谈到历史条件和民族精神对文学创作的巨大制约作用。而随着岁月的推移，歌德晚年越来越多地从历史主义的角度来看待文学现象。谈及古希腊悲剧，谈及莎士比亚和罗伯特·彭斯，甚至谈到他自己一生的创作，歌德都不由自主地追溯到历史背景和民族文化中去。正如他对爱克曼所说的："如果一个有才能的人想迅速地幸运地发展起来，就需要有一种很昌盛的精神文明和健康的教养在他那个民族里得到普及。"[145] 像莎士比亚这样一位卓越的诗人，假如把他从英国文学的特定氛围中单抽出来，自然不免令人感到惊奇。但倘若将他置于那个时代的特定背景中，综合考察那个时代的文学风气，人们就不难理解了。因为"莎士比亚的许多天才奇迹多少还是人力所能达到的，有不少要归功于他那个时代的那股强有力的创作风气"。[146]

正是基于这样一种历史主义观点，歌德首次提出了"世界文学"的概念。他是这样说的：

---

[142] 歌德：《格言和感想集》，程代熙等译，中国社会科学出版社，1982年，第87页。
[143] 爱克曼辑录：《歌德谈话录》(1823年9月18日)，朱光潜译，人民文学出版社，1978年，第7页。
[144] 爱克曼辑录：《歌德谈话录》(1831年6月20日)，朱光潜译，人民文学出版社，1978年，第246—247页。
[145] 爱克曼辑录：《歌德谈话录》(1827年5月3日)，朱光潜译，人民文学出版社，1978年，第141页。
[146] 爱克曼辑录：《歌德谈话录》(1824年7月2日)，朱光潜译，人民文学出版社，1978年，第16页。

> 我愈来愈深信,诗是人类的共同财产。诗随时随地由成百上千的人创作出来。这个诗人比那个诗人写得好一点,在水面上浮游得久一点,不过如此罢了……不过说句实在话,我们德国人如果不跳开周围环境的小圈子朝外面看一看,我们就会陷入上面说的那种学究气的昏头昏脑。所以我喜欢环视四周的外国民族情况。我也劝每个人都这么办。民族文学在现代算不了很大的一回事,世界文学的时代已快来临了。现在每个人都应该出力促使它早日来临。[147]

显然,"世界文学"并不意味着要泯灭各民族文学的特性,或是用某种整齐划一的国际标准去规范各民族文学。毋宁说,它旨在强调改变当时各民族文学闭关自守、固步自封的状态,增强彼此了解和互相交流。就其最高目标而言,它则意味着各民族文学组成一个多声部的大合唱,其中每个民族的文学既保持自己独特的声部,又为这雄伟壮观的演出做出一份自己的贡献。

而我们应当认识到,歌德倡导"世界文学"并非偶然。一方面,自从18世纪以来,欧洲各国之间的文学交流和相互借鉴日益频繁。而在创建德国民族文学的过程中,莱辛、赫尔德都对以莎士比亚为代表的英国文学竭力推崇,认真借鉴,更是一个不争的事实。另一方面,在歌德的创作生涯中,也从外国文学中汲取了丰厚的营养。且不说他青年时代对莎士比亚戏剧的迷恋,激发了他旺盛的艺术创造力。更重要的是,随着阅历的增长,他的文学视野也不断扩大。歌德晚年对彭斯、司各特、拜伦、雨果、贝朗瑞等英、法两国作家的评价,对欧洲各国民歌、波斯诗歌和中国文学的兴趣,都足以表明他对外国文学的了解是前人所无法比拟的。从这个意义上说,歌德着眼于各民族文学之间的交流和借鉴而率先提出"世界文学"的概念,既是顺理成章的,也是富于远见卓识的。

---

[147] 爱克曼辑录:《歌德谈话录》(1827年1月31日),朱光潜译,人民文学出版社,1978年,第113页。

第八节　席　勒

尽管弗里德里希·席勒（Friedrich Schiller, 1759—1805）与歌德齐名，并与他通力合作开创了德国文学的"古典时期"，但无论在思想方法还是在理论表述上，席勒的文学批评都与歌德迥异其趣。而这并不奇怪，因为他的主要论著都写于伊曼努尔·康德（Immanuel Kant, 1724—1804）的《判断力批判》（Critique of Judgment, 1790）之后，深受康德美学思想的影响。作为一个诗人，席勒深感这种抽象的哲学思考给文学创作带来的干扰，抱怨自己"像一个混血儿一样，徘徊于概念与直觉、规则与感觉、匠心与天才之间……每逢我应该进行哲学思考的时候，诗人却占了上风；每逢我想进行文学创作时，我的哲学精神又占了上风"。[148] 然而，作为一个批评家，席勒的这种思考却是有益的。正是在改造康德美学的基础上，席勒建构了他的美育理论，构成了从康德美学过渡到黑格尔美学的一座桥梁。而他对素朴的诗与感伤的诗所作的理论阐述，更是产生了深远的影响。

从批评史的角度看《美育书简》

正如席勒所坦言的，他的《美育书简》（Letters on the Aesthetic Education of Man, 1795）中的命题"绝大部分是基于康德的各项原则"。[149] 因而在德国古典美学的发展进程中，这部著作构成了从康德的《判断力批判》到黑格尔的《美学》之间的一座桥梁。然而，要全面评述席勒的美学及其历史地位，在一部批评史中既不可能，也无必要。我们的任务只需着重讨论《美育书简》在批评史上的意义，虽然在实际上要严格把握美学与文学理论之间的界限，并不是一件容易的事。

像同时代的许多德国思想家一样，席勒把古希腊人视为个性全面发展的典范。在他看来，他们"既有丰满的形式，又有丰富的内容；既能从事哲学思考，又能创作艺术；既温柔又充满力量。在他们的身上，我们看到了想象的青年性和理性的成年性结合成一种完美的人性"。[150] 然而，进入近代社会以来，专业化的分工和日益复杂的国家机构导致了人性的分裂。由于被束缚在一个孤零零的断片上，人也变成

---

[148] 席勒：《致歌德》（1794年8月31日），见《欧美古典作家论现实主义和浪漫主义》（二），宁瑛译，中国社会科学出版社，1980年，第341页。
[149] 席勒：《美育书简》，徐恒醇译，中国文联出版公司，1984年，第35页。
[150] 同上书，第49页。

了一个断片，丧失了全面发展的可能性。而要治愈这一创伤就必须另辟蹊径。在席勒看来，唯有通过审美教育的途径，才能造就个性全面发展的人，进而促进人类社会的进步与和谐。因此，即使处于法国大革命那个暴风骤雨的年代，他也毫不怀疑自己探讨审美教育问题的现实意义。他再三指出，正如从力量的可怕王国到法则的神圣王国的转变，必须经过游戏和外观的愉快的王国一样，"从感觉的受动状态到思维和意志的能动的转变，只有通过审美自由的中间状态才能完成……要使感性的人成为理性的人，除了首先使他成为审美的人，没有其他途径"。[151]这样，审美教育就成为实现社会进步的基础，艺术也就成为生活中最具有活力的因素，在把人类从各种束缚中解放出来的历史进程中起着不可替代的作用。

为什么只有通过审美活动才能促进人性的和谐与社会的进步呢？席勒认为，人具有两种基本的冲动，即"感性冲动"（sensuous drive）和"形式冲动"（formal drive）。前者要"把我们自身之内必然的东西转化为现实"，使理性形式获得感性内容；后者要"使我们自身之外现实的东西服从必然性的规律"，以便使感性内容获得理性形式。[152]而为了使人"兼有最丰满的存在和最高度的独立和自由"，就必须将感性冲动与形式冲动协调起来。于是，在人身上就唤起了另一种新的冲动，即"游戏冲动"（play-drive）。之所以称之为"游戏冲动"，就是因为游戏的对象在主观和客观方面都不是偶然的，但它又不受外在和内在的强制，正如我们在美的观照中，心灵恰好处于规律和需要之间，因而避免了规律和需要的强制。由此可见，席勒所说的游戏冲动并不是通常意义上的玩耍，而是一种自由的活动，人作为文化创造者的本性在这种活动中得到了充分的体现。也正是在这个意义上，席勒强调："在人的各种状态下正是游戏，只有游戏，才能使人达到完美并同时发展人的双重天性"，[153]"只有当人在充分意义上是人的时候，他才游戏；只有当人游戏的时候，他才是完整的人。"[154]

席勒进一步指出，感性冲动的对象是最广义的生命，即全部物质存在及一切直接呈现于感官的东西。形式冲动的对象是形象，即事物一切形式方面的性质及它与各种思考力的关系。而游戏冲动的对象则是活的形象，即现象的一切审美性质，也就是最广义的美。因此，美是感性与理性的统一，内容与形式的统一。不仅如此，

---

[151] 席勒：《美育书简》，徐恒醇译，中国文联出版公司，1984年，第116页。
[152] 同上书，第74页。
[153] 同上书，第89页。
[154] 同上书，第90页。

美还是主体与客体的统一,思想与情感的统一。正如席勒所指出的:

> 美对我们是一种对象,因为思索是我们感受到美的条件。但是,美同时又是我们主体的一种状态,情感是我们获得美的观念的条件。美是形式,我们可以观照它,同时美又是生命,因为我们可以感知它。总之,美既是我们的状态也是我们的作为。[155]

无庸讳言,《美育书简》由于过分夸大了艺术和审美教育的社会作用,不免带有浓厚的空想色彩。然而,席勒着眼于个性的全面发展和人类社会的和谐进步所阐述的艺术功用论,却产生了极为深远的影响。即使在20世纪西方文学理论中,我们也不难找到他的知音。另一方面,席勒所谓美是感性与理性、情感与思想相统一的主张,也可以转换成一种充满活力的诗歌理论,为许多批评家所接受和发挥。

《论素朴的诗与感伤的诗》及其历史意义

尽管《论素朴的诗与感伤的诗》(*On Naive and Sentimental Poetry*,1796)延续了《美育书简》的基本思想,但讨论的重心已经转移,已从抽象的美学思考转向了对具体的文学理论问题的探讨。毫无疑问,作为一个文学批评家,席勒的声誉主要是建立在这篇论文的基础上的。

席勒探讨问题的出发点依然是人与自然的关系,以及人自身的和谐统一问题。在《论素朴的诗与感伤的诗》一开篇就谈到,无论对外在的自然还是内在的自然,我们都充满由衷的喜爱。其原因就在于:"它们是从前的我们,它们也是将来的我们。我们也曾一度是像它们那样的自然,我们的文化也应该在理性与自由之路上引导我们返回自然。它们同时也是我们那一去不复返永成遗憾的童年之写照,因而它们以某种悲伤充满我们的心灵。它们同时也是我们最高的理想境界之写照,因而它们把我们提到一种崇高的感触。"[156] 在席勒看来,近代人就仿佛是失去家园四处飘零的游子,对已经丧失的自然总是怀着无限感伤的眷恋之情。然而,古希腊人对自然却并不在意,更不会感到惊异,他们总是急切地跨越自然,而走向人生的戏剧。由此可见,对待自然有两种截然不同的态度。古希腊人尚未失去人性中的自然,人

---

[155] 席勒:《美育书简》,徐恒醇译,中国文联出版公司,1984年,第130—131页。
[156] 席勒:《论素朴的诗与感伤的诗》,见《缪灵珠美学译文集》,第二卷,中国人民大学出版社,1987年,第227页。

性自身也没有发生分裂,他们与自然融为一体,本身就是自然。因此,他们对自然并不特别经意,更不会像近代人那样依依不舍,多愁善感,由此便产生了素朴的诗。近代人则已经失去了自然,不仅我们的社会生活是违背自然的,而且我们的人性也处于分裂状态。因此,我们对自然便充满感伤,渴望返璞归真,在自然的怀抱中寻求精神慰藉,由此便产生了感伤的诗。

因此,古往今来的诗人不外乎两种类型:"诗人或是体现自然,或者寻求自然。前者使他成为素朴的诗人,后者使他成为感伤的诗人。"[157]而体现自然与寻求自然的区别,也就是摹仿自然与表现理想的区别。席勒认为:

> 诗这概念,不过是说给予人性以尽可能完满的表现……在自然的质朴状态下,人还是以其一切力量作为和谐的统一体来发挥作用,从而他的全部天性在现实中充分地表现出来,所以诗人就必然要尽可能美满地摹仿现实;反之,在文明的状态中,人的全部天性的和谐协作仅仅是一个理念而已,所以诗人就必然要把现实提高到理想,也就是说,表现理想。[158]

在席勒看来,素朴的诗人就是客观的、不带自我色彩的诗人:"他刻划事物时的平淡写实的笔调,往往似乎是冷漠无情。他的题材完全占有了他,他的心灵不像贱金属那样只藏在地面下,却像黄金那样要你向深处探寻。像神明隐身在宇宙万象背后,他就站在他的作品后面;他就是作品,作品就是他……"[159]素朴的诗人主要属于古代世界,荷马便是典型的例证。但也不尽然,在席勒心目中,莎士比亚也是一位素朴的诗人。席勒谈到,他年轻时曾经对莎士比亚的冷漠无情感到恼怒。这位英国戏剧诗人居然在悲痛的高潮时刻有心思来开玩笑,在《哈姆莱特》、《李尔王》、《麦克白》等令人伤心的场景里让小丑来扰乱情绪,"因为我熟识近代诗人的作风,我贸然想在作品中首先找到诗人,叩访他的心扉,同他一起来反复沉思他的对象,一句话,我要在主体中静观客体;可是这位诗人总不让我捉住,总不想同我谈心,这使我十分难堪。"[160]

当然,近代诗人多半属于感伤的诗人。既然人已经与自然相分离,既然人已经

---

[157] 席勒:《论素朴的诗与感伤的诗》,见《缪灵珠美学译文集》,第二卷,中国人民大学出版社,1987年,第245页。
[158] 同上书,第246页。
[159] 同上书,第242页。
[160] 同上书,第242—243页。

不再作为一个和谐的整体而发挥作用,既然感性与理性、感受的能力与主动的能力业已彼此对立,因此,那种人与自然的和谐以及人自身的和谐,就只能作为一种理想和观念而存在。从这个角度来看,"古代诗人以自然,以感性的真实,以生动的现实感动我们;近代诗人则以观念感动我们"。[161] 如果说素朴的诗人只限于摹仿自然,那么,感伤的诗人所面临的问题就要复杂得多,因为他并非仅限于摹仿现实,而是要处理现实与理想、自然与观念这些矛盾的因素。究竟是侧重摹仿现实,还是侧重表现理想?是把现实当作厌恶的对象,还是把理想当作喜爱的对象?感伤的诗人便面临着种种选择,由此产生了讽刺诗、哀歌和牧歌等三种感伤诗的体裁。

值得注意的是,席勒在此对文学体裁所作的区分,所依据的不是传统的体裁分类方法,而是着眼于诗人对现实或理想的感情态度。在他看来,假如诗人以现实与理想的矛盾作为自己的主题,把现实当作厌恶的对象,那么,他便是一个讽刺诗人。假如诗人以理想对照现实,并使理想的描写占据主导地位,那么,他便成为一个哀歌诗人。牧歌以诗的形态描写天真而幸福的人,但由于它所展示的往往是人类史前的童年时代,与文化相对立,因而并不为席勒所欣赏。

至于素朴的诗与感伤的诗哪个更优越,席勒对此的回答却是比较含糊的。在他看来,不能用古代诗歌的标准来衡量近代诗人,比如,将弥尔顿或克罗卜史托克誉为近代的荷马就显得十分可笑,因为在素朴的诗人与感伤的诗人之间并没有可比性。然而,他旋即又断言:"古代诗人之所长在于有限境界的艺术,近代诗人之所长在于无限境界的艺术……虽则古代诗人以形式的质朴、以鲜明的描写和具体的形象见胜,但是近代诗人在题材的丰富上,在不可描绘不可言诠的领域,简言之,在所谓艺术品之精神方面,却又超过古人。"[162] 由此可见,席勒试图在素朴的诗与感伤的诗、现实的诗与理想的诗之间进行调和,使它们能够取长补短,在一个更高的基础上结合起来。

另一方面,席勒也清醒地看到了素朴的诗与感伤的诗各自所具有的局限性。素朴的诗既然得益于自然的恩惠,诗人就必须在他周围看到丰富多彩的自然和诗情画意的世界,倘若没有这种外在的帮助,满目所见都是毫无生气的物质,那么,他就可能流于粗俗和纯客观。因此,素朴的诗人往往容易屈从于外在的印象,陷入自然主义的泥潭。与此相反,感伤的诗人虽然能够以自己的理想来弥补题材的平庸,但

---

[161] 席勒:《论素朴的诗与感伤的诗》,见《缪灵珠美学译文集》,第二卷,中国人民大学出版社,1987年,第246页。
[162] 同上书,第247—248页。

却容易流于空洞的幻想，而这种夸张的缺点主要根源于他们在处理方法上的轻率。总之，席勒认为："在感伤的诗人，自主精神总胜过感受能力，正如在素朴的诗人，感受能力胜自自主精神。如果在素朴天才的作品中有时缺乏主体的精神，那么在感伤天才的作品中往往找不到客体的对象。"[163]

综上所述，虽然《论素朴的诗与感伤的诗》起因于歌德与席勒之间发生的一场争论，但这篇论文的意义却又远远超出了这场争论的范围。史雷格尔兄弟改造和发挥了席勒的部分论点，把它们阐发为"古典诗"与"浪漫诗"的对比，用以概括古今文学演变的历史进程。其后，经过柯勒律治、斯达尔夫人的传播，它们又进入了英、法两国的文学批评。在此后将近半个世纪的岁月里，素朴的与感伤的、古典的与浪漫的、客观的与主观的，诸如此类的术语便充斥着西方文学批评论著，成为批评家反复讨论的话题。当然，关键并不在于这些术语本身，而在于通过它们的传播，为人们提供了一种重新审视古今文学的崭新视角。在这种审视下，新古典主义的理论大厦轰然倒塌，浪漫主义批评则如雨后春笋般崛起。

---

[163] 席勒：《论素朴的诗与感伤的诗》，见《缪灵珠美学译文集》，第二卷，中国人民大学出版社，1987年，第284页。

第三章
19世纪前期的文学批评

18、19世纪之交,浪漫主义批评的曙光在欧洲文坛上冉冉升起,沿袭了近三百年的新古典主义批评体系开始迅速解体。在德国,以奥古斯特·威廉·史雷格尔(August Wilhelm Schlegel, 1767—1845)和弗里德里希·史雷格尔(Friedrich Schlegel, 1772—1829)在1798年创办《雅典娜神殿》(*Das Athenaeum*)杂志为标志,建构了一套新颖的文学理论,对欧洲各国文学批评产生了深远影响。在英国,青年诗人威廉·华兹华斯(William Wordsworth, 1770—1850)和萨缪尔·泰勒·柯勒律治(Samuel Taylor Coleridge, 1772—1834)于1798年出版了《抒情歌谣集》(*Lyrical Ballads*)。两年之后,华兹华斯又撰写了著名的《〈抒情歌谣集〉第二版序言》(*Preface to the Second Edition of Lyrical Ballads*, 1800)。这篇序言和柯勒律治的批评文献,为此后近半个世纪英国文学批评的发展奠定了基石。

法国的情况有所不同。尽管斯达尔夫人(Madame de Staël, 1766—1817)早在1810年就通过她的《论德国》(*On Germany*)将德国浪漫派文学介绍给了法国读者,司汤达(Stendhal, 1783—1842)也在《拉辛与莎士比亚》(*Racine and Shakespeare*, 1823)中对新古典主义的教条展开了猛烈抨击,但由于种种历史原因,新型的文学观念却在法国遭遇了顽固的抵抗,因而论争与驳难便在所难免。直到维克多·雨果(Victor Hugo, 1802—1885)发表《〈克伦威尔〉序言》(*Preface to Cromwell*, 1827)和上演《欧那尼》(*Hernani*, 1830),法国的浪漫主义运动才达到高潮。

迈·霍·艾布拉姆斯在《镜与灯》(*The Mirror and the Lamp*, 1953)一书中,把浪漫主义批评称为"表现理论"(expressive theory),并对其主导倾向作了如下概括:"一部艺术作品实质上是把内在的变为外在的,是一种在感情冲动下运作的创作过程的结果，体现了诗人的感受、思想和情感的共同成果。因此，一首诗的基本来源和题材，是诗人自己心灵的特性和活动；即便是外部世界的某些方面，也必须经由诗人心灵的感情和作用，才能从事实转化为诗歌……产生诗歌的根本原因，并非如亚理斯多德所说的那样，主要取决于所摹仿的人的行动和性质，即一种形式因；也并非像新古典主义批评所认为的那样，出于意欲打动听众的效果，即一种终结因；而是取决于一种动因，即诗人要求表现感情和欲望的冲动，或是像造物主具有内在动力那样，出于'创造性'想象力的驱迫。"[1] 虽然艾布拉姆斯讨论的范围仅限于英国浪漫主义批评，然而，这一概括在一定程度上也适合于用来描述19世纪前期西方文学批评的基本特征。

当然，我们还可以进一步从浪漫主义批评中区分三种不同的理论倾向。其一，是从18世纪继承而来的情感主义（Emotionalism）诗论。它确信诗歌在本质上是一种情感的倾诉，或是像华兹华斯所说的那样，"诗是强烈情感的自然流露"，[2] 尽管他本人并不是情感主义的典型代表。这种诗论渗透于19世纪前期的文学批评之中，以致许多批评家都或多或少受到它的影响。其二，是从柏拉图的《会饮篇》改造而来的诗歌观念，可以称之为柏拉图主义（Platonism）诗论。它声称诗是无所不包的人类活动本身，也是宇宙万物的生命和精华之所在。正如雪莱（P. B. Shelley, 1792—1822）在《为诗辩护》（*A Defense of Poetry*, 1821）中所言：诗歌"既是知识的圆心又是它的圆周，它包含一切科学，一切科学也必须溯源到它"。[3] 其三，是一种可以称为"有机整体论"（Organic view）的文学理论。它从亚理斯多德那里演化而来，经过歌德、席勒、史雷格尔兄弟等德国批评家的阐发，由柯勒律治将它引入英国。这一理论强调一部文学作品是由各种因素辩证构成的有机整体，或是像柯勒律治在《文学生涯》（*Biographia Literaria*, 1817）中所表述的那样，把想象力视为诸多对立成分的均衡与调和。[4] 不过，在批评实践中，这三种理论倾向常常是错综复杂地交织在一起的，只有通过深入辨析，我们才能从中梳理出头绪来。

另一方面，我们应当认识到，虽然从18世纪以来欧洲各国之间的文学交流和相互影响日趋频繁，但浪漫主义运动并不是一个具有共同纲领的文学流派，不同的

---

[1] M. H. Abrams, *The Mirror and the Lamp,* Oxford University Press, 1953, p.22.
[2] 华兹华斯：《〈抒情歌谣集〉第二版序言》，见《十九世纪英国诗人论诗》，曹葆华译，人民文学出版社，1984年，第22页。
[3] 雪莱：《为诗辩护》，见《十九世纪英国诗人论诗》，缪灵珠译，人民文学出版社，1984年，第153页。
[4] S. T. Coleridge, *Biographia Literaria*, London: J. M. Dent, 1906, p.166.

民族文学传统之间依然存在无形的鸿沟。文学批评的情况亦复如此。由于各自不同的社会背景和学术渊源，19世纪前期德国、英国、法国、俄国和美国的文学批评呈现出不同的演变轨迹，也形成了各自不同的特点。尽管柯勒律治从德国的文学理论中汲取了较多营养，斯达尔夫人从德国引进了"古典诗"与"浪漫诗"这一对概念，别林斯基（V. Belinsky，1811—1848）的文学思想也可以追溯到德国批评家那里，然而，就基本倾向而言，欧美各主要民族仍然坚持着自己的批评传统。

我们将从德国的文学批评谈起。如果说在莱辛之前，德国人还跟随法国新古典主义批评亦步亦趋的话，那么，仅仅不过半个世纪，德国的文学批评就取得了长足的进步。应当承认，虽然以史雷格尔兄弟为代表的德国浪漫派批评家经常遭到误解，但他们所建构的一套文学理论却在批评史上占有重要的地位。稍后的黑格尔（G. W. Hegel，1770—1831）和海涅（H. Heine，1797—1856）尽管对德国浪漫派作了否定性评价，但仍然从他们那里汲取了若干思想资源。当然，黑格尔的美学理论是德国古典美学的集大成者，它所蕴含的文学思想也是极其丰富的，尤其是其中的历史主义、悲剧理论和典型学说，对19世纪西方文学批评产生了极为深远的影响。

除了柯勒律治从德国批评家那里汲取了一套有机整体论诗学之外，以华兹华斯《〈抒情歌谣集〉第二版序言》肇始的英国浪漫主义诗论，深深植根于英国经验主义传统之中。把依据这一传统而形成的诗歌观念推向极端的，便是后来盛行一时的情感主义诗论。好在威廉·赫士列特（William Hazlitt，1778—1830）和约翰·济慈（John Keats，1795—1821）借助于诗歌的非个性化理论，雪莱借助于一种改造后的柏拉图主义，才没有彻底陷入情感主义诗论的泥沼。然而，当约翰·斯图亚特·穆勒（John Stuart Mill，1806—1873）声称"诗是幽居独处时感情的自白"时，[5]便把情感主义发展为一套逻辑严密的诗学体系。由此可见，一个民族的批评传统是何等根深蒂固，足以抵消外来诗学的促进作用。

类似情况也可以在法国见到。尽管斯达尔夫人从德国采纳了若干见解，可是她的核心观念却始终未受触动，依然信守着从早期狄德罗那里承袭而来的情感主义理论。而那场旷日持久的"古典诗"与"浪漫诗"之争，在法国竟酿成了一场激烈的论战，司汤达和雨果在此期间所发表的批评论著都犹如火药味十足的檄文，对新古典主义文学展开了猛烈的攻击。可是，从批评史的角度看，除了激进的言词外，司

---

[5] 穆勒：《论诗及其变体》，见《十九世纪英国文论选》，李自修等译，人民文学出版社，1986年，第223页。

汤达的《拉辛与莎士比亚》在理论上却平平不足观。倒是雨果的《〈克伦威尔〉序言》和莎士比亚评论，别出心裁地阐发了一套崇高优美与滑稽丑怪既相互对照又彼此渗透的诗歌理论，给后人以深刻的启迪。

虽然埃德加·爱伦·坡（Edgar Allen Poe, 1809—1859）和拉尔夫·沃尔多·爱默生（Ralph Waldo Emerson, 1803—1882）同为美国文学批评的开创者，但他们在文学问题上所持的见解却大相径庭。首先，爱伦·坡主张"为诗而诗"，从而成为唯美主义的先驱。爱默生却基于一种独特的宇宙观，把诗人视为揭示宇宙奥秘的"言者"和"命名者"。其次，爱伦·坡断然否定了诗歌创作中的灵感，把创作活动描述为一个高度自觉的理性活动。爱默生则热衷于建构一种象征理论，并对诗人的想象力和迷狂笃信不疑。最后，如果说爱伦·坡的诗歌理论在法国批评家那里找到了知音，那么，爱默生有关创建民族文学的殷切呼声，却在美国本土激起了巨大反响。

作为俄国文学批评的创始人，别林斯基对19世纪俄国文学理论的发展无疑具有决定性的影响。他有关形象思维、典型化和有机整体论问题的论述，以及后期的民主主义倾向，都有力促进了俄国文学批评的发展。然而，长期以来，他的文学思想却在他的祖国遭到了严重曲解。人们或是由有意无意地掩盖了他与那些德国批评家之间的思想传承关系，或是不恰当地把他当成了现实主义理论的倡导者。在这种情况下，既忽视了他特定的批评语境，也忽视了他早期批评活动中的许多重要思想。因此，澄清这些误解，还别林斯基以批评史上的本来面貌，便是本章最后一节的主要任务。

第一节　史雷格尔兄弟

按照通常的看法，1798 年由奥古斯特·威廉·史雷格尔（August Wilhelm Schlegel，1767—1845）和弗里德里希·史雷格尔（Friedrich Schlegel，1772—1829）在耶拿创办的评论杂志《雅典娜神殿》（*Das Athenaeum*），标志着德国浪漫主义运动的兴起。从此以后，直至歌德逝世（1832），德国文学便形成了两股潮流分途发展。其一是以歌德和席勒为代表的德国古典文学，其二是以史雷格尔兄弟为代表的德国浪漫派文学。然而，如果从批评史的角度看，这两派之间的对立似乎被人夸大了。我们应当认识到，德国浪漫派的文学理论是自莱辛以来德国文学批评发展的一个必然结果。这当然并不意味着低估史雷格尔兄弟在批评史上的建树。事实上，他们所阐发的"古典诗"与"浪漫诗"的对比，诗歌的象征理论和神话理论，以及他们在文学史修撰方面所做的工作，在批评史上具有重要意义，也对欧洲各国的文学批评产生了巨大影响。

"古典诗"与"浪漫诗"的对比

正如我们所知，德国文坛的那场论争缘起于歌德和席勒。席勒为此撰写了《论素朴的诗与感伤的诗》（1796），认为素朴的诗就是客观的诗，它们大都属于古代世界，而近代诗人则多半是感伤的诗人，其作品具有浓厚的主观色彩。但是，席勒既没有使用"古典诗"与"浪漫诗"这对概念，也没有在古今文学孰优孰劣的问题上作出决断。只是到了史雷格尔兄弟那里，才首次采用"古典诗"与"浪漫诗"的说法，并使这一说法迅速地在西方各国传播开来。

不过，在席勒论文发表之前，弗·史雷格尔已在《希腊诗歌研究》（*Uber das Studium der griechischen Poesie*，1795）一文中，对古今文学的不同特点作了比较。在他看来，古代诗歌是客观的、单纯的和非个性化的，而近代文学则往往流于主观、怪诞和个人色彩。然而，与席勒的见解不同，在弗·史雷格尔看来，莎士比亚的作品充满了主观色彩和主观作风，因而堪称"近代诗歌的顶峰"。他认为，莎士比亚的描述"不是纯客观的，而是带有浓厚的个性和独特的地区色彩，这种描述全是用一定的作风来进行的，尽管我们可以欣然承认说，他的作风是我们所见到的最宏伟的作风，他的特性是最深刻最值得注意的特性"。[6] 当然，问题似乎并不在于莎士比亚究竟属于客观诗人还是主观诗人，而在于当弗·史雷格尔断言，莎士比亚"兼容近代人的各种独特的艺术优点，包罗万象，高超卓越，包括近代人的全部特点，甚至连他们身上所具有的放荡、怪诞和缺陷"时，[7] 实际上已经道出了他对近代文学的基本看法。

几年之后发表在《雅典娜神殿》上的那则著名的《断片》(*Fragment*, 1798)，清楚地表明了弗·史雷格尔的立场转变，他这样写道：

> 浪漫诗是包罗万象的进步的诗。它的使命不仅在于把一切独特的诗的样式重新合并在一起，使诗同哲学和雄辩术沟通起来。它力求而且应该把诗和散文、天才和批评、人为的诗和自然的诗时而掺杂起来，时而溶和起来……其他种类的诗已经结束了自己的发展，完全听任于分析了，浪漫诗却仍然处在形成过程中；况且它的实质就在于：它将始终在形成中，永远不会臻于完成……唯有它是无限的和自由的，它承认诗人的任凭兴之所至是自己的基本规律，诗人不应当受任何规律的约束。浪漫诗的样式，是独一无二的东西，是比任何个别的样式还要大的东西。它是诗的全部总和，因为任何的诗在某种意义上都是而且也应当是浪漫的。[8]

虽然他的表述有些随心所欲，但这则《断片》还是概括了弗·史雷格尔心目中的浪漫诗的基本特征。这就是主观性、个人色彩、包罗万象、无视规则，以及体裁的混杂，等等。就其否定的一面而言，他旨在打破新古典主义的清规戒律，只承认诗人凭心灵所创造的一切；就其肯定的一面而言，他试图将各种文学体裁混杂在一起，从而创造一种包罗万象的新型艺术。

事实上，进一步对"古典诗"与"浪漫诗"的各自特征作了系统阐述的是奥·威·史雷格尔。在《关于美文学和艺术讲座》(*Vorlesungen über schöne Literatur und Kunst*, 1801—1804)中，他指出，对艺术史研究来说，最重要的莫过于承认在近代趣味与古代趣味之间存在着巨大差别。他赞成把古代文学称为"古典

---

[6] 弗·史雷格尔：《希腊诗歌研究》，见《欧美古典作家论现实主义和浪漫主义》(二)，杨业治译，中国社会科学出版社，1980年，第378页。

[7] 同上书，第376页。

[8] 弗·史雷格尔：《断片》，见《古典文艺理论译丛》，第二辑，方苑译，人民文学出版社，1961年，第53—54页。

的",把近代文学称为"浪漫的"。不过,作为一个文学史家,他主张保持一种审慎态度,不要对两者加以随意褒贬:"可以把古代文学设想为一根磁线的一极,把浪漫文学设想为另一极,而历史学家和理论家为了正确观察二者,则必须努力保持在心理零点之上。"[9] 唯有这样,文学史家才能准确把握古今文学的各自特点。

在后来的《戏剧艺术和文学讲座》(*Vorlesungen über dramatische Kunst und Literatur*, 1809—1811)中,奥·威·史雷格尔进一步发挥了这一思想,把全部戏剧史概括为一个从"古典诗"到"浪漫诗"的发展过程。在他看来,基督教的出现改变了古希腊文学的那种单纯性,从此诗歌变成了表现无限的艺术。不仅如此,由基督教精神所带来的骑士风尚、宫廷爱情和荣誉观念,构成了浪漫文学的显著特征。他进而指出:

> 古代诗歌和艺术是一种有韵律的规则,是一种永恒规则的和谐传播,而这些规则是为了一个反映事物永恒理念的美妙井然的世界而设的。另一方面,浪漫诗歌则是对混乱的一种神秘渴望的表现,它不断地力求新奇的诞生,隐藏在有序的创造之母中……(古希腊艺术)就其各自作品的独立完美来说,更为素朴,更为纯净,也更像自然;(浪漫艺术)尽管是一种片段的表象,但却更接近宇宙的奥秘。[10]

由此可见,主观与客观、有限与无限、体裁的纯净与混杂、异教的与基督教的,就成为古典艺术与浪漫艺术相区别的重要标志。

论象征和神话

自从歌德以来,德国便出现了一种新颖的象征理论,大大深化了人们对诗歌艺术的认识。及至德国浪漫主义兴起,象征理论和神话理论便发展为一种具有活力的诗歌观念。奥·威·史雷格尔不仅像歌德所做的那样,严格区分了诗歌的寓意和象征,而且特别强调了象征作为一种生动可感的特殊意象对于观念的相对独立性。在他看来,寓意只是"观念的人格化,只是为这个目的而设计出来的一种虚构",而象征则是"想象为其他原因而创造的,或具有某种独立于观念的实在的东西,它同

---

[9] 奥·威·史雷格尔:《关于美文学和艺术讲座》,见《欧美古典作家论现实主义和浪漫主义》(二),刘半九译,第365—366页。

[10] 奥·威·史雷格尔:《戏剧艺术和文学讲座》,转引自 R. Wellek, *A History of Modern Criticism*, vol. 2, Yale University Press, 1955, p.59.

时自然地就可作出一种象征性的解释；的确，象征正好适合于此"。[11]

而象征理论的进一步发展，便是诗歌的神话理论。正如我们所知，神话起源于古代的宗教仪式，是对某种宗教仪式所作的形象解说。从另一个角度看，神话则是无名氏的创作，其隐喻式的思维方式其实与文学创作别无二致。许多诗人从神话中汲取了创作素材和灵感，更证明诗歌创作与神话有着千丝万缕的亲缘关系。而对德国浪漫派批评家来说，神话不仅是诗歌创作的源泉，更是一个巨大的象征系统。因此，弗·史雷格尔在其《断片》中指出："诗的核心或中心应该在神话中和古代宗教神秘剧中去寻找。当您以无限的观念充满您的生活感觉的时候，您便开始理解古代人和一般的诗了。"[12]

而在稍后的《谈诗》(Gesprach über die Poesie, 1800) 中有一篇关于神话的谈话，进一步阐述了他的神话理论。在此，弗·史雷格尔为现代文学缺乏神话这片沃土而深感遗憾，因而强烈呼吁创造一种新型的神话。他指出：

> 现代诗在许多本质的问题上都逊于古代诗，而这一切本质的东西都可以归结为这样一句话，这就是，因为我们没有神话。但是，我补充一句，我们几乎快要获得一个神话了，或者毋宁说，我们应当严肃地共同努力，以创造出一个神话来，这一时刻已经来临。
>
> 因为新的神话将沿着完全不同于古代神话的途径来到我们这里。过去的神话里，遍地是青年人想象力初次绽放的花朵，古代神话与感性世界中最直接、最活泼的一切亲密无间，并且按照这一切的模样来塑造自己。新神话则反其道而行之，人们必须从精神的最深处把它创造出来；它必定是所有人力所为的作品中人为色彩最浓重的，因为它的使命是要囊括一切其他作品，要成为一个新的温床和窗口，以容纳诗的古老而永恒的源泉，甚至包容那首无限的诗，即把其他所有诗的萌芽全都掩在自己身躯之下的那一首诗。[13]

在弗·史雷格尔看来，如果说诗歌是一种象征性的符号，那么，神话则是一个

---

[11] 奥·威·史雷格尔：《戏剧艺术和文学讲座》，转引自 R. Wellek, *A History of Modern Criticism*, vol. 2, Yale University Press, 1955, p.42。
[12] 弗·史雷格尔：《断片》，见《古典文艺理论译丛》，第二辑，人民文学出版社，1961年，第57页。
[13] 弗·史雷格尔：《谈诗》，见《浪漫派风格——史雷格尔批评文集》，李伯杰译，华夏出版社，2005年，第191页。

更大的象征系统。因为"每一个美的神话都是用象形文字的方式来表达周围的自然，闪烁着想象和爱的光。不如此，神话还能是什么呢？"[14] 不仅如此，神话也意味着摒弃理性思维的方式，重新回归人类想象力的原始形式中去。"因为诗的开端，就是中止理性地思维着的理性所走过的路和所遵循的法则，把我们自己重新置于想象力创造的美的迷惘以及人类自然原初的混乱中去。除了五光十色的、熙熙攘攘的古代神祇之外，我不知道还有什么更美的象征可以表现这种混乱。"[15] 当然，现代神话是所有艺术中最人为的产品，按照弗·史雷格尔的看法，它的创造应从三个源头去汲取活水，这就是费希特的唯心论、斯宾诺莎的泛神论和古代印度的神话。

关于文学批评与文学史研究

史雷格尔兄弟对自己从事的事业抱有自觉的认识，而他们所阐述的批评理论和文学史观至今仍然具有重要的参考价值。在《关于美文学和艺术讲座》中，奥·威·史雷格尔详细论述了理论与历史、批评与鉴赏、批评与理论这样三种关系。首先，他强调艺术理论与艺术史是互为前提，彼此依存的。一方面，"迄今有足够的事实证明，艺术史不可能缺乏艺术理论。因为每个个别的艺术现象只有联系到艺术的理念，才可以显示出它的本色"。[16] 一旦离开了艺术理论这一取舍原则，艺术史就会消失在茫无目的的冗杂状态之中。另一方面，假如没有艺术史作为基础，艺术理论就成了无源之水，无本之木。因为艺术理论不可能向壁虚构，它的建构必须以艺术史为前提。

其次，对于艺术批评与艺术鉴赏的关系，奥·威·史雷格尔同样持一种辩证的见解。他认为，鉴赏与批评是两个不同层次的活动。鉴赏诉诸于情感，作用于直接的印象，而批评则是一种理智的评判，与鉴赏的直观状态恰好相反。不过，人类心灵本来就具有一种把感觉转化为意识的能力。如果说鉴赏力往往沉溺于纯粹的感觉之中，那么，意识则意味着精神由于其自由活动而超越了感觉，沉思着它对感觉的失神状态。通过这样的反复练习，鉴赏力便逐渐学会了比较和鉴别，获得了评判的能力。更重要的是，真正的艺术批评必须把作品当作一个有机整体来加以把握。

---

[14] 弗·史雷格尔:《谈诗》，见《浪漫派风格——史雷格尔批评文集》，李伯杰译，华夏出版社，2005年，第194页。
[15] 同上书，第194—195页。
[16] 奥·威·史雷格尔:《关于美文学和艺术讲座》，见《欧美古典作家论现实主义和浪漫主义》（二），第363页。

奥·威·史雷格尔把那些仅仅关注作品的个别部分的批评家称为"原子批评家"，因为"他们观察一部艺术品，就像在观察一件镶嵌工艺品，一件用死的微粒辛苦镶嵌而成的东西，然而每件名副其实的艺术品都具备有机的性质，其中个别部分只是依赖整体而存在"。[17]

此外，奥·威·史雷格尔强调：艺术批评必须尽可能地排除主观随意性，批评家不应听凭一时情绪的左右，而应当"能在每个顷刻唤醒自身对于每种精神产品的最纯洁、最活跃的感受力"。批评家也必须具备广博的历史知识和艺术史修养。最重要的是，批评活动离不开艺术理论，因为评判只有通过概念才能表述清楚。当然，即便如此，批评中也难免夹杂主观成分和个人局限，原因就在于我们总是作为个人为作品所打动，也没有什么科学能够使我们纯客观地进行判断。然而，这一点并不应当使我们对艺术问题持怀疑主义态度。"实际上，不同的人都能够看到同一个中心点，但因为每个人都从周围的一个不同点出发，所以他们是沿着不同的半径达到中心点的"。[18]

在文学史研究方面，史雷格尔兄弟所做的工作无疑具有开创性的意义。虽然在他们之前，赫尔德已提出了文学史的研究方法，但遗憾的是，赫尔德本人却并未完成这一夙愿。而奥·威·史雷格尔的《戏剧艺术和文学讲座》和弗·史雷格尔的《古今文学史》（*Lectures on the History of Literature, Ancient and Modern*，1815），无论就写作规模还是就研究方法而言，都是前人所无法比拟的。以《古今文学史》为例，弗·史雷格尔将其目标确定为从总体上描述"每个时代中的文学精神，文学的总体状况"，[19] 全面论述了从古希腊罗马到19世纪初期的文学发展进程，不仅涵盖了西欧各主要国家，而且也包括了古代印度和北欧、东欧的文学。

详细讨论这部文学史著作的内容既不可能，也无必要，重要的倒是弗·史雷格尔所阐发的文学史观在批评史上具有深远的影响。尽管《古今文学史》写作于弗·史雷格尔皈依罗马天主教之后，因而不遗余力地宣称，一切知识（包括诗歌和艺术）都应当植根于神的启示，但是他并没有割裂文学与时代精神和民族精神的联系，而

---

[17]　奥·威·史雷格尔：《关于美文学和艺术讲座》，见《欧美古典作家论现实主义和浪漫主义》（二），第369页。

[18]　同上书，第371页。

[19]　Friedrich Schlegel, *Lectures on the History of Literature, Ancient and Modern*, translated by Henry Bohn, London: Bell & Daldy, York Street, Covent Garden, 1873, p. viii.

是把文学视为"一个民族精神生活的化身"。[20] 因此，弗·史雷格尔反复指出："年轻生命的精美花朵，感情的极度欣喜，对世界的乐观态度带来的丰富果实，这一切都不难载入一个民族过去的传统之中，它们将在那里获得一个无比广阔的天地，从而闪现在无比纯洁的光辉之中……真正的诗人体现了他自己的时代，也通过对以往岁月的描述在某种程度上体现了他自己。"[21]

不仅如此，弗·史雷格尔还强调，一个民族的文学总是植根于该民族的传说、历史和神话之中，因而总是体现着该民族的独特性格；反过来，它又对该民族的精神生活产生巨大的影响。正如他所指出的：

> 假如把文学视为最卓越最独特的产品的精华，时代精神和民族性格通过它而得以表现，简言之，假如把文学视为准确无误地表现时代的天才或民族性格的表征，那就必须承认，艺术的、高度完美的文学无疑是一个民族所能具有的最大优势之一……假如一个民族在具有正式的艺术文化之前，未被赋予诗的蕴藏，那么，也就可以获得同样断定，它将永远不可能获得任何民族性格或天才的生命。[22]

这样，"时代精神"和"民族精神"就成为《古今文学史》一书的核心概念，而描述文学对各民族的精神生活和时代进程的影响，也就成了弗·史雷格尔的主要任务。我们将会看到，在此后漫长的岁月里，尽管在具体问题的评价上存在着巨大差异，研究方法也不断改进，但整个19世纪的西方文学史研究都或多或少继承了这一浪漫主义的文学史观。

第二节　华兹华斯与柯勒律治

1798年，当史雷格尔兄弟在德国创办《雅典娜神殿》的时候，在英国也有两位青年诗人合作出版了一部诗集。这两位诗人就是威廉·华兹华斯（William Wordsworth，1770—1850）与萨缪尔·泰勒·柯勒律治（Samuel Taylor Coleridge，

---

[20] Friedrich Schlegel, *Lectures on the History of Literature, Ancient and Modern*, translated by Henry Bohn, London: Bell & Daldy, York Street, Covent Garden, 1873, p.ix.
[21] Ibid., p.260.
[22] Ibid., p.159.

1772—1834),而这部诗集就是著名的《抒情歌谣集》(*Lyrical Ballads*)。两年后,这部诗集经过扩充印行了第二版,华兹华斯为此撰写了《〈抒情歌谣集〉第二版序言》(*Preface to the Second Edition of Lyrical Ballads*, 1800),系统阐明了他的诗歌理论。因此,这篇序言不仅成为华兹华斯的主要批评文献,也被人们视为英国浪漫主义文学的宣言。当然,从今天来看,柯勒律治在批评史上的地位或许更为重要。在他的《文学生涯》(*Biographia Literaria*, 1817)和根据历次讲演稿汇编而成的《莎士比亚讲演集》(*Lectures and Notes on Shakespeare*)中,柯勒律治在借鉴德国批评家的基础上,阐发了一整套深刻的文学思想。虽然这些思想对于当时英国批评界来说犹如空谷足音,但它们却在20世纪重新焕发了活力,柯勒律治在批评史上的地位也日益为人们所认识。

"诗是强烈情感的自然流露"

正如迈·霍·艾布拉姆斯所指出的,一个具有决定意义的变化,把华兹华斯时代的文学批评与约翰逊时代的文学批评截然区分开来,这就是"诗人"这一要素已进入批评体系的中心,接管了以往由"读者"和古典诗艺规则所行使的特权。[23] 换言之,华兹华斯和柯勒律治的诗歌理论标志着批评史上的一个重大转折,从此,诗的概念既不能从它所摹仿的对象来界定,也不能从它对读者的影响效果来考察,而必须从诗人的角度来加以探讨。因为在他们看来,诗歌不是别的东西,而是诗人内心世界的一种外化。

那么,诗人究竟是一个什么样的人呢?华兹华斯这样描述道:

> (诗人)比一般人具有更敏锐的感受性,具有更多的热忱和温情,他更了解人的本性,而且有着更开阔的灵魂;他喜欢自己的热情和意志,内在的活力使他比别人快乐得多;他高兴观察宇宙现象中的相似的热情和意志,并且习惯于在没有找到它们的地方自己去创造。除了这些特点以外,他还有一种气质,比别人更容易被不在眼前的事物所感动,仿佛它们都在他的面前似的……[24]

总之,在华兹华斯看来,与普通人相比,诗人具有更多的热情和更开阔的灵魂,也

---

[23] M. H. Abrams, *The Mirror and the Lamp,* Oxford University Press, 1953, p.29.

[24] 华兹华斯:《〈抒情歌谣集〉第二版序言》,见《十九世纪英国诗人论诗》,曹葆华译,人民文学出版社,1984年,第13—14页。

更富于感受力和想象力。

然而,当华兹华斯断言"诗是强烈情感的自然流露"的时候,虽然标志着一种新的诗歌理论在英国占据了主流,但倘若由此认为他是情感主义诗论的倡导者,那显然是错误的。诚然,他不仅在《〈抒情歌谣集〉第二版序言》将这一说法重申了两次,而且还强调他的诗作与以往的诗篇存在着一个重大的区别,即"情感给予动作和情节以重要性,而不是动作和情节给予情感以重要性"。[25]然而,我们应当认识到,华兹华斯固然突出强调了诗歌中的情感因素,但类似的见解早在18世纪即已流行,并非肇始于这位湖畔派诗人。更何况,华兹华斯从未将诗歌仅仅归结为单纯的情感倾诉,他所持的毋宁说是一种情感与理智相平衡的诗歌理论。正如他所指出的:

> 诗是强烈情感的自然流露。它起源于在平静中回忆起来的情感。诗人沉思这种情感直到一种反应使平静逐渐消失,就有一种与诗人所沉思的情感相似的情感逐渐发生,确实存在于诗人的心中。[26]

这就是说,创作活动中的情感并不是当事人原初的情感,而是事后回忆起来的情感。当事人原初的情感难免是粗糙的、平庸的,而任凭这种情感的驱使也并不能成就一首好诗。

另一方面,艺术中的情感也是经过沉思的情感,因而在创作活动中诗人的情感理应受到自觉意识的引导。正如华兹华斯所说的那样:"一切好诗都是强烈情感的自然流露。这个说法虽然是正确的,可是凡有价值的诗,不论题材如何不同,都是由于作者具有非常的感受性,而且又深思了很久。因为我们的思想改变着和指导着我们的情感的不断流注,我们的思想事实上是我们以往一切情感的代表。"[27]而在1815年版的序言中,华兹华斯则谈到写诗必须具备这样六种能力,即观察和描绘、感受性、沉思、想象和幻想、虚构、判断力。[28]由此可见,正是由于强调了理性的引导作用,华兹华斯才谨慎地绕过了情感主义诗论的暗礁。

同样,对于柯勒律治来说,思想和判断力无疑是比自发性的情感和天才更为

---

[25] 华兹华斯:《〈抒情歌谣集〉第二版序言》,见《十九世纪英国诗人论诗》,曹葆华译,人民文学出版社,1984年,第7页。
[26] 同上书,第22页。
[27] 同上书,第6页。
[28] 华兹华斯:《〈抒情歌谣集〉1815年版序言》,见《十九世纪英国诗人论诗》,人民文学出版社,1984年,第36—37页。

重要的创作因素。在《莎士比亚的判断力等同于其天才》(*Shakespeare's Judgment Equal to His Genius*,1818)一文中,针对有些人指责莎士比亚缺乏判断力,他的戏剧天才仿佛纯粹出自本能的看法,柯勒律治作了有力批驳。他试图证明,"莎士比亚的判断力是与他的天才相称的,——甚至他的天才本身就在他的判断力之中显示出来,并且是以最崇高的形式显示出来的"。[29] 在《文学生涯》第15章中,柯勒律治又进一步重申:诗歌天才的一个重要特征,就在于"思想的深度与活力"。"从来没有一个伟大的诗人,而非同时也是一个渊博的哲学家。因为诗歌就是人的全部知识、人的思想、人的热情、感情、语言的花朵和芬芳。"[30]

关于诗的题材和诗的语言

在《〈抒情歌谣集〉第二版序言》中,华兹华斯还着重讨论了诗的题材和语言问题。华兹华斯认为,唯有平凡的日常生活,尤其是远离都市文明的田园生活,才是诗歌创作的合适题材。"因为在这种生活里,人们心中主要的热情找着了更好的土壤,能够达到成熟境地,少受一些拘束,并且说出一种更纯朴和有力的语言"。[31] 尽管这里流露了对都市文明的厌倦和对乡村生活的向往,但从严格意义上说,华兹华斯却并不是一个原始主义者。他并不认为诗的黄金时代已成过去,而且还预言诗人将与科学家携手并肩,共同创造一个辉煌的明天。在他看来,"诗是一切知识的精华,它是整个科学面部上的强烈的表情。真的,我们可以像莎士比亚谈到人一样,说诗人是'瞻视往古,远看未来'。诗人是捍卫人类天性的磐石,是随处都带着友谊和爱情的支持者和保护者……诗是一切知识的起源和终结,——它像人的心灵一样不朽"。[32] 正是凭借着这种柏拉图主义诗论,华兹华斯在一个日益崇尚自然科学的时代捍卫了诗的价值。

关于诗的语言,华兹华斯则强调要以"人们真正使用的语言",尤其是乡村人的语言来写诗,以取代那些浮华雕琢的"诗的词藻"(Poetic diction)。而他所谓"诗的词藻",指的是那些很少用于日常口语的词句和修辞方法,诸如拟人化、委婉语、

---

[29] S. T. Coleridge, "Shakespeare's Judgment Equal to His Genius", in *Lectures and Notes on Shakespeare*, George Bell & Sons, York Street, Covent Garden, 1893, p.224.

[30] S. T. Coleridge, *Biographia Literaria*, London: J. M. Dent, 1906, p.171.

[31] 华兹华斯:《〈抒情歌谣集〉第二版序言》,见《十九世纪英国诗人论诗》,人民文学出版社,1984年,第5页。

[32] 同上书,第17页。

拉丁语、形容词的重复使用和倒装句等。自从德莱顿以来，这类矫揉造作的词句便在英国诗坛十分流行。当时的诗人认为，唯有采用这些"诗的词藻"与特定的体裁相配合，才能保持风格的纯正和典雅，因而对普通人的日常语言多半抱一种鄙视的态度。为了革新英语诗风，华兹华斯主张坚决摒弃这些滥用的词藻。他甚至认为，除了韵律之外，诗歌语言与散文语言没有任何本质上的区别。

柯勒律治虽然高度评价了华兹华斯在文学史上的卓越贡献，但却对他的诗歌语言理论提出了质疑。在柯勒律治看来，一个乡村人的语言，在剔除了它的土腔土调和粗话，又使之符合文法规则之后，就不可能与普遍语言有何区别。实际上，正是接受教育，而不是缺乏教育，才更有利于造就一个诗人。倘若一个诗人措辞不当，或滥用某些词藻，其错误不在于他用愚蠢和浮华的语言来代替了农村的语言，而在于他背离了"良知和自然的感情"。[33] 至于诗歌语言与散文语言的关系，柯勒律治指出，问题不在于散文中的某些文字安排是否同样适用于诗歌，也不在于某些诗句是否适用于散文，关键的问题在于："是否有某些表达的方式、某种结构、某种句子的顺序在严肃的散文作品中是适当而自然的，而在有格律的诗中却是不相称的和不纯正的"。[34] 简言之，正是由于韵律在诗歌中所起的非同寻常的作用，因此，在诗歌语言与散文语言之间确实存在着本质上的区别。

正如我们所知，诗歌在本质上是语言的艺术，因而每当诗风发生重大变革之际，诗歌的语言问题总是会首当其冲地引起人们的高度重视。华兹华斯和柯勒律治对诗歌语言问题所作的探讨，正是在这种背景下进行的。然而，无论是诗歌语言与普通语言之间的关系，还是诗歌语言与散文语言之间的关系，都涉及复杂的理论问题，并非这两位诗人能够一劳永逸地解决。从今天来看，必须把诗歌语言与普通语言的关系放在一种动态结构中去加以考察，从而承认在文学史上这两者之间始终存在着某种张力。换言之，对诗歌语言来说，普通语言或日常生活中的口语始终是它的一个背景，一个源泉。另一方面，尽管一代又一代诗人声称从普通语言中汲取了营养，但诗歌语言毕竟不可能完全等同于普通语言，毋宁说，诗歌语言倒常常表现为对普通语言的故意触犯。同样，诗歌语言与散文语言的区别，也并不仅限于韵律及其作用。从语义学的角度来看，诗歌语言是一种充满隐喻的语言，因而往往是含混的、多义的；散文语言是一种直接陈述的语言，其语义往往是确定的、排斥歧义的。

---

[33]　S. T. Coleridge, *Biographia Literaria*, London: J. M. Dent, 1906, p.189.
[34]　Ibid., p.195.

论作为创造性活动的想象

在华兹华斯和柯勒律治的文学批评中，对想象和幻想的理论探讨显然具有重要的意义。尽管这种探讨并非始于浪漫主义批评家，而是早在 18 世纪就已引起了人们的关注，但是，以往的批评家既未将想象与幻想加以区别，也未将想象与记忆的组合区分开来。加上大卫·哈特利（David Hartley，1705—1757）所创立的联想主义心理学的影响，某些批评家也时常把想象归结为一种联想的能力。华兹华斯和柯勒律治虽然与这些想象理论有着或多或少的联系，但却力图将想象与幻想或联想区别开来，并突出强调了想象作为一种创造性心智活动的特点。

在《〈抒情歌谣集〉1815 年版序言》中，华兹华斯指出，想象并不只是一种回忆，也不只是一种忠实描绘不在眼前的事物的能力，"它是一个更加重要的字眼，意味着心灵在那些外在事物上的活动，以及被某些特定的规律所制约的创作过程或写作过程"。[35] 按他的说法，想象力具有赋予（endows）、抽出（abstracts）和修改（modifies）的能力，也具有造形（shaping）和创造（creating）的能力。由此论及想象与幻想的区别，华兹华斯指出："幻想并不要求它所使用的素材在性质上由于它的处理而有所改变……至于想象力所愿望和要求的恰恰和这相反。它只肯接近可塑的、柔软的和不明确的对象。"[36] 换言之，幻想不过是一种复制感官印象的能力，并不改变事物的性质；想象则随心所欲地重新组合意象，因而体现了心灵的自由本性和创造能力。

像华兹华斯一样，柯勒律治也强调想象是心灵的一种创造性活动，也注意将想象与幻想严格地区分开来。他在《文学生涯》中指出，幻想只是摆脱了时空约束的一种回忆，是一种基于联想的心理活动，因而往往是机械的、较低级的能力。与此相反，想象则是一种截然不同的心理机制，"它溶化、分解、分散，为了再创造"，"它本质上是充满活力的"。[37] 因此，想象是一种远比幻想和联想更高级的创造性活动，它不是对感官印象加以简单复制，而是对已有成分的"再创造"；它不是与"固定的和有限的东西"打交道，而是能按照诗人的意愿重新组合材料，使之成为一个崭新的有机整体。

---

[35] 华兹华斯：《〈抒情歌谣集〉1815 年版序言》，见《十九世纪英国诗人论诗》，人民文学出版社，1984 年，第 42 页。

[36] 同上书，第 49 页。

[37] S. T. Coleridge, *Biographia Literaria*, London: J. M. Dent, 1906, p.159.

也正是在这里，柯勒律治从德国引入了有机整体论的诗学。他在《文学生涯》第 14 章中这样写道：

> 按照理想的完美来描述，诗人是将人的全部灵魂带动起来，使它的各种能力按照它们相对的价值和地位彼此从属。他散布一种统一的情调和精神，凭借着那种综合的神奇的力量，使它们相互协调和融合，这种力量我专门用了"想象力"这个名称。这种力量，首先为意志和理解力所推动，受到它们虽然温和而难于觉察，却又无法改变的控制，从而在相反的、不调和的性质的均衡或和谐中显示出自己来：它协调相同的与差异的；一般的与具体的；观念与意象；个别性的与代表性的；新奇的和新鲜的感觉与陈旧的和熟悉的事物；一种异乎寻常的情感状态与一种异乎寻常的秩序；始终清醒的判断力和始终稳定的自持力与深刻强烈的热情和感受；在它融合协调自然成分与人工成分的时候，它仍然使艺术从属于自然；使形式从属于内容；使我们对诗人的敬佩从属于我们对诗的共鸣。[38]

在批评史上，这段论述几乎成了现代英美文论的经文，不仅托·斯·艾略特和艾·阿·理查兹曾多次援引过它，而且新批评派也对它推崇备至。显然，柯勒律治的核心思想，是旨在强调想象力是诗歌天才的灵魂，正是凭借这一神奇的综合能力，使诗人的意志、感情、理解力和判断力彼此协调统一起来。因此，创作活动是人的全部身心在发挥作用，是诗人的各种能力均衡与和谐的结果。但是，正如雷纳·韦勒克所指出的，柯勒律治在此罗列的各种成分多半是极其随意的。[39] 举例来说，其中"一般的和具体的"指的是作品中的人物和情境，"新奇的和新鲜的感觉与陈旧的和熟悉的事物"指的是读者的感受，而所谓"始终清醒的判断力和始终稳定的自持力与深刻强烈的热情和感受"，又是指诗人的心灵与感受。总之，从柯勒律治所罗列的成分来看，想象力所协调的便不只是属于诗人心智方面的诸因素，也不只是属于作品方面的诸因素，而是将诗人、作品和读者一勺烩了。

即便如此，这里所蕴含的有机整体论思想仍是不可忽视的。正是从德国批评家那里，柯勒律治继承了从亚理斯多德那里演化而来的有机整体论诗学，把它发展成一种充满活力的文学理论。在他看来，艺术作品犹如一个活的物体，"必须是有组织的东西，而所谓有组织，不就是将部分结合在一个整体之内，为了成为一个整体而

---

[38]　S. T. Coleridge, *Biographia Literaria*, London: J. M. Dent, 1906, p.166.
[39]　R. Wellek, *A History of Modern Criticism,* vol. 2, Yale University Press, 1955, p.186.

结合起来,以致每个部分本身既是目的,又是手段吗?"[40]因此,衡量一首好诗的标准,就在于它"必须是一个整体,它的各部分相互支持,彼此说明"。[41]我们将会看到,正是这一有机整体论诗学,对20世纪英美文学批评产生了深远的影响。

柯勒律治的莎士比亚评论

毫不夸张地说,莎士比亚评论是近代文学批评的晴雨表。自18世纪以来,它随时代的变迁而几经变化,每一次变化都反映了西方文学批评所经历的演变与发展。从另一角度来看,历代批评家往往借评论莎士比亚来阐发自己的文学见解,因而其意义并不仅限于深化我们对莎士比亚的认识,更在于启发我们对文学理论问题的思考。因此,柯勒律治的莎士比亚评论也可以从这样两个方面来加以考察。

从批评方法上看,柯勒律治的莎士比亚评论属于18世纪以来人物性格分析这一传统的延续。正如我们所知,随着新古典主义批评体系的解体,批评家的兴趣纷纷转向了对人物性格的研究。在英国,莫里斯·莫尔根(Maurice Morgann, 1726—1802)是这一批评方法的始作俑者,他的《论约翰·福斯塔夫爵士的戏剧性格》(*Essay on the Dramatic Character of Sir John Falstaff*, 1777)产生了广泛的影响。在德国,莱辛的《汉堡剧评》从理论上阐明了人物性格塑造的重要性。歌德在《威廉·麦斯特的学习时代》(1796)中对哈姆莱特性格所作的分析,则把这一批评方法运用得炉火纯青。影响所及,整个19世纪的莎士比亚评论都热衷于对剧中人物的性格加以探讨,而柯勒律治显然对助长这一风气起了推波助澜的作用。可惜这里限于篇幅,我们无法对他这方面的批评实践展开讨论。

值得注意的是,在《文学生涯》第15章中,柯勒律治以莎士比亚早期诗作《维纳斯与阿都尼》和《鲁克丽斯受辱记》为例,概括了独创性的诗歌天才的若干特征。在他看来,与一般才能相比,诗歌天才的第一个特征就是韵律的无比完美,它对主题的切合,以及在变换词句的步调时所表现的能力。正像莎士比亚所说的,"在灵魂中没有音乐的人"绝不可能成为真正的诗人。第二,诗歌天才的另一个征兆,便是"主题的选择与作者本人的兴趣或环境相去甚远"。相反,那些主题直接取自于作者个人感觉和经验的作品,并不能说明作者真正的才能,有时甚至是诗歌才能的一种

---

[40] S. T. Coleridge, "Shakespeare's Judgment Equal to His Genius", in *Lectures and Notes on Shakespeare,* George Bell & Sons, York Street, Covent Garden, 1893, p.228.

[41] S. T. Coleridge, *Biographia Literaria,* London: J. M. Dent, 1906, p.164.

虚假的保证。[42] 第三，诗歌天才还表现为想象力的神奇的综合作用，以及用一种主导的激情贯穿全部意象的能力。最后，诗歌天才的第四个特征，就是"思想的深度与活力"。"从来没有一个伟大的诗人，而非同时也是一个渊博的哲学家。因为诗歌就是人的全部知识、人的思想、人的热情、感情、语言的花朵和芬芳。"[43]

尽管柯勒律治的做法是一种"后见之明"，但是，所谓"主题的选择与作者本人的兴趣或环境相去甚远"，却意在强调伟大的艺术是客观的和超越自我的，从而道出了文学创作的一个真理。柯勒律治指出：

> （在莎士比亚的作品中），从头到尾仿佛有一个高超的神灵把一切展示在我们面前，它甚至比诗中人物本身更能直觉地、亲切地意识到，不仅是每个外部表情和动作，而且是心灵在所有最微妙的思想与情感中的波动起伏；而与此同时诗人本身却与这些激情无关，他只是被快乐的兴奋推动着……[44]

因此，在柯勒律治看来，莎士比亚之所以伟大，就在于他超越了自我的局限，以其作品的客观性和普遍性出奇制胜。在他的作品中，我们几乎觉察不到诗人的驾驭。究其原因，最重要的就是，"诗人自己的情感彻底疏远了他当时所描绘和分析的那些情感"。[45]

在柯勒律治看来，莎士比亚与弥尔顿虽然是英国文学史上的"双璧"，但却恰好代表了两种不同的诗人类型，一个是客观诗人的典范，另一个则是主观诗人的代表："前者将自己发射出去，化作人类性格和激情的所有形式，是一个普洛透斯似的水火之神；另一个则把所有的形式和事物吸收到自身，吸收到自己理想的统一体中来。万事万物和行动方式都在弥尔顿那里重新成形；而莎士比亚则成为万事万物，但却永远还是他自己。"[46] 在《席边闲谈》（*Table Talk*, 1830）中，柯勒律治更明确地指出："莎士比亚是斯宾诺莎式的神——一种无所不在的创造力……莎士比亚的诗是没有个性的，也就是说，它们并不反映莎士比亚其人；然而，弥尔顿本人却处处

---

[42] S. T. Coleridge, *Biographia Literaria*, London: J. M. Dent, 1906, p.168.
[43] Ibid., p.171.
[44] Ibid., p.168.
[45] Ibid., p.169.
[46] Ibid., p.172.

出现在《失乐园》的字里行间。"[47]

柯勒律治熟悉德国的文学理论,他的非个性化理论实际上渊源于歌德、席勒和史雷格尔兄弟。不过,柯勒律治显然对此作了更多的发挥,上述有关莎士比亚与弥尔顿的对比就纯属他的发明。这不仅深刻揭示了莎士比亚创作的奥秘,而且也提出了文学创作中的一个根本性问题,对于纠正流行一时的情感主义诗论起了积极的作用。从此以后,诗歌的非个性化理论便深深影响了一代又一代批评家,而所谓客观诗人和主观诗人的说法也就成为19世纪英国文学批评中的一个热门话题。

第三节 赫士列特与济慈

许多年以后,威廉·赫士列特(William Hazlitt,1778—1830)在《我与诗人的初交》(*My First Acquaintance with Poets*,1823)一文中,深情地回忆了他青年时代与华兹华斯和柯勒律治交往的情景。正是这些交往,不仅促使他走上了文学道路,而且他的诗歌理论也在许多方面受到他们的深刻影响。所有这些,都在赫士列特的批评论著《莎士比亚戏剧人物论》(*Characters of Shakespeare's Plays*,1817)、《关于英国诗人的演讲》(*Lectures on the English Poets*,1818)、《英国喜剧作家》(*English Comic Writers*,1819)和《席间闲谈》(*Table Talk*,1822)中,得到了鲜明的体现。

与此同时,我们也将附带评述一下约翰·济慈(John Keats,1795—1821)的文学思想。尽管济慈是一位英年早逝的诗人,但在他留下的私人书简中,却表述了若干深刻的诗歌见解。虽然他的书信集直到很晚才发表,因而在他生前几乎不可能产生什么反响,然而,他有关诗歌的非个性化理论和诗人的"消极能力"说,却在20世纪备受青睐。

赫士列特对诗歌的界说

在《关于英国诗人的演讲》第一讲"泛论诗歌"(*On Poetry in General*,1818)中,赫士列特对诗歌作了如下界说:

---

[47] S. T. Coleridge, "Table Talk", in *Lectures and Notes on Shakespeare,* George Bell & Sons, York Street, Covent Garden, 1893, p.532.

诗是任何客体或事件的自然的印象,由于这种印象的生动性,它能使想象和激情不由自主地活动起来,并通过共鸣而产生某种抑扬顿挫的声音或音响来表达这种印象。[48]

显然,这是从诗歌在诗人那里的发生过程来界定诗歌的。在赫士列特看来,诗歌是由外界事物的印象所感发的,由此唤起诗人的情感和想象,进而抒发为音韵铿锵的诗篇。因此,在这一诗歌定义中,不仅沿袭了英国的经验主义传统,而且也包括了华兹华斯所讨论过的自然印象、想象、激情等因素。

在进一步阐述他的诗歌观念时,赫士列特则表现了一种强烈的情感主义倾向。他反复指出:"诗歌是想象和激情的语言。它与任何使人的心灵感到快乐或痛苦的事物有关。"[49]诗歌同时也是"幻想和感情的白热化。在描写自然事物的时候,它赋予感官印象以幻想的形式,使它们与激情的最强烈活动以及自然的最突出的表现融合起来"。[50]可是,正如我们已指出的,诗歌并非是情感的直接倾诉,单纯而粗糙的情感也并不能成就一首好诗。

另一方面,在赫士列特的表述中,那种将诗歌概念加以无限扩大的柏拉图主义色彩也依稀可辨。在他看来,"无论何处,只要有美感、力量或和谐存在,诸如海浪的滚动,花朵的成长,'那甜美的叶瓣向空中舒展,向太阳呈现它的美艳',那里就有诗……诗歌不是创作的某一分支:它是'构成我们生命的材料'。"[51]因此,恐惧和希望是诗,爱和恨是诗,轻蔑、忌妒、悔恨、爱慕、奇迹、怜悯、绝望和疯狂也都是诗。赫士列特甚至夸大其词地断言,当儿童初次捉迷藏,当牧童给姑娘戴上花环,当乡村人驻足仰望彩虹,或者当吝啬鬼拥抱他的金钱,当原始人用鲜血涂抹他崇拜的偶像时,他们便都成为了诗人。其结果,在赫士列特的描述中,诗歌几乎混同于宇宙万物和人类的所有活动,以致失去了对诗歌作为一种艺术的把握。

由此可见,赫士列特的诗歌观念基本上是情感主义和柏拉图主义的一种混合,因而也是英国浪漫主义时期最常见的诗歌理论。宽泛的解说和过多的容纳,反而使他的诗歌定义难以有真正的理论突破。从今天来看,赫士列特的理论建树显然不在

---

[48] 赫士列特:《泛论诗歌》,见《古典文艺理论译丛》,第一辑,袁可嘉译,人民文学出版社,1961年,第58页。此处引文据英文原作略有修订,以下情况相同,参见 W. J. Bate ed., *Criticism: The Major Texts,* Harcourt Brace Jovanovich, Inc., 1970, p.305。

[49] 赫士列特:《泛论诗歌》,见《古典文艺理论译丛》,第一辑,人民文学出版社,1961年,第58页。

[50] 同上书,第61—62页。

[51] 同上书,第58—59页。

于这些浮泛之论,而在于他对诗歌创作的心理动力所作的深入探讨,以及他对诗歌的非个性化理论的系统阐述。

创作的心理动力与诗歌的非个性化理论

正如我们所知,自从 18 世纪以来,英国批评家就对文学创作的心理活动普遍予以关注,浪漫主义批评家更是推波助澜,对此产生了持久的兴趣。所不同的是,华兹华斯和柯勒律治特别注意辨析创作心理活动的细微差别,诸如想象与幻想、联想之间的异同,而赫士列特则更着意于揭示诗歌创作的心理动力。正如迈·霍·艾布拉姆斯在《镜与灯》中所指出的:"赫士列特与柯勒律治的不同之处在于,他很少关注一个心理事件的细微差别,而更多注意它的源泉和动机,特别是那些不为世人所知,有时也不为作者本人所知的隐秘动机。"[52]

在赫士列特看来,无论诗歌的创作还是诗歌的欣赏,在很大程度上都是一种情感的宣泄和愿望的满足,甚至是一种对身心缺陷所作的补偿。创作的驱动力来自于现实生活中受压抑的愿望,是为了给它们寻找替代物。一旦想象赋予它们以生动的形象,"就使心灵的模糊不清的、缠绕不休的渴望得到一种明显的慰藉"。这是诗歌创作的动机,也是机智和幻想、悲剧和喜剧、崇高和悱恻的源泉。[53] 从这个意义上说,诗与梦都具有同样的性质,都沉浸在愿望和梦想的国度里。"如果诗是梦的话,那么人生也大致如此。如果诗是虚构的,是由我们的愿望和幻想编织而成的话,这是因为不存在别的或更好的现实,我们只好用幻想来弥补。"[54]

与此同时,诗歌创作也是出于一种情感宣泄的需要。在赫士列特看来,悲剧作为诗歌艺术中感情最强烈的一种体裁,"竭力应用比较或对比的力量把感情带到崇高或悲苦的顶峰","以无限制的感情放纵来消除恐惧或怜悯的情绪"。[55] 而悲剧快感的来源和基础"就在于人们对强烈刺激的普遍爱好","我们喜欢放纵自己激烈的情绪就像我们喜欢阅读关于别人的激情的描写。我们倾向于接受恐怖的折磨就如同我们乐于在美好的期冀中陶醉"。[56] 所有这些论述,都旨在揭示诗歌创作的心理动力,并且在许多方面已接近于后来弗洛伊德的学说。

---

[52] M. H. Abrams, *The Mirror and the Lamp*, Oxford University Press, 1953, pp.140—141.
[53] 赫士列特:《泛论诗歌》,见《古典文艺理论译丛》,第一辑,人民文学出版社,1961 年,第 65 页。
[54] 同上书,第 59 页。
[55] 同上书,第 62 页。
[56] 同上书,第 64 页。

然而，赫士列特却并未得出文学作品仅仅是诗人的自我表现这一结论，恰恰相反，他认为伟大的诗人应该通过一种同情的自居作用，把自我消融于客观对象之中，以博大的精神去描写自然万物。在赫士列特看来，莎士比亚之所以成为伟大艺术的典范，就在于他不是主观的诗人，而是客观的诗人；不是囿于自我表现的诗人，而是善于体察万物的诗人。正如他在《关于英国诗人的演讲》第三讲"莎士比亚与弥尔顿"(*On Shakespeare and Milton*, 1818) 中所指出的：

> 莎士比亚头脑的突出特点是它的普遍性质，它那与一切别的头脑的交往能力……他同任何别人一样，然而他却像所有的别人。他是可能有的最少自我主义的人。他自身什么也不是，然而他却是别人是的或可能变成的一切。他不只本身具有每一种才能和情感的萌芽，而且能够凭直觉的预感而追随它们，通过命运的每个转变，热情的每次冲突，思想的每回变动，而进入一切它们可以想象到的变化。[57]

赫士列特盛赞莎士比亚笔下的人物都是有血有肉的真实存在，他们按照自己的个性说话，而不是按照作者的意志说话。"我们可以说，诗人一时使自己与他想要表现的人物混为一体，然后又移入另一个人物，仿佛是同一个灵魂连续地使不同的肉体活了起来。"[58] 在《天才与常识》(*On Genius and Common Sense*, 1821) 一文中，赫士列特进一步指出，如果说《失乐园》在很大程度上体现了弥尔顿的生活经历，因而可以从中窥见其癖好和见解的话，那么，莎士比亚则不然，"他的天才在于他选择了什么就能将自身变成什么的才能，他的创造力是一种能以别人的眼光准确地打量每一对象的能力。他是人类智力的普洛透斯。"[59]

与莎士比亚相反，所谓"普通的天才"总是醉心于自我表现："它恰好与变色龙相反，因为它不是从周围的一切借取颜色，而是将一切都涂抹上自己的色彩"。[60] 在赫士列特看来，属于这一类型的艺术家在绘画方面的代表是荷兰的伦勃朗，在诗歌方面的代表则是华兹华斯。他严厉指责道："现代一派诗歌的一大缺点是，它试

---

[57] 赫士列特：《莎士比亚与弥尔顿》，见《莎士比亚评论汇编》，上卷，柳辉译，第183页。此处引文据英文原作略有修订，以下情况相同，参见 W. J. Bate ed., *Criticism: The Major Texts*, Harcourt Brace Jovanovich, Inc., 1970, p.307.

[58] 同上书，第187页。

[59] William Hazlitt, "On Genius and Common Sense", in W. J. Bate ed., *Criticism: The Major Texts*, Harcourt Brace Jovanovich, Inc., 1970, p.329.

[60] Ibid., p.329.

图把诗歌降为自然感觉的单纯流露，或者更坏的是，它试图剥去诗歌想象的光辉与人类的情感，把最卑贱的东西置于作者自己思想的阴郁情感与吞噬一切的自我主义的包围之中。"[61]

从批评史上看，尽管将诗歌视为诗人个性和情感的自我表现的见解，在英国浪漫主义时期极为流行，但在赫士列特之前，柯勒律治业已提出了诗歌的非个性化理论，也阐明了作为客观诗人的莎士比亚与作为主观诗人的弥尔顿之间的对比。因此，赫士列特有关诗歌的非个性化理论显然来自于柯勒律治。这不仅因为莎士比亚是他们共同认可的艺术典范，而且因为他们都使用了"普洛透斯"、"变色龙"等类似的比喻。而这些说法，深刻揭示了伟大的文学作品的一个基本特征，因而在批评史上具有重要意义。

济慈论诗人的"消极能力"

由于深受赫士列特的影响，济慈也对热衷于自我表现的诗人不以为然，主张一个诗人应当超越自我，超越个性，而他所推崇的恰恰也是莎士比亚。在致理查·伍德豪斯的信中（*To Richard Woodhouse*，1818年10月27日），济慈这样写道：

> 说起诗的特性本身（我是指我所属的那种，如果我还算是一个诗人的话；这与华兹华斯或自我主义的崇高派那种有所不同；那是自成一派，与众不同的），它没有本身（itself）——它没有自我（self）——它是一切事物而又都不是——它没有特性（character）——它喜爱光明与黑暗；它总是生气灌注（gusto），不论涉及的是美或是丑，是高或是低，是富或是穷，是卑贱或是富贵——它对构思一个伊阿古（Iago）和一个伊摩琴（Imogen）都同样感到高兴。那使有德行的哲学家感到惊异的，却使变色龙似的诗人（the camelion Poet）感到高兴。玩味事物的阴暗面与品味事物的光明面都是同样无害的；因为它们两者都终止于沉思。一个诗人是存在的事物中最无诗意的；因为他没有本体（Identity）——他不断地要去成为——和去充实某些别的物体（Body）——太阳、月亮、大海、作为易冲动的生物的男人和女人都是有诗意的，都具有不变的属性——诗人却没有；没有本体

---

[61] 赫士列特：《莎士比亚与弥尔顿》，见《莎士比亚评论汇编》，上卷，第191页。

(identity)——他确实是上帝的所有创造物中最没有诗意的。[62]

这就是说,诗人创造富于诗意的艺术形象,是以他本人放弃本性和超越自我为前提的。唯有不执著于自我,他才能化身为万物,使笔下的一切生气灌注,千姿百态。正如他在另一封信中所说的:"天才人物之所以伟大,就在于像某些微妙的化学药品,能作用于大量中性的才智上面——但是他们没有什么个性(individuality),没有什么固定的特性(Character)。对于那些突出具有特有的自我(self)的人,我愿意称之为'强者'(Men of Power)。"[63] 与此同时,济慈还认为,诗人的创作也是超越道德,超越善恶的,因为无论是构思一个作恶多端的伊阿古,还是构思一个纯洁善良的伊摩琴,诗人都只是"终止于沉思",并不付诸于实践,导致行动。这里值得我们注意的是,济慈所谓"变色龙似的诗人"这一说法,显然来自于赫士列特。这并非什么巧合,事实上,济慈当时聆听过赫士列特关于英国诗人的演讲,因而在诗歌的非个性化理论上受到后者的影响是不足为奇的。

与此相关的,是有关诗人的"消极能力"(negative capability)的论述。这是济慈诗论中最惹人瞩目的问题,也是最容易引起歧解的问题。在致乔治和托马斯·济慈的信中(*To George and Thomas Keats*,1817年12月21日或27日),他这样写道:

> 有好几样东西在我的思想里合拢了,使我立即感到是什么品质能使一个人有所成就,尤其是在文学上有所成就,而莎士比亚就如此丰盈地具有这种品质——我指的是"消极能力",也就是人能够经得起不安、迷惘、怀疑,而不是烦躁地要去弄清事实,找出道理……对一个伟大的诗人来说,美感超越了其他每一种考虑,或者不如说消灭了其他所有的考虑。[64]

济慈的书信往往信笔写来,很少采用批评术语,唯独这一"消极能力"透着一股书卷气。好在参照他在此前后所写的其他书信,可以把他的意思弄清楚。其一,它意

---

[62] J. Keats, "To Richard Woodhouse, 27 October, 1818", in Douglas Bush ed., *John Keats Selected Poems and Letters*, Houghton Mifflin Company, 1959, p.279. 这里提到的伊阿古(Iago)是莎士比亚剧本《奥瑟罗》中的恶人,伊摩琴(Imogen)是莎士比亚剧本《辛白林》中的女主角。

[63] J. Keats, "To Benjamin Bailey, 22 November, 1817", in Douglas Bush ed., *John Keats Selected Poems and Letters,* Houghton Mifflin Company, 1959, p.257.

[64] J. Keats, "To George and Thomas Keats, 21, 27(?) December, 1817", in Douglas Bush ed., *John Keats Selected Poems and Letters*, Houghton Mifflin Company, 1959, p.261.

味着诗人的职责与哲学家的职责不同，他不必去忙于刨根问底，也不必凭借逻辑和推理去寻求结论。对一个诗人来说，体验对象与感受对象远比探究道理来得更重要。正如他在另一封信中所说的："我从来不能通过逐步推理来看清什么事物是真实的……无论如何，能凭感觉生活而不是凭思想生活，那该多好！"[65] 其二，它也意味着审美活动不同于道德说教。由此也可以理解，济慈何以对在诗中大肆说理的做法表示反感："我们厌恶那种明显要故意影响我们的诗篇——假如我们不赞同，它就好像要把手往裤兜里一插。诗歌应当是伟大而谦逊的，它深入人的灵魂，不是以它的外表而是以内容来打动人或激动人。"[66] 其三，所谓"消极能力"，也意味着诗人的创作活动应当顺乎自然，不能有意为之。济慈在致约翰·泰勒的信中（*To John Taylor*, 1818 年 2 月 27 日）这样说："如果诗的到来不像树木长出叶子那样自然，那就干脆最好不来。"[67] 换言之，诗人的创作活动既是不自觉的，也是与个人意志无关的。

倘若上述理解大致不错的话，那么，济慈有关诗人"消极能力"的论述的确道出了审美活动的若干特征。然而，我们也应当认识到，济慈的诗论并没有超出那个时代的总体水平，因而在一部批评史中不可能给予他以过高的评价。一方面，像同时代许多批评家一样，他有关"消极能力"的论述仍然是从诗人的禀赋和资质的角度来谈论诗歌的，而不是从作品内在构成的角度来认识文学的。另一方面，济慈过分强调了创作活动中感性经验的一面，而忽视了理性所起的重要作用。

赫士列特的印象主义批评方法

自从亚理斯多德的《诗学》以来，西方文学批评便是以理性思辨和客观剖析为特点的。虽然在罗马时代，朗吉弩斯就开创了一种鉴赏式的批评方法，但文艺复兴和新古典主义时期的批评家所看重的只是《论崇高》推崇古人的那些见解，对其批评方法却未能理会。随着浪漫主义的兴起，不仅深刻改变了人们的文学观念，也使得文学批评的风气为之一变。某些批评家重新拾起《论崇高》的批评方法，导致

---

[65] J. Keats, "To Benjamin Bailey, 22 November, 1817", in Douglas Bush ed., *John Keats Selected Poems and Letters,* Houghton Mifflin Company, 1959, p.258.

[66] J. Keats, "To John Hamilton Reynolds, 3 February, 1818", in Douglas Bush ed., *John Keats Selected Poems and Letters,* Houghton Mifflin Company, 1959, p.263.

[67] J. Keats, "To John Taylor, 27 February, 1818", in Douglas Bush ed., *John Keats Selected Poems and Letters,* Houghton Mifflin Company, 1959, p.267.

印象主义批评从此登台亮相。在英国，赫士列特、查尔斯·兰姆（Charles Lamb，1775—1831）和托马斯·德·昆西（Thomas De Quincey，1785—1859）便是这一批评方法的开创者。

在赫士列特看来，批评家的首要任务就在于捕捉那些作品的原初感受和生动印象，而他们的批评文字，无非是把这些感受和印象照实说出来而已。因此，他完全忽略了理性概括在批评活动中的作用。正如他所表白的：

> 在艺术中，在趣味中，在生活中，在谈话中，你都是依据感觉而不是依据理性去决断；这就是说，尽管你或许不能依据若干细节对它们进行分析或说明，但却能依据大量事物在你心中的印象去决断，而这些印象却是真实的，有充分根据的。[68]

这就是说，对于艺术作品，人们不应加以客观的分析和理性的判断，而应当去感受它，体验它，直接的印象和自由的鉴赏远比那种殚思极虑的理性剖析来得更为重要。

在批评实践中，赫士列特的批评文字几近于一种"再创造"。他总是喜欢用自己充满想象和主观情感的语言去描述诗歌的总体风格，用各种优美的比喻去传达作品留给他的生动印象。例如，他赞美荷马史诗是"诗歌的活力与青春"，"充满生命力和行动，明亮有如白昼，有力如同河流"。相反，莪相（Ossian）的作品则是诗歌的衰朽和暮年，他的诗篇给人留下了这样一种凄楚的印象："他只和逝去了的鬼魂对话，和静止的沉寂的云彩对话。寒冷的月色在他的头上泻下淡淡的光芒，狐狸从倒塌了的钟楼向外窥视，野风过处，蓟草飘动"，他的琴弦"就像一阵朔风吹动枯干的芦苇"。[69] 此外，赫士列特也将乔叟的作品与莎士比亚戏剧作了生动的对比，认为前者宛如"一道河流，水又急，又满，又上涨"，而后者则"好像大海，在这方或那方波涛汹涌，狂烈的风暴呼呼地冲击着它；而在风暴间歇时，我们只能分辨出绝望的喊声，或死亡的寂静"。[70] 所有这些比喻，在赫士列特的批评论著中比比皆是，从而形成了他自觉追求的一种批评方法。

---

[68] William Hazlitt, "On Genius and Common Sense", in W. J. Bate ed., *Criticism: The Major Texts*, Harcourt Brace Jovanovich, Inc., 1970, p.322.

[69] 赫士列特：《泛论诗歌》，见《古典文艺理论译丛》，第一辑，人民文学出版社，1961年，第75—76页。文中提到的《莪相作品集》(*The Works of Ossian*, 1762—1765) 是苏格兰诗人詹姆斯·麦克菲逊（James Macpherson, 1736—1796）在搜集民歌的基础上，假托古代歌手莪相的作品而创作的，当时曾经流行一时。

[70] 赫士列特：《莎士比亚与弥尔顿》，见《莎士比亚评论汇编》，上卷，第189页。

显然，赫士列特的文学批评虽然文字优美，比喻生动，但这种方法却未能超越文学鉴赏的直观状态，也带有很大的主观随意性。在这种描述中，批评的对象不是变得更为清晰，反而变得愈加扑朔迷离。究其原因，他的根本失误就在于不恰当地强调了直观的审美感受，而排斥了理性概括，从而把批评活动混同于自由的鉴赏。我们理应认识到，轻视理论思考，排斥客观剖析，停留在艺术鉴赏的直观状态，以个人印象代替对作品文本的客观分析，就必然导致文学批评的主观主义和相对主义。因此，从根本上说，赫士列特的印象主义批评方法是不足取的。

第四节 雪 莱

自从柏拉图将甜言蜜语的诗人驱逐出"理想国"以来，在漫长的岁月里，西方诗人写下了一系列为诗辩护的文章。在英国，文艺复兴时期锡德尼所作的《为诗一辩》(*An Apology for Poetry*, 1595)，以及浪漫主义诗人波西·比希·雪莱(Percy Bysshe Shelley, 1792—1822)所作的《为诗辩护》(*A Defense of Poetry*, 1821)，便是这类诗论中最辉煌的篇章。如果说锡德尼的论文是在道德和宗教的法庭面前，为诗人的创作权利进行辩护的话，那么，雪莱则是在一个实用科学日益兴起的时代，面对功利主义的挑战，坚决捍卫了诗歌的伟大价值。

从皮科克的《诗的四个时代》说起

雪莱写作《为诗辩护》的动机，是为了反驳托马斯·皮科克(Thomas Peacock, 1785—1866)对近代诗歌所作的无情嘲讽。正如我们所知，皮科克是一位颇具才华的作家和诗人，也是雪莱的朋友。然而，在他发表的《诗的四个时代》(*The Four Ages of Poetry*, 1820)一文中，竟然以极为尖刻的口吻对浪漫主义诗人竭尽嘲讽挖苦之能事，并断言在当今这个崇尚科学和实用的时代，诗歌只是一种毫无用处的奢侈品，注定将日趋衰亡。

显然，皮科克的文学史观乃是基于一种浅薄的文学循环论。在他看来，诗歌的演变按铁、金、银、铜四个阶段依次更替，而迄今为止的一部文学史已经历了两度这样的循环。在古代诗歌的铁器时代，诗人用粗犷的诗风歌颂部落英雄的非凡业绩，而传说中的诗人也往往被视为神明。荷马、埃斯库罗斯和索福克勒斯是黄金时代的诗人，他们的吟唱充满了对以往岁月的回忆，英雄史诗便由此诞生。白银时代以罗马帝国初期的诗人为代表，其诗作或是对英雄史诗的摹仿，或是对社会风习的针砭。到了罗马帝国后期，诗歌便转入了黄铜时代，虽然诗人企图返回铁器时代的粗犷风格，但毕竟已经丧失了蓬勃的创造力。在皮科克看来，自从中世纪以来，诗歌的演变再一次走上了循环之路。在英国，中世纪传奇是近代文学的铁器时代，它给诗歌带来了爱情和战争这两大主题。莎士比亚和文艺复兴时期的诗人属于黄金时代，古典文学的创造精神渗透于一切诗歌之中，为诗人提供了驰骋想象的自由天地。如果说德莱顿和蒲柏代表了英国文学的白银时代，那么，随后到来的便是皮科克自己所处的黄铜时代，盛行着他所鄙夷的情感主义和原始主义的诗风。

在《诗的四个时代》中，皮科克对情感主义大肆嘲讽："诗的最高灵感可以归结为三种成分：激情难忍的咆哮，自作多情的啜泣，假情假意的哀诉；所以它只能养成像亚历山大那样的豪放的狂人，像维特那样的呜咽的蠢物，像华兹华斯那样的病态的梦想家。"[71] 皮科克由此断言："今日的诗人是文明社会中的半野蛮人。他生活在过往的岁月里。他的观念、思想、感情、联想总是带有野蛮的风俗、已废弃的习惯和被破除的迷信。他的理智的发展宛若蟹行向后倒退。"[72]

另一方面，皮科克对近代诗歌的责难，也带有明显的功利主义色彩。他认为，在当今这个崇尚科学和讲求实用的时代，诗歌充其量不过是一种不合时宜的奢侈品，终将无可挽回地走向衰败。他嘲笑说，在那些诗人的心目中，"仿佛今日还是像在荷马时代那样，诗还是全部知识的发展成果，仿佛世间没有数学家、天文学家、化学家、道德家、形而上学家、政治家、政治经济学家之类的人物存在，可是这些人物业已筑起一个金字塔，高耸于知识的云霄之中，他们从这金字塔上看见现代的帕尔纳斯诗坛远远的在下面；他们知道，在他们的广大视野中，这个诗坛只占据多么渺小的地方……"[73] 这样，皮科克的《诗的四个时代》就把反浪漫主义的趣味与狭隘的功利主义立场纠缠在一起，成为批评史上最富有挑战性的文献之一。更何况，这篇论文居然还是题献给雪莱的，这就迫使雪莱不得不作出回应，奋起应战。

"诗人是世间未经公认的立法者"

毫无疑问，皮科克诋毁诗歌的论调，是与当年柏拉图的立场一脉相承的。但同

---

[71] 皮科克：《诗的四个时代》，见《缪灵珠美学译文集》，第三卷，缪灵珠译，中国人民大学出版社，1990年，第69—70页。

[72] 同上书，第69页。

[73] 同上书，第72页。

样毫无疑问的是，雪莱的《为诗辩护》也直接或间接地汲取了柏拉图的美学思想，只是价值取向截然不同罢了。这并非偶然。雪莱撰写此文时，刚好阅读和翻译了柏拉图的《伊安篇》和《会饮篇》，因此，《为诗辩护》一文中的柏拉图主义成分比以往任何一篇英国诗论中所含的柏拉图思想都要多，也就不足为怪了。

为了反驳皮科克对诗歌的嘲弄，雪莱无限夸大了诗歌的社会功用，并把诗人的地位抬高到超越一切之上的程度。雪莱认为，诗人"不仅创造了语言、音乐、舞蹈、建筑、雕刻和绘画；他们也是法律的制定者。文明社会的创立者，人生百艺的发明者"，他们更是宗教的导师和先知。[74]他赞美诗歌增强了人类道德的机能，声称诗歌"既是知识的圆心又是它的圆周；它包含一切科学，一切科学也必须溯源到它"。[75]不仅如此，他热情称颂"诗人是世间未经公认的立法者"，[76]甚至还援引意大利诗人塔索的话，断言唯有上帝和诗人才配享有创造者的称号。

这样，雪莱就把诗歌的概念无限扩大了。在他的这一描述中，诗歌几乎无所不包，无处不在，诗人也似乎无所不能，无所不知。这固然有助于批驳皮科克诋毁诗歌的论调，在一个日益崇尚实用科学的时代捍卫诗歌的价值，然而，将诗歌与其他艺术混为一谈，甚至把诗歌与人类的其他活动混为一谈，却无助于建构一种有价值的文学理论。而追根溯源，雪莱的上述见解无非是对柏拉图的《会饮篇》所作的改造和发挥，因而也是当时流行的柏拉图主义诗论的一种经典表述。

当然，换一个角度看，这种柏拉图主义诗论也在一定程度上帮助了雪莱，使他对诗歌的使命有着更深刻的理解。诚然，他说过："诗人是一只夜莺，栖息在黑暗中，用美妙的歌喉唱歌来慰藉自己的寂寞"，[77]似乎认可了诗歌只是一种内心自白的情感主义论调。然而，"夜莺"这一比喻，不仅与上述所谓诗人是"先知"和"立法者"的说法自相矛盾，而且也难以与他的审美理想协调起来。雪莱反复重申：诗歌的神圣性就在于它"撕去这世界的陈腐的面幕，而露出赤裸的、酣睡的美——这种美是世间种种形相的精神"，[78]"诗是生活的惟妙惟肖的表象，表现了它的永恒真实"。[79]由此可见，雪莱的诗论是对柏拉图美学所作的一种"创造性的曲解"，而

---

[74] 雪莱：《为诗辩护》，见《十九世纪英国诗人论诗》，缪灵珠译，人民文学出版社，1984年，第122页。
[75] 同上书，第153页。
[76] 同上书，第160页。
[77] 同上书，第127页。
[78] 同上书，第155页。
[79] 同上书，第125页。

他所依据的,正是经过价值转换之后的柏拉图的理念论哲学。

不仅如此,雪莱有时甚至超越了柏拉图,更接近于普罗提诺的新柏拉图主义。在他看来,"一个诗人浑然忘我于永恒、无限、太一之中",因而不受时空的限制,自由翱翔于过去、现在和未来之间,能使最善最美的一切永垂后世。[80] 从这个意义上说,诗歌并非只是摹仿现实生活,而应该为人们创造永恒的、理想的美。而艺术创造所凭借的,与其说是外在的自然,毋宁说是内在的心灵。雪莱由此断言:"诗独能战胜那迫使我们屈服于周围印象中的偶然事件的诅咒……它都能在我们的人生中替我们创造另一种人生。它使我们成为另一世界的居民,同那世界比较起来,我们的现实世界就显得是一团混乱。它再现我们参与其间耳闻目见的平凡的宇宙;它替我们的内心视觉扫除那层凡胎俗眼的薄膜,使我们窥见我们人生中的神奇。"[81] 因此,正是普罗提诺的新柏拉图主义,为雪莱标榜艺术的理想美提供了理论依据。

"诗人是不可领会的灵感的祭司"

像同时代许多批评家一样,雪莱突出强调了诗人的感受力、想象和灵感在创作活动中的重要作用。但在这些问题上,他的论述远不是一个逻辑严密的理论体系。正如美国学者迈·霍·艾布拉姆斯所指出的,人们不难从雪莱的诗论中分辨出两个不同的思维层面,其一是柏拉图主义的和摹仿理论的,其二是心理学和表现理论的,他似乎把这两者交替地应用于所讨论的每一个主要问题上了。[82]

在《为诗辩护》的一开篇,雪莱就讨论了想象与推理的区别,并把诗歌界定为"想象的表现"。他认为,想象是一种综合,注重于事物的相同之处;推理则是一种分析,注重于事物的相异之处。另一方面,雪莱又将想象视为实现道德进步的伟大工具。在他看来,"要做一个至善的人,必须有深刻而周密的想象力;他必须设身于旁人或众人的地位上,必须把同胞的苦乐当作自己的苦乐"。[83] 然而,这样一来,他便把作为一种审美心理机制的想象与作为一种道德品质的同情心混为一谈了。

雪莱不仅翻译了《伊安篇》,也极大地发挥了柏拉图的灵感理论,宣称"诗人是不可领会的灵感的祭司"。[84] 值得我们注意的是,他摒弃了"诗神凭附"这一古老

---

[80] 雪莱:《为诗辩护》,见《十九世纪英国诗人论诗》,缪灵珠译,人民文学出版社,1984年,第123页。
[81] 同上书,第156页。
[82] M. H. Abrams, *The Mirror and the Lamp*, Oxford University Press, 1953, pp.126—127.
[83] 雪莱:《为诗辩护》,见《十九世纪英国诗人论诗》,缪灵珠译,人民文学出版社,1984年,第129页。
[84] 同上书,第160页。

说法，而从心理学的角度把灵感解释为"思想和感情的不可捉摸的袭来"，说它"仿佛是一种神圣的本质渗透于我们自己的本质中"。[85] 在雪莱看来，诗歌的创作过程有一种被动的性质，完全不受诗人的自觉意识和行为意志的控制：

> 诗不像推理那种凭意志决定而发挥的力量。人不能说："我要写诗。"即使是最伟大的诗人也不能说这类话；因为在创作时，人们的心境宛若一团行将熄灭的炭火，有些不可见的势力，像变化无常的风，煽起它一瞬间的光焰；这种势力是内发的，有如花朵的颜色随着花开花谢而逐渐褪落，逐渐变化，并且我们天赋的感觉能力也不能预测它的来去。[86]

因此，艺术创作无不具有"本能性与直觉性"，即使心灵"也不能替自己说明那创造过程中的起源、程序或手段"。[87] 诗人所能做的，只是守候灵感袭来的瞬间，把这稍纵即逝的美好幻象捕捉到手。不仅如此，最优美的诗歌也是不可传达的，它仅仅是一种心境，一种灵感袭来时的幻象。"当创作开始时，灵感已在衰退了；因此，流传世间的最灿烂的诗也恐怕不过是诗人原来构思的一个微弱的影子而已。"[88] 然而，把诗歌创作完全归结为一种被动的过程，并且把诗歌的传达视为创作灵感的一种退化，或视为退潮之后残留在沙滩上的痕迹，这些说法都是大可怀疑的。

不过，《为诗辩护》的若干段落也表明，雪莱对诗歌艺术还有着另一种理解。一方面，他以埃奥利亚（Aeolia）的竖琴为喻，描述了诗歌的产生过程：一连串外来的印象掠过诗人的心灵，宛如阵阵微风吹过琴弦，同时诗人又凭一种内在的协调，使被感发的声音与感发它的印象相适应，于是诗歌便产生了。"野蛮人表达周围事物所感发他的感情，也是如此；语言，姿势，乃至塑像的或绘画的摹拟，不外是事物以及野蛮人对事物的理解两者结合而成的表象罢了。"[89] 换言之，诗歌是外在的感官印象与诗人的内在活力交互作用的产物。而我们不难发现，这一见解与华兹华斯、赫士列特等人的看法相去不远，都沿袭了英国经验主义的传统。另一方面，雪莱也把诗歌界定为"语言的、尤其是具有韵律的语言的特殊配合"，认为这一媒介远远优越于其他艺术，"因为语言更能直接表现我们内心生活的活动和激情，比颜色、形

---

[85] 雪莱:《为诗辩护》，见《十九世纪英国诗人论诗》，缪灵珠译，人民文学出版社，1984年，第154页。
[86] 同上书，第153页。
[87] 同上书，第154页。
[88] 同上书，第153页。
[89] 同上书，第119—120页。

相、动作更能作多样而细致的配合，更宜于塑造形象，更能服从创造的威力的支配"。[90]雪莱甚至谈到："诗人的语言主要是隐喻的，这就是说，它指明事物间那以前尚未被人领会的关系，并且使这领会永存不朽。"[91]尽管这些见解在《为诗辩护》中仅仅是一些只言片语，但从今天来看，却远比他的灵感理论更有价值。

诗歌为人类提供最高意义上的快乐

在《为诗辩护》中有这样一段话，每每被后世批评家所引述：

> 诗始终传达人们所能够接受的一切快感：它始终还是人生的光明，它又是在那邪恶时代中还能够保存的任何美丽的、宽大的、真实的东西之源泉……一条锁链通过许多人的心灵传递下来，系在那些伟大的心灵上，它的神圣铁环从未完全脱节过；而那些伟大的心灵，如同磁石，流出了不可见的磁力，同时连结着、振奋着、支持着所有的生命。[92]

其实，这段话不仅表明了雪莱思想中的柏拉图主义，它更是雪莱讨论诗歌的社会功用时所持的核心观点。换言之，雪莱虽然套用了《伊安篇》的用语，但在诗歌的价值观上却彻底颠覆了柏拉图的结论。

在雪莱看来，诗歌与戏剧是真实反映社会道德状况的一面镜子，而它们的衰微也往往成为社会风俗堕落的一个标志。而在人类历史上，由那些伟大的诗人所连接的锁链从未完全脱落过，它们就像磁石给那些生活在黑暗时代的人们以力量和安慰。从这个意义上说，"一首伟大的诗是一个源泉，永远泛滥着智慧与快感的流水；一个人和一个世代幸因特殊关系能够享受到它的神圣的清流，饱吸了它的琼浆之后，另一个人和另一个世代又接踵而来，所以新的关系永远在发展，一首伟大的诗是一种不可以预见不可以预想的快感之渊源"。[93]

然而，强调诗歌与社会道德的联系，并不意味着诗歌应强加给人们一种道德教训。雪莱认为，欧里庇得斯、琉坎和斯宾塞虽然抱着一种道德目的，但他们越是企图将道德说教强加给读者，就越难以收到预期的成效。相反，但丁和弥尔顿全然无

---

[90] 雪莱：《为诗辩护》，见《十九世纪英国诗人论诗》，缪灵珠译，人民文学出版社，1984年，第123页。
[91] 同上书，第121页。
[92] 同上书，第136—137页。
[93] 同上书，第148页。

视传统的基督教信仰，反倒为他们的诗篇赢得了永久的价值。雪莱高度评价了弥尔顿笔下的"撒旦式英雄"："《失乐园》所表现的撒旦，在性格上有万不可及的魄力与庄严……弥尔顿已经把通俗的信仰破坏到这样的程度（如果这种思想应当算是破坏的话），以至他并不认为他的上帝在德行上必须高于他的魔鬼。弥尔顿如此大胆忽视一个直接的道德目的，断然最足以证明他极其卓越的天才。"[94] 因此，诗歌的根本目的不在于道德说教，而在于"唤醒人心并且扩大人心的领域，使它成为能容纳许多未被理解的思想结合体的渊薮",[95] 从而在促进人类精神生活的不断更新方面发挥不可替代的作用。由此可见，雪莱已断然摒弃了传统的"寓教于乐"说，而是从一个更新颖、更广阔的视野来看待文学的社会功用的。

对雪莱来说，诗歌始终是与快感相伴随的。然而，快感却有两种：一种是持久的、普遍的、永恒的快感，其作用在于"加强和净化感情，扩大想象，以及使感觉更为活泼"；另一种却是暂时的、个别的快感，其作用仅仅在于"排除我们兽性的欲望的烦扰，使人处于安全的生活环境中，驱散粗野的迷信之幻想"。[96] 而雪莱对皮科克所作的批驳，也是针对一切功利主义的论调而发的。在他看来，诗歌虽不能为人们提供实用科学所带来的那些物质利益和生活便利，但它却是人类精神生活不可或缺的。因此，一切倡导实际功利的人所追求的，都不过是后一种快感，唯有诗歌才能丰富人的精神世界，为人类提供最高意义上的快感，而"产生和保证这种最高意义上的快乐，才是真正的功用"。[97]

综上所述，尽管雪莱常常夸大了诗歌的社会功用，也常常将诗歌与人类的其他活动混为一谈，但他却在一个科学主义和功利主义日渐抬头的时代，勇敢地捍卫了诗歌的崇高使命和恒久价值。这不仅在当时是正确的，而且也预示了19世纪后期英国文学批评的价值取向。半个世纪之后，在马修·阿诺德（Matthew Arnold, 1822—1888）的文学批评中，我们将再次遇到类似的问题，尽管具体批评语境已经发生了很大变化。

---

[94] 雪莱：《为诗辩护》，见《十九世纪英国诗人论诗》，缪灵珠译，人民文学出版社，1984年，第145—146页。
[95] 同上书，第129页。
[96] 同上书，第149页。
[97] 同上书，第150页。

第五节　斯达尔夫人

作为法国浪漫主义批评家,斯达尔夫人(Madame de Staël,1766—1817)在批评史上的地位,主要是由《论文学》(*On Literature*,1800)和《论德国》(*On Germany*,1810)这两部著作奠定的。通过前一著作,她把新型的历史主义观点引入了法国文学界,对此后一大批法国批评家产生了深远的影响。通过后一著作,她将德国浪漫派文学介绍给当时的法国读者,从而引发了法国文坛旷日持久的"古典诗"与"浪漫诗"之争。不过,从整个欧洲的批评格局来看,斯达尔夫人在批评史上的地位常常被不恰当地抬高了。事实上,在她之前,英国和德国批评家就已开启了文学研究中的历史主义方法,而她有关"古典诗"与"浪漫诗"的论述,也来自于史雷格尔兄弟。就文学的核心观念而言,斯达尔夫人始终植根于早期狄德罗所倡导的情感主义诗论传统之中,前后并没有发生多大变化。

论南方文学与北方文学

正如《论文学》的全称"从社会制度与文学的关系论文学"所表明的那样,斯达尔夫人试图将文学的演变置于广阔的社会历史背景中去加以考察。正如她在该书绪论中所指出的:

> 我的本旨在于考察宗教、风尚和法律对文学的影响以及文学对宗教、风尚和法律的影响。在法国,关于写作艺术和文学鉴赏的原则,已经有了几部尽善尽美的著作;但是我觉得人们对改变文学精神的伦理和政治原因,还没有进行充分的分析……当我们观察意大利人、英国人、德国人和法国人的作品之间的典型差异时,我认为可以证明,政治和宗教在这些存在着的差别中起着最大的作用。[98]

这就是说,对于任何一个民族的文学,倘若不是把它与孕育这一文学的社会环境联系起来,不是将它置于当时政治、宗教和风俗的背景中去加以考察,那就无法对此作出合情合理的解释和评价。

尽管这种历史主义观点不难在英、德两国批评家那里找到渊源,但对于长期为

---

[98] 斯达尔夫人:《论文学》,徐继曾译,人民文学出版社,1986年,第12页。

新古典主义所垄断的法国文坛来说,确乎是一个全新的思想。而她所亲历的那个风起云涌的时代,也为她思考文学与社会历史的关系提供了活生生的教材。由此反思历史,斯达尔夫人指出,荷马的出现绝非偶然,英雄时代的历史事件、宗教观念和社会风俗都为他提供了诗的形象。而在古希腊戏剧中,人们更可以看出产生这些戏剧的风尚、宗教和法律。她认为,古希腊的宗教以恐怖的色彩来表现罪人的痛苦之情,这一宗教观念也给悲剧带来了一种特殊效果,"希腊作家所仰仗的某些悲剧效果出于观众的迷信,而他们也能利用宗教的恐惧心理来弥补刻划天然感情的不足"。[99]不过,我们也应看到,斯达尔夫人关于文学与社会关系的论述时常是极为随意的。例如,她断言,莎士比亚之所以擅长描绘人的精神痛苦,是与当时英国所经历的内战恐怖分不开的。[100]但她显然忘记了一个事实,即莎士比亚同时也创作了大量的浪漫喜剧,而这是不可能用同样原因来加以解释的。

值得注意的是,斯达尔夫人从苏格兰学者休·布莱尔(Hugh Blair, 1718—1800)的《论莪相的诗篇》(*A Critical Dissertation on the Poems of Ossian*, 1763)中受到启发,将其阐发为南方文学与北方文学的对比:

> 我觉得存在着两种完全不同的文学,一种来自南方,一种源出北方;前者以荷马为鼻祖,后者以莪相为渊源。希腊人、拉丁人、意大利人、西班牙人和路易十四时代的法兰西人属于我所谓南方文学这一类型。英国作品、德国作品、丹麦和瑞典的某些作品应该列入由苏格兰行吟诗人、冰岛寓言和斯堪的纳维亚诗歌肇始的北方文学。[101]

在她看来,充满真挚的情感和富于忧郁的色彩是北方文学的主要特征。当她宣称:"我的一切印象,一切见解都使我更偏向北方文学"的时候,[102]显然流露了鲜明的浪漫主义倾向。

而这里所谓南方文学与北方文学之分,在很大程度上受到了孟德斯鸠(Montesquieu, 1689—1755)的地理环境决定论的影响。斯达尔夫人认为,地域和气候等因素是造成南北文学之间差别的主要原因之一。"南方的诗人不断地把清新的空气、繁茂的树林、清澈的溪流这样一些形象与人的情操结合起来。甚至在追忆

---

[99] 斯达尔夫人:《论文学》,徐继曾译,人民文学出版社,1986年,第52页。
[100] 同上书,第158页。
[101] 同上书,第145页。
[102] 同上书,第146页。

心之欢乐的时候,他们也总要把使他们免于受烈日照射的仁慈的阴影搀和进去。他们周围如此生动活泼的自然界在他们身上所激起的情绪超过了在他们心中所引起的感想。"[103] 相反,北方民族由于土地贫瘠和天气阴沉而无法享受生活的乐趣,萦怀于心的不是欢乐而是痛苦,由此便造成了他们忧郁的气质、沉思的精神和丰富的想象。然而,这种地理环境决定论却是相当幼稚浅薄的,并不足以解释各民族文学之间的差异。众所周知,自从古希腊罗马以来,欧洲各民族文学经历了多少翻天覆地的变化,相比之下,地域、气候等自然条件的变迁又显得何其微不足道。仅此一点,就足以使地理环境决定论不攻自破。

论"古典诗"与"浪漫诗"

诚然,斯达尔夫人在《论文学》一书中所说的南北文学之分,已隐含了新古典主义与浪漫主义的对比,而她的同情和倾向也是在新型文学一边的。不过,在具体论述中,她却保持了相当谨慎的态度,甚至企图在南方文学与北方文学之间进行调和折衷。她在《论文学》第二版序言中说:"谁要是没有研究过古代作家,不精通路易十四时代的古典作品,他就不可能成为优秀的文学家。但是,如果我们把能产生新的文学体裁、为人类精神开辟新的道路、为思想培养前途的一切东西都事先横加指摘,那么我们法国从此就休想文学界出现伟大的人物。"[104] 尽管她的倾向性是不言而喻的,可是,在此她仍然对法国新古典主义文学表示了应有的尊重。

真正的转折出现在她的《论德国》一书中。正如我们所知,斯达尔夫人因反对拿破仑于1803年流亡德国,在魏玛她会见了歌德和席勒,在柏林她与奥·威·史雷格尔一见如故。因此,她的见解深受后者的影响,并在该书第二部分"德国的文学与艺术"中致力于介绍德国浪漫派文学也就不足为怪了。可是,这部著作在当时的出版过程,却成了法国浪漫主义运动举步维艰的一个缩影。此书在1810年虽已付印,但旋即遭到了拿破仑政府的查禁。1813年,此书终于在伦敦得以出版,但直到1814年拿破仑垮台后才在巴黎发行。

在《论德国》一书中,斯达尔夫人不仅用"古典诗"和"浪漫诗"这一对概念取代了早先的南北文学之分,而且公开地打出了拥护浪漫主义文学的旗号。在她看来,"古典诗"与"浪漫诗"的区别,不只是表明存在着两种不同类型的文学,也是用来

---

[103] 斯达尔夫人:《论文学》,徐继曾译,人民文学出版社,1986年,第147页。
[104] 同上书,第5页。

说明文学史上古今趣味的巨大差异。正如斯达尔夫人所指出的:"人们有时把'古典'当作完美的同义词。我在这里取另一含义,即把古典诗看成古代的诗歌,而把浪漫诗看成某种意义上发源于骑士传统的诗歌。这种划分同世界分成两个时代也是有关的:一个是基督教确立之前的时代,另一个是基督教确立之后。"[105] 这样,斯达尔夫人就动摇了"古典诗"的权威性,仅仅把它与古代的多神教和古希腊罗马的社会体制联系在一起,并认定它只是一种古代的文学趣味;而"浪漫诗"则与基督教和骑士制度密切相连,代表了源自另一传统的近代文学趣味。

不难发现,斯达尔夫人的上述见解无非是重复了奥·威·史雷格尔的观点,并没有增添任何新东西,而且她也像德国批评家一样,将"古典诗"与"浪漫诗"作了一系列对比。在她看来,"古典诗"堪与雕塑相比拟,风格更为纯净;"浪漫诗"则与绘画相近似,表现更富于变化。在"古典诗"中,情节就是一切;而在"浪漫诗"里,性格则更为重要。"在古典诗中,主宰一切的是命运;在浪漫诗中,则是神意。命运视人类感情如草芥,而神意则仅根据感情判断行动"。[106] 凡此种种,不一而足。

然而,斯达尔夫人的用意却是明确无误的,那就是对新古典主义所标榜的趣味标准提出质疑,为法国文学的革新扫清道路。她旗帜鲜明地指出:

> 古人的诗作为艺术更纯净一些,而今人的诗歌却使读者挥洒了更多的热泪。但对我们来说,问题并不是要在古典诗与浪漫诗之间作抉择,而是在机械摹仿和自然启示之间作抉择。古代文学对今人而言是一种移植的文学;浪漫文学或曰骑士文学却是在我们自己家里土生土长的,使浪漫文学桃李竞放的乃是我们自己的宗教与制度……浪漫文学是唯一犹有改善余地的文学,因为它植根于我们自己的土壤上,是唯一能够成长并再度蓬勃发展的文学;它表达我们的宗教;它追忆我们的历史;它的源头是久远的,但绝非古旧的。[107]

显然,这是对长期以来统治法国文坛的新古典主义的彻底反叛。斯达尔夫人甚至认为,法国诗歌虽然在一切近代诗歌中最富于古典色彩,但却是唯一没有在民间普及的,毫无自己的民族特色。究其原因,就是因为它不是植根于本国的土壤中,

---

[105] 斯达尔夫人:《德国的文学与艺术》,丁世中译,人民文学出版社,1981年,第47页。
[106] 同上书,第49页。
[107] 同上书,第49—50页。

而是移植过来的东西，不得不受制于趣味方面最严厉的清规戒律。值得我们注意的是，斯达尔夫人在此突出强调了文学与社会制度、民族历史和宗教习俗之间的密切关系，因为只有采用这种历史主义观点，才能推翻新古典主义的批评体系。另一方面，当斯达尔夫人断言："古人的诗作为艺术更纯净一些，而今人的诗歌却使读者挥洒了更多的热泪"的时候，她无非是重复了《论文学》中的一个基本思想，即诗歌从根本上讲是诗人的内心情感的一种倾诉。这种情感主义诗论在她那里是如此根深蒂固，以致终其一生都从未放弃过。

"诗人只是把心灵深处被囚禁的感情解放出来"

早在《论文学》中，斯达尔夫人就出于情感主义的立场，得出以下两个结论：第一，尽管人类的精神生活和哲学思想是不断发展进步的，但诗歌却被排斥在这一规律之外。因为在她看来，诗歌作为一种纯粹的情感，不可能像理性的力量那样持续发展，日臻完美，"它可以在最初的一次诗情迸发中达到以后无法超过的某种美"。[108] 第二，斯达尔夫人认为："忧郁的诗歌是和哲学最为协调的诗歌。和人心的其他任何气质比起来，忧郁对人的性格和命运的影响要深刻得多。"[109] 而她之所以极力推崇北方文学，也在于忧郁的感情是北方文学的主要特色。尽管这两点颇有些自相矛盾，但却是斯达尔夫人纵论古今文学时的基本标准。

一般说来，斯达尔夫人对古希腊文学评价不高，原因之一就是古希腊人缺乏罗马人所特有的"那种发自内心深处的感情"。[110] 而在她看来，近代作家"唯一超出古人的地方就是表现更细腻的感情，以及由于对心灵的了解而使故事情节和人物性格变化无穷的才能"。[111] 莎士比亚之所以受到她赞赏，原因也在于"他是把精神痛苦描绘得淋漓尽致的第一人"，无论在刻画怜悯方面，还是表现恐惧方面都同样出色有力。[112] 斯达尔夫人盛赞18世纪英国诗人笔下流露出来的忧郁、沉思和孤独之情，对托马斯·格雷、奥利佛·哥尔斯密、爱德华·扬格等人的诗篇倾心不已。出于同样的鉴赏趣味，她也对18世纪以来的小说表示极大的好感，推崇撒缪尔·理

---

[108] 斯达尔夫人：《论文学》，徐继曾译，人民文学出版社，1986年，第38页。
[109] 同上书，第145页。
[110] 同上书，第73页。
[111] 同上书，第123页。
[112] 同上书，第158页。

查生、亨利·菲尔丁的小说，赞誉卢梭的《新爱洛绮斯》是"一部激动人心，热情洋溢的作品"。[113] 所有这一切评语，都是基于她的情感主义立场。

尽管《论德国》汲取了奥·威·史雷格尔的若干见解，但斯达尔夫人的核心观念似乎未受触动，其情感主义诗论可以归结为这样一句话："诗人只是把心灵深处被囚禁的感情解放出来。"[114] 而这种情感主义诗论，与其说是来自于德国浪漫派批评家，不如说渊源于狄德罗的早期理论。不仅如此，她甚至像狄德罗一样，也表现了某种程度的原始主义倾向。她断言："未开化的民族总是先会做诗；只要有一种激情在内心激荡，连最平庸的人也会不知不觉地用形象比喻说话。他们借助外界的自然景象来表达内心发生的无以名状的东西。普通人比有社会地位的人更容易成为诗人，因为礼仪和玩笑只能起限制作用，而不能产生任何作品。"[115]

在批评实践中，《论德国》也与《论文学》一脉相承，依然恪守着情感主义的标准。尽管斯达尔夫人广泛评述了18世纪德国文学，但她最看重的还是德国抒情诗的成就，对歌德、席勒和毕尔格尔的抒情诗篇大为赞赏。[116] 原因就在于这些抒情诗并不叙述任何情节，所抒发的乃是诗人自身的感受。相比之下，布瓦洛所制订的诗艺规则虽然使趣味和语言都臻于完美，可是对艺术的激情却是有害的，阻碍了法国抒情诗的发展。[117] 另一方面，斯达尔夫人对书信体小说也颇有好感，因为在她看来，"书信体裁的小说总是感情多于情节，古代人断然想象不出用这种形式来讲故事……但现在人类思想所渴求的，已经是对内心世界的见解，而不是编撰得天衣无缝的故事情节"。[118] 正是根据这一标准，斯达尔夫人认为，就文学成就而论，歌德的《少年维特的烦恼》远在《威廉·麦斯特的学习时代》之上。

在论及德国批评家对法国文学的认识时，斯达尔夫人突出强调了德、法两国作家应当相互理解，彼此学习的思想。这一点，也正是她撰写《论德国》一书的初衷。正如她在该书结尾处所指出的：

> 各民族之间要互相借鉴。谁要是自我剥夺本来可以互相借鉴的智慧，谁就要犯错误。一个民族同另一个民族之间的差别，其中有某些奇特的

---

[113] 斯达尔夫人：《论文学》，徐继曾译，人民文学出版社，1986年，第185页。
[114] 斯达尔夫人：《德国的文学与艺术》，丁世中译，人民文学出版社，1981年，第42页。
[115] 同上书，第43页。
[116] 同上书，第67页。
[117] 同上书，第45页。
[118] 同上书，第289页。

因素起作用：如气候、自然面貌、语言、政府，特别是历史事件（比任何其他因素都更强有力），它们都有助于这些差别的形成。任何人不管多么高明，都无法猜测在另一片土地上生活、呼吸着另一方空气的人脑子里自然发展着什么。所以不管在任何国家，总以对外国的思想采取欢迎态度为宜：因为，在这一类事情里，好客的态度对于当地的主人是大有裨益的。[119]

第六节　司汤达与雨果

斯达尔夫人的《论德国》虽然产生了广泛影响，但她所期待的那种对待外来文化的好客态度却并没有马上出现，法国文坛依然是新古典主义的一统天下。新型的浪漫主义文学要在此安营扎寨，必须进行一场艰苦卓绝的战斗。1822 年，英国的潘莱剧团来到巴黎上演莎士比亚戏剧，不料竟遭到巴黎观众的大喝倒彩。当时刚从意大利回国的司汤达（Stendhal, 1783—1842）立即作出反应，撰文予以评论，这就是后来以《拉辛与莎士比亚》(*Racine and Shakespeare*, 1823) 为题出版的小册子。

然而，司汤达的论著在当时并未引起多大反响。这场旷日持久的"古典诗"与"浪漫诗"之争，直到维克多·雨果（Victor Hugo, 1802—1885）的剧本《欧那尼》(*Hernani*, 1830) 成功上演才达到高潮。不过，往前推 3 年，雨果已在《〈克伦威尔〉序言》(*Preface to Cromwell*, 1827) 中，全面阐述了他的浪漫主义文学主张。从今天来看，尽管斯达尔夫人从德国首次引进了浪漫主义文学，司汤达在批判新古典主义诗学方面也功不可殁，但唯有雨果才建构了一种颇有价值的文学理论。

司汤达的《拉辛与莎士比亚》

毫无疑问，司汤达的《拉辛与莎士比亚》是法国浪漫主义运动进程中的一个有机组成部分，其基本精神与斯达尔夫人的《论德国》可谓一脉相承。然而，与前人相比，司汤达对新古典主义的批判显得态度更坚决，措辞也更激烈。在该书序言中，司汤达这样写道：

---

[119] 斯达尔夫人：《德国的文学与艺术》，丁世中译，人民文学出版社，1981 年，第 325 页。

> 如果我们仍然按照路易十四时代的老路继续走下去，我们就只好永远是苍白无力的摹仿者……一切都使人相信：我们在诗的领域中同样也处于革命的前夜。作为浪漫艺术的捍卫者，我们直到取得胜利之前，都要受到百般攻击，在所难免。伟大胜利的一天终要到来，法国青年一代也将要觉醒。那时，高贵的青年一代将会奇怪自己在过去很长时期曾经这样认真地称赞如此无聊愚蠢的东西。[120]

不过，平心而论，除了这些火药味十足的言论之外，司汤达的《拉辛与莎士比亚》并没有提供多少建设性的理论见解。他所涉及的那些问题，诸如"三一律"、笑与喜剧、"古典诗"与"浪漫诗"的对比等等，都是前人早已谈论过的话题。

《拉辛与莎士比亚》的第一章题为"为创作能使1823年观众感兴趣的悲剧，应该走拉辛的道路，还是莎士比亚的道路？"，主要讨论"三一律"问题。司汤达认为，地点整一律和时间整一律只是法国戏剧的一种根深蒂固的习惯，一种世代因袭的教条，从根本上讲，"这种整一律对于产生深刻的情绪和真正的戏剧效果，是完全不必要的。"[121] 但是，司汤达对"三一律"的剖析，几乎完全来自于约翰逊的《〈莎士比亚戏剧集〉序言》，虽然他对此只字未提。他甚至假设，如果拉辛还生活在当今世界，他也不会按照"三一律"来写作。相反，他按新规则创作出来的戏剧却会使观众泪如泉涌，而不只是引起一点冷漠的反应。

《拉辛与莎士比亚》第二章的主题，是对法国新古典主义喜剧的批判。在这里，司汤达援引了托马斯·霍布斯（Thomas Hobbes, 1588—1678）在《利维坦》（*Leviathan*, 1651）一书中给"笑"所下的定义，即笑是由于出乎意料地看到我们比别人优越而产生的反应。因此，司汤达认为，一目了然和出乎意料是喜剧性的两个基本条件，而怀有恶意的玩笑，则会使喜剧的效果丧失殆尽。以这一标准来衡量，"莫里哀的喜剧浸透讽刺太多，以致往往不能提供愉快的笑的感受"。[122]

在《拉辛与莎士比亚》的第三章中，司汤达对"浪漫主义"所作的界定是："浪漫主义是为人民提供文学作品的艺术，这种文学作品符合当前人民的习惯和信仰，所以它们可能给人民以最大的愉快。"而新古典主义则相反，它所"提供的文学是给

---

[120] 司汤达：《拉辛与莎士比亚》，王道乾译，上海译文出版社，1979年，第4页。
[121] 同上书，第6—7页。
[122] 同上书，第21页。

他们的祖先以最大的愉快的"。[123] 司汤达由此认为，凡是为当代人写作的，就是浪漫主义；凡是将当代人的道德习惯和宗教信仰弃置不顾，一味摹仿古人的，就是古典主义。从这个意义上说，浪漫主义并不主张摹仿莎士比亚，"我们应该向这位伟大人物学习的是：对我们生活于其中的世界的研究方法，和为我们同时代人创作他们所需要的悲剧的艺术"。[124] 令人感到惊异的是，索福克勒斯、欧里庇得斯、但丁和拉辛由于为同时代人写作，而被司汤达称为"卓越的浪漫主义者"，相反，拜伦和席勒却被指责为缺乏浪漫主义精神。由此可见，司汤达赋予"浪漫主义"这一概念的含义，与后人对它的理解大相径庭。

《拉辛与莎士比亚》的第二部分发表于1825年，是对新古典主义卫道士路易·奥瑞所作的严厉批驳。在这里，司汤达继续抨击"三一律"和亚历山大诗体，抨击法国文坛一味拟古的陈规陋习，并呼吁建立一种新型的浪漫主义悲剧。在他看来，这种浪漫主义悲剧务必打破以往的清规戒律，它是"用散文体写的，剧中情节发展在观众看来经过几个月，在一些不同的地点发生"。[125] 而新古典主义作家所袭用的亚历山大诗体只配当作"一种掩饰愚蠢的遮羞布"。[126] 司汤达重申了此前的观点："一切伟大作家都是他们时代的浪漫主义者。在他们死后一个世纪不去睁开眼睛看，不去摹仿自然，而只知抄袭他们的人，就是古典主义者。"[127] 因此，他严正声明：

> 谁说要给伏尔泰、拉辛、莫里哀这些不朽的天才喝倒彩？我们可怜的法兰西，就是再过八个或十个世纪，也未必再遇到能与他们相媲美的不朽天才。谁又敢妄想和这些伟大人物并驾齐驱？这些伟大人物曾经是带着镣铐走上竞技场的，他们虽然带上镣铐，依然英姿勃勃，优美动人……倘若有人为1824年观众的要求进行创作，仍然像高乃依和拉辛那样对什么都怀有戒心、没有信念、没有激情，仍然保持作伪说谎的习惯、诚惶诚恐、怕受牵连、满腔青春时期的忧郁，如此等等，那么，真正的悲剧在一两个世纪中也不可能产生。[128]

---

[123] 司汤达：《拉辛与莎士比亚》，王道乾译，上海译文出版社，1979年，第26页。
[124] 同上书，第31页。
[125] 同上书，第55页。
[126] 同上书，第59页。
[127] 同上书，第71—72页。
[128] 同上书，第71—72页。

总之，挣脱沉重的镣铐，为同时代人写作，为他们提供最大的愉快，这就是司汤达所理解的浪漫主义精神。尽管这种理解谈不上有什么理论建树，但他的《拉辛与莎士比亚》却在新古典主义的防御工事上打开一个缺口，从此，浪漫主义的洪流便趁势而入，锐不可当。

《〈克伦威尔〉序言》及其他论文

早在《短曲与民谣集》（*Odes and Ballades*）1826 年序言中，雨果就摹仿司汤达的论调，向新古典主义的教条发起了挑战。他指出：

> 谁去摹仿一个浪漫主义者，就必然成为一个古典主义者，因为他是在摹仿。哪怕你是拉辛的回响或者是莎士比亚的返照，你总不过是声回响，是个返照……诗人只应该有一个模范，那就是自然；只应该有一个领导，那就是真理。他不应该用已经写过的东西来写作，而应该用他的灵魂和心灵。[129]

因此，他坚决主张打破那些清规戒律，废除各种文学体裁之间的森严壁垒，代之以新型的文学样式，"因为在小说里富有戏剧性的东西在舞台上也富有戏剧性；在诗歌中富有抒情意味的东西，在歌曲中也会有抒情性；归根到底，在精神作品中，唯一真正的区别就是'好的'和'坏的'之间的区别"。[130] 然而，这毕竟是一些零星的见解，系统的美学纲领要在后来的《〈克伦威尔〉序言》中才得到详尽的阐述。

作为法国浪漫主义文学的宣言，《〈克伦威尔〉序言》从一开篇就闯入了文学史领域，把迄今为止的西方文学史划分为三个阶段。按照雨果的描述，原始时代的诗歌是抒情性的，以颂歌的形式歌唱着永恒，代表作便是《圣经》中的"创世纪"。随后，既然战争和迁徙是古代社会的特征，那么诗歌也就由抒情过渡到叙事。不仅荷马史诗传颂着那个时代的历史，就连古希腊悲剧也散发着史诗的气息。近代社会是随着基督教的传入而诞生的，而基督教则向人们昭示了灵与肉的二元冲突。因此，唯有兼容了滑稽丑怪和崇高优美的戏剧才能描绘出人生的真实。在雨果看来，莎士比亚戏剧是近代诗歌的顶峰，甚至但丁的《神曲》和弥尔顿的《失乐园》也首先是

---

[129] 雨果：《〈短曲与民谣集〉1826 年序言》，见《雨果论文学》，柳鸣九译，上海译文出版社，1980 年，第 90—91 页。

[130] 同上书，第 88 页。

戏剧，然后才称得上是史诗。由此，雨果指出："从基督教中诞生出来的诗，我们时代的诗，就是戏剧。戏剧的特点就是真实；真实产生于两种典型，即崇高优美与滑稽丑怪的非常自然的结合，这两种典型交织在戏剧中就如同交织在生活中和造物中一样。因为真正的诗，完整的诗，都是处于对立面的和谐统一之中。"[131]

对一部文学史作如此粗略的概括，显然是经不起认真推敲的。更何况，当雨果把基督教视为近代诗歌的源泉，声称它孕育了忧郁的情感时，也无非是重复了斯达尔夫人的见解。然而，与斯达尔夫人不同的是，雨果却绕过了情感主义诗论的暗礁，独出心裁地阐发了一套崇高优美与滑稽丑怪对立统一的诗歌理论。这在法国文学批评中是一个全新的思想，其意义远远超出了他所涉及的文学史范围。

雨果认为，古代诗歌仅仅从一个角度去观察自然，因而往往将滑稽丑怪拒之门外，其艺术尚处在幼稚的阶段。近代的诗神则凭借基督教精神的引导，以高瞻远瞩的目光来观察自然。于是，"她会感到，万物中的一切并非都是合乎人情的美，她会发觉，丑就在美的旁边，畸形靠近着优美，丑怪藏在崇高的背后，美与恶并存，光明与黑暗相共"。[132] 正因为这样，在近代文学中就出现了新的类型和新的形式，这个新的类型就是滑稽丑怪，这个新的形式就是喜剧。因此，近代艺术的一大特色，就在于把滑稽丑怪作为崇高优美的对立面同时加以表现。正如雨果所强调的：

> 根据我们的意见，滑稽丑怪作为崇高优美的配角和对照，要算是大自然给予艺术的最丰富的源泉……古代庄严地散布在一切之上的普遍的美，不乏单调之感；同样的印象老是重复，时间一久也会使人生厌。崇高与崇高很难产生对照，人们需要任何东西都要有所变化，以便能够休息一下，甚至对美也是如此。相反，滑稽丑怪却似乎是一段稍息的时间，一种比较的对象，一个出发点，从这里我们带着一种更新鲜更敏锐的感受朝着美而上升。鲵鱼衬托出水仙；地底的小神使天仙显得更美。[133]

更重要的是，滑稽丑怪与崇高优美不仅要彼此对照，而且还应当在艺术中互相结合，和谐统一。"因为真正的诗，完整的诗，都处在对立面的和谐统一之中"，如果把这两者截然分开，必然导致"恶习和可笑的抽象化"与"罪恶、英雄主义和美德的抽

---

[131] 雨果：《〈克伦威尔〉序言》，见《雨果论文学》，柳鸣九译，上海译文出版社，1980年，第44—45页。
[132] 同上书，第30页。
[133] 同上书，第35页。

象化"。[134]因此，在艺术作品中，滑稽丑怪与崇高优美应该内在地结合起来，互相渗透，彼此交织，唯有如此才能构成一个有机整体。

而对雨果来说，强调滑稽丑怪在近代艺术中的作用，也意味着与新古典主义诗学体系实行彻底决裂，为创作自由和艺术的多样化辩护。第一，既然崇高优美与滑稽丑怪的结合，也意味着悲剧与喜剧的结合，那么，浪漫主义戏剧就应将严肃的乐趣与诙谐的乐趣融合在一起，"使观众每时每刻从严肃到发笑，从滑稽的冲动到痛苦的激情，从庄重到温柔，从嬉笑到严肃"。[135]第二，既然悲剧与喜剧的界限已被打破，那么，废弃"三一律"便是顺理成章的。如果说只有情节整一律才是唯一正确的法则的话，那么，地点整一律和时间整一律就是与戏剧的本质毫不相干的僵死教条。雨果嘲笑道："如果一个鞋匠给大小不同的脚做同样大小的鞋，岂不好笑，但竟然有人把时间一致和地点一致的规则交错起来，成为鸟笼的方格，然后用亚理斯多德的名义傻头傻脑地把一切事件、一切民族和各种形象都塞进去！"[136]第三，艺术也不应当摹仿任何人，无论是摹仿莎士比亚还是莫里哀，抑或是摹仿席勒还是高乃依，"巨人身边的寄生者充其量也不过是个侏儒"。[137]

总之，像许多革新者一样，青年雨果也不无偏激地试图否定一切传统，抛弃一切规则，在文学领域掀起一场翻天覆地的革命。他大声疾呼：

> 我们要粉碎各种理论、诗学和体系。我们要剥下粉饰艺术的门面的旧石膏。什么规则、什么典范，都是不存在的。或者不如说，没有别的规则，只有翱翔于整个艺术之上的普遍的自然法则，只有从每部作品特定的主题中产生出来的特殊法则。[138]

雨果的莎士比亚评论

真是说不尽的莎士比亚，说不尽的莎士比亚评论！正像当年莱辛、赫尔德和歌德在创建德国民族文学的过程中，极力推崇莎士比亚一样，法国浪漫主义批评家也高擎起莎士比亚这面大旗，为创造与时代合拍的新文学而助威呐喊。斯达尔夫人如

---

[134] 雨果：《〈克伦威尔〉序言》，见《雨果论文学》，柳鸣九译，上海译文出版社，1980年，第45页。
[135] 同上书，第81页。
[136] 同上书，第51页。
[137] 同上书，第60页。
[138] 同上书，第58—59页。

此，司汤达如此，雨果更是如此。从青年时代起，这位法国浪漫主义文学的主将就把莎士比亚视为近代艺术的顶峰，始终对他推崇备至。

尚在《〈克伦威尔〉序言》中，雨果就把莎士比亚视为崇高优美与滑稽丑怪相结合的完美典范。在他看来，正因为莎士比亚在悲剧中插入了喜剧的成分，在崇高优美中掺进了滑稽丑怪的因素，他的戏剧才显得如此富于变化，丰富多彩。雨果认为，滑稽丑怪作为莎士比亚戏剧中一个必不可少的因素，"有时，它引人发笑，有时，它又在悲剧中制造恐怖。它使罗密欧碰到了卖药者，麦克白遇上了三女怪，哈姆莱特遇到了掘墓人。有时，它还能够把刺耳的声音和谐地混合在心灵的最高尚、最悲哀、最虚无缥缈的音乐中，如李尔王和他的弄臣的那一幕"。从这个意义上说，莎士比亚是无从摹仿的，"因为这位戏剧之神把我们剧坛上高乃依、莫里哀、博马舍这三大戏剧家的天才特征，像三位一体一样早已结合在自己的身上了"。[139]

应当承认，雨果在流亡时期所写的《莎士比亚论》(*William Shakespeare*，1864)并不是一部成功的批评著作。为了反驳以往批评家对莎士比亚的指责，雨果几乎不加斟酌地给这位戏剧家加上了许多赞誉之词。然而，强调美丑善恶的对照和统一，依然是贯穿整个《莎士比亚论》的核心思想。雨果在此反复引述了"Totus in antithesi"（"整体由对立面构成"）这一拉丁文的成语，认为莎士比亚的天才就表现在"从正反两个方面去观察一切事物的那种至高无上的才能"。[140] 他还进一步指出：

> 莎士比亚的对称，是一种普遍的对称；无时不有，无处不在；这是一种普遍存在的对照，生与死、冷与热、公正与偏倚、天使与魔鬼、天与地、花与雷电、音乐与和声、灵与肉、伟大与渺小、大洋与狭隘、浪花与涎沫、风暴与口哨、自我与非我、客观与主观、怪事与奇迹、典型与怪物、灵魂与阴影。正是以这种现存的不明显的冲突、这种永无止境的反复、这种永远存在的正反、这种最为基本的对照、这种永恒而普遍的矛盾，伦勃朗构成他的明暗，比拉奈斯构成他的曲线。[141]

简言之，正是这些对立面的冲突和统一，构成了莎士比亚创作的丰富、繁茂和伟大，也正是这些对立面的冲突和统一，使莎士比亚不为任何规则所束缚，自由地创造出

---

[139] 雨果：《〈克伦威尔〉序言》，见《雨果论文学》，柳鸣九译，上海译文出版社，1980年，第48页。
[140] 雨果：《莎士比亚论》，见《雨果论文学》，柳鸣九译，上海译文出版社，1980年，第152页。
[141] 同上书，第156页。引文中提到的伦勃朗（Rembrandt, 1606—1669）是荷兰著名画家。比拉奈斯（Piraness, 1720—1778）是意大利著名建筑家和雕刻家。

绚丽多姿的一切。

当然，雨果的《莎士比亚论》并不局限于讨论莎士比亚，还涉及到其他一些文学理论问题。在雨果看来，文学艺术对人类文明进步起着巨大的推动作用："人民的心灵与作家的心灵相互沟通交流究竟能发出多少光明，那是任何人都预料不到的。人民的心与诗人的心互相结合，就会成为蓄存文明的伏特电池。"[142] 要消除时代的罪恶，关键就在于要在人类的灵魂中再度燃起理想的火焰。那么，"你到哪里去取得理想呢？到有理想的地方去取得。诗人、哲学家、思想家都是带着理想的孢子囊。理想就在埃斯库罗斯、以赛亚、朱文纳尔、但丁、莎士比亚这些人的作品里"。[143] 由此可以理解，雨果要求诗人"歌唱理想，热爱人类，信仰进步，祈求永恒"。[144] 因此，就像雪莱的《为诗辩护》一样，在雨果的这些文论中，也回荡着一种高昂的理想主义旋律，以充满诗意的夸张论调捍卫了诗歌的崇高价值。

第七节　爱伦·坡

作为美国文学批评的开创者之一，埃德加·爱伦·坡（Edgar Allan Poe，1809—1849）在批评史上占据着一个独特的地位。这倒并非因为他写过什么大部头的理论著作，事实上，除了早期零星的批评文字外，爱伦·坡的文学思想都集中体现在三篇论文中，即《评霍桑的〈重讲一遍的故事〉》（*A Review of Hawthorne's Twice Told Tales*，1842）、《创作哲学》（*The Philosophy of Composition*，1845）和《诗歌原理》（*The Poetic Principle*，1848）。但正是这些论文，表明他处在西方文论演变的转折点上。一方面，爱伦·坡的诗歌观念深受康德、华兹华斯和柯勒律治的影响，但他又表述了一套与浪漫主义批评不尽相同的诗歌理论。另一方面，爱伦·坡的诗歌理论在法国找到了知音，深得波德莱尔、马拉美和瓦莱里等人的赏识。不过，爱伦·坡的诗论毕竟与象征主义诗学还有一段距离，任何过高的评价都是不恰当的。

写诗"像演算数学题那样精确和严密"

正如我们所知，自从柏拉图把诗人的创作归结为灵感和迷狂，突出强调了艺术

---

[142] 雨果：《莎士比亚论》，见《雨果论文学》，柳鸣九译，上海译文出版社，1980年，第179页。
[143] 同上书，第181页。
[144] 同上书，第188页。

创作中的非理性因素以来，历代诗人便对诗歌的创作过程讳莫如深，使这一问题从此蒙上了一层神秘的色彩。爱伦·坡的奇异之处就在于，他一方面在作品中追求那些怪诞、离奇的神秘色彩，另一方面，他又把创作活动描述为一个高度自觉的、理性运筹的过程，彻底否定了灵感在诗歌创作中所起的作用。

爱伦·坡在《创作哲学》中谈到，许多诗人都愿意让人们相信，他们是凭借着某种神奇的狂放或迷狂的直觉而写作的。倘若允许公众看看幕后的情景，他们一定会不寒而栗。因为他们不愿让公众知道苦心构思和反复修改的过程，怕他们见到幕后的种种机关和道具。因此，与以往诗人不同，爱伦·坡试图通过追述自己写作《乌鸦》（*The Raven*）一诗的过程，来证明文学创作完全是一种自觉的理性活动。正如他所说的：

> 我的目的是要表明在这首诗的整个创作过程中，丝毫也没有可以归结为偶然或直觉的东西——作品逐步地展开，直至完成，就像演算数学题那样精确和严密。[145]

按照爱伦·坡的描述，《乌鸦》一诗的写作过程大体包括了以下步骤：首先，要考虑的是诗的长度。任何文学作品如果不能一次读完，那么，这个美的整体性就会受到破坏。因此，一切文学作品都应当有一个长度的极限，诗歌尤其如此。基于这一考虑，他决定将《乌鸦》写成 100 行左右，最后完稿时实际写成了 108 行。其次，要选择诗的最佳效果。在爱伦·坡看来，"美是诗歌唯一合法的领域"，因为"那同时最强烈、最振奋和最纯净的愉悦唯有在沉思美的时候才会发现"。任何美的极致都必然将引起敏感的心灵伤心落泪，而"忧郁是一切诗歌情调中最合法的"。[146] 第三，采用迭句（refrain）作为全诗结构的基调。这就是在每一诗节的结尾，由不详之鸟——乌鸦重复说出"永远不再"（nevermore）一词，唯有如此才与全诗的忧郁情调相和谐。那么，哪一种情调最忧郁呢？无疑是死亡，尤其是一位美丽女性的死亡，是最富于诗意的。如果由悼念死者的恋人来表达这一主题，那就再恰当不过了。诗人于是决定由悼念死者的恋人来发问，由乌鸦来作答，并预先确定了结尾时的高潮。再下一步，就是要选择诗的节奏和韵律。最后，则要确定诗中的时间、地点和情境。

于是，一首诗就这样诞生了：在风雨交加的夜晚，一只乌鸦从窗外飞进屋里，

---

[145] E. A. Poe, "The Philosophy of Composition", in Sculley Bradley ed., *The American Tradition in Literature,* third edition, W. W. Norton & Company, Inc., 1967, vol. 1, p.889.

[146] Ibid., p.890.

落在洁白的雅典娜女神雕像上，年轻的恋人与乌鸦之间展开了问答。而乌鸦单调重复的"永远不再"一词，竟勾起了他的无限忧伤……爱伦·坡由此得出结论："独创性（除非是具有非同寻常的才智）并不像有些人所认为的那样，是凭借冲动或直觉。一般来说，要有所发现，就必须辛勤探索，即使是一种最高等级的积极优点，要获得成功也应当否定多于创造。"[147]

对于爱伦·坡所描述的这个过程，波德莱尔这样评论道："他肯定拥有巨大的天才和比任何人都多的灵感，如果灵感指的是毅力、精神上的热情、一种使能力始终保持警觉，呼之即来的能力的话。但他也比任何人都喜欢锤炼，他是个十足的怪人，可他常说独创性是练习的结果……他是否出于一种奇怪而有趣的虚荣显得远不像实际上那么有灵感？他是否为了赋予意志更大的作用而减弱了他身上的非理性的能力？我相当倾向于这种看法。"[148] 当然，问题并不在于爱伦·坡是否故意掩饰了创作活动中的非理性因素，而在于他的这一见解确乎有助于克服浪漫主义诗人侈谈灵感和直觉的流弊。也正由于这个缘故，后来的法国象征主义诗人都对他的诗论报以同情的理解。

爱伦·坡诗论的另一特点，是他对作品效果的高度重视。且不说诗歌创作要着眼于它的效果，然后去搜寻创造这种效果的题材、情调和韵律的组合，就是构思一篇小说，也应当首先考虑它所要取得的效果。他指出：

> 一位富于技巧的文学艺术家构思了一个故事，倘若聪明的话，他就不是把自己的思想纳入他的情节，而是精心构思出某种独特的、与众不同的效果，然后再虚构这些情节——接着他把这些情节组合起来，以便更好地帮助他实现这一预期的效果。[149]

不仅如此，作品的审美价值也是依据它的效果而定的。他反复强调："诗之为诗，只是因为它通过振奋而强烈地激动心灵"，[150] "一首诗只是由于它振奋心灵引起激动

---

[147] E. A. Poe, "The Philosophy of Composition", in Sculley Bradley ed., *The American Tradition in Literature,* third edition, W. W. Norton & Company, Inc., 1967, vol. 1, p.893.

[148] 波德莱尔：《一首诗的缘起》，见《波德莱尔美学论文选》，郭宏安译，人民文学出版社，1987年，第210页。

[149] E. A. Poe, "A Review of Hawthorne's Twice Told Tales", in *The American Tradition in Literature,* third edition, W. W. Norton & Company, Inc., 1967, vol. 1, p.883.

[150] E. A. Poe, "The Philosophy of Composition", in *The American Tradition in Literature,* third edition, W. W. Norton & Company, Inc., 1967, vol. 1, p.889.

而获得诗的头衔。诗的价值是与这种令人振奋的激动成正比的。"[151] 根据一种似是而非的心理学假设，爱伦·坡断言，一切强烈的激动都是短暂的，假如作品要取得预期的效果，就必须严格限定它的篇幅。因此，长诗实际上是不存在的，"我们所说的长诗，实际上只是一连串的短诗——即一连串的短暂的诗意效果"，所谓"一首长诗"只不过是措辞上的明显矛盾罢了。[152] 就此而论，荷马史诗与《失乐园》只不过是一系列短诗而已。长篇小说也难以收到预期的效果，由于无法将它一口气读完，势必就会丧失其艺术上的整体性。

古往今来，侈谈阅读文学作品的心理效果和生理反应的大有人在，但大多局限于一己的阅读经验，未能将一般心理体验与审美经验区分开来。更何况，作品的效果并非只是引起读者的"强烈的激动"，它也是一个由读者的期待、预测、回忆、联想、思索和判断组成的极为复杂的过程。至于爱伦·坡对长诗和长篇小说的看法，更是建立在一种心理学假设的基础上，在文学史的大量事实面前几乎不攻自破。当然，这也表明，传统的体裁理论在浪漫主义时代遇到了严峻的挑战，史诗的崇高地位已遭到怀疑，而抒情诗却被越来越多的人视为纯正的文学体裁。

真正的诗"完全是为诗而写的"

在《诗歌原理》一文中，除了继续讨论诗的效果和长度之外，爱伦·坡还对所谓"教训诗的异端"（the heresy of the Didactic）作了抨击。他坚决反对在诗歌中传授真理或灌输道德教训，认为诗歌的大敌就是这种"说教诗的异端"，因而对当时的超验主义诗人颇有微词：

> 一切诗歌的最终目的是真理，这一点已被默然地和公开地、直接地和间接地假定了。据说，每一首诗都应该谆谆教导一则道德教训；而且根据这一道德教训来评判作品的诗歌价值。我们美国人尤其庇护这种高见，而我们波士顿人更是特别把它充分加以发展了……然而，一个简单的事实是，只要我们观察自己的心灵，我们即刻就会在那儿发现，太阳下面也不可能有比这样一首诗更为高贵、更为崇高的作品——我说的是这首诗本身，

---

[151] E. A. Poe, "The Poetic Principle", in *The American Tradition in Literature,* third edition, W. W. Norton & Company, Inc., 1967, vol. 1, p.897.

[152] E. A. Poe, "The Philosophy of Composition", in *The American Tradition in Literature,* third edition, W. W. Norton & Company, Inc., 1967, vol. 1, p.889.

它就是一首诗而不是别的什么——这首诗完全是为诗而写的。[153]

显然,爱伦·坡的这一主张是唯美主义的先声,而所谓"为诗而写的诗",其实质也就是"为艺术而艺术"的翻版。

而追根溯源,当爱伦·坡把人的精神世界分为纯粹知性、趣味和道德感三个不同的领域时,无非是重复了康德的见解。尽管爱伦·坡并不否认这三者之间的相互联系,但他却更强调它们各自的差异。在他看来,诗歌与真理无涉,也与道德了无干系。如果不顾它们之间的差异,"企图调和油一般的诗歌与水一般的真理",那是注定要失败的。[154] 爱伦·坡甚至断言,诗歌的情感不同于一般激情,前者来自于对美的沉思,后者则是一种心灵的激情,与审美的情感有所不同。

在爱伦·坡看来,不论具有怎样燃烧的热情,也不论将通常的景象、声音、气味、颜色和感情描写得怎样生动真实,一个人仅仅会咏唱还不足以被称为诗人。因为我们还有一种难以遏制的渴望,一种对永恒的美的追求。正像爱伦·坡所说的:

> 这是飞蛾对星星的向往。它不仅是对呈现于我们眼前的美的欣赏——而且还是一种力求企及上界的美的狂热努力。由于被来世荣耀的狂喜预见所激发,通过时间之内种种事物和思想之间的多种形式的组合,我们才能力争达到一部分美境,而这些要素也许仅仅属于永恒世界。于是,每当诗歌——或每当音乐这种诗歌情绪中最令人着迷的——使我们发现自己被感动得化为泪水——我们哭泣——并非像葛拉维纳所设想的那样是由于极度快乐——而是由于某种易于触发、忍受不了的悲哀,因为我们在现世尚不能完全地、永久地把握那些神圣的和令人销魂的喜悦,唯有通过诗歌或通过音乐,我们才能短暂而隐约地瞥见它。[155]

然而,由于强调诗歌不仅要表现感官的美,还应该努力把握"上界的美"(the Beauty above)和"超凡的美"(supernal Beauty),爱伦·坡的上述言论也时常引起人们的误解,甚至被视为象征主义诗论的先声。其实,他并不懂得隐喻和象征在诗歌中的特殊意义,也并不把感官的美与超凡的美看作是一种彼此对应的关系。从这

---

[153] E. A. Poe, "The Poetic Principle", in *The American Tradition in Literature,* third edition, W. W. Norton & Company, Inc., 1967, vol. 1, p.901.

[154] Ibid., p.901.

[155] Ibid., p.902. 文中提到的乔万尼·葛拉维纳(Giovanni Gravina, 1664—1718)是意大利批评家。

个意义上说,他的诗论与其说是象征主义的,莫如说是新柏拉图主义的。换言之,在爱伦·坡看来,诗人不仅要表现那种给人带来感官愉悦的美,而且应该超越感官的局限而力求达到一种对世界本体的把握,达到一种彼岸的美。

值得人们注意的是,正是由于意识到那种超凡的美的神秘性和朦胧性,爱伦·坡突出强调了诗歌与音乐的密切关系。他在《诗歌原理》中这样写道:"音乐通过它的格律、节奏和押韵的各种方式,而成为诗歌中如此重大的契机,以致拒绝它便绝不明智——音乐是如此重要的一个助手,以致谁拒绝它的帮助,谁就简直是愚蠢,因而我现在毫不犹豫地坚持它的绝对重要性。或许正是在音乐中,每当诗的情感被它激发起来,为之努力的灵魂才最接近于那伟大的目标——超凡的美的创造……因此,毫无疑问,在诗歌与通常意义上的音乐的结合中,我们将发现诗歌发展的最广阔的领域。"[156] 在这一点上,爱伦·坡的诗论与法国象征主义诗人的见解恰好不谋而合。

总之,爱伦·坡的诗歌理论在以下两个方面产生了重大影响:其一,通过改造和发挥康德的美学思想,爱伦·坡抨击了"说教诗的异端",而主张"为诗而诗",从而开启了19世纪唯美主义理论。其二,他对诗歌创作灵感的断然否定,对诗歌与音乐之间关系的高度重视,也为后来的法国象征主义诗人所推崇。然而,正如我们已经指出的,爱伦·坡并不是一个象征主义者。他的诗歌观念植根于浪漫主义批评传统之中,只是在对若干问题的看法上,他才有所偏离,有所突破。

第八节 爱默生

在题为《美国学者》(*The American Scholar*, 1837)的著名演说中,拉尔夫·沃尔多·爱默生(Ralph Waldo Emerson, 1803—1882)为创建具有民族特色的美国文学而大声疾呼:

> 我们依赖旁人的日子,我们师从它国的长期学徒时代即将结束。在我们的四周,有成千上万的青年正在走向生活,他们不能老是依赖外国学识的残余来获得营养……谁能够怀疑我们的诗歌复兴?谁敢说它不会迈入

---

[156] E. A. Poe, "The Poetic Principle", in *The American Tradition in Literature,* third edition, W. W. Norton & Company, Inc., 1967, vol. 1, p.903.

一个新时代，就像天文学家宣布的那颗天琴星座中闪闪发亮的明星，终究有一天会变成光照千年的北极星？[157]

毫无疑问，这也是19世纪美国作家普遍关心的一个问题，而爱默生的这篇演说因此被誉为"精神上的独立宣言"。

不过，要评述爱默生的文学理论却并不是一件轻松愉快的事。他的批评论著很少涉及具体的作家作品，在理论上则不仅过多地重复别人，也过多地重复了自己。加上那种思路散漫、天马行空的文风，更使阅读他的著作成了一件苦差事。尽管如此，爱默生在继承歌德、柯勒律治和卡莱尔等人的文学见解基础上，还是阐发了一套独特的象征理论和创作理论，从而丰富了浪漫主义批评传统。

论艺术与自然的关系

作为一个超验主义思想家，爱默生在他的《论自然》（Nature，1836）中全面阐述了一种新颖的宇宙观。在他看来，宇宙是由自然和心灵组合而成的，而贯穿宇宙万物的则是一种精神法则，一种最高的理性。不仅人类的肉体和心灵出自于它，就是物质世界也起源于同一种精神。换言之，这一宇宙法则是所有事物之所以存在的理由，而真、善、美不过是它的不同侧面。因此，在自然与心灵之间，存在着某种和谐的默契关系。自然向人们默默地显示着某种精神的含义，而人的心灵愉悦也来自于人与自然的和谐。爱默生由此强调："心灵与事物的关系并非是某个诗人的幻想，它是由上帝的意志决定的，因而人人都可以理解它。它时而向人们显示自己，时而又隐藏不露。"[158]正是在这种宇宙观的基础上，爱默生建构了他的美学理论。

在爱默生看来，人对自然的关系，包括了求真、致善、爱美等三个方面。而从审美的角度看，大自然则满足了人类的爱美之心。对此，我们可以从以下三个层面来加以认识。首先，自然形式的单纯感觉就是令人愉悦的，尽管这种生动可感的形式只是自然美的最起码的部分。当人们从闹市的喧嚣中脱身，重新见到久违的蓝天和绿树时，他们便摆脱了重负，恢复了健康。其次，自然美还仿佛与人类的英雄行为达成了某种默契，总是像空气一样无所不在地包围和衬托着人类的壮举。"大自

---

[157] 爱默生：《美国学者》，见吉欧·波尔泰编《爱默生集》，赵一凡等译，生活·读书·新知三联书店，1993年，第62页。

[158] 爱默生：《论自然》，见《爱默生集》，生活·读书·新知三联书店，1993年，第26页。

然伸出手臂拥抱人类，是为了让他的思想变得像天地一样开阔宏伟。大自然心甘情愿地用玫瑰花和紫罗兰铺设人类走过的道路，并以它壮丽优雅的线条去装饰自己亲爱的孩子。"[159] 因此，"美是上帝赋予美德的标记"。[160] 最后，自然美除了与美德相联系之外，还与人类的思想有关，即通过另一层面的观照，把它变成一种智力的对象。有一些人对美充满着爱慕之情，这种对美的热爱可以称为"趣味"；另一些人则企图用新的形式去表现它，这种美的创造便是人们通常所谓的"艺术"。

那么，什么是艺术呢？爱默生这样指出：

> 一件艺术品是世界的抽象或撮要表现。它是大自然的结晶或表现，却采取了微缩的形式……诗人、画家、雕刻家、音乐家和建筑师们无不竭力谋求把世界的这种光彩集聚在一个焦点之下，他们每个人都力图在几件作品中满足自己的爱美之心——而正是这种爱美的冲动激励他们不断创造艺术。这便是艺术的含义，即大自然经过人提炼加工之后的结晶。因此在艺术中，是大自然通过人的意志发挥作用，而人本身又充满着自然最初造化之美。[161]

这就是说，艺术创造与大自然都遵循着同一法则，所不同的只是艺术是经过人提炼加工后的自然，从而比大千世界更集中、更凝练、更典型罢了。

正是基于以上认识，爱默生阐发了一套独特的象征理论。他认为，词语是自然事物的象征，具体的自然事物是具体的精神事物的象征，而大自然又是精神的象征。[162] 在爱默生看来，人类最初说的是一种比喻性的语言，用具体事物的名称来表达类似的精神活动。因此，"当我们追溯历史时，语言变得越来越有诗情画意；而到了历史发端阶段，语言则完全是诗歌了；或者说，一切精神事物都是由自然象征物来代表的"。[163] 不仅词语是象征性的，更重要的还在于，词语所表达的自然事物本身就是象征的系统。爱默生指出："并非仅仅只有词语是象征性的——具有象征性的是自然界中的事物。每一件自然事实都是某种精神事实的象征。自然界的每一种景观都与某种人的心境相呼应；而要形容这种心境，唯有把对应的自然景观当作

---

[159] 爱默生：《论自然》，见《爱默生集》，生活·读书·新知三联书店，1993年，第18页。
[160] 同上书，第17页。
[161] 同上书，第19—20页。
[162] 同上书，第21页。
[163] 同上书，第23—24页。

图解。"[164]

进一步说，不仅具体的自然事物与具体的精神事物之间存在着某种对应关系，就是整个自然都是人的心灵的象征。这种对应关系并不是诗人的玄思妙想，而是由宇宙法则所决定的。这就意味着整个自然界都是那个不可见的精神世界的表现形式。正因为此，爱默生强调：

> 人一旦和谐地生活在大自然中，又热爱真理与美德，他必然会拥有清澈的目光去解读自然的文本。我们将会逐渐了解自然界永恒事物的根本意义，直到整个世界变成一本向我们敞开的大书，而它的每一种形式都将显示出世界的隐匿意义与终极目的。[165]

由此可以理解，爱默生的象征理论并非仅仅着眼于艺术表现问题，而首先是一种哲学思考，关涉到人与自然的关系问题。从一定意义上说，他的宇宙观颇类似于中国古代的"天人感应"说。

不过，爱默生指出，诗人与斯威登堡（Emanuel Swedenborg，1688—1772）等神秘主义者有一个根本的区别："后者把象征钉死在一种意义上，尽管它在一瞬间里是一种真实的意义，但旋即就变得陈腐而虚假。因为所有的象征都流动不息；所有的语言都是运载工具，就像渡船和马匹善于运输，而不像农庄和房舍宜于安家。神秘主义就在于把一种偶然个别的象征错当成一种普遍的象征。"[166]而诗人则更看重象征的创造性、流动性和个别性。爱默生甚至说，诗人能用一种类似于古希腊神话中的林库斯（Lyncacus）的目光，把地球变成玻璃球，看见了宇宙万物的流动或变形，因而诗人的词语也随着自然的流动而流动。[167]因此，爱默生的象征理论更倾向于通常所说的"私人象征"而非"公共象征"，从而在强调心灵与自然的对应关系的同时，也为诗人的个性化创造保留了广阔的天地。

"诗人是言者，是命名者"

如果说爱默生的《代表人物》（*Representative Men*，1850）在很大程度上受到卡

---

[164] 爱默生：《论自然》，见《爱默生集》，生活·读书·新知三联书店，1993年，第22页。
[165] 同上书，第27页。
[166] 爱默生：《论诗人》，见《爱默生集》，生活·读书·新知三联书店，1993年，第514页。
[167] 同上书，第505—506页。

莱尔的影响，表现了一种英雄史观的话，那么，他的《论诗人》(The Poet, 1841)一文，则像浪漫主义时期的许多批评文献一样，表达了对诗人的热烈崇拜，夸大了诗歌的社会功用。

爱默生认为，诗人既是真理的探索者，也是掌握了语言艺术善于表达的艺术家。因此，与芸芸众生相比，诗人"在局部的人中间代表着完整的人，他提供给我们的不是他的财富，而是全民的财富"。由于追求真理，献身艺术，诗人在同时代人中间往往显得落落寡合；然而，他同时也得到一种安慰，他的追求迟早会把众人都吸引过来，因为所有的人不仅要靠真理的指引，也需要表现。从这个意义上说，人们对诗人的崇敬是再自然也不过的了。[168]另一方面，掌握真理固然不易，但恰当的表现更为难得。对一般人来说，或是由于没有掌握自己的表现方式，无法传达自然对我们的启示；或是由于自然留给我们的印象太弱，自身的障碍使我们成不了艺术家。而诗人则不然，"诗人就是这些力量在他身上都得到平衡的一个人，就是一个没有障碍的人，能看见、能处理别人梦想到的一切，跨越经验的整个范围，由于是接受和给予的最强大的力量，所以他是人的代表"。[169]

爱默生认为，宇宙有三个孩子，他们是知者、行者和言者，分别代表着对真、善、美的热爱。而所谓言者，就是爱默生心目中的诗人。他这样写道：

> 诗人是言者，是命名者，他代表美。他是一位君王，身居中心。世界并没有被刻意粉饰，而是从一开始就是美的；上帝也没有刻意制造美丽的事物，而美本身就是宇宙的创造者。因此诗人不是什么仰人鼻息的傀儡君主，而是一位独立自主、名副其实的皇帝……正如英雄主要去行动，圣人主要去思想那样，诗人主要是把愿意说并非说不可的话写出来，其他人虽各有所长，但在他的心目中，都是次要角色和仆从；他把他们仅仅看成画家画室里的模特儿，或者给建筑师送建筑材料的帮手。[170]

因此，就像卡莱尔一样，爱默生把诗人视为揭示宇宙秘密、传达思想真理的先知式的人物。他总是不厌其烦地声称，诗人的标志就在于他能宣布人们未能预见到的事，"他是真正的唯一的导师；他博识善言；他是消息的唯一讲述者，因为他目睹并参

---

[168] 爱默生：《论诗人》，见《爱默生集》，生活·读书·新知三联书店，1993年，第496页。
[169] 同上书，第497页。
[170] 同上书，第497—498页。

加了他所描述的景象。他能看到思想，并能说出必然和偶然。"[171] 从这个意义上说，一个诗人的诞生乃是世界史上的重要事件。

如果说上述见解还停留在对诗人的泛泛赞誉上，那么，论及诗歌的音韵与思想、诗人与时代精神、诗人的想象力等问题，爱默生便提出了一系列重大的诗学理论。在他看来，创造一首诗的并不是音韵，而是一种热烈奔放、生气勃勃的思想。就时间顺序而言，思想和形式当然是同等的，但如果就逻辑顺序而言，思想则先于形式。"诗人有一种崭新的思想，他有一套全新的经验要展现；他将告诉我们：他的感受如何，而且所有的人都会用他的财富发财致富。因为每个新时代的经验都需要一种新的表白，所以世界似乎永远在等待着它的诗人。"[172]

由此可以理解，爱默生何以特别强调艺术创作与时代精神的内在联系。他在《论艺术》（Art, 1841）一文中断言："该时代的精神特征把艺术家征服到什么程度，在他的作品中得到多大程度的表现，它就会在多大程度上维持一种辉煌，它就会在多大程度上向未来的观众表现'未知'、'必然'和'神圣'。谁也不能从他的劳动中排除这种'必然'成分。谁也不能摆脱他的时代和国家。谁也不能创造一种跟他那个时代的教育、宗教、政治、习俗、艺术毫不沾边的模式。"[173] 尽管这一思想仍可以追溯到德国批评家和卡莱尔那里，但在爱默生的论述中，它却被赋予了新的含义，那就是美国作为一个新兴的民主国家正在崛起，因而它迫切需要被自己的诗人谱写成辉煌的诗篇。

爱默生的《论诗人》也再次讨论了诗歌的语言与象征问题。在他看来，诗人就是能够解读自然的奥秘，并把它明确地表达出来的人。尽管人们对用来给生命命名的象征心领神会，但是一般人却无法把它们所暗示的思想表达出来。然而，诗人却是语言的创造者，他创造了所有的词汇，并为万事万物命名："即使是久已废弃的词汇，曾经也是一幅灿烂的图画。语言就是变成化石的诗歌。如同大陆上的石灰岩是由无数堆小动物的甲壳构成一样，语言是由意象或比喻形成的……然而诗人之所以给事物命名，是因为他看见了它，或者比别人更接近事物一步。这种表现或命名，并不是技艺，而是第二自然，那是由第一自然脱胎出来的，就像一片树叶是从树上生长出来的一样。"[174]

---

[171] 爱默生：《论诗人》，见《爱默生集》，生活·读书·新知三联书店，1993 年，第 500 页。
[172] 同上书，第 499 页。
[173] 爱默生：《论艺术》，见《爱默生集》，生活·读书·新知三联书店，1993 年，第 478 页。
[174] 爱默生：《论诗人》，见《爱默生集》，生活·读书·新知三联书店，1993 年，第 506 页。

与爱伦·坡不同，爱默生在创作上笃信想象力、灵感和本能。他确信，每一种事物都有自己的灵魂，而这种事物的灵魂是靠诗歌来反映的。那么，诗人的这种洞见靠的是什么呢？靠的是想象力："它是一种非常高明的眼光，通过研习是得不到的，它只能靠位于某处的智能及所见来获得。"[175]另一方面，要创造伟大的作品，不能凭借冷静的理智，而必须依赖迷狂的灵感。诗人应当"敞开他人间的大门，让天国的潮水涌过他的心田，并在他周身循环，到那时，他就被卷入了宇宙的生命，他的言语就是惊雷，他的思想就是法则，他的话就像动植物一样可以普遍了解。诗人知道，说话时只有带上几分癫狂，或者'捧着心灵之花'，才能把话说得恰到好处……或者就像惯于表达自己的古人那样，不仅是光靠智能，而且靠为美酒所陶醉的智能"。[176]所有这些诗歌见解，都与爱伦·坡在《创作哲学》中所描述的创作过程形成了鲜明的对比。

第九节　黑格尔

在西方美学史上，格奥尔格·威廉·弗里德里希·黑格尔（Georg Wilhelm Friedrich Hegel, 1770—1831）的《美学》（*Vorlesungen über die Asthetik*, 1835）是德国古典美学的集大成者，总结了从康德到谢林的美学研究的丰硕成果，其深远影响是任何一部同类著作都无法比拟的。从特定的角度来看，黑格尔美学也蕴含着丰富的文学思想，在19世纪文学理论中具有强劲的辐射力。无论别林斯基、泰纳，还是勃兰兑斯、布拉德雷，都曾直接或间接地汲取了黑格尔的文学思想，从而推动了西方文学批评的发展。因此，尽管黑格尔的文学理论从属于一个庞大的美学体系，而这个美学体系又晦涩得令人生畏，但在一部批评史中却是不可能绕开它的。

"美是理念的感性显现"

黑格尔的全部美学思想基于这样一个命题，即"美是理念的感性显现"。[177]在他看来，艺术同宗教、哲学一样，都属于绝对精神，而绝对精神则是绝对理念的自我认识的一个阶段。另一方面，艺术之所以区别于宗教和哲学，就在于艺术是用感

---

[175] 爱默生：《论诗人》，见《爱默生集》，生活·读书·新知三联书店，1993年，第509页。
[176] 同上书，第510页。
[177] 黑格尔：《美学》，第一卷，朱光潜译，商务印书馆，1979年，第142页。

性形式来表现理念的。

　　这里需要说明的是，艺术的理念并不是抽象的东西，而是一种在本质上适合于感性表现的内容。这就是说，艺术的理念"并不是专就理念本身来说的理念，即不是在哲学逻辑里作为绝对来了解的理念，而是化为符合现实的具体形象，而且与现实结合为直接的妥贴统一体的那种理念"。[178] 因此，黑格尔对"寓教于乐"说作了批驳，因为按照这种肤浅的说法，艺术作品的内容与形式便不复融合为一个统一体，而是被割裂成了抽象的议论和单纯的外壳两部分。正如他所指出的：

> 艺术作品所提供观照的内容，不应该只以它的普遍性出现，这普遍性须经过明晰的个性化，化成个别的感性的东西。如果艺术作品不是遵照这个原则，而只是按照抽象教训的目的突出地揭出内容的普遍性，那么，艺术的想象的和感性的方面就变成一种外在的多余的装饰，而艺术作品也就被割裂开来，形式与内容就不相融合了。这样，感性的个别事物和心灵性的普遍性相就变成彼此相外了。[179]

　　另一方面，艺术作品的感性因素也不是指单纯的物质存在，而是指感性事物的纯粹的显现。换言之，艺术作品中的感性事物必须经过心灵化，作为一种观念性的东西呈现给心灵看。因为"在艺术里，这些感性的形状和声音之所以呈现出来，并不只是为着它们本身或是它们直接现于感官的那种模样、形状，而是为着要用那种模样去满足更高的心灵的旨趣，因为它们有力量从人的心灵深处唤起反应和回响"。[180] 从这个意义上说，"艺术也可以说是要把每一个形象的看得见的外表上的每一点都化成眼睛或灵魂的住所，使它把心灵显现出来"。[181]

　　既然艺术的任务就在于用感性形象来表现理念，既然艺术在实际作品中所达到的高度，取决于理念与感性形象在相互融合方面所达到的程度，因此，艺术在其发展过程中就表现为历史上的不同的艺术类型和不同的艺术种类。按照黑格尔的描述，由于理念与感性形象之间的不同关系，艺术的历史便可以分为象征型艺术、古典型艺术和浪漫型艺术这样三个阶段。而每一个阶段都有特定的艺术种类与之相适应：与象征型艺术相适应的是建筑，与古典型艺术相适应的是雕刻，与浪漫型艺术相适

---

[178]　黑格尔：《美学》，第一卷，朱光潜译，商务印书馆，1979年，第92页。
[179]　同上书，第63页。
[180]　同上书，第49页。
[181]　同上书，第198页。

应的则有绘画、音乐和诗歌。

黑格尔认为，象征型艺术只是一种艺术前的艺术，是过渡到真正艺术的准备阶段。在这个阶段，由于理念本身还是抽象的，还没有找到适合的表现形式，因而它只是随意地抓取外在于理念的感性形象，不能完全与形象融为一体。古代印度、波斯、埃及等东方艺术属于象征型艺术，而埃及的金字塔、庙宇和人面狮身像则是它最典型的范例。

在黑格尔看来，只有在古典型艺术中，才实现了理念与感性形象的互相渗透和完美契合。而进展的关键就在于内容已具体化为明确的自觉的个性，而要表现这种个性，就必须采用生气灌注的人的躯体，"因为只有人的形象才能以感性方式把精神的东西表现出来"。[182]因此，黑格尔把古希腊雕刻和神话视为古典型艺术的典范，并且指出："希腊神们的内容是从人的精神和人的生活中取来的，所以是人类心胸所特有的东西，人对这种内容感到自由而亲切的契合，他所创造的就是表现他自己的最美的产品。"[183]

黑格尔认为："浪漫型艺术的真正内容是绝对的内心生活，相应的形式是精神的主体性，亦即主体对自己的独立自由的认识。"[184]这样，理念与感性形象之间的和谐统一又被破坏了，表现精神的美便成为浪漫型艺术的主要任务。与此同时，绘画、音乐和诗歌便一跃而居于重要位置。黑格尔把浪漫型艺术与基督教联系起来，并且将中世纪以来的西方艺术都纳入了浪漫型艺术的范围。在他看来，宗教感情、骑士精神和独立的人物性格，乃是浪漫型艺术的基本题材。

然而，精神与感性形象的分裂，内心世界与现实世界的分裂，不仅导致了浪漫型艺术的解体，也导致了艺术本身的解体。论及近代艺术的种种弊端，黑格尔指出："艺术从此一方面只描绘单纯的平凡的现实，按照事物本来的偶然个别性和特殊细节把它们描绘出来，它的兴趣只在于凭艺术的熟练技巧，把这种客观存在转化为幻象；另一方面转到相反的方向，即转到完全主观的偶然性的掌握方式和表现方式，转到所谓'幽默'，通过巧智和主观幻想游戏去对一切现实事物加以歪曲颠倒，最后就走到艺术创作的创造力高于一切内容和形式的局面。"[185]如果考虑到近代艺术或是流于琐细的自然主义描写，或是流于虚幻的主观主义色彩，那么，我们不能不

---

[182] 黑格尔：《美学》，第二卷，朱光潜译，商务印书馆，1979年，第165页。
[183] 同上书，第223页。
[184] 同上书，第276页。
[185] 同上书，第342页。

承认黑格尔的意见是一针见血的,尽管我们并不赞同他的艺术衰亡论。

黑格尔把艺术的历史削足适履地塞入他的三段论式之中,从而使他的美学体系具有人为臆造的色彩。然而,即使在这样一个唯心主义体系中,仍然处处渗透深邃的历史意识。黑格尔天才地强调了艺术的发展与"一般的世界情况"的密切联系,认为:"每种艺术作品都属于它的时代和它的民族,各有特殊环境,依存在特殊的历史的和其他的观念和目的。"[186] 例如,在他看来,真正的史诗从本质上说属于这样一个"英雄时代":"一方面一个民族已从混沌状态中醒觉过来,精神已有力量去创造自己的世界,而且感到能自由自在地生活在这种世界里;但是另一方面,凡是到后来成为固定的宗教教条或政治道德的法律都还只是些很灵活的或流动的思想信仰,民族信仰和个人信仰还未分裂,意志和情感也还未分裂。"[187] 一旦脱离了这样的时代背景,任何人创作的史诗都不会产生持久的生命力,无论是弥尔顿的《失乐园》,还是克罗卜史托克的《救世主》。[188]

论史诗、抒情诗和悲剧

如上所述,在黑格尔的美学体系中,与艺术史相适应的,还有那些特定的艺术种类。如果说建筑适应于象征型艺术,雕刻适应于古典型艺术,那么,绘画、音乐和诗歌就是浪漫型艺术的主要种类。显然,黑格尔的艺术分类方法,一方面吸收了前人的研究成果,以各门艺术所使用的媒介及其表现形式作为艺术分类的标准;另一方面,他又从自己的美学体系出发,根据各种艺术媒介在表现心灵方面的适应程度,探讨了各门艺术的特点。

在黑格尔看来,建筑所使用的材料是完全没有精神性的物质,它的形式是简单的对称关系,因而与精神的内容意蕴尚处于对立状态,只能暗示出心灵的活动。雕刻所用的材料固然也是占据空间的物质,但却把感性素材塑造成人体的理想形式。因此,只有在雕刻中,心灵才第一次通过它的外在形状显现出永恒的静穆和独立自足。然而,要表现多样化的心灵生活和情感体验,却只能通过绘画、音乐和诗歌。绘画已使艺术摆脱了物质完全占据感性空间的情况,把三维空间简化为二维空间,它所使用的色彩也是较为观念性的,这样便能够把精神的内容表现得晶莹透澈。音乐则完全排除了空

---

[186] 黑格尔:《美学》,第一卷,朱光潜译,商务印书馆,1979年,第19页。
[187] 黑格尔:《美学》,第三卷,下册,朱光潜译,商务印书馆,1979年,第109页。
[188] 同上书,第185页。弗·高·克罗卜史托克(F. G. Klopstock, 1724—1803)是德国诗人,他的《救世主》(1748—1773)是一部仿效弥尔顿的《失乐园》而写成的史诗性作品。

间的广延性，它的材料是在时间上承续的声音，从而使心灵的全部情感在它的声音中得到表现。黑格尔把诗歌看作是"绝对真实的精神的艺术，把精神作为精神来表现的艺术"。[189] 因为诗歌作为一种语言的艺术，它所保留的最后物质是声音，而声音在诗里不再是声音本身所引起的情感，而是一种本身无意义的符号。因此，不仅诗歌的内容是精神性的，就连它的媒介和表现形式也都是精神性的。

应当承认，黑格尔有关史诗、抒情诗和戏剧的论述是发人深省的，尽管我们不难在席勒、谢林和史雷格尔兄弟那里找到其先声。显然，荷马史诗是黑格尔心目中的艺术典范，因而他的史诗理论完全是由此生发出来的。在他看来，史诗是民族精神的生动体现。史诗的特点就在于它的客观性，即按照客观的形状来叙述客观世界的事件和人物。因此，他强调：

> 为着显出整部史诗的客观性，诗人作为主体必须从所写对象退到后台，在对象里见不到他。表现出来的是诗作品而不是诗人本人……从这个观点看，伟大史诗风格的特征就在于作品仿佛是在自歌唱，自出现，不需要有一个作家在那里牵线。[190]

黑格尔把小说称为"近代市民阶级的史诗"，不过，他认识到情况已经完全不同，总的来说，史诗的时代已经永远一去不复返了。

与史诗相反，抒情诗的特点则是它的主观性，即抒发诗人的内心情感。黑格尔指出："抒情诗的内容是主体（诗人）的内心世界，是观照和感受的心灵，这种心灵并不表现于行动，毋宁说，它作为内心生活而守在自己的家里。所以抒情诗采取主体自我表现作为它的唯一的形式和终极的目的。它所处理的不是展现为外在事迹的那种具有实体性的整体，而是某一个返躬内省的主体的一些零星的观感、情绪和见解。"[191] 在黑格尔看来，正因为抒情诗人沉溺于自我表现，所以，我们无法通过某一首抒情诗来窥见其民族精神，只有通过全民族的全部抒情诗作品，才能把该民族的旨趣和观念表现无遗。

黑格尔把戏剧视为诗歌乃至一般艺术的最高峰，显然有他自己的根据。一方面，戏剧实现了史诗的客观原则与抒情诗的主观原则的统一，它既像史诗那样把完整的动作情节摆在眼前供人观照，又像抒情诗那样以人物的内心生活作为行动的原因和

---

[189] 黑格尔：《美学》，第三卷，上册，朱光潜译，商务印书馆，1979年，第19页。
[190] 同上书，第113页。
[191] 同上书，第99—100页。

动力。另一方面，戏剧的动作必然要涉及情境与人物性格之间的冲突，导致动作和反动作，而这些动作和反动作又必然导致斗争和分裂的调解。因此，戏剧最适合于用黑格尔的辩证法来加以解说。黑格尔把戏剧分为悲剧、喜剧和正剧三种，而他最感兴趣的就是悲剧。

在黑格尔看来，悲剧的本质就是冲突，而造成冲突的根源不是罪行或偶然性的灾祸，而是具有一定片面性的道德力量。这些道德力量包括：首先是夫妻、父母、儿女、兄弟姊妹之间的亲属爱；其次是国家政治生活、公民的爱国心以及统治者的意志；第三是宗教生活。一旦这些伦理性因素转化为动作情节，成为人物性格的主导情致，由于对立双方各自的片面性，就必然激发对方的对立情致，从而导致不可避免的冲突。悲剧的解决，就是要使代表片面性的道德力量的人物遭到毁灭，使真正的理想在和解中得以实现，显示出"永恒正义"的胜利。正如黑格尔所指出的：

> 这里基本的悲剧性就在于这种冲突中对立的双方各有它那一方面的辩护理由，而同时每一方拿来作为自己所坚持的那种目的和性格的真正内容的却只能是把同样有辩护理由的对方否定掉或破坏掉。因此，双方都在维护伦理理想之中而且就通过实现这种伦理理想而陷入罪过中……通过这种冲突，永恒的正义利用悲剧的人物及其目的来显示出他们的个别特殊性破坏了伦理的实体和统一的平静状态；随着这种个别特殊性的毁灭，永恒正义就把伦理的实体和统一恢复过来了。[192]

也正因为如此，悲剧所引起的不只是怜悯与恐惧，在这两种情感之上，还有更重要的"调解的感觉"，而这是悲剧通过揭示"永恒正义"所引起的一种令人欢愉的感情。

最能说明这一悲剧理论的，就是索福克勒斯的著名悲剧《安提戈涅》。在该剧中，安提戈涅的哥哥波吕涅刻斯为了争夺王位，竟从别的城邦借兵来攻打自己的祖国，结果兵败身亡，国王克瑞翁下令严禁人们替他收尸。按照黑格尔的说法，克瑞翁这样做，并非没有可以辩护的理由，因为他身为国王理应顾及国家的安危。但是，安提戈涅也受到一种伦理力量的鼓舞，出于对兄长的感情，她竟然不顾禁令安葬了波吕涅刻斯。然而，从另一个角度看，情致的片面性恰好是悲剧冲突的真正基础。克瑞翁本应尊重家庭骨肉关系的神圣性，不应该发布违反骨肉亲情的禁令。而安提戈涅的片面性，则在于她只顾及骨肉亲情，而忽略了国家利益，"她所崇拜的是阴间

---

[192] 黑格尔：《美学》，第三卷，上册，朱光潜译，商务印书馆，1979年，第286—287页。

的神们,是掌内在的情感、爱和骨肉之情的神们,而不是阳间的神们,不是掌自由自觉的民族和国家生活的神们"。[193] 黑格尔认为,既然冲突的双方都各执一端,陷于片面性,那么,唯有通过他们的毁灭才能否定他们各自情致的片面性,使冲突得以解除,从而体现出"永恒正义"的胜利。

论及古代悲剧与近代悲剧的区别,在黑格尔看来,古代悲剧侧重于表现伦理力量之间的冲突,如索福克勒斯的《安提戈涅》和埃斯库罗斯的《复仇女神》所描写的都是城邦政权与家庭伦理之间的冲突。近代悲剧则侧重于表现人物主体方面的内心生活,因而指导悲剧人物行动的并非具有普遍意义的伦理力量,而是思想和感情方面的主体性格。例如,构成《哈姆莱特》一剧的真正冲突,就在于主人公的主体性格。像歌德一样,黑格尔也把哈姆莱特的悲剧归结为他性格上的弱点:"他的高贵的灵魂生来就不适合于采取这种果决行动,他对世界和人生满腔愤怒,徘徊于决断、试探和准备实行之间,终于由于他自己犹豫不决和外在环境的纠纷而遭到毁灭。"[194] 总之,就描绘丰富的内心世界、生动的人物性格和错综复杂的情节而言,近代悲剧显然超过了古代悲剧。可是,如果就人物的行动缺乏伦理的辩护理由,全然由偶然的性格愿望和事故所左右而言,近代悲剧又难以与古代悲剧相抗衡。

正如安·塞·布拉德雷在其《黑格尔的悲剧理论》(*Hegel's Theory of Tragedy*,1901)一文中所指出的,黑格尔是继亚理斯多德之后"唯一的以既独特又深入的方式探讨悲剧的哲学家"。[195] 他有关悲剧冲突、悲剧人物和古今悲剧的差异所作的论述,都给人以深刻的启示。然而,黑格尔的悲剧理论的缺陷也是显而易见的。第一,他对悲剧的根源作了过于理性化的解释,以致完全忽略了偶然事件、意外事故乃至命运在悲剧中所起的作用。第二,当黑格尔断言悲剧冲突的双方各有可以辩护的理由,又都具有各自的片面性时,实际上已抹煞了正义与非正义的区别,甚至也曲解了大多数悲剧主人公之所以遭受苦难和毁灭的原因。第三,所谓悲剧主人公的毁灭显示了"永恒正义"的胜利,所谓悲剧的结局给人以"调解的感觉",这些说法也违背了大多数悲剧所激起的情感效果。此外,黑格尔的主要兴趣是在古代悲剧方面,因而近代悲剧很难符合他的悲剧理论。

---

[193] 黑格尔:《美学》,第二卷,朱光潜译,商务印书馆,1979年,第204页。又参见《美学》,第一卷,第280页;《美学》,第三卷,下册,第312—313页。

[194] 黑格尔:《美学》,第三卷,下册,朱光潜译,商务印书馆,1979年,第322页。

[195] A. C. Bradley, "Hegel's Theory of Tragedy", in *Oxford Lectures on Poetry,* Macmillan and Co., Limited, 1926, p.69.

黑格尔的创作理论

黑格尔的创作理论与当时德国的流行观点相去不远，他所谈论的想象、天才、风格和独创性等问题，也是同时代的德国批评家所关注的理论话题。在黑格尔看来，艺术的任务并非是单纯地摹仿自然，而应当表现事物的本质特征，创造一种比现实本身更高更美的东西。他再三强调："艺术家所取来纳入形式和表现方式的东西并不是凡是他在外在世界所发见到的，或是因为他在外在世界发见到那些东西；如果他想作出真正的诗，他就只能抓住那些正确的符合主题概念的特征。"[196] 换言之，诗人必须对事物加以典型化，"诗所应提炼出来的永远是有力量的，本质的，显出特征的东西，而这种富于表现性的本质的东西正是观念性的东西而不只是现在目前的东西"。[197] 因此，艺术作品是从心灵产生出来的，需要一种主体的创造活动，而这种创造活动是意识与无意识、理智与情感、天才与勤勉相结合的过程。

黑格尔也多次谈到，艺术创作不能照前人制订的规则来进行，正如单凭意志和决心不可能唤来创作的灵感一样。从这个意义上说，艺术创作"需要一种特殊的资质，其中天才的因素当然也起重要的作用……艺术创作，正如一般艺术一样，包括直接的和天生自然的因素在内，这种因素不是艺术家凭自力所能产生的，而是本来在他身上就已直接存在的"。[198] 而想象力仿佛是一种本能的创造力，"因为艺术作品的基本特质，即形象鲜明性和感官性，必须与艺术家主体方面的天才气质和天生冲动的形式相适应，这些特质是以无意识的方式起作用的，所以必然要靠人类天生资禀来掌握"。[199] 所有这些，都意味着在艺术创作中包含着非理性的、非自觉的因素。

另一方面，黑格尔又强调，每一部伟大的艺术作品都必须经过作者长久而深刻的思考，"他对其中本质的真实的东西还必须按照其全部广度与深度加以彻底体会"。[200] 不仅艺术的技巧要靠思索、勤勉和练习，而且为了表现深刻的精神意蕴，更需要艺术家作出自觉的努力。黑格尔强调：

> 一个艺术家的地位愈高，他也就愈深刻地表现出心情和灵魂的深度，而这种心情和灵魂的深度却不是一望而知的，而是要靠艺术家沉浸到外在和内

---

[196] 黑格尔：《美学》，第一卷，朱光潜译，商务印书馆，1979 年，第 211 页。
[197] 同上书，第 214 页。
[198] 同上书，第 361 页。
[199] 同上书，第 51 页。
[200] 同上书，第 358 页。

在世界里去深入探索，才能认识到。所以还是要通过学习，艺术家才能认识到这种内容，才能获得他运思所凭借的材料和内容……诗歌要靠内容，要靠对于人，人的深心愿望，以及鼓动人的种种力量，作出内容充实意义丰富的表现，所以理智和情绪本身都必须经过生活经验和思考的锻炼，经过丰富化和深湛化，然后天才才可以创造出成熟的，内容丰富的，完善的作品。[201]

也正是在这个意义上，黑格尔多次指出，尽管天才在青年时代就已崭露头角，但只有到了中年和老年才会进入诗歌创作的成熟期，在艺术上达到炉火纯青的地步。荷马如此，歌德和席勒亦复如此。[202]

显然，黑格尔有关作风、风格和独创性的论述，是对歌德相关见解所作的改造和发挥。与歌德一样，黑格尔也排斥"纯然外在的客观性"，因为它往往流于琐屑，缺乏真正的内容。而主观的作风则走向另一极端，完全听任狭隘的主体性的摆布，体现的只是艺术家的某些偶然的个别的特点。不过，黑格尔对"风格"的界说却不同于歌德，它指的是根据艺术媒介（感性材料）而形成的某种表现方式，因而必须与艺术种类的要求及其规律相适应。例如，绘画和雕刻由于各自的媒介不同，在风格上也就有所差异。由此可见，风格是一种较高意义上的客观性，与主观作风和个人癖好是对立的。当然，唯有艺术的独创性才实现了主观与客观的统一：

> 艺术家的独创性不仅见于他服从风格的规律，而且还要见于他在主体方面得到了灵感，因而不只是听命于个人的特殊的作风，而是能掌握住一种本身有理性的题材，受艺术家主体性的指导，把这题材表现出来，既符合所选艺术种类的本质和概念，又符合艺术理想的普遍概念。[203]

这就是说，作为艺术创作的最高境界，独创性一方面要与对象本身的特征融为一体，仿佛是由对象的特征生发出来的；另一方面，作品又无处不贯穿着艺术家的主体性，揭示出艺术家的内心生活。

这样，我们又回到了前面所讨论过的问题上来，即艺术作为一种主体的创造活动，既要表现出艺术家的心灵和理想，又要显示出事物的本质特征。而在黑格尔的批评实践中，无论是谴责德国浪漫派的主观随意性，还是赞赏荷马、索福克勒斯和

---

[201] 黑格尔：《美学》，第一卷，朱光潜译，商务印书馆，1979年，第35—36页。
[202] 同上书，第36页。又参见《美学》，第一卷，第259页；《美学》，第三卷，下册，第54页。
[203] 同上书，第373页。

莎士比亚的独创性作品，其标准都根源于这一美学思想。我们将看到，除了他的悲剧理论之外，黑格尔的文学理论之所以对19世纪后期西方文学批评产生深远的影响，主要也是基于这一美学思想。

第十节　别林斯基

尽管亚历山大·普希金（Alexander Pushkin, 1799—1837）零星地写过几篇批评文章，尼·伊·纳杰日金（N. I. Nadezhdin, 1804—1856）从德国引进了若干文学思想，但从严格意义上说，直到维萨利昂·别林斯基（Vissarion Belinsky, 1811—1848）出现，俄国才有了真正的文学批评。就其影响而言，19世纪俄国批评家没有一人堪与别林斯基相比。且不说尼古拉·车尔尼雪夫斯基（Nikolay Chernyshevsky, 1828—1889）、尼古拉·杜勃罗留波夫（Nikolay Dobrolyubov, 1836—1861）和德米特里·皮萨烈夫（Dmitri Pisarev, 1840—1868）等革命民主主义批评家是其批评事业的直接继承者，就连那些学院派批评家，诸如亚历山大·波捷勃尼亚（Alexander Potebnya, 1836—1891）与亚历山大·维谢洛夫斯基（Alexander Veselovsky, 1838—1906）等人，也或多或少地从他的批评遗产中汲取了营养。

《文学的幻想》及其他早期批评论文

在博得广泛声誉的早期论文《文学的幻想》（*Literary Reveries*, 1834）中，别林斯基通过对18世纪以来俄国文学的历史回顾，反对盲目摹仿西欧文学，热切呼唤一种真正植根于俄罗斯生活的民族文学。为此，他从弗·史雷格尔那里借取了一个重要观念，即把文学看成是民族精神的生动体现。别林斯基指出，真正的文学是人们"在自己的优美的创作中充分地表现并复制着他们在其中生活、受教育、共同过一种生活、共同作一种呼吸的那个民族的精神，在自己的创造活动中把那个民族的内部生活表现得无微不至，直触到最隐蔽的深处和脉搏"。[204] 文学的民族性不是别的，而是"民族特性的烙印，民族精神和民族生活的标记"。[205] 不同的是，弗·史雷格尔认为民族文学植根于该民族古老的传说、历史和神话之中，而别林斯基则强

---

[204] 别林斯基：《文学的幻想》，见《别林斯基选集》，第一卷，满涛译，上海译文出版社，1979年，第10页。
[205] 同上书，第107页。

调,民族文学"不是汇集村夫俗子的言语或者刻意求工地摹仿歌谣和民间故事的腔调,而是在于俄国才智的隐微曲折之处,在于俄国式的对事物的看法"。[206]

以这一标准来考察俄国文学,别林斯基不禁深感失望,因为"我们的一部文学史,不过是通过盲目摹仿外国文学来创造自己的文学的这种失败尝试的历史而已"。[207] 在他看来,普希金以前的俄国文学,无非是对西欧文学的盲目摹仿,甚至在普希金的创作中,真正体现了民族精神的也只有《叶甫盖尼·奥涅金》和《鲍里斯·戈都诺夫》。因此,别林斯基满腔热情地期待着这样一天:"这一天总会来到,文明将以波涛汹涌之势泛滥俄国,民族的智能面貌将鲜明地凸现,到了那时候,我们的艺术家和作家们将在自己的作品上镌刻俄国精神的烙印"。[208]

《论俄国中篇小说和果戈理君的中篇小说》(*On the Russian Short Story and the Stories of Gogol*, 1835)一文再次采纳了德国批评家的说法,把文学分为"理想的"和"现实的"两大类。别林斯基指出:

> 诗歌,可以说是用两种方法,来概括和再现生活现象的。这两种方法互相对立,虽然引向同一个目标。诗人或者根据全靠他对事物的看法、对生活在其中的世界、时代和民族的态度来决定的他那固有的理想,来再造生活;或者忠实于生活的现实性的一切细节、颜色和浓淡色度,在全部赤裸和真实中来再现生活。因此,诗歌可以说是分成两个部分——理想的和现实的。[209]

在他看来,唯有现实的诗歌才是"我们时代真实的、真正的诗歌"。它的特征就在于"毫无假借的直率,生活表现得赤裸裸到令人害羞的程度,把全部可怕的丑恶和全部庄严的美一起揭发出来,好像用解剖刀切开一样"。[210] 与此相对应的,则是以莎士比亚为代表的客观诗人和以席勒为代表的主观诗人之间的对比。别林斯基认为,莎士比亚没有理想,没有同情,是一个不自觉的诗人思想家,他之所以伟大就在于"他那广无涯际的、包含万有的眼光,透入人类天性和真实生活的不可探究的圣殿,

---

[206] 别林斯基:《文学的幻想》,见《别林斯基选集》,第一卷,满涛译,上海译文出版社,1979年,第47页。
[207] 同上书,第110页。
[208] 同上书,第122页。
[209] 别林斯基:《论俄国中篇小说和果戈理君的中篇小说》,见《别林斯基选集》,第一卷,满涛译,上海译文出版社,1979年,第147页。
[210] 同上书,第154页。

捉住了它们隐藏的脉息的神秘跳动"。[211] 而席勒则不然，他的剧本《强盗》是为了表现诗人的思想情绪而构思出来的，它"没有生活的真实，但却有感情的真实"。[212]

学术界往往将《论俄国中篇小说和果戈理君的中篇小说》一文视为俄国现实主义理论的基石，但这一看法却是大可怀疑的。诚然，别林斯基一再使用了诸如"现实的诗歌"、"生活的诗歌"等字眼，然而，我们应当认识到，有关"理想的诗歌"与"现实的诗歌"、"客观的诗人"与"主观的诗人"所作的区分，早在德国浪漫派批评家那里业已明确提出，为什么一经别林斯基转述，这些说法就成了现实主义理论呢？何况除了俄国作家之外，别林斯基赞誉的是莎士比亚、歌德、司各特、拜伦、乔治·桑和詹姆斯·库柏等人，他们的创作与我们通常所理解的现实主义也相去甚远，何以仅凭几个概念，就断言别林斯基的理论是现实主义的呢？

限于篇幅，我们不能逐一评述别林斯基的论著。不过，在他的早期批评中还有三个理论问题应予重视。这就是形象思维、典型化和有机整体论问题。虽然我们也不难在德国批评家那里找到它们的理论渊源，但由于别林斯基对这些问题作了较多发挥，从而深刻影响了整个 19 世纪的俄国文学批评。

别林斯基的形象思维理论可以追溯到黑格尔那里。他在评《智慧的痛苦》(*On 'Woe from Wit'*，1840) 一文中指出："诗歌就是同样的哲学，同样的思索，因为它具有同样的内容——绝对真实，不过不是表现在概念从自身出发的辩证法的发展形式中，而是在概念直接体现为形象的形式中。诗人用形象思维；他不证明真理，却显示真理。"[213] 在《杰尔查文作品集》(*The Works of Derzhavin*，1843) 一文中，别林斯基这样写道：

> 诗歌也进行议论和思考，这是不错的，因为它的内容，正像思维的内容一样，也是真理；可是诗歌是用形象和画面，而不是用三段论和两段论法来进行议论和思考的。一切感情和一切思想都必须形象地表现出来，才能够是富有诗意的。[214]

---

[211] 别林斯基：《论俄国中篇小说和果戈理君的中篇小说》，见《别林斯基选集》，第一卷，满涛译，上海译文出版社，1979 年，第 152 页。

[212] 同上书，第 156—157 页。

[213] 别林斯基：《智慧的痛苦》，见《别林斯基选集》，第二卷，满涛译，上海译文出版社，1979 年，第 96 页。

[214] 别林斯基：《杰尔查文作品集》，见《外国理论家、作家论形象思维》，中国社会科学出版社，1979 年，第 68 页。

尽管形象思维的理论表明了别林斯基对艺术规律的探讨，但它所引起的问题也是毋庸讳言的。首先，由于他把诗歌看作是一种特殊的思维方式，其结果，必然导致文学研究忽略作品文本而滑入认识论和心理学的领域。其次，形象思维的说法过分看重了视觉意象在文学作品中的价值，却忽视了其他艺术技巧的作用。而在我们看来，视觉意象只是诗歌艺术中的各种技巧之一，并不比其他技巧更特殊，更有效。

别林斯基也高度重视人物性格的塑造问题，因而把典型化视为文学创作的一条基本法则。他指出："创作独创性的，或者更确切地说，创作本身的显著标志之一，就是这典型化……这就是作者的纹章印记。在一个具有真正才能的人写来，每一个人物都是典型，每一个典型对于读者都是似曾相识的不相识者。"[215]一方面，他把典型看作是体现某种普遍概念的代表，认为典型化就"意味着通过个别的、有限的现象来表现普遍的、无限的事物，不是从现实中摹写某些偶然现象，而是创造典型的形象，其典型性是由于它们所表现的普遍概念所决定的"。[216]另一方面，他又强调典型应当是高度个性化的人物。"必须使人物一方面是整个特殊的人物世界的表现，同时又是一个人物，完整的、个别的人物。只有在这种条件下，只有通过这些对立物的调和，他才能够是一个典型人物。"[217]

同样，有机整体论也是别林斯基早期评论中的一个重要思想。在他看来，果戈理的《钦差大臣》中"没有最好的场面，因为里面也没有最坏的场面。一切都是出色的，都是艺术地构成那统一整体的不可缺少的一部分。这整体，是通过内在内容，不是通过外部形式而撮成的，因此表现为一个特殊的、锁闭在自身内的世界"。[218]他甚至借用德国批评家的说法，把艺术作品比喻为植物的生长："思想像一颗看不见的种子，落在艺术家的灵魂中，在这块富饶、肥沃的土壤上发芽、滋长，成为确定的形式，成为充满美和生命的形象，最后显现为一个完全独特的、完整的、锁闭

---

[215] 别林斯基：《论俄国中篇小说和果戈理君的中篇小说》，见《别林斯基选集》，第一卷，满涛译，上海译文出版社，1979年，第191页。

[216] 别林斯基：《智慧的痛苦》，见《别林斯基选集》，第二卷，满涛译，上海译文出版社，1979年，第102页。

[217] 别林斯基：《现代人》（断片），见《别林斯基选集》，第二卷，满涛译，上海译文出版社，1979年，第25页。

[218] 别林斯基：《智慧的痛苦》，见《别林斯基选集》，第二卷，满涛译，上海译文出版社，1979年，第142页。

在自身内的世界，在这个世界中，一切部分都和整体相适应……"[219] 尽管这是老生常谈，但别林斯基强调的却是部分与整体的有机联系，从而表明了他对艺术的深刻理解。直到后来，他才放弃了这一评价标准，代之以内容与形式的二分法。

创建诗学体系的尝试

1841 年，别林斯基雄心勃勃地计划撰写一部系统的诗学著作。从写作计划来看，此书的规模相当庞大，意在"有系统地认识美学法则，以及以此为基础而有系统地认识祖国文学史"。[220] 令人遗憾的是，此书并未完成，仅仅写出了四篇论文——《诗歌的分类和分科》(The Division of Poetry into Genres)、《艺术的概念》(The Idea of Art)、《文学一词的一般意义》(On the General Meaning of the Word Literature) 和《对民间诗歌及其意义的总的看法》(A General View of Popular Poetry)。而就完成的这些论文看，属于别林斯基自己的东西并不多，许多见解都来自于德国的文学理论。

不难发现，别林斯基的体裁理论基本上照搬了黑格尔的美学观点，只是在个别细节上作了若干修正。在他看来，诗歌可分为叙事诗歌、抒情诗歌和戏剧诗歌三类。叙事诗歌是一种客观的、外部的诗歌，宛如建筑、雕刻和绘画；抒情诗歌是主观的、内在的诗歌，可以比拟为音乐。而戏剧则是叙事的客观性和抒情的主观性的统一，同时也是这两者引发出来的全新的第三者。而别林斯基对古希腊悲剧《安提戈涅》的评价，即所谓该剧表现了亲属法与国家法的冲突以及这种冲突的调和，则完全重复了黑格尔的悲剧理论。

接下来，别林斯基还对叙事诗歌、抒情诗歌和戏剧诗歌作了进一步讨论，并把它们细分为各个科目。在叙事诗歌中，长篇史诗是古代的产物，而近代的长篇史诗就是长篇小说。别林斯基对司各特推崇备至，称赞"他是基督教欧洲真正的荷马"。[221] 论及抒情诗歌，他热情称颂歌德和席勒是"抒情诗歌的两个完整世界"，也赞美莎士比亚、拜伦、司各特、彭斯、华兹华斯和柯勒律治的创作，而法国却没有抒情诗，

---

[219] 别林斯基：《当代英雄》，见《别林斯基选集》，第二卷，满涛译，上海译文出版社，1979 年，第 251 页。

[220] 别林斯基：《诗歌的分类和分科》，见《别林斯基选集》，第三卷，满涛译，上海译文出版社，1980 年，第 2 页。

[221] 同上书，第 52 页。

其水准绝没有超出民间歌谣之上。[222] 就戏剧而言，首先是莎士比亚戏剧，其次是德国悲剧，而法国戏剧则"属于服装、时装以及良好古老时代的风习的历史的范围，但却跟艺术史毫无任何共通之处"。[223] 由此可见，直至 19 世纪 40 年代初，摒弃新古典主义趣味，拥护浪漫主义文学，始终是别林斯基批评活动的基本倾向。

《艺术的概念》一文开宗明义，对艺术的概念作了如此界定："艺术是对于真理的直感的观察，或者说是用形象思维。"[224] 关于形象思维，这里无须赘述。值得我们注意的是，所谓艺术是"对于真理的直感的观察"，其"直感"就意味着"存在以及毫无任何媒介而直接发于自身的行动"。[225] 举例来说，根据思想方式、生活方式和行动的性质来认识一个人，那并不是直感地认识他；相反，如果你亲眼见到这个人，这直感的印象就会永远镌刻在你心上。但是，别林斯基指出，"直感的"与"不自觉的"并非同一个意思，"现象的直感性是艺术的基本法则，确定不移的条件，赋予艺术崇高的、神秘的意义；可是，不自觉性不但不是艺术的必要的条件，并且是跟艺术敌对的、贬低艺术的"。[226] 这表明别林斯基的文学思想已悄悄发生了若干变化，早期所推崇的文学创作的非自觉性，此时却遭到了他的质疑。

《对民间诗歌及其意义的总的看法》继续讨论文学的民族性问题。显然，别林斯基此时已娴熟地掌握了辩证法，因而他强调民族性只有与"一般人类事物"的共同性结合起来，才具有真正的意义。正如他所指出的：

> 人们在文学中仅仅要求写出"民族性"，等于是要求某种虚无缥缈的、空洞无物的"子虚乌有"；从另一方面来说，人们在文学中要求完全不写"民族性"，认为这样可以使文学为所有的人所理解，成为普遍的东西，就是说，人类的东西，这也等于是要求某种虚无缥缈的、空洞无物的"子虚乌有"……很显然，只有那种既是民族性的同时又是一般人类的文学，才是真正民族性的；只有那种既是一般人类的同时又是民族性的文学，才是

---

[222] 别林斯基：《诗歌的分类和分科》，见《别林斯基选集》，第三卷，满涛译，上海译文出版社，1980 年，第 67—68 页。
[223] 同上书，第 78—79 页。
[224] 别林斯基：《艺术的概念》，见《别林斯基选集》，第三卷，满涛译，上海译文出版社，1980 年，第 93 页。
[225] 同上书，第 103 页。
[226] 同上书，第 107 页。

真正人类的。[227]

然而，贬低民间文学的观点却依然如故。因为在别林斯基看来，民间诗歌更多地依赖于民族的实体，而不是依赖于民族的历史意义；它产生于一个民族尚未自觉的婴儿时期，其内容只能为本民族所理解，对于其他民族来说却是毫无意义的。[228] 这当然是一种错误的见解，而在文学史的大量事实面前将不攻自破。

别林斯基的后期批评

大约从 19 世纪 40 年代初起，别林斯基的文学思想逐渐发生了一些重要变化。第一，与前期推崇客观诗人而贬低主观诗人的立场不同，他转而强调文学创作中的主观性，强调诗人的个性和激情所起的重要作用。第二，与前期崇尚艺术的自足性不同，别林斯基要求文学要体现时代精神，推动社会的进步。第三，前期所持的有机整体论开始松动了，取而代之的是内容与形式的二分法，并越来越多地从内容方面来看待文学作品。当然，所有这些变化是与他整个世界观的转变联系在一起的。

正如我们所知，别林斯基的前期评论是完全倾向于客观诗人这一边的。而在《乞乞科夫的经历或死魂灵》(*Chichikov's Journeys or The Dead Souls*, 1842) 一文中，他却出人意外地把诗人的主观性置于前所未有的高度：

> 作者最伟大的成功和向前迈进的一步是：在《死魂灵》里，到处感觉得到地、所谓是触觉得到地透露出他的主观性。在这里，我们说的不是由于局限性和片面性而把诗人所描写的对象的客观实际加以歪曲的主观性；而是使艺术家显示为具有热烈的心灵、同情的灵魂和精神独立的自我的人的一种深刻的、拥抱万有的和人道的主观性。——就是那样的主观性，不许他以麻木的冷淡超脱于他所描写的世界之外，却迫使他通过自己的泼辣的灵魂去引导外部世界的现象，再通过这一点，把泼辣的灵魂灌输到这些现象中……[229]

---

[227] 别林斯基：《对民间诗歌及其意义的总的看法》，见《别林斯基选集》，第三卷，满涛译，上海译文出版社，1980 年，第 186 页。

[228] 同上书，第 221 页。

[229] 别林斯基：《乞乞科夫的经历或死魂灵》，见《别林斯基选集》，第三卷，满涛译，上海译文出版社，1980 年，第 414 页。

当然，这种主观性不是对客观性的简单否定，毋宁说是要求客观性与主观性的统一，即在真实描写外部世界的同时，又注入创作主体的强烈爱憎。因此，在别林斯基看来，《死魂灵》并不像御用文人所说的那样，是对俄国社会的丑化，而是对这个社会的丑恶现象的鞭挞，其中"洋溢着对俄国生活的丰饶种子的热情的、神经质的、带血丝的爱"。

在鸿篇巨制的《亚历山大·普希金作品集》（*The Works of Alexander Pushkin*，1843—1846）中，别林斯基更把这种主观性称为"激情"，认为它是理解诗人个性和创作特点的关键。他指出："每一部诗情作品都必须是激情的果实，必须被激情所渗透。没有激情，就不可能理解究竟是什么东西迫使诗人执笔作文，给予他以力量，让他有可能写完一部篇幅浩繁的作品。"[230] 从这个意义上说，激情既是体现于作品中的统一的精神，也是创作活动本身的驱动力。"如果一个诗人决心从事创造活动，这就是说，有一股强大的力量，一种不可克服的热情推动他、驱策他去写作。这力量、这热情，就是激情。有了激情，诗人就爱上意念，像爱上一个美丽的、活生生的人一样，就热情如焚地被概念所渗透……"[231]

在早期批评论著中，别林斯基曾多次表述了有关艺术的自足性的思想。他声称："诗人如果在作品中力图使你们从他的观点来看生活，那时他已经不再是诗人，却是一个思想家，并且是一个恶劣的、用意不良的、该诅咒的思想家，因为诗歌除了自身之外是没有目的的"。[232] 而在后期的批评活动中，他却对艺术在社会生活中的作用给予了高度重视。不仅如此，随着民主意识的日益觉醒，他越来越坚决地主张艺术要为社会的崇高利益服务。在《一八四六年俄国文学一瞥》（*A Look at Russian Literature in 1846*，1847）和《一八四七年俄国文学一瞥》（*A Look at Russian Literature in 1847*，1848）两篇综述中，他在总结俄国"自然派"文学的发展历程和时代特色的同时，更明确地宣称：

> 艺术本身的利益不能不让位于人类更重要的利益，艺术高贵地承担起为这些利益服务的担子，成为它们的发言人。然而它丝毫不会因此而终止其为艺术，而只不过是取得了新的特征。从艺术手里夺走这种为社会利益

---

[230] 别林斯基：《亚历山大·普希金作品集》，见《别林斯基选集》，第四卷，满涛、辛未艾译，上海译文出版社，1991年，第336页。

[231] 同上书，第334页。

[232] 别林斯基：《文学的幻想》，见《别林斯基选集》，第一卷，满涛译，上海译文出版社，1979年，第24页。

服务的权利，这不是把艺术抬高，而是把它贬抑，这样就等于是剥夺它的最有生气的力量，也就是思想，使它成为某种放荡逸乐享受的对象，成为空闲无聊的懒鬼的玩具。[233]

与此同时，别林斯基的批评思想也发生了若干变化。在前期论著中，他曾把法国的历史批评与德国的思辨批评对立起来，并认为前者的主要缺点就在于它不承认美的规律和作品的艺术价值，因而要评判一部作品的艺术性，就必须求助于德国的思辨批评。[234] 而在后期的评论中，别林斯基既然强调艺术是从属于社会历史进程的，那么，他就必然借重于历史的批评方法。他这样指出："每一部艺术作品一定要在对时代、对历史的现代性的关系中，在艺术家对社会的关系中，得到考察；对他的生活、性格以及其他等等的考察也常常可以用来解释他的作品。另一方面，也不可能忽略掉艺术的美学需要本身。"这就是说，文学批评应该是历史研究与审美评价的统一，"不涉及美学的历史的批评，以及反之，不涉及历史的美学的批评，都将是片面的，因而也是错误的"。[235]

在后期评论中，别林斯基也对同时代的赫尔岑、冈察洛夫、屠格涅夫和陀思妥耶夫斯基的创作作出了及时的反应。然而，他却未能坚持有机整体论的诗学标准，更多地是从思想倾向上来考察作品的。他要求文学在农奴解放运动中起到促进作用，"文学本身不仅反映了这种倾向，还要促使这种倾向在社会中的成长，不仅是不落后于它，还要更加超越它"，当然"艺术首先应当是艺术，然后才可能是一定时代的社会精神和倾向的表现"。[236] 也正是后期批评中的这些激进思想，把别林斯基与车尔尼雪夫斯基、杜勃罗留波夫和皮萨烈夫等人的批评活动联系在了一起，使他当之无愧地成为了俄国革命民主主义批评的开创者。

---

[233] 别林斯基：《一八四七年俄国文学一瞥》，见《别林斯基选集》，第六卷，辛未艾译，上海译文出版社，2006年，第596—597页。

[234] 别林斯基：《智慧的痛苦》，见《别林斯基选集》，第二卷，满涛译，上海译文出版社，1979年，第152—153页。

[235] 别林斯基：《关于批评的讲话》，见《别林斯基选集》，第三卷，满涛译，上海译文出版社，1980年，第595页。

[236] 别林斯基：《一八四七年俄国文学一瞥》，见《别林斯基选集》，第六卷，辛未艾译，上海译文出版社，2006年，第585—586页。

第四章

19世纪后期的文学批评

尽管从浪漫主义批评中汲取了丰富的养料，但从总体格局上看，19世纪后期的西方文学批评却发生了深刻的变化。法国批评家圣勃夫（Charles Augustin Sainte-Beuve，1804—1869）在1850年发表的《什么是古典作家？》（*What Is a Classic?*）一文，便是这方面的一个突出例证。毫无疑问，圣勃夫最初是以浪漫主义文学拥护者的姿态登上文坛的，然而，随着岁月的推移，他逐渐对浪漫主义的某些极端做法感到厌倦，转而替古典文学及其优秀传统进行辩护。因此，在这篇文章中，他一方面要求扩大"古典文学"这一概念的精神内涵，另一方面则强调，当务之急是要重新恢复对古典文学及其传统的尊重，并将其发扬光大。当然，圣勃夫表达的不只是他个人趣味的转变，同时也反映了批评史上的一个重大转折。在同时代的许多批评家那里，我们都可以发现类似的倾向。

然而，倘若以为这些批评家采取了某种步调一致的行动，或是汇集在某种统一的文学思潮之下，那就大错特错了。事实上，19世纪后期的文学批评呈现了一种前所未有的多元化格局。还从未有过以往哪个时代，像这一时期的文坛那样派别林立，意见纷纭；也从未有过以往哪个时代，像这一时期的批评那样充满对峙，争执不已。现实主义、自然主义、唯美主义、象征主义、科学主义、印象主义……各种文学思潮和批评方法在一时间纷纷登场，而且每一种见解都被推向了极端，使19世纪后期文学批评成了一个人声鼎沸的争论场所，一个行情动荡的证券交易市场。从某种意义上说，它似乎已经预示了20世纪西方文学批评的纷乱复杂的局面。

不过，透过这些表面的繁荣和热闹的论争，19世纪后期文学批评的实绩却是每每令人失望的。正如雷纳·韦勒克（René Wellek，1903—1995）所指出的："假如我们认定批评的中心任务是界定和描述诗歌和文学的本质——诗学、文学理论——那么，我们便会得出令人困窘的结论，即19世纪后期未能推进那些伟大的浪漫主义批评家的系统成果，而是时常从他们那里倒退了。"因此，韦勒克断言，19世纪后期在某些方面形成了批评史上的一次衰退，甚至是一种畸变。[1]

从今天来看，19世纪后期文学批评的一个显著特征，便是全力赶超自然科学的方法，并试图照搬自然科学的模式去建立一套文学理论和批评方法。尽管圣勃夫、泰纳（Hippolyte Taine，1828—1893）、左拉（Emile Zola，1840—1902）、布吕纳介（Ferdinand Brunetière，1849—1906）和朗松（Gustave Lanson，1857—1934）有着各自不同的知识背景和理论主张，但都自觉不自觉地被这种科学主义思潮所裹挟。可是，这种科学主义思潮却不能不使他们的理论探索受到损害。显而易见，诗歌、小说和戏剧所处理的是一个虚构的、想象的世界，因而无论在方法和目的上均与自然科学存在着显著的差异。而从因果关系的角度来解释文学现象，则必然把大量精力耗费在对文学的外部环境和历史背景的研究上，反而忽视了对文学作品的分析和评价。

印象主义批评在19世纪后期也盛行一时，但却把文学批评引向了另一极端。无论是王尔德（Oscar Wilde，1856—1900）所标榜的批评的"创造性"，还是法朗士（Anatole France，1844—1924）所谓"灵魂在杰作中的探险活动"，都是以主观感受代替了对作品文本的解读，以个人趣味取消了对作品的客观评价，最终必然导致批评上的主观主义和相对主义。而沃尔特·佩特（Walter Pater，1839—1894）有关《蒙娜丽莎》的评论则表明，一旦把这种方法发挥到极致，印象主义批评会走得多么遥远，以至与批评对象完全失去了联系。由此也可理解，这种批评方法何以会在20世纪遭到越来越多的非议。

与此同时，文学观念的对峙也表现在唯美主义和自然主义这两种截然相反的思潮上。如果说"为艺术而艺术"的主张不仅割裂了艺术与社会生活的联系，而且也否认了文学的社会功用的话，那么，自然主义则往往把真实性作为衡量文学作品的唯一标准，其结果，便是将艺术与生活混为一谈。尽管唯美主义有助于抵制艺术商品化的倾向，自然主义也有助于消除浪漫主义的主观作风，然而，作为两种极端的文学观念，一个是把文学变成了子虚乌有的"谎言"，另一个则是把文学当作了社会生活的单纯记录，因而都不可能帮助我们认识文学的真谛。

与19世纪前期相比，19世纪后期文学批评的总体格局的另一个变化，便是

---

[1] R. Wellek, *A History of Modern Criticism*, vol. 3, Yale University Press, 1965, p.xiii.

其活动中心发生了转移。曾在浪漫主义时代一度落后的法国，此时重又恢复了它在文论方面的权威，成为各种新思潮新方法的发源地。而在浪漫主义时代最富于理论创造力的德国和英国，在这一时期却显得相对沉寂得多，尽管尼采（Friedrich Nietzsche，1844—1900）和阿诺德（Matthew Arnold，1822—1888）是两个不容忽视的人物。同样，俄国和美国虽然在文学创作上犹如异军突起，但在文学批评方面却平平不足观。

因此，我们将从这一时期的法国文学批评说起。如上所述，圣勃夫是批评史上的一个标志性人物，在重振法国文学批评方面成就卓著，功不可没。然而，他所倡导的传记式批评方法却显然是错误的，在对待文学新秀方面也未能经受住考验。泰纳将文学演变的动因归结为"种族、环境、时代"三要素，在引导人们着重考察文学的外部环境方面起着推波助澜的作用。幸亏他深刻领悟了黑格尔的美学思想，才没有被科学主义引向歧途。倒是波德莱尔（Charles Baudelaire，1821—1867）在诗歌想象理论和象征理论上的建树，朗松在文学史研究上的贡献，架设起了通往20世纪文学批评的桥梁。

自从老一代浪漫主义批评家相继辞世后，英国文学批评便呈现出一派萧条的景象。直到20世纪前期，经过托·斯·艾略特（T. S. Eliot，1888—1965）、艾·阿·理查兹（I. A. Richards，1893—1979）、威廉·燕卜荪（William Empson，1906—1984）和弗·雷·利维斯（F. R. Leavis，1895—1978）等人的努力，它才重新恢复了巨大的活力。不过，在19世纪后期，仍有几个人物值得我们注意。如果说沃尔特·佩特和王尔德的批评活动暴露了唯美主义和印象主义的种种弊端的话，那么，阿诺德的诗歌理论则有效地回应了科学主义和唯美主义的挑战，捍卫了诗歌的崇高价值。令人遗憾的是，他所标榜的"高度的严肃性"毕竟过于狭隘，限制了我们对诗歌的理解和欣赏。

19世纪后期的俄国批评也存在类似的情况。无论是激进的革命民主主义批评家，还是保守的斯拉夫派批评家，都把文学视为政治斗争的武器，或视为道德说教的工具。尽管车尔尼雪夫斯基（N. Chernyshevsky，1828—1889）和杜勃罗留波夫（N. Dobrolyubov，1836—1861）自诩为别林斯基的继承人，但却对这位先驱者的丰富思想未加领会，而是秉承了他后期的激进立场，将注意力集中在揭示文学作品的社会意义方面。列夫·托尔斯泰（Leo Tolstoy，1828—1910）固然是一位伟大的艺术家，可是他晚年撰写的《艺术论》中却充满浓厚的说教色彩。他错误地把艺术界定为"感情的传达"，甚至从一种强烈的宗教意识出发，对整个近代艺术作了全面否定。

本章的最后两节，将分别评述德国的尼采和丹麦的勃兰兑斯（Georg Brandes，1842—1927）。不言而喻，在当时各自的国家，他们都是大名鼎鼎的人物。在《悲剧的诞生》(*The Birth of Tragedy*，1872）中，尼采不仅以所谓日神精神和酒神精神解释了西方艺术的起源，而且不同凡响地建构了一套新颖的悲剧理论。勃兰兑斯的《十九世纪文学主流》(*Main Currents in Nineteenth Century Literature*，1872—1890）曾经产生过广泛的影响，也为这位丹麦批评家赢得了极高的声誉，尽管从今天来看，这部文学史著作既没有为我们提供独特的文学理论，也没有为我们提供新颖的批评方法。

第一节　圣勃夫

论及夏尔-奥古斯丁·圣勃夫（Charles-Augustin Sainte-Beuve，1804—1869）在批评史上的贡献，勃兰兑斯曾这样赞誉道："圣勃夫在自己的领域内比当代其他作家在他们各自的领域内更是一个伟大的革新者；因为在雨果之前就有了现代抒情诗，而现代文艺批评——就这个词的严格意义而言——在圣勃夫以前是并不存在的。无论如何，像巴尔扎克完全改造了小说一样，他完全改造了文艺批评。"[2] 然而，物换星移，潮流更替。近百年来文学思潮的急剧变化，竟使得圣勃夫逐渐被历史的忘川所淹没。尤其是马塞尔·普鲁斯特的《驳圣勃夫》（*Contre Sainte-Beuve*，写于 1908 年，出版于 1954 年）一书的发表，更使他作为一个批评家的声誉落到了最低点。

论古典作家及其传统

圣勃夫初登文坛，是以浪漫主义文学的辩护者的姿态出现的。他的早期著作《十六世纪法国诗歌和戏剧概观》（*Tableau de la poésie francaise et du theatre au XVIe siècle*，1828）写于法国浪漫主义运动的高潮时期，距离雨果发表《〈克伦威尔〉序言》（1827）仅差一年。因而毫不奇怪，这部著作的宗旨就是为了证明浪漫主义文学与 16 世纪法国文学的渊源关系，替当时出现的这一新流派找到它的高卢祖先。然而，随着岁月的推移，圣勃夫逐渐对浪漫主义的狂热感到厌倦，开始以一种更平和的态度来看待文学史现象。因此，他一方面要求尊重古典文学，继承其优良传统；另一方面，他试图重新界定"古典的"概念，扩大其精神内涵。他在《什么是古典作家？》（*What Is a Classic?*，1850）一文中指出，无论是新古典主义的极端，还是浪漫主义的极端，都将阻碍文学的健康发展。固守古典诗艺规则，以为只要一心摹仿古代作品，就可以使一个作家成为古典的，固然愚钝不堪；但藐视文学传统，以为凭借一时冲动的"革新"便能取代古典作家，更是一种冒险行为。因此，针对那些执意粉碎一切理论体系，在创作上率意而行的偏激主张，圣勃夫强调，当务之急

---

[2]　勃兰兑斯：《十九世纪文学主流》，第五卷"法国的浪漫派"，李宗杰译，人民文学出版社，1982 年，第 349 页。

是要重新恢复对古典文学及其传统的尊重，并将它们发扬光大。他一再呼吁：对于以往那些伟大作家，"且让我们甘心情愿地去理解他们，赞美他们，但也让我们这些后来者至少保持自己的本色"。[3]

当然，崇尚古典文学，并不意味着重新回到新古典主义的狭隘立场上去。在圣勃夫看来，古希腊罗马作家固然是令人仰慕的古典作家，而但丁和莎士比亚则是更伟大的古典作家。路易十四时代的诗人固然值得推崇，而伏尔泰、孟德斯鸠和卢梭也是优秀文学传统的有机组成部分。因此，圣勃夫对"古典作家"这一概念作了重新界定：

> 一个真正的古典作家，正如我所喜爱界定的那样，是一位丰富了人类思想的作家，他切实增长了人类的财富，并使之迈进了一步；他发现了某些毫不含糊的道德真理，或揭示了一个人心中的某种永恒的激情……他以某种体裁，即以伟大而壮阔的、精细而明智的、健康而优美的形式，把他的思想、观察或创见表现出来；他以自己特有的风格对所有人说话，而这一风格也是通常说话的风格，它是崭新的而非自创新词，同时亦今亦古，与所有时代相适应。[4]

从这个意义上说，深刻的精神内涵与优美的体裁风格，就构成了古典文学的基本品格。也正是这些品格，形成一种优秀的传统，代代相传，持续不断。

在题为《论文学传统》(*Tradition in Literature*，1858)的演讲中，圣勃夫再次谈到了这一话题。他援引歌德的名言，即所谓古典的就是"健康的"，浪漫的就是"病态的"的说法，将古典文学与浪漫主义文学作了鲜明对比。在他看来，古典文学包括了一切在繁荣与健康的社会状况下所产生的文学："这样的文学与它们的时代，它们的社会环境，以及指导社会的力量和原则和谐一致……这种文学安然自适，走着正途，从不越出它们的等级，也从不骚动不安"。[5] 相反，浪漫主义文学则产生于一个社会动荡的年代，因而作家不相信文学可以留传不朽，总是率意而行。浪漫主义文学染上了怀旧病，终日沉浸在梦幻和逝去的岁月之中。哈姆莱特、维特、恰

---

[3] Sainte-Beuve, "What Is a Classic?", in F. Steegmuller and N. Guterman ed., *Sainte-Beuve Selected Essays,* Doubleday & Company, Inc., 1963, p.10.

[4] Ibid., p.4.

[5] Sainte-Beuve, "Tradition in Literature", in F. Steegmuller and N. Guterman ed., *Sainte-Beuve Selected Essays*, Doubleday & Company, Inc., 1963, p.496.

尔德·哈罗尔德和勒内之流，全都是一些无病呻吟的人物。因此，浪漫主义文学或多或少流于病态和肤浅。圣勃夫如此演绎歌德的那段名言，其结论不言而喻，那就是热切呼吁继承自古典文学的优秀遗产，以此作为推动法国文学向前发展的动力。

自从斯达尔夫人首次将德国浪漫主义文学引进法国之后，便在文坛引发了一场旷日持久的"古典诗"与"浪漫诗"之争。司汤达的《拉辛与莎士比亚》和雨果的《〈克伦威尔〉序言》，都在摧毁新古典主义的理论体系与标榜浪漫主义文学方面，具有振聋发聩的作用。然而，正像许多文学革新者一样，他们往往藐视一切传统，否定一切诗艺规则。而圣勃夫在浪漫主义运动高潮之后重提"古典诗"与"浪漫诗"之争，自有其特殊的意义。显然，圣勃夫并不是一个抱残守缺的批评家，但在他看来，要促进法国文学的健康发展，就必须纠正浪漫主义的狂热和偏颇，继承和发扬古典文学的优秀传统。因此，只有了解当时法国文坛的复杂形势，我们才能深切理解圣勃夫弘扬古典文学及其传统的重大意义。

关于传记式的批评方法

作为一代批评大师，圣勃夫自觉开创了一种传记式的批评方法，对此后许多批评家产生过深远影响。概括地说，这种批评方法的显著特点就在于：从作家的生平传记和个性气质来说明他的创作，又通过其作品来研究作家的生平与个性，如此循环往复，彼此印证，而最终目的仍然是为了认识作家的个性内涵。因此，圣勃夫的文学批评大多是所谓"作家评传"，其重心主要放在传记研究方面。

圣勃夫在《夏多布里昂》(*Chateaubriand*, 1862)一文中谈到，时常有人指责他的批评活动毫无理论可言，所关注的完全是单纯的史实和个人因素。即使是那些善意的批评，也称他是一个极好的法官，但却没有法典。对此，圣勃夫为自己的批评方法作了如此辩护：

> 文学，文学的产品，在我看来是与人的个性及其活动的其他方面不可分割的。我固然欣赏一部作品，然而，倘若我对创作这部作品的人缺乏了解，我就难以评判它。我要说，有其树必有其果。因此，文学研究便自然地将我引向了对人性的研究。[6]

---

[6] Sainte-Beuve, "Chateaubriand", in F. Steegmuller and N. Guterman ed., *Sainte-Beuve Selected Essays,* Doubleday & Company, Inc., 1963, pp.281—282.

圣勃夫承认，这种传记式的批评方法对于研究古代作家显然是困难重重的，因为我们所掌握的材料已经残缺不全，所拥有的雕像也早已支离破碎。对于柏拉图、索福克勒斯或维吉尔，我们只能通过解读其作品来想象其为人，以这种方式重建他们的半身像。可是，对于研究近代作家来说，情况就完全不同了。我们可以通过考察作家的血统、家庭、早年的生活环境和种种经历来搜罗丰富的传记材料，通过了解作家的父母、姐妹、弟兄，乃至他的儿女，来真切地认识作家本人。

举例来说，夏多布里昂有两个姐妹，其中一个富于想象力，但又近乎漫无节制；另一个则犹如《勒内》中所描写的阿美丽一般虔诚，具有一种极度的敏感和一种柔情的、忧郁的想象。这些分散在两个姐妹身上的不同气质，却在夏多布里昂的才能中结合起来，并保持着某种程度的均衡。[7] 同样，将大名鼎鼎的批评家和讽刺诗人尼古拉·布瓦洛与他的两个哥哥作一番比较，也是非常有趣的。较年长的吉尔·布瓦洛也是一位讽刺作家，但却多少有些平庸和粗俗；另一位雅各·布瓦洛是个天主教神甫，谈吐爽快机敏，但他的幽默却有些怪诞，缺少精细。尼古拉·布瓦洛将两位兄长的特点集于一身，同时又结合自己的高雅和个性，使之具有堪与贺拉斯相媲美的合理色彩。[8]

然而，这还不够，还应当考察作家所参与的文学团体，考察作家的最初作品和创造力的衰退过程，考察作家的日常生活与精神世界。正如圣勃夫所指出的：

> 要了解一个人，应该采取多种多样的途径——因为人是一种复杂的生灵，而不是单纯的精神。他的宗教观念是什么？自然景物对他有什么影响？他如何对待女性？他对金钱是什么态度？他是富有的还是贫穷的？他的日常工作和日常生活如何？最后，他的恶习或弱点是什么？这是每个人都会有的。在评判一部书的作者或这部书本身（除非这是一篇纯粹的几何学论文）的时候，这些问题并非是无关紧要的——总之，如果这是一部文学作品，它就不会与人们生活的方方面面毫不相干。[9]

由此可以理解，圣勃夫何以在搜罗作家传记材料方面不遗余力，而他的批评论著也始终将对作品的分析融合在作家的趣闻轶事之中。

---

[7] Sainte-Beuve, "Chateaubriand", in F. Steegmuller and N. Guterman ed., *Sainte-Beuve Selected Essays,* Doubleday & Company, Inc., 1963, p.284.
[8] Ibid., pp.284—285.
[9] Ibid., p.290.

圣勃夫生活在一个历史主义观念流行的时代，当然会意识到"环境"和"时代"对文学所产生的影响。但在他看来，倘若不能具体而微地说明作家的创作个性，历史的方法终究会流于空疏。因此，他批评泰纳的环境决定论太空泛，太抽象，无法揭示艺术天才的奥秘。他认为，"任何一部伟大作品，只能由一个灵魂，一个独特的精神状态产生"，而泰纳的研究方法却"始终停留在外部，让所谓才能、天才的这个独特性从网孔中漏了出去……事实上，那些外部关系都服务于独特性和个人的创造力，促动它和刺激它，使它或多或少有可能去产生一些作用和反作用，然而却不能对它有所创造"。[10] 因此，在圣勃夫看来，天才是独一无二的，仅靠考察文学的外部环境对它的影响，并不能揭示作家的丰富而独特的创作个性。

显然，这里有两个理论问题需要加以澄清：第一，作家的生平、个性与他的作品之间究竟是一种什么关系？第二，传记研究的成果对于理解和评价文学作品又有多大意义？我们应当认识到，虽然作家传记有助于人们了解作家的创作道路、素材来源和思想背景，但是，正如雷纳·韦勒克所指出的："那种认为艺术纯粹是自我表现，是个人感情和经验的再现的观点，显然是错误的。尽管艺术作品和作家的生平之间有密切关系，但绝不意味着艺术作品仅仅是作家生活的摹本。"[11] 更重要的是，无论传记研究如何成功地揭示了作家的个性，它都不可能改变我们对作品本身的评价。显然，对作家个性的认识是一回事，对文学作品的审美评价是另一回事。正像古斯塔夫·朗松所说的那样："圣勃夫在他那了不起的伦理学家的直觉和强烈的生活感的推动下，竟把编制传记几乎看成是文学批评的全部内容……事实上，当圣勃夫编制他那精神解剖档案时，他是把文学批评这项工作放弃了；甚至可以这样说，如果我们学圣勃夫的榜样也把文学批评变成他一头钻进去的那种研究的话，那就表明圣勃夫使文学批评的方法严重地走了样了。"[12]

论司汤达、巴尔扎克和波德莱尔

作为一位职业批评家，圣勃夫一生笔耕不辍。除了前面所提到的《十六世纪法国诗歌与戏剧概观》之外，他还先后写有《波尔－罗雅尔修道院史》（*Port-Royal*,

---

[10] 圣勃夫：《泰纳的〈英国文学史〉》，见伍蠡甫主编《西方文论选》，下卷，上海译文出版社，1979年，第204—205页。
[11] 韦勒克、沃伦：《文学理论》，刘象愚等译，生活·读书·新知三联书店，1984年，第72页。
[12] 朗松：《圣勃夫之后》，见昂利·拜尔编《方法、批评及文学史——朗松文论选》，徐继曾译，中国社会科学出版社，1992年，第522页。

1840—1859)、《帝政时期的夏多布里昂及其文学集团》(*Chateaubriand et son groupe littéraire sous l'Empire*, 1861) 等文学史著作，并为《宪政报》等报刊撰写了大量评论文章。在卷帙浩繁的批评论著中，他畅谈古今作家，纵论作品得失，显示了一个批评家的巨大创造力。然而，他对同时代的司汤达、巴尔扎克和波德莱尔却不甚欣赏，甚至作出了错误的评价。因此，人们对他的鉴赏力产生了深刻的怀疑，马塞尔·普鲁斯特则在其《驳圣勃夫》中一笔勾销了他在批评史上的重要地位。

圣勃夫在司汤达生前从未对他加以评论，直到司汤达逝世10周年之际，面对小说家在新一代读者中所激起的反响，他才撰写了一篇题为《司汤达》(*Stendhal*, 1854) 的专论，不过态度相当冷淡。尽管他肯定了《拉辛与莎士比亚》在法国文学史上的意义，但对司汤达作为小说家的天才却视而不见。在圣勃夫看来，自然并未赋予司汤达以创作叙事作品的才能，他无非是凑合两三个观念来组成人物，因而他们不是有生命的活人。主人公于连更是一个令人作呕的小怪物，一个罗伯斯庇尔式的罪犯。[13] 相比之下，他觉得司汤达取材于意大利的小说更为成功一些。尽管如此，圣勃夫声称自己也不会分享巴尔扎克对《巴马修道院》的那份热情，因为倘若人们要在这部小说中寻找可然律或逻辑，那么，小说中人物的行为及其结局便是莫名其妙的，"除了开篇之外，这部小说无非是一部诙谐的意大利假面喜剧"。[14]

同样，圣勃夫对巴尔扎克的评价也不高。在为巴尔扎克逝世而写的纪念文章《巴尔扎克》(*Balzac*, 1850) 中，他拐弯抹角地表示了对这位伟大作家的保留意见。诚然，他赞誉巴尔扎克"是我们时代的画家，或许是我们所有画家中最有独创性、最有能力和最敏锐的。从早期起，他就选择了19世纪作为他的主题，作为他观察的领域：他满怀热情地投入其中，而且从未放弃。社会犹如一个女人，需要一位画家将它的风姿记录下来。巴尔扎克就是这样的画家。"[15] 但另一方面，他将巴尔扎克的成就置于乔治·桑之下，充其量也只是把他与欧仁·苏相提并论。在圣勃夫看来，现代小说是由人物、情节和风格三个因素组成的，以此来衡量，巴尔扎克所擅长的是创造人物，而在情节和风格方面都算不得成功。巴尔扎克小说的情节时常逸出常规，或过分夸张，而他的风格也偏离了传统。按圣勃夫的说法，巴尔扎克具有一种

---

[13] Sainte-Beuve, "Stendlhal", in F. Steegmuller and N. Guterman ed., *Sainte-Beuve Selected Essays*, Doubleday & Company, Inc., 1963, pp.226—227.

[14] Ibid., pp.229—231.

[15] Sainte-Beuve, "Balzac", in F. Steegmuller and N. Guterman ed., *Sainte-Beuve Selected Essays*, Doubleday & Company, Inc., 1963, p.241.

丰饶的、繁盛的天性，但他却没有节制，常常滥用了自己的才华，"他拥有如此充沛的力量；但他缺乏那种控制自己创造的最重要的力量"。[16] 由此可见，圣勃夫则始终未能认识到巴尔扎克在文学史上的划时代的意义。

对法国诗坛的后起之秀波德莱尔，圣勃夫也缺乏真正的理解。《恶之花》发表之后，波德莱尔曾将它寄赠给圣勃夫，后者则在给一位文学编辑的信（1860 年 2 月 20 日）中才稍加评论。不过，圣勃夫所用的那种轻描淡写、模棱两可的笔调，却很难让人认为他是由衷赞赏这部诗集的。他仅仅对两篇诗作表示了好感，但措辞又令人费解。在他看来，《月亮的哀愁》是"一首可爱的十四行诗，完全可以说是某个英国诗人，一个青年莎士比亚的同时代人的作品"。而《给一位过于快活的女郎》"看来也写得极为精致，为什么它不用拉丁文或希腊文写呢？"[17] 两年之后，在一篇有关法兰西学院院士选举的短文中（1862），圣勃夫对候选人波德莱尔作了介绍。他承认，《恶之花》的某些篇什足以显示作者的才华，散文诗中也不乏精品，但转眼之间他又用调侃的语气说，波德莱尔精心建造了一座凉亭，站在浪漫主义的勘察加半岛上望去引人注目，不妨称之为"波德莱尔的游乐场"。[18]

一位批评家难免评判失误，这在批评史上是不足为奇的。然而，圣勃夫对司汤达、巴尔扎克和波德莱尔的不当评价，却成了一个为人诟病的重大污点。普鲁斯特认为，圣勃夫的失误绝非偶然，其根本原因就在于他的传记式批评方法。他指出："一本书是另一个'自我'的产物，而不是我们表现在日常习惯、社会、我们种种恶癖中的那个'自我'的产物，对此，圣勃夫的方法是不予承认、拒不接受的。"[19] 应当说，这一意见是切中要害的。不过，我们也应认识到，19 世纪法国文坛风云变幻，波澜迭起，面对纷至沓来的文学思潮，圣勃夫之所以缺乏正确判断，既与他的批评方法有关，也与他日益转向古典文学传统有关。

---

[16] Sainte-Beuve, "Balzac", in F. Steegmuller and N. Guterman ed., *Sainte-Beuve Selected Essays*, Doubleday & Company, Inc., 1963, p.247.

[17] Sainte-Beuve, "Baudelaire", in F. Steegmuller and N. Guterman ed., *Sainte-Beuve Selected Essays*, Doubleday & Company, Inc., 1963, p.276.

[18] Ibid., p.277.

[19] 普鲁斯特：《驳圣勃夫》，王道乾译，百花洲文艺出版社，1992 年，第 65 页。

第二节 泰 纳

希波里特·泰纳（Hippolyte Taine，1828—1893）的批评论著主要发表于19世纪50年代至60年代，其中又以同时完成的《英国文学史》（*History of English Literature*，1864—1869）和《艺术哲学》（*The Philosophy of Art*，1865—1869），奠定了他在西方文学批评史上的重要地位。此后，他便转向了哲学和历史研究，很少再涉足文学批评领域。尽管如此，他所开创的文艺社会学，他所提出的文学演变受制于种族、环境、时代三要素的理论，却产生了深远的影响。正如我们所知，19世纪后期以来，侧重从文学的社会环境和外部条件来解释文学现象已成为一股不可抗拒的潮流，而泰纳的学说则始终在其中起着推波助澜的作用。

论种族、环境和时代三要素

几乎从最初的批评活动开始，泰纳就抱着一种雄心壮志，企图超越圣勃夫的传记式批评方法，而将自然科学的方法引入到文学研究中来。在他看来，如果说文学作品和作家个性都只是精神现象的话，那么，一个文学史家就必须进一步探寻制约文学现象的终极原因。换言之，泰纳并不把文学作品仅仅视为作家个人心理的表现，而是将它们视为时代精神的产物和社会风俗的再现。正如他在《英国文学史》序言中所指出的：

> 可以看出，一部文学作品并非只是一种想象力的发挥，一个发热的头脑孤独的奇想，而是当代风俗的一种再现，某种精神的一种体现。由此可以得出结论，通过文学的纪念碑，我们可以回顾几个世纪之前人们的感情和思想的风貌。这种尝试已经做了，并且取得了成功。[20]

而追根溯源，泰纳认为，一切人类文明，包括文学艺术的产生与演变，都可以归结为三个基本要素，这就是种族、环境和时代。

按照泰纳的说法，"所谓种族是指天生的和遗传的气质，人带着它们一同出世，而且作为一种规律，它们与肉体的血气和构造上的显著差异结合在一起"。[21] 而这

---

[20] H. Taine, "History of English Literature: Introduction", in Hazard Adams ed., *Critical Theory since Plato,* Harcourt Brace Jovanovich, Inc., 1971, p.602.

[21] Ibid., p.607.

种种族特性是如此顽强,以致无论环境如何变迁,时代如何更替,人们仍然可以把它辨认出来。然而,我们应当看到,泰纳的"种族"概念实际上是相当模糊的。且不说他将印欧语系与所谓"雅利安人种"混为一谈,即便在通常情况下,他也时而用它来指日耳曼人与拉丁人的区别,时而用它来指近代欧洲各主要民族之间的区别。当他论及拉丁人与日耳曼人在想象力上的不同特点,或是比较近代欧洲各民族性格上的差异(例如,德国人酷爱哲学,英国人关注实际,法国人追逐时尚)对绘画所产生的影响时,[22]我们便不难发现,他的"种族"概念不仅极不确定,而且时常流于浮光掠影的个人印象。

泰纳所谓"环境",既包括了地理、气候等自然条件,也包括了政治、战争、宗教、风俗等社会环境,因而是一个更加复杂的概念。在泰纳看来,日耳曼人与拉丁人之间的差异,在很大程度上取决于地理条件和气候状况的巨大悬殊。日耳曼人自古以来便居住在寒冷潮湿的北方,恶劣的自然环境铸就了他们忧郁、偏激的性格,使他们倾向于狂饮暴食,酷爱战斗流血的生活。相反,拉丁人则生活在风光明媚的南方,靠近波澜壮阔的大海,从一开始就向往于航海与商业,发展了固定的国家组织,促进了科学发明和文学艺术的繁荣。[23]至于国家政策、社会状况、宗教信仰,更是对人类文明和文学艺术的发展有着不容忽视的影响。比如,意大利历史上的两种文明就与国家政策、政治形势密切相关。古罗马的内外战争使它的文明完全倾向于征服、政治和立法,而文艺复兴时期的意大利则由于各城邦政权的相对稳固,使人们趋向于对快乐和美的崇拜。[24]由于自然环境相对来说是一个比较稳定的因素,对文明的影响也较为间接,因此,在批评实践中,泰纳往往把研究的重心放在了社会环境这一边。

同样,泰纳对"时代"这一概念的界定也是不甚明了的。有时候,他指的是文学艺术发展的不同阶段。诸如,高乃依时代与伏尔泰时代的法国文学,埃斯库罗斯时代与欧里庇得斯时代的古希腊悲剧,或是达·芬奇时代与奎多时代的意大利绘画,在这些先驱者与后继者之间存在着显著的差别。有时候,他指的是不同历史时期占据优势的观念,类似德国学者所说的"时代精神"。例如,中世纪把骑士和僧侣奉为典范,而17世纪的法国人则把朝臣和能言善辩者视为时髦人物,这样的观念一

---

[22] 泰纳:《艺术哲学》,傅雷译,人民文学出版社,1963年,第94—96页。

[23] H. Taine, "History of English Literature: Introduction", in Hazard Adams ed., *Critical Theory since Plato*, Harcourt Brace Jovanovich, Inc., 1971, p.608.

[24] Ibid., p.609.

且风行于世，势必会影响到文学艺术的创作。[25] 就后一层意思而言，"时代"的概念是与"环境"的内涵相重合的，因而完全可以归并到"环境"这一概念中去。

事实上，泰纳的种族、环境、时代三要素理论，无非是引导人们去考察文学的外部环境。因此，尽管《艺术哲学》在更大的范围内，论证了以上三要素对历史上各种艺术的制约作用，但其基本思想却可以概括为一句话，即"艺术品的产生取决于时代精神和周围的风俗。"[26] 泰纳甚至还明确提出了"精神气候"的概念，用以突出强调环境对文学艺术的决定性影响：

> 自然界有它的气候，气候的变化决定这种那种植物的出现；精神方面也有它的气候，它的变化决定这种那种艺术的出现。我们研究自然界的气候，以便了解某种植物的出现，了解玉蜀黍或燕麦，芦荟或松树；同样我们应当研究精神上的气候，以便了解某种艺术的出现，了解异教的雕刻或写实派的绘画，充满神秘气息的建筑或古典派的文学，柔媚的音乐或理想派的诗歌。精神文明的产物和动植物界的产物一样，只能用各自的环境来解释。[27]

因此，泰纳确信："要了解一件艺术品，一个艺术家，一群艺术家，必须正确的设想他们所属的时代的精神和风俗概况。这是艺术品最后的解释，也是决定一切的基本原因。这一点已经由经验证实；只要翻一下艺术史上各个重要的时代，就可以看到某种艺术是和某些时代精神与风俗情况同时出现，同时消灭的。"[28]

而风俗习惯和时代精神，则可以用文学艺术的读者情况来予以说明。泰纳谈到，任何一部艺术作品都不是孤立的现象，而是从属于三个不同等级的总体。首先，一部艺术作品从属于该作者的全部作品，它们仿佛是一父所生的儿女，彼此有着明显的相似之处。其次，这位艺术家及其作品从属于某个同时同地的艺术流派，他们用同样的思想感情和风格来写作，而这位艺术家不过是他们的卓越代表罢了。最后，这个艺术流派本身还包括在一个更大的总体之内，这就是与它趣味相同的读者群。时代精神与风俗习惯对于读者和艺术家都是相同的，因而要解释艺术作品，就必须

---

[25] H. Taine, "History of English Literature: Introduction", in Hazard Adams ed., *Critical Theory since Plato*, Harcourt Brace Jovanovich, Inc., 1971, p.609.
[26] 泰纳：《艺术哲学》，傅雷译，人民文学出版社，1963年，第63页。
[27] 同上书，第9页。
[28] 同上书，第7—8页。

考察它的读者。泰纳由此指出:"我们隔了几个世纪只听到艺术家的声音;但在传到我们耳边来的响亮的声音之下,还能辨别出群众的复杂而无穷无尽的歌声,像一大片低沉的嗡嗡声,在艺术家四周齐声合唱。只因为有了这一片和声,艺术家才成其为伟大。"[29] 正是在这个意义上,泰纳为文艺社会学的创立奠定了基石。

要追溯泰纳的学术传承和思想渊源,并不是一件困难的事。当时盛行的科学主义思潮固然是一个独特的知识背景,但更直接的理论源头却是斯达尔夫人和黑格尔的历史主义。正如我们所知,早在《论文学》一书中,斯达尔夫人就试图把文学的演变置于社会历史背景中去加以考察,并且明确宣称:"我的本旨在于考察宗教、风尚和法律对文学的影响以及文学对宗教、风尚和法律的影响。"[30] 在黑格尔的美学体系中,也处处渗透着深邃的历史意识。在他看来,"一般的世界情况"即"教育、科学、宗教乃至于财政、司法、家庭生活以及其他类似现象的情况",与艺术的发展有着密切关系,[31] 并且强调:"每种艺术作品都属于它的时代和它的民族,各有特殊环境,依存在特殊的历史的和其他的观念目的。"[32] 而所有这些见解,都为泰纳的"环境决定论"提供了思想资源。

论艺术的本质和艺术的理想

我们应当认识到,无论历史主义方法还是自然科学方法,都要求批评家以纯客观和普遍宽容的态度去对待艺术现象,因而极容易导致批评上的相对主义。而单纯从历史主义的观点来看待文学,也极容易把文学作品的价值等同于它的历史文献价值。令人遗憾的是,这两种错误倾向泰纳都未能完全幸免,如果不是黑格尔的典型学说给他以深刻启示,他很可能会陷入无所作为的窘困境地。

的确,当泰纳宣称美学将跟随自然科学的潮流一起前进的时候,他确信自己更新了文学的研究方法,而这种方法的特点就在于:"科学同情各种艺术形式和各种艺术流派,对完全相反的形式和派别一视同仁,把它们看作人类精神的不同的表现,认为形式与派别越多越相反,人类的精神面貌就表现得越多越新颖。"[33] 然而,这种说法却混淆了文学批评与自然科学之间的根本区别,更不应当成为我们放弃对艺术

---

[29] 泰纳:《艺术哲学》,傅雷译,人民文学出版社,1963年,第6页。
[30] 斯达尔夫人:《论文学》,徐继曾译,人民文学出版社,1986年,第12页。
[31] 黑格尔:《美学》,第一卷,朱光潜译,商务印书馆,1979年,第228页。
[32] 同上书,第19页。
[33] 泰纳:《艺术哲学》,傅雷译,人民文学出版社,1963年,第11页。

作品作出评判的理由。从根本上讲，要在文学批评中做到普遍同情和绝对客观是不可能的。

同样，单纯从历史主义观点来看待艺术作品，也必然走入另一个误区。在泰纳看来，既然文学的演变受制于时代精神和风俗习惯，因而人们就可以通过文学作品去认识历史，"回顾几个世纪之前人们的感情和思想的风貌"。这样，他便特别看重文学作品的历史文献价值。他认为：

> 当一部文学作品是丰富的，而且人们懂得如何去解释它，那么，我们就会在那里发现一个灵魂的心理，经常是一个时代的心理，更是一个种族的心理。由此看来，一首伟大的诗，一部优秀的小说，一位非凡人物的忏悔录，远比许多历史学家及其历史著作更富于教益。我宁愿为了切利尼的回忆录、圣保罗的书信集、路德的席边闲谈、或阿里斯托芬的喜剧，而舍弃五十卷宪章和一百卷政府公文。文学作品的重要性就在于：因为它们是美的，所以它们是有教益的；它们的功用随着它们的完美而增长；而且倘若它们提供了文献，那是由于它们是纪念碑。一本书越是能表现可见的思想感情，就越成其为一部文学作品；因为文学的恰当功能就是记录思想感情。一本书越是表现重要的思想感情，它在文学上的地位就越高；因为只有表现整个民族和整个时代的生存方式，一个作家才能将全部时代和全部民族的同情都集中在他的周围。[34]

因此，泰纳的环境决定论是一种他律论的文学史观，必然引导人们花费大量精力去研究文学的社会环境和历史背景。其结果，往往容易忽视文学作品的审美价值，同时也忽视了文学演变的自身规律。我们应当认识到，假如仅仅用历史背景来解释一部作品，反过来又把文学作品仅仅视为一种历史文献，这种研究不过是一种简单的"还原"，不可能有多大价值。

所幸的是，由于泰纳深刻领悟了黑格尔的典型学说，才使他最终没有得出庸俗社会学的结论。正如我们所知，黑格尔反对艺术创作单纯地摹仿自然，而要求艺术"抓住事物的普遍性"，对事物加以"观念化"或"理想化"。他反复重申："诗所应提炼出来的永远是有力量的，本质的，显出特征的东西，而这种富于表现性的本质

---

[34] H. Taine, "History of English Literature: Introduction", in Hazard Adams ed., *Critical Theory since Plato,* Harcourt Brace Jovanovich, Inc., 1971, pp.613—614.

的东西正是观念性的东西,而不只是现在目前的东西。"[35] 正是这一美学思想为泰纳所接受,成为他《艺术哲学》的核心观念,尽管他对此作了较大的改造和发挥。

不言而喻,泰纳的艺术本质论旨在说明艺术自身的规律和特点。他认为,在诗歌、雕塑、绘画、建筑、音乐等五大艺术中,前三者均属于摹仿的艺术。从表面上看,这三种艺术的目的便是尽可能准确的摹仿。一个艺术家,甚至一个艺术流派,都是在背离现实和放弃正确摹仿的情况下开始衰落的。那么,是否绝对正确的摹仿就能产生最美的作品呢?显然不是。假如正确的摹仿就是艺术的最高目的,那么,最好的悲剧就应该是法庭审判的记录,但记录却并不是艺术作品。由此可见,艺术应当摹仿的是对象的某些方面而非全部,尤其应表现的是"各个部分之间的关系与相互依赖"。换言之,艺术要揭示人物行动之间的内在联系,揭示行动与特定的环境、特定的性格之间的密切关系。因此,文学作品"不是要写人物和事故的外部表象,而是要写人物和事故的整个关系和主客的性质,就是说逻辑"。[36]

然而,艺术作品是否仅仅以复制各个部分的关系为限呢?也不是。在泰纳看来,伟大的艺术家为了使自己的思想感情得以清晰表现,往往改变对象各部分的真实关系,使某一主要特征更加突出,占据主导地位。以米开朗基罗的雕像为例,这些典型显然是在他自己心中找到的。正是为了表现他伟大的心灵和倾诉悲愤的感情,米开朗基罗改变了人体的正常比例,"目的在于使对象的某一个主要特征,也就是艺术家对那个对象所抱的主要观念,显得特别清楚"。[37] 从这个意义上说,艺术的本质虽然是对现实的摹仿,但更是对现实的改造,即按照艺术家的观念对事物各组成部分的关系加以改变,使某个主要特征居于支配一切的地位。应该说,这一点恰好表明了泰纳对艺术本质的深刻理解。

既然艺术的目的是表现对象的基本特征,使它们与艺术家的观念相符,因而艺术创作也就意味着要对事物加以"观念化"和"理想化"。而在泰纳看来,艺术作品所表现的基本特征,显然是有不同等级之分的,由此便构成了他有关艺术理想的标准。尽管泰纳一再标榜这一评价标准具有科学根据,但我们却不难发现,所谓"特征重要的程度"、"特征有益的程度"和"效果集中的程度",无非是一个类似真、善、美相统一的价值评估体系,其核心依然是黑格尔所说的典型性。

关于"特征重要的程度",泰纳指出:"文学价值的等级每一级都相当于精神生

---

[35] 黑格尔:《美学》,第一卷,朱光潜译,商务印书馆,1979年,第214页。
[36] 泰纳:《艺术哲学》,傅雷译,人民文学出版社,1963年,第20页。
[37] 同上书,第22页。

活的等级，别的方面都相等的话，一部书的精彩的程度取决于它所表现的特征的重要程度，就是说取决于那个特征的稳固的程度与接近本质的程度。"[38] 首先，是表现时尚特征的文学作品，它们就像流行的风气一样仅能持续三四年，很快就被历史所淘汰。其次，是那些表现了一代人思想感情的作品，因而也被一代人视为杰作。比如，夏多布里昂、斯达尔夫人和拜伦的许多作品即属此列。再次，是表现了某个历史时期的基本特征的作品。例如，但丁的《神曲》和歌德的《浮士德》便是欧洲历史上两个重要时期的缩影。一个揭示了中世纪的人生观，另一个则表现了近代欧洲的人生观。最后，是表现了那些民族特性的文学作品，如笛福的《鲁滨逊漂流记》和塞万提斯的《唐吉诃德》都塑造了各自民族的典型。至于希伯来的《诗篇》、荷马史诗、柏拉图对话录和莎士比亚的戏剧，更是表现了全人类的共同感情，因而具有不朽的生命力。值得注意的是，由于突出强调了文学的典型性，泰纳修正了文学相当于历史文献的说法，而把伟大的作品称作为"历史的摘要"，因为它们"用生动的形象表现了一个历史时期的主要性格，或者一个民族的原始的本能与才具，或者普遍的人性中的某个片段和一些单纯的心理作用"。[39]

所谓"特征有益的程度"，涉及艺术与道德的关系问题。而泰纳对此的论述却是极度混乱的。显然，一部作品的道德价值与作品中人物的道德水准是截然不同的两个问题，因而是不能混为一谈的。但令人遗憾的是，泰纳正是按照作品中人物的善恶来衡量一部作品的道德价值的。他错误地认为："表现一个英雄的一部（作品）就比表现一个懦夫的一部（作品）价值更高。"[40] 由此可以理解，他对莎士比亚和巴尔扎克的评价何以会陷入左右为难的境地。一方面，在他看来，在莎士比亚和巴尔扎克的笔下，那些精神不平衡的人物，那些暴烈而痛苦的心灵表现得最有力量；但另一方面，他又指责这类作品表现了过多的苦难与罪恶。[41] 事实上，泰纳在此所提出的道德评价尺度是外在于他的理论体系的，也未能与他的批评实践取得一致。

所谓"效果集中的程度"，指的是"特征不但需要具备最大的价值，还得在艺术品中尽可能的支配一切。唯有这样，特征才能完全放出光彩，轮廓完全凸出；也唯有这样，特征在艺术品中才比在实物中更显著"。[42] 他认为，文学作品包含着三

---

[38]　泰纳：《艺术哲学》，傅雷译，人民文学出版社，1963年，第358页。
[39]　同上书，第362页。
[40]　同上书，第378页。
[41]　同上书，第380—381页。
[42]　同上书，第394页。

个基本因素——性格、情节、风格,而效果集中的要求就应该同时在这三个方面体现出来。不过,他就此所发表的见解均属浮泛之论,无非是要求作家所描写的性格应"比真实的性格更有力量",情节应"特意安排来暴露性格,搅动心灵",风格也应"和其他原素的效果一致,才能给人一个强烈的总印象"。[43]综上所述,作为一种艺术理想,"特征重要的程度"、"特征有益的程度"和"效果集中的程度"三个评价尺度的提出,虽然未能尽如人意,但却有助于克服单一的历史主义标准的弊端,体现了泰纳对艺术的自身规律及其价值的认识。

第三节　波德莱尔

当夏尔·波德莱尔(Charles Baudelaire,1821—1867)步入文坛的时候,法国文坛正经历着一场深刻的变革。浪漫主义运动的高潮已经过去,唯美主义思潮已初露端倪,而现实主义文学则显示了自己的锋芒。作为一位卓越的批评家,波德莱尔不仅对这些变化作出了敏锐的反应,而且阐发了一套与浪漫主义批评迥异其趣的文学理论。其中,有关艺术的自主性、有关艺术的应和理论和想象理论的论述,则始终占据着令人瞩目的位置。而这一切又对后来的象征主义运动产生了深远影响,架起了一座通往20世纪文学批评的桥梁。

对爱伦·坡文学思想的认同与修正

虽然从1845年起,波德莱尔就开始发表评论文章,但他较系统的文学思想却形成于19世纪50年代后期。当时,他阅读了爱伦·坡的诗论,连续撰写了三篇评介爱伦·坡的文章,不仅热情推崇这位美国诗人,把他描述为一个在物欲横流的世界里生不逢时的怪才,而且在文学观念上也深受其影响。概括起来,波德莱尔在以下方面赞同爱伦·坡的见解:一是强调艺术的自主性,反对文学中的道德说教;二是对灵感表示质疑,肯定理智在创作活动中的引导作用;三是对美的崇拜,尤其是推崇忧郁之美和怪诞之美。不过,波德莱尔并非全盘接受爱伦·坡的诗歌理论,而是对此作了若干修正,而这些修正与补充,无疑是更稳妥更中肯的。

像爱伦·坡一样,波德莱尔反对在文学作品中进行道德说教。他指出,尽管

---

[43]　泰纳:《艺术哲学》,傅雷译,人民文学出版社,1963年,第395—398页。

许多人认为诗的目的应当增强道德，或是应当改良风俗，然而，"只要人们愿意深入到自己的内心中去，询问自己的灵魂，再现那些激起热情的回忆，他们将会知道，诗除了自身外并无其他目的，它不可能有其他目的，除了纯粹为写诗的快乐而写的诗之外，没有任何诗是伟大、高贵、真正无愧于诗这个名称的"。[44] 但另一方面，波德莱尔又不同于爱伦·坡，并不认为文学与道德是完全绝缘的，他所指责的毋宁是那种专为说教目的而写的作品。在《论〈包法利夫人〉》(Review of Flaubert's Madame Bovary, 1857)一文中，针对那些谴责小说没有指控罪恶的说法，波德莱尔争辩道："真正的艺术品不需要指控，作品的逻辑足以表达道德的要求，得出结论是读者的事。"[45] 由此可见，波德莱尔无非是要求作者的道德倾向应该溶解在作品中，不露痕迹地感染读者，影响读者。

波德莱尔对创作灵感的怀疑，在很大程度上是出于对青年一代过分迷信天才和灵感的忧虑。因此，他对诗歌创作中的灵感作了独到的解释，把它视为艰苦劳作和严格训练的结果。他反复强调："灵感显然只是每日的工作的姊妹"，"每日的工作可以有助于灵感的产生"。[46] 然而，波德莱尔并没有断然否定灵感，对爱伦·坡在《创作哲学》中所描述的那种类乎演算数学题的创作过程也深表怀疑。在《一首诗的缘起》(La Genese d'un poeme, 1859)中，他这样评价爱伦·坡的见解：

> 他拥有巨大的天才和比任何人都多的灵感，如果灵感指的是毅力、精神上的热情、一种使能力始终保持警觉、呼之即来的能力的话。但他也比任何人都喜欢锤炼，他是个十足的怪人，可他常说独创性是练习的结果……他是否出于一种奇怪而有趣的虚荣显得远远不如实际上那么有灵感？他是否为了赋予意志更大的作用而减弱了他身上的非理性的能力？我相当倾向于这种看法，但是，不应忘记，他的天才不论多么热烈多么敏捷，却仍然满怀激情地喜欢分析、组合和计算。[47]

与爱伦·坡相似，波德莱尔也把诗歌的本质界定为"人类对一种最高的美的

---

[44] 波德莱尔：《再论埃德加·爱伦·坡》，见《波德莱尔美学论文选》，郭宏安译，人民文学出版社，1983年，第205页。

[45] 波德莱尔：《论〈包法利夫人〉》，见《波德莱尔美学论文选》，第57页。

[46] 波德莱尔：《给青年文人的忠告》，见《波德莱尔美学论文选》，第18页。

[47] 波德莱尔：《一首诗的缘起》，见《波德莱尔美学论文选》，第210页。

向往",而这是"某种热烈的、忧郁的东西,其中有些茫然、可供猜测的东西"。[48]不过,细论起来,他对美的认识又有所不同。在波德莱尔看来,美不仅是忧郁的、感伤的,而且是古怪的、丑恶的,甚至是撒旦式的。他欣赏巴尔扎克笔下的伏脱冷、拉斯蒂涅、皮罗多之流,认为他们是比荷马史诗中的英雄更富于诗意的人物。[49]另一方面,他强调要把这种世俗的美看作是"上天的一览","上天的应和"。在他看来,"正是这种对于美的令人赞叹的、永生不死的本能使我们把人间及其众生相看作是上天的一览,上天的应和……正是由于诗,同时也通过诗,由于同时也通过音乐,灵魂窥见了坟墓后面的光辉;一首美妙的诗使人热泪盈眶,这眼泪并非极度快乐的证据,而是表明了一种发怒的忧郁,一种精神的请求,一种在不完美之中流徙的天性,它想立即在地上获得被揭示出来的天堂"。[50]而我们应当认识到,这种应和理论正是波德莱尔对爱伦·坡的文学思想所作的重要修正。

应和理论与想象理论

如果说波德莱尔对怪诞之美和撒旦之美的偏爱,多少与雨果的美学思想有关的话,那么,他的应和理论则来源于霍夫曼(E. T. A. Hoffmann, 1776—1822)、傅立叶(Charles Fourier, 1772—1837)、斯威登堡(E. Swedenborg, 1688—1772)和拉瓦特(J. C. Lavater, 1741—1801)等人。这一点,波德莱尔在其著作中曾多次予以说明,无须赘述。[51]这里需要弄清的是这样几个问题:什么是他所说的应和?它与象征是什么关系?它与想象力又是什么关系?

在那首著名的十四行诗《应和》(*Correspondences*, 1845)中,波德莱尔曾生动地表达了他对应和的理解。参照其他文献,可以认为他的应和理论大体包含这样两层意思。首先,它意味着人与自然之间存在着某种神秘的默契关系,因此也存在着彼此交流和感应的可能性。在波德莱尔看来,如果说世界是一部象形文字的字典,那么,诗人的任务就是破译这种象形文字,揭示宇宙万物的奥秘。正如他所指出的:"诗人(我说的是最广泛的意义上的诗人)如果不是一个翻译者、辨认者,又是什么呢?在优秀的诗人那里,隐喻、明喻和形容无不数学般准确地适应于现实的环

---

[48] 波德莱尔:《再论埃德加·爱伦·坡》,见《波德莱尔美学论文选》,第206页。
[49] 波德莱尔:《一八四六年的沙龙》,见《波德莱尔美学论文选》,第303页。
[50] 波德莱尔:《再论埃德加·爱伦·坡》,见《波德莱尔美学论文选》,第206页。
[51] 波德莱尔曾在《一八四六年的沙龙》和《对几位同时代人的思考》等论文中,指出了应和理论的来源,见《波德莱尔美学论文选》,第223、97页。

境，因为这些明喻、隐喻和形容都是取之于普遍的相似性这一取之不尽的宝库，而不能取之于别处。"[52] 不仅如此，能否对宇宙万物的应和关系心领神会，是检验真假艺术家的一把标尺。而戈蒂耶之所以受到他的推崇，不仅因为他具有出色的驾驭语言的能力，还由于"在这种神奇的才能上面，戈蒂耶又结合了一种应和及万有象征（它们是一切隐喻的宝库）的天生的巨大智力"，"他总是能够（既不疲倦又无错误）说清楚大自然的万物在人的目光前摆出的神秘的姿态。"[53]

其次，应和也意味着在各种感官之间存在着相互呼应、彼此转换的关系，即心理学上通常所说的"联觉"或"通感"。在《一八四六年的沙龙》（*Salon de 1846*, 1846）一文中，波德莱尔援引了霍夫曼的一段话，其中谈到"颜色、声音和香味之间有一种类比性和隐喻的融合"。[54] 而在此后的论著中，他又不断重申了这一意思。需要指出的是，他始终认识到，联觉在诗歌中是通过想象力，通过巧妙地运用语言艺术而实现的，并不是偶然的、自发的产物。正如他所指出的：

> 在词中，在言语中，有某种神圣的东西，我们不能视之为偶然的结果。巧妙地运用一种语言，这是施行某种富有启发性的巫术。这时，色彩说话，就像深沉而颤动的声音，建筑物站立起来，直刺深邃的天空；动物和植物，这些丑和恶的代表，作出一个个毫不含糊的鬼脸；香味激发出彼此应和的思想和回忆；激情低声说出或厉声喊出它的永远相像的话语。[55]

尽管波德莱尔在他的诗文中时常提到"象征的森林"、"象征的隐晦"或"万有象征"，可是他从未阐述过一套类似歌德和史雷格尔兄弟那样的象征理论。对他来说，象征是从属于他的应和理论的，而且往往可以跟"形象"、"符号"和"象形文字"互换使用。唯有当他谈及象征是"一切隐喻的宝库"时，[56] 或是谈及艺术与神话的相似性，即"神话是一株在任何地方、在任何气候中、在任何阳光下都自发地、不用插条生长的树"时，[57] 才表明他对象征和神话的实质有所领悟。

事实上，在波德莱尔的诗学体系中，真正占据主导地位的不是他的应和理论和象征理论，而是他的想象理论。在他看来，要认识和破译宇宙万物的应和关系，必

---

[52]　波德莱尔：《对几位同时代人的思考》，见《波德莱尔美学论文选》，第97页。
[53]　波德莱尔：《论泰奥菲尔·戈蒂耶》，见《波德莱尔美学论文选》，第79页。
[54]　波德莱尔：《一八四六年的沙龙》，见《波德莱尔美学论文选》，第223页。
[55]　波德莱尔：《论泰奥菲尔·戈蒂耶》，见《波德莱尔美学论文选》，第79页。
[56]　同上书，第79页。
[57]　波德莱尔：《理查·瓦格纳和〈汤豪舍〉在巴黎》，见《波德莱尔美学论文选》，第572页。

须借助于想象力才能实现。他一再强调:"整个可见的宇宙不过是个形象和符号的仓库,想象力给予它们位置和相应的价值",[58]"想象力是一种近乎神的能力,它不用思辨的方法而首先觉察出事物之间内在的、隐秘的关系,应和的关系,相似的关系"。[59] 不仅如此,他还把想象力奉为"各种能力的王后",将它视为一个艺术家获得成功的最根本的保证:"这个各种能力的王后真是一种神秘的能力!它和其他一切能力有关,它激励它们,派它们去打仗。有时候,它和它们相像到化而为一的程度,但它永远是它自己。那些没有受到它鼓励的人是很容易认出来的,一种不知是什么的诅咒使他们的作品像福音书中的无花果树一样枯萎凋零。"[60]

不难发现,波德莱尔是在两种意义上使用"想象力"一词的。当他称赞富有想象力的绘画是"最高贵的,最奇特的,它可以忽视自然,它表现出另一个自然,与作者的精神和性情一致"时,[61] 他无非是重复了文艺复兴时期批评家的论调,即诗人犹如创造万物的上帝,以神奇的想象力创造了"第二自然"。但更为重要的,是作为"各种能力的王后"的想象力:

> 它是分析,它是综合,但是有些人在分析上得心应手,具有足够的能力进行归纳,却缺乏想象力。它是这种东西,又不完全是这种东西。它是感受力,但是有些人感受很灵敏,或许过于灵敏,却没有想象力。是想象力告诉人颜色、轮廓、声音、香味所具有的精神上的含义。它在世界之初创造了比喻和隐喻。它分解了这种创造,然后用积累和整理的材料,按照人只有在自己灵魂深处才能找到的规律,创造一个新世界,产生出对于新鲜事物的感受……想象力是真实的王后,可能的事也属于真实的领域。想象力确实和无限有关。[62]

因此,艺术创造的想象力是一种神奇而优异的能力。它超越于单纯的分析、归纳之上,也不同于通常的感受力,但却又驱策着它们为自己服务。它既非观察,也非技巧,却又必须依靠观察和技巧才能"放射出全部光辉"。[63]

---

[58] 波德莱尔:《一八五九年的沙龙》,见《波德莱尔美学论文选》,第 411 页。
[59] 波德莱尔:《再论埃德加·爱伦·坡》,见《波德莱尔美学论文选》,第 200—201 页。
[60] 波德莱尔:《一八五九年的沙龙》,见《波德莱尔美学论文选》,第 404 页。
[61] 波德莱尔:《一八四六年的沙龙》,见《波德莱尔美学论文选》,第 233 页。
[62] 波德莱尔:《一八五九年的沙龙》,见《波德莱尔美学论文选》,第 404—405 页。
[63] 同上书,第 396 页。

毫无疑问，对于 19 世纪法国文学批评来说，波德莱尔的想象理论具有极为重要的意义。因为自从斯达尔夫人以来，情感主义诗论便在法国占据了主导地位，所谓"诗人只是把心灵深处被囚禁的感情解放出来"，[64] 就是这种诗歌观念的典型表述。在这种情况下，文学创作便被简单地理解为情感的单纯倾诉，忽视了它在本质上是一种人类心智的创造性活动。正如波德莱尔所指出的那样："在浪漫主义的混乱年代，即热烈地倾吐感情的年代，流行着这样一种说法：'从心里出来的诗！'这就是把全权给了激情，似乎激情是万无一失的。这一美学上的错误强加给法国语言多少悖理和诡辩啊！心里有激情，有忠诚，有罪恶，但惟有想象里才有诗。"[65] 因此，波德莱尔的想象理论是对情感主义诗论的有力反驳，对此后法国文学批评的发展也起了巨大的推动作用。

论雨果、巴尔扎克和福楼拜

从总体上看，波德莱尔对浪漫主义文学的态度是相当矛盾的。一方面，作为在浪漫主义氛围中成长起来的年轻一代，他对那个风起云涌的年代充满崇敬与神往，充分肯定了浪漫主义运动在法国文学史上的伟大功绩。另一方面，波德莱尔又抱着与浪漫主义不同的审美理想，因此，他对浪漫主义以来流行的情感主义诗论表示深刻的怀疑，对许多浪漫主义诗人的评价也并非一味推崇。

波德莱尔的早期评论《一八四六年的沙龙》，便是这种矛盾态度的集中体现。尽管他打着拥护浪漫主义的旗号，宣称："浪漫主义是美的最新近、最现时的表现"，[66] 但他又认为，许多人并没有找到浪漫主义，原因就在于"浪漫主义恰恰既不在题材的选择，也不在准确的真实，而在感受的方式"。[67] 而依据他这一看法，画家欧仁·德拉克洛瓦（Eugene Delacroix, 1793—1863）被置于浪漫主义艺术之首，而诗人雨果却被他排斥在外。在波德莱尔看来，雨果与其说是一位创造者，不如说是个循规蹈矩的工匠："在他全部的抒情和戏剧的画面中让人看到的是一整套排列整齐的直线和匀称划一的对照。在他那里，怪诞本身也具有对称的形式……雨果先生是生就的学士院院士。"[68] 言下之意，是指责雨果的创作缺乏灵性和诗意。

---

[64] 斯达尔夫人：《德国的文学与艺术》，丁世中译，人民文学出版社，1981 年，第 42 页。
[65] 波德莱尔：《论泰奥菲尔·戈蒂耶》，见《波德莱尔美学论文选》，第 76 页。
[66] 波德莱尔：《一八四六年的沙龙》，见《波德莱尔美学论文选》，第 217 页。
[67] 同上书，第 218 页。
[68] 同上书，第 229 页。

然而，在后来发表的一系列批评文章中，波德莱尔却改变了他对雨果的评价，充分肯定了雨果的诗歌成就。他认为，法国读者之所以能够欣赏好诗，完全应当归功于雨果。而波德莱尔所阐发的那一套应和理论，也是以雨果的诗篇作为例证的："他不仅表达得明确，一丝不苟地翻译出明确而清晰的字面，而且他还带着不可缺少的隐晦表达出隐晦的、被朦胧地显露出来的东西"，古今很少有人能够"像维克多·雨果那样拥有一个有关人的和神的相似性的如此壮丽的宝库"。[69] 波德莱尔甚至为《悲惨世界》中的人道主义而欢呼，赞美它是"一本关于慈善的书，是要一个过于钟爱自己、过于不关心永恒的博爱精神的社会恢复秩序的一声震耳的呼唤，是一篇出自当代最雄辩的口中的给悲惨的人们的辩护词"。[70]

同样，波德莱尔对现实主义文学的态度也是耐人寻味的。由于他将摹仿理论视为艺术的大敌，因而断然摒弃了"现实主义"这一概念。在他看来，"这个含糊的、有伸缩性的词对一般人来说，并不意味着一种新的创作方法，而意味着对次要事物的琐细的描写"。[71] 他甚至将现实主义者称为"实证主义者"，[72] 当然是就这个词的贬义来说的。然而，对我们今天视为现实主义大师的巴尔扎克和福楼拜，波德莱尔却给予了很高的评价，尽管他的着眼点与通常的见解截然不同。

虽然波德莱尔未能像泰纳那样对巴尔扎克进行过深入研究，但他却以赞誉的口吻多次提到巴尔扎克的创作，把他视为继浪漫主义之后法国文学的杰出代表，小说领域中的"一颗神奇的流星"。不仅如此，他还对巴尔扎克的艺术才能作了与众不同的概括：

> 我多次感到惊讶，伟大光荣的巴尔扎克竟被看作是一位观察者；我一直觉得他最主要的优点是：他是一位洞观者，一位充满激情的洞观者。他的所有人物都秉有那种激励着他本人的生命活力。他的所有故事都深深地染上了梦幻的色彩。与真实世界的喜剧向我们展示的相比，他的《喜剧》中的所有演员，从处在高峰的贵族到居于底层的平民，在生活中都更顽强，在斗争中都更积极和更狡猾，在苦难中都更耐心，在享乐中都更贪婪，在牺牲精神方面都更彻底。总之，在巴尔扎克的作品中，每一个人，甚至看

---

[69] 波德莱尔：《对几位同时代人的思考》，见《波德莱尔美学论文选》，第 96—97 页。
[70] 波德莱尔：《论〈悲惨世界〉》，见《波德莱尔美学论文选》，第 164 页。
[71] 波德莱尔：《论〈包法利夫人〉》，见《波德莱尔美学论文选》，第 56 页。
[72] 波德莱尔：《一八五九年的沙龙》，见《波德莱尔美学论文选》，第 411—412 页。

门人,都是一个天才。所有的灵魂都是充满了意志的武器。这正是巴尔扎克本人。[73]

显然,所谓巴尔扎克并非是"一位观察者",而是"一位洞察者,一位充满激情的洞察者",意在强调巴尔扎克之所以能够创造出一个比现实生活更典型更强烈的艺术世界,并不是凭借现实主义的创作方法,而是凭借了他那超常的想象力,因而使他的作品"都深深染上了梦幻的色彩"。

而在那场有关《包法利夫人》的论争中,波德莱尔则坚决站在了福楼拜一边。面对有人指责《包法利夫人》没有对罪恶进行指控的说法,他替小说作了有力的辩护,强调作品的道德倾向应当不露痕迹地影响读者。但更重要的是,波德莱尔充分肯定了福楼拜的独特贡献,那就是"在平凡的背景上发展一种有力的、生动的、敏锐的、准确的风格",并利用"通奸"这一"最陈腐、用得最滥的素材和最为疲惫的手摇风琴"创造了一部艺术作品。[74] 他把《包法利夫人》称为"一个赌注",因为自从巴尔扎克去世后,对小说的一切好奇心都已经麻木了,福楼拜唯有采取这种题材和风格才能出奇制胜。当然,把爱玛称作一个"追求理想"的伟大女人,显然是不得要领的。然而,假如将这篇评论置于当时的批评语境中去考察,那么,我们就不能不承认,波德莱尔的许多见解都是深刻而富于启发性的。

第四节 朗 松

19世纪后期以来,法国出现了一大批学院派批评家,在文学史研究领域取得了丰硕的成果。这其中,费迪南·布吕纳介(Ferdinand Brunetiere, 1849—1906)的《历史上类型的进化》(*L'Evolution des genres dans l'histoire*, 1890)和古斯塔夫·朗松(Guatave Lanson, 1857—1934)的《法国文学史》(*Histoire de la littérature francaise*, 1894),更是产生了巨大的影响。如果说布吕纳介是把达尔文的进化论应用于文学类型的研究,那么,朗松则成为实证主义文学研究的突出代表。他那部经过多次修订、赢得广泛声誉的《法国文学史》至今仍是该研究领域的权威性著作。令人遗憾的是,由于资料的限制,我们却无法对这部文学史著作作出评述。好在由

---

[73] 波德莱尔:《论泰奥菲尔·戈蒂耶》,见《波德莱尔美学论文选》,第81—82页。
[74] 波德莱尔:《论〈包法利夫人〉》,见《波德莱尔美学论文选》,第56页。

美国耶鲁大学昂利·拜尔编选的《方法、批评及文学史》(*Gustave Lanson: Essais de methode, de critique et d'histoire littéraire*, 1965) 已有了中译本，使我们得以对朗松的文学史观和批评方法有所了解。

文学史观与文学史研究方法

毫不夸张地说，19 世纪是文学史的时代，几乎欧洲各主要国家都出现了一批优秀的文学史著作。而朗松不仅在这一领域辛勤耕耘，成就卓著，而且对这种传统的文学史观作了经典的理论概括。他在《文学史方法》(*Methode de l'histoire littéraire*, 1910) 一文中指出：

> 文学史是文化史的一部分。法国文学是法兰西民族生活的一个方面；它把思想和感情丰富多彩的漫长的发展过程全部记载下来——这个过程或者延伸到社会政治事件之中，或者沉淀于社会典章制度之内；此外，它还把未能在行为世界中实现的苦痛或梦想的秘密的内心生活全都记录下来。
>
> 我们最高的任务就是要引导读者，通过蒙田的一页作品，高乃依的一部戏剧，伏尔泰的一首十四行诗，认识人类、欧洲或法国文明史上的某些时刻。[75]

显然，在朗松的这一表述中，泰纳的影响依稀可辨，同样强调了文学是社会生活的产物和风俗习惯的再现，同样要求人们去努力探寻制约着文学现象的终极原因和历史背景。

然而，与通常的文学社会学观点不同，朗松尽管承认"文学是社会的表现"，但也看到这一命题往往导致许多错误的看法，因而更愿意强调"文学是社会的补充"。他多次谈到："文学时常是社会的补充物，它表达在任何别的地方都难以实现的东西，如人们的遗憾之情、梦想、追求等等。这当然也是社会的表现，但应该给表现的词以广泛的含义，使之不仅包括机构设施与风俗习惯，还延伸到并未真正存在的东西，延伸到既无事实又无纯粹的历史文件透露的那看不见的东西。"[76] 换言之，在朗松看来，文学不仅仅是社会生活的写照，而且也是梦想和愿望的表达。

---

[75] 朗松：《文学史方法》，见昂利·拜尔编《方法、批评及文学史——朗松文论选》，徐继曾译，中国社会科学出版社，1992 年，第 3—4 页。

[76] 同上书，第 20 页。

在一篇题为《文学史与社会学》(Histoire littéraire et sociologie, 1904) 的演讲中,朗松一方面承认,文学史研究无法避免社会学的观点,另一方面则指出,"文学是社会的表现"这一说法是不完全、不精确的。"文学时常表现并非存在于社会中的东西,表现既不出现于社会制度,也不出现于社会现象中的东西……文学既表现真实,同时时常也表现愿望、梦幻。"[77] 就个人的情况而言,文学显示的有时是行动的附带现象,有时则是替代了行动的那些现象。抒情诗就是精神生活开出的花朵,或者是不能有所行动的心灵的呼号。就社会的情况而言,文学并不总是描绘习俗和社会状况,相反,它倒很可能表现个人或少数人对法律或习俗的抗议。

毋庸置疑,朗松的文学史研究方法具有实证主义的显著特征。对他来说,文学史研究必须建立在客观事实的基础上,必须历史地处理文学作品的来源和影响问题,从而达到对文学史现象的精确认识。他这样说:"我们的主要工作在于认识文学作品,进行比较,以区别其中属于个人的东西与属于集体的东西,区别创新与传统,将作品按体裁、学派与潮流加以归类,确定这些东西与我国智力生活、精神生活及社会生活的关系,以及与欧洲文学及文化发展的关系。"[78] 因此,文学史研究必须利用手稿研究、文献目录学、年表、传记等辅助手段,也必须借助于语言史、语法学、哲学史、科学史和风俗史等其他各类学科。而求得对一部文学作品的准确而完整的认识,始终是朗松所关注的焦点,也是文学史研究方法的根本目的。为此,他告诫人们必须采取以下主要步骤:第一,要弄清文本是否真实。第二,要弄清文本是否纯正而完全,有无篡改和删节。第三,要弄清文本的年代,不仅是出版的年代,而且还有成稿的年代。第四,自初稿至作者所定的最后一版之间有何修改?这些修改在思想和审美趣味上有哪些变化?第五,文本怎样从最初的提纲发展成初版稿本?第六,确定文本字面上的意义。第七,确定文本在文学上的意义,即确定其在知识、感情及艺术各方面的价值。第八,利用传记探索作品的来源,追问作品是怎样写成的?第九,作品取得了怎样的成就?产生了什么影响?影响与成就并不总是吻合一致的。而对影响的研究,恰好与对来源的研究形成一种逆向的运动,尽管两者在方法上是一样的。[79]

---

[77] 朗松:《文学史与社会学》,见昂利·拜尔编《方法、批评及文学史——朗松文论选》,徐继曾译,中国社会科学出版社,1992年,第55页。

[78] 朗松:《文学史方法》,见昂利·拜尔编《方法、批评及文学史——朗松文论选》,徐继曾译,中国社会科学出版社,1992年,第16—17页。

[79] 同上书,第17—19页。

然而，倘若文学史研究关注的仅仅是死板的事实，仅仅把"事实联系"、来源和影响作为唯一的课题，或把文学史等同于社会学和一般历史学研究，这样做显然是没有意义的。所幸的是，朗松从未对文学作品本身失去兴趣，也从未把文学史研究与一般历史研究混为一谈。他一再谈到文学史家与一般历史学家在研究方法上的区别：

> 历史学家处理的对象是过去——今天只能靠一些残存的迹象或碎片来再现的过去。我们的对象也是过去，但这是今日依然存在的过去……《熙德》和《老实人》依然存在，跟1636年和1759年一个样子，并不像一些档案文件、王室命令、营建账单那样，成了化石一般，死气沉沉，跟今日的生活毫无关系，而是像伦勃朗和鲁本斯的画作，依然栩栩有生气，依然具有生动活泼的性质，拥有取之不尽的可能性，足以在美学或伦理道德方面激励文明人类向上。[80]

这就意味着文学史家所面对的，是至今仍对读者具有审美效应的文学作品。也正是由于这一点，文学史研究才跟一般历史研究有所区别，才不是历史的一门微不足道的辅助学科。

而在批评方法上，朗松既反对照搬自然科学的方法，也反对主观臆断的印象主义。在他看来，任何企图把自然科学的方法照搬到文学史研究中来的做法，都是注定要失败的。一方面，通常所说的"天才"、"情感"、"创造力"等等，总是包含着一些难以捕捉的未知数，因此，文学史家根本不必去扮演科学家的角色；另一方面，文学史家则必须将自己的判断建立在艺术鉴赏的基础上。朗松强调："构成我们的'特别事实'的那些作品所具有的感情色彩和美学意义，决定了我们在研究它们时不能不动感情，不能不运用想象，不能不诉诸鉴赏趣味。"[81] 从这个意义上说，印象式批评无疑是文学史家的出发点。不过，这种方法难得不超出它的范围，陷入印象主义的主观武断，把自我的情感、口味和信念视为绝对的价值。所以，朗松也要求人们在运用这种批评方法时，"应该善于将它识别、予以评价、予以检查、予以

---

[80] 朗松：《文学史方法》，见昂利·拜尔编《方法、批评及文学史——朗松文论选》，徐继曾译，中国社会科学出版社，1992年，第4页。文中提到的《熙德》(Le Cid, 1636) 是高乃依创作的悲剧，《老实人》(Candide, 1759) 是伏尔泰的中篇小说。伦勃朗 (Rembrandt, 1606—1669) 是荷兰著名画家。鲁本斯 (P. P. Rubens, 1577—1640) 则是佛兰德斯著名画家。

[81] 同上书，第6页。

限制——这是使用它的四个条件。"[82]而历史的方法正好可以帮助我们把主观的成分清除出去,至少可以使我们的主观感受接受历史观念的约束。

由此可见,朗松毕竟不同于那些死板的实证主义者。他始终保持了相当开阔的学术视野,也保持了较灵活的批评方法,尽管尊重事实,言之有据,是他一贯的治学方法。朗松似乎早已预见到在他身后可能遭受的无端指责,因而在《文学史方法》一文的结尾替自己辩解道:"收集资料不是我们的目的,只是一种手段;卡片是增长知识的工具,是防止记忆力不可靠性的保证;卡片自身并不是目的。任何一种方法都不推崇机械的劳动,所有各种方法的价值都由操作者的聪明才智的大小来决定。"[83]而这些意见,对于我们从事文学史研究来说,至今仍未失去其警示意义。

论文学与科学的关系

正如我们所知,19世纪自然科学的迅猛发展,不仅激起了科学主义思潮的普遍高涨,而且也促使许多作家企图将自然科学的方法引入到文学中来。尽管这是被科学的伟大发现冲昏了头脑的一种表现,但在当时敢于挺身而出,对这一问题作出毫不含糊的表态,却是需要很大勇气的。而朗松的《文学与科学》(*Littérature et science*,1895)一文,正是以这样一种姿态告诫人们:

> 但愿我们的小说家勿以科学家自居,我们的诗人勿以传教士自居……他们的任务不是求知而是想象,同时也使读者想象。他们是人的心灵的最上层部分的管理人;他们只要维持这部分的活动,使它的各种动力都发挥作用就行了。[84]

在朗松看来,自从文艺复兴时期以来,文学的历史就是一部科学与艺术冲突的历史,由于时代潮流的变迁,时而是美感占了上风,时而是科学精神居主导地位。如果说在18世纪科学精神取代艺术而成了文学的主人的话,那么,艺术则通过浪漫主义进行了报复,中止了科学精神对法国文学的主宰。然而,曾几何时,许多作家又被科学创造的奇迹和它所赢得的声望迷住了。福楼拜像在课堂讲课那样陈述爱

---

[82] 朗松:《文学史方法》,见昂利·拜尔编《方法、批评及文学史——朗松文论选》,徐继曾译,中国社会科学出版社,1992年,第11页。

[83] 同上书,第29页。

[84] 朗松:《文学与科学》,见昂利·拜尔编《方法、批评及文学史——朗松文论选》,徐继曾译,中国社会科学出版社,1992年,第117页。

玛的案例,龚古尔兄弟邀请读者参加他们的临床教学,左拉天真地以为自己做着与克洛德·贝纳尔同样的实验,都德则以法医的那种语调讲话。显然,这些作家心目中的科学的概念本身就是错误的,而"自然主义是科学的文学中最过分,也是最低级的形式"。[85] 在朗松看来,如果硬给文学贴上"科学"的标签,那无非是把文学变成了心理学、生理学和社会学的实际应用。而以"真实"为借口,仅仅满足于对平淡无奇的现实作平淡无奇的描写,也势必"削弱文学,将文学的功能中的最佳部分一扫而空"。[86]

朗松强调:"只有科学的真实才是真正的真实,而艺术的真实是喻义的真实。"[87] 从这个意义上说,任何一部文学作品都不可能使我们认识科学的真实。只要创作一部小说,就要描写人物,编织情节,不管细节何等精确,作品就仍然是虚构的,就是从科学脱身出来而进入诗情。更何况,科学要探索的是事物的必然规律,而文学从一开始就碰上了人的自由问题。"你可以把化学家的实验重做一遍,把数学家的论证重做一遍,但你无法把一个作家的观察重做一遍。你重做的总是另一码事。葛朗台不是阿巴贡,法国的菲德拉也不是欧里庇得斯的菲德拉。要把左拉先生大吹大擂地称之为实验的那种实验分毫不差地重做一遍是不可能的。"[88] 究其原因,这是因为从来没有哪个科学家想在自然规律之上加上他个人的表现,他们对形式也是不怎么操心的;而小说家在描写现实的同时总是要加上个人的表现,他的思想在没有找到最终的表现形式之前总是不完整的。

朗松甚至认为,某些科学之所以能进入文学,正是因为它还留有不确定的、未被认识的东西。同样,文学所以能闯入历史学的领域,靠的也是一般的假设,而不是精确的个别的事实。因此,诗人要么是在传说中寻找文学的素材,要么是从浮泛的哲学意味方面来掌握历史。甚至在历史学家的著作中,历史也多少是具有文学意味的,除非写的是枯燥乏味的编年史表。不仅如此,心理学现在和将来都是小说家和诗人特有的领域。原因就在于:"文学的心理学是排除任何科学精神与科学方法的。它之利用科学的心理学,就犹如雕刻家之利用解剖学,是为了制造一个幻象而

---

[85] 朗松:《文学与科学》,见昂利·拜尔编《方法、批评及文学史——朗松文论选》,徐继曾译,中国社会科学出版社,1992年,第85页。
[86] 同上书,第91页。
[87] 同上书,第93页。
[88] 同上书,第102页。

不是为了认识一种真情实况。"[89] 因此，充斥于文学中的心理描写与科学毫无共同之处，它更多关注的是连科学的心理学家都徒叹无奈的领域，诸如激情、情感、本能等等。

朗松进一步指出，在现代社会，我们的生活充满了那么多焦虑和义务，眼前的利益和实际生活占据着我们的身心，使我们变得兴趣寡然，智力萎缩。面对这些问题，文学无疑是一种解救的药剂：

> 文学摹拟我们现实的行动，表现我们争取实现的梦想，从而使我们得到欢娱；但文学真正的作用则在于提出生活不曾清楚地提出的问题，诸如生活的意义、世界存在的理由、我们活动的目的以及世界的演进等等。文学提出这些问题，却并未予以解决：它无需发现真理，它只消维系人们对问题的关怀。文学只是一种娱乐，但文学之所以高贵，文学之所以有慰藉人心的作用，甚至于文学之所以有文学的真实，正是因为它是那样一种娱乐。[90]

综上所述，尽管朗松的研究方法具有实证主义的显著特征，但作为一个卓越的文学史家，面对科学主义思潮的泛滥，他却对文学与科学的关系问题保持了清醒的认识，勇敢捍卫了文学的崇高价值，充分肯定了它作为一种艺术的伟大使命和社会功用。就此而言，他的这些论述至今仍未失去意义，仍将给我们以深刻的启迪。

第五节　马修·阿诺德

马修·阿诺德（Matthew Arnold，1822—1888）是19世纪后期英国最重要的批评家之一。在《文化与无政府状态》（*Culture and Anarchy*，1869）中，他描绘了一幅英国中产阶级的讽刺画，对当时盛行的拜金主义和市侩作风展开了激烈批判，充分肯定了精英文化和文学所传播的"甜美与光明"（sweetness and light）。在《论荷马史诗的译本》（*On Translating Homer*，1861）、《凯尔特文学研究》（*On the Study of Celtic Literature*，1867）、《批评一集》（*Essays in Criticism: First Series*，1865）和《批

---

[89] 朗松：《文学与科学》，见昂利·拜尔编《方法、批评及文学史——朗松文论选》，徐继曾译，中国社会科学出版社，1992年，第111页。

[90] 同上书，第117—118页。

评二集》(*Essays in Criticism: Second Series*, 1888)等论著中,他则阐发了一套独特的诗歌理论和批评理论,断言诗歌作为一种"生活的批评",终将取代宗教和哲学。所有这一切,在此后很长一段时期内对英、美两国文学批评产生了深刻影响。

论诗歌在现代社会的使命

论及诗歌在当今时代的命运,阿诺德在《诗歌研究》(*The Study of Poetry*, 1880)一文中,以类似华兹华斯和雪莱的那种夸张的论调告诉我们:

> 诗歌的未来是远大的,因为随着时间的推移,我们的种族将在不负自己崇高使命的诗歌中,找到一个越来越可靠的支持……我们的宗教已将自己物化在事实中,假定的事实中;它将自己的感情寄托在事实上,而现在事实却无法支持它。但对诗歌来说,思想就是一切,其它的只是幻觉的世界,神圣的幻觉世界。诗歌把它的感情寄托在思想上;而思想就是事实。我们今天宗教的最有力的部分乃是它不自觉的诗歌。[91]

在阿诺德看来,在这个宗教和哲学都日渐衰微的时代,唯有诗歌才能为我们阐明人生的意义,为我们提供最大的精神慰藉。

因此,当他为沃德(T. H. Ward)编选的《英国诗人》(*The English Poets*, 1880)撰写这篇序言的时候,不仅对诗歌在当今社会的功用寄予莫大期望,而且希望读者在阅读这些诗篇时,也能像华兹华斯当年所说的那样,把诗歌视为"一切知识的起源和精华":

> 我们应当把诗歌看得很有价值,远较习俗看得更高。我们应当认识到诗歌具有更高的用途,负有更高的使命,远远超出迄今为止一般人对它的估计。人类将越来越多地发现,必须求助诗歌来为我们解释生活,安慰我们,支持我们。没有诗歌,我们的科学就会显得不完备;而我们现在视为宗教和哲学的大部分东西也将被诗歌所取代。[92]

不言而喻,在这样一种预言中,阿诺德已经把诗歌的社会功用夸大到了前所未有的

---

[91] M. Arnold, "The Study of Poetry", in *Essays in Criticism: Second Series*, The Macmillan Company, 1924, pp.1—2.

[92] Ibid., pp.2—3.

程度。我们固然欣赏他的勇气，然而也应当承认，这一预言多少带有乌托邦的色彩。事实上，尽管诗歌是人类生活中不可或缺的审美活动之一，但它既不可能担负如此重大的使命，也不可能取代宗教和哲学，正像宗教和哲学也不可能取代诗歌一样。

然而，倘若我们对阿诺德的见解弃置不顾，同样也是轻率的。撇开那些夸大其词的成分，阿诺德的辩护至少具有以下三层意义：其一，英国维多利亚时代盛行所谓"非利斯主义"(Philistinism)或"市侩作风"，一般中产阶级沉湎于金钱的贪欲和物质的享乐之中，既漠视高尚的文化，又缺乏道德的庄严。其结果，整个社会便失去了行为准则和生活方向，而陷于无政府状态。阿诺德在《文化与无政府状态》一书中标榜"甜美与光明"，正是旨在以高尚的文化和文学来抵制当时社会的拜金主义和市侩作风。在他看来，现代文明是一种机器文明和物质文明，而且这种趋势还在愈演愈烈。唯有凭借文化才能抵制这种趋势，让"甜美与光明"蔚然成风。就此而言，诗歌与文化遵从着同一律令："诗歌主张美、主张人性在一切方面均应臻至完善，这是诗歌的主旨……尽管诗歌的主张尚不如宗教那么有成效，但它乃是真切而宝贵的思想，诗歌的主张若与宗教观念中有虔敬之心的干劲活力结合，就注定会改造并统制宗教的主张。"[93]

其二，在19世纪自然科学取得长足进步的同时，科学主义思潮也甚嚣尘上，向文学艺术发起了严峻的挑战。托马斯·亨利·赫胥黎(Thomas Henry Huxley, 1825—1895)宣称，整个教育应当建立在自然科学的基础上。而大名鼎鼎的查理·罗伯特·达尔文(Charles Robert Darwin, 1809—1882)也认为，宗教和诗歌毫无用处，对他来说科学和家庭亲情便已足够。对此，阿诺德在《文学与科学》(*Literature and Science*, 1882)一文中予以反驳，充分肯定了文学的崇高价值。他指出，文学并非仅仅是徒有其表的"美文"，而是人类教育的基础，"假如我们现在通过经验认识到，高尚的文学具有激励情感的无可否认的力量，那么，高尚的文学在人类教育中的重要性就不会减弱，而是会变得更加重大，与现代科学在铲除所谓'中世纪思想'方面取得的成就恰好成正比例"。[94]

其三，19世纪60年代以来，以爱尔吉侬·史文朋(Algernon Swinburne, 1837—1909)、沃尔特·佩特和奥斯卡·王尔德等为代表，英国的唯美主义也汇成一股强劲的文学思潮。唯美主义不仅试图割裂艺术与社会生活之间的联系，而且也

---

[93] 阿诺德：《文化与无政府状态》，韩敏中译，生活·读书·新知三联书店，2002年，第16—17页。
[94] M. Arnold, "Literature and Science", in M. H. Abrams, ed., *The Norton Anthology of English Literature,* vol. 2, W. W. Norton & Company, Inc., 1962, p.980.

否认了文学的社会功用。因此，阿诺德的见解也是针对"为艺术而艺术"的倾向所作的应答。他借用古希腊哲学家爱比克泰德（Epictetus，55—135）的比喻，把"为艺术而艺术"论的鼓吹者戈蒂耶称为一个爱上旅舍而忘记回家的人，把关注生活的华兹华斯称为"想要回家的诗人"。因为在他看来，一个诗人的伟大特征，就在于他强有力地处理了生活。[95]唯其如此，诗歌才能为我们解释生活，给我们以巨大的精神慰藉。

"诗歌在本质上是一种生活的批评"

由于高度重视诗歌的社会功用，阿诺德也总是重申这样一个诗歌观念："诗歌在本质上是一种生活的批评"，[96]"诗歌是在诗的真与美的规律所规定的条件下的一种生活的批评"。[97]与此同时，他又不断强调："把思想崇高而深刻地应用于生活，是构成诗歌伟大的最基本因素"，"违反道德观念的诗歌就是违反生活的诗歌；对于道德观念漠不关心的诗歌也就是对生活漠不关心的诗歌"。[98]因此，他要求诗歌在内容与题材上必须具有"高度的严肃性"，而这一用语是他从亚理斯多德的《诗学》中移译过来的。毫无疑问，就反对唯美主义的非道德化倾向而言，阿诺德的意思是确切无误的。然而，如果换一个角度看，阿诺德的说法则很可能会引起误解，让人误以为他是在倡导教谕诗和哲理诗。因此，我们必须追问：他究竟是如何看待诗歌与哲学的关系的？又是如何看待诗歌与道德的关系的？最后，究竟应当怎样理解"高度的严肃性"？

虽然阿诺德确信，一个诗人的伟大特征就在于他强有力地处理了生活，但他始终认识到，隐含在诗歌中的世界观与系统的哲学思想并不是一回事。他对当时的批评家莱斯利·斯蒂芬（Leslie Stephen，1832—1904）的说法不以为然，因为后者过分看重了所谓的华兹华斯哲学，声称在华兹华斯的诗歌中有一个"思想的科学体系"。阿诺德明确指出：

---

[95] M. Arnold, "Wordsworth", in *Essays in Criticism: Second Series*, The Macmillan Company, 1924, pp.145—146.

[96] Ibid., p.143.

[97] M. Arnold, "The Study of Poetry", in *Essays in Criticism: Second Series*, The Macmillan Company, 1924, p.5.

[98] M. Arnold, "Wordsworth", in *Essays in Criticism: Second Series*, The Macmillan Company, 1924, pp.140—144.

> 他（指华兹华斯）的诗歌是真实的东西，而他的哲学——至少当它套上"某种思想的科学体系"的形式和外衣，或假装具有这些形式和外衣——却是幻觉。或许有一天，我们将懂得把这一主张普遍化，并且说：诗歌是真实的，而哲学却是幻觉。[99]

阿诺德认为，"华兹华斯的诗歌之所以伟大，就在于华兹华斯以非凡的力量感受到自然带给我们的愉快，感受到单纯而基本的感情与责任带给我们的愉快；也在于他以非凡的力量一次又一次把这种愉快展示给我们，使我们分享这种愉快"。[100] 因此，所谓"生活的批评"，并不意味着将诗歌与哲学混为一谈，恰恰相反，阿诺德并不怎么欣赏华兹华斯的《远足》(The Excursion) 和《序曲》(The Prelude) 这类诗篇，尽管这在许多人看来或许是诗人最富于哲理的作品。

同样，尽管阿诺德认为诗歌便是"把思想崇高而深刻地应用于生活"，而且这思想就是道德观念，但他同时也指出，必须对"道德"一词作宽泛的理解，凡是与"怎样生活"这一问题有关的，都可以算作是"道德观念"。所以，在他看来，弥尔顿《失乐园》中的诗句："对生活不爱也不恨，当你在世就好好生活／长寿或夭折都听天由命"，是一种道德观念；济慈《希腊古瓮颂》中的诗句："你将永远爱下去，她也永远美丽"，也是一种道德观念；而莎士比亚《暴风雨》中的台词："我们只是由梦幻而成的材料，而我们的卑微生命将由长眠来终结"，同样也表达了一种道德观念。由此可见，阿诺德所理解的诗歌与道德的关系，无非是要求诗人"在诗的真与诗的美的规律所严格规定的条件下，把他亲自取得的'关于人，关于自然和关于人生'的思想，应用于他的题材上，无论它是什么题材"。[101]

然而，在谈到诗歌应当具有"高度的严肃性"时，阿诺德无疑赋予了某种道德意识以重要的地位。在他看来，诗歌的最高境界是达到内容与形式、题材与风格的完美统一，"最好的诗歌在题材与内容上的真实性和严肃性的优越特征，是与构成风格和表现方法的措词和韵律方面的优越性不可分割的"。[102] 而在这些因素中，他最看重的还是"高度的严肃性"。在阿诺德看来，乔叟的诗篇虽然对人生作了广阔的

---

[99] M. Arnold, "Wordsworth", in *Essays in Criticism: Second Series*, The Macmillan Company, 1924, pp.148-149.

[100] Ibid., p.153.

[101] Ibid., p.141.

[102] M. Arnold, "The Study of Poetry", in *Essays in Criticism: Second Series*, The Macmillan Company, 1924, p.22.

描写，也具有内容的真实性，但却缺乏这种"高度的严肃性"。罗伯特·彭斯虽然咏唱了"苏格兰的豪饮、苏格兰的宗教和苏格兰的风俗"，也具有真实的内容，但同样缺乏古典作家的"高度的严肃性"。他由此指出：

> 这是高度而优异的严肃性，亚理斯多德把它视为诗歌的一种崇高的特征。乔叟诗歌的内容，对事物的看法和对生活的批评是广阔的、自由的、敏锐的、敦厚的；但它并不具有这种高度的严肃性。荷马对生活的批评是具有高度的严肃性的，但丁、莎士比亚的也有。首先是这种严肃性给予我们的精神以凭依；而且随着我们时代对诗歌不断增长的需求，诗歌给予我们凭依的长处将日益受到高度重视。[103]

在这份名单上，我们或许还可以添上弥尔顿、歌德和华兹华斯的名字。然而，这一入选标准毕竟显得过于狭窄，严格限制了我们对诗歌的欣赏。好在阿诺德有时也能从另一个角度来看待诗歌，放宽了他对诗歌的评价尺度。在《莫里斯·德·盖兰》(*Maurice de Guerin*, 1865) 一文中，通过对这位并不知名的法国浪漫派诗人的评价，阿诺德区分了诗歌的两种作用。他认为，诗歌的崇高力量就在于它能为我们满意地解释世界，既通过富于魔法的机巧解释了外部世界的形貌和运动，又通过富于灵感的信条解释了内部世界的观念和规律。"换言之，诗歌的解释既具有自然的魔法，也具有道德的深度。它以这两种方式启发人：既给予他一种令人满意的真实观念，又使他与宇宙万物相和谐"。[104] 这样，阿诺德便确认了诗歌题材的多样化，尽管他从未放弃"诗歌是对生活的批评"这一核心的诗歌观念。

关于"试金石"理论

阿诺德也高度重视文学批评的作用。他指出，对于一个诗人或一首诗，我们必须作出"真正的评价"。而这就意味着"在阅读诗歌的时候，不断地想到最好的、真正优秀的作品，想到从中汲取力量和愉快，我们理应将此牢记在心中，以此来支

---

[103] M. Arnold, "The Study of Poetry", in *Essays in Criticism: Second Series*, The Macmillan Company, 1924, p.33.

[104] M. Arnold, "Maurice de Guerin", in *Essays in Criticism: First Series*, The Macmillan Company, 1924, pp.110—111.

配我们对所读作品的评价"。[105] 然而，令人遗憾的是，这种"真正的评价"却时常被两种错误的批评方法所取代了，这就是"个人的评价"和"历史的评价"。

所谓"个人的评价"是一种印象主义的批评方法，它对作品的评价完全取决于个人的感受和嗜好，只是根据作品对个人的重要程度而作出评价，与作品的真正价值并不相符。所谓"历史的评价"则是一种历史相对主义，即以历史的标准代替了审美的标准。在把一部作品当作发展进程中的某一阶段来加以研究时，尤其是研究文学发展的早期阶段时，特别容易对那些早期作品的缺陷予以宽宥，对它们的成就却作出过高估价。当然，这并不意味着阿诺德背弃了历史主义观点，他所反对的只是那种一味探索诗歌的历史源流，却放弃对它们作出审美评价的错误倾向。

而在批评方法上，阿诺德所提出的最独特、也最容易引起争议的主张，便是他的"试金石"（touchstones）理论。正是为了避免上述的"个人的评价"和"历史的评价"这两种错误倾向，阿诺德强调："在我们研究诗人和诗歌的时候，始终把清晰感受和深切欣赏真正优秀的、真正古典的诗歌所获得的益处牢记在心，作为我们的目的"，唯有如此，我们才能对诗歌作出"真正的评价"。[106] 他建议，最好的方法就是把一些真正优秀的诗句牢记在心，以此作为检验其他诗歌的"试金石"：

> 的确，要发现什么样的诗歌是属于真正优秀一级的，因而对我们是最好的，最有效的方法莫过于把伟大作家的一些诗句和词语总是牢记在心里，并把它们作为检验其他诗歌的试金石。当然，我们并不要求其他的诗歌与它们相似；那或许是截然不同的。但是，如果我们足够老练，一旦将这些诗句和词语牢记在心，我们就会发现它是一块灵验可靠的试金石，对于置放在旁边的所有其他诗歌，都能检验出它们是否具有诗歌的高质量，以及这种质量的等级。哪怕是很短的段落，甚至是一行两行，对我们就足够了。[107]

那么，什么样的作品可以成为检验其他诗歌的"试金石"呢？作为例证，阿诺德在《诗歌研究》中援引了 11 个片断，它们分别选自荷马、但丁、莎士比亚和弥尔顿的作品。这些片断通常只有一两行，就是其中最长的也不过才四行诗句。例如，

---

[105] M. Arnold, "The Study of Poetry", in *Essays in Criticism: Second Series*, The Macmillan Company, 1924, p.6.

[106] Ibid., p.13.

[107] Ibid., pp.16—17.

哈姆莱特在临终前对霍拉旭的嘱托："如果你过去真心爱我，／请你暂时牺牲一下天堂的幸福，／留在这个冷酷的人间，／替我传述我的故事吧。"又如，《失乐园》中撒旦的豪言壮语："永不屈服、永不退让的勇气／还有什么比这更难战胜的呢？"虽然阿诺德承认，要把这些诗句当作检验其他诗歌的"试金石"来应用并不是一件容易的事，需要融会贯通，需要长期积累，但他确信："这寥寥数行，假如我们善于应用它们，就可以使我们对诗歌保持清晰而健全的判断力，使我们避免错误的评价，引导我们得出一个真正的评价。"[108]

尽管阿诺德的"试金石"理论曾对托·斯·艾略特和弗·雷·利维斯等人产生过一定的影响，而利维斯为此所作的辩护也不无道理："这对于调动我们的感受力，对于将我们的有关经验集中在一个敏感点上，对于生动地提醒我们最好的诗歌是什么样的，都是一个告诫。"[109] 然而，我们应当认识到，无论在理论上还是实践上，阿诺德的"试金石"理论都是具有很大的片面性的。从理论上讲，即使是那些最精彩的诗句，倘若脱离了特定的语境也会变得难以理解，更不要说从中发现"诗歌的高质量"了。阿诺德所列举的那些片断固然是伟大诗歌的样品，我们也同样欣赏，但是，像哈姆莱特临终前的那些诗句之所以打动我们，难道不是因为我们熟知整个剧本吗？《失乐园》中撒旦的那些豪言壮语固然铿锵有力，但它们之所以令我们动容，难道不是因为我们对弥尔顿的这部长诗有所了解吗？

从批评实践上讲，一个诗人的作品总是有好有坏，因而选择什么样的诗句作为检验的对象，这件事情本身就带有很大的主观性。如果像阿诺德那样，先从德莱顿和蒲柏的作品中各选两行平庸的诗句，拿来与莎士比亚、弥尔顿和乔叟的优秀诗句相比，而后断言他们"不是我们诗歌中的古典作家，他们是我们散文中的古典作家"。[110] 如此做法，岂不太武断了吗？由此看来，"试金石"理论的根本失误，就在于阿诺德过分看重了某些诗篇的"精彩片断"，却忽略了诗歌的整体结构。而这一点，正是20世纪英美文学批评所特别强调的。

---

[108] M. Arnold, "The Study of Poetry", in *Essays in Criticism: Second Series*, The Macmillan Company, 1924, p.19.

[109] F. R. Leavis, "Arnold as the Critic", quoted from R. Wellek, *A History of Modern Criticism,* vol. 5, Yale University Press, 1986, p.247.

[110] M. Arnold, "The Study of Poetry", in *Essays in Criticism: Second Series*, The Macmillan Company, 1924, pp.41—42.

第六节　佩特与王尔德

19世纪以来，在商业文化日趋泛滥的同时，"为艺术而艺术"的论调也时起时伏，不绝如缕。如果说戈蒂耶和爱伦·坡是这一主张的最初倡导者，那么，从19世纪60年代起，唯美主义便在英国逐渐汇成了一股强劲的文学潮流。而爱尔吉侬·史文朋（Algernon Swinburne，1837—1909）、沃尔特·佩特（Walter Pater，1839—1894）和奥斯卡·王尔德（Oscar Wilde，1856—1900）作为这一思潮的主要代表，则在其中起着推波助澜的作用。及至1895年，王尔德因被指控搞同性恋而锒铛入狱，英国唯美主义运动便以如此不光彩的结局而草草收场。不过，对于唯美主义批评却不能如此轻率打发掉，必须作出深入细致的分析和实事求是的评价。

佩特的享乐主义艺术观

作为一位艺术史家，沃尔特·佩特最著名的论著是《文艺复兴史研究》（Studies in the History of the Renaissance，1873）。而这部论著对文艺复兴运动的理解，则依傍于瑞士历史学家雅各布·布克哈特（Jacob Burckhardt，1818—1897）的《意大利文艺复兴时期的文化》（The Civilization of the Renaissance in Italy，1860）。这就是说，所谓"文艺复兴"，不仅意味着近代欧洲重新复苏了对古希腊罗马文学艺术的兴趣，更意味着人的重新发现和人类精神的普遍解放。正如佩特所言："人类精神的这一爆发可以追溯到中世纪，当时它已明白无误地宣布其主旨是对形体美的兴趣，对人体的崇拜以及冲破中世纪的宗教体系所强加于思想和想象的种种桎梏。"[111] 与布克哈特不同的是，佩特虽然仍把14至15世纪的意大利文化视为文艺复兴的完美典范，但却扩大了研究范围，不仅讨论了这一时期的法国诗人，而且把18世纪德国艺术史家温克尔曼视为"文艺复兴的最后成果"。

就我们特定的论题而言，在佩特著作中最引人注目的便是他的享乐主义艺术观。在那里，佩特以一种悲观主义的论调声称，我们仿佛全被判了死刑，只是在死亡降临之前或多或少还有一段时光。有人无精打采地度过，有人在高昂的激情中度过，而其中的智慧者却在艺术中获得了快乐。佩特由此写道：

---

[111] 佩特：《文艺复兴史研究》，见《十九世纪英国文论选》，姚永彩等译，人民文学出版社，1986年，第246页。

我们唯一的希望是扩大这段时间,是从这有限的时间里获得尽可能多的脉跳。巨大的激情会带给我们生活的朝气,爱情的喜与忧以及不论是否与我们有利害关系的各种形式的热烈活动,这些会自然地来到我们许多人身上。但必须是激情,才会使你产生这种生气勃勃的、内含丰富的感觉。而诗的热情、对美的追求、为艺术而热爱艺术都具有最强烈的激情。艺术会到你面前来坦率地建议你对那逝去的时刻,而且仅仅为了这些时刻的缘故而奉献出最高质量的作品。[112]

这样,悲观主义的人生观便与享乐主义的艺术观缠绕在一起,构成了佩特的理论基石。对他来说,扩充新的人生体验,感受巨大的激情,享用丰富多彩的感官刺激,就是艺术的功用,而"总是燃起这样强烈的,像宝石一样瑰丽的火焰,总是保持这种入神着迷的状态,意味着生活中获得了成功"。[113]

　　显然,这种享乐主义艺术观,是与阿诺德所谓诗歌是"生活的批评",诗歌应该具有"高度的严肃性"的见解截然对立的。然而,换一个角度看,我们不难发现,这两者之间依然保持着某种联系。事实上,当阿诺德声称唯有诗歌才能安慰我们,支持我们,替我们解释生活的时候,已将诗歌提升到了超越一切之上的地位。而佩特则同样贬低宗教和哲学的价值,把"诗的热情、对美的追求、为艺术而热爱艺术"视为生活的唯一慰藉。因此,正如托·斯·艾略特在《阿诺德与佩特》(*Arnold and Pater*,1930)一文中所指出的:"由阿诺德巧妙地发起的使哲学和宗教降级的运动,在佩特身上找到了一位能干的后继者",尽管"佩特把宗教转让给文化有他自己的特殊方式,是从另一个方面来进行转让的:这就是从感情方面,而且的确是从感觉方面;但是佩特进行的这种转让只是在做阿诺德所许可的事情"。[114]

　　倘若进一步分析,我们可以发现,佩特的艺术观具有强烈的经验主义色彩,过分夸大了感觉、印象和生活经验对人生的意义。在他看来,时光飞逝,万物更替,一切都正在从我们的脚下迅速地消失,留下的只是某些感觉的鲜明印象。在这种情况下,艺术就越发显得珍贵,因为唯独它才能保留某一瞬间的鲜明印象,向我们展示这个世界的丰富性:"经验的结果并非目的,目的在于经验本身。只有经历丰富多

---

[112] 佩特:《文艺复兴史研究》,见《十九世纪英国文论选》,姚永彩等译,人民文学出版社,1986年,第274—275页。

[113] 同上书,第273页。

[114] T. S. Eliot, "Arnold and Pater", in *Selected Essays*, Faber and Faber Limited, 1932, pp.399—400.

彩的戏剧似的生活，才会感到脉搏的激烈跳动。我们如何才能见到唯有感觉敏锐的人才能见到的一切？我们如何才能最迅速地从一处转到另一处，又总是置身于最大量的生命力汇集其精华的焦点？"[115] 答案只有一个，那就是艺术。因此，艺术的价值就在于捕捉瞬间的美感，而探讨它的思想内涵和道德意义都是徒劳无益的。

王尔德的唯美主义

如果说佩特对自己的享乐主义艺术观多少还有些遮遮掩掩的话，那么，王尔德则直截了当地阐明了唯美主义的基本立场。早在《英国的文艺复兴》(*The English Renaissance in Art*, 1882) 这一演讲中，王尔德就回顾了从济慈到"前拉斐尔派"的英国唯美主义思潮的演变，并对自己的艺术观作了阐述。王尔德认为："承认艺术家有独立的王国，意识到艺术世界和真正的现实世界之间、古典优雅与绝对现实之间的区别，不仅构成了一切美的魅力的根本条件，也是一切伟大的富于想象力的作品、一切伟大的艺术创作时代的特征。"[116] 与此同时，他也割裂了艺术与道德之间的关系。他对当时的美国听众这样说："你们的文学所需要的，不是增强道德感和道德控制，实际上诗歌无所谓道德不道德——诗歌只有写得好和不好的，仅此而已。艺术表现任何道德因素，或是隐隐提到善恶标准，常常是某种程度的想象力不完善的特征，标志着艺术创作中和谐之混乱。"[117] 这样，在王尔德的心目中，艺术既与真无关，也与善无涉，唯美主义的两个极端主张已在这一演讲中暴露无遗。

自从柏拉图指责诗人不能为人们提供真理以来，西方诗人和批评家都一再为诗歌的真理性而辩护，唯恐自己被人视为"谎言的制造者"。而王尔德却反其道而行之，在《谎言的衰朽》(*The Decay of Lying*, 1889) 一文中，竟把现代艺术的平庸与陈腐归咎为谎言作为一门艺术的衰微。在他看来，如不设法改变这种对事实的崇拜，艺术就会变得毫无生气，美就会从大地上消失。为了振兴现代艺术，王尔德全面阐述了他所谓的"新美学的原理"，其基本信条可以概括如下：第一，"艺术除了表现它自身之外，不表现任何东西。它和思想一样，有独立的生命，而且纯粹按自己的路线发展。"[118] 第二，"一切坏的艺术都是返归生活和自然造成的"，"唯一美的事物，

---

[115] 佩特：《文艺复兴史研究》，见《十九世纪英国文论选》，姚永彩等译，人民文学出版社，1986年，第272—273页。
[116] 王尔德：《英国的文艺复兴》，见赵澧等编《唯美主义》，中国人民大学出版社，1988年，第88页。
[117] 同上书，第97页。
[118] 王尔德：《谎言的衰朽》，见赵澧等编《唯美主义》，中国人民大学出版社，1988年，第142页。

是与我们无关的事物"。王尔德因而断言:"作为一种方法,现实主义是一个完全的失败。"[119] 第三,一反传统的摹仿理论,王尔德甚至认为,与其说艺术摹仿自然,毋宁说自然摹仿艺术。第四,"撒谎——讲述美而不真实的故事,乃是艺术的真正目的"。[120] 其结果,便完全割裂了艺术与现实生活的联系,使艺术创作成为无源之水,无本之木。

而耐人寻味的倒是所谓"自然摹仿艺术"的说法,它既从根本上颠倒了艺术与现实生活的关系,又包含着某种对艺术的独特理解。我们可以从以下两个层面来分析这一说法。首先,所谓"生活摹仿艺术",意味着"一个伟大的艺术家发明了一个典型,生活将设法去摹仿它,在通俗的形式中复制它"。[121] 在这里,王尔德强调:"唯一美的事物是跟我们无关的事物,只要一件事物对我们有用或必要,或者在某种程度上影响我们,使我们痛苦或快乐,或者强烈地引起我们的同情,或者组成了我们生活环境的极其重要的部分,它就在真正的艺术范围之外。"[122] 但另一方面,他又自相矛盾地大谈艺术对生活的"浇铸"作用,仿佛整个生活都是在艺术推动下运行的。在他看来,且不说孩子们在读了那些描写盗贼的冒险故事后竞相仿效,也不说许多青年绝望轻生是受了维特自杀的影响,就连某些社会思潮和人生态度也都是艺术"浇铸"生活的结果。王尔德由此认为:

> 文学总是居先于生活。它不是摹仿它,而是按照自己的目的浇铸它。众所周知,十九世纪主要是巴尔扎克的发明,我们的吕西安·德·吕旁普瑞们,我们的拉斯蒂涅们以及德·马赛们,最初都是在《人间喜剧》的舞台上出现的。我们只是以脚注和不必要的补充,在实现一个伟大小说家的怪念头、或幻想、或创作幻象。[123]

然而,问题在于,假如文学对生活果真具有如此巨大的"浇铸"作用,那么,所谓艺术与生活绝缘的看法就根本不能成立。因为不能设想,与我们完全无关的事物会左右我们的思想和生活,这至少在逻辑上是说不通的。

其次,所谓"生活摹仿艺术",也意味着艺术以其特有的方式更新着人们的感

---

[119] 王尔德:《谎言的衰朽》,见赵澧等编《唯美主义》,中国人民大学出版社,1988年,第143页。
[120] 同上书,第144页。
[121] 同上书,第128页。
[122] 同上书,第117页。
[123] 同上书,第129页。

觉，使人们对生活中的美不断有所发现。这倒颇有几分见地，与俄国形式主义的"陌生化"原理不谋而合。举例来说，正是通过那些印象派画家的创作，人们才破天荒头一遭觉出伦敦雾霭的可爱，尽管它事实上早已存在，人们却对它熟视无睹。王尔德由此断言："自然不是生育我们的伟大母亲。它是我们的创造物。正是在我们的脑子里，它获得了生命。"[124] 也正是在这里，王尔德复活了普罗提诺的新柏拉图主义。他确信，艺术并非是对自然的摹仿，而是对自然所作的理想化处理，而自然不过是"一幅实属二流的特纳画，一幅不合时宜的特纳画"。[125]

关于印象主义批评方法

在倡导唯美主义的同时，佩特和王尔德也把一套印象主义批评方法推向了极端。当然，所谓印象主义批评，并不是一个严格意义上的批评流派。运用这一方法的批评家之所以被划归在一起，主要是由于在他们的批评活动中，不是通过客观分析来阐释和评价一部作品，而是诉诸于主观感受，试图用想象性的比喻来描述作品留给他的生动印象。更有甚者，一些批评家不恰当地夸大了文学批评的创造性，乃至把批评本身也视为一门艺术。如果说西方文学批评素以理性思辨和客观剖析见长的话，那么，自从浪漫主义以来，一些批评家就开始自觉倡导印象主义批评。而到了19世纪后期，印象主义批评更成为风靡一时的批评方法。

一般说来，印象主义批评往往流于主观随意性，以批评家的主观感受代替了对作品文本的客观分析，因而批评活动几近于一种"再创造"。而在这类批评文献中，最突出的例证莫过于佩特对达·芬奇的《蒙娜丽莎》(Mona Lisa) 所作的令人惊愕的描述：

> 如此奇异地站在水边的这个人（指蒙娜丽莎），表达了千百年来人们的愿望。这儿是一个"末世的人"的头，眼睑略带倦意，她的美发自内心而形之肌肤，其中每个细小的细胞都蕴含着奇异的感情，怪诞的幻想和美妙的激情……世界上所有的思想和经验，希腊人那否认人的精神世界的兽性主义、罗马的情欲、中世纪的神秘主义及其精神上的抱负和富于幻想的爱情，异教世界的卷土重来，波吉尔家族的罪孽，这一切凡是他们能用精

---

[124] 王尔德：《谎言的衰朽》，见赵澧等编《唯美主义》，中国人民大学出版社，1988年，第133页。
[125] 同上书，第134页。文中提到的透纳 (J. M. W. Turner, 1775—1851) 是英国著名的风景画大师。

美的外形表达出来的，都已铭刻并塑造在这儿了。她的年岁比她身旁的岩石还古老；她像夜间爬出坟墓来吸人血的死尸，已死过多次并熟谙坟墓的奥秘；她曾是深海的潜水员，记住了海水落潮的日子；她曾和东方商人作过奇异的丝绸交易；同时她像莉达一样，是希腊美人海伦的母亲；像圣安娜一样，是圣母玛利亚的母亲……[126]

这真是一曲《蒙娜丽莎》的变奏曲，其中充满了批评家本人的最独特的感受和最大胆的联想。除了佩特之外，恐怕谁也无法想象把这幅肖像画与死尸、潜水员或圣安娜拉扯在一起。

虽然在佩特的著作中，关于《蒙娜丽莎》的评论只是一个极端的例子，但正像19世纪后期的许多批评家一样，他早已对抽象的美学探讨失去了兴趣，因而这类即兴发挥的文字乃是他鄙薄理论的必然结果。在他看来，"在美学批评中，走向如实地了解对象的第一步是如实地了解自己的印象，辨别它，并清楚地认识它"。因此，理性认识在这里没有用武之地，人们也不必为抽象的理论问题而大伤脑筋。[127] 显然，这是一种似是而非的见解。我们应当认识到，批评家固然离不开艺术感受和审美体验，但他却必须超越鉴赏的直观状态，上升到自觉的理性活动。而这一点，恰恰是佩特所不了解的。

同样，王尔德也认为，文学批评本身就是一门艺术，它既是创造性的，又是独立自足的。批评家则是另一种意义上的艺术家，也需要丰富的想象、强烈的情感和独特的个性。他在《作为艺术家的批评家》（*The Critic as Artist*，1890）一文中强调，批评家并不以客观阐释作品为己任，批评活动也无须以作品文本为依托，文学批评的唯一目的就是记录个人的印象。"最高层次的批评的真正实质，即一个人的个人灵魂的记录。它比历史更具魅力，因为它仅仅涉及一个人的自身；它比哲学更为娱人，因为它具体而不抽象，真实而不模糊"。因此，在王尔德看来，"最高层次的批评，作为个人印象的最纯粹形式，其方法比创造更富于创造性"。[128]

的确，与佩特相比，王尔德更公开地倡导批评的创造性和主观性。在他看来，文学批评完全不必拘泥于作品，也从来不可能是客观的或公正的。"对于批评家来

---

[126] 佩特：《文艺复兴史研究》，见《十九世纪英国文论选》，姚永彩等译，人民文学出版社，1986年，第267—268页。

[127] 同上书，第243—244页。

[128] 王尔德：《作为艺术家的批评家》，见赵澧等编《唯美主义》，中国人民大学出版社，1988年，第159—160页。

说，艺术作品只是他自己的新作的一种提示，而他自己的新作完全不必与他所批评的作品有什么明显的相似性。美的形式的一大特点，就是它可以任凭你把自己希望的东西添加进去，任凭你从中看到自己想看的内容。"[129] 于是，王尔德便把文学批评与文学创作混为一谈，为主观批评的借题发挥和标新立异提供了一个似是而非的理论依据。由此也不难理解，王尔德何以会替佩特的《蒙娜丽莎》评论进行辩护，把它视为最高层次的批评实践的一个典范，尽管他承认佩特的那番解释是达·芬奇本人连做梦也不曾想过的。[130]

趁便说说，印象主义批评在法国的主要倡导者是于勒·勒梅特尔（Jules Lemaitre, 1853—1914）和阿纳托尔·法朗士（Anatole France, 1844—1924）。在《文学生活》（*La Vie littéraire*, 1888—1893）第一卷序言中，法朗士对这一批评方法的基本信条作了如下表述：

> 优秀的批评家是这样一个人，他所讲述的是自己的灵魂在杰作中的探险活动。不存在客观的艺术，更不存在客观的批评，那些自以为不曾把他们自己放进作品中去的人，正是被最谬误的幻觉所欺骗的受害者……为了坦率起见，批评家应该说："先生们，关于莎士比亚、拉辛、帕斯卡尔或歌德，我所讲述的就是我自己"——正是这些话题为我提供了一个良好的机会。[131]

而他所说的"探险活动"，就是以批评家的主观感受代替对作品文本的解读，用个人趣味取消对作品的理性剖析和价值判断。其结果，法朗士也跟王尔德如出一辙，竟把批评家视为文学作品的意蕴和审美价值的创造者。

综上所述，印象主义批评的失误主要表现在以下三个方面：首先，印象主义批评不恰当地夸大了批评的创造性，从而把文学批评与文学创作混为一谈。我们理应认识到，文学批评是受作品制约，并由作品生发出来的，所谓"批评的创造性"，归根到底仍限制在作品文本所提供的可能性之内。过分夸大批评的创造性，势必导致对批评对象的轻视，陷入批评上的主观主义。其次，印象主义批评也不适当地强调了审美感受而排斥理性思考，从而把批评活动混同于艺术鉴赏。我们知道，艺术

---

[129] 王尔德：《作为艺术家的批评家》，见赵澧等编《唯美主义》，中国人民大学出版社，1988年，第161页。

[130] 同上书，第160页。

[131] A. France, "La Vie litterraire", in Hazard Adams ed., *Critical Theory Since Plato,* Harcourt Brace Jovanovich, Inc., 1971, p.671.

鉴赏可以停留在审美的直观状态，而文学批评却是一种自觉的理性活动，必须超越鉴赏活动，对作品作出言之成理的阐释与评价。第三，印象主义批评完全以个人趣味和主观感受为价值尺度，必然各行其是，走向批评上的相对主义。我们应当认识到，文学作品的意蕴和审美价值虽然不是由作者一劳永逸地给定的，而有待于读者的深入发掘，然而，无论作出何种阐释和评价，都应该以作品文本为客观依据，而不能把批评家视为作品意蕴和审美价值的创造者。批评标准上的相对主义，终将导致文学批评陷于无所作为的境地。由此可以理解，进入20世纪以来，西方文学批评何以都断然摒弃印象主义批评方法，而竭力标榜批评的客观性。

第七节　车尔尼雪夫斯基与杜勃罗留波夫

从别林斯基逝世（1848），到尼古拉·车尔尼雪夫斯基（Nikolay Chernyshevsky, 1828—1889）和尼古拉·杜勃罗留波夫（Nikolay Dobrolyubov, 1836—1861）相继崭露头角，不过相隔了七、八年，然而俄国文学批评及其语境却发生了很大变化。正如我们所知，黑格尔哲学和德国浪漫派的文学理论曾在此前的俄国知识界流行一时，但对于车尔尼雪夫斯基和杜勃罗留波夫来说却成了明日黄花。相反，他们自认为是路德维希·费尔巴哈（Ludwig Feuerbach, 1804—1872）唯物主义哲学的信奉者，并以此为武器展开了对浪漫主义诗学的批判。因此，他们对别林斯基的丰富的文学思想多半未能领会，只是继承了他后期批评中的激进倾向，几乎将全部注意力集中在文学作品的社会意义上，对艺术本身却并无兴趣。从这个意义上说，19世纪后期的俄国文学批评是一次倒退，其成就显然无法与别林斯基相比。

从《艺术与现实的审美关系》说起

显而易见，车尔尼雪夫斯基的《艺术与现实的审美关系》（The Aesthetic Relations of Art to Reality, 1855）的写作宗旨，就是"将现实和想象互相比较而为现实辩护"，"企图证明艺术作品决不能和活生生的现实相提并论"。[132] 由此可以理解，车尔尼雪夫斯基将该书的主要篇幅都用来批判德国美学家弗·台·费肖尔（F. T. Vischer, 1802—1887）的观点，并试图证明现实中的美总是高于艺术中的美。

---

[132]　车尔尼雪夫斯基：《艺术与现实的审美关系》，周扬译，人民文学出版社，1979年，第105页。

按照费肖尔的看法，现实中的美往往是有缺陷的，而艺术的使命就在于弥补现实美的缺陷。但在车尔尼雪夫斯基看来，这种说法是根本站不住脚的。他力图表明，无论哪一种艺术，在现实事物面前总是苍白无力的。以雕塑和绘画为例，"彼得堡没有一个雕塑在面孔轮廓的美上不是远逊于许多活人的面孔的，一个人只消到任何一条人多的街上去走一走，就可以遇见好些那样的面孔"。[133] 同样，绘画的那些红红绿绿的颜色，"比之人体和面孔的自然颜色，只是粗糙得可怜的摹仿而已"。[134] 至于音乐，他所认可的唯有自发的歌唱，艺术的歌唱只不过是自发的歌唱的摹仿和替代物，纵然讲究、富丽，也不能补偿真挚情感的缺失。文学的情况亦复如此。在车尔尼雪夫斯基看来，虽然就内容而言，诗歌远胜于其他艺术，但在印象的力度和生动性方面，它不仅远逊于现实，而且远逊于其他艺术。因为其他艺术是直接诉诸于我们的感觉的，诗歌却作用于我们的想象。在通常情况下，想象的形象总是比感觉的形象要暗淡无力。他对诗人的创造力也持怀疑的态度。在他看来，我们对诗人了解得越多，就越能够发现他创造的东西甚少，而从生活中描摹下来的东西甚多。"从诗人和他的人物的关系上说，诗人差不多始终只是一个历史家或回忆录作家"。[135] 同样，小说中的情节也往往是从真实的事件取来的。即便作家充分发展了的情节，也不比实际的事件更富于诗意。因此，车尔尼雪夫斯基得出结论："现实生活对于一篇戏剧来说，常常是戏剧性太多，对于一篇诗歌来说，又常常是诗意太浓。"[136]

艺术既然被贬低到如此地步，那么，它们的价值究竟何在呢？车尔尼雪夫斯基认为，艺术的第一个作用就是再现生活，而再现生活的目的则是为了充当它的替代物。比如，许多人终生都没有见过大海，即使那些见过大海的人也不可能清晰地保持对它的美好记忆，于是，就出现了描绘大海的图画。其次，许多艺术作品不仅再现生活，而且还给我们说明生活。这是因为生活本身并不对我们说明它的现象，于是，科学和艺术就成了生活的教科书。其作用是便于我们去读原始材料，偶尔也供查考之用。最后，艺术的作用还在于"对生活现象下判断"。如果艺术家是一个有思想的人，他就不能不对他感兴趣的生活现象作出判断。这样，艺术家就成了思想家，艺术也就成了人们的一种道德活动。[137]

---

[133] 车尔尼雪夫斯基：《艺术与现实的审美关系》，周扬译，人民文学出版社，1979年，第65页。
[134] 同上书，第67页。
[135] 同上书，第78页。
[136] 同上书，第79页。
[137] 同上书，第101—102页。

无庸讳言,《艺术与现实的审美关系》充满了谬误和偏见,它对艺术的理解是如此肤浅,对艺术作用的认识又是如此自相矛盾,因而丝毫无助于建构一种有价值的美学理论。尽管车尔尼雪夫斯基一再声称这篇论文是"一个应用费尔巴哈的思想来解决美学的基本问题的尝试",[138] 但我们却看不出上述贬低艺术的论调与这位德国哲学家有什么直接的联系。相反,在我们看来,车尔尼雪夫斯基的艺术见解,应当到他所推崇的柏拉图那里去寻找答案。正是在此前发表的《论亚理斯多德的〈诗学〉》(*On Aristotle's Poetics*, 1854)中,车尔尼雪夫斯基一方面极力称赞柏拉图阐明了"艺术在人类生活中的意义,艺术对其他活动倾向的关系",[139] 另一方面,他又替柏拉图攻击艺术的观点进行辩解。他认为:"柏拉图反对艺术的争论,虽然十分严厉,但是它却出于对人的活动抱着伟大而高贵的看法而产生的,而且不难看出,柏拉图这些严厉的揭露,有许多就是对待现代艺术也依然是正确的。"[140] 由此可以理解,车尔尼雪夫斯基所谓"艺术只是生活的摹仿和替代物"的说法,与柏拉图诋毁艺术的论调简直如出一辙。

车尔尼雪夫斯基论俄国作家

与他的美学理论相比,车尔尼雪夫斯基的批评实践或许稍有价值一些。在短短几年内,他撰写了大量批评论著,对19世纪俄国作家,包括果戈理、别林斯基、屠格涅夫、萨尔蒂科夫-谢德林和托尔斯泰等人作了广泛评述。当然,作为一个献身于俄国解放运动的思想家,车尔尼雪夫斯基总是力图说明一部作品的思想倾向和社会意义。正如他在《俄国文学果戈理时期概观》(*Studies in the Age of Gogol*, 1855)一书中所指出的那样:

> 对祖国幸福的爱,是指导着这种批评的唯一的热情:对于每一种艺术的事实,它都按照这件事实对俄国生活有怎样的意义来估量。这种观念——就是它的全部活动的激情。它的特有的威力也就包含在这个激情里。[141]

---

[138] 车尔尼雪夫斯基:《艺术与现实的审美关系》,周扬译,人民文学出版社,1979年,第4页。
[139] 车尔尼雪夫斯基:《论亚理斯多德的〈诗学〉》,见《车尔尼雪夫斯基论文学》,中卷,辛未艾译,上海译文出版社,1979年,第186页。
[140] 同上书,第190页。
[141] 车尔尼雪夫斯基:《俄国文学果戈理时期概观》,见《车尔尼雪夫斯基论文学》,上卷,辛未艾译,上海译文出版社,1979年,第250页。

正是这种激情构成了车尔尼雪夫斯基文学批评的特点,但也导致他时常偏离文学问题而转向了一般社会问题的讨论。

在车尔尼雪夫斯基看来,别林斯基的文学批评在俄国文学史上具有重要的地位。这首先是因为在他之前,俄国的批评时而是法国理论的反映,时而是德国理论的反映,完全缺乏独立的见解,直到别林斯基出现,俄国才有了自己的声音。这当然不能仅仅归结为个人的天赋,"谁要是深入果戈理时期的批评应当在其中起作用的情势中去,他就会清楚地理解,这种批评的性质是完全以我们的历史情势为归依的"。[142] 车尔尼雪夫斯基详细论述了别林斯基思想的演变过程,并高度评价了他的后期批评:"别林斯基的批评越来越渗透着我们生活的蓬勃的利益,越来越深切地理解这个生活的现象,越来越坚决地追求,要向公众说明文学对生活的意义,要向文学说明文学应当通过它们去面对生活的那些关系,因为生活是左右文学发展的一个主要力量。"[143] 而这也正是车尔尼雪夫斯基本人所遵循的一项批评准则。

车尔尼雪夫斯基将俄国文学发展的新阶段与果戈理的名字联系在一起,热情称颂他是"俄国散文文学之父"。在他看来,自从《狄康卡近乡夜话》和《钦差大臣》发表以来,果戈理的创作始终代表着俄国文学发展的方向。因为他不仅是一个天才的作家,同时也是俄国唯一的文学流派的精神领袖。当然,车尔尼雪夫斯基更看重的是果戈理创作的批判倾向。他指出:"不管《奥涅金》中的讽刺闪光,不管《智慧的痛苦》中的辉煌的抨击,批判的因素在果戈理之前,在我们文学中,还只是起次要的作用……所以,应该把功绩归给果戈理,他第一个使得俄国文学坚决追求内容,而且这种追求是顺着坚定的倾向,就是批判的倾向而进行的。"[144] 这就是说,正是对现实生活所作的批判性描写,才使得果戈理成为时代思想情绪的表达者。

车尔尼雪夫斯基的《在幽会中的俄国人》(*The Russian at a Rendezvous*,1858)一文,是针对屠格涅夫的小说《阿霞》而作的批评。从严格意义上说,这不能算作是文学批评,而是假借着剖析小说主人公的软弱性格来揭露贵族自由主义的劣根性。小说主人公胆怯地拒绝了一位姑娘的爱情,这一情节被车尔尼雪夫斯基看成是贵族知识分子性格的象征:"在还没有谈到实际行动,只需要用谈话和幻想来排遣闲空

---

[142] 车尔尼雪夫斯基:《俄国文学果戈理时期概观》,见《车尔尼雪夫斯基论文学》,上卷,辛未艾译,上海译文出版社,1979年,第337页。
[143] 同上书,第406页。
[144] 同上书,第27—28页。

的时间、填满无聊的头脑或者空虚的心灵的时候,这个主人公是灵活的;一旦事情弄到必须坦率而准确地表达自己的感情和愿望,——大部分英雄就已经开始动摇,并且感觉到言语也有点不灵活了。"[145] 而所有这一切,都被车尔尼雪夫斯基归结为造就了这种性格的社会环境,归结为"社交界已经根深蒂固的流行病的症候"。[146] 因为对于在贵族环境里教养长大的人来说,一旦在生活中遇到那种决定命运的时刻,他们就没有能力来处理自己的生活了。

尽管如此,这并不意味着车尔尼雪夫斯基缺乏艺术的判断力。在为托尔斯泰的早期小说所写的评论中(1856),他敏锐地指出:"对内心生活秘密活动的深刻认识"和"道德感情坦率无隐的真诚",构成了托尔斯泰文学创作的两大基本特征。而且,"不管在他的继续发展中他的作品里将表现哪些新的方面,这两者任何时候都将是他的才能的根本特征"。[147] 在他看来,与其他作家仅仅关注内心生活的结果不同,托尔斯泰最感兴趣的是"心理过程本身,心理过程的形式,心理过程的规律,用明确的术语来表达,这就是心灵的辩证法"。车尔尼雪夫斯基这样写道:

> 托尔斯泰伯爵的注意力特别集中于一种感情,一种思想怎样从另外一些感情和思想中发展出来;他满有兴味地观察:一种直接从某种情势或者某种印象所产生的感情,怎样受到回忆作用、受到由想象所提供的联想能力的影响,从而转变为另一种感情,重新回到原来的出发点,接着又怎样顺着回忆的全部连锁,一再的反复,改变。一种由最初的感觉所产生的思想,怎样引发了另一种思想,接着又继续不断地发展开去,从而把梦想与现实之感,把幻想未来和反映现在融为一体。[148]

而这一分析,不仅为托尔斯泰后来的创作实践所证实,而且也突破了车尔尼雪夫斯基本人的美学理论的局限,表现了他对艺术的深刻理解。由此可见,一个批评家的理论见解与他的批评实践并不完全是一码事。具体生动的批评实践,往往可以在一定程度上弥补理论体系的僵化和缺憾。

---

[145] 车尔尼雪夫斯基:《在幽会中的俄国人》,见《车尔尼雪夫斯基论文学》,下卷(二),辛未艾译,上海译文出版社,1982 年,第 178 页。
[146] 同上书,第 188 页。
[147] 车尔尼雪夫斯基:《〈童年与少年〉〈战争小说集〉》,见《车尔尼雪夫斯基论文学》,下卷(一),辛未艾译,上海译文出版社,1982 年,第 271 页。
[148] 同上书,第 260—261 页。

杜勃罗留波夫的文学批评

像车尔尼雪夫斯基一样,杜勃罗留波夫的批评生涯也极为短暂。如果从1857年秋他参加《现代人》杂志社,并在车尔尼雪夫斯基的建议下主持评论栏目算起,直到他因病于1861年底逝世,那么,他从事批评活动只有四个春秋。在这四年里,他写下大量批评论著,以相当激进的姿态评论了同时代的俄国作家。不过,从今天来看,杜勃罗留波夫的批评实绩却是令人失望的。一方面,他几乎将全部注意力都集中在作品的社会意义上,很少顾及它们的艺术价值。另一方面,他的评论文章往往流于不必要的情节复述,文笔拖沓散漫令人难以卒读。

在《俄国文学发展中人民性渗透的程度》(*On the Share of People in the Development of Russian Literature*,1858)一文中,杜勃罗留波夫提出了一种评价标准,即以"人民性"作为衡量作家作品的评价尺度。这是从别林斯基所谓"民族性"改造而来的一个概念,但却更多地强调了文学的全民性质。按照杜勃罗留波夫的界定,所谓"人民性",就意味着文学作品理应"表现人民的生活,人民的愿望"。[149]他指出:

> 我们不仅把人民性了解为一种描写当地自然的美丽,运用从民众那里听到的鞭辟入里的语汇,忠实地表现其仪式、风习等等的本领……要真正成为人民的诗人,还需要更多的东西:必须渗透着人民的精神,体验他们的生活,跟他们站在同一的水平,丢弃等级的一切偏见,丢弃脱离实际的学识等等,去感受人民所拥有的一切质朴的感情。[150]

正是以此为评价标准,杜勃罗留波夫改写了一部俄国文学史大纲,但其激进程度却令人感到惊讶。在他看来,尽管普希金的地位不容置疑,但他的贵族偏见、他的享乐主义、他的法国式教养和艺术天性,都阻碍他去理解人民性的精神。同样,莱蒙托夫的生活环境也使他远离了人民。甚至果戈理也未能完全领悟俄罗斯人民性的奥秘,即便在他的优秀作品中,"虽然十分接近人民的观点,然而却是通过不自觉的、单纯的艺术感觉而达到的"。[151]因此,要真正实现人民性这一理想,必须寄希望于未来的俄国文学。

---

[149] 杜勃罗留波夫:《俄国文学发展中人民性渗透的程度》,见《杜勃罗留波夫选集》,第二卷,辛未艾译,上海译文出版社,1983年,第187页。

[150] 同上书,第184页。

[151] 同上书,第200页。

与此同时，杜勃罗留波夫也不断重复车尔尼雪夫斯基的论调，强调文学只能反映现实，而不可能改变现实。荷马虽然伟大，却不能使英雄时代复现于后世希腊。维吉尔虽然雄辩，也无法使罗马人恢复祖先的辉煌生活。甚至农奴制问题也不是由文学提出来的，"而是文学等到这个问题已经在社会中完全成熟的时候，才去抓住它的"。[152] 但他又自相矛盾地提出，文学必须对生活有一种预见性："文学不可能超越在生活之前，然而预先发现已经在生活中形成的利益，它们的形式上的和外表上的表现，这是应当做到的。当某一种思想还存留在脑子里，当这种思想的实现还有待于将来的时候，这时候文学就应该把它抓住，就应当从各种不同方面，通过各种不同利益的形态，对事物进行文学的评判。"[153] 由此可以理解，在具体评论当代俄国文学时，他总是试图在作品中去发现对未来生活的召唤。

类似的矛盾也体现在如何看待文学的社会作用上。一方面，在杜勃罗留波夫看来，文学的作用几乎微不足道："文学并没有行动的意义，文学或者只是提出需要做什么，或者描写正在进行以及已经完成的事情"，文学只是"一种服务的力量"。[154] 另一方面，他又不无夸张地声称，一流的天才作家能够高出于服务作用之上，而成为"某一时代人类认识最高阶段的最充分的代表"。[155] 尽管这种人数量极为稀少，但仍然是推动社会进步的力量。他断言："艺术家所创造的形象，好像一个焦点一样，把现实生活的许多事实都集中在本身，它大大地推进了事物的概念在人们之间的形成和传布。"[156]

不难发现，正是这些自相矛盾的见解交织在一起，贯穿于杜勃罗留波夫的全部批评论著。他在《什么是奥勃洛莫夫性格？》（*What is Oblomovism?*，1859）一文中指出，冈察洛夫是"一位善于把生活现象的完整性表现出来的艺术家，把社会现象描写出来，就是他的使命，他的欢乐；他那客观的艺术创造，决不给什么理论上的偏见或是先入的观念所迷惑，也决不屈服于任何一种独占性的同情之下"。[157] 但他

---

[152] 杜勃罗留波夫：《俄国文学发展中人民性渗透的程度》，见《杜勃罗留波夫选集》，第二卷，辛未艾译，上海译文出版社，1983年，第133页。
[153] 同上书，第201页。
[154] 杜勃罗留波夫：《黑暗王国的一线光明》，见《杜勃罗留波夫选集》，第二卷，辛未艾译，上海译文出版社，1983年，第360页。
[155] 同上书，第361页。
[156] 杜勃罗留波夫：《黑暗的王国》，见《杜勃罗留波夫选集》，第一卷，辛未艾译，上海译文出版社，1983年，第273页。
[157] 杜勃罗留波夫：《什么是奥勃洛莫夫性格？》，见《杜勃罗留波夫选集》，第一卷，辛未艾译，上海译文出版社，1983年，第188页。

旋即便越出了文学批评的范围，把对奥勃洛莫夫性格的分析变成了对贵族自由主义的批判。他认为，冈察洛夫的成功主要在于他选择了重大的社会题材，因为他笔下的奥勃洛莫夫既是"俄罗斯生活的产物"和"时代的征兆"，又是"解开俄罗斯生活中许多现象之谜的关键"。[158] 尽管杜勃罗留波夫看出了奥勃洛莫夫与奥涅金、毕巧林、罗亭等"多余人"之间的联系，但当他把奥勃洛莫夫性格仅仅概括为"彻头彻尾的惰性"的时候，无疑是对这部小说作了简单化的理解。

《黑暗的王国》（*The Realm of Darkness*，1859）和《黑暗王国的一线光明》（*A Ray of Light in the Realm of Darkness*，1860）两篇论文，是对亚·奥斯特罗夫斯基的戏剧所作的评论。前者分析了这位俄国剧作家的早期戏剧，后者则专论他的著名悲剧《大雷雨》。在杜勃罗留波夫看来，虽然奥斯特罗夫斯基未必自觉意识到作品的社会意义，但他却忠实于生活的真实性，展示了一个黑暗、痛苦的世界。在这个世界里，一方面是专横顽固的统治，另一方面则是胆怯的逃避和默然的顺从，由此表明"它的社会关系的不正常已经达到了极限"。[159] 然而，出于激进的民主主义立场，杜勃罗留波夫夸张地声称，在《大雷雨》的女主人公卡捷琳娜身上看到了"黑暗王国的一线光明"。在卡捷琳娜纵身跳入伏尔加河这一结局里，"对专横顽固势力已经发出激烈的挑战声"，[160] 如此结论，显然拔高了剧本的社会意义。

同样，在《真正的白天什么时候到来？》（*When Will the Day Come?*，1860）一文中，杜勃罗留波夫也极力夸大屠格涅夫小说对未来生活的预见性，因而对《前夜》所隐含的"革命内容"大为赞赏。在他看来，小说女主人公叶连娜表现了"一种几乎是不自觉的、但却是新的生活、新的人们的不可阻挡的要求"。[161] 而小说中的保加利亚青年英沙罗夫的"全部感召力，就在于渗透在他的整个生命里的那种思想的宏伟和神圣"。[162] 尽管杜勃罗留波夫承认，屠格涅夫既没有写出英沙罗夫有何作为，也没有揭示他的内心世界，但这些艺术方面的缺陷却并没有受到指责。相反，

---

[158] 杜勃罗留波夫：《什么是奥勃洛莫夫性格？》，见《杜勃罗留波夫选集》，第一卷，辛未艾译，上海译文出版社，1983年，第190页。

[159] 杜勃罗留波夫：《黑暗的王国》，见《杜勃罗留波夫选集》，第一卷，辛未艾译，上海译文出版社，1983年，第311页。

[160] 杜勃罗留波夫：《黑暗王国的一线光明》，见《杜勃罗留波夫选集》，第二卷，辛未艾译，上海译文出版社，1983年，第438页。

[161] 杜勃罗留波夫：《真正的白天什么时候到来？》，见《杜勃罗留波夫选集》，第二卷，辛未艾译，上海译文出版社，1983年，第295页。

[162] 同上书，第298页。

杜勃罗留波夫却把这个人物视为"俄国的英沙罗夫"即将出现的一个预兆。他这样问道:"我们的内部敌人难道很少吗?难道不需要和他们进行斗争吗,难道在进行这样的斗争时候不需要英雄精神吗?"[163]于是,对《前夜》的评论就变成了对"真正的白天什么时候到来"的呼唤,文学批评最终也就被一种政论所取代。

杜勃罗留波夫的最后一篇评论文章《逆来顺受的人》(*Forgotten People*,1861),是对陀思妥耶夫斯基的早期小说,尤其是对《被侮辱与被损害的》所作的研究。他借鉴别林斯基的看法,指出陀思妥耶夫斯基早期作品的显著特点,就在于"让我们看到一个人对自己缺乏尊敬以及其他人们对这个人的缺乏尊敬"。[164]但即便在这些失魂落魄的人物身上,作家仍然发现了"人的本性中一种蓬勃的、永远不会被窒息的愿望和追求,把它们指给我们看,剖剜出隐藏在灵魂深处的个人对外部强制压力的反抗,让它引起我们的裁判和同情"。[165]但是,他拒绝对《被侮辱与被损害的》作出艺术评价,甚至断言要谈论俄国现代小说的艺术,就"等于为了鼓励一个搅错了节拍的舞蹈者,就发挥一通关于低音的理论,或者,为了一个还不能正确解决一次方程式的学生的错误,就一味絮述关于或然律的数学理论"。[166]由此可见,对杜勃罗留波夫来说,揭示文学作品的社会意义远比艺术的思考更为重要。而这也是19世纪俄国文学批评的通病,无论是思想激进的批评家,还是立场保守的批评家,都把文学视为政治斗争的武器,或者把它视为道德说教的工具。

第八节 托尔斯泰

尽管出身于世袭贵族家庭,然而,列夫·托尔斯泰(Leo Tolstoy,1828—1910)对艺术的贵族化倾向所作的猛烈批判,在西方文学批评史上却是前所未有的。早在雅斯纳雅·波良纳开办农民子弟学校的时候,托尔斯泰就否定贵族阶级的艺术,把它们称为"优美的谎言"。在他看来,如果存在真正艺术的话,那就是人民的艺术。

---

[163] 杜勃罗留波夫:《真正的白天什么时候到来?》,见《杜勃罗留波夫选集》,第二卷,辛未艾译,上海译文出版社,1983年,第328页。

[164] 杜勃罗留波夫:《逆来顺受的人》,见《杜勃罗留波夫选集》,第二卷,辛未艾译,上海译文出版社,1983年,第474页。

[165] 同上书,第478页。

[166] 同上书,第444—445页。

而在晚年所写的《〈莫泊桑文集〉序言》(Preface to Maupassant's Stories, 1894)、《艺术论》(What Is Art?, 1898)和《论莎士比亚及其戏剧》(Shakespeare and the Drama, 1906)中，他更猛烈地抨击了近代西方艺术的颓废倾向。但与卢梭不同的是，托尔斯泰并没有狭隘地否定一切人类艺术，而是积极探讨了艺术的神圣使命，宣称真正的艺术应该是"生活中以及向个人和全人类的幸福迈进的进程中所必不可少的一种交际的手段，它把人们在同样的感情中结成一体"。[167]

艺术是感情的传达和交流

《艺术论》一开篇，托尔斯泰就对近代艺术，以及为了这种艺术而耗费大量人力物力的现象表示了极大愤慨。他指出，成千上万的人为了满足艺术的需求而终身辛劳着，除了军事活动之外，几乎没有其他任何一项人类活动消耗了人们如此巨大的力量。而且，许多人原本可以从事各种有益的劳动，现在却为这种毫无价值的艺术奉献了自己的一生：

> 成千上万的人从小就献身于各自的事业，终身苦修苦练，其中有些人是为了要学会很快地转动双脚（舞蹈家），还有一些人是为了要学会很快地按琴键和琴弦（音乐家），还有一些人是为了要学会用色彩绘画，画出他们所看到的一切（画家），再有一些人则是为了要用各种方式组织句子，并使每个字合于韵律。这些人——他们往往很善良、很聪明，他们能够从事各种有益的劳动——在这些特殊的、使人迷醉的职业中跟一般人疏远起来，他们对生活中一切严肃的现象变得不敏感了，他们变成了只会转动双脚、转动舌头或转动手指的片面而自满的专家。[168]

接着，托尔斯泰描述了有一次参观歌剧排演留给他的恶劣印象。在他看来，不仅那部歌剧本身是荒谬的，而且它的排演也是以狠毒和野兽般残酷的感情完成的。

托尔斯泰由此提出了一个发人深省的问题：艺术究竟是什么呢？对此，人们经常这样回答："艺术是一种表现美的活动。"那么，什么是美呢？托尔斯泰考察了自鲍姆加通（A. G. Baumgarten, 1714—1762）以来各种有关美的定义，结果发现，人们并不为真正的艺术下定义。托尔斯泰认为，艺术与享乐无关，甚至也并不一定以

---

[167] 托尔斯泰：《艺术论》，丰陈宝译，人民文学出版社，1958年，第48页。
[168] 同上书，第2页。

美为追求目标:"正像那些认为食物的目的和用途是给人快乐的人们不可能认识饮食的真正意义一样,那些认为艺术的目的是享受的人们不可能认识艺术的意义和用途,因为他们把享乐这一不正确的、特殊的目的加诸于艺术活动,而实际上艺术活动的意义却在于它和生活中的其他现象的关系。"[169]

在清算了有关艺术的种种定义之后,托尔斯泰得出结论:"艺术起源于一个人要把自己体验过的感情传达给别人,于是在自己心里重新唤起这种感情,并用某种外在的标志表达出来。"[170] 更具体地说:

> 在自己心里唤起曾经一度体验过的感情,在唤起这种感情之后,用动作、线条、色彩、声音,以及言词所表达的形象来传达出这种感情,使别人也能体验到这同样的感情,——这就是艺术活动。艺术是这样一项人类的活动:一个人用某种外在的标志有意识地把自己体验过的感情传达给别人,而别人为这些感情所感染,也体验到这些感情。[171]

不难发现,托尔斯泰的见解在很大程度上吸收了法国学者欧仁·维龙(Eugene Veron, 1825—1889)的观点。正是在其《美学》(*L'Esthetique*, 1878)一书中,维龙强调,艺术是感情的表现,而这种感情是通过种种艺术的外在标志来表达的:"感情通过有节奏的手势和身体运动表达出来,就创造了舞蹈;通过有节奏的音符,就创造了音乐;而通过有节奏的话语,它又创造出了诗歌。"[172] 因此,维龙给艺术所下的定义是:"艺术是某种感情的表现,这种感情或者是通过线条、外形和色彩的种种组合,或者是通过一系列具有特定节奏的动作、声音和话语而表现出来。"[173]

不过,在托尔斯泰看来,问题还不在于艺术是一种感情的表现,而在于艺术是一种感情的传达与交流,在于艺术的感染力。倘若艺术仅仅是感情的自我表现,并不对其他人发生什么作用,那么这种表现仍然不是艺术。只有当这种感情传达给别人并深深感染别人的时候,它才是艺术。托尔斯泰不厌其烦地重申:"艺术活动建立在人们能够受别人感情的感染这一基础上",[174] "作者所体验过的感情感染了观众

---

[169] 托尔斯泰:《艺术论》,丰陈宝译,人民文学出版社,1958年,第42—43页。
[170] 同上书,第46页。
[171] 同上书,第47—48页。
[172] 维龙:《美学》,见蒋孔阳主编《十九世纪西方美学名著选》(英法美卷),复旦大学出版社,1990年,第450页。
[173] 同上书,第452页。
[174] 托尔斯泰:《艺术论》,丰陈宝译,人民文学出版社,1958年,第46页。

或听众，这就是艺术"。[175] 正是这一点，把托尔斯泰的艺术观与维龙的美学理论区别了开来。

托尔斯泰对现代艺术的批判

既然艺术的目的"在于把人们所体验到的最崇高、最优越的感情传达给别人"，[176] 既然"伟大的艺术之所以伟大，正因为它们是所有的人都能理解的"，[177] 那么，在托尔斯泰看来，它就必须深深植根于全民的宗教意识之中，从宗教意识中获得它存在的价值和创作的源泉。因此，是否符合全民的宗教意识，就应当成为衡量一切艺术成败的最高尺度。

以此来审视近代西方艺术，托尔斯泰不禁深感失望。对他来说，文艺复兴是近代艺术史上的一个糟糕的开端。从此，上层阶级的艺术脱离了全民的艺术，享乐的艺术就取代了真正的艺术。对于这种仅供上层阶级消遣，对人民群众来说无异于奴役的艺术，托尔斯泰表示了极大愤慨。他严正指出："如果艺术像宗教那样是一项重要的事业，是所有的人不可缺少的一种精神的幸福（像艺术的崇拜者所喜欢说的那样），那么它应该是所有的人都享受得到的。如果它不可能成为全民的艺术，那么就有下面两种可能的结果：艺术并不像人们所说的那样是一项重要的事业，或者我们称之为艺术的那种艺术不是一项重要的事业。"[178]

在托尔斯泰看来，艺术在近代社会的堕落导致了这样三个严重的后果：其一，艺术失去了它所固有的深刻而丰富的宗教内容；其二，艺术也失去了形式的美，日渐变得矫揉造作和暧昧晦涩；其三，它不再是真挚的，而变成虚假的，艺术开始为艺术的赝品所取代。而托尔斯泰对近代艺术的强烈抗议，就集中在他所开列的这三大罪责上。

托尔斯泰认为，"只有在宗教意识（它表现着某一时期的人们对生活的最高深的理解）的基础上才可能产生人们没有体验过的新的感情"，而只有传达出这种感情的艺术，才是真正的艺术。[179] 上层社会缺乏信仰的结果，便是他们的艺术在内容上极度贫乏，而对劳动人民生活的无知，格外加剧了这种弊病。于是，骄傲的感情、

---

[175] 托尔斯泰：《艺术论》，丰陈宝译，人民文学出版社，1958 年，第 47 页。
[176] 同上书，第 65 页。
[177] 同上书，第 102 页。
[178] 同上书，第 69 页。
[179] 同上书，第 71 页。

淫荡的色情和对生活的厌倦情绪，几乎成了上层阶级艺术的全部内容。托尔斯泰偏激地指出，文艺复兴以来的艺术作品充斥着为帝王将相歌功颂德的题材。拜伦、莱奥帕尔迪和海涅则是厌世情绪的主要表达者。而色情更成了近代一切艺术作品的主要表现对象，从薄迦丘到19世纪法国小说家马塞尔·普雷沃，所有的小说和诗歌都以各种方式来表现性爱，甚至通奸成了一切小说的唯一主题。[180]

由于上层阶级的艺术变得越来越特殊，它在形式上也变得越来越复杂、雕琢和晦涩。在托尔斯泰看来，这种倾向在颓废派艺术中发展到了顶峰，而为了证明这一点，他不惜篇幅援引了波德莱尔、魏尔伦、马拉美和梅特林克的诗篇。不仅如此，他还对象征主义的诗歌理论加以挖苦，可见他反对任何暗示和间接表现的手法，坚持诗歌的倾向和意义应当直截了当地抒发出来。在戏剧方面，他则嘲笑了易卜生、梅特林克和霍普特曼的作品，正如他对李斯特、瓦格纳、柏辽兹、勃拉姆斯和理查·施特劳斯的音乐不以为然一样。托尔斯泰断言："如果艺术不能感动人，那么我们不能说：这是由于观众和听众不理解的缘故；而从这里只可能并且应该作出这样的结论：这是一种坏的艺术，或者这根本不是艺术。"[181]

上层阶级的艺术脱离人民大众的第三个后果，就是它丧失了艺术的本来特性，反而被艺术的赝品所取代。托尔斯泰认为，上层阶级艺术的生产并非出自艺术家内心的需要，而是为了满足少数人的娱乐。在这种情况下，制造虚假艺术的方法就大肆泛滥开来：或是从以往的作品中借用所谓"诗意的"题材和手法，或是热衷于精确地摹仿外部现实，或是借助于种种对比来刻意追求惊心动魄的效果，或是为了"有趣"而编造错综复杂的情节。令人遗憾的是，现代社会却往往真假不辨，把这些赝品当作真正的艺术作品加以推崇。

综上所述，在西方文学批评史上，还没有哪个人像托尔斯泰那样对近代艺术提出过如此强烈的抗议。他甚至断言："几乎所有被我们这个社会认为是艺术，是优秀艺术，是整个艺术的东西，不但不是真正的优秀的艺术，而且不是整个艺术，甚至根本不是艺术，而是艺术的赝品"。比起这些虚假的东西来，真正的艺术作品的数量还不到十万分之一。[182] 在他看来，瓦格纳的歌剧《尼伯龙根的指环》汇聚了制造艺术赝品的一切手法，而观众对它的狂热足以说明人们早已丧失了接受真正艺术的能力。他甚至认为，贝多芬的晚期作品还不如村妇们的歌曲，而莎士比亚的

---

[180] 托尔斯泰：《艺术论》，丰陈宝译，人民文学出版社，1958年，第73—74页。
[181] 同上书，第102页。
[182] 同上书，第140页。

《哈姆莱特》不过是一种"虚假的艺术摹仿品",其效果远不如原始人的狩猎戏来得感人。[183]

真正的艺术的标志在于感染力

既然艺术在本质上是一种感情的传达与交流,因此,在托尔斯泰看来,区分真正的艺术与虚假的艺术的确切标志,就在于艺术的感染力:

> 真正的艺术作品能做到这一点:在感受者的意识中消除了他和艺术家之间的区别,不但如此,而且也消除了他和所有欣赏同一艺术作品的人之间的区别。艺术的感动人心的力量和性能就在于这样把个人从离群和孤单之中解放出来,就在于这样使个人和其他的人融合在一起。[184]

这种感染力不仅是鉴别真正艺术的确切标志,而且也是衡量艺术价值的唯一尺度。换言之,艺术作品的感染力愈强,那么它也就愈优秀,愈伟大。

在1894年撰写的《〈莫泊桑文集〉序言》中,托尔斯泰曾经提出,一部真正的艺术作品,除了才能之外,还必须具备三个条件:一是作者对事物的正确的即道德的态度;二是叙述的清晰,即形式的美;三是真诚,即艺术家对他所描写的事物的真诚的爱憎感情。[185] 而在《艺术论》中,托尔斯泰对上述看法作了修正,强调艺术的感染力最终取决于以下三大因素:所传达的感情具有多大的独特性;这种感情的传达是否清晰;艺术家的真挚程度如何。然而,我们不难发现,这三条标准其实未必经得起仔细推敲。

托尔斯泰认为:"所传达的感情越是独特,这种感情对感受者的影响就越大。感受者所感受的心情越是独特,他所体验到的欣喜就越大,因此也就越加容易而且深刻地融合在这种感情里。"[186] 可是,这一要求显然是与他有关全民艺术的理想背道而驰的。同样,所谓感情的传达越是清晰,艺术作品的感染力就越大,这一见解也是令人难以置信的。事实上,许多艺术作品的感情效果,常常是通过暗示的和朦胧的方式而取得的,这在诗歌和音乐作品中表现得尤其突出。最后,所谓艺

---

[183] 托尔斯泰:《艺术论》,丰陈宝译,人民文学出版社,1958年,第147页。
[184] 同上书,第149页。
[185] 托尔斯泰:《〈莫泊桑文集〉序言》,见《托尔斯泰论创作》,戴启篁译,漓江出版社,1982年,第5页。
[186] 托尔斯泰:《艺术论》,丰陈宝译,人民文学出版社,1958年,第150页。

术的感染力取决于感情的真挚程度,更被他视为至关重要的衡量标准。托尔斯泰是这样说的:

> 艺术家内心有一个要求,要表达出自己的感情。这个条件包括第一个条件,因为如果艺术家很真挚,那么他就会把感情表达得正像他所体验的那样。因为每一个人都和其他的人不相似,所以他的这种感情对其他任何人说来都将是很独特的;艺术家越是从心灵深处汲取感情,感情越是真挚,那么它就越是独特。这种真挚使艺术家能为他所要表达的那种感情找到清晰的表达。[187]

然而,我们应当认识到,这一真挚性的标准是根本站不住脚的。显然,感情真挚与否是一个评价人的标准,而不是评价诗歌的标准。真挚的感情未必就是独特的感情,它与清晰的表达之间也不存在必然的联系。

如果说艺术的感染力涉及的是艺术的形式,那么,就内容而言,艺术的标准又该如何确定呢?在托尔斯泰看来,唯有基督教的艺术才能把所有的人毫无例外地联合起来。具体地说,它理应包括这样两种感情:"从人与上帝之间的父子般的关系和人与人之间的兄弟般的情谊这种意识中流露出来的感情,以及最质朴的感情——日常生活中的大家(没有一个人例外)都体会得到的感情,例如欢乐之感、恻隐之心、朝气蓬勃的心情、宁静的感觉等。只有这两种感情构成了现代的就内容而论的优秀艺术品。"[188] 从这个意义上说,托尔斯泰完全是从狭隘的宗教意识和道德立场来评价艺术作品的。在他看来,近代基督教的艺术可以概括为两种类型:一种是宗教艺术,即传达从宗教意识流露出来的感情的艺术,它包括席勒的《强盗》、雨果的《悲惨世界》、狄更斯的《双城记》、斯托夫人的《汤姆叔叔的小屋》、陀思妥耶夫斯基的《死屋手记》和乔治·艾略特的《亚当·比德》。另一种是世界性的艺术,即传达全世界所有的人都能理解的感情的艺术,属于这一种的有塞万提斯的《堂吉诃德》、莫里哀的喜剧、狄更斯的《大卫·科波菲尔》、果戈理和普希金的小说,以及莫泊桑的若干作品。至于他自己的创作,除了《天网恢恢》属于宗教艺术,《高加索的俘虏》属于世界性艺术之外,托尔斯泰竟把其余的作品都归入了坏的艺术。

托尔斯泰最后断言:"艺术,真正的艺术,在宗教所领导的科学的协助之下,

---

[187] 托尔斯泰:《艺术论》,丰陈宝译,人民文学出版社,1958年,第150—151页。
[188] 同上书,第160页。

应该做这样的工作：用人类的自由而愉快的活动来求得人们的和平共居的关系，而这种和平共居的关系现在是用外来的措施——法院、警察局、慈善机关、作品检查所等等——来维持的。艺术应该取消暴力。"[189] "艺术应该做到这一点：要使现在只有社会上的优秀分子才具有的兄弟般的情谊和对世人的爱成为所有人所习惯的感情和本能。"[190] 由此可见，尽管对未来的基督教艺术抱着乐观的态度，但托尔斯泰的《艺术论》最终仍被一种浓厚的说教色彩所损害。

第九节 尼 采

毫无疑问，弗里德利希·尼采（Friedrich Nietzsche，1844—1900）是现代西方最有影响的思想家之一，尽管这种影响多半是在他身后才逐渐显示出来的。尼采所提出的一系列重要思想，诸如"上帝死了"、"一切价值的重估"、"强力意志"和"超人"哲学，深刻地影响了20世纪西方哲学和社会思潮。与此同时，尼采的美学思想也在现代西方激起了巨大反响，从而在批评史上占据着重要的地位。这里，我们着重探讨尼采文学思想的三个主要问题：关于艺术的起源——日神精神与酒神精神，关于悲剧的诞生与衰亡，以及尼采对西方现代艺术的批判。在这些问题上，尼采所得出的结论既是不同凡响的，也是充满矛盾的。

关于日神精神与酒神精神

正如我们所知，尼采的第一部著作《悲剧的诞生》（*Die Geburt der Tragödie aus dem Geiste der Musik*，1872）预示了他此后反复论及的一个主题，即艺术起源于两种相反的精神或二元冲突，而他则把这两种精神称为日神阿波罗（Apollo）和酒神狄俄尼索斯（Dionysus）。因此，弄清日神精神和酒神精神这两个术语的确切含义，乃是把握尼采的艺术理论的关键。

先说所谓日神精神。按照尼采的说法，日神阿波罗是光明之神，因而它赋予幻想世界以美丽的外观。从另一个角度说，日神的境界犹如梦境。如果说每个人在创造梦境方面都是艺术家的话，那么，在艺术上，日神精神所创造的就是一切造型艺

---

[189] 托尔斯泰：《艺术论》，丰陈宝译，人民文学出版社，1958年，第201页。
[190] 同上书，第202页。

术和大部分诗歌，典型代表就是荷马史诗和古希腊雕塑中的奥林匹斯众神形象。倘若我们进一步追问：一个如此光辉夺目的奥林匹斯诸神世界是出于何种需要而产生的？尼采的回答是："希腊人知道并且感觉到生存的恐怖和可怕，为了能够活下去，他们必须在它面前安排奥林匹斯众神的光辉梦境之诞生。"[191] 换言之，古希腊人对生命的眷恋是如此热烈，对人生的悲剧性质又是如此敏感，因而不能不感到异常的悲苦。如果人生不被一种绚丽的光辉所照耀，如果人们不为自己创造快乐的奥林匹斯众神形象，以便沉浸在恍若梦境的美丽外观之中，他们还有什么别的方法来忍受这悲苦的人生呢？正是在这个意义上，尼采指出：

> 在人生中，必须有一种新的美化的外观，以使生气勃勃的个体化世界执着于生命。我们不妨设想一下不谐和音化身为人——否则人是什么呢？——那么，这个不谐和音为了能够生存，就需要一种壮丽的幻觉，以美的面纱遮住它自己的本来面目。这就是日神的真正艺术目的。我们用日神的名字统称美的外观的无数幻觉，它们在每一瞬间使人生一般来说值得一过，推动人去经历这每一瞬间。[192]

再说所谓酒神精神。尽管日神境界的静观具有一种深沉内在的快乐，但它毕竟只是用美的面纱来遮盖人生的本来面目，终究因执着于现象外观而无法从个体的毁灭中得到解脱。在尼采看来，唯有"用一种神秘的统一感解脱个人"，[193] 唯有与世界本体融为一体，进入浑然忘我之境，我们才能获得一种"形而上的慰藉"。尼采把这种神秘的陶醉境界和狂喜状态称作酒神精神，而在艺术上，酒神精神所创造的就是古希腊的酒神颂和音乐艺术。每当春天来临，或在麻醉剂的刺激下，酒神的激情便使人像着了魔似的，狂歌乱舞，放纵情欲，不仅人与人之间的界限完全被打破了，而且人与那作为世界本体的生命意志也合为一体。

显然，较之注重外观的日神精神，酒神精神是一种更原始、更深刻的冲动。因为那作为世界本体的"原始存在"原本就是一位"酒神的宇宙艺术家"，它不断创造，又不断毁灭掉个体生命，这一永恒生成变化的过程恰好显示了大自然蓬勃的创造力。而酒神艺术就像是对这世界本体的摹仿，在艺术创造过程中超越了个体毁灭

---

[191] 尼采：《悲剧的诞生》，见《悲剧的诞生——尼采美学文选》，周国平译，生活·读书·新知三联书店，1986年，第11页。
[192] 同上书，第107—108页。
[193] 同上书，第7页。

的痛苦，而与这生生不息的宇宙生命一齐欢呼。用尼采自己的话来说：

> 我们应当认识到，存在的一切必须准备着异常痛苦的衰亡，我们被迫正视个体生存的恐怖——但是终究用不着吓瘫，一种形而上的慰藉使我们暂时逃脱世态变迁的纷扰。我们在短促的瞬间真的成为原始生灵本身，感觉到它的不可遏制的生存欲望和生存快乐。现在我们觉得，既然无数竞相生存的生命形态如此过剩，世界意志如此过分多产，斗争、痛苦、现象的毁灭就是不可避免的。正当我们仿佛与原始的生存狂喜合为一体，正当我们在酒神陶醉中期待这种喜悦长驻不衰，在同一瞬间，我们会被痛苦的利刺刺中。纵使有恐惧和怜悯之情，我们仍是幸运的生者，不是作为个体，而是众生一体，我们与它的生殖欢乐紧密相连。[194]

由此可以理解，尼采何以会在《偶像的黄昏》(*Götzendämmerung*, 1888)等后期著作中，更多地强调了酒神精神，不仅把与世界意志合为一体的酒神状态视为"最高的信仰"，而且干脆将日神艺术和酒神艺术都理解为醉境的两种类别。[195] 由此也可理解，尼采何以会断言："艺术是生命的最高使命和生命本来的形而上活动"，[196] "只有作为一种审美现象，人生和世界才显得是有充足理由的"。[197] 显然，这两个具有形而上学色彩的美学命题，都只有通过艺术中的酒神精神才能得到令人满意的解释。

酒神精神首先在音乐中得到表现，随后，在日神的梦境召感之下，音乐又生长出一个形象和譬喻的世界，于是抒情诗便诞生了。值得注意的是，尼采并不赞成把史诗诗人与抒情诗人的关系看成是客观诗人与主观诗人的对立，相反，他认为："主观诗人不过是坏艺术家"，"没有客观性，没有纯粹超然的静观，就不能想象有哪怕最起码的真正的艺术创作。"[198] 就抒情诗而言，一方面，它可以看作是音乐的客观化，是把音乐转化为明朗的形象和观念；另一方面，抒情诗人的自我不必是"清醒

---

[194] 尼采：《悲剧的诞生》，见《悲剧的诞生——尼采美学文选》，周国平译，生活·读书·新知三联书店，1986年，第71页。

[195] 尼采：《偶像的黄昏》，见《悲剧的诞生——尼采美学文选》，周国平译，生活·读书·新知三联书店，1986年，第320页。

[196] 尼采：《悲剧的诞生》，见《悲剧的诞生——尼采美学文选》，周国平译，生活·读书·新知三联书店，1986年，第2页。

[197] 同上书，第105页。

[198] 同上书，第17页。

的、经验现实的自我，而是根本上唯一真正存在的、永恒的、立足于万物之基础的自我，抒情诗天才通过这样的自我的摹本洞察万物的基础"。[199] 尼采进一步指出，民歌是抒情诗的原始形式，历史证明民歌兴盛的时代都是受到了酒神洪流的刺激，因此，酒神精神始终是民歌的深层基础和先决条件。

正如我们所知，自从18世纪以来，德国批评家就把古希腊艺术视为人性高度和谐的产物，温克尔曼和歌德更是将"高贵的单纯和静穆的伟大"看作是古希腊艺术的完美境界。尼采则一反传统的见解，在古希腊文明的日神外观之下发现了一个原始的酒神精神，并用日神精神与酒神精神的冲突来解释古希腊艺术。因此，毫不奇怪，他批评温克尔曼和歌德根本不理解古希腊艺术，因为他们都忽视了以酒神为象征的古希腊人的生命意志。[200] 同时，我们也应认识到，日神精神与酒神精神二元冲突的提出，并非只是为了在以往的艺术类型学（诸如素朴的与感伤的、古典的与浪漫的）之外增添一个新花样，而是与尼采的哲学思考联系在一起的。毋宁说，对艺术起源的沉思孕育了尼采的全部人生哲学。然而，尼采的缺陷也是显而易见的，他时常把哲学问题与艺术问题混为一谈，也常常将一般人类历史与古希腊事件不加区分地纠缠在一起。尤其是他所描述的古希腊四大艺术阶段，显然是对历史的一种主观臆测。[201]

论古希腊悲剧的诞生与衰亡

尼采认为，正像抒情诗来自于音乐一样，古希腊悲剧也是从音乐精神中诞生的。具体地说，这是一个由森林之神萨提儿（satyres）的摹仿者组成的悲剧歌队不断向日神的形象世界进发的过程。正是在酒神精神的作用下，这个由且歌且舞的萨提儿组成的歌队纵情狂欢，沉浸在极度兴奋入迷的状态之中，以致全然忘记了自己的公民身份和社会地位，在想象中看到自己魔变为自然精灵，仿佛真的进入了另一种性格。因此，这种神奇的魔变是从歌队迈向戏剧的决定性一步。正如尼采所说的那样：

> 魔变是一切戏剧艺术的前提。在这种魔变状态中，酒神的醉心者把自己看成萨提儿，而作为萨提儿他又看见了神，也就是说，他在他的变化中

---

[199] 尼采：《悲剧的诞生》，见《悲剧的诞生——尼采美学文选》，周国平译，生活·读书·新知三联书店，1986年，第18—19页。
[200] 同上书，第22页。
[201] 同上书，第16页。

看到一个身外的新幻象，它是他的状况的日神式的完成。戏剧随着这一幻象而产生了。[202]

当然，人们最初只是把舞台和情节当作幻象，作为舞台主角的酒神也只是被想象为在场。直到后来，人们才试图把酒神作为真人显示出来，使他的形象展现在所有狂欢者眼前。从这个意义上说，古希腊悲剧正是酒神的合唱抒情与日神的舞台梦境相结合的产物。

尽管尼采并不擅长对古希腊悲剧进行具体的分析，但他却天才地将酒神看作是形形色色的古希腊悲剧主人公的原型。正如他所指出的：

> 这是一个无可争辩的传统：希腊悲剧在其最古老的形态中仅仅以酒神的受苦为题材，而长时期内唯一登场的舞台主角就是酒神。但是，可以以同样的把握断言，在欧里庇得斯之前，酒神一直是悲剧主角，相反，希腊舞台上一切著名角色普罗米修斯、俄狄浦斯等等，都只是这位最初主角的面具。[203]

在尼采看来，作为陷入个人意志罗网的英雄，普罗米修斯和俄狄浦斯必然要蒙受苦难和毁灭，因为个体化状态正是一切痛苦的根源。然而，这毕竟只是现象，悲剧主人公的毁灭丝毫也无损于世界意志的永恒生命。正像酒神不断受苦又不断新生一样，宇宙生命始终是坚不可摧和充满欢乐的。由此，悲剧传达了这样一种深沉而乐观的哲学："认识到万物根本上浑然一体，个体化是灾祸的始因，艺术是可喜的希望，由个体化魅惑的破除而预感到统一将得以重建。"[204] 换言之，这是悲剧用以解脱我们的"形而上的慰藉"，也是一切悲剧快感的最终根源。正是通过那些悲剧，自然在向我们大声疾呼："像我一样吧！在万象变幻中，做永远创造、永远生气勃勃、永远热爱现象之变化的始母！"[205]

在阐明了悲剧诞生的缘由之后，尼采也用了很大篇幅来讨论古希腊悲剧衰亡的原因，从而展开了对以苏格拉底为代表的科学理性的批判。在他看来，古希腊悲剧惨死在欧里庇得斯粗暴的手掌下。欧里庇得斯将原始的酒神因素从悲剧中排除出去，

---

[202] 尼采：《悲剧的诞生》，见《悲剧的诞生——尼采美学文选》，周国平译，生活·读书·新知三联书店，1986年，第32页。
[203] 同上书，第40页。
[204] 同上书，第42页。
[205] 同上书，第71页。

把现实的忠实面具搬上舞台，从而以真实取代了神话，把悲剧引向了歧途。那么，是什么驱使他这样做的呢？正是苏格拉底精神。这就是说，欧里庇得斯悲剧的基础是"理解然后美"这一美学原则，它恰好与苏格拉底的"知识即美德"彼此呼应。[206] 在尼采看来，苏格拉底是理性主义和科学精神的代表，他确信自然万物的本性皆可追根究底，也确信知识具有普遍的造福能力。于是，认识事物被看成是人类最高尚的使命，概念、判断和推理的逻辑程序被尊崇为最高级的活动，甚至最崇高的道德行为和英雄主义冲动也应该从知识辩证法中推导出来。一旦这种科学理性盛行于世，作为悲剧基础的神话就荡然无存；以科学理性来审视充满酒神精神的悲剧，也必然把它当作荒诞不经的东西加以摒弃。这样，在深受苏格拉底精神影响的欧里庇得斯那里，悲剧的毁灭也就无法避免。[207]

值得注意的是，在尼采有关悲剧衰亡的论述中，包含着三个彼此相关的倾向或观点。首先，最惹人注目的是他的非理性主义倾向。这不仅表现在他对苏格拉底精神的否定上，也突出体现在他的悲剧观念和创作理论上。对于尼采来说，悲剧所蕴含的生命真谛既不能从道德方面去说明，也无法凭知识去获取，而只能通过酒神状态的审美体验去感悟。同样，就艺术创作的心理机制而言，"在一切创造者那里，直觉都是创造和肯定的力量，而知觉则起批判和劝阻的作用"。[208] 因此，艺术创作在本质上是一种非理性的活动。

其次，从尼采对欧里庇得斯的严厉谴责中，也不难发现一种毫不含糊的反现实主义倾向。在他看来，自索福克勒斯以来，悲剧中的性格描写和心理刻划便不断增强，性格不再扩展为永恒的典型，而是通过人为的细节描写和色调渲染，通过一切线条纤毫毕露而起作用。正是通过这种描写，"使观众一般不再感受到神话，而是感受到高度的逼真和艺术家的摹仿能力"。[209] 其结果，悲剧不仅毁于苏格拉底精神，与之相伴而生的真实描写也难辞其咎。

第三，像浪漫派批评家一样，尼采也把神话看成是艺术创作的土壤。他一再谈到，神话是音乐的譬喻性形象，是音乐为它的酒神智慧找到的象征表现，因而具有深长的意味。"没有神话，一切文化都会丧失其健康的天然创造力。唯有一种用神

---

[206] 尼采：《悲剧的诞生》，见《悲剧的诞生——尼采美学文选》，周国平译，生活·读书·新知三联书店，1986 年，第 52 页。
[207] 同上书，第 60 页。
[208] 同上书，第 57 页。
[209] 同上书，第 74 页。

话调整的视野，才把全部文化运动规束为统一体。"[210] 但使他惋惜的是，科学精神不仅导致了神话日渐枯萎，而且随着神话的毁灭，诗歌也被逐出故土，从此无家可归。不过，从巴赫、贝多芬到瓦格纳的德国古典音乐和以康德、叔本华为代表的德国古典哲学，都向他昭示了一种美好的前景，即酒神精神正在逐渐苏醒，悲剧的再生已经指日可待。

由此，我们可以来探讨尼采的悲剧理论的来源。显然，这一时期的尼采是阿图尔·叔本华（Arthur Schopenhauer, 1788—1860）的信奉者，他的理论框架和基本术语都来自于后者的《作为意志和表象的世界》（*Die Welt als Wille und Vorstellung*, 1818）。然而，尼采的悲剧理论却在以下两个方面与叔本华的见解迥异其趣。其一，叔本华对悲剧的解释着眼于一般美学原理，并不特指某一历史现象。而尼采则把抽象的理论转换成一种历史的叙述，用以描述古希腊悲剧的兴衰。其二，叔本华认为，艺术是摆脱意志奴役的一个方法，悲剧"不仅是带来了生命的放弃，直至带来了整个生命意志的放弃"。[211] 因此，悲剧是生命意志的镇静剂，它教人清心寡欲，听天由命。而尼采却把悲剧艺术视为对整个生命意志的肯定，视为生命的"兴奋剂"和"强壮剂"。[212] 因为在尼采看来，个体的毁灭毕竟只是现象，悲剧的真谛就在于"表现了那似乎隐藏在个体化原理背后的全能意志，那在一切现象之彼岸的历万劫而长存的永恒生命"。[213] 正是在这个意义上，尼采自称为是"第一个悲剧哲学家"，即"悲观主义哲学家的极端的对立者和相反者"。[214]

然而，要说清尼采与作曲家理查·瓦格纳（Richard Wagner, 1813—1883）在思想方面的传承关系，却殊非易事。正如我们所知，早年的尼采是瓦格纳的崇拜者，也读过后者的一系列论文。但两人之间毕竟是一种私人的交往，思想的交流是无形的。因此，重要的不在于尼采的悲剧理论究竟在多大程度上来自瓦格纳，而在于当时尼采确乎把悲剧复兴的希望寄托在他身上，期冀以他的音乐剧来重塑古老的德意

---

[210] 尼采：《悲剧的诞生》，见《悲剧的诞生——尼采美学文选》，周国平译，生活·读书·新知三联书店，1986年，第100页。

[211] 叔本华：《作为意志和表象的世界》，石充白译，商务印书馆，1987年，第351页。

[212] 尼采：《偶像的黄昏》，见《悲剧的诞生——尼采美学文选》，周国平译，生活·读书·新知三联书店，1986年，第334页。

[213] 尼采：《悲剧的诞生》，见《悲剧的诞生——尼采美学文选》，周国平译，生活·读书·新知三联书店，1986年，第70页。

[214] 尼采：《看哪，这人》，见《悲剧的诞生——尼采美学文选》，周国平译，生活·读书·新知三联书店，1986年，第345页。

志精神。但几年之后，尼采就对这一偶像深感失望，并在此后的论著中对瓦格纳展开了愈来愈严厉的批判，甚至斥之为"颓废艺术家"。[215] 而这种批判，又是与尼采对现代艺术和现代文化的尖锐批判联系在一起的。

尼采对现代艺术的批判

事实上，从写作生涯伊始，尼采就是以现代艺术的批判者姿态出现的。他的《悲剧的诞生》虽然把瓦格纳的音乐视为净化德意志精神的"圣火"，但却毫不掩饰他面对"现代萎靡不振文化的荒漠"所感到的失望之情。[216] 他指出，由于现代文化丧失了悲剧精神，而深陷于肤浅的乐观主义泥沼中。现代艺术暴露了一种普遍的贫困：人们徒劳地去摹仿一切伟大创造的时代和天才，徒劳地搜集全部"世界文学"放在现代人周围，可是，他仍然是一个"永远的饥饿者"。"贪得无厌的现代文化的巨大历史兴趣，对无数其他文化的搜集汇拢，竭泽而渔的求知欲，这一切倘若不是证明失去了神话，失去了神话的家园，神话的母怀，又证明了什么呢？"[217] 而对于尼采来说，失去神话，就意味着失去了生命的创造力，也就意味着现代文化的颓废。

在后来的《曙光》(Morgenröte, 1881)、《快乐的科学》(Die fröhliche Wissenschaft, 1882)、《瓦格纳事件》(Der Fall Wagner, 1888) 和《强力意志》(Der Wille zyr Macht, 1885—1889) 等一系列论著中，尼采的批判火力愈来愈集中在浪漫主义艺术上。他把浪漫主义称为"浪漫悲观主义"，从而与他的"酒神悲观主义"相区别。在尼采看来，浪漫主义艺术既是出于对现实的不满，也是出于对自己的不满。[218] 与此同时，这种贫乏与不满也导致了浪漫主义病态的异国情调："意志越衰弱，感受、想象、梦想新奇事物的欲望就越漫无节制。人们经历过的放荡事情的后果：贪求放荡感觉的饥火中烧……异国文学提供了最过瘾的作料。"[219] 值得注意的是，在后期

---

[215] 尼采：《瓦格纳事件》，见《悲剧的诞生——尼采美学文选》，周国平译，生活·读书·新知三联书店，1986年，第291—292页。

[216] 尼采：《悲剧的诞生》，见《悲剧的诞生——尼采美学文选》，周国平译，生活·读书·新知三联书店，1986年，第89页。

[217] 同上书，第100页。

[218] 尼采：《强力意志》，见《悲剧的诞生——尼采美学文选》，周国平译，生活·读书·新知三联书店，1986年，第377—378页。

[219] 同上书，第370页。

著作中，尼采越来越频繁地把艺术上的美丑与生命力的旺盛或衰竭联系在一起，甚至把艺术家的创造力与其生殖力联系在一起，从而表现了一种将审美活动生物学化的倾向。

不过，尼采毕竟不是一位专业的批评家。尽管他提到了众多诗人和作家（诸如司各特、拜伦、雨果、缪塞、波德莱尔等等），但却没有对任何一位诗人、任何一部作品展开讨论。由此说来，他有关浪漫主义的评论并不属于严格意义上的文学批评，毋宁说是一种文化批判。相比之下，他对"为艺术而艺术"论调所作的批驳，虽然也是从一般文化哲学着眼的，但却可谓一语中的。他指出："艺术家的至深本能岂非指向艺术，更确切地说，指向艺术的意义——生命？指向生命的热望？——艺术是生命的伟大兴奋剂，怎么能把它理解为无目的、无目标的，理解为为艺术而艺术呢？"因此，尼采断然摈弃了现代艺术中的颓废倾向，并把"为艺术而艺术"的口号看作是"一条咬住自己尾巴的蛔虫"。[220]

在德国作家中，真正为尼采所欣赏的人屈指可数。莱辛之所以受到他的指责，是因为他使德国文学"一跃而入于自然主义——也就是说，退回艺术的开端"。[221] 在尼采看来，席勒的戏剧形式固然具有相当的确定性，但他却总是错误地利用剧场警句来制造强烈的效果，凭借伟大的字眼来迎合观众的心理。[222] 尽管尼采并不赞成歌德关于古希腊艺术的解释，也屡次指责他的《浮士德》缺乏形式，但在他的心目中，歌德仍不失为一个令人肃然起敬的伟大诗人，一个酒神狄俄尼索斯式的人物。他高度评价歌德的博大、强健和肯定的精神："他要的是整体；他反对理性、感性、情感、意志的互相隔绝；他训练自己完整地发展，他自我创造……"[223] 他不禁感叹："歌德不但对于德国，而且对于欧洲，莫非仅是一个意外事件，一个美好的徒劳之举？"在尼采看来，海涅是仅次于歌德的德国伟大诗人，是海涅给了他以"抒情诗人的最高概念"，因而将他推崇为"德国语言的第一流艺术家"。[224]

---

[220] 尼采：《偶像的黄昏》，见《悲剧的诞生——尼采美学文选》，周国平译，生活·读书·新知三联书店，1986年，第325页。

[221] 尼采：《人性，太人性了》，见《悲剧的诞生——尼采美学文选》，周国平译，生活·读书·新知三联书店，1986年，第208页。

[222] 同上书，第191页。

[223] 尼采：《偶像的黄昏》，见《悲剧的诞生——尼采美学文选》，周国平译，生活·读书·新知三联书店，1986年，第327页。

[224] 尼采：《看哪，这人》，见《悲剧的诞生——尼采美学文选》，周国平译，生活·读书·新知三联书店，1986年，第338页。

令人困惑的是，这位崇尚酒神精神的"悲剧哲学家"，竟然对法国新古典主义文学大加赞赏。他推崇蒙田和帕斯卡尔的散文，也高度评价了莫里哀、高乃依和拉辛的戏剧，但却对莎士比亚"这样粗暴的天才"表示痛恨。[225] 我们固然可以用尼采对浪漫主义所采取的批判态度，来解释他的古典趣味。因为他曾经强调，古典趣味所要求的"一定程度的冷静、透彻和严厉"，是与浪漫主义崇尚的激情、天性和自然迥异其趣的。[226] 然而，我们不禁要问：难道标榜理性精神的新古典主义文学不是一种苏格拉底文化吗？此外，尼采为何从来不曾把新古典主义戏剧视为悲剧艺术的典范呢？由此看来，尼采之所以崇尚古典诗艺规则，主要原因还在于把它当成了一种练习写作的方法，一种提高辞意和风格的陶冶手段，与他的悲剧理论并无直接关系。

第十节　勃兰兑斯

正如斯堪的纳维亚文学在19世纪后期异军突起一样，这一时期的北欧也出现了一位享誉文坛的批评家，这就是大名鼎鼎的格奥尔格·勃兰兑斯（Georg Brandes，1842—1927）。他出生在丹麦的一个犹太人家庭，曾长期在哥本哈根大学任教。他一生思想激进，著述丰富，除了早期的《美学研究》（*Aesthetical Study*，1868）和《批评与肖像》（*Criticism and Portraits*，1870）之外，最重要的便是鸿篇巨制的《十九世纪文学主流》（*Main Currents in Nineteenth Century Literature*，1872—1890）和题为《亨利克·易卜生》（*Henrik Ibsen*，1867，1882，1898）的系列论文。这些论著不仅给他带来了很高声誉，也给北欧文坛注入了一股巨大的活力。勃兰兑斯晚年转向了文化名人研究，撰写了《莎士比亚》（*William Shakespeare*，1895—1896）、《歌德》（*Goethe*，1914—1915）和《伏尔泰》（*Voltaire*，1916—1917）等文学传记。可惜限于篇幅，我们只能在此评述他的《十九世纪文学主流》。

---

[225] 尼采：《看哪，这人》，见《悲剧的诞生——尼采美学文选》，周国平译，生活·读书·新知三联书店，1986年，第337页。

[226] 尼采：《强力意志》，见《悲剧的诞生——尼采美学文选》，周国平译，生活·读书·新知三联书店，1986年，第380页。

《十九世纪文学主流》的基本内容

的确，六卷本的《十九世纪文学主流》仿佛是一出规模宏大的历史剧，尽管登场的主角只有英、法、德三国，但却力图向读者生动地展示 19 世纪前期欧洲文学的发展进程。从这个意义上说，它不同于一般国别文学史，而是企图写成一部比较文学史。另一方面，从激进的自由主义立场出发，勃兰兑斯也试图把这一时期的欧洲文学描述为一场进步与反动的斗争，用他自己的话来说，"这部作品的中心内容就是谈 19 世纪头几十年对 18 世纪文学的反动和这一反动的被压倒"。[227] 如果说法国大革命是正题，波旁王朝复辟是反题，那么，1848 年的欧洲革命就是合题，恰好形成一个富于戏剧性的历史运动。与其他文学史著作相比，这两点或许是《十九世纪文学主流》最显著的特征。不过，我们将在后面指出，由于轻率和简单化的处理，这两点恰好也成为勃兰兑斯为人诟病的地方。

勃兰兑斯把法国大革命和拿破仑时代的法国文学称为"流亡文学"（*Emigrants' Literature*，1872），该书第一卷便用来描述这一"伟大文艺戏剧的序幕"。[228] 在他看来，尽管夏多布里昂、斯达尔夫人、贡斯当、诺底叶等人的政治态度各异，有的反对雅各宾党人的恐怖统治，有的抗议拿破仑帝国的专制，但他们的共同特征都表现为对 18 世纪理性主义的反动，转而"为感情、灵魂、激情和诗歌辩护，反对索然寡味的思考、精确的运算和受到条条框框和死的传统窒息的文艺"。[229] 而这个时代的"一切精神病态，都可以看作两件大事——个人解放和思想解放的产物"。[230] 不过，这一时代精神也可以用来解释"流亡文学"中最健康的作品。例如，斯达尔夫人就通过她的小说向虚伪的道德习俗和宗教偏见开战，通过她的批评论著与陈旧的文学传统宣告决裂。这样，勃兰兑斯从一开始就强调了时代精神对文学演变的影响，并赋予它以极其宽泛的解释功能。

显然，第二卷"德国的浪漫派"（*The Romantic School in Germany*，1873）是一幅夸张的讽刺画。在勃兰兑斯的描述中，德国浪漫派由于脱离了当时争取进步和自由的斗争而变得光怪陆离，鬼影幢幢。他指出：

---

[227] 勃兰兑斯：《十九世纪文学主流》，第一卷"流亡文学"，张道真译，人民文学出版社，1980 年，第 1 页。
[228] 同上书，第 203 页。
[229] 同上书，第 200 页。
[230] 同上书，第 43 页。

> 为了正确理解这种德国浪漫主义，必须从四个方面——文艺上、社会上、宗教上和政治上——来加以观察。在文艺方面，它溶化为歇斯底里的祈祷和迷魂阵；在社会方面，它只研究一种关系，私生活的关系，两性之间的关系……谈到它的宗教行为，所有这些在文艺方面如此革命的浪漫主义者，一旦看到轭头，便恭顺地伸长了他们的脖子。而在政治上，正是他们领导了维也纳会议……并草拟了取消人民思想自由的宣言。[231]

由此可见，勃兰兑斯对德国浪漫派所持的批判态度，与海涅在《论浪漫派》中的偏激论调一脉相承，都是把它当作一种病态的精神现象予以否定的。

该书第三卷"法国的反动"（The Reaction in France，1874）在内容上与第一卷相衔接，讨论了波旁王朝复辟时期的法国文学。勃兰兑斯认为，这一时期法国历史的基本特征就是反对卢梭、宣扬权威原则，因而用了大量篇幅来描述在法国大革命中被摧毁的那种权威原则得以恢复的过程。在他看来，这种反动倾向不仅体现在当时的宗教和哲学著作中，也反映在拉马丁和青年雨果的诗篇里。通过《沉思集》，"拉马丁不只是作为一个敏感的诗人反映了时代的精神，他也作为一个正统的基督教徒去反映时代的精神"。[232]而在雨果的早期诗集中，同样"包含了波旁王朝统治下有效的整套正统的政治及宗教原则。它们忠实地反映了写出它们时的那个时代"。[233]

在第四卷"英国的自然主义"（Naturalism in England，1875）的引言中，勃兰兑斯这样宣称：

> 我的意图是想在本世纪最初几十年的英国诗歌里，追溯出这个国家的精神生活中那股强大、深刻和内涵丰富的潮流的进程。这股潮流荡涤开各种古典的形式和传统，创造出了一种支配着整个文学界的自然主义，然后，它从自然主义走向激进主义，从反抗文学中的传统因袭发展到有力地反抗宗教和政治的反动，并在其自身的深处孕育着此后各个时期欧洲文明的一切自由主义与解放运动的胚芽。[234]

---

[231] 勃兰兑斯：《十九世纪文学主流》，第二卷"德国的浪漫派"，刘半九译，人民文学出版社，1981年，第12页。
[232] 勃兰兑斯：《十九世纪文学主流》，第三卷"法国的反动"，张道真译，人民文学出版社，1986年，第198页。
[233] 同上书，第216页。
[234] 勃兰兑斯：《十九世纪文学主流》，第四卷"英国的自然主义"，徐式谷等译，人民文学出版社，1984年，第1页。

显然，这里说的"自然主义"与左拉赋予这个术语的内涵不同，而是意味着"英国诗人全部都是大自然的观察者、爱好者和崇拜者"。[235] 在勃兰兑斯看来，由于受到民族精神的鼓舞，这一潮流在当时英国是如此强大，以致无论是华兹华斯、柯勒律治、司各特，还是拜伦和雪莱，他们的创作都无不为之渗透。而在我们看来，把雪莱的理想主义与拜伦的叛逆精神都称为"自然主义"，并以此来概括英格兰的民族精神，终究是一种轻率的做法。

第五卷所讨论的"法国的浪漫派"（*The Romantic School in France*，1882），被勃兰兑斯誉为"19世纪最伟大的文学流派"。[236] 尽管该卷评述了维尼、雨果、缪塞、戈蒂耶等抒情诗人，但着墨最多的无疑还是巴尔扎克、司汤达、乔治·桑和梅里美等开一代风气的小说家。他深刻指出："巴尔扎克同时代人的上帝是金钱，因此，在他的小说里，运转社会的枢纽是金钱，或毋宁说是缺乏金钱，渴望金钱。"[237] 从这个意义上说，巴尔扎克虽然受惠于浪漫主义历史小说，但却代表了"小说中的现实主义"。[238] 同样，司汤达的创作是在民族心理学方面发展了浪漫主义，因而"从许多方面说来，司汤达都是极度现代化的"。[239] 勃兰兑斯认为，法国文学的这些深刻变化，为此后欧洲文学的发展开辟了广阔的前景。

第六卷虽然题为"青年德意志"（*Young Germany*，1890），但却并不限于讨论伯尔内、古茨柯夫和劳伯等严格意义上的"青年德意志派"作家，而是全面评述了从1830年法国七月革命至1848年欧洲革命期间的德国文学。在这里，勃兰兑斯再一次把文学思潮的演变归结为政治斗争的直接产物，不惜笔墨地描述了法国七月革命对这一时期德国诗人的奇迹般的影响。勃兰兑斯把海涅视为这一时期最杰出的诗人，称他为"拜伦的伟大的继承者"，[240] 因而对海涅的生平和创作作了详尽介绍，尤其高度评价了他后期的政治讽刺诗。在该卷结尾，勃兰兑斯再次岔开话题，充满激情地描述了1848年的欧洲革命。至此，这部规模宏大的历史剧终于落下了帷幕。

---

[235] 勃兰兑斯：《十九世纪文学主流》，第四卷"英国的自然主义"，徐式谷等译，人民文学出版社，1984年，第6页。

[236] 勃兰兑斯：《十九世纪文学主流》，第五卷"法国的浪漫派"，李宗杰译，人民文学出版社，1982年，第443页。

[237] 同上书，第203页。

[238] 同上书，第441页。

[239] 同上书，第268页。

[240] 勃兰兑斯：《十九世纪文学主流》，第六卷"青年德意志"，高中甫译，人民文学出版社，1986年，第209页。

概括起来说，尽管在具体问题评价上不乏真知灼见，然而，当勃兰兑斯把 19 世纪前期的欧洲文学描述为一场进步与反动的斗争时，实际上采取了一种相当简单化的做法。我们应当认识到，文学史的演变远比所谓"进步与反动的斗争"复杂得多，用上述框架去把握这一时期错综复杂的文学现象，显然是难以奏效的。尤其是勃兰兑斯过分强调了文学思潮与政治斗争之间的联系，甚至常把文学运动与政治事件直接挂起钩来加以评述，其结果，全然忽视了这样一个事实，即文学的演变有其自身规律，与政治斗争和社会变迁并不是一种直接的因果关系。同样，当勃兰兑斯试图把欧洲文学描述为一个整体，从中梳理出各国文学之间的相互影响时，尽管作了大胆的尝试，但其中也存在着大量浮泛的比附和轻率的断语。在许多情况下，他往往根据个人印象，泛泛地谈论"法国人通常在观察中寻求诗意，德国人在强烈的感情中寻求诗意，而英国人则在丰沛的想象力中寻求诗意"。[241] 其结果，便以个人印象取代了对作品文本的分析，大大损害了这部著作的应有价值。

勃兰兑斯的文学史观与批评方法

平心而论，勃兰兑斯的文学史观与批评方法并无多少创新之处，其理论渊源多半可以追溯到圣勃夫、泰纳和黑格尔那里。然而，这个问题一直未能引起足够的重视，许多误解和过誉之词便由此而产生。因此，需要我们作一番深入研究，以便正确认识和评价勃兰兑斯在批评史上的地位。

在勃兰兑斯看来，探讨 19 世纪前期欧洲文学的发展历程，其最终目的是为了勾画出这一时期的心理轮廓，把握时代精神的脉搏。正如他在全书的引言中所指出的：

> 文学史，就其最深刻的意义来说，是一种心理学，研究人的灵魂，是灵魂的历史。一个国家的文学作品，不管是小说、戏剧还是历史作品，都是许多人物的描绘，表现了种种感情和思想。感情越是高尚，思想越是崇高、清晰、广阔，人物越是杰出而又富有代表性，这个书的历史价值就越大，它也就越清楚地向我们揭示出某一特定国家在某一特定时期人们内心的真实情况。[242]

乍听起来，这的确是一个新颖的说法。其实，这一见解无非是重复了泰纳的论调。

---

[241] 勃兰兑斯：《十九世纪文学主流》，第一卷"流亡文学"，张道真译，人民文学出版社，1980 年，第 122 页。

[242] 同上书，第 2 页。

正是后者在其《英国文学史》的序言中强调:"当一部文学作品是丰富的,而且人们懂得如何去解释它,那么,我们就会在那里发现一个灵魂的心理,经常是一个时代的心理,更是一个种族的心理。"[243] 由此可见,勃兰兑斯的文学史观受到泰纳的环境决定论的深刻影响。

更何况,倘若我们不是过分拘泥于"心理学"这一术语的话,那么,勃兰兑斯的本意无非是强调文学与时代精神之间的联系,强调文学作品是当时人们思想感情的生动体现。正如勃兰兑斯自己所解释的,所谓"按照心理学观点来处理文学史",只是意味着"尽可能深入地探索现实生活,指出在文学中得到表现的感情是怎样在人心中产生出来的","以图把握那些最幽远、最深邃地准备并促成各种文学现象的感情活动"。[244] 勃兰兑斯重申:

> 一本书,如果单纯从美学的观点看,只看作是一件艺术品,那么它就是一个独立存在的完备的整体,和周围的世界没有什么联系。但是如果从历史的观点看,尽管一本书是一件完美、完整的艺术品,它却只是从无边无际的一张网上剪下来的一小块。从美学上考虑,它的内容,它创作的主导思想,本身就足以说明问题,无需把作者和创作环境当作一个组成部分来加以考察,而从历史的角度考虑,这本书却透露了作者的思想特点,就像"果"反映了"因"一样……而要了解作者的思想特点,又必须对影响他发展的知识界和他周围的气氛有所了解。[245]

这就是说,一部作品既是作者思想感情和个性心理的表现,也是时代精神和民族精神的体现。这固然不失为一种深刻的见解,然而,只要懂得一点此前的批评史,我们就不难发现,类似观点在 19 世纪文学研究中早已普遍流行,勃兰兑斯并没有比史雷格尔兄弟、黑格尔和泰纳提供更多的东西。

一般说来,勃兰兑斯对民族精神并未给予多大重视。尽管他多次谈到各民族文学之间的差异,谈到由于受民族精神的影响,在英国就可能成为一个自然主义者,在德国就成为一个浪漫主义者,在丹麦就成为一个古代斯堪的纳维亚人的崇

---

[243] H. Taine, "History of English Literature: Introduction," in Hazard Adams ed., *Critical Theory since Plato*, Harcourt Brace Jovanovich, Inc., 1971, p.613.

[244] 勃兰兑斯:《十九世纪文学主流》,第二卷"德国的浪漫派",刘半九译,人民文学出版社,1981年,第1—2页。

[245] 勃兰兑斯:《十九世纪文学主流》,第一卷"流亡文学",张道真译,人民文学出版社,1980年,第2页。

者，[246] 但这与其说是对民族精神的真切认识，毋宁说是对既有文学现象的笼统描述。事实上，勃兰兑斯更关注的是时代精神，尤其是政治形势对文学的决定性影响。他总是不厌其烦地指出，时代精神是"一切真实文学生命的血液"，对一个作家来说，"具有决定性的重要意义的，便是他的心灵应当有意识地或无意识地受到他那时代最进步思想的渗透；因为只有精神才能够'保持活力'和防止毁灭"。[247] 在勃兰兑斯看来，且不说在斯达尔夫人、雨果、巴尔扎克、拜伦、雪莱和海涅身上，充分体现了时代精神的影响，就是那些躲避生活、抵抗社会的诗人，其创作倾向也只能从时代精神那里得到最终的解释。在他看来，尽管诺瓦里斯歌颂黑夜、疾病和神秘，与时代的一切光明美好的观念针锋相对，但是"他不得不违反自己的意愿，受制于这个时代的精神"。[248] 而在拉马丁的诗篇中，我们则获得了波旁王朝复辟时期的情绪阐释，"它是一种似风鸣琴响的诗，而弹动它琴弦的风是时代的精神"。[249] 因此，所谓"时代精神"，在勃兰兑斯那里就成了一把万能钥匙，可以用它来随心所欲地解释形形色色的立场迥异和风格迥异的作家。而在如此宽泛的用法中，这个概念本身也就失去了它确切的内涵。

显而易见，勃兰兑斯继承了黑格尔和泰纳的典型学说，把典型人物视为某一时期人们思想感情的结晶。他认为："文学批评家对一个时期的文学典型逐一加以研究，在某种程度上很像科学家在不同动物品种中通过对形变的研究考察某种生理结构的演变。"[250] 于是，通过考察典型人物的演变来揭示文学史的发展过程，就成为他的主要批评方法之一。这在第一卷"流亡文学"中得到了充分体现。在他看来，歌德笔下的维特是一个伟大的象征性人物，"它表现的不仅是一个人孤立的感情和痛苦，而是整个时代的感情、憧憬和痛苦"。[251] 下一个典型是夏多布里昂的勒内，

---

[246] 勃兰兑斯：《十九世纪文学主流》，第四卷"英国的自然主义"，徐式谷等译，人民文学出版社，1984年，第6页。

[247] 勃兰兑斯：《十九世纪文学主流》，第五卷"法国的浪漫派"，李宗杰译，人民文学出版社，1982年，第68—69页。

[248] 勃兰兑斯：《十九世纪文学主流》，第二卷"德国的浪漫派"，刘半九译，人民文学出版社，1981年，第186页。

[249] 勃兰兑斯：《十九世纪文学主流》，第三卷"法国的反动"，张道真译，人民文学出版社，1986年，第197页。

[250] 勃兰兑斯：《十九世纪文学主流》，第一卷"流亡文学"，张道真译，人民文学出版社，1980年，第65页。

[251] 同上书，第22页。

但由于他与维特之间隔着一场革命,因而"预言的因素被幻灭的因素所代替"。[252]不过,勃兰兑斯并未将这一方法贯彻到底,究其原因,正如他所说的那样:"这种典型性在德国是不大容易指明的,因为没有固定的典型形式,正是这种文艺的特色。"[253]事实上,要把握错综复杂的文学现象,仅凭这种方法的确是难以胜任的。

除了黑格尔和泰纳,勃兰兑斯还更多地受到圣勃夫的传记式批评方法的影响。在该书第五卷中,勃兰兑斯高度评价了圣勃夫的批评事业,称赞他是"一位划时代的批评家"。在他看来,尽管圣勃夫缺乏系统性,但却为现代文学批评奠定了坚实的基础,这就是他"在作品里看到了作家,在书页背后发现了人","只有到了那时,文献才是活的。只有到了那时,灵魂才能赋予历史以生命。只有到了那时,艺术作品才变得晶莹透明,可以被理解了"。[254]这既是替圣勃夫辩护,也是这位丹麦批评家的夫子自道。在批评实践中,一方面,勃兰兑斯总是不厌其烦地描述作家的生平个性,正如他所说的,"始终将原则体现在趣闻轶事之中";[255]另一方面,他又往往将作品视为作家的自传,在字里行间追寻作家本人的踪影。他断言,夏多布里昂在描绘勒内时,不过是在描写自己的性格;[256]而斯达尔夫人笔下的女主人公柯丽娜,也无非是这位女作家的自我写照而已。[257]他还谈到拜伦奔放不羁的个性来源于他父母的"难以控制的激情",[258]甚至谈到乔治·桑与缪塞的恋情对他们各自的创作所产生的影响。[259]凡此种种,不仅落入了传记式批评的窠臼,而且也与他有关文学演变受制于时代精神和政治斗争的看法发生了抵牾。

由此说明,勃兰兑斯的《十九世纪文学主流》尽管涉猎广泛,文笔生动,但以

---

[252] 勃兰兑斯:《十九世纪文学主流》,第一卷"流亡文学",张道真译,人民文学出版社,1980年,第30页。

[253] 勃兰兑斯:《十九世纪文学主流》,第二卷"德国的浪漫派",刘半九译,人民文学出版社,1981年,第11页。

[254] 勃兰兑斯:《十九世纪文学主流》,第五卷"法国的浪漫派",李宗杰译,人民文学出版社,1982年,第376页。

[255] 勃兰兑斯:《十九世纪文学主流》,第二卷"德国的浪漫派",刘半九译,人民文学出版社,1981年,第1页。

[256] 勃兰兑斯:《十九世纪文学主流》,第一卷"流亡文学",张道真译,人民文学出版社,1980年,第38页。

[257] 同上书,第129页。

[258] 勃兰兑斯:《十九世纪文学主流》,第四卷"英国的自然主义",徐式谷等译,人民文学出版社,1984年,第314页。

[259] 勃兰兑斯:《十九世纪文学主流》,第五卷"法国的浪漫派",李宗杰译,人民文学出版社,1982年,第142—143页。

今天的眼光来看，它既没有为我们提供独特的理论视野，也没有为我们提供新颖的批评方法。因此，在20世纪西方文论发生急剧变革之际，这部曾经赢得众多读者青睐的文学史著作，也就难逃遭人遗忘的厄运。正如雷纳·韦勒克所言，该书在1872年至1890年首次用丹麦文出版，旋即又出版了德文版（4卷，1872—1876），在丹麦和德国均引起很多反响。英文版问世于1901年至1905年，法文版则仅仅译出"法国的浪漫派"一卷（1902）。然而，迄止20世纪60年代，勃兰兑斯在德国和法国几乎已无人知晓，在英、美两国也徒有其名。[260] 而究其原因，一方面固然说明20世纪西方文学批评经历了翻天覆地的变革；另一方面，也与勃兰兑斯的文学批评缺乏独创性和坚实性有关，传统的文学观念与批评方法早已成为明日黄花。

---

[260] R. Wellek, *A History of Modern Criticism,* vol. 4, Yale University Press, 1965, p.357.

第五章
20世纪前期的文学批评

20世纪伊始，西方文学批评就呈现出了一种新的发展趋势。正如美国批评史家雷纳·韦勒克（René Wellek，1903—1995）在《当前欧洲文学研究中对实证主义的反叛》（*The Revolt against Positivism in Recent European Literary Scholarship*，1946）一文中所指出的，在欧洲，尤其是第一次世界大战以来，出现了一种对19世纪后期袭用的文学研究方法的反叛。这一潮流"反对一味堆砌毫无联系的事实，反对那种方法的整个理论依据，即文学应当通过自然科学的方法，通过因果关系，通过诸如泰纳的种族、时代、环境这一著名口号所规定的那些外在的决定性因素来解释"。[1] 尽管这股反叛实证主义的潮流是由多种原因促成的，而且在西方各国有不同的表现，但它的发展势头是如此强劲，影响是如此深广，以致从根本上改变了西方文学批评的总体格局。

如果说19世纪后期的许多批评都热衷于从因果关系的角度来解释文学，因而把大量精力耗费在对历史背景和外部环境的研究上的话，那么，20世纪前期西方文学批评的一个主导倾向，就是把研究的重点从文学的外部环境转移到对文学作品本身的分析上来。毫不夸张地说，这是批评史上的一次"哥白尼式的革命"。从那时起，越来越多的人已认识到，文学批评的出发点应该是文学作品本身，其基本任务就是揭示文学作品的艺术构成，追寻文学演变的自身规律。即使探讨文学产生的历史背景，也只是为了不断深化对一部艺术作品的理解，而不再是将作品淹没在一大堆无

---

[1] R. Wellek, "The Revolt against Positivism in Recent European Literary Scholarship", in *Concepts of Criticism,* Yale University Press, 1963, p.256.

关紧要的历史资料中，使文学研究变成历史学、社会学、心理学或思想史的附庸。

显然，批评史上的这一重大转向是在形形色色的"旗号"之下，通过各种批评方法逐步完成的。在英国，以托·斯·艾略特（T. S. Eliot, 1888—1965）、艾·阿·理查兹（I. A. Richards, 1893—1979）、威廉·燕卜荪（William Empson, 1906—1984）、弗·雷·利维斯（F. R. Leavis, 1895—1978）为代表，对文学作品的解读给予了高度重视，并在一种新的理论框架之下重新改写了英国文学史。在美国，约·克·兰色姆（J. C. Ransom, 1888—1974）、艾伦·泰特（Allen Tate, 1899—1979）、克林斯·布鲁克斯（Cleanth Brooks, 1906—1994）、罗伯特·潘·沃伦（Robert Penn Warren, 1905—1989）、威廉·克·维姆萨特（William K. Wimsatt, 1907—1975）等新批评派，也将自己的目光牢牢锁定在诗歌文本上，极力倡导所谓"文本批评"，使这一批评流派主宰了40、50年代的美国文学批评。

欧洲大陆的情况亦复如此。早在20世纪初，意大利美学家贝尼德托·克罗齐（Benedetto Croce, 1866—1952）就阐述了一种"艺术即直觉"的美学理论，尽管他忽视了艺术的分类和技巧，但却同样否定了实证主义的研究方法。在法国，虽然文学史研究曾长期追随泰纳和朗松所开创的那种传统方法，然而，无论在马塞尔·普鲁斯特（Marcel Proust, 1871—1922）对圣勃夫的驳斥中，还是在保尔·瓦莱里（Paul Valéry, 1871—1945）的"纯诗"理论中，都强调了诗人创作的头脑是一个与外界没有什么联系的独立世界，断然摒弃了从外部条件来解释作品的方法。

在德语国家，以列奥·施皮策（Leo Spitzer, 1887—1960）、欧内斯特·罗贝尔·库尔蒂斯（Ernst Robert Curtius, 1886—1956）和埃里希·奥尔巴赫（Erich Auerbach, 1892—1957）为代表的罗曼语语文学研究，由奥斯卡·瓦尔泽尔（Oskar Walzel, 1864—1944）、沃尔夫冈·凯塞尔（Wolfgang Kayser, 1906—1960）和埃米尔·施塔格尔（Emil Steiger, 1908—1989）倡导的形式分析方法，也使文学研究的面貌大为改观。至于俄国形式主义、捷克的布拉格学派和波兰美学家罗曼·英加登（Roman Ingarden, 1893—1970），更以各种新颖的学说和方法给文学理论研究注入了活力，尽管他们的影响直到很晚才显示出来。

的确，上述某些批评流派常常被人指责为具有不同程度的"唯美主义"、"形式主义"倾向，其批评方法也确实存在着这样或那样的缺陷。不过，我们认识到，较之那些堆砌死板的材料而缺乏审美判断的"唯事实主义"，较之那些仅从外部的因果联系来解释文学现象的庸俗社会学批评，对作品文本的关注和对艺术价值的重视毕竟包含着更多真理，也有助于我们更好地理解作为一种语言艺术的文学作品。

当然，与上述潮流同时出现的，还有精神分析批评、神话批评、存在主义批评和马克思主义批评。正是由于哲学、心理学、语言学、文化人类学等多种学科的渗透与影响，20世纪前期西方文学批评才呈现出异彩纷呈的格局。对于这种多元化的批评格局，需要的不是惊叹与好奇，而是理性的认识和公允的判断。当然，由于篇幅限制，我们不得不有所选择，以便重点评述其中的代表性人物。

精神分析批评是20世纪西方文学批评的一大流派，曾对许多批评家产生过深刻的影响。它以精神分析学理论为基础，其始作俑者就是西格蒙德·弗洛伊德（Sigmund Freud, 1856—1939）本人。在他看来，文学艺术无非是性本能的一种升华形式，而文学作品则犹如诗人的"白日梦"，是各种欲望的替代与满足。由此出发，弗洛伊德剖析了《俄狄浦斯王》、《哈姆莱特》和《卡拉玛佐夫兄弟》中的"俄狄浦斯情结"。因此，这一批评流派的主要兴趣便是揭示艺术创作的心理动力，并对文学作品中的人物性格进行精神分析，就其理论本身而言，它并不能为人们提供一个评价文学作品的审美标准。

神话批评渊源于文化人类学和卡尔·古斯塔夫·荣格（Carl Gustav Jung, 1873—1961）的心理学，也构成了20世纪西方文学批评的一道独特景观。在荣格看来，集体无意识及其原型是艺术创作的原动力。伟大的作品与其说是艺术家个人心灵的抒发，莫如说是整个人类心灵的回声。不仅如此，荣格认为，由于这类作品表现的是人类的原始经验，因而往往植根于古代神话之中。在他的影响下，20世纪的许多批评家纷纷热衷于在文学作品中追寻其原始神话的模式，对探讨文学作品的历史背景和现实意义反倒并无兴趣。可惜限于篇幅，我们不能对此一一论列。

存在主义批评在这一时期的主要代表人物，是德国的马丁·海德格尔（Martin Heidegger, 1889—1975）和法国的让–保尔·萨特（Jean-Paul Sartre, 1905—1980）。前者不仅对荷尔德林和里尔克的诗篇作出了独特的阐释，更由于他的哲学而产生了广泛的影响。而萨特的文学批评，一方面呼吁作家介入当代社会生活，回答时代的各种重大问题；但另一方面，他却要求从小说中消除作者的声音，提供一种他似乎不存在于作品之中的幻觉。当然，存在主义批评的优秀成果还有待于后来的"日内瓦学派"作出努力，这是一个以马塞尔·雷蒙（Marcel Raymond, 1897—1981）、阿尔贝·贝甘（Albert Beguin, 1902—1957）、乔治·布莱（George Poulet, 1902—1991）、让·鲁塞（Jean Rousset, 1910—2002）和让·斯塔罗宾斯基（Jean Starobinski, 1920— ）为代表的批评群体，致力于所谓"意识批评"。

毋庸置疑，马克思主义批评在20世纪前期显示了巨大的生命力。撇开早期苏联的文艺理论不谈,即使在欧美各国,马克思主义批评也在这一时期得到了广泛传播,而克里斯托弗·考德威尔(Christopher Caudwell,1907—1937)、格奥尔格·卢卡契(Georg Lukács,1885—1971)和瓦尔特·本雅明(Walter Benjamin,1892—1940)则是其中的代表人物。这不仅因为在他们的论著中,将揭示文学的意识形态内容与艺术方面的评价较好地结合在一起,而且正是通过他们的努力,架起了一座通往未来的桥梁,为马克思主义批评在此后的发展奠定了基础。但由于篇幅限制,我们只能在此介绍卢卡契和本雅明的文学批评。

当然,以上对20世纪前期西方文学批评所作的描述是相当粗略的,遗漏和偏颇在所难免。但即便如此,我们仍然可以蛮有把握地说,与以往任何时代相比,文学批评在20世纪前期得到了空前的繁荣,并且第一次获得了强烈的自觉意识。它不再是文学创作的附庸,也不再是少数人所掌管的"专利产品",而是日渐发展成为一个引人注目的人文学科。其流派之繁多,眼界之开阔,著述之丰富,影响之深广,都是西方文学批评史上前所未有的。不过,20世纪前期文学批评的突出成就,还在于它超越了19世纪后期文学研究中的科学主义和实证主义,真正把注意力转移到对文学作品本身的分析上来。从批评史的角度看,唯有经历了从文学的外部研究到文学的内部研究这一转变,一个民族的批评事业才会走上正途,为此后的发展开辟广阔的前景。

第一节　托·斯·艾略特

　　毫无疑问，托马斯·斯特恩斯·艾略特（Thomas Stearns Eliot, 1888—1965）是20世纪英语国家最杰出的诗人和批评家。他不仅通过《杰·阿尔弗瑞德·普鲁弗洛克的情歌》、《荒原》等诗篇，确立了在英美诗歌史上的重要地位，而且以他的批评论著，尤其是收入在《圣林集》（*The Sacred Wood*, 1920）和《论文选》（*Selected Essays*, 1932）中的早期论文，对20世纪英美文学批评的转型作出了重大贡献。

关于诗歌的非个性化理论

　　几乎从批评生涯伊始，艾略特就与当时悄然兴起的那股反浪漫主义思潮不谋而合，并在此基础上确立了自己的基本立场。如果说托·欧·休姆（T. E. Hulme, 1883—1917）在《浪漫主义与古典主义》（*Romanticism and Classicism*, 1914）一文宣称："在一百年来的浪漫主义之后，我们正面临着一种古典主义的复兴"，[2] 从而旗帜鲜明地预告了一场诗歌革命的话，那么，在艾略特的早期论文《传统与个人才能》（*Tradition and Individual Talent*, 1917）中，则精心阐述了一套诗歌的非个性化理论，重新强调了继承与发扬西方文学传统的重大意义。

　　艾略特认为："诗歌不是放纵感情，而是逃避感情；不是表现个性，而是逃避个性。"[3] 因为在他看来，诗歌既不是生活经验的直接再现，也不是像华兹华斯所说的"强烈情感的自然流露"，而是一个与诗人的个性和生活相分离的艺术领域。艾略特指出：

> 诗人并没有什么"个性"需要表现，他只是一种特殊的媒介，仅仅是一种媒介而已，并非某一个性。许多印象和经验正是通过这个媒介，以奇特的和料想不到的方式结合起来。许多对诗人来说是重要的印象和经验，或许在他的诗里没有任何地位；而那些在诗里变得重要的印象和经验，或

---

[2]　T. E. Hulme, "Romanticism and Classicism", in Hazard Adams ed., *Critical Theory since Plato*, Harcourt Brace Jovanovich, Inc., 1971, p.767.

[3]　T. S. Eliot, "Tradition and Individual Talent", in *Selected Essays,* Faber and Faber Limited, 1932, p.21.

许对于诗人本人,对于他的个性,只起了一个无足轻重的作用。"[4]

这就是说,诗人创作的头脑是与他的个性相脱离的,诗歌中的感情、印象和经验,不同于生活中那些原初的感情、印象和经验。他个人的感情往往是粗糙的、平庸的,而他诗歌中的感情却是一种经过艺术加工的东西。因此,"这种感情的生命只存在于诗歌中,而不存在于诗人的经历中。艺术的感情是非个人的"。[5]

值得注意的是,艾略特还用了"催化剂"(catalyst)一词来比喻诗歌的创作过程:当我们把一根白金丝放入贮有氧气和二氧化硫的容器时,两种气体就化合成了硫酸,但白金丝却未受任何影响,新的混合物中也不含一点白金的成分。艾略特由此说明:"诗人的头脑就是那少量的白金丝。它可以部分地或全部地作用于诗人本人的经验;但是,艺术家越是完美,在他身上作为感受的人与作为创作的头脑就越是彼此分离,头脑也就越能够消化和点化原是它的材料的那些激情。"[6] 应该说,这并不是一个恰当的比喻,因为诗歌创作并不是一个简单的化合过程。然而,艾略特的基本思想却是相当深刻的:即诗歌不是诗人个性和生活经验的直接再现,唯有对那些粗糙的感情和经验进行综合加工,才能创造出优秀的诗篇。

自从浪漫主义以来,人们就把诗歌视为诗人的内心世界的自我表现,其结果,不是将诗歌当作一种情感的单纯倾诉,就是将诗歌与诗人的个性混为一谈。从这个意义上说,艾略特的非个性化理论无疑是与浪漫主义的诗歌观念针锋相对的。但从另一个角度看,诗歌的非个性化理论由来已久,我们不难在柯勒律治、赫士列特和济慈那里找到其渊源。例如,济慈就曾经说过:"天才人物之所以伟大,就在于像某些微妙的化学药品,能作用于大量中性的才智上面——但是他们没有什么个性,没有什么固定的特性。对于那些突出具有特有的自我的人,我愿意称之为'强者'。"[7] 而艾略特在《诗歌的用途和批评的用途》(*The Use of Poetry and the Use of Criticism*, 1933)一书中不仅引述了上面这段话,而且称赞济慈的书简"是以往英国诗人所写的书简中最引人注目和最重要的"。[8]

---

[4] T. S. Eliot, "Tradition and Individual Talent", in *Selected Essays,* Faber and Faber Limited, 1932, pp.19—20.

[5] Ibid., p.22.

[6] Ibid., p.18.

[7] John Keats, "To Benjamin Bailey, 22 November, 1817", in Douglas Bush ed., *John Keats Selected Poems and Letters,* Houghton Mifflin Company, 1959, p.257.

[8] T. S. Eliot, *The Use of Poetry and the Use of Criticism*, Faber and Faber Limited, 1933, pp.100—101.

与此相关的是，艾略特对文学传统的意义作了重新评估。在他看来，每一位诗人都是在传统的制约下从事写作的，对诗人来说，文学传统远比他自以为凌驾一切之上的个人才能重要得多。而所谓"传统"，究竟意味着什么呢？艾略特这样指出：

> 首先，它含有历史意识。我们可以说，对于任何一个超过二十五岁还想继续写诗的人来说，这种历史意识几乎是不可或缺的；这种历史意识还含有一种知觉，即不仅知觉过去的过去性，而且也知觉它的现在性；这种历史意识使一个人在写作时不仅对他自己的那一代了如指掌，而且还感受到从荷马以来的整个欧洲文学，以及他自己国家的整个文学有一个同时的存在，组成一个同时的秩序……正是这种历史意识使一个作家成为传统的。[9]

显然，艾略特所说的"历史意识"，旨在强调整个文学传统对诗歌创作的巨大制约作用。在他看来，一旦脱离了文学传统，那么，任何诗人都不可能在文学史上取得他真正的意义。另一方面，这个文学传统也是一个动态的、开放的体系，充满自我更新的活力："现存的不朽作品本身构成一个理想的秩序。由于新的（真正新的）艺术作品加入它们中来，这个秩序便发生了变化……谁要是赞成对这个秩序的看法，赞成对欧洲文学，对英国文学的形成的看法，就不会认为下述见解是荒谬的，即过去因为现在而改变，正如现在为过去所指引。诗人意识到这一点，就会意识到任重而道远。"[10] 因此，每一部新的作品都是文学传统的有机组成部分，同时也丰富了这一文学传统，改变着既有的文学格局。

英国诗歌史的重新评价

当然，对任何批评家来说，"传统"都不是什么抽象的东西。蔑视传统也罢，发扬传统也罢，关键问题在于他们蔑视的是什么传统，继承的又是什么传统。因此，倘若我们进一步追问艾略特赋予"传统"的具体内涵，那就不难发现，在一种不妨称之为"情感的机制"的理论框架下，他大刀阔斧地改写了英国诗歌史，并对这一文学传统作了重新评价。

在艾略特看来，诗歌应该既是理智的，又是情感的，即做到思想与感觉的高度统一。因此，诗人应当同时思想、感觉和体验，即人的整个身心都在创作中发挥作

---

[9] T. S. Eliot, "Tradition and Individual Talent", in *Selected Essays,* Faber and Faber Limited, 1932, p.14.
[10] Ibid., p.15.

用。正如他在《玄学派诗人》(*The Metaphysical Poets*，1921) 一文中所指出的，在乔治·查普曼 (George Chapman，1559—1634) 的诗篇里，"对思想有一种直接的感性的理解，或是把思想重新创造为感觉"。[11] 他还将玄学派诗人约翰·邓恩与19世纪诗人阿尔弗瑞德·丁尼生、罗伯特·勃朗宁进行比较，用以具体说明他的诗歌观念：

> 丁尼生和勃朗宁都是诗人，他们都思考；但是他们并不像感觉一朵玫瑰的芳香似的直接感觉到他们的思想。对于邓恩来说，一个思想就是一种经验；它修正了他的思想。当一个诗人的头脑为工作完美地装备起来，它便不断地组合不同的经验；而普通人的经验则是混乱的、不规则的、片断的。普通人陷入情网，或阅读斯宾诺莎，这两种经验毫不相干，或像打字机的嘈杂声或烹调的香味毫不相干；而在诗人的头脑中，这些经验总是在形成新的整体。[12]

正是依据这一标准，艾略特高度评价了17世纪的玄学派诗人，把这一在文学史上长期受到漠视的流派看成是伊丽莎白时代戏剧诗的传人，因而也视为"英国诗歌传统的主流"。[13] 他特别看重的是玄学派诗人"具有一套能够容纳任何经验的情感的机制"，是他们为"把思想与感觉再度结合成新的整体"而作的尝试。[14] 尽管艾略特承认，约翰逊对玄学派诗人的指责并非全无道理，但却为这一诗歌流派辩解道："经过诗人头脑的运作，把某种程度上的异质的材料强合成一个整体，这在诗歌中随处可见。"[15] 而在分析安德鲁·马韦尔的诗篇《致他的羞涩的女郎》时，他甚至不惜篇幅援引了柯勒律治在《文学生涯》第14章中论想象力的那段文字，来说明充满机智的想象力就在于能将各种对立的因素综合起来。[16] 总之，在艾略特看来，玄学派诗歌是成功地实现了理智与情感、思想与感觉的高度统一的典范，因而在英国诗歌史上具有重要的地位。

然而，在玄学派诗人之后，一种"情感的分离"现象就出现了，从此英国诗歌再也没有恢复到原先的和谐状态。在艾略特看来，这种分离现象由于那个时代最有

---

[11] T. S. Eliot, "The Metaphysical Poets", in *Selected Essays*, Faber and Faber Limited, 1932, p.286.
[12] Ibid., p.287.
[13] Ibid., p.290.
[14] Ibid., p.286.
[15] Ibid., p.283.
[16] Ibid., p.298.

力的两位诗人弥尔顿和德莱顿的影响而加剧了。其结果，或是像18世纪诗人那样偏重理智，虽然语言变得日益典雅，但情感和感觉却极为粗糙；或是像浪漫主义诗人那样偏重情感，导致思想与感觉的脱节。艾略特认为，尽管在19世纪后期的丁尼生和勃朗宁诗篇里，可以发现一种重返思想的倾向，然而，思想与感觉在他们的作品中仍然是彼此游离的。[17]

由于长期以来人们对文学史的看法是在浪漫主义影响下形成的，因而可以想见，艾略特对英国诗歌史的重新评价会产生多大的冲击。举例来说，弗·雷·利维斯的著作《英国诗歌的新方向》(*New Bearings in English Poetry*, 1932)和《重新评价：英国诗歌的传统与发展》(*Revaluation: Tradition and Development in English Poetry*, 1936)，便是在艾略特的影响下写成的，尽管已在内容上作了很多补充。在美国，虽然文学史研究并非新批评派的强项，但强调诗歌应是感性与理性的辩证统一，推崇玄学派诗歌而贬低浪漫主义，却是新批评派的一贯立场。当然，艾略特的见解也并非毫无由来。追溯起来，他当年在哈佛大学的导师欧文·白璧德就对浪漫主义作了前所未有的猛烈抨击。而两位意象派诗歌的发起人埃兹拉·庞德(Ezra Pound, 1885—1972)和托·欧·休姆在改变人们的审美趣味方面，显然也是他的先驱。此外，艾略特还在法国诗人波德莱尔、于勒·拉法格(Jules Laforgue, 1860—1887)和特里斯坦·戈比耶(Tristan Corbiere, 1845—1875)那里，找到了与玄学派诗歌相类似的特征，即把观念转化为感觉，把观察转化为思想状态的艺术方法。[18]

诗歌的"客观对应物"理论

自从艾略特在《哈姆莱特》(*Hamlet*, 1919)一文中提出"客观对应物"(objective correlative)理论以来，这一说法已经传遍了英美批评界，甚至成了许多批评家的口头禅。然而，这一理论并不像人们通常所理解的那么简单，因而需要我们认真加以辨析。

在这篇论文中，艾略特首先对那种热衷于人物性格分析的方法提出了质疑。在他看来，当年歌德把哈姆莱特变成了一个维特，柯勒律治又将哈姆莱特变成一个柯勒律治，这些批评家显然忘记了他们的首要任务应该是研究一部艺术作品，而谈论哈姆莱特这个人物仅是一个次要问题。但如果把《哈姆莱特》作为一部艺术作品来

---

[17] T. S. Eliot, "The Metaphysical Poets", in *Selected Essays,* Faber and Faber Limited, 1932, pp.287—288.
[18] Ibid., p.290.

讨论，其结果同样是令人失望的。在艾略特看来，《哈姆莱特》并非是一部杰作，而是一部艺术上失败的作品。究其原因，这部悲剧是在前人创作的基础上改编而成的，由于原作中那些难以驾驭的材料，便造成了该剧在表现主人公的厌世情绪与利用原先情节之间出现了裂缝，缺乏一种恰当表现人物思想感情的"客观对应物"。由此，艾略特指出：

> 用艺术形式表现感情的唯一方法，是寻找一种"客观对应物"；换言之，寻找一组物体，一种情境，一系列事件，把它们作为那种特定感情的程式；这样，一旦给出那些必须终止于感觉经验的外在事实，那种感情便被即刻唤起了。[19]

从特定语境来看，艾略特在此所说的"客观对应物"，指的是激发剧中人物感情的外部情境或事件。倘若缺乏这些恰当唤起人物感情的"客观对应物"，那么，剧中人物的感情就会显得不是太强，就是太弱，甚至会显得毫无由来，令人费解。艾略特认为，如果说在莎士比亚成功的悲剧中并不缺乏这些恰当的对应物的话，那么，他的《哈姆莱特》所缺少的正是外部事件与人物感情之间的对应。在艾略特看来，哈姆莱特的厌世情绪是由他母亲改嫁而引起的，可是，他的厌世情绪却又远远超出了对母亲的厌恶，成了一种难以理解的东西。他不能将这种情绪客观化，于是只好戕害生命，拖延复仇行动。因此，《哈姆莱特》在艺术上存在着严重的缺陷。

进一步说，如果说哈姆莱特的悲观厌世与他母亲的改嫁之间确乎存在着难以衔接的裂缝的话，那么，这一裂缝恰好说明了莎士比亚在处理主题与情节关系上的失败。正如艾略特所指出的："假定哈姆莱特与他的作者是同一的，那么，这一点便可以成立：哈姆莱特因缺乏其感情的客观对应物而感到的困惑，也是他的创造者面临艺术问题时的困惑的一种延续"。[20] 如此说来，"客观对应物"这一术语的应用范围就扩大了，它不仅是指剧中人物的感情如何与其经历的事件和情境相对应的问题，而且也是指艺术中的思想感情如何加以表现的问题。换言之，在艺术中表现思想感情应切忌直白、浅露，直抒胸臆，必须找到恰如其分的情境、事件、意象、隐喻和象征等"客观对应物"。

不难发现，这也是艾略特诗论的一贯见解。例如，论及玄学派诗人时，艾略特就充分肯定了他们"在最佳情况下，承担着努力寻找表现心情和感觉的文字对等

---

[19] T. S. Eliot, "Hamlet", in *Selected Essays,* Faber and Faber Limited, 1932, p.145.
[20] Ibid., p.145.

物（the verbal equivalent）的任务"。[21] 他甚至断言，所谓有"思想"的诗人，充其量只是能够表达"思想的感情等同物"（the emotional equivalent of thought）的诗人，其实他未必对思想本身感兴趣。[22] 尽管这些提法有所不同，意思也略有差异，但是坚持诗歌在表现思想感情方面必须遵循克林斯·布鲁克斯所谓的"间接陈述的原则"，[23] 却是艾略特的"客观对应物"理论的核心所在。

论诗歌与哲学的关系

艾略特博学多识，涉猎广泛。他的《伊丽莎白时代的塞内加翻译》（*Seneca in Elizabethan Translation*, 1927）与《莎士比亚和塞内加的斯多葛主义》（*Shakespeare and the Stoicism of Seneca*, 1927），是就这一专题所写的两篇颇有分量的论文。前者论述了罗马时代的哲学家和剧作家塞内加（Seneca，公元前4—公元65）对英国文艺复兴时期戏剧的影响，后者则专门探讨了塞内加对莎士比亚的影响。值得注意的是，艾略特竟在后一篇论文中断言，一切伟大的诗人都从未进行过独立的思考，他们只是利用当时流行的思想来写成诗篇罢了。这一结论是如此令人惊愕，涉及的问题又是如此重大，因而值得我们认真加以探讨。

在艾略特看来，伊丽莎白时代是一个信仰解体和思想混乱的时代，因此，任何一种感情态度只要看起来能给人以精神依靠，就会被人们采纳。于是，塞内加的骄傲态度，蒙田的怀疑主义，马基雅维利的玩世不恭，诸如此类的人生哲学混合在一起，便构成了那个时代的人文主义思潮。人们或许可以在《哈姆莱特》中更多地找到蒙田的影响，在《奥瑟罗》中找到马基雅维利的影响，在《李尔王》中找到塞内加的影响。然而，在艾略特看来，莎士比亚却并不是一位思想家，也谈不上相信或不相信这些学说，他只是利用这一切来达到他的戏剧目的罢了。

艾略特由此指出，一切伟大的诗歌都给人以错觉，以为它有一种完整的人生观。人们尤其容易被但丁的例子所蒙骗，以为他的作品包含着一个严密的思想体系，因而推测每一位伟大的诗人都有一套完整的哲学。艾略特断言：

> 事实上，无论莎士比亚还是但丁都没有真正进行过思考——这不是他

---

[21] T. S. Eliot, "The Metaphysical Poets", in *Selected Essays*, Faber and Faber Limited, 1932, p.289.

[22] T. S. Eliot, "Shakespeare and the Stoicism of Seneca", in *Selected Essays*, Faber and Faber Limited, 1932, p.135.

[23] Cleanth Brooks, "Irony as a Principle of Structure", in Hazard Adams ed., *Critical Theory since Plato*, Harcourt Brace Jovanovich, Inc., 1971, p.1042.

们的职责；流行于他们时代的思想，即他们不得不用来表达他们感情媒介的材料，其相对价值是并不重要的。它没有使但丁成为一个更伟大的诗人，也并不意味着我们能从但丁那里比从莎士比亚那里学到更多的东西。"[24]

实际上，诗人所依据的材料，往往正是那个时代人们碰巧在思考的问题。不仅但丁和莎士比亚如此，玄学派诗人约翰·邓恩也是如此："看来在那个时代，世界上似乎充满了各种思想体系的碎片，一位像邓恩那样的人就像一只喜鹊，衔起各种映入眼帘的闪闪发光的思想碎片，把它们点缀在诗篇的各处。"[25]

艾略特认为，"诗歌并不是哲学或神学或宗教的替代物"，诗人也不是哲学家或思想家。在他看来，我们甚至无法想象一个人身兼诗人和哲学家的情况："我相信，一个诗人又身兼哲学家，他实际上就成了两个人；我想不出这类彻底精神分裂症的任何事例，也看不出这样可以获得任何东西：工作在两个头脑中进行，要比在一个头脑里完成得更好些。"[26] 另一方面，取代严密的思想体系而成为创作的动力的，乃是"某种永恒的人类冲动"，是诗人心中的某种表达感情的驱迫感。在艾略特看来，每一个诗人都是从自己的感情出发的，可是，他又必须进行一番努力，"以便把个人的私自的痛苦变成丰富的、奇异的东西，变成普遍的和非个人的东西"。正因为如此，"伟大的诗人在写自己的过程中，也就写出了他的时代"。[27]

与此相关的，是如何看待诗歌创作与思想信仰之间关系的问题。既然诗人只是不自觉地利用当时流行的思想来写作，对思想本身并不感兴趣，那么，对诗人来说，也就无所谓信仰不信仰的问题。艾略特指出：

> 我怀疑严格意义上的信仰是否会进入一个伟大的诗人，纯粹的诗人的创作活动中。这就是说，但丁作为纯粹的诗人，既非信仰也非不信仰托马斯主义的宇宙论或有关灵魂的学说；他只是利用它，或者说将他最初的感情冲动与某种学说混合起来，以达到制作诗歌的目的。诗人制作诗歌，玄学家制作玄学，蜜蜂制作蜂蜜，蜘蛛分泌结网；你很难说这些制作者中的

---

[24] T. S. Eliot, "Shakespeare and the Stoicism of Seneca", in *Selected Essays,* Faber and Faber Limited, 1932, p.136.
[25] Ibid., pp.138—139.
[26] T. S. Eliot, *The Use of Poetry and the Use of Criticism*, Faber and Faber Limited, 1933, pp.98—99.
[27] T. S. Eliot, "Shakespeare and the Stoicism of Seneca", in *Selected Essays,* Faber and Faber Limited, 1932, p.137.

某个人信仰什么：他只是制作而已。[28]

同样，对读者的鉴赏活动来说，需要的与其说是信仰，不如说是"信仰的悬置"。在艾略特看来，在诗歌鉴赏与思想信仰之间存在着根本的区别："你不必信仰但丁所信仰的东西，因为你的信仰丝毫无助于理解和鉴赏……倘若你能够把诗当作诗来阅读，你就会'信仰'但丁的哲学，正如你相信他游历的物理真实一样；这就是说，你把信仰或不信仰悬置起来。"[29]

毫无疑问，诗歌与哲学的关系，是批评史上的一个重大的理论问题，其历史可以追溯到柏拉图在《理想国》中所提到的那场诗歌与哲学之争。而在艾略特之前，也有不少英国批评家已就此发表了不同的见解。例如，马修·阿诺德一方面声称："把思想崇高而深刻地应用于生活，是构成诗歌伟大的最基本因素"；但另一方面，他又认为，隐含在诗歌中的思想与某种哲学体系并不是一码事，华兹华斯的诗歌是真实的，而他的哲学即"某种思想的科学体系"却是幻觉。[30] 艾·阿·理查兹也谈到，人们之所以误解诗歌，常常是因为过高估计了其中思想成分的价值，而实际上，思想并不是诗的主要因素。对于欣赏诗歌来说，信仰问题无关紧要，"如果我们要读《李尔王》的话，我们一定无需信仰"。[31]

当然，我们既不赞同诗人没有进行过独立思考的说法，也不认可文学的思想价值无足轻重的结论。无论如何，诗人终究是社会生活的参与者，即使所谓"纯粹的诗人"，也不会对思想信仰问题漠然置之。更何况，文学作品是一个由诸多成分构成的有机整体，其审美成分固然不是可有可无的装饰，但其思想也绝不是用来点缀诗行的"碎片"。但我们也应当认识到，诗歌毕竟不是哲学的替代品，诗人的职责也与哲学家有所不同。如果以为一部作品所含的哲理愈多，它的价值就愈高，那岂不是以哲学的标准来评判文学作品的优劣吗？如果欣赏文学作品，非要读者与作者的思想信仰达成一致，那岂不是将大大限制我们的阅读范围，排斥了审美趣味的多样性吗？所有这些问题的提出，正是艾略特带给我们的启示，尽管他未必提供了正确的答案。

---

[28] T. S. Eliot, "Shakespeare and the Stoicism of Seneca", in *Selected Essays,* Faber and Faber Limited, 1932, p.138.

[29] T. S. Eliot, "Dante", in *Selected Essays,* Faber and Faber Limited, 1932, pp.257—258.

[30] M. Arnold, "Wordsworth", in *Essays in Criticism: Second Series*, The Macmillan Company, 1924, pp.148—149.

[31] 理查兹：《科学与诗》，见《缪灵珠美学译文集》，第四卷，中国人民大学出版社，1991年，第439页。

第二节　艾·阿·理查兹

与托·斯·艾略特一样，艾·阿·理查兹（Ivor Armstrong Richards，1893—1979）的论著也对20世纪前期英美文学批评产生了广泛的影响。不过，倘若拿他们作一比较，我们便不难发现，虽然理查兹与艾略特在文学趣味上颇多相似之处，但在批评的目标和方法上却迥然不同。艾略特主要是一位诗人，其理论建树主要得益于自己的创作实践，也基于他对古今诗歌的广泛兴趣。而理查兹则是一位大学教师，其批评理论更多地来自于教学实践的总结。此外，由于早年攻读哲学的缘故，理查兹还将当时并不多见的心理学和语义学方法引入了文学批评。而后人对他的评价之所以意见分歧，在很大程度上也是由此而引起的。

艺术的价值理论与交流理论

在《文学批评原理》（*Principles of Literary Criticism*，1924）中，理查兹首先试图建构一套有关艺术的价值理论和交流理论。在他看来，如果说艺术是人类经验的记载，那么，文学批评的任务就是"努力区分各种经验和评价这些经验。如果对经验的本质缺乏某种程度的理解，或缺乏有关艺术价值和交流的理论，我们便无法从事批评"。[32] 然而，回顾自亚理斯多德以来的批评理论，他不禁深感失望。什么是艺术的价值？为什么它们值得最优异的心灵去耗费最宝贵的时光？它们在整个人类的价值体系中又占什么地位？尽管古往今来的批评家对艺术问题发表了种种看法，但在理查兹看来，那些见解却大多浮光掠影，几乎从未触及这些核心问题。

理查兹认为，全部现代美学都建立在这样一个假设的基础上，即假定存在着一种独特的"审美经验"。因为自从康德以来，人们就试图把"趣味判断"界说成一种快感，而这种快感是无功利的、普遍的、非理智的，在性质上与普通情感的快感迥然不同。这样一来，便产生了所谓"审美方式或审美状态"这一虚幻的说法，严重阻碍了对艺术价值问题的探讨。而在理查兹看来，审美经验与普通经验并无本质的区别：

> 我将努力表明，它们（指审美经验）与许多其他经验是极其相似的，它们之间的主要区别在于其成分的联系上，它们只是普通经验的进一步发

---

[32]　I. A. Richards, *Principles of Literary Criticism,* Routledge and Kegan Paul Ltd., 1976, see Preface.

展，是普通经验的一种更完美的组织，至少并不是一种新的不同的东西。当我们观赏一幅画，阅读一首诗，或听音乐的时候，我们并非是在从事与我们前往美术馆或早晨穿衣截然不同的事情。[33]

由此看来，艺术的世界同样是由普通经验所组成的，如果说两者有什么差异的话，那只不过是艺术的经验组织得更精细更完美，而且是可以互相交流的。

为此，理查兹将心理学方法引入了文学批评，以便给艺术的价值理论提供一个"科学的"基础。他认为，一切精神活动都发生于刺激与反应（冲动）之间。如果说任何人的生活都需要协调各种冲动的话，那么，安排生活就意味着理顺这些冲动。可是，在日常生活中，我们无法有条不紊地处理好它们，这些冲动仍然处于一团混乱、彼此冲突的状态。艺术家的过人之处，就在于他不仅能理顺这些冲动，使"通常相互干扰的、冲突的、独立的、相互排斥的各种冲动在他心里结合成一种稳定的平衡"，而且他还能将这些体现着冲动协调的有价值的经验记载下来，为读者所利用。[34] 正是在这个意义上，理查兹断言："艺术是最富于塑造性的经验，因为在这些经验中，我们各种冲动的发展和系统化达到了极致。"[35] 然而，从今天来看，这一心理学方法终究是文学批评的一个误区。且不说艺术作品的心理效果最终是否可能由临床心理学来予以解决，即使自然科学在未来揭示了这一奥秘，其目标和途径也与作为一门人文科学的文学研究相距甚远。

不仅如此，理查兹的艺术价值理论还存在着两个突出的矛盾。首先，他一方面断然否认审美经验与普通经验之间存在本质的区别；另一方面，他又无限夸大诗歌的功用，仿佛它果真具有治疗一切心理疾患的神奇功效。尽管理查兹对弗洛伊德的精神分析学并无好感，但他却用心理学术语告诉我们：通过阅读文学作品，"我们的反应被赋予了超常的条理性和连贯性。我们似乎感到，我们对生活的控制，我们对生活的洞察，以及我们对生活的各种可能性的辨别力都增强了"。[36] 但问题就在于，假如并不存在一种与普通经验不同的审美经验，我们又怎能断言艺术是"最富于塑造性的经验"呢？

其次，理查兹也模糊了作为审美对象的作品文本与作为审美感受的心理反应之

---

[33]　I. A. Richards, *Principles of Literary Criticism,* Routledge and Kegan Paul Ltd., 1976, p.10.
[34]　Ibid., p.191.
[35]　Ibid., p.187.
[36]　Ibid., p.185.

间的界限。他认为,任何艺术都只是一种心理反应。而"结构"、"形式"、"表现"、"节奏"、"情节"和"性格"等术语却导致一种误解,仿佛它们代表了事物所固有的特性。而事实上,"我们作为批评家所发表的见解并不关涉这些客体,而是关涉心态,关涉经验"。[37] 与此同时,艺术所造成的心理平衡,"可以由一条地毯、一只坛子或一个姿势像巴特农神庙一样明白无误地赋予我们,也可以通过一个警句像通过一首奏鸣曲那样清晰地产生……这种平衡并不存在于起作用的客体的结构中,而存在于(心理)反应之中"。[38] 由此可见,理查兹不仅把艺术当成了纯粹主观的东西,而且也完全取消了各种艺术的分类。然而,倘若艺术带给我们的心理平衡就像一条地毯所造成的心理反应那样简单,它们又何以能帮助我们"克服心理混乱"呢?[39]

论及艺术的交流问题,理查兹指出,较之人类的其他活动,"艺术是交流活动的最高形式"。[40] 成功的交流一方面依赖于诗人的冲动与读者的冲动之间的感应,另一方面也离不开交流的载体。因此,必须区分艺术中存在的两种不同性质的错误。有时候,艺术之所以失败是由于交流方面的缺陷,即交流的载体出了毛病;有时候,则是因为所交流的经验没有价值,即艺术的内容显得较贫乏。[41] 然而,由于将交流的经验与交流的载体割裂开来,理查兹的见解存在着难以调和的矛盾。事实上,我们既无法想象脱离载体的"有价值的经验",也无法想象脱离经验的所谓"成功的交流"。究其原因,问题仍然在于理查兹的交流理论总是与心理学纠缠在一起,致使他轻视艺术作品的客观结构,而夸大了艺术的心理效果。要不是他同时也对语义学发生了浓厚兴趣的话,那么,他很可能会在批评事业上无所作为。

语言的两种用途及语境理论

为了澄清文学与科学之间的关系,理查兹对语言的两种用途,即"语言的科学用途"和"语言的情感用途"作了区分。他指出,如果为了指称事物而运用陈述,那就是语言的科学用途。如果为了指称所产生的情感和态度而运用陈述,那就是语言的情感用途。对于语言的科学用途来说,不仅指称必须正确,而且指称之间的相互联系也必须合乎逻辑。对于语言的情感用途来说,重要的不是指称而是态度,逻

---

[37] I. A. Richards, *Principles of Literary Criticism,* Routledge and Kegan Paul Ltd., 1976, p.14.
[38] Ibid., p.195.
[39] 理查兹:《科学与诗》,见《缪灵珠美学译文集》,第四卷,中国人民大学出版社,1991年,第448页。
[40] I. A. Richards, *Principles of Literary Criticism,* Routledge and Kegan Paul Ltd., 1976, p.17.
[41] Ibid., p.156.

辑的安排对情感目的来说也并不重要，重要的在于由指称而产生的一系列态度应有自身的适当组织，有其自身情感上的相互联系。[42] 换言之，我们或是为了指称而运用文字，或是为了指称而引起的情感和态度而运用文字。前者要求的是客观、准确，合乎逻辑；后者要求的是态度连贯，合乎情理。

理查兹由此强调，我们应当对"真实"一词在批评中的几种主要用法加以辨析。第一种是指科学意义上的"真实"，这与艺术的关系不大；第二种意思是指"可接受性"（acceptability）或"内在必然性"（internal necessity）；第三种"真实"可以等同于真诚，因而涉及到诗人的人品和感情。关于"可接受性"或"内在必然性"，他这样解释道：

> 《鲁宾孙飘流记》的"真实"就在于它向我们讲述的事情的可接受性，在于它叙述效果所引起的兴趣的可接受性，而不在于它符合亚历山大·塞尔科克或其他什么人所经历的真实情况。同样，如果《李尔王》或《堂吉诃德》以大团圆结局，其虚假性就在于那些已对作品的其他部分作出充分反应的读者无法接受。从这个意义上说，"真实"等同于"内在必然性"或正确性。[43]

而在《科学与诗》（Science and Poetry, 1926）一文中，理查兹则干脆把诗歌定义为一种"虚拟的陈述"（pseudo-statement）。在他看来，一个科学的陈述，其真实性终究是可以在实验室里得到证实的。而一个虚拟的陈述是否被人接受，则完全取决于它对人们的感情和态度的影响。一旦对科学中的真实陈述与诗歌中的虚拟陈述作出区别，我们就不难认识到，"诗人的能事决不是作出真实的陈述"。[44] 因此，理查兹认为，诗歌不仅与科学的真理性无关，也与任何思想信仰无关，"如果我们要读《李尔王》的话，我们一定无需信仰"。[45]

更值得注意的是，理查兹还从语义学的角度提出了一套"含混"（ambiguity）理论和语境（context）理论。在《实用批评》（Practical Criticism, 1929）一书中，理查兹对语言的四层意义作了区分，这就是所谓"意思"（sense）、"感情"（feeling）、"语调"（tone）和"意图"（intention）。举例来说，假如一个人撰写科学论文，他就

---

[42] I. A. Richards, *Principles of Literary Criticism,* Routledge and Kegan Paul Ltd., 1976, p.211.
[43] Ibid., p.212.
[44] 理查兹：《科学与诗》，见《缪灵珠美学译文集》，第四卷，中国人民大学出版社，1991年，第437页。
[45] 同上书，第439页。

会把意思放在首位,而把感情放在从属地位,甚至小心翼翼地不掺入任何感情。诗歌则不然,许多语句看似陈述,其实只不过是感情、语调和意图的伪装形式罢了。人们之所以会误解诗歌的意思,原因也在于此。理查兹由此指出:

> 一个诗人可以歪曲他的陈述;他的陈述可以与他所处理的主题毫无逻辑关系;他可以用隐喻或其他方式提出一些逻辑上毫不相干的进行思考的事物;他可以用逻辑上的胡说八道,哪怕在逻辑上很可能是琐碎的、愚蠢的东西;所有这些都是为了诗歌中语言的其他作用——表达感情,调节语调,或是达到其他意图。如果他达到了上述方面的意图,那么,任何读者都不能对他进行有效的指责。[46]

而在后来的《修辞哲学》(The Philosophy of Rhetoric, 1936)等著作中,理查兹便完全转向了语义分析和语境研究。他指出,如果说以往的修辞学把含混视为语言中的一个错误,希望限制和消除这种现象的话,那么,新的修辞学则把它看成是语言的重要手段,尤其是诗歌和宗教用语中必不可少的重要手段。[47] 而语言的这种含混现象,是与它所处的语境分不开的。正是词语所处的复杂的上下文,使一个词语往往承担了好几种角色,包含了好几种意思。在理查兹看来,诗歌中的含混现象几乎比比皆是,而语境理论则使我们有充分的准备来应对这些含混现象。

尽管理查兹的研究还显得较为简单,但由于他率先将语义分析和语境理论运用于诗歌语言研究,因而对此后的英美文学批评产生了深刻影响。甚至在他的《修辞哲学》发表之前,理查兹就通过他的教学活动,指导威廉·燕卜荪(William Empson, 1906—1984)完成了《含混的七种类型》(Seven Types of Ambiguity, 1930)一书,而该书则将诗歌的语义分析发挥到了淋漓尽致的程度。美国新批评派也从理查兹那里得到启发,试图进一步揭示诗歌语言的特性。

论"包容诗"与"排他诗"

所谓"包容诗"(poetry of inclusion)与"排他诗"(poetry of exclusion)的区别,说到底,就是推崇玄学派诗人的那种充满隐喻和反讽、相对晦涩复杂的诗歌,排斥浪漫主义的那种直抒胸臆、浅显明白的诗风。这是理查兹的文学批评与艾略特的文

---

[46] I. A. Richards, *Practical Criticism,* Kegan Paul, Trubner & Co. Ltd., 1935, p.187.
[47] I. A. Richards, *The Philosophy of Rhetoric,* Oxford University Press, 1936, p.89.

学趣味最接近的地方，也是他对新批评派之所以产生影响的主要原因之一。而理查兹的这一诗歌理论，是与他有关想象力的看法联系在一起的。

理查兹认为，想象力固然可以指运用比喻性的语言，尤其是运用异乎寻常的隐喻和明喻，但更重要的是，"想象力在一切艺术中最突出的显示就在于它把纷乱的、互不相关的种种冲动变为一个单一的、有条理的反应"。[48] 表现在诗人身上，想象力则意味着将"通常互相干扰的、冲突的、独立的、相互排斥的各种冲动在他心里结合成一种稳定的平衡"。而为了给自己的理论提供支持，理查兹还不惜篇幅地援引了柯勒律治在《文学生涯》第 14 章中的那段话，即把想象力视为各种对立因素的均衡或协调的论述，认为它道出了"诗歌和一切有价值的经验的本质特征"。[49]

既然艺术的作用在于帮助我们组织冲动，理顺经验，既然想象力就意味着将诸多对立的因素结合在一起，那么，在理查兹看来，一切伟大的艺术都具有一种包容的能力，而不是排他的能力。正如他所指出的：

> 组织冲动有两种方式：通过排他和通过包容，通过综合和通过消除。虽然每种有连贯性的心态都依赖于这两种方式，但仍然可以把以下两种经验加以对比，即通过缩小反应而获得稳定的和有条理的经验，与通过扩大反应而获得稳定的和有条理的经验。[50]

理查兹认为，大多数诗歌和艺术都满足于某种确定的情感（如悲伤、快乐、骄傲），或某种确定的态度（如爱情、敬慕、希望），或某种确定的情绪（如忧郁、乐观、渴望），通过一种排他的、缩小反应的方式表现有限的经验。这些作品固然有其自身的价值，但是唯有那些扩大反应的、具有包容性质的诗歌，才堪称为伟大的作品。"排他诗"是由平行的、同一方向的冲动构成的，受到某种确定的情感或态度的限制；而"包容诗"则不然，其冲动不仅具有"非同寻常的异质性"，而且各种冲动往往是互相对立的。换言之，"排他诗"经不起"反讽的观照"（ironical contemplation），"包容诗"却充分利用了"反讽的观照"。而所谓"反讽"，则意味着在诗篇中引入了相反相成的各种冲动。

正如许多批评史家所指出的，有关"包容诗"与"排他诗"的说法来自于著名

---

[48] I. A. Richards, *Principles of Literary Criticism,* Routledge and Kegan Paul Ltd., 1976, p.193.
[49] Ibid., p.191.
[50] Ibid., p.191.

美学家乔治·桑塔耶纳（George Santayana，1863—1952）。[51] 正是后者在《美感》（*The Sense of Beauty*，1896）一书中谈到，我们的美感享受和美的一切神秘意义都是以瞬间和谐的经验为基础的。而取得和谐的方法有两种：一种是把所有因素统一起来，一种是舍弃和消除那些拒绝统一的因素。桑塔耶纳认为："以包容而取得的统一给予我们以美；以排他、对抗、孤立而取得的统一给予我们以崇高。"[52] 理查兹通过对这一美学思想的改造，不仅重新阐释了柯勒律治的想象理论，而且表述了一种与艾略特相似或相近的趣味。按照这一趣味标准，一首诗成功与否，并不取决于主题的"伟大"，而是取决于它能否容纳与协调各种复杂的、对立的经验。正像后来威廉·库·维姆萨特（William K. Wimsatt，1907—1975）所说的那样："每一首真正的诗都是复杂的诗，唯有靠其复杂性才具有艺术的统一性。"[53]

综上所述，理查兹的文学理论是极为奇特的混合物，因而他对 20 世纪英美文论的影响是相当复杂的。他坚决否认存在着一种独特的"审美方式或审美经验"，可是，他又对诗歌在现代社会中的作用给予很高期望，认定艺术的价值就在于帮助我们协调各种不同的心理冲动。他的理论探讨常常陷入心理学的误区，然而他的语义分析和语境理论，以及他所倡导的文本分析的教学方法，都促使英美文学批评迅速地转向了对诗歌语言的分析。如果说他的情感语言论依然沿袭了情感主义诗论的话，那么，他贬低"排他诗"而推崇"包容诗"的见解，则复活了柯勒律治的有机整体论诗学，从而对新批评派的诗歌理论产生了深远的影响。

第三节　弗·雷·利维斯

弗兰克·雷蒙德·利维斯（Frank Raymond Leavis，1895—1978）曾长期执教于剑桥大学唐宁学院，是一位恃才傲物、特立独行的批评家。在其漫长的学术生涯中，他不仅为人们奉献了一部又一部颇有份量的批评论著，通过《重新评价：英国诗歌的传统与发展》（*Revaluation: Tradition and Development in English Poetry*，1936）和《伟大的传统》（*The Great Tradition*，1948）等著作，重新改写了英国文学史；而且

---

[51]　W. K. Wimsatt and C. Brooks, *Literary Criticism: A Short History,* Alfred A Knope, Inc., 1957, p.618.
　　　R. Wellek, *A History of Modern Criticism,* vol. 5, Yale University Press, 1986, p.234.
[52]　桑塔耶纳：《美感》，缪灵珠译，中国社会科学出版社，1982 年，第 160 页。
[53]　W. K. Wimsatt, *The Verbal Icon,* University of Kentucky Press, 1954, p.81.

通过苦心创办的《细察》(Scrutiny, 1932—1953) 杂志，他培养了一支稳定的评论队伍和一批忠实的读者，扩大了严肃文学在现代社会中的影响。

从《重新评价》到《伟大的传统》

如果说利维斯的早期著作《英国诗歌的新方向》(New Bearings in English Poetry, 1932) 主要是为了批判维多利亚时代的诗风，进而为艾略特、庞德和古·曼·霍普金斯 (G. M. Hopkins, 1844—1889) 的诗歌进行辩护的话，那么，他的《重新评价》则在改造艾略特诗论的基础上，全面改写了英国诗歌史。正如雷纳·韦勒克所指出的，经过利维斯的这番改写，斯宾塞、弥尔顿、丁尼生、前拉斐尔派退居于后台；邓恩、蒲柏、华兹华斯和济慈的部分作品、霍普金斯、后期的叶芝，以及托·斯·艾略特则登上了前台。[54]这一褒一贬，恰好反映了当时审美趣味的变化。

不过，在品评历代诗人时，利维斯的理论视角多有变化，评价标准也不尽相同。如果说他对玄学派诗人的好评和对弥尔顿的贬斥，是沿袭了当初艾略特的趣味标准的话，那么，在后面的论述中，利维斯的着眼点已有所转移，更多地使用了阿诺德式的道德评价尺度。例如，他赞誉蒲柏的诗歌得益于那个时代文明的"基本的道德价值观念"，[55]认为约翰逊和乔治·克雷布 (George Crabbe, 1754—1832) 的诗篇具有"一种与时代生活的严肃关系"。[56]而华兹华斯之所以获得肯定，关键"在于他本质上的健全和正常"。[57]在利维斯看来，济慈虽然带有唯美主义倾向，但这并不意味着将艺术与生活对立起来，他更愿意强调的则是这位诗人在道德上的成熟和悲剧性的经验。[58]由此可见，在《重新评价》中存在着两种不同的评价尺度，利维斯把它们交替地应用于批评实践中了。

从今天来看，利维斯对弥尔顿的评价显然是有失公允的。一方面，利维斯认为，历来为人称道的所谓弥尔顿的"宏伟风格"无非是堆砌词藻，虚张声势，"他显示的是对词语的感觉，而不是通过词语来感觉的能力；在诵读他的时候，我们常常感到要批评他是'外在的'，或者说他是'从外部着手的'"。[59]另一方面，在他看来，

---

[54] R. Wellek, *A History of Modern Criticism,* vol. 5, Yale University Press, 1986, p.242.

[55] F. R. Leavis, *Revaluation: Tradition and Development in English Poetry,* W. W. Norton & Company Inc., 1963, p.83.

[56] Ibid., p.105.

[57] Ibid., p.174.

[58] Ibid., p.272.

[59] Ibid., p.50.

由于长期从事拉丁文写作的缘故，弥尔顿也丧失了运用英语的能力，而使他的诗歌语言与日常口语的表达方式相去甚远。他甚至断言："莎士比亚的任何一部伟大的悲剧都在整体上无比地优越于《失乐园》；这些悲剧组织得如此完美和精妙，以致在结构上几乎无与伦比（而《失乐园》则让人觉得像是砌砖一样机械）。"[60] 这些评语尖锐而偏激，足以使人们感受到利维斯那咄咄逼人的作派，但却无法撼动弥尔顿在英国诗歌史上的崇高地位。

毫无疑问，从《重新评价》到《伟大的传统》，是利维斯的批评生涯中一个质的飞跃。正如我们所知，利维斯改写英国诗歌史的工作虽然是一次有益的尝试，但毕竟是在他人已开辟的航道上前行，在理论上也多少有所依循。而在英国小说史研究领域，却唯有靠他单枪匹马地孤军奋战，方能闯荡出一片新天地。正是通过他这番大刀阔斧的改写，不仅"重新评价"了英国小说的"伟大传统"，而且从此改变了普通读者阅读小说的习惯。

《伟大的传统》一开篇，利维斯就谈到了当时小说研究领域所存在的混乱局面：人们不仅把一大批次要的小说家写进文学史，而且还通过各种传媒，不加区分地将那些并无多少"人性意识"和"道德关怀"的小说都奉为经典作品。因此，当务之急是要确立一个毫不含糊的甄别标准。正如利维斯所指出的那样：

> 如此一来，坚持要做重大的甄别区分，认定文学史里的名字远非都真正属于那个意义重大的创造性成就的王国，便也势在必行了。我们不妨从中挑出为数不多的几位真正大家着手，以唤醒一种正确得当的差别意识。所谓小说大家，乃是指那些堪与大诗人相比相埒的重要小说家——他们不仅为同行和读者改变了艺术的潜能，而且就其所促发的人性意识——对于生活潜能的意识而言，也具有重大的意义。[61]

在利维斯看来，真正堪称经典小说家的毕竟为数不多，"简·奥斯丁、乔治·艾略特、亨利·詹姆斯、康拉德以及戴·赫·劳伦斯——他们即是英国小说的伟大传统之所在"。[62] 入选人数如此之少，并非完全故作高深，而是为了坚持一种正确的甄别标准，以便引导人们更好地理解英国小说的"伟大传统"。而这标准，这传

---

[60] F. R. Leavis, *Revaluation: Tradition and Development in English Poetry,* W. W. Norton & Company Inc., 1963, p.60.
[61] 利维斯：《伟大的传统》，袁伟译，生活·读书·新知三联书店，2002年，第3—4页。
[62] 同上书，第45页。

统，就意味着这些经典小说家既在艺术形式和技巧方法上勇于创新，又对生活抱有强烈的道德关怀。利维斯反复强调，一方面，"这个传统里的小说大家都很关注'形式'；他们把自己的天才用在开发适宜于自己的方法和手段上，因而从技巧上来说，他们都有很强的独创性"；[63]另一方面，这种对"形式"的关注，是与他们对生活的严肃兴味和道德关怀分不开的，"因为他们对于手中艺术所抱的兴趣使他们同佩特和乔治·摩尔格格不入，说得明白彻底些，就是对生活抱有一种超常发达的兴味。因为他们非但没有一丁点儿福楼拜的厌恶或鄙夷或烦恼，相反，人人都有一个吐纳经验的肺活量，一种面对生活的虔诚虚怀，以及一种明显的道德热忱"。[64]就此而言，利维斯无疑是马修·阿诺德的忠实信徒。

不过，《伟大的传统》一书真正详细加以探讨的，却只有乔治·艾略特、亨利·詹姆斯和约瑟夫·康拉德这三位小说家。尽管简·奥斯丁被他誉为"英国小说伟大传统的奠基人"，[65]但由于利维斯夫人（Q. D. Leavis, 1906—1981）此前已发表了《关于简·奥斯丁创作的一种批评理论》（*A Critical Theory of Jane Austen's Writing*, 1941）等论文，因而利维斯并没有对此展开论述。同样，该书也没有给劳伦斯留下多少篇幅，虽然利维斯把他称为"我们这个时代的天才巨人"，赞誉他代表了"生机勃勃且意义重大的发展方向"。[66]直到后来完成《小说家戴·赫·劳伦斯》（*D. H. Lawrence, Novelist*, 1955）一书，利维斯才算弥补了这一缺憾。

论乔治·艾略特、亨利·詹姆斯和康拉德

从今天来看，倘若没有《伟大的传统》，乔治·艾略特就不可能在英国文学史上享有如此崇高的地位。利维斯认为，乔治·艾略特之所以堪称经典作家，原因就在于："艾略特在她至为成熟的作品里，以前所未有的细腻精湛之笔，描写了体现出'上等社会'之'文明'的经验老道人物之间的人际关系，并在笔下使用了与她对人性心理的洞察和道德上的卓识相协对应的一种新颖的心理描写法。"[67]在他看来，如果说乔治·艾略特的早期作品多半取材于对童年和少年时代的回忆，那

---

[63] 利维斯：《伟大的传统》，袁伟译，生活·读书·新知三联书店，2002年，第12页。
[64] 同上书，第14页。
[65] 同上书，第12页。
[66] 同上书，第18页。
[67] 同上书，第24—25页。

么，从《费利克斯·霍尔特》起，她的创作便超越了个人的意味，而进入了独创性作家的行列。利维斯由衷赞赏这部小说对特兰萨姆夫人所作的艺术处理，正是在乔治·艾略特的笔下，这位生性高傲而又被隐情所困的女主人公，连同她那凄苦、无助和恐惧的心理跃然纸上。"虽然她的情况是在一种深刻的道德想象中构想出来的，但表现起来靠的却是心理观察……她完全是个大艺术家——一个小说大家，具有一个小说大家在把握人性心理上的洞察力和知人论世的敏锐烛幽"。[68] 利维斯也高度评价了乔治·艾略特的《米德尔马契》和《丹尼尔·狄隆达》这两部长篇小说所取得的成就。他甚至断言，就表现"生活本身的灵魂"而言，在艾略特最好的作品里，"有一种托尔斯泰式的深刻和真实性在"。[69]

利维斯把亨利·詹姆斯纳入英国文学传统中来加以讨论，是为了突出强调他从英国小说家（特别是简·奥斯丁和乔治·艾略特）那里汲取了丰厚的营养。利维斯高度评价了《一位女士的画像》、《波士顿人》等作品，声称前者"是詹姆斯最最杰出的成就，也是英语语言里伟大小说中的一部"，[70] 而后者"确是一本内容丰富、充满智慧而才情洋溢的奇妙之书"。[71] 而究其原因，就在于这些作品所呈现的"生活的丰富性"，也在于他的小说艺术"源于他对生活所抱的极其严肃的关怀"。[72] 因此，亨利·詹姆斯的前期小说无疑是属于这一"伟大的传统"中的经典之作。但对于詹姆斯的《鸽翼》、《专使》和《金碗》等后期作品，利维斯却不以为然。他指出，由于过分专注于技巧，詹姆斯逐渐丧失了对生活的识别力。在这种情况下，"詹姆斯的技巧便显出营养不良和白化症作用下的一种病态的活力……技巧不是在有力表达他最为敏锐的感知——为他最充分的生活意识所贯穿并因而相连的诸多感知；相反，对于技巧的专注成了某种使他的才智漫漶不明并使他的敏锐感觉变得麻木迟钝的东西"。[73]

虽然利维斯对康拉德并非一味推崇，但在他的心目中，康拉德却仍然"位于英语——或任何语言——中最伟大的小说家之列"。[74] 在他看来，《诺斯特罗莫》之所以值得称道，是"在那坚实而生动的具体性上，藉此，种种具有代表性的立场和动

---

[68] 利维斯：《伟大的传统》，袁伟译，生活·读书·新知三联书店，2002年，第95页。
[69] 同上书，第208页。
[70] 同上书，第266页。
[71] 同上书，第228页。
[72] 同上书，第213页。
[73] 同上书，第271—272页。
[74] 同上书，第376页。

机,以及令它们彼此之间相互作用的丰富形态布局,都得到了形象的再现"。[75] 利维斯同时还指出,这位波兰出生的小说家之所以选择用英语写作,既是因为看中了这一语言的鲜明特色,也是由于它与道德传统的密切关联。"他对于艺术的兴味——与简·奥斯丁、乔治·艾略特和亨利·詹姆斯一样,他也是个'形式'和方法的创新者——也是为对于生活所抱的一种极其严肃的兴味服务的。"[76]

正如我们已指出的,利维斯是阿诺德的批评事业的忠实继承者。因此,在批评实践中,一个作家是否具有严肃的"道德关怀"和"人性意识",是否对生活保持敏锐的感觉和"识别力",始终是利维斯所关注的首要问题。或许可以这样说,在20世纪前期西方文学批评中,像他这样看重道德评价的批评家几乎是绝无仅有的。但我们应当认识到,正如阿诺德所谓"道德观念"并不意味着要求诗人进行说教一样,对利维斯所说的"道德关怀"和"人性意识",也必须作恰当的、宽泛的理解。一方面,利维斯所谓"道德关怀"和"人性意识",无非是要求作家对生活有一种敏锐的洞察,对此作出严肃的评价,并不意味着对道德问题给出一个简单的答案,更不意味着在小说中掩饰人性的弱点。另一方面,利维斯强调,作家对生活的道德关怀,应当体现在艺术构思中,体现在谋篇布局、人物刻画和心理描写之中。他这样评价简·奥斯丁的创作:

> 她对于"谋篇布局"的兴趣,却不是什么可以被掉转过来把她对生活的兴趣加以抵消的东西;她也没有提出一种脱离了道德意味的"审美"价值。她对于生活所抱的独特道德关怀,构成了她作品里的结构原则和情节发展的原则,而这种关怀又首先是对于生活加在她身上的一些所谓个人性问题的专注……假使缺了这一层强烈的道德关怀,她原是不可能成为小说大家的。[77]

倘若考虑到当时小说批评的主流是推崇福楼拜和詹姆斯式的小说,带有明显的形式主义倾向,那么,我们就不能不钦佩利维斯敢于力挽狂澜的勇气。

---

[75] 利维斯:《伟大的传统》,袁伟译,生活·读书·新知三联书店,2002年,第326页。
[76] 同上书,第28页。
[77] 同上书,第11—12页。

论狄更斯的《艰难时世》

然而，利维斯对许多小说家的苛评，却是他时常为人诟病的一个污点。他断言，菲尔丁的《汤姆·琼斯》"所表现出来的根本意趣关怀实在有限得很"，理查生的作品也"意趣狭隘至极，内容甚少翻新"。[78] 狄更斯虽然是一个小说天才，但在利维斯看来，"他的那份天才却是一个娱乐高手之资"。[79] 他对萨克雷的《名利场》和艾米莉·勃朗特的《呼啸山庄》也没有什么好感，甚至将后者贬低为"一出游戏"。[80] 同样，他也无法苟同人们将哈代和梅瑞狄斯推崇为"小说大家"的做法，更把乔伊斯的《尤利西斯》斥为"一条死胡同，或至少是导向分崩离析的一个路标"。[81] 凡此种种，不能不令人对利维斯的偏颇和武断感到惋惜。

而利维斯对狄更斯的评价，更是激起了批评界的普遍争议。在《伟大的传统》中，一方面，他认定狄更斯的天才属于"娱乐高手之资"，并断言："一般而言，成熟的头脑在狄更斯那里，都找不到什么东西要求人去保持一种持久而非同寻常的严肃性"；[82] 另一方面，他又把《艰难时世》这部颇为沉闷乏味的小说视为狄更斯的杰作，其地位甚至远在《荒凉山庄》和《远大前程》之上。可以想见，利维斯的这些看法很难获得大多数批评家的认同。直到晚年在与其夫人合著的《小说家狄更斯》(*Dickens: The Novelist*, 1970) 一书中，他才修正了原先的见解，把狄更斯视为仅次于莎士比亚的创造性作家。不过，我们不应当因此就轻率地把利维斯有关《艰难时世》的评论打发掉。从某种意义上说，我们可以把他对这部小说的解读当作一个例证，以便从中窥见利维斯所维护的文化传统和社会理想。

利维斯将《艰难时世》视为一部"道德寓言"，认为这部小说的主题便是对维多利亚时代的功利主义展开批判。他指出：

> 狄更斯对自己生活于其间的世界所作的批评，一般都是偶尔顺带为之⋯⋯但在《艰难时世》里，他却破例有了个大视野，看到维多利亚时代文明的残酷无情乃是一种残酷哲学培育助长的结果；这种哲学放肆表达了一种没有人性的精神，其代表人物就是焦煤镇议员、乡绅托马斯·葛擂

---

[78] 利维斯：《伟大的传统》，袁伟译，生活·读书·新知三联书店，2002 年，第 6—7 页。
[79] 同上书，第 30 页。
[80] 同上书，第 45 页。
[81] 同上书，第 43 页。
[82] 同上书，第 31 页。

> 硬……庞德贝代表的是维多利亚时代最粗鄙、最顽固的"赤裸裸的个人主义"。他只关心恣意伸张自我，关心权利和物质成就，而对理想或观念没有一点儿兴趣……狄更斯在此对功利主义的天然本性和实际趋向发表了公正的看法；同样，在对葛擂硬家和葛擂硬小学的描绘中，他也就维多利亚时代教育里的功利主义精神提出了正当的批评。[83]

如果说葛擂硬和庞德贝分别代表了维多利亚时代功利主义的两种表现形态的话，那么，小说中的马戏团演员却保持了一种自发的人性。他们的安然自信、率真愉快和娴熟技能，均被视为一种美好的人性冲动，用来与维多利亚时代的功利主义和工业主义相对抗。因此，"狄更斯把这种象征意义赋予一个巡回马戏团，表达的是他对于工业主义的看法，其深刻性已超出了人们对他可能会抱有的期待"。[84]

由此我们不难发现，利维斯心目中的文化传统和社会理想究竟意味着什么。正如雷蒙德·威廉斯（Raymond Williams，1921—1988）在其《文化与社会》（*Culture and Society*，1958）中所指出的，当狄更斯批判功利主义的时候，"他积极肯定的不是社会改革，而是人性成分的——个人的仁爱、同情以及宽厚克己。这既不是用模范工厂来反对魔鬼般的工厂，也不是用人道的实验来抵制自私的剥削，而是以个人对抗制度。至于从社会上来看，则是马戏团对焦煤镇"。[85] 如果我们赞同这一见解，即狄更斯是以人性、情感和仁爱来对抗工业文明和功利主义的话，那么，我们同样可以这样来概括利维斯所维护的社会理想和文化精神。换言之，利维斯之所以对《艰难时世》情有独钟，正是由于他厌恶工业进步所造成的种种社会弊端，而深情向往于工业化之前的那个温情脉脉的英国社会。由此可以理解，利维斯对狄更斯笔下的马戏团的高度评价，与他对康拉德笔下的"商船社传统"的肯定，或是对劳伦斯创作倾向的赞赏一样，都是基于同样的文化批判精神。

---

[83] 利维斯：《伟大的传统》，袁伟译，生活·读书·新知三联书店，2002年，第379—380页。
[84] 同上书，第387页。
[85] 雷蒙德·威廉斯：《文化与社会》，吴松江等译，北京大学出版社，1991年，第135页。

第四节　欧文·白璧德

在 20 世纪初期美国文坛,围绕如何看待美国文学传统的问题,在激进主义批评家和保守主义批评家之间展开过一场激烈而持久的论争。如果说以亨利·路易·门肯(Henry Louis Mencken,1880—1956)和范·威克·布鲁克斯(Van Wyck Brooks,1886—1963)为代表的激进主义批评家都极力抨击美国文学的"斯文传统",为德莱塞、辛克莱·路易斯和多斯·帕索斯等人的创作进行辩护的话,那么,作为新人文主义的倡导者,欧文·白璧德(Irving Babbitt,1865—1933)和保尔·埃尔默·莫尔(Paul Elmer More,1864—1937)则对晚近的文学潮流采取了严厉的批判态度。从批评史的角度看,白璧德的新人文主义无疑是与 20 世纪西方文学的发展趋势相脱节的,但他却基于对现代文明的审视,阐发了一套弘扬古典文学、贬斥浪漫主义的理论,为人们反思西方文化传统提供了一个独特的视角。在 20 世纪前期出现的那股反浪漫主义思潮中,白璧德的影响显然起着推波助澜的作用。

白璧德论人文主义

讨论白璧德的文学思想,就须从他的新人文主义说起。在收入《文学与美国的大学》(*Literature and the American College*,1908)的一篇论文中,白璧德对"人文主义"(humanism)和"人道主义"(humanitarianism)作了区分。他指出,人文主义并非指不加区别的博爱,而是意味着信条和纪律。从这个意义上说,"一个人如果对全人类富有同情心、对全世界未来的进步充满信心,也亟欲为未来的进步这一伟大事业贡献力量,那么,他就不应被称作人文主义者,而应被称作人道主义者,同时他所信奉的就是人道主义"。相反,一个人文主义者所关注的对象更具选择性,更关心的是"个体的完善,而不是全人类都得到提高那种伟大蓝图;虽然人文主义者在很大程度上考虑到了同情,但他坚持同情必须用判断来加以制约和调节"。[86]

在《两种类型的人道主义者》(*Two Types of Humanitarians*)一文中,白璧德进一步指出,如果说实证主义运动和功利主义运动是在科学的自然主义鼓动下发展起来的,那么,情感的自然主义则是浪漫主义的一个重要因素。因此,要捍卫人文主义,就必须对以培根为代表的科学的自然主义和以卢梭为代表的情感的自然主义展

---

[86] 欧文·白璧德:《什么是人文主义?》,见《文学与美国的大学》,张沛译,北京大学出版社,2004 年,第 7 页。

开批判。白璧德认为,正是由于迷信科学具有巨大的造福能力,培根的"科学进步"观导致了人文主义精神的式微:"由于过分追求自然法则,他忽略了人的法则;在寻求获得对事物的控制时,他失去了对自身的控制"。[87] 不过,为害更烈的还是卢梭的情感的自然主义。在白璧德看来,卢梭拒不接受对内心欲望的任何限制,也拒不听从任何超出个人感受的行为标准,他将道德建立在个人感受的流沙之上,以个人的随心所欲来否定任何责任或义务。[88] 而卢梭的影响又是如此深广,早已超出了文学的范围,因而在颠覆人文主义精神的过程中,卢梭的"自由"观始终有力地支持了培根的"科学进步"观。

白璧德认为,科学的自然主义和情感的自然主义虽然在某些方面相去甚远,可是却同样对大学教育产生了危害。如果说科学主义和功利主义都极力贬低文学艺术在大学教育中的意义,或是像赫伯特·斯宾塞(Herbert Spencer, 1820—1903)所暗示的,仅仅把文学艺术视为科学的婢女,那么,情感的自然主义不仅以"自由"为名,放弃了判断和选择的标准,而且也以"感情"为由,颠覆着古典文学在大学教育中的权威地位。[89] 而要抵制现代文学中的多愁善感和主观倾向,就必须对古典文学展开扎实的研究。毫无疑问,白璧德的教育思想具有明显的贵族倾向,他心目中的大学教育并非面向普通民众,而是培养精英人才。因此,在他看来,上述古典文学研究,恰好可以为培养精英人才提供一个价值尺度。从某种意义上说,他的批评论著,包括《新拉奥孔》(*The New Laokoon*, 1910)、《法国现代批评大师》(*The Masters of Modern French Criticism*, 1912)、《卢梭与浪漫主义》(*Rousseau and Romanticism*, 1919)和《论创造性及其他论文》(*On Being Creative and Other Essays*, 1932),都是为此目的而写成的。

对卢梭和浪漫主义的批判

作为一个文学史家,白璧德最突出的见解便是始终不渝地对浪漫主义思潮展开了全面批判。而卢梭作为浪漫主义运动的精神之父,更是遭到了他不遗余力的抨击。因此,为了叙述方便起见,我们先来讨论他的《卢梭与浪漫主义》一书,而将出版时间较早的《法国现代批评大师》放在后面来加以评述。

---

[87] 欧文·白璧德:《两种类型的人道主义》,见《文学与美国的大学》,张沛译,北京大学出版社,2004年,第29页。
[88] 同上书,第35页。
[89] 欧文·白璧德:《古与今》,见《文学与美国的大学》,张沛译,北京大学出版社,2004年,第121页。

显然，白璧德对浪漫主义思潮的批判并不限于文学艺术本身，而且也将这一批判延伸到了思想文化的层面。因此，举凡浪漫主义的方方面面，包括它的天才观、道德观、爱情观、自然观，以及想象问题、反讽问题和忧郁情调，均遭到了白璧德的无情批判。而当他这样做的时候，白璧德搬出了亚理斯多德的观点，并将它视为古典主义精神的集中体现：

> 与所有伟大的希腊人一样，亚理斯多德认识到人是两种法则的产物：他有一个正常的或自然的自我，即冲动和欲望的自我；还有一个人性的自我，这一自我实际上被看作是一种控制冲动和欲望的力量。如果人要成为一个人性的人，他就一定不能任凭自己的冲动和欲望泛滥，而是必须以标准法则反对自己正常自我的一切过度的行为，不管是思想上的，还是行为上的，感情上的。这种对限制和均衡的坚持不仅可以正确地确定为希腊精神的本质，而且也是一般意义上的古典主义精神的本质。[90]

而浪漫主义的最大弊端，便是一味放纵那个冲动和欲望的自我，全然放弃了对冲动和欲望的控制。当然，白璧德并非试图重返文艺复兴和17、18世纪的新古典主义，毋宁说，他的文学观念在很大程度上是与阿诺德、圣勃夫等人的古典主义立场相联系的。

白璧德认为，以情感的名义摆脱基督教和古典主义清规戒律的控制，是崇尚独创性天才的浪漫主义运动的一个基本特征。尽管这一倾向早在爱德华·扬格、康德和席勒那里便已经初露端倪，但却由浪漫主义将它推向了极端："一切限制感情扩张的东西都被指责为不自然的或机械的。相反，一切有助于感情解放的东西，并因此有利于造成变化和差异的东西，他都表示欢迎，都称之为充满生机活力的、创造性的。"[91] 由于追求独创性，浪漫主义作家常常为了刻意表现奇异、怪诞和夸张的对照而置艺术于不顾。与这种漫无节制的感情解放相伴随的，则是那种毫无限制的文学想象，以致许多作家都徜徉在虚无缥缈的幻想世界里。白璧德指出，卢梭的想象是阿卡迪亚（Arcadia）式的，他把田园牧歌般的幻想世界当作躲避现实的梦想之地，因而他"注定是最重视原始主义梦想的人，至少在西方是这样，他试图将原始

---

[90] 欧文·白璧德：《卢梭与浪漫主义》，孙宜学译，河北教育出版社，2003年，第11页。
[91] 同上书，第31页。

主义确定为一种哲学,甚至看成一种宗教"。[92] 在这方面,荷尔德林、华兹华斯、雪莱和夏多布里昂都是卢梭主义的追随者。而到了德国浪漫派那里,更把这种原始主义的梦想转向了中世纪,以此寄托他们无限的渴望。

白璧德指出,在人文主义与卢梭主义的道德观之间存在着一条巨大的鸿沟:"人文主义者坚持认为,人只有靠以规范限制自己的一般自我,才能达到自己本质的真实。卢梭主义者则坚持认为,人只有靠自己的一般自我的自由扩张,才能达到这种真理。"[93] 在这种情况下,卢梭主义不仅忽视了道德思考和道德选择,也鼓励人们逃避道德责任。影响所及,整个浪漫主义运动都是如此:一方面把该隐和撒旦奉为英雄,另一方面,则对一切弱小者滥施同情。凡此种种,足以表明:"根本不存在什么浪漫主义道德,源于浪漫主义的道德革新仔细一看不过是一个庞大的自然主义伪饰体系。"[94]

如果说浪漫主义的爱情只是诗人自己想象的一种投射的话,那么,他们对原始自然的崇拜,则是与他们对阿卡迪亚的神往,对梦中女人的追求和对"无限"的渴望混合在一起的。白璧德指出,新古典主义作家热衷于"认识都市,研究宫廷",却对原始自然毫无兴趣。浪漫主义诗人则不然,他们在原始自然那里找到了理解和友谊。华兹华斯正是带着对现实的失望,退回到阿卡迪亚的梦想之中,因而他写道:"春天树林里的一个刺激／会教给你更多的关于人／关于道德上善与恶的道理,／远胜于所有圣贤所说的。"[95] 而在拜伦那里,则将这种厌世情绪和对原始自然的热烈崇拜结合在一起。[96] 最终,通过德国浪漫主义,也通过象征主义运动和柏格森哲学,对自然的崇拜竟被视为哲学和宗教的替代品,以致完全混淆了人类精神的两种法则。

论及浪漫主义的忧郁,白璧德也指出:"或许没有哪一种运动像感情的浪漫主义这样产生那么多忧郁的文学作品。若我们从卢梭一直追溯到今天,我们将等于穿越忧郁的全部。"[97] 如果说古典作家的忧郁关注的是人类的普遍命运,很少来自个人

---

[92] 欧文·白璧德:《卢梭与浪漫主义》,孙宜学译,河北教育出版社,2003年,第47页。文中提到的阿卡迪亚(Arcadia)是指古希腊伯罗奔尼撒半岛的中部山区,由于其居民田园牧歌式的生活,因而在文艺复兴时期的文学作品中被描绘成一个世外桃源。
[93] 同上书,第79页。
[94] 同上书,第129页。
[95] 同上书,第148页。这里所引的诗句,出自华兹华斯的《反其道》(The Tables Turned, 1798)一诗。
[96] 同上书,第167页。
[97] 同上书,第185页。

幻灭的话，那么，浪漫主义忧郁所具有的纯粹个人性，则与他们崇尚独创性天才有关。天才不仅在感情上是独一无二的，而且其痛苦也是独一无二的。在夏多布里昂和拜伦身上，乃至在他们众多的追随者身上，这种忧郁是如此肤浅，以致他们常常以悲哀作为消遣，把伤感当作奢侈。[98]另一种浪漫主义的忧郁是随着宗教信仰的丧失而出现的，这种丧失信仰的绝望与反叛情绪奇特地结合在一起，愈益加深了诗人的孤独感。而浪漫主义者所抱怨的孤独则包含着某种精神惰性，因此他们完全放弃了自己的道德努力。

综上所述，白璧德对浪漫主义文学作了全面抨击。他不仅未能认识浪漫主义在文学史上所起的革新作用，而且他所列举的常常是一些极端例证，其评价也是有失偏颇的。不仅如此，他还把批判的矛头指向了许多现实主义作家。在他看来，从浪漫主义到现实主义并不意味着一种根本性的变化，恰恰相反，在现实主义者那种冷静的观察下面，往往潜藏着陈腐的感伤主义和浪漫主义的想象。"所谓的现实主义作家多是具有浪漫主义想象的极端典型"。[99]白璧德认为，巴尔扎克笔下的巴黎并不真实，它不过是"一种幻象——一个心灵欲望的光辉之地"。[100]而福楼拜的作品则表现了"一种刻骨铭心的幻灭感"，"包法利夫人就是卢梭式理想主义者的典型"。[101]由此可见，白璧德的文学观念是与19世纪以来西方文学的发展潮流格格不入的。

论十九世纪法国文学批评

谈过《卢梭与浪漫主义》，再回头来讨论白璧德此前出版的《法国现代批评大师》一书，我们便不难把握其学术理路，尽管这部著作探讨的不是文学史问题，而是试图对19世纪法国文学批评作一批判性的总结。在白璧德看来，虽然法国文学批评在19世纪取得了长足进步，但它的总体成就却不容高估。一方面，浪漫主义批评家通过呼吁更广博的知识和更宽广的同情来反叛新古典主义，"他们是历史的而不是教条的；他们既不排斥什么也不总结什么，而只是解释；他们是有鉴赏力的，他们以卓有成效的美的批评取代无聊的错误批评"。[102]但另一方面，普遍的同情和

---

[98] 欧文·白璧德：《卢梭与浪漫主义》，孙宜学译，河北教育出版社，2003年，第194页。
[99] 同上书，第65页。
[100] 同上书，第66页。
[101] 同上书，第67页。
[102] 欧文·白璧德：《法国现代批评大师》，孙宜学译，广西师范大学出版社，2002年，第230页。

过度的赞美又导致许多批评家未能恪尽职守，全然放弃了选择与判断的原则。在这种情况下，法国文学批评"首先趋于发展成为一种历史形式，然后成为一种传记形式，最后成为一种闲谈形式"。[103] 而白璧德所要做的，正是试图去探讨造成这种失误和偏颇的主要原因。

白璧德指出，作为一个情感主义者，斯达尔夫人猛烈抨击传统规则的限制，崇尚创造性的天才，因为在她的心目中，"天才是激情奔放的，批评家不是要约束天才，而只是充满同情和理解地进入其激情的倾泻之中"。[104] 作为历史主义方法的倡导者，斯达尔夫人把文学视为社会的表达，而且这种表达是随着社会的变化而变化的。但她最感兴趣的不是个人之间的差异，而是民族之间的差异。她一方面充分肯定了每个民族的自发性和原创性，另一方面，她又强调应对其他民族的文学采取开放的态度。然而，在白璧德看来，如果这种宽容和同情缺乏选择的话，那就会陷入更大的误区。[105]

白璧德对圣勃夫的评价是毁誉参半的。显然，他对圣勃夫早期的浪漫主义狂热，以及他所开创的传记式批评方法，均不以为然。他指出，尽管圣勃夫是最少迂腐气的批评家，但他的传记式批评无疑是错误的。它"正明显地偏离自己的中心而朝着别的什么东西发展；它不再是文学的批评，而成为历史的、传记的科学批评"。[106] 而他的那些追随者更是将它发展成一种卑劣的好奇心，"以解释作家作品为借口，把作者私生活中一切体面的东西都玷污了"。[107] 但是，白璧德在一定程度上肯定了1848年以后圣勃夫所持的文学立场：他坚信真正的伟大作家必须保持才能的平衡，警惕一切极端和片面的东西，无论它是雨果的浪漫主义极端，还是巴尔扎克的自然主义极端，甚或是泰纳所描述的那种偏执型的"主导才能"。换言之，白璧德所看重的，是圣勃夫作为一个批评家所具有的清醒和理智，也是他偏离19世纪思想文化主流的那一面。

在白璧德看来，尽管泰纳自诩为圣勃夫的继承者，但他们之间的对比却远大于他们之间的相似。如果说巴尔扎克的强烈和过度曾使圣勃夫感到厌恶的话，那么，对泰纳来说，这恰好具有巨大的魅惑力。他如此迷恋于不加控制的自然主义，因而

---

[103] 欧文·白璧德：《法国现代批评大师》，孙宜学译，广西师范大学出版社，2002年，第231页。
[104] 同上书，第11页。
[105] 同上书，第18页。
[106] 同上书，第107页。
[107] 同上书，第105页。

对巴尔扎克笔下的偏执个性津津乐道,对莎士比亚戏剧中毫无约束的激情大加赞赏。因此,泰纳对人性和生活的认识是极端的、片面的。[108] 白璧德同时指出,泰纳是作为一个实证主义者而产生广泛影响的。他断言灵魂是自然的产物,因而可以像对待其他的现象一样,用科学方法对它作出分析。而泰纳的种族、环境、时代决定论,正是这种科学实证主义的体现。其结果,泰纳无非是"把文学艺术只当作用于解释一个社会或时代的'标志'或'文献',而不是把社会历史用于帮助理解其艺术和文学"。[109] 用这种方法来解释和评价一部作品,就势必忽略它在艺术方面的价值。

白璧德指出,作为19世纪后期的两大批评潮流,实证主义批评和印象主义批评都是极其错误的。泰纳企图把批评变成一种科学,他所做的仅仅是调查和确定事实,因而往往将注意力集中在那些最没有诗意的特征上。而法朗士、勒梅特尔等印象主义批评家却将文学批评建立在个人感觉的流沙上,不仅把自己转瞬即逝的感觉和印象当作评判一切事物的标准,而且沉迷于纯粹形象化的描写之中。[110] 因此,白璧德认为,消除实证主义批评和印象主义批评的负面影响,乃是摆在当前批评家面前的重要任务。

由此回顾19世纪法国文学批评所走过的历程,白璧德不禁深表遗憾。在他看来,现代批评是在反叛新古典主义清规戒律的斗争中崛起的,它用了整整一个世纪的时间向人们呼吁宽容和同情,以便能够理解一切,原谅一切。然而,现代批评在摆脱教条主义,主张宽容和同情的过程中,只是完成了其任务的一半,而且还是不太困难的一半。更重要的另一半任务,即确立某种新的选择和判断的原则,却被众多批评家忽略了。[111] 鉴于当时的威胁主要来自于实证主义和印象主义,它们所持的相对主义将从根本上取消文学批评的使命,因此,如何"使批评从其知识和同情的边缘逐渐进入判断的中心",便成为白璧德最为关切的问题。

白璧德总是不厌其烦地指出:"现在最需要的不是像圣勃夫和勒南这样的伟大的相对论医生,而是一个一点也不僵化或反动,而又能在作品中带进标准意识,而这种意识是超出个体的反复无常和现象流动的。"白璧德把这位理想的批评家称为"现代的布瓦洛":"一个现代的布瓦洛如果要想有影响,他就不得不亲自接受上世纪的伟大扩张的主要后果,但他主要关注的不是以博大的爱的誓言拥抱宇宙,而是

---

[108] 欧文·白璧德:《法国现代批评大师》,孙宜学译,广西师范大学出版社,2002年,第148—150页。
[109] 同上书,第168—169页。
[110] 同上书,第245页。
[111] 同上书,第254页。

关注在不同程度的优点和缺点之间做出明确的、清晰的区分。"[112] 然而，由于白璧德的文化保守主义立场，也由于他对自己的选择标准和判断原则缺乏明确的界说，因而他所期盼的这位"现代的布瓦洛"仍然是面目混沌、身影模糊的。

第五节　美国新批评派

毫不夸张地说，新批评是 20 世纪前期美国最重要的批评流派。它主要活跃于 30 年代至 50 年代，一度曾主宰了美国的大学课堂和文学批评界。50 年代后期以来，在各种新思潮的冲击下，新批评渐趋衰落，美国文学批评也日益呈现多元化的发展趋势。然而，即使风流不再，一种培育了几代莘莘学子的文学理论和批评方法是不可能骤然销声匿迹的。正如弗兰克·伦特里契亚（Frank Lentricchia）在《新批评之后》（*After the New Criticism*，1980）一书中所指出的，如果说新批评业已去世，那么，"它是像一个威严而又令人敬畏的父亲那样死去的"，它的潜在影响依然会长期存在。[113]

而"新批评"的名称，来自于约翰·克娄·兰色姆（John Crowe Ransom, 1888—1974）的《新批评》（*The New Criticism*，1941）一书。但这一称谓从两个方面来说，都是不甚确切的。一方面，任何一种崭露头角的批评流派都可以自诩为"新批评"，例如，美国批评家乔·伊·斯宾加恩（J. E. Spingarn, 1875—1939）就曾出版过一部冠以同样书名的著作（1911）。另一方面，在兰色姆的著作问世之际，新批评派的基本见解早已确立，因而也不可能把它视为这一批评流派兴起的标志。因此，这一称谓充其量不过是一种约定俗成的用法罢了。

新批评派究竟包括哪些人？不同研究者往往见仁见智，说法不一。毫无疑问，艾略特、理查兹和燕卜荪被公认为是新批评的先驱者。而兰色姆及其弟子艾伦·泰特（Allen Tate, 1899—1979）、克林斯·布鲁克斯（Cleanth Brooks, 1906—1994）和罗伯特·潘·沃伦（Robert Penn Warren, 1905—1989）则被人们视为新批评派的中坚人物。他们不仅通过自己的批评和教学活动，而且通过创办多种文学杂志，促进了批评事业在美国的发展。人们也常常把威廉·库·维姆萨特（William K.

---

[112] 欧文·白璧德：《法国现代批评大师》，孙宜学译，广西师范大学出版社，2002 年，第 255 页。
[113] Frank Lentricchia, *After the New Criticism*, The University of Chicago Press, 1980, p. xiii.

Wimsatt，1907—1975）和雷纳·韦勒克（René Wellek，1903—1995）一起归入新批评派。其实，如果说前者确乎是新批评派的后起之秀的话，那么，韦勒克则应该另当别论。而理查·帕·布莱克默（Richard P. Blackmur，1904—1965）、肯尼斯·伯克（Kenneth Burke，1897—1993）、伊弗·温特斯（Yvor Winters，1900—1968）等人，恐怕只能看作是早期新批评派的同路人，不久便与这一批评流派分道扬镳了。

新批评派的基本立场

新批评派的基本立场和批评方法，是倡导一种"文本批评"（Textual Criticism）。概括地说，它既意味着承认作品文本是一个独立存在的客体，也意味着强调文学批评的根本使命，就是对作品文本的分析和评价。我们将会看到，尽管新批评派的主要成员在具体的诗歌理论问题上持有不同的见解，但在这一点上却总能达成共识。

早在20世纪30年代，有感于当时美国文学批评严重滞后的状况，兰色姆便撰写了《批评公司》（Criticism, Inc., 1937）一文，以期促进批评事业的蓬勃发展。在他看来，当时许多批评家都缺乏专门训练，他们所从事的多半不是文学批评。另一方面，那些学问渊博的大学教授却一头扎进故纸堆里，将文学批评完全排斥在文学史研究之外。因此，兰色姆对芝加哥大学教授罗纳德·萨门·克莱恩（Ronald Salmon Crane，1886—1967）将文学批评引入大学课堂的做法表示欢迎，呼吁发起一场振兴文学批评的运动："我认为专业人员应该把整个事业认真掌管起来，代替业余人员偶一为之的批评。我有个想法，我们需要的是批评公司，或批评股份有限公司，或许我用的这个比喻趣味寡然。"[114]

在兰色姆看来，以下六种方法都不是文学批评：第一，大谈个人感受的不是文学批评。"批评理应恪守的第一条准则就是要客观，阐明客体的性质，而不是客体对主体的效果"。第二，梗概和释义不是文学批评。因为情节或故事是内容的一种抽象，不能把它们与真正的内容等同起来。第三，历史研究，诸如一般的文学背景研究、作者生平研究、文献目录研究等等，都不是文学批评。第四，语言研究也不是文学批评。例如弄清某些冷僻的词语和习语的意义，追索某些典故，均属此列。第五，道德研究也与文学批评相去甚远。第六，对作品的抽象内容进行专门研究也不是文学批评。诸如乔叟对中世纪学问的精通，莎士比亚对法律的理解，弥尔顿的

---

[114] J. C. Ransom, "Criticism, Inc.", in *The World's Body*, Charles Scribner's Sons, 1938, p.329.

地理学知识，等等。批评家理应了解艺术家所掌握的这些材料，但他的主要任务却应该探讨文学是怎样吸收它们的。[115]

以今天的眼光来看，兰色姆的热情固然可嘉，但他的理论立场毕竟显得过于狭隘。唯有将他的见解置于当年的历史语境中，我们才能理解新批评派的目标与抱负。换言之，兰色姆的呼吁并非空穴来风，而是针对文学批评的落后现状而发的。他所反对的主要是印象主义、实证主义和将精力集中于作品抽象内容的研究方法，以便改弦易辙，把文学批评的重心转到对作品文本的分析和评价上来。也正是为了强调这一点，维姆萨特和芒罗·西·比尔兹利（Monroe C. Beardsley，1915—1985）合写了两篇论文——《意图谬见》（The Intentional Fallacy，1946）与《感受谬见》（The Affective Fallacy，1949），将新批评派的这一主张阐发得淋漓尽致。

所谓"意图谬见"，指的是那种根据作者的创作意图来解释和评价作品的错误方法。它根源于浪漫主义的表现理论，强调要评判一个诗人的作品，就必须了解他的动机和意图，进而引导人们去追溯诗人的灵感、"真挚性"、生平传记和学识修养。在维姆萨特和比尔兹利看来，诗歌一经诞生，作者的意图就不复作用于它了。更重要的是，我们不能依据作者的意图来评价一部作品，"作为一种评判文学艺术作品成功与否的标准，作者的构思或意图既不适用，也不合意。"[116]

所谓"感受谬见"，指的是那种根据读者的主观感受来研究和评价作品的错误方法。这主要是由印象主义批评造成的，而理查兹大谈作品对读者的心理作用也为这种方法披上了貌似科学的外衣。其结果，批评绕开诗歌本身，却专注于它的心理效果。维姆萨特和比尔兹利指出：

> 意图谬见是把诗与它的起因混为一谈……其始是试图从诗的心理原因中推衍出批评的标准，其终则是传记研究和相对主义。感受谬见是把诗与它的结果（即诗是什么与诗做了什么）混为一谈……其始是试图从诗的心理效果推衍出批评的标准，其终则是印象主义和相对主义。其结果，无论意图谬见还是感受谬见，都将导致诗本身作为批评判断的一种特殊对象趋于消失。[117]

---

[115] J. C. Ransom, "Criticism, Inc.", in *The World's Body*, Charles Scribner's Sons, 1938, pp.342—345.

[116] W. K. Wimsatt & M. C. Beardsley, "The Intentional Fallacy", in W. K. Wimsatt, *The Verbal Icon*, University of Kentucky Press, 1954, pp.3—4.

[117] W. K. Wimsatt & M. C. Beardsley, "The Affective Fallacy", in W. K. Wimsatt, *The Verbal Icon*, University of Kentucky Press, 1954, p.21.

显然，反对"意图谬见"，意在切断作品文本与作者之间的联系；排斥"感受谬见"，则是为了切断作品文本与读者之间的联系。在今天看来，这两点足以表明新批评派具有极强的排他性。然而，在当时特定的语境中，新批评派的"文本批评"却是为了抵制盛行一时的实证主义批评和印象主义批评，其目的是要把注意力从文学的外部研究转移到对作品本身的关注上来。正如布鲁克斯后来在《形式主义批评家》（*The Formalist Critics*，1951）一文中所指出的，新批评派当然懂得作者在创作时怀有各种不同的动机，也懂得只有通过阅读，作品才会在读者的心灵中被重新创造出来。可是，对作者思想动机的研究，会将批评家从作品本身引向对作者个人经历的研究，它所关注的是创作的过程，而不是作品本身的结构。探讨不同读者的阅读感受，也会使批评家将注意力从作品本身转向心理学，而这类研究"并不能等同于对文学作品本身的研究"。[118] 由此看来，"意图谬见"和"感受谬见"的提出，尽管反映了新批评日渐"制度化"的趋势，但却并非没有可以辩护的理由。

兰色姆与泰特的诗歌理论

不过，新批评派最突出的成就，还在于建构了一系列精妙的诗歌理论。尽管他们的理论主张存在很大分歧，但从总体上说，他们都反对浪漫主义直接胸臆的诗风，而迷恋于充满隐喻和反讽、相对复杂晦涩的诗歌。而追根溯源，这既与艾略特推崇玄学派诗人有关，也与理查兹推崇"包容诗"而贬低"排他诗"有关。

兰色姆的诗歌理论基于这样一个认识，即在科学技术和工业文明突飞猛进的时代，唯有诗歌和艺术才能恢复我们对这个世界的完整认识，重新赋予世界以鲜活的躯体。正如他在《世界的躯体》（*The World Body*，1938）的一则脚注中所指出的："在所有人类历史中，科学与艺术之间的二元论由于科学的进犯而不断扩大。由于科学越来越彻底地把世界简化为它的类型和形式，作为回应，艺术必须再度赋予世界以躯体。"[119] 由此也可以理解，兰色姆对理查兹区分科学的真实陈述与诗歌的虚拟陈述的做法表示不满，因为这种区分否定了诗歌通过具体形象而揭示的知识的真理性。兰色姆认为，诗歌不仅再现了客观世界，帮助我们认识世界，而且它始终

---

[118] C. Brooks, "The Formalist Critics", in V. B. Leitch ed., *The Norton Anthology of Theory and Criticism*, W. W. Norton & Company, Inc., 2001, p.1367.

[119] J. C. Ransom, "The Mimetic Principle", in *The World's Body,* Charles Scribner's Sons, 1938, p.198.

"追求真理"。[120]

在《新批评》（The New Criticism，1941）中，兰色姆一方面继续重申，诗歌旨在恢复我们对世界的具体、真实的认识，"旨在恢复我们通过自己的感觉和记忆而笼统认识的那个较为密集的、更难对付的原初世界。就此而言，这是一种在根本上或本体论上所说的特殊的知识"。[121]另一方面，他又提出了诗歌的"结构—肌质"（structure-texture）理论。在他看来，诗歌与散文的区别既不在于道德内容，也不在于有无情感，而在于诗歌的独特结构。当然，诗歌的逻辑结构远不如科学论文那么严密、精确，而且这种结构还带有大量毫不相关的或异质的材料。因此，从这个意义上说，"诗歌是一种松散的逻辑结构，它带有某种不相关的局部肌质。"[122]但正是这种肌质，赋予了一段话语以诗歌的特性。

而在《作为纯思辩的批评》（Criticism as Pure Speculation，1941）一文中，兰色姆更详尽地阐述了诗歌的"结构—肌质"理论。他指出，一首诗的外表的实体，可以是一种道德情境，一种激情，一组思想，也可以是一处风景，一件事物。这是诗的逻辑结构。然而，经过诗的艺术处理，它便增加了其他的成分，受到了某种细微的、神秘的改变。而这正是诗歌区别于散文的特性所在，也是需要我们去仔细揣摩的"肌质"。[123]举例来说，在《麦克白》第一幕第七场中，麦克白夫人对她丈夫说的那段话，不难被转换成散文，或把它复述一遍，但这段话又比概要多么一些东西。记忆是否储存在大脑的看守者那里？是否会像酒精那样化作一片烟雾？理智的器官是否会变成酒器？这些细节并非可有可无，它们乃是诗歌区别于散文的特性所在。因此，一个批评家固然必须对诗的结构和肌质同时加以考虑，但由于这些丰富的、细微的肌质才是诗的特性所在，所以，"如果他对诗的肌质无话可说，他便是对一首诗无话可说，只不过是把诗仅仅当作散文来加以对待罢了"。[124]

不言而喻，就抵制抽象地谈论诗歌的道德内容而言，兰色姆的"结构—肌质"理论无疑是一剂良药。然而，由于不懂得辩证法，兰色姆的"结构—肌质"理论却滑入了内容与形式的二分法。他认为，作为局部肌质的细节与作为结构的内容互不

---

[120] J. C. Ransom, "A Psychologist Looks at Poetry", in *The World's Body,* Charles Scribner's Sons, 1938, p.155.

[121] J. C. Ransom, *The New Criticism,* New Direction Publishing Corporation, 1941, p.281.

[122] Ibid., p.280.

[123] J. C. Ransom, "Criticism as Pure Speculation", in T. D. Young & John Hindle ed., *Selected Essays of John Crowe Ransom,* Louisiana State University Press, 1984, p.135.

[124] Ibid., p.138.

相关，肌质的扩充方向也不受一首诗的概要的制约。他甚至极不恰当地将一首诗比喻成一座房子，墙板和房梁好比诗的结构，而墙纸、涂料和壁画等装饰物则好比诗的肌质，它们在逻辑上是与结构无关的。[125] 由此表明，兰色姆最终背离了诗歌的有机整体论，因而不能不陷入形式主义的泥沼。

尽管在新批评派的主要成员中，艾伦·泰特的见解是与兰色姆最为接近的，然而，在具体的诗歌理论问题上，泰特却与兰色姆不同，始终坚持了诗歌的有机整体论。他在《论诗的张力》(Tension in Poetry，1937) 一文中指出："诗的意义就是指它的张力，即我们在诗中所能发现的全部外延和内涵的有机整体。我所能获得的最深远的比喻意义并无损于字面表述的外延作用，或者说我们可以从字面表述开始逐步发展比喻的复杂含义……"[126] 从全文来看，泰特所谓的"外延"(extension)，指的是诗歌字面的指称意义，诗歌意象之间的逻辑关系；他所谓的"内涵"(intension)，指的是诗歌语言所具有的丰富的比喻意义，诗歌意象之间的联想关系。而所谓诗歌的"张力"(tension)，就是由诗歌的指称意义和比喻意义构成的辩证统一体，是诗歌意象的逻辑关系与其联想关系达成和谐的产物。

如果说以上表述过于抽象的话，我们不妨通过具体例证来予以说明。在泰特看来，解读一首诗，不同读者往往会因个人的"倾向"、"兴趣"或"方法"的差异而各有侧重，因而会"在终极内涵和终极外延之间"选择不同的意义。对于注重共相的柏拉图主义者来说，很可能只关心诗的外延即它的逻辑意义，却忽视了诗的内涵即丰富的含混意义。比如，阅读安德鲁·马韦尔的《致他的羞涩的女郎》，一个柏拉图主义者就会认为它宣扬了不道德的内容。在泰特看来，这固然可能是该诗的一种"真实"的意义，但是，"这首诗的全部张力不允许我们这样孤立欣赏这样一种诗意，因为我们不能不对如此丰富的诗的内涵意义给以同等的重视"。[127]

而追究起来，泰特有关诗歌的张力理论则渊源于艾略特的批评见解。正如我们所知，艾略特强调诗歌应做到思想与感觉的统一，并高度评价了"把思想与感觉再度结合成新的整体"的玄学派诗人。[128] 而泰特所看重的，也正是这一类风格的诗

---

[125] J. C. Ransom, "Criticism as Pure Speculation", in T. D. Young & John Hindle ed., *Selected Essays of John Crowe Ransom,* Louisiana State University Press, 1984, p.138.

[126] 艾伦·泰特：《论诗的张力》，见赵毅衡编选《"新批评"文集》，中国社会科学出版社，1988年，第116—117页。

[127] 同上书，第117页。

[128] T. S. Eliot, "The Metaphysical Poets", in *Selected Essays,* Faber and Faber Limited, 1932, pp.286—287.

歌。在他看来，古往今来，诗人为实现内涵与外延的完美结合采取了不同的策略："玄学派诗人作为理性主义者从诗句的外延或接近外延的一端开始，浪漫主义或象征主义诗人则从另一端内涵开始；而每一方都靠充分的想象的技巧尽量向对立的一端推展其意义，借以填满内涵——外延的领域。"[129] 尽管泰特承认，要在这两种策略之间作出选择是困难的，但他的倾向却是不言而喻的。在他看来，唯有玄学派诗人才既顾及了意象之间的逻辑联系，又高度发展了比喻的复杂含义，因而使作品成为内涵与外延高度统一的有机整体。

布鲁克斯论隐喻与反讽

毫无疑问，克林斯·布鲁克斯是新批评派成员中最活跃的人物之一。他的《现代诗歌与传统》(Modern Poetry and the Tradition, 1939)，扩展了艾略特有关玄学派诗人和象征主义诗人的讨论，并进而勾勒了一部英语诗歌发展史。该书涉猎广泛，既包括了从玄学派诗人到叶芝、艾略特、罗伯特·弗洛斯特和温·休·奥登等现代诗人，也解读了兰色姆、泰特和罗伯特·潘·沃伦的诗作。正如布鲁克斯在该书"序言"中所说的，他的诗歌理论来源于叶芝、艾略特、理查兹、燕卜荪、兰色姆、泰特和布莱克默等人。[130] 而贯穿全书的"隐喻"(metaphor)、"机智"(wit)、"曲喻"(conceit)、"反讽"(irony)等关键词，以及他褒扬玄学派诗歌和象征主义诗歌，贬低浪漫主义诗人和维多利亚时代诗歌的做法，也与他的那些先驱者如出一辙。

当然，布鲁克斯最优秀的著作是《精制的瓮：诗歌结构研究》(The Well Wrought Urn: Studies in the Structure of Poetry, 1947)。这一方面是由于作者在该书中系统阐述了自己的理论见解，将新批评派的诗歌理论推进到了一个前所未有的高度；另一方面，该书也充分显示了布鲁克斯擅长对作品展开"细读"的才华，在批评方法上为我们提供了一个生动的典范。该书共 11 章，前 10 章分别解读了约翰·邓恩、莎士比亚、弥尔顿、罗伯特·赫里克、蒲柏、托马斯·格雷、华兹华斯、济慈、丁尼生和叶芝的诗篇，最后一章则题为"释义谬说"，总结了自己的批评方法。

布鲁克斯将自己的著作题为"精制的瓮"，这一比喻性标题显然来自于约翰·邓恩的诗篇《圣谥》(The Canonization, 1633)，而该书第一章"悖论语言"(The

---

[129] 艾伦·泰特：《论诗的张力》，见赵毅衡编选《"新批评"文集》，中国社会科学出版社，1988 年，第 119—120 页。

[130] C. Brooks, *Modern Poetry and the Tradition,* The University of North Carolina Press, 1939, p.x.

Language of Paradox）便是围绕着对这首诗的解读而展开的。布鲁克斯认为，与科学用语不同，诗歌语言是一种悖论语言，即似是而非、自相矛盾的语言。"从一定意义上说，悖论是适用于诗歌，并且是诗歌不可避免的语言。科学家的真理需要一种清除悖论的所有痕迹的语言；而诗人所要表达的真理显然只能采用悖论语言。"[131] 究其原因，这是因为诗人不能像科学家那样使用标记语（notation），只能使用比喻来写作。既然如此，诗人的方法就不可能是直接的，而只能是间接的，不能不由于这一工具的性质而被迫使用悖论语言。布鲁克斯由此指出：

> 我们可以这样来看待问题：诗人必须用比喻来写作。正如理查兹所指出的，所有微妙的情感状态只能用隐喻才能表现。诗人要用比喻来写作，但比喻并不处于同一平面上，或边缘恰好紧贴着边缘。各种平面在不断地倾斜，必然导致重合、脱节、矛盾。甚至最直率、最质朴的诗人，也远比我们所设想的更经常地被迫使用悖论，只要我们对他所做的保持足够的敏感。[132]

在布鲁克斯看来，约翰·邓恩的《圣谥》就是诗人自觉运用悖论的一个典范。毫无疑问，贯穿这首诗的基本隐喻就是一个悖论。因为诗人勇敢地将世俗的爱情当作神圣的爱来处理，这个圣谥不是授予一对弃绝尘世和肉欲的圣徒，而是授予了一对狂热的恋人。从这个意义上说，这首诗是对基督教的神圣性的一种滑稽摹仿。全诗不仅以戏剧性的辩论开场，而且它贯穿了世俗世界与沉浸于爱情世界中的恋人之间的冲突。而在这一冲突的解决中，其主要隐喻依然包含着这样一个悖论，即这对爱情的圣徒弃绝了世俗世界，却赢得了一个更好的世界。[133]

值得我们注意的是，布鲁克斯在对个别意象和隐喻展开细读的同时，始终着眼于诗歌的整体结构，始终强调一首诗的个别成分与其整体语境之间的内在联系。这方面的突出例证，便是他对济慈的《希腊古瓮颂》（*Ode on a Grecian Urn*，1820）所作的解读。在他看来，倘若把该诗结尾的诗句"美即是真，真即是美"从整个诗篇的语境中孤立出来，仅仅将它视为一个直接陈述的命题，那么，它确实违背了艾略特的"客观对应物"原理。然而，如果我们意识到整个诗篇是建立在一个悖论的基础上，即古瓮既是一个沉静的处女，又是一个能讲述故事的"林野史家"，那么，我们就不会把这句诗当作一种不恰当的说教来加以指责了。因为在济慈的笔下，这

---

[131] C. Brooks, *The Well Wrought Urn,* Harcourt, Brace & World, Inc., 1947, p.3.
[132] Ibid., pp.9—10.
[133] Ibid., pp.11—14.

一古瓮不仅会讲述历史,而且也通过描述在瓮上的人物歌唱或演奏,乃至最后开口对它自身的本质作出概括。正如布鲁克斯所指出的:

> 如果我们能够理解应把诗歌的陈述视为一个有机整体语境的组成部分,如果我们能够抵制将它们孤立起来的诱惑,那么,我们或许愿意进一步从戏剧整体性的角度,来看待作为整体的诗所具有的世界观,或"哲学",或"真理":这就是说,我们将不会因偏重由释义而抽象出来的某些主题的陈述,而忽视了态度的成熟、戏剧性的张力,以及情感与理智的协调。或许更重要的是,我们应该懂得,那种以为释义可以确切表达诗篇的能力是靠不住的。[134]

显然,这一结论也预示了《精制的瓮》最后一章"释义谬说"(*The Heresy of Paraphrase*)的基本见解。而所谓"释义谬说",就是错误地把诗歌当作某些抽象的命题,把复述它的"散文意义"当作文学批评的基本任务。其结果,不是将诗歌的"内容"与其"形式"割裂开来,就是把诗歌文本归结为某些简单的命题,甚或以科学的或哲学的标准来评价一首诗。在布鲁克斯看来,尽管释义可能有助于对诗的理解,但我们切不可把抽象的命题当作诗歌的丰富内核。[135]同样,谈论诗歌的"散文意义"或许是一种便利的方法,但我们必须认识到,它们"只是手脚架,可供我们为某种目的而将它们随意地置于建筑物的周围:我们切不可错把它们当作建筑物本身的内部的和基本的结构"。[136]

布鲁克斯认为,优秀的诗歌是一个由各种复杂的、矛盾的因素组成的有机整体,因而充满着"含混"、"悖论"和"反讽"。对于这样一种内涵丰富的结构,我们切不可用某个抽象的命题去加以概括,因为"任何一首优秀的诗都会抵制对它进行释义的一切企图"。[137]我们难道可以撇开诗歌的悖论,用更直接的方式说出《圣谥》所表达的内容吗?难道我们可以不顾诗歌的意象和隐喻,以为蒲柏的《劫发记》写的就是关于18世纪一个美人的弱点吗?同样,我们是否可以把《在学童中间》的某段"陈述"孤立出来,用以概括叶芝的这首诗呢?在布鲁克斯看来,正如该诗所歌颂的那株根深叶茂的大树一样,这首诗也是不能归结为某个抽象命题的,"我们必须

---

[134] C. Brooks, *The Well Wrought Urn,* Harcourt, Brace & World, Inc., 1947, pp.165—166.
[135] Ibid., p.206.
[136] Ibid., p.199.
[137] Ibid., p.196.

细察树干和树根，最重要的是细察它们内部的有机联系"。[138]

为了强调诗歌是一个有机整体，布鲁克斯有时也建议我们把诗当作戏剧来阅读和理解。这不仅是因为新批评派所推崇的玄学派诗歌常常采用了一种戏剧化的情境，而且还因为戏剧中的任何陈述都受制于它的整个语境，充分体现了结构的统一原则。因此，在布鲁克斯看来，"把诗歌的结构作为戏剧的结构来考虑，也许是最有益的比喻"。[139] 另一方面，要充分认识到整个语境对一首诗中的陈述的压力，最好的方法莫过于把它"当作一出戏里的台词来读"，"它们的关联，它们的适当性，它们的修辞力量，甚至它们的意义，都不能脱离它们所处的语境"。[140] 所有这些论述，对于我们更好地理解诗歌的有机整体论，都是富有启发意义的。

而在《作为一种结构原则的反讽》（*Irony as a Principle of Structure*，1949）一文中，布鲁克斯则阐述了他的反讽理论。在他看来，现代诗歌的一个重要技巧，便是重新发现隐喻，并充分地运用隐喻。因为直接陈述将导致抽象化，并使我们从根本上离开诗歌。而运用隐喻，便意味着诗歌在处理主题方面包含着"一个间接陈述的原则"，在处理意象和陈述方面包含着"一个有机联系的原则"。[141] 这就是说，一首诗并不是意象、隐喻和陈述的松散集结，相反，诗中的各个部分是有机地联系在一起的，从而构成了一个相互修饰、彼此制约的语境。所谓"反讽"，就是"语境对一个陈述的明显的歪曲"。换言之，由于诗中的任何陈述都会承受其语境的压力，因此，它的意义就会在语境的修饰下发生微妙的变化，有的甚至恰好与其字面意义相悖谬。这种语境对一个陈述的歪曲，便是反讽。在布鲁克斯看来，人们不仅可以在玄学派诗人和莎士比亚那里找到反讽，甚至也可以在华兹华斯那些"质朴"的诗篇中发现反讽。从这个意义上说，"作为对语境压力的承认，反讽存在于任何时代的诗歌，甚至存在于简单的抒情诗里"。[142]

沃伦和维姆萨特的诗歌理论

与新批评派的其他成员不同，罗伯特·潘·沃伦在本质上是一位诗人和小说家。

---

[138] C. Brooks, *The Well Wrought Urn,* Harcourt, Brace & World, Inc., 1947, p.186.
[139] Ibid., p.204.
[140] C. Brooks, "Irony as a Principle of Structure", in Hazard Adams ed., *Critical Theory since Plato,* Harcourt Brace Jovanovich, Inc., p.1043.
[141] Ibid., p.1042.
[142] Ibid., p.1046.

虽然他曾经与布鲁克斯长期合作，共同编写了《理解诗歌》（*Understanding Poetry*，1938）和《理解小说》（*Understanding Fiction*，1943）等教材，但在文学批评方面却无法与他这位能干的同事相比。表明他的诗歌理论的，恐怕唯有《纯诗与非纯诗》（*Pure and Impure Poetry*，1943）那篇论文。

在罗伯特·潘·沃伦看来，尽管纯诗理论由来已久，但对于什么才是纯诗，应该在诗歌中清除什么样的杂质，历来就说法不一。如果说锡德尼反对悲喜剧是在重弹当时流行的一种纯诗的老调，德莱顿指责玄学派诗人在爱情诗中玩弄玄学是在捍卫另一种纯诗的话，那么，在现代的纯诗理论中，更是充满着矛盾和抵牾。为雪莱所偏爱的"真理"和"激情"，却遭到了爱伦·坡的排斥；意象主义诗人看重意象的精确性，但却忽视了诗歌的音乐性。凡此种种表明，倘若我们把这些批评家所排斥的东西汇总起来，那么，就可以得到一份条目繁多的表格，其中既包括思想、真理、概括、各种复杂的"意象"、丑陋的素材、现实的细节，也包括语调的变化、反讽、节奏的变化、主观和个人的成分。因此，正如罗伯特·潘·沃伦所指出的，"如果把所有这些都排除在外的话，我们或许什么诗都不剩了"。[143]

由此可见，诗歌注定是不纯的，因为"诗歌在本质上不属于任何个别的成分，而是取决于我们称之为一首诗的那一整套相互关系，即结构"。[144] 人们不仅不可能把概念从诗歌中排除出去，甚至也不可能把那些粗俗的、散文的杂质从诗歌中排除出去。以罗密欧向朱丽叶求爱的那场戏为例，其中并非只有美丽的景色和纯洁的恋人，也有茂丘西奥的下流的玩笑，有来自保姆的叫喊声，甚至连朱丽叶也提醒说："不要指着月亮起誓，它是变化无常的，每个月都有盈亏圆缺；你要是指着它起誓，也许你的爱情也会像它一样无常。"可见她也不相信纯诗，"把一种理智风格的杂质注入了恋人的纯诗中"。[145] 从这个意义上说，诗歌"必须最终与茂丘西奥达成协议"。罗伯特·潘·沃伦这样写道：

> 凡是从人类经验中获得的东西都不应被排斥在诗歌之外。这并不意味着任何事物都能够用于任何诗之中，也并不意味着某些材料或成分可能比其他材料或成分更难对付……然而，这却意味着在某些特定的语境中，任

---

[143] Robert Penn Warren, "Pure and Impure Poetry", in Hazard Adams ed., *Critical Theory since Plato*, Harcourt Brace Jovanovich, Inc., p.990.

[144] Ibid., p.990.

[145] Ibid., p.982.

何种类的材料,例如某个化学公式,可以有效地出现在一首诗中。这也意味着,其他事物都是平等的,一个诗人的伟大就取决于他在诗歌方面所能掌握的经验的范围大小。[146]

不难发现,罗伯特·潘·沃伦有关纯诗和非纯诗的讨论,其理论渊源可以追溯到理查兹对"排他诗"与"包容诗"所作的区分。他指出,所谓"纯诗",就是"试图以多少有些僵硬的方式,把可能调整其原来冲动或某些抵触的成分排除出去,从而使之变得纯净"。[147]而要将那些矛盾的经验纳入诗歌之中,诗人就不得不借助于反讽:"圣人以愉快地走进烈火来证明他的见解。而诗人要不太引人注目地证明他的见解,就是将它投进反讽的火焰去——即他的结构的戏剧中,希望在火焰中使他的见解得到提炼。换言之,诗人希望他的见解获得证明,能在复杂的、矛盾的经验的对比中存在。而反讽正是这样一种对比的方法。"[148]

由此看来,将新批评派的诗歌理论等同于形式主义,显然是一种简单化的做法。无论是艾伦·泰特的张力理论,还是克林斯·布鲁克斯的隐喻和反讽理论,无论是罗伯特·潘·沃伦的"非纯诗",还是威廉·库·维姆萨特的"具体普遍性",都高度重视诗歌的整体结构及其意义,因而与形式主义相去甚远。而维姆萨特的论文集《语象:诗歌意义研究》(*The Verbal Icon: Studies in the Meaning of Poetry*, 1954),正是围绕着这一问题展开讨论的。按照维姆萨特的解释,"图象"(icon)一词来源于符号学家,指的是"一个文字符号,它多少具有它所指称的客体的属性,或与这一客体相似……它不仅仅是指一个'鲜明的图画'(即现代通常意义上的意象一词),而且也是指在其隐喻和象征的维度上对现实所作的一种解释"。[149]这就是说,诗歌是由语言符号组成的,它们通过隐喻和象征与现实世界建立了一种特殊的联系,从而为我们指示了人类社会的某种意义。

当然,诗歌的意义并不是抽象的,而是一种"具体普遍性"。维姆萨特在《具体普遍性》(*The Concrete Universal*, 1947)一文中指出,如果说约翰逊、约·雷诺兹等新古典主义批评家强调艺术应表现普遍性的话,那么,从约瑟夫·沃顿到克罗齐的《美学》,则更看重艺术表现的特殊性。显然,这两种极端的理论都难以将文

---

[146] Robert Penn Warren, "Pure and Impure Poetry", in Hazard Adams ed., *Critical Theory since Plato*, Harcourt Brace Jovanovich, Inc., p.991.

[147] Ibid., p.986.

[148] Ibid., pp.991–992.

[149] W. K. Wimsatt, *The Verbal Icon*, University of Kentucky Press, 1954, p.x.

学作品的性质解释清楚。追究起来，问题就在于："文学作品如何能够做到既比其他文体更具个别性（更独特），又比其他文体更具普遍性，或者说较之其他文体，它如何能更好地把个别性与普遍性结合起来。"[150] 由于领会了辩证法，维姆萨特始终坚持了这样一种见解，即"诗歌表现具体的与普遍的，或个别的与普遍的，或以某种神秘而特殊的方式表现一个既高度一般化、又高度特殊化的客体"。[151]

以此来审视兰色姆的"结构—肌质"理论，便不难发现这一见解陷入了机械论的泥沼。在他那里，不仅结构与肌质是相互脱节的，而且作为肌质的各个细节之间也是彼此分离的。而维姆萨特所强调的"具体普遍性"，则意在坚持诗歌的有机整体论，克服内容与形式的二分法。而在诗歌中，这种"具体普遍性"主要是通过隐喻来体现的。在维姆萨特看来，"即使是隐喻或明喻的最简单的形式，也向我们展示了一种特殊的和创造性的，事实上是一种具体的、不同于科学的抽象。因为在隐喻的后面，存在着一种介于两者之间的相似物，由此产生了一个更为普遍的第三类"，这种"具体普遍性"只有通过隐喻才能理解。[152] 也正是在这个意义上，维姆萨特强调："每首真正的诗都是复杂的诗，唯有靠其复杂性才具有艺术的统一。"[153]

新批评派的衰落

作为20世纪前期美国最重要的批评流派，新批评派是在其鼎盛时期遭遇到严峻挑战的。这种挑战，首先来自于以罗纳德·萨门·克莱恩为代表的芝加哥新亚理斯多德派。尽管在倡导将文学批评引入大学课堂等方面，克莱恩被兰色姆视为同道，但在具体问题上，这两派的意见大相径庭。他们主张把亚理斯多德的《诗学》发展为一个兼收并蓄的批评体系，所看重的是文学作品的情节、人物和体裁。因此，在由克莱恩所编的文集《古今批评家与批评》（*Critics and Criticism, Ancient and Modern*, 1952）中，他们指责新批评派的狭隘性，反对他们仅仅关注于诗歌语言的做法。

对新批评派的另一挑战，则来自加拿大学者诺思罗普·弗莱（Northrop Frye, 1912—1991）。他的《批评的剖析》（*Anatomy of Criticism*, 1957）以注重文学的整体联系和开阔视野，构成了对新批评的强烈冲击。在弗莱看来，倘若忽视了整个文学

---

[150] W. K. Wimsatt, "The Concrete Universal", in *The Verbal Icon*, University of Kentucky Press, 1954, p.75.

[151] Ibid., p.72.

[152] Ibid., p.79.

[153] Ibid., p.81.

传统以及把这一传统联接起来的原型,只是把一首诗当作一个孤立的整体来加以解读,仅仅关注其措辞的含混和微妙,那么,文学批评就会陷入无所作为的困境。因此,弗莱的原型批评正是针对新批评派专注于修辞分析的琐细而发的。

当然,对新批评派的最猛烈的攻击,还是来自一些激进的西方马克思主义批评家。直至20世纪80年代,特里·伊格尔顿(Terry Eagleton,1943—   )在其《文学理论导论》(*Literary Theory: An Introduction*,1983)一书中,仍把新批评派的诗歌理论视为冷战时期自由知识分子的避风港,视为"失去依傍的、处于守势的知识分子的意识形态"。[154] 新批评派的早期成员固然在政治上持保守立场,然而,把他们的政治态度与他们的诗歌理论混为一谈,显然是有失公正的。

尽管如此,新批评派的历史功绩是不应当轻易抹煞的,而它留给我们的启示也是多方面的。第一,由于强调文学批评的根本任务是对作品文本的分析与评价,新批评派扭转了19世纪后期以来的实证主义和印象主义的批评风气,牢固树立了以作品文本为中心的批评观念。第二,新批评派反对内容与形式的二分法,反对把文学作品当作某些抽象的命题来加以讨论,从而坚持了在批评史上充满活力的有机整体论诗学。第三,新批评派不仅高度重视诗歌的隐喻和象征,阐发了一整套以"张力"、"反讽"为核心的现代诗歌理论,而且也通过他们的批评实践,为如何解读诗歌提供了生动的范例。从这个意义上说,新批评派的诗歌理论乃是20世纪西方文学批评最重要的理论建树之一。然而,"流水落花春去也"。自20世纪60年代以来,由于各种新思潮、新方法从欧洲大量涌入,不仅彻底打破了新批评派的一统天下,而且美国当代文学批评也日趋多元化。在这种情况下,新批评派逐渐走向衰落几乎是不可避免的。

第六节 克罗齐

贝尼德托·克罗齐(Benedetto Croce,1866—1952)是20世纪意大利的著名哲学家,也是一位颇具影响的美学家和文学批评家。在其漫长的学术生涯中,除了留下大量哲学著作之外,他还撰写了一系列美学和文学批评论著,包括《作为表现科学和普通语言学的美学》(*Aesthetics as Science of Expression and General Linguistics*,1902)、《美学纲要》(*The Essence of Aesthetics*,1912)、《但丁的诗歌》(*The Poetry of*

---

[154] Terry Eagleton, *Literary Theory: An Introduction,* Second Edition, Blackwell Publishers Ltd., 1996, p.40.

Dante，1922)、《十九世纪欧洲文学》(European Literature in the Nineteenth Century，1924)、《哲学、诗歌、历史》(Philosophy, Poetry, History，1933)，等等。[155]正是通过这些论著，克罗齐阐发了一套艺术即直觉的美学理论，奠定了他在西方文学批评史上的重要地位。

何谓"艺术即直觉，即表现"

在克罗齐看来，人的全部活动可以分为认识活动和实践活动两大领域，而认识活动又分为直觉知识和逻辑知识，实践活动又分为经济活动和道德活动。因此，克罗齐的学说由美学、逻辑学、经济学和伦理学四部分组成，其研究对象分别是直觉认识、逻辑概念、经济活动和道德活动。直觉知识的最高体现是艺术，而概念知识的高峰是科学或哲学。举例来说，虽然叔本华的著作包含许多片段故事和讽刺隽语，亚历山大·曼佐尼的小说《约婚夫妇》带有许多伦理的议论，但从整体上看，一部哲学著作与一件艺术作品的根本区别，就在于前者是理智的事实，后者是直觉的事实。

克罗齐美学的一个基本命题，便是艺术即直觉，即表现。而这里所谓"直觉"，指的是在一个人的心中形成生动的意象，并对此加以观照。按克罗齐的说法，直觉不同于知觉，知觉是对实在事物的认识，而直觉却对实在和非实在浑然不分，就像孩子难以分辨历史和寓言的真伪一样。同样，直觉也不同于单纯的感受。感受只是心灵所领受的，而不是心灵所创造的。心灵要认识它，只有赋予它以形式，把它纳入形式才行。从这个意义上说，直觉就是表现。克罗齐指出：

> 每一个真直觉或表象同时也是表现。没有在表现中对象化了的东西就不是直觉或表象，就还只是感受和自然的事实。心灵只有借造作、赋形、表现才能直觉。若把直觉与表现分开，就永没有办法把它们再联合起来。[156]

然而，克罗齐所说的"表现"，并非指写作、唱歌、绘画和雕塑等传达活动，即并非他所谓"外射"之类的实践活动，而是指一种心灵的创造活动。克罗齐指出，

---

[155] 克罗齐的《作为表现科学和普通语言学的美学》由"美学原理"和"美学的历史"两部分组成，中译本分别译出。第一部分《美学原理》，见《美学原理 美学纲要》，朱光潜译，外国文学出版社，1983年；第二部分《作为表现的科学和一般语言学的美学的历史》，王天清译，中国社会科学出版社，1984年。

[156] 克罗齐：《美学原理》，见《美学原理 美学纲要》，朱光潜译，外国文学出版社，1983年，第14页。

有一种错误见解以为,一般人也能像画家一样想象或直觉山川、人物,所不同的只是画家知道怎样去画这些形象,而一般人却没有掌握传达的技巧。其实不然,画家之所以为画家,根本原因在于他见到旁人隐约感觉而不能见到的东西。一般人以为自己见到一脸微笑,实际上却只是得到一个模糊的印象,并没有通过这个微笑看出全部性格的内涵。而画家却在这上面惨淡经营,发现了它的精神内涵,因而能把它凝固在画布上。[157] 应当承认,这是一个相当深刻的见解,尽管我们并不赞同将艺术的直觉与传达的技巧截然分开的观点。

由"艺术即直觉"这一命题出发,克罗齐进一步得出了以下种种结论:第一,艺术是心灵的活动,而不是物理的事实,即艺术不是某些确定的颜色、形体或声音。假如我们不去欣赏诗歌,而去计算诗篇的字数,不去考虑雕塑的审美效果,而去测量雕塑的大小,那就不会对艺术有所领悟。艺术是心灵的一种创造活动,用物理方法去构成艺术完全是无用的。

第二,艺术也不是功利的活动,与"有用"、"快感"之类的东西无关。艺术家在直觉到他的艺术品时,感到的是纯粹的审美快感,而一般快感则属于实践活动的领域。艺术甚至也不是直接的情感。无论诗人如何描写安德洛玛克的情感神态,他本人并未惊愕万状,"而是用和谐的诗句表达自己,把上述全部激动情绪都化为自己讴歌的对象……而只有这种精神或美学的表现才能真正表达情感,也就是说,才能使情感具有令人信服的形式,才能把情感变为语言、讴歌和形象"。[158]

第三,艺术作为一种纯粹的审美观照,也与道德判然有别。因此,我们不能从道德的观点对艺术作品加以毁誉。在克罗齐看来,一个审美意象固然显示出一个可褒贬的行动,但这个审美意象本身在道德上却是无所谓褒贬的。"如果我们说但丁的弗兰切斯卡是不道德的,莎士比亚的考狄利亚是道德的,那无异于判定一个正方形是道德的,而一个三角形是不道德的"。[159] 同样,所谓"风格即人格"的说法也是无法成立的。善良固然能造就一个诚实的人,却未必能造就一个艺术家。

第四,就艺术是直觉而非概念而言,它既不是科学,也不是哲学。哲学是对存

---

[157] 克罗齐:《美学原理》,见《美学原理 美学纲要》,朱光潜译,外国文学出版社,1983年,第16—17页。

[158] 克罗齐:《美学的核心》,见《美学或艺术和语言哲学》,黄文捷译,中国社会科学出版社,1992年,第6—7页。

[159] 克罗齐:《美学纲要》,见《美学原理 美学纲要》,莫邦凯等译,外国文学出版社,1983年,第213—214页。

在的一般范畴的逻辑思考,而艺术则是意象的直觉,生活在生动的意象之中。因此,典型理论是站不住脚的,艺术的分类说也是不能成立的。如果说典型是指抽象的概念,那么,唐吉诃德就不是什么抽象概念的典型,诸如现实感的迷失,或是对荣誉的渴望。同样,用"风景"、"家庭生活"、"战争"等概念来对艺术加以分类,或是把艺术分为"悲剧的"、"喜剧的"、"抒情的"、"史诗的"等种类,便是将表现殊相的艺术分解成了一些共相的抽象品。

关于艺术的传达与有机整体论诗学

克罗齐的上述见解既不乏真知灼见,也包含不少谬误。而其中最大的失误,便是将艺术的传达排除在审美活动之外。在克罗齐看来,艺术家的审美活动终止于对形象的观照,至于是否将自己心中的直觉品传达给别人,既涉及到把一个心灵的事实变成为一个物理事实的问题,也涉及到把一个认识活动转化为实践活动的问题。换言之,艺术创作是一种心灵的活动,至于把心灵的事实转换成物理的现象(声音、语调、线条与颜色的组合),只不过是为弥补记忆的弱点而制造的"备忘的工具",是"再造或回想所用的物理的刺激物"。[160]

在克罗齐看来,一个艺术家在心中构思成一篇诗歌,一个形状,或是一段乐曲,审美活动便已完成了。如果此后把它变成书写符号,或用笔墨绘制油画,或按动键盘弹奏曲调,那已不是认识活动,而是一种实践活动。一方面,要不要把它传达给别人,有待意志作出裁决,受到效用和道德的制约;另一方面,传达的"技巧"只是服务于实践活动的知识,本身并不是艺术的一个因素。用他的话来说:"传达工作,亦即对艺术形象的保存和传播,是以技术为先导的,因而它能产生物质客体……但是,不论是这些声音和音响,还是绘画、雕刻和建筑的符号,它们都不是艺术作品,因为艺术作品不存在于任何别的地方,只存在于创造这些作品的或再创造这些作品的人的心目中。"[161]

克罗齐把艺术的传达贬低到如此地步,以致把艺术的构思与艺术的传达完全割裂开来。我们理应认识到,艺术家与一般人的区别固然不仅在于是否掌握了艺术的技巧,也在于他们在直觉或想象能力上的高低,然而,倘若以为艺术作品仅仅存在

---

[160] 克罗齐:《美学原理》,见《美学原理 美学纲要》,朱光潜译,外国文学出版社,1983年,第107页。
[161] 克罗齐:《美学的核心》,见《美学或艺术和语言哲学》,黄文捷译,中国社会科学出版社,1992年,第17页。

于创造者的心中，漠视艺术的传达及其技巧，那岂不是否认一切艺术作品的事实存在吗？正如朱光潜先生所指出的："在实际艺术创造中，想象和传达并不是可以截然分开的。画家想象人物模样时，就要连颜色线条光影等在一起想；诗人想象一种意境时，也要连文字的声音和意义在一起想。从此可知想象之中就已多少含有传达在内，传达不能说是纯粹的'物理的事实'。"[162]

当然，从批评史上看，克罗齐的一个突出贡献，就在于摒弃了内容与形式的二分法，复活了有机整体论诗学的活力。他认为，既然艺术是心灵的活动，而心灵的活动就是融杂多印象于一个有机整体，因此，每件艺术作品都是一个完整的表现品。从这个角度看，把艺术作品强行地分为内容和形式，把内容看成是未经审美改造的概念，把形式理解为强加到内容上去的东西，都从根本上曲解了艺术。他甚至断言："诗人或画家缺乏了形式，就缺乏了一切，因为他缺乏了他自己。诗的素材可以存在于一切人的心灵，只有表现，这就是说，只有形式，才使诗人成其为诗人。"[163]尽管如此，克罗齐所理解的"形式"，却与形式主义者的"形式"观念毫无共通之处。他强调，内容和形式在艺术作品中是水乳交融，不可分割的。"只要始终承认内容必须具有形式，形式必须充满内容，承认情感是有意象的情感，意象是可以感觉的意象，那么我们到底把艺术表达为内容还是表达为形式就无所谓了，或者最多也只是个术语恰当与否的问题。"[164]

因此，克罗齐不能容忍将一部艺术作品肢解成各个部分的做法。在他看来，艺术既然是"抒情的直觉"，其抒情性就必然存在于整个作品之中，正像生命流注于整个机体一样。诗歌、戏剧、小说的诗意并不存在于某些单独的片断中，而是贯穿于整体当中。[165] 从有机整体论诗学出发，克罗齐也拒绝对艺术加以分门别类。在他看来，凡是有艺术感的人，都会从诗人的一首小诗中既找到音乐性和图画，又找到雕刻和建筑结构。因为艺术是一个东西，不能分割成各种类别。[166] 尽管克罗齐反对艺术分类和艺术体裁是一种相当极端的做法，难以让人苟同，但他摒弃内容与形

---

[162] 朱光潜：《西方美学史》，下卷，人民文学出版社，1979年，第645—646页。
[163] 克罗齐：《美学原理》，见《美学原理 美学纲要》，朱光潜译，外国文学出版社，1983年，第33页。
[164] 克罗齐：《美学纲要》，见《美学原理 美学纲要》，莫邦凯等译，外国文学出版社，1983年，第233页。
[165] 克罗齐：《宽容真正的诗人》，见《美学或艺术和语言哲学》，黄文捷译，中国社会科学出版社，1992年，第137—138页。
[166] 克罗齐：《美学的核心》，见《美学或艺术和语言哲学》，黄文捷译，中国社会科学出版社，1992年，第19页。

式的二分法，坚持将艺术作品视为一个有机整体的美学思想，却是值得我们高度赞赏的。换言之，虽然克罗齐与艾略特、理查兹、美国新批评派、俄国形式主义、德国的罗曼语语文学学者有着不同的学术背景，但他们都在不同程度上接受了从德国浪漫派那里传承下来的有机整体论诗学，从而代表了20世纪前期西方文论的主流。

论艺术鉴赏与艺术批评

克罗齐认为，读者的鉴赏活动就是将自己置于艺术家的位置，在心中再造那个表现品。因此，这是一种与艺术家的创造性直觉达成一致的活动。克罗齐强调："要判断但丁，我们就须把自己提升到但丁的水平。从经验方面说，我们当然不是但丁，但丁也不是我们；但是在观照和判断那一顷刻，我们的心灵和那位诗人的心灵就必须一致，就在那一顷刻，我们和他就是二而一。我们的渺小的心灵能应和伟大的心灵的回声，在心灵的普照之中，能随着伟大的心灵逐渐伸展，这个可能性就全靠天才与鉴赏力的统一。"[167] 然而，问题并不像克罗齐所想的这么简单。且不论一部艺术作品的意义是否是由作者原先给定的，也不论读者是否能够超越其理解的历史性，即使假定鉴赏活动是以达成与艺术家的直觉相一致为目标的，我们仍不难发现，在鉴赏活动中，在艺术家、艺术作品和读者之间往往也会出现难以弥合的裂缝。正是由于存在这种情况，艺术批评的作用才凸现出来。

在批评方法上，克罗齐充分肯定了历史的解释方法。他指出："历史的解释努力把在历史过程中已经改变的心理情况在我们心中恢复完整。它使死的复活，破碎的完全，以便我们去看一个艺术品（一个物理的东西）如同作者在创作时看它一样。"[168] 由此可见，为了使艺术作品的再造与判断成为可能，艺术的历史研究负有何等重要的职责。倘若废弃这一研究，我们就无法欣赏人类所创造的全部艺术作品。当然，历史研究还须同时伴有鉴赏力。这就是说，仅仅博学还不能与艺术家的心灵相沟通，唯有同时具备了历史知识和鉴赏力，才能使艺术作品在我们心中复活起来。

在后来的《美学纲要》中，克罗齐进一步完善了他的批评理论。一方面，批评的三个必要条件是艺术要素、鉴赏力和历史性注释。没有艺术要素，批评将缺乏对象和材料。没有鉴赏力，批评家将缺乏艺术经验。没有历史性注释，批评就无法把

---

[167] 克罗齐:《美学原理》，见《美学原理　美学纲要》，朱光潜译，外国文学出版社，1983年，第132页。
[168] 同上书，第137页。

妨碍想象力的障碍物搬走。[169] 另一方面，这三者还不是批评本身，因为仅靠这些方法，我们不过是回到艺术家的地位上去罢了。克罗齐强调，批评家并不是工匠加乎于艺术作品，而是哲学家加乎于艺术作品："收到的意象既要被保存下来又要被超越，否则批评家的工作就没完成"。[170] 这就意味着，艺术批评必须超越艺术鉴赏的直观状态，才能对艺术作品作出言之成理的阐释与评价。

可是，回顾近代文学批评的演变，克罗齐不禁深感失望。有一种道德的批评，将艺术作品看作是一种有目的的实践活动；还有一种快感主义的批评，把艺术描述为快感和娱乐；还有一种唯理论的批评，全然根据哲学的标准来评价艺术，所看重的不是但丁的诗歌而是但丁的哲学；还有一种圣勃夫式的心理学批评，不注重艺术作品，却注重艺术家的心理个性；另一种则将形式从内容中抽取出来，热衷于谈论抽象的形式；最后还有一种批评，它制定了各种艺术体裁和艺术门类的规则，判断艺术作品完全根据这些僵死的规则。然而，最有害的莫过于伪审美批评和伪历史批评。前者把批评局限于纯粹的艺术鉴赏，后者则把批评局限于纯粹的注释研究，两者都缺乏正确理论的指导，偏离了真正的艺术批评。克罗齐指出：

> 真正的艺术批评当然是审美的批评，但并不是因为它像伪美学那样蔑视哲学，而是因为它起到了和哲学、艺术概念一样的作用；真正的艺术批评是历史的批评，并不因为它像伪历史那样只涉及艺术的外部，而是因为，在利用历史资料复制想象之后，当得到想象的复制品时，真正的艺术批评确定什么是用想象复制出来的事实，并用概念表示出这一事实的特征，并且确定什么是的确发生过的事实，这样一来，它就变成了历史。[171]

由此可见，克罗齐已明确意识到，印象主义批评和实证主义批评，是危及批评事业健康发展的两大障碍。而他对这两种错误倾向的抵制，恰好是与20世纪前期西方文学批评的发展趋势相一致的。

---

[169] 克罗齐：《美学纲要》，见《美学原理 美学纲要》，莫邦凯等译，外国文学出版社，1983年，第276—277页。
[170] 同上书，第280页。
[171] 同上书，第287页。

第七节　弗洛伊德

就一般理解而言，精神分析学本是一种治疗精神疾患的方法，同时也是一种独特的心理学理论，与文学批评并无什么关系。然而，由于它的创始人西格蒙德·弗洛伊德（Sigmund Freud，1856—1939）对文学艺术抱有浓厚的兴趣，不仅在其著作中援引了来自文学作品的大量例证，而且还撰写了若干文学批评方面的论文，用以分析《俄狄浦斯王》、《哈姆莱特》和《卡拉玛佐夫兄弟》等作品中所表现的"俄狄浦斯情结"（Oedipus complex）。加以他的追随者所起的推波助澜作用，从而使这一心理学流派西方文学批评产生了巨大影响。从这个意义上说，精神分析批评确乎构成了20世纪西方文学批评的一个重要流派。

弗洛伊德的文学观念

像许多有教养的奥地利知识分子一样，弗洛伊德具有深厚的文学修养。在他的学术生涯中，文学始终发挥了重要的作用。如果说他的精神分析学曾给予20世纪西方文学和文学批评以深刻影响的话，那么，在他创立这一学说的过程中，他也从西方文学中汲取了丰厚的营养。

举例来说，仅在早期著作《释梦》（*The Interpretation of Dreams*，1900）一书中，弗洛伊德提到的文学作品就有近50部之多。他不仅熟悉荷马史诗、古希腊悲剧、维吉尔的史诗和但丁的《神曲》，也具有广博的近代欧洲文学知识。他在《释梦》中提到的作品，既有拉伯雷的《巨人传》、莫里哀的《无病呻吟》、博马舍的《费加罗的婚礼》、小仲马的《茶花女》、都德的《萨福》和《富豪》、左拉的《萌芽》和《土地》，也有斯威夫特的《格列佛游记》、乔治·艾略特的《亚当·贝德》、梅瑞狄斯的《悲剧性的喜剧演员》，还有安徒生的《皇帝的新装》、威廉·詹森的《格拉迪沃》、勃兰兑斯的《莎士比亚传》、易卜生的《玩偶之家》和《疯狂的公爵》。当然，德语文学对他来说更为亲切，因而援引了包括莱辛、歌德、席勒、诺瓦里斯、格林兄弟、海涅、格里尔帕尔策、高特弗里德·凯勒等作家在内的大量作品。然而，他最喜爱的还是莎士比亚，《释梦》中提到的莎士比亚剧本有《哈姆莱特》、《奥瑟罗》、《麦克白》、《裘里斯·凯撒》、《仲夏夜之梦》、《雅典的泰门》、《亨利四世》和《亨利五世》，等等。由此足以表明，弗洛伊德所以能把他的精神分析学运用于文学批评，并不是一件偶然的事，而是以深厚的文学修养为基础的。

弗洛伊德的文学观，集中表述于《创造性作家与白日梦》(*Creative Writers and Daydreaming*, 1908)一文中。在这里，他着重探讨了文学作品的素材来源和作家创作的心理动力问题。弗洛伊德在一开篇就饶有兴味地谈到，正像当年那位红衣主教向阿里奥斯托所提出的问题一样，我们这些外行人也总是怀着强烈的好奇心，想知道作家究竟是从哪儿汲取他们的创作素材的。在弗洛伊德看来，其实，在每个人身上都不难发现某些与艺术创作相类似的活动。这种最初的想象活动就是孩子的游戏，因为他在玩耍时不仅创造出一个自己的世界，而且对此非常认真，倾注了巨大的热情。当孩子长大成人，他便用幻想代替了游戏。他营造起空中楼阁，创造出人们所谓的"白日梦"，而大多数人在一生中总是不时地创造着幻想的。弗洛伊德由此强调，孩子的游戏也罢，成年人的幻想也罢，其动力都是由愿望所决定的。"我们可以肯定，一个幸福的人从来不会幻想，幻想只发生在愿望得不到满足的人身上。幻想的动力是未被满足的愿望，每一个幻想都是一个愿望的满足，都是一次对令人不能满足的现实的校正。"[172]

在弗洛伊德看来，人的愿望虽然因幻想者的性别、性格和环境而各不相同，但它们天然地分为两大类：不是野心的愿望，便是性的愿望。而这两种愿望常常是联系在一起的，因为在大多数野心的幻想中，我们总会在某个角落发现有位女士，幻想的创造者为她表现出全部的英雄行为，并把他的全部胜利成果都奉献在她的脚下。与此同时，幻想与时间的关系也是十分重要的，幻想总是徘徊于过去、现在和未来这三种时间之间。换言之，愿望总是由现在的场合所引发的，而后按照过去的生活模式来设计未来的情景。而这种心理活动所创造出来的东西，就是所谓的"白日梦"。

当然，弗洛伊德强调，当我们将文学创作与白日梦联系起来的时候，首先应当区分两种不同类型的作家。一种是像古代的史诗诗人和悲剧诗人那样，采用现成题材的作家；另一种则是由自己选择题材进行创作的作家，这就是所谓的"创造性作家"(creative writers)。在后类作家中，弗洛伊德故意避而不谈那些为批评家所推崇的经典作家，他所感兴趣的恰恰是那些拥有广大读者群的通俗小说和传奇文学。在这些作品里，作家往往把笔下的主人公置于某个神明的庇护下，并试图利用一切可能的手段使他赢得读者的同情。因此，我们可以立即辨认出那个"至高无上的自

---

[172] 弗洛伊德：《创造性作家与白日梦》，见《弗洛伊德论美文选》，张唤民等译，知识出版社，1987年，第31—32页。

我"。不仅如此，作家的想象也总是徘徊于三种时间之间："现在的强烈经验唤起了创造性作家对早年经验的记忆，现在，从这个记忆中产生了一个愿望，这个愿望又在作品中实现。"弗洛伊德由此断言："一篇创造性作品像一场白日梦一样，是童年时代曾做过的游戏的继续和替代物。"[173]

在后来的论著中，弗洛伊德干脆把文学艺术视为"里比多"（libido）即性本能的一种"升华作用"（sublimation）。在他看来，许多精神疾患的起因，就在于性本能受到了压抑。解脱之法就是让这一原始冲动舍弃性的目标，而转移到艺术、科学和宗教等领域中去，在这些为社会所赞许的精神文化领域释放它的能量。弗洛伊德认为，艺术家与普通人一样，也时常为本能需要所驱使，渴望权势、财富、荣誉和性爱，但由于这些愿望得不到满足，便转而在幻想中寻求安慰。另一方面，真正的艺术家又与普通人有所不同："其一，他知道如何润饰他的白日梦，使之失去个人的色彩，而为他人共同欣赏；他又知道如何加以充分的修改，使不道德的根源不易被人探悉。其二，他又有一种神秘的才能，能处理特殊的材料，直到忠实地表示出幻想的观念；他又知道如何以强烈的快乐附丽在幻想之上，至少可暂时使压抑作用受到控制而无所施其技。他若能将这些事情一一完成，那么他就可使他人共同享受潜意识的快乐，从而引起他们的感戴和赞赏……"[174]

因此，当一个作家把他的作品奉献给读者时，由于他改变了这一白日梦的个人性质，也由于他提供了一种"直观的快乐"，就会使读者感到极大的满足。由此论及文学的社会功用，弗洛伊德指出：

> 一个作家提供给我们的所有美的快乐都具有这种"直观快乐"的性质，富有想象力的作品给予我们的实际享受来自我们精神紧张的解除。甚至可能是这样：这个效果的不小的一部分是由于作家使我们从作品中享受到我们自己的白日梦，而不必自我责备或感到羞愧。[175]

在另一篇论文中，弗洛伊德甚至谈到，戏剧的功用就在于它既通过让观众以英雄自居，帮助他实现了自己的愿望，又为他避免了戏剧主人公所经历的痛苦、灾难和恐

---

[173] 弗洛伊德：《创造性作家与白日梦》，见《弗洛伊德论美文选》，张唤民等译，知识出版社，1987年，第36页。

[174] 弗洛伊德：《精神分析引论》，高觉敷译，商务印书馆，1986年，第301页。

[175] 弗洛伊德：《创造性作家与白日梦》，见《弗洛伊德论美文选》，张唤民等译，知识出版社，1987年，第37页。

惧。于是，"在这些情形中，他可以放心地享受作'一个伟大人物'的快乐，毫不犹豫地释放那些被压抑的冲动，纵情向往在宗教、政治、社会和性事件中的自由，在各种辉煌场面中的每一方面'发泄强烈的感情'，这些场面正是表现在舞台上的生活的各个部分"。[176] 如此说来，无论是作家的创作活动，还是读者的欣赏活动，它们的功用都在于使人们的各种愿望得到想象性的满足，通过一种"升华作用"而将社会性的目的置于利己的目的之上。

正如埃利希·弗洛姆（Erich Fromm，1900—1980）在《弗洛伊德的使命》（*Sigmund Freud's Mission*，1972）一书中所指出的："虽然弗洛伊德代表理性主义的顶点，不过同时他也给理性主义一个致命的打击。他指出，人的活动源泉在于潜意识，在于不可观察的深层，人的有意识思想只在很小的程度上控制他的行为，因而他暗中破坏了理性主义者设想的图景：人的理智毫无约束而又无可怀疑地支配着一切。就弗洛伊德想出了'低层世界'的力量而言，他是浪漫主义的后继人，即试图渗入非理性领域的运动的后继人。因此，弗洛伊德的历史地位可以说是对统治18、19世纪西方思想的两种互相矛盾的力量——浪漫主义和理性主义——进行了创造性的综合。"[177] 尽管弗洛姆这一评价是着眼于哲学思潮的演变而作出的，但从批评史的角度看，当弗洛伊德断言文学创作的动力来自于未被满足的愿望，文学的功用就在于可以使人释放那些被压抑的本能愿望的时候，他的文学观念的确在很大程度上复活了浪漫主义的诗学传统。

论《俄狄浦斯王》、《哈姆莱特》及其他

然而，我们应当认识到，从精神分析学的角度来谈论文学，并不是一件毫无限制的事。事实上，弗洛伊德的学说只能解释艺术家何以要从事创作，却无法说明艺术才能的性质；只能对艺术作品进行精神分析，却无法说明它们的审美价值。因此，揭示艺术创作的心理动力，对作品中的人物性格进行精神分析，就成为弗洛伊德文学批评的主要任务。

早在《释梦》一书中，弗洛伊德在论及儿童的"俄狄浦斯情结"时，就对古希腊悲剧《俄狄浦斯王》和莎士比亚的《哈姆莱特》作了重新阐释，试图揭示支配悲

---

[176] 弗洛伊德：《戏剧中的精神变态人物》，见《弗洛伊德论美文选》，张唤民等译，知识出版社，1987年，第21页。

[177] 埃利希·弗洛姆：《弗洛伊德的使命》，尚新建译，生活·读书·新知三联书店，1986年，第134—135页。

剧主人公行动的深层心理原因。与通常人们对《俄狄浦斯王》的解释不同，弗洛伊德断然否认这是一部表现命运与人的自由意志相冲突的悲剧。他指出：

> 如果说《俄狄浦斯王》这一悲剧感动现代观众的力量不亚于感动当时的希腊人，其唯一可能的解释只能是，这种效果并不出于命运与人类意志之间的冲突，而是在于其所举出的冲突情节中的某种特殊天性……因为和他一样，在我们出生以前，神谕已把同样的诅咒加诸我们身上了。我们所有人的命运，也许都是把最初的性冲动指向自己的母亲，而把最初的仇恨和原始的杀戮欲望针对自己的父亲。我们的梦向我们证实了这种说法。俄狄浦斯王杀死了他的父亲拉伊俄斯，并娶了自己的母亲伊俄卡斯忒为妻，不过是向我们表明了我们自己童年欲望的满足。[178]

弗洛伊德甚至援引剧本中伊俄卡斯忒的一段台词，用以证明俄狄浦斯这一传说来源于远古的某个梦的材料。这样，他就彻底改变了人们对这出悲剧的通常理解，转而从梦和无意识的角度来开掘作品的主题。

弗洛伊德也用同样的观点来分析莎士比亚的《哈姆莱特》。众所周知，哈姆莱特在复仇行动中的犹豫和迟缓，乃是莎士比亚批评史上争论不休的一个问题。歌德曾经在《威廉·麦斯特的学习时代》中提出一种见解，即把哈姆莱特的延宕归咎于他性格上的软弱和多愁善感，其结果，高度发达的智力反而使他的行动能力陷于麻痹。而在弗洛伊德看来，哈姆莱特根本不是一个没有行动能力的人，这从他拔剑刺杀藏在帷幕后面的窃听者，以及用计打发两个朝臣前去送死的行动中就可以看出。那么，是什么阻碍他去完成父王的鬼魂托付给他的任务，在复仇行动中犹豫不决呢？弗洛伊德认为，哈姆莱特可以去做任何事情，但他就是不能对杀死他父亲、娶了他母亲的克劳狄斯进行报复，因为正是这个人向他展示了童年时代被压抑的"俄狄浦斯情结"的实现。于是，他的复仇意念便为自我谴责和良心上的顾虑所取代，使他意识到自己并不比他所要惩罚的罪犯好多少。弗洛伊德承认，这一说法无异于是把哈姆莱特无意识中的内容演绎成了意识的东西，然而，哈姆莱特的"俄狄浦斯情结"确实可从对奥菲利娅所表现的性冷淡中得到证实。[179] 而正如我们所知，后来欧内斯特·琼斯（Ernest Jones, 1879—1958）在其《哈姆莱特与俄狄浦斯》（*Hamlet and Oedipus*, 1949）一书中，把弗洛伊德的上述见解发挥到了淋漓尽致的程度。

---

[178] 弗洛伊德：《释梦》，孙名之译，商务印书馆，1996 年，第 261—262 页。
[179] 同上书，第 264 页。

弗洛伊德还注意到，尽管《哈姆莱特》与《俄狄浦斯王》植根于同一土壤，但对相同题材所作的不同处理，却反映了这两种相距遥远的文明所造成的心理差异。在《俄狄浦斯王》中，潜伏于儿童心中的欲望以幻想的形式公开表露出来，并且得以实现；而在《哈姆莱特》中，这一欲望却受到了压抑，只能从压抑的结果中窥见其存在。令人遗憾的是，弗洛伊德却根据勃兰兑斯的《莎士比亚传》，牵强附会地声称《哈姆莱特》是莎士比亚在失去父亲后的悲痛情绪影响下写成的，而莎士比亚曾有一个夭折的儿子就叫"哈姆涅特"（Hamnet），与"哈姆莱特"（Hamlet）的读音十分接近。因此，他确信，不仅《哈姆莱特》展示了莎士比亚自己的心理状态，而且这种性冷淡与日俱增地侵蚀了他的心灵，终于在《雅典的泰门》中得到了充分表达。弗洛伊德甚至断言，与《哈姆莱特》处理了儿子与其父母之间的关系一样，写于同一时期的《麦克白》也涉及了无子嗣的主题。[180] 由此可见，弗洛伊德的批评实践不仅落入了传记式批评的窠臼，而且也变成了一种穿凿附会的游戏。

在《列奥纳多·达·芬奇和他童年的一个记忆》（*Lionardo de Vinci and A Memory of His Childhood*, 1910）一文中，弗洛伊德再次指出，无论是艺术活动还是科学活动，都是"里比多"的升华形式，它们的心理根源都可以追溯到一个人的童年时代。用他的话说：

> 对人的日常生活的观察使我们知道，很多人成功地把他们性本能力量的相当重要的一部分引向他们的专业活动。性本能特别适于作出这类贡献，因为性本能具有升华能力：就是说，它有权利用一些有更高价值、却又不是性的目标来代替它的直接目标。[181]

在接下来的篇幅中，弗洛伊德根据达·芬奇童年的一个记忆，即一只秃鹫用尾巴来碰撞他嘴唇的记忆，用以说明这位艺术家的恋母情结。由于秃鹫在当时人们的眼中都是雌性的，而达·芬奇是一个私生子，因而这个记忆恰好表明了他童年时代是与母亲相依为命的。只是到了后来，由于他父亲与另一个女人结婚后没有孩子，才把他领了过去。在弗洛伊德看来，正是这一特殊身世和恋母情结，可以帮助我们理解达·芬奇的绘画艺术，因为"仁慈的自然施于艺术家能力，使他能通过他创造的作

---

[180] 弗洛伊德：《释梦》，孙名之译，商务印书馆，1996年，第265页。
[181] 弗洛伊德：《列奥纳多·达·芬奇和他童年的一个记忆》，见《弗洛伊德论美文选》，张唤民等译，知识出版社，1987年，第54页。

品来表达他最秘密的精神冲动，这些冲动甚至对他本人也是隐藏着的"。[182]

弗洛伊德指出，达·芬奇靠塑造两类不同的对象开始了他的艺术生涯：如果说那些漂亮男孩是童年时代他本人的再现的话，那么，微笑的女人便是以他的母亲为摹本的。《蒙娜丽莎》所表现的那种神秘微笑，或许正是来自他童年对母亲的记忆。而通过《圣安娜与圣母子》这幅画，则综合表现了达·芬奇童年时代的历史。在他父亲的家里，他发现不仅他的养母，而且他的祖母都那么温情地对待他。当然，对这幅画也可以作另一种解释：由于圣安娜被塑造成一个容貌不减当年的年轻女人，达·芬奇实际上描绘了两个母亲，一个是他的生母，另一个是他的养母。[183] 但我们应该指出，上述弗洛伊德对达·芬奇童年时代的记忆所进行的分析，实际上基于一个严重的错误，即原文提到的那只鸟并非是秃鹫，而是鸢。尽管这个错误是由德文版的误译造成的，但却使他的立论大打了折扣。

事实上，就连弗洛伊德本人也从不掩饰他在艺术鉴赏方面的局限性。在《米开朗基罗的摩西》(*The Moses of Michelangelo*, 1914) 一文中，他坦率地承认：

> 我可以毫不犹豫地说，对于艺术，我不是鉴赏家，而只是一个门外汉。我常常注意到，艺术作品的题材比它们的形式和技巧上的特点更有力地吸引我，虽然就艺术家而言，他们的价值总是首先在于形式和技巧。我无法恰当地欣赏许多艺术中运用的方法和取得的效果。[184]

究其原因，这是因为精神分析学理论不能为人们提供一个评价文学作品的审美标准，而它的批评方法也丝毫无助于提高人们的鉴赏水平。这一点，或许是弗洛伊德文学批评最致命的弱点。换言之，他的理论或许能揭示文学创作的心理动力，或许能说明一部作品隐含着哪些作家本人讳莫如深的本能欲望，甚至还能解释哈姆莱特为何在复仇行动上犹豫不决，蒙娜丽莎为何会有那种神秘的微笑，但却无法为区分艺术作品的优劣提供一个起码的尺度。就其理论本身而言，一部莎士比亚的著名悲剧也好，一篇小学生的幼稚习作也好，并没有多大差别，一旦揭示了其中的"俄狄浦斯情结"，它也就无事可做了。

---

[182] 弗洛伊德：《列奥纳多·达·芬奇和他童年的一个记忆》，见《弗洛伊德论美文选》，张唤民等译，知识出版社，1987年，第78页。

[183] 同上书，第84页。

[184] 弗洛伊德：《米开朗基罗的摩西》，见《弗洛伊德论美文选》，张唤民等译，知识出版社，1987年，第161页。

第八节 卢卡契

尽管格奥尔格·卢卡契（Georg Lukács，1885—1971）的政治生涯和学术思想备受争议，但他仍是 20 世纪最有影响的西方马克思主义批评家之一。从写作生涯伊始，这位匈牙利学者就把文学批评和美学研究当作自己毕生的事业，写下了卷帙浩繁的批评论著。其中，既有早期的《近代戏剧发展史》（*A History of the Development of Modern Drama*，1909）、《心灵与形式》（*The Soul and the Form*，1911）和《小说理论》（*The Theory of the Novel*，1920），也包括他接受马克思主义之后撰写的《欧洲现实主义研究》（*Studies in European Realism*，1939）、《德国近代文学史概述》（*General Sketches of the History of Modern German Literature*，1945）、《歌德和他的时代》（*Goethe and His Age*，1947）、《历史小说》（*The Historical Novel*，1955）和《现实主义问题》（*Problems of Realism*，1964—1971），等等。

由于篇幅限制，我们不可能在此全面介绍卢卡契的文学批评，只着重评述一下他的现实主义理论。如果说这样做忽视了他早期文学思想的话，那么，这正是为突出重点而付出的一种代价。因为作为一个马克思主义批评家，卢卡契的声誉显然并不建立在他的早期著述上，更何况，那些早期著作直到很晚才由匈牙利文译成德文或英文，从而为国际学术界所知晓。

论巴尔扎克与托尔斯泰

不难发现，在卢卡契心目中，几乎所有优秀的文学作品都必然是现实主义的，而巴尔扎克和托尔斯泰则是 19 世纪现实主义文学的经典作家。正如他在《〈欧洲现实主义研究〉英文版序言》（1948）中所指出的："现代小说不是在纪德、普鲁斯特和乔伊斯的作品中达到了极点，而是在更早以前，在巴尔扎克和托尔斯泰的作品中就已经达到了高峰，以致今天只有个别逆流奋斗的伟大艺术家——例如托马斯·曼——才能攀登难以达到的高处。"[185] 因此，考察卢卡契的文学思想，不妨从他的巴尔扎克和托尔斯泰评论谈起。

卢卡契的巴尔扎克评论，基本上遵循了 1888 年 4 月恩格斯致玛·哈克奈斯那封信中的见解，突出强调了巴尔扎克所体现的"现实主义的胜利"。卢卡契不仅充

---

[185] 卢卡契：《〈欧洲现实主义研究〉英文版序言》，见《卢卡契文学论文集》（二），施界文译，中国社会科学出版社，1981 年，第 44 页。

分肯定了巴尔扎克所取得的现实主义成就，而且强调在巴尔扎克的创作中，生动体现了作为创作方法的现实主义与作为自觉意识的世界观之间的深刻矛盾：

> 一个伟大的现实主义作家，如巴尔扎克，假使他所创造的场景和人物的内在的艺术发展，跟他本人最珍爱的偏见，甚至跟他认为最神圣不可侵犯的信念发生了冲突，那么，他会毫不犹豫地立刻抛弃他本人的这些偏见和信念，来描写他真正看到的，而不是描写他情愿看到的事物。对自己的主观世界图景的这种无情态度，是一切伟大现实主义作家的优质标志……[186]

在《巴尔扎克的〈农民〉》（*Balzac: The Peasants*, 1934）一文中，卢卡契指出，虽然巴尔扎克原本打算描写法国贵族庄园的悲剧，为正在消亡的贵族文化唱一曲挽歌，但他在这部小说中实际所做的却恰好相反，他所描写的并不是自己的乌托邦理想，而是"乡村的各个社会阶级彼此间的实际冲突"。[187] 卢卡契认为，"正是这种主观意图和客观实践之间的矛盾，这种政治思想家巴尔扎克和《人间喜剧》作者巴尔扎克之间的矛盾，构成了巴尔扎克的历史伟大性"。[188] 诚然，巴尔扎克将蒙柯奈伯爵的庄园视为贵族文化的最后一片绿洲，并将庄园的解体视为贵族文化的毁灭。可是，作为一个现实主义作家，他却把围绕争夺庄园而进行的斗争表现为一场由三个阶级所展开的战斗。小说描写的不仅是贵族与农民之间的冲突，也是高利贷资本家跟贵族和农民之间的生死较量。因此，卢卡契高度评价了巴尔扎克对法国社会发展趋势的洞察。

而在《巴尔扎克的〈幻灭〉》（*Balzac: Lost Illusions*, 1935）一文中，卢卡契则赞誉巴尔扎克"用这部作品创造了一种注定要对19世纪文学发展起决定性影响的新型小说"。[189] 当然，在近代小说中，描写幻灭的主题并非巴尔扎克首创，司汤达的《红与黑》和缪塞的《一个世纪儿的忏悔》在时间上都比《幻灭》早一些。可见这一主题之所以风行，并非出于某种文学风尚，而是由法国社会的发展提出来的。法国

---

[186] 卢卡契：《〈欧洲现实主义研究〉英文版序言》，见《卢卡契文学论文集》（二），施界文译，中国社会科学出版社，1981年，第53页。

[187] 卢卡契：《〈农民〉》，见《卢卡契文学论文集》（二），黄星圻译，中国社会科学出版社，1981年，第166页。

[188] 同上书，第159页。

[189] 卢卡契：《〈幻灭〉》，见《卢卡契文学论文集》（二），郭开兰译，中国社会科学出版社，1981年，第244页。

大革命和拿破仑帝国的英雄时代唤醒了年轻的一代,然而,这个英雄时代却随着波旁王朝复辟而告终了,因而也使年轻一代的那些理想最终化作了泡影。如果说这是整整一代人的悲剧的话,那么,《幻灭》的独特之处就在于,它深刻揭示了"知识、文学和艺术活动的每一领域全盘'资本主义化'的过程,把拿破仑以后的一代的普遍悲剧嵌入了一个甚至比巴尔扎克同时代的最伟大作家司汤达作品里所能找到的也要深刻得多的社会模型"。[190]

尽管卢卡契写过不少有关俄国文学的论文,但他最推崇的还是托尔斯泰,称他为"最后一位伟大的资产阶级现实主义作家"。[191] 在《托尔斯泰和现实主义的发展》(*Tolstoy and the Development of Realism*, 1936)一文中,卢卡契一方面根据列宁有关托尔斯泰是"俄国革命的一面镜子"的论述,将托尔斯泰作品中的种种矛盾视为"从 1861 年农奴解放到 1905 年革命这一期间农民运动的伟大和弱点在哲学上和艺术上的反映";[192] 另一方面,他反复强调,虽然托尔斯泰继承了 19 世纪现实主义的传统,但他是在西欧现实主义文学业已衰退的情况下开始创作的,因而其意义不仅在于继承传统,更在于他赋予了那些已经变得日渐狭隘的艺术形式以新的活力,把现实主义推进到了一个前所未有的高度。[193] 举例来说,那些孤立的心理分析、细致的环境描写,以及对众多生活场景的展示,在福楼拜、莫泊桑和左拉的笔下早已变成了"无生命的背景",唯有托尔斯泰才将它们与典型人物的命运密切联系起来,从而创造了"真正的史诗"。[194]

卢卡契也深入探讨了托尔斯泰创作的特征。在他看来,尽管托尔斯泰笔下的人物极为平庸,而且他们生活在一个等级森严的专制社会里,注定了不可能有丰富而充满激情的生活,因而也几乎不可能成为巴尔扎克笔下的那种典型人物,但是,托尔斯泰的创作方法就是"要创造出那些以一种趋于极端的态度、趋于极端的激情、趋于极端的命运的单纯可能性为基础的典型"。[195] 例如,他笔下的别竺豪夫、包尔康斯基、列文、聂赫留朵夫等人物,都表现了"对生活的不满",都力求消除他们

---

[190] 卢卡契:《〈幻灭〉》,见《卢卡契文学论文集》(二),郭开兰译,中国社会科学出版社,1981 年,第 246—247 页。

[191] 卢卡契:《托尔斯泰和现实主义的发展》,见《卢卡契文学论文集》(二),黄大峰译,中国社会科学出版社,1981 年,第 333 页。

[192] 同上书,第 309 页。

[193] 同上书,第 313 页。

[194] 同上书,第 335 页。

[195] 同上书,第 369 页。

的见解与实际生活之间的冲突。正是这种矛盾促使他们从一个极端走向另一个极端，由此展示了这些人物的逼真性和内心生活的丰富性。而这种"趋于极端的可能性"，又总是跟俄国社会发展的重大问题有着密切的关系。

而在另一篇论文《托尔斯泰与西欧文学》(Leo Tolstoy and Western European Literature, 1944)中，卢卡契则以一种"世界文学"的眼光，讨论了这位俄国现实主义作家与欧洲经典作家的关系。他指出，19世纪俄罗斯文学，尤其是托尔斯泰的伟大创作，不仅比福楼拜和左拉时代的法国文学、霍普特曼时代的德国文学和维多利亚时代的英国文学更现实、更深刻，而且在如何看待文学与生活的关系问题上，也有着本质的差异。从这个意义上说，托尔斯泰的创作无疑从属于一个伟大的文学传统："托尔斯泰的现实主义描绘出一幅广阔完整的无比错综复杂、生动发展的生活图画，在这一点上，这种现实主义与那些最最伟大的作家莎士比亚、歌德、巴尔扎克所遗留给我们的遗产一脉相承。"[196] 认识到这一点，我们就不难理解，托尔斯泰何以会对西欧文学产生如此巨大的影响。

卢卡契指出，19世纪后期西欧普遍出现了一个意识形态的低潮，一种悲观绝望的情绪笼罩在许多作家身上。因此，文学日益与社会生活相脱节，而沦为内容空洞、专事雕琢的技巧。托尔斯泰正是在这种情况下，对西欧作家产生了强烈的震撼。他们在托尔斯泰作品中"感到极其旺盛的生命力，极丰富的现实，这是当时在其他作品中无法找到的，而这些内容的表现形式又与19世纪后半期西方文学所接受的形式极少共同之处。"[197] 在卢卡契看来，正是托尔斯泰的这种影响，极大地丰富了福楼拜以后的西欧文学，也促使罗曼·罗兰、托马斯·曼、萧伯纳等一批作家热情地探索着前进的道路。因此，卢卡契指出，托尔斯泰越是为西欧进步作家所理解，他也就越是有力地复兴了这些国家的进步文学传统。

论自然主义与现代主义

卢卡契不仅将巴尔扎克和托尔斯泰视为现实主义文学的顶峰，而且在他的心目中，一部西方近代文学史就是现实主义与自然主义两大潮流彼此消长的斗争史。不过，无论是他的现实主义概念还是自然主义概念都极其宽泛，与人们通常的理解颇有出入。例如，在卢卡契的心目中，巴尔扎克和托尔斯泰固然是现实主义的经典作

---

[196] 卢卡契：《托尔斯泰和西欧文学》，见《卢卡契文学论文集》（二），范之龙译，中国社会科学出版社，1981年，第463页。

[197] 同上书，第456页。

家,但瓦尔特·司各特和霍夫曼同样也是"伟大的现实主义作家"。在他看来,尽管司各特的历史小说在题材上非常接近于浪漫主义,然而,把他当作浪漫主义作家却是完全错误的。[198]霍夫曼虽然在艺术上与浪漫主义作家颇多共同之处,但由于他立足于德国的苦难现实,因而以"新型的隐喻现实主义"把握了时代的发展倾向。[199]另一方面,在卢卡契那里,自然主义也并非仅限于左拉及其追随者,而是一切现代主义文学的源头和总称。在他看来,印象主义、象征主义、表现主义和超现实主义,所有这些流派都与自然主义文学有着千丝万缕的联系。无庸讳言,这些看法都犯了简单化的毛病,因而在一定程度上妨碍了卢卡契去正确地认识和评价西方现代文学。

在通常情况下,这种现实主义与自然主义的对立,也被卢卡契归结为叙述与描写这两种方法的差异。在《叙述与描写》(*Narration and Description*, 1936)一文中,卢卡契对左拉的《娜娜》和托尔斯泰的《安娜·卡列尼娜》中有关赛马的两个片断进行了比较。在他看来,尽管左拉对这场赛马的一切方面都作了生动而精细的描写,观赛的人物也被描绘得像巴黎时装表演一样五光十色,但赛马这一事件却是与小说的整个情节相脱节的,对它的描写在作品中只是一种"穿插"而已。而在托尔斯泰的笔下,关于赛马的叙述却是整个情节的关键。渥伦斯基的堕马不仅意味着安娜生活中的突变,而且小说主要人物的关系也通过这场赛马而进入了一个新的阶段。[200]同样,在卢卡契看来,左拉在《娜娜》中对剧院的描写与巴尔扎克在《幻灭》中的剧院描写,福楼拜在《包法利夫人》中对农业展览会场景的描写和司各特在《清教徒》中对一次军事检阅的叙述,也都形成了鲜明的对照。

当然,问题并不在于谁运用了描写,而在于描写这一方法在不同作品中所起的实际作用。卢卡契认为,虽然任何作家都不可避免地运用了描写方法,但这一方法在不同作家那里,却有着截然不同的功能。就巴尔扎克而言,他对伏盖公寓的污浊环境所作的详尽描写,是为了让读者更好地理解拉斯蒂涅的冒险性格。同样,为了塑造高利贷者的不同典型,他也对葛朗台、高布赛克的住宅作了入木三分的详细描写。然而,巴尔扎克作品中的环境描写从来都不止于单纯的描写,它们总是转化为

---

[198] Georg Lukács, *The Historical Novel*, translated by Hannah and Stanley Mitchell, Boston: Beacon Press, 1963, pp.33—34.
[199] 卢卡契:《德国文学中的进步与反动》,见《卢卡契文学论文选》,第一卷,范大灿译,人民文学出版社,1986年,第66—67页。
[200] 卢卡契:《叙述与描写》,见《卢卡契文学论文集》(一),刘半九译,中国社会科学出版社,1981年,第38—39页。

行动，总是与人物的命运紧密地联系在一起的。[201] 相反，在福楼拜和左拉那里，对事物的细节描写却是与重大的人生戏剧相脱节的，"描写不但根本提供不出事物的真正的诗意，而且把人变成了状态，变成了静物画的组成部分"。[202]

卢卡契认为，现实主义与自然主义的另一个重要区别，也体现在典型的塑造上。他在《左拉诞生百年纪念》(*The Zola Centenary*, 1940) 一文中指出，左拉的"实验小说"总是用苍白无力的平均数来取代典型，用描写和分析来替换史诗式的情节。其结果，"虽然左拉毕生的作品十分广泛，他却从来没有创造出一个后来成为典型的、众所周知的、几乎可以说是活人的人物"。[203] 与此相反，现实主义文学的要义就在于塑造典型。正如他在其他场合所强调的：

> 现实主义文学的主要范畴和标准乃是典型，这是将人物和环境两者中间的一般和特殊加以有机的结合的一种特别的综合。使典型成为典型的并不是它的一般的性质，也不是它的纯粹个别的本性（无论想象得如何深刻）；使典型成为典型的乃是它身上一切人和社会所不可缺少的决定因素都是在它们最高的发展水平上，在它们潜在的可能性彻底的暴露中……[204]

而要用现实主义方法来创造典型，就必须从社会的和历史的角度来表现"人的完整的个性"，因而是与那些单纯从生理学的角度或心理学的角度来描写人的文学流派背道而驰的。卢卡契认为，自然主义的生理学倾向并不曾使文学丰富起来，反而使它愈加贫乏和狭隘了。同样，乔伊斯式的那种漫无边际的联想，只不过是把人变成了一团混乱的意识，也注定难以表现"人的完整的个性"。"因为人的内心生活及其主要的特征和主要的冲突，只有跟社会的和历史的因素存在有机的联系，才能被正确地描写出来"。[205]

卢卡契将西方现代主义文学视为自然主义的翻版，并由于它们背离了现实主义传统而予以谴责。他在《德国近代文学史概述》中指出："帝国主义时代的德国作家

---

[201] 卢卡契：《叙述与描写》，见《卢卡契文学论文集》（一），刘半九译，中国社会科学出版社，1981年，第46页。

[202] 同上书，第68页。

[203] 卢卡契：《左拉诞生百年纪念》，见《卢卡契文学论文集》（二），黄星圻译，中国社会科学出版社，1981年，第425页。

[204] 卢卡契：《〈欧洲现实主义研究〉英文版序言》，见《卢卡契文学论文集》（二），施界文译，中国社会科学出版社，1981年，第48页。

[205] 同上书，第50页。

们，除了少数外，都始终是自然主义的作家。无论他们的文学技巧的形式是叫印象主义，还是表现主义，是象征主义，还是'新写实主义'……他们都没有同自然主义彻底决裂。"[206] 而发生在卢卡契、恩斯特·布洛赫（Ernst Bloch, 1885—1977）和贝托尔特·布莱希特（Bertolt Brecht, 1898—1956）之间的有关表现主义的论争，则清楚地表明了卢卡契的墨守成规的文学趣味。在这场论争中，卢卡契不仅全盘否定了表现主义文学，而且也对整个现代主义思潮作了完全错误的评价。唯有亨利希·曼、托马斯·曼、罗曼·罗兰等少数作家因为突破了自然主义的局限，才被他视为19世纪现实主义文学的传人。

而在晚年所发表的《现代主义的意识形态》（*The Ideology of Modernism*, 1957）一文中，卢卡契对现代主义文学隐含的世界观作了毫不留情的抨击。他仍然以托马斯·曼和乔伊斯为例，来说明现实主义文学与现代主义文学之间的对立。卢卡契认为，虽然在托马斯·曼的《绿蒂在魏玛》和乔伊斯的《尤利西斯》中，都运用了内心独白的技巧，但它们在小说中的作用却是截然不同的。在托马斯·曼那里，内心独白仅仅是一种技巧，它使作者得以深入探索歌德的内心世界。而对于乔伊斯来说，意识流则成为了支配叙述方式和人物刻画的构成原则。因为在现代主义文学中，现实性的削弱和个性的瓦解是相互关联的。人已降低为一连串互不相关的经验碎片，无论对别人还是对他自己，都是不可理解的。[207]

不过，尽管卢卡契对现代主义文学作了否定性评价，但他还是道出了卡夫卡创作的若干重要特征。在他看来，虽然卡夫卡的细节描写极其逼真，但他创作的一个基本特点，就在于用自己充满焦虑的世界幻象代替了客观现实。"这种在不可理解的环境力量面前的软弱无力和麻木不仁的情绪，贯穿了卡夫卡的所有作品……这种经验，这种感到世界为焦虑所笼罩，人为不可理喻的恐怖所摆布的经验，使卡夫卡的作品成为现代主义艺术的真正典型。"也正是在这个意义上，卢卡契断言："卡夫卡的焦虑是现代主义最突出的经验。"[208] 因此，如何正确认识和评价现代主义文学，始终是摆在马克思主义批评家面前的一个艰难而严峻的课题。

---

[206] 卢卡契：《帝国主义时期德国文学主潮概述》，见《卢卡契文学论文选》，第一卷，张伯幼译，人民文学出版社，1986年，第131页。

[207] Georg Lukács, "The Ideology of Modernism", in David Lodge ed., *20th Century Literary Criticism: A Reader,* Longman Limited, 1972, p.480.

[208] Ibid., p.487.

第九节 本雅明

瓦尔特·本雅明(Walter Benjamin,1892—1940)生前几乎默默无闻,直至他逝世十多年后,才被人们重新认识。自从上世纪 50 年代中期以来,随着他的文集(其中包括生前未刊行的大量论著)和书信集的陆续发表,本雅明作为一个马克思主义批评家的声誉迅速升温,对他的研究也成为学术界的一个"热点"。尽管这种生前寂寞、身后走红的现象在学术史上不乏其例,但如此极端的事例在 20 世纪西方批评家中似乎是绝无仅有的。而究其原因,一方面固然与他所生活的那个黑暗的时代有关,另一方面也与他独特的理论视角和别具一格的表述方式有关。

本雅明的早期批评论著

大致而言,我们可以把《德国浪漫派的艺术批评概念》(The Concept of Criticism in German Romanticism,1919)、《译作者的任务》(The Task of the Translator,1921)、《歌德的〈亲和力〉》(Goethe's Elective Affinities,1922)和《德国悲剧的起源》(The Origin of German Tragic Drama,写于 1925 年,1928 年出版)等论著,视为本雅明早期文学批评的主要文献。当时,本雅明尚未接触马克思主义,在哲学思想上深受新康德主义的影响,在文学观上则或多或少继承了浪漫主义批评传统。

本雅明的博士论文《德国浪漫派的艺术批评概念》,着重探讨的是弗里德里希·史雷格尔和诺瓦里斯的文学批评概念。本雅明指出,早期浪漫派对艺术和艺术批评的理解,是以费希特有关"反思"的理论为认识论基础的。正是在这一哲学基础上,早期浪漫派把艺术视为反思的媒介,把艺术批评视为"在这种反思媒介中对对象的认识"。[209] 因此,在早期浪漫派那里,批评并不是依据外在规则对作品作出评判,而是依照作品的内在结构标准来完结它的方法,"它应当做的只是揭示作品本身的潜在能力基础、实现它的隐秘意图;在作品本身的意义上,也就是说在它的反思中,批评超越作品,使它成为绝对的"。[210] 在本雅明看来,正是早期浪漫派的这一批评理论,对此后的文学批评产生了深远的影响。

在《译作者的任务》一文中,本雅明提出了一种独特的翻译理论。他假定存在

---

[209] 本雅明:《德国浪漫派的艺术批评概念》,见《经验与贫乏》,王炳钧等译,百花文艺出版社,1999 年,第 77 页。
[210] 同上书,第 84 页。

着一种"纯粹语言",正是它决定了诸多语言之间的亲族关系,也保证了文学作品的可译性。在他看来,译作并不是两种僵死语言之间的干巴巴的等式,而是植根于诸语言间的亲族关系,表现出不同语言之间至关重要的互补关系。因此,尽管翻译是一种不同于诗人作品的劳作(诗人的意图是自发的、原生的,而译作者的意图是派生的、终极性的),但这并不意味着推崇一种机械的劳动。"译作者的任务就是在自己的语言中把纯粹语言从另一种语言的魔咒中释放出来,是通过自己的再创造把囚禁在作品中的语言解放出来。"[211] 也正是在这个意义上,本雅明高度评价了马丁·路德、约翰·亨利希·伏斯、弗里德里希·史雷格尔、荷尔德林和斯蒂芬·格奥尔格在文学翻译方面所作出的贡献。

本雅明的长篇论文《歌德的〈亲和力〉》,是他运用早期浪漫派的批评理论进行具体实践的一次尝试。他强调,批评的任务并不是谈论艺术作品的那些显露的题材内容,而是应当"探求艺术作品的真理内容",而这两者在作品的流传过程中往往是彼此分离的。[212] 在本雅明看来,如果说以往对歌德这部小说的评论之所以失误,就在于它们仅仅停留在它的题材内容上,纠缠于婚姻的道德问题和社会问题的话,那么,他所要做的就是力图挖掘小说的本质内核,揭示隐藏在作品情节背后的神话因素和命运主题。不过,本雅明对《亲和力》所作的评论并不成功,不仅常常游离于作品文本,显得穿凿附会,其结论也是令人费解的。

《德国悲剧的起源》原本是本雅明为申请教职而提交的论文,在申请遭到拒绝之后于1928年出版。在本雅明看来,以格吕菲乌斯(Andreas Gryphius,1616—1664)、洛亨斯泰因(D. C. Lohenstein,1635—1683)和哈尔曼(J. C. Hallmann,1640—1704)为代表的巴罗克悲剧,是一种完全不同于古希腊悲剧的艺术种类,因而是不能套用亚里斯多德的悲剧理论来予以说明的。巴罗克悲剧的题材取自于历史生活,古希腊悲剧的题材则取自于神话;巴罗克悲剧表现的是独裁君主,而古希腊悲剧人物则来自于史前的英雄时代。因此,"证实王族的美德,描写王族的罪恶,透视外交和所有政治阴谋的操纵,所有这些使君主成了悲悼剧的主要人物"。[213] 君主的题材既来源于西方历史,也来源于东方历史。它所描写的不是暴君的毁灭,就是

---

[211] 本雅明:《译作者的任务》,见《启迪:本雅明文选》,汉娜·阿伦特编,张旭东等译,生活·读书·新知三联书店,2008年,第92页。
[212] 本雅明:《歌德的〈亲和力〉》,见《本雅明文选》,陈永国等编,中国社会科学出版社,1999年,第43页。
[213] 本雅明:《德国悲剧的起源》,陈永国译,文化艺术出版社,2001年,第35页。

殉难者的牺牲，而这正是君主本质的两种极端表现。不仅如此，巴罗克悲剧的最大特点还在于唤起悲悼（Trauer）之情，或毋宁说使悲悼之情得到满足。

本雅明认为，巴罗克悲剧的主要形式是寓言（allegory），因而用了很大篇幅来为这种艺术形式正名。在他看来，自从歌德断言寓言是"为一般而找特殊"，象征是"在特殊中显示一般"以来，这种褒象征而贬寓言的理论便在德国流行开来。这不仅导致了现代批评的荒芜，也严重阻碍了人们对巴罗克艺术的认识。在巴罗克悲剧中，由于历史融入了背景之中，因而它往往是以废墟的形式出现的。不仅如此，由于寓言崇尚物质远甚于人，崇尚碎片远甚于总体，因而体现在巴罗克悲剧中，鬼魂便是其悲悼的显示，而奇特的隐喻和浮夸的修辞，更表明了巴罗克悲剧对寓言表达方式的强烈兴趣。[214] 应当承认，尽管存在着种种缺憾，但本雅明却深刻阐明了巴罗克悲剧与寓言艺术之间的内在联系，也为我们重新认识这一文学史现象提供了参考。

论超现实主义、卡夫卡及其他

也就在撰写《德国悲剧的起源》期间，1924年本雅明在意大利卡普里岛上与拉脱维亚的女导演阿斯娅·拉西斯（Asja Lacis, 1891—1979）第一次邂逅，并很快坠入了情网。正是通过她，本雅明对俄国革命开始有所了解，并于1926年冬季前往莫斯科进行考察。与此同时，他阅读了卢卡契前不久出版的《历史与阶级意识》（*History and Class Consciousness*, 1923）。这一切都促使他同情无产阶级革命，并开始接受马克思主义，尽管作为一个自由知识分子，他对当时苏联的社会现状始终充满疑虑。

正如《超现实主义》（*Surrealism*, 1929）和《普鲁斯特的形象》（*The Image of Proust*, 1929）这两篇评论所表明的，本雅明此时的兴趣业已从德国文学转向了法国文学，并为他此后的波德莱尔研究奠定了基础。在他看来，以安德烈·布勒东和路易·阿拉贡为代表的超现实主义并非颓废主义的一个支流，而是法国左翼知识分子发起的文学运动。其实，正是由于资产阶级对一切激进自由思想的敌视，把超现实主义推向了左派阵营。[215] 另一方面，本雅明认为，超现实主义的目标便是"从沉醉中获取革命的能量"，如果说这有助于推翻资产阶级思想统治的话，那么，由

---

[214] 本雅明：《德国悲剧的起源》，陈永国译，文化艺术出版社，2001年，第160—164页。
[215] 本雅明：《超现实主义》，见《本雅明文选》，陈永国等编，中国社会科学出版社，1999年，第196页。

于未能与普通民众相结合，革命的任务也就没有完成。[216] 不过，本雅明还是肯定了超现实主义对主流意识形态所抱的怀疑态度。

本雅明也是卡夫卡的早期研究者之一。他在《弗兰茨·卡夫卡——逝世十周年纪念》（*Franz Kafka: On the Tenth Anniversary of His Death*, 1934）一文中指出，无论精神分析方法，还是神学的阐释方法，都无法对卡夫卡作出正确评价。与马克斯·布罗德（Max Brod, 1884—1968）的神学诠释不同，在本雅明看来，卡夫卡小说所表现的是"一个沼泽世界"，虽然这个阶段或许已经被人遗忘，但并不表明它没有延续到现代。[217] 本雅明还指出，正如卡夫卡笔下的父亲像寄生虫附着在儿子身上一样，他笔下的官吏也都是大寄生虫。"官吏的世界和父亲的世界是一模一样的……迟钝、腐朽和肮脏充斥着这个世界"。[218] 由此可见，早在20世纪30年代，本雅明已经从社会批判的角度来评论卡夫卡了。

本雅明的另一贡献，是突出强调了卡夫卡小说的寓言性质。一方面，他认为："卡夫卡的作品从本质上说都是寓言故事。"[219] 另一方面，如果说"寓言的展开"有两种方式，一种是像蓓蕾绽放为花朵，一种是将折叠的纸船抚平为一张纸，那么，在本雅明看来，卡夫卡的奥秘就在于他的作品犹如花蕾绽放成花朵，其意义是难以阐明的。我们无法将其寓言展开抚平，把意义攥在手心。[220] 换言之，"卡夫卡有为自己创造寓言的稀有才能，但他的寓言从不会被善于明喻者所消释"。[221] 值得注意的是，本雅明甚至还追溯了卡夫卡的作品与史前时期、童话世界、动物故事和民谣中的"驼背小人"的联系。在他看来，正是通过对这些被遗忘的事物的描写，通过对它们所作的变形处理，卡夫卡向我们呈现了一个"沼泽世界"。

而在《讲故事的人——论尼古拉·列斯科夫作品》（*The Storyteller: Reflections on the Works of Nikolai Leskov*, 1936）一文中，借评价这位俄国作家之机，本雅明将

---

[216] 本雅明：《超现实主义》，见《本雅明文选》，陈永国等编，中国社会科学出版社，1999年，第199—200页。
[217] 本雅明：《弗兰茨·卡夫卡》，见《启迪：本雅明文选》，汉娜·阿伦特编，张旭东等译，生活·读书·新知三联书店，2008年，第139页。
[218] 同上书，第122页。
[219] 本雅明：《论卡夫卡》，见《启迪：本雅明文选》，汉娜·阿伦特编，张旭东等译，生活·读书·新知三联书店，2008年，第154页。
[220] 本雅明：《弗兰茨·卡夫卡》，见《启迪：本雅明文选》，汉娜·阿伦特编，张旭东等译，生活·读书·新知三联书店，2008年，第131页。
[221] 同上书，第132页。

故事与长篇小说作了一系列对比。在他看来，讲故事的人凭借的是口口相传的经验，正是在中世纪的工匠阶层那里，远行者将带回来的异域传说与本乡人稔熟的掌故传闻融为一体。小说则依赖于书本，不仅小说家是离群索居的个人，小说的阅读也是孤独状态下进行的。如果说讲故事是一种古老手艺的交流形式，那么小说则是伴随着资本主义发达的出版业而诞生的。如果说故事传达的是道德教训，那么长篇小说探讨的则是"生活的意义"。从这个意义上说，"长篇小说在现代初期的兴起是讲故事走向衰微的先兆"。[222] 让本雅明深感遗憾的是，随着讲故事这一艺术的衰微，围绕着它的"灵韵"（aura，或译"灵晕"、"气息"、"光晕"）也无可挽回地逝去了。

在本雅明看来，对艺术作品的"灵韵"构成最大威胁的，莫过于机械复制时代。正如他在《机械复制时代的艺术作品》(*The Work of Art in the Age of Mechanical Reproduction*, 1936)一文中所指出的：

> 在 1900 年左右技术复制达到了一种标准，这使它不但能够复制所有流传下来的艺术作品，从而导致它们对公众的冲击力的深刻的变化，并且还在艺术的制作程序中为自己占据了一个位置。若要研究这种标准，则再没有什么东西能比两种现象对传统形态的艺术的冲击的本质更具启发性了，这两种现象便是艺术品的复制和电影。[223]

对于艺术史上的这一巨变，本雅明可谓喜忧参半。一方面，随着机械复制时代的到来，艺术不再是少数人的专利，而为越来越多的人所欣赏。艺术的整个功用也发生了根本改变。另一方面，他认为："在机械复制时代凋萎的东西正是艺术作品的灵韵。"[224] 本雅明把"灵韵"界说为"一件艺术作品的独一无二性"，"一种距离的独特现象，不管这距离是多么近"。[225] 在他看来，由于最初的艺术起源于宗教仪式，因而传统的艺术作品不仅植根于崇拜价值，而且在其特定的历史语境中成为独一无二的存在。正是这种距离感和历史感，形成了一种围绕艺术作品的光环，也构成了它的独特魅力。令本雅明感到惋惜的是，尽管机械复制将艺术作品首次从对仪式的依

---

[222] 本雅明：《讲故事的人——论尼古拉·列斯科夫》，见《启迪：本雅明文选》，汉娜·阿伦特编，张旭东等译，生活·读书·新知三联书店，2008 年，第 99 页。

[223] 本雅明：《机械复制时代的艺术作品》，见《启迪：本雅明文选》，汉娜·阿伦特编，张旭东等译，生活·读书·新知三联书店，2008 年，第 234 页。

[224] 同上书，第 236 页。

[225] 同上书，第 237—238 页。

赖中解放出来,但它却以众多的复制品取代了艺术作品的本真性,以展览价值取代了原先的崇拜价值,使艺术作品的"灵韵"从此荡然无存,也导致了传统艺术的分崩离析。

"拱廊研究计划"与波德莱尔研究

从1933年流亡法国,直至1940年自杀身亡,本雅明的最后岁月是在巴黎度过的。除了以上提到的那些论文之外,他在此期间所做的一项主要工作就是从事"拱廊研究计划"。尽管这项计划未能完成,但从已写出的《巴黎,19世纪的首都》(Paris, the Capital of the Nineteenth Century,1935)、《波德莱尔笔下的第二帝国时期的巴黎》(The Paris of the Second Empire in Baudelaire,1938)和《波德莱尔的几个主题》(On Some Motifs in Baudelaire,1939)来看,这些提纲和论文却是他最重要的思想遗产之一。

所谓"巴黎拱廊街",是始建于19世纪初期的商业步行街,它以钢架玻璃为顶棚,两侧排列着高雅华丽的商店,从而体现了资本主义物质文明的突出成就。本雅明的研究提纲《巴黎,19世纪的首都》,正是试图以此为切入点,展示这个由拱廊街、商品、全景画、摄影和世界博览会构成的令人眼花缭乱的都市风光。不过,这个研究提纲过于庞杂,时任法兰克福社会研究所所长的马克斯·霍克海默(Max Horkheimer,1895—1973)建议本雅明先写一篇论述波德莱尔的文章。本雅明接受了这一建议,打算将提纲第5章扩展为一部专著,并将其题为《波德莱尔:资本主义鼎盛时代的抒情诗人》(Charles Baudelaire: A Lyric Poet in the Era of High Capitalism)。

尽管本雅明仅仅完成了上述计划的第二部分即《波德莱尔笔下的第二帝国时期的巴黎》,但这却是从文化批评的视角研究波德莱尔的一次大胆尝试。在本雅明的描述中,作为一个生不逢时的诗人,波德莱尔早已对文学市场不抱任何幻想,因而自觉不自觉地加入了那个由职业密谋家、落魄文人和流浪者组成的"波希米亚人"的行列。这些人"多多少少模糊地反抗着社会,面对着飘忽不定的未来",而波德莱尔则"与那些正在撼动这个社会根基的人产生共鸣"。[226] 因此,"他的诗歌支持被压迫者,既拥护他们的事业,也赞许他们的幻觉。它既倾听革命之歌,也聆听死

---

[226] 本雅明:《波德莱尔笔下的第二帝国时期的巴黎》,见《巴黎,19世纪的首都》,刘北成译,上海人民出版社,2006年,第71页。

刑鼓乐发出的'苍天的声音'。"[227]

本雅明指出，艺术家一旦走进市场，就像一个闲逛者那样四处观望。这个闲逛者是"人群中的人"，或不如说是"被遗弃在人群中的人"。波德莱尔一边体验着置身于人群中的孤独，感受着都市生活的"震惊"（shock）经验，一边保持着观察者的警觉，捕捉转瞬即逝的事物。作为一个边缘化的抒情诗人，他以局外人的态度关注着人群景观。因此，"如果说雨果把人群颂扬为一部现代史诗中的英雄，那么波德莱尔则是为大城市乌合之众中的英雄寻找一个避难所。雨果把自己当作公民置身于人群之中，波德莱尔则把自己当作一个英雄而从人群中离析出来"。[228] 就此而言，波德莱尔是一个跟雨果截然不同的现代诗人。

当然，真实生活中的波德莱尔不同于他笔下的闲逛者，而是一个潜心写作的人。他不仅用击剑的意象表达了自己诗歌创作的辛劳，而且以描写大都市的衰败来阐明现代性。波德莱尔从社会渣滓那里汲取了英雄题材，其特征是"为现实悲伤，对未来绝望"，在《恶之花》中出现巴黎的地方，都"带有这种惨淡的印记"。[229] 在创作方法上，波德莱尔的原则是将诗人藏而不露，他"与语言本身进行合谋"。[230] 他的意象因运用低俗的比喻对象而独树一帜。他采用了大量的寓言，把它们置于某种语境中，从而根本改变了它们的性质。他不仅使用"油灯"、"马车"等普通词汇，也不避讳使用一些特殊词汇，诸如"资产负债表"、"反射镜"和"垃圾场"等。在他的诗句中，一个寓言突然地、毫无铺垫地冒出来，因为波德莱尔把写诗称作"突袭"，"他的技巧是暴动的技巧"。[231]

当本雅明将《波德莱尔笔下的的第二帝国时期的巴黎》寄给社会研究所时，心中并无把握，但霍克海默和特奥多尔·维·阿多诺（Theoder W. Adorno，1903—1969）所持的否定态度，还是大大出乎他的意料。应该说，阿多诺的批评并非毫无道理，在本雅明的论文中，确乎"看不到全部社会进程的中介"，"各种主题被聚集在一起，但却没有得到阐释"。[232] 尽管本雅明对阿多诺的意见不以为然，但还是作

---

[227] 本雅明：《波德莱尔笔下的第二帝国时期的巴黎》，见《巴黎，19世纪的首都》，刘北成译，上海人民出版社，2006年，第78页。
[228] 同上书，第131页。
[229] 同上书，第152页。
[230] 同上书，第171页。
[231] 同上书，第173—174页。
[232] Gershom Scholem and Theodor W. Adorno ed., *The Correspondence of Walter Benjamin: 1910—1940*, The University of Chicago Press, 1994, pp.579—585.

了修改，写成《波德莱尔的几个主题》一文。本雅明认为，《恶之花》是"最后一部具有欧洲范围影响的抒情作品"，而对于波德莱尔来说，带着光环的抒情诗人却已成明日黄花。诗人无意去拾取落入泥潭的光环，因为在都市人群中的震惊经验已取代了诗人的体验。因此，"他显示了现代人的感觉可能付出的代价：在震惊经验中灵韵消解"。[233] 在本雅明看来，如果说"灵韵"就意味着我们注视的目光得到对象的回应，我们这种期待得到满足的话，那么，除了早期那首十四行诗《感应》之外，波德莱尔的诗歌越来越"明确无误地让人感到灵韵的消散"。[234] 正像他的诗句所描写的，春天的"香味归于乌有"，"忧郁"抵消了任何"灵韵"，人们在穿越象征的森林时，再也不能期待自然投来"亲切的目光"。

综上所述，波德莱尔研究之所以在本雅明的学术生涯中占有如此重要的地位，是因为他把波德莱尔视为第一位都市诗人，他徘徊在传统社会与现代社会的十字路口上，从而见证了现代资本主义对人类经验结构的深刻影响。因此，本雅明确信，借助于这一例证，便可揭示出现代主义文化与艺术的本质特征。然而，从另一角度看，他对波德莱尔诗篇的分析常常是断章取义、牵强附会的，因而不能视作文学批评的成功范例。究其缘由，一方面固然与他原先的研究计划有关，另一方面也与他独特的思想方法和理论目标有关。过于庞杂的研究计划和堆砌的文献资料，反而损害了他的波德莱尔评论。

第十节　普鲁斯特与瓦莱里

马塞尔·普鲁斯特（Marcel Proust, 1871—1922）和保尔·瓦莱里（Paul Valéry, 1871—1945）都堪称20世纪法国文坛的巨擘，同时也是见解独到的批评家。尽管他们各自擅长的领域不同，一个潜心于小说创作，一个致力于诗歌探索，但从批评史的角度看，无论在普鲁斯特对圣勃夫的驳斥中，还是在瓦莱里的"纯诗"理论中，都突出强调了诗人创作的头脑是一个与外界没有什么联系的封闭世界，都断然摒弃了从外部条件来解释文学作品的批评方法。

---

[233] 本雅明：《波德莱尔的几个主题》，见《巴黎，19世纪的首都》，刘北成译，上海人民出版社，2006年，第232—234页。

[234] 同上书，第228页。

普鲁斯特的《驳圣勃夫》

  普鲁斯特的《驳圣勃夫》(*Contre Sainte-Beuve*)是在1908年至1909年之间完成的,但这一手稿直到1954年才经人整理得以出版。然而,这又是一本多么奇特、多么庞杂的书啊!它仿佛是普鲁斯特为创作长篇小说《追忆似水年华》而作的一种准备,又好似作家暂时停步进行思考的一处平台,因而它几乎是一部汇聚了小说片段、创作札记和批评论文的综合性作品。初读《驳圣勃夫》一书,茫然不知置身何处。唯有细细揣摩,才能梳理出普鲁斯特那时断时续的思路。

  普鲁斯特对生活和艺术的理解,深受当时法国哲学家亨利·柏格森(Henri Bergson, 1859—1941)的直觉主义的影响。因而在《驳圣勃夫》一开篇,他就表明了一种贬低理智和逻辑、重视感觉印象的强烈倾向。他这样写道:

> 我认为作家只有摆脱智力,才能在我们获得的种种印象中将事物真正抓住,也就是说,真正达到事物本身,取得艺术的唯一内容。智力以过去时间的名义提供给我们的东西,也未必就是那种东西。我们生命中每一小时一经逝去,立刻寄寓并隐藏在某种物质对象之中,就像有些民间传说所说死者的灵魂那种情形一样。生命的一小时被拘禁于一定物质对象之中,这一对象如果我们没有发现,它就永远寄存其中。我们是通过那个对象认识生命的那个时刻的,我们把它从中召唤出来,它才能从那里得到解放。它所隐藏于其中的对象——或称之为感觉,因为对象是通过感觉和我们发生关系的——我们很可能不再与之相遇。因此,我们一生中有许多时间可能就此永远不复再现……对我来说,它们很可能已经一去不复返,永远消逝了。就像任何失而复现的情况一样,它们的失而复现,全凭一个偶然机会出现。[235]

  普鲁斯特回忆道:一个寒冷的傍晚,他外出回到家里,坐在灯下准备读书。这时候,女仆给他端来了一杯热茶,顺便还拿来几片烤面包。他把面包放到茶水里浸一浸,然后送进嘴里,那种味道使他产生了一种异样的心情,感到有天竺葵、香橙的芬芳,甚至感到有一种特异的光,一种幸福的感觉。由于专注于这浸过茶水的面包,突然间他记忆中的隔板被震破了,过去在乡下度过的那些时光一下子涌现在他

---

[235] 普鲁斯特:《驳圣勃夫》,王道乾译,百花文艺出版社,1992年,第1页。

的意识中，连同那些夏日的清晨和幸福时刻也都一一复现。当年，他每天清晨起床，总要到外祖父那里去喝早茶。外祖父总是把面包干放到茶水里蘸一下，然后给他吃。如今那些清晨早已成为过去，而茶水泡软的面包的感觉却成了那些过去时光的藏匿之所。倘若不是女仆送来了热茶，他就永远不可能与那些逝去的时光再度相遇。由此可见，要召回过去的印象，再现真实的感受，几乎全凭偶然的直觉和感受力，智力竟毫无所用！即使智力能再现那些时刻，它们也是诗意丧失殆尽的。[236]

在普鲁斯特看来，智力之所以对再现真实无能为力，乃是因为它仅仅停留于粗鄙的表象，无法深入人的精神领域。而真正的真实性却藏匿在以往岁月留下的种种印象之中，唯有摒弃粗鄙的表象，沉潜到静谧的心灵深处，才能复现这种心灵的真实。因此，"艺术家割断与表象的联系，深入到真正生命的深处……但首先必须具有深度，触及精神生活领域，艺术作品只有在精神领域才可能被创造出来"。[237] 普鲁斯特把这种艺术称为"心理现实主义"，并且解释说："因为这种心理现实主义，这种对我们的梦幻的准确描绘所要求的是另一种现实主义，这种现实主义是以现实为对象，而这种现实比之于其他现实更有生命力，永远复现在我们心中，它可以离开我们曾经亲自看过的地方在任何其他地方再度出现，使我们曾经亲见并有所忘却的地方重现原貌……"[238]

以这样的文学观念来重新审视圣勃夫的批评方法，普鲁斯特便深感它的粗浅和谬误。在他看来，圣勃夫的传记式批评方法无非是将作家与作品混为一谈，因而他总是在搜罗作家传记材料方面不遗余力，对作家的趣闻轶事津津乐道。对此，普鲁斯特一针见血地指出：

> 一本书是另一个"自我"的产物，而不是我们表现在日常习惯、社会、我们种种恶癖中的那个"自我"的产物，对此，圣勃夫的方法是不予承认，拒不接受的。这另一个自我，如果我们试图了解他，只有在我们内心深处设法使他再现，才可能真正同他接近。我们心灵的这种努力是任何东西都不可能驱散的。[239]

可是，圣勃夫却无法从这个角度去理解文学。由于"看不到横亘在作家与上流社会

---

[236] 普鲁斯特：《驳圣勃夫》，王道乾译，百花文艺出版社，1992年，第3页。
[237] 同上书，第224页。
[238] 同上书，第200页。
[239] 同上书，第65页。

人士之间的鸿沟,不理解作家的自我只能在作品中体现",因而他发明了这种传记式的批评方法。根据这种方法,"理解一位诗人、一位作家,必须不厌其烦地征询认识诗人、作家并有交往的那些人,他们可能告诉我们他对于女人问题持有何种见解,等等,也就是说,对诗人真正的自我毫不相干的一切方面"。[240] 这样,圣勃夫便把编写作家的生平传记当作了文学批评的全部内容,却将解读文学作品这一根本任务置于脑后。其结果,圣勃夫就把文学批评引向了歧途,不是对同时代的那些伟大作家缺乏理解,就是对那些杰作轻描淡写,或是作一些不痛不痒的调侃。

在普鲁斯特看来,圣勃夫对司汤达的评价便充分说明了这种传记式批评的弊端。圣勃夫曾经声称,为了对司汤达作出正确评价,他宁可撇开自己的印象,而听取那些与司汤达有过密切交往的人的意见。而事实上,圣勃夫本人就认识司汤达,可是他仍然对这位卓越的小说家作出了错误的评价。无论是《红与黑》还是《巴马修道院》,在圣勃夫的心目中都算不上什么杰作,对它们的评语也大多浮皮潦草,隔靴搔痒。在随意发表了一通议论之后,他的文章竟以"贝尔是一个正直的人"如此令人啼笑皆非的结论来煞尾!对此,普鲁斯特尖锐地指出,要得出这样的结论,又何须拜访梅里美和安培尔,任何人都可以轻而易举地说出同样的意见。[241]

不仅如此,普鲁斯特指出,圣勃夫对同时代许多富于独创性的作家几乎都是这样做的。圣勃夫与波德莱尔有过密切交往,倘若按照他的传记式批评方法,他对这位诗人的赞赏理应更有洞察力。可是,他却从未理解过波德莱尔的诗歌艺术。在普鲁斯特看来,《恶之花》表现的那个痛苦世界、它不动情的冷酷与丰富感受力的结合,以及那种有热量有色彩的独特形式,都是波德莱尔诗歌的魅力所在,也是他给法国文学带来的巨大震撼。在他的诗篇中,"感情与其说是表达出来,不如说是刻画出来。他为所有这类痛苦、这类深情找到一种前所未有的形式"。[242] 普鲁斯特尤其赞赏波德莱尔的象征艺术和通感手法,因为波德莱尔"看似没有直接说到什么(他说的是心灵的全部),只是用一种象征予以明指,而象征却始终极其具体、强烈,很少带有抽象性,用词也最为有力,最为常见,最恰切,这一类形式多得难以数计"。[243] 由此可以理解,圣勃夫对波德莱尔的那种居高临下、敷衍了事的态度,不能不使普鲁斯特感到气愤。

---

[240] 普鲁斯特:《驳圣勃夫》,王道乾译,百花文艺出版社,1992年,第71页。
[241] 同上书,第67页。
[242] 同上书,第108页。
[243] 同上书,第115页。

同样，普鲁斯特也批驳了圣勃夫对巴尔扎克的错误评价。按圣勃夫的说法，巴尔扎克之所以在法国各地受到欢迎，无非是因为他巧妙地利用了选择地点来展开他的故事情节。可是，他小说的人物再现手法却完全违背了读者的欣赏兴趣。而另一方面，圣勃夫却对巴尔扎克规模宏伟的构思、描绘图景的丰盛繁复毫不理解，竟然认为那是杂乱无章的堆积。而在普鲁斯特看来，尽管巴尔扎克的作品难免有些俗气，风格的各种成分也未能被融合转化吸收，但他的小说正是以巨大的真实性而取胜的。"他就是用这种精微深细的真实性让人们在后来仍然能够称道：这是多么真实！这种真实性是他从上流社会生活表层采集而来，无不具备概括面相当大的普遍性品位。"[244] 由此可见，正是巴尔扎克使普鲁斯特懂得了真实的重要性，为他创作《追忆似水年华》提供了有益的借鉴。

瓦莱里的"纯诗"理论

不难发现，瓦莱里所关心的一个中心问题，就是探索诗歌的创作过程。正如他在《诗与抽象思维》（*Poetry and Abstract Thought*, 1939）一文中所说的那样："我一向关注作品的形成或制作过程远甚于作品本身，我习惯于，或者说这是我一个癖好，只从行为的角度去评价作品。在我看来，一位诗人，是从某个事件起经历着一种隐蔽变化的人。"[245] 尽管这几乎是对一个看不见、摸不着的问题的探讨，但瓦莱里却始终乐此不疲，不厌其烦地描述着诗人在创作过程中头脑运作的情况。

在瓦莱里看来，诗人创作的头脑是一个纯粹的、封闭的世界，与诗人日常生活中的世界几乎没有什么关联。因此，一切从外部条件来解释诗歌的方法都是徒劳无益的。在《关于〈阿多尼斯〉》（*Concerning Adonis*, 1921）一文中，他指出："所谓的文学史资料几乎没有触及诗歌的秘密。一切都在艺术家的内心进行，似乎我们在他的生活中可以观察到的一切事件只对其作品有着表面的影响。更重要的东西——缪斯女神的行为本身——与他的经历、生活方式、遭遇以及一切可以在一部传记中披露的事情无关。"[246] 就此而言，瓦莱里的探索是与20世纪前期西方文学批评的主导倾向相一致的，都断然摒弃了文学研究中的实证主义方法。

然而，从另一角度看，瓦莱里的兴趣所在并不是艺术作品本身，而是艺术构思

---

[244] 普鲁斯特：《驳圣勃夫》，王道乾译，百花文艺出版社，1992年，第152页。
[245] 瓦莱里：《诗与抽象思维》，见《文艺杂谈》，段映红译，百花文艺出版社，2002年，第292页。
[246] 瓦莱里：《关于〈阿多尼斯〉》，见《文艺杂谈》，段映红译，百花文艺出版社，2002年，第33页。

中的那些"内省的奇迹"(marvels of introspection),即诗人在创作过程中头脑运作的情况。在他看来,诗人的创作开始于某种"诗的状态"。它并非出于诗人的刻意追求,而是源自某个偶然的机缘。某个"主题"、某种旋律、某组词语,有时甚至是某阵感动,都足以触发诗人内心的"诗的状态"。瓦莱里对这一话题是如此津津乐道,以致多次描述了在自己身上所观察到的这种现象:有一天,他正在街上散步,突然被一种节奏抓住了,仿佛整个身心都被它所操纵。接着另一种节奏又赶上来,并与第一种节奏相汇合。这种音乐节奏的复杂程度远非一个诗人所能想象,因而只能令人徒叹无奈。大约20分钟之后,这种魔幻骤然消失了,却把诗人抛在了塞纳河边。此情此景,让他惊讶得如同寓言中的那只鸭子,它发现自己孵出一只天鹅,却眼睁睁地看着它飞走了。倘若这种情形发生在音乐家身上,他或许有可能把这一馈赠转化为一部艺术作品。[247]

尽管如此,在瓦莱里看来,这种状态还不足以造就一个诗人。从根本上讲,诗歌创作是一种理性活动,"凭着心不在焉和想入非非写不出如此优美和罕见的词句。作为一位真正的诗人的真正的条件,是他在梦想状态中仍然保持最清醒的头脑。我从中只能看到有意识的追求、变得灵活的思想、同意受到一些美妙羁绊的心灵以及牺牲的不断胜利"。[248] 他在《论诗》(*Remarks on Poetry*, 1927)一文中谈到,优美的诗篇,一方面是艰苦磨砺的结果,另一方面也是智慧和不懈努力的纪念碑,是意志和分析的产物。完成这样的作品需要多方面的才能,不能仅凭热情和陶醉。"满足于受到灵感启发的人,他必须承认,要么诗的产生纯属偶然的作用,要么它来自某种超自然的传达;无论哪一种假设都将诗人降低为一种可怜的被动角色。"[249]

因此,正像他所推崇的爱伦·坡、波德莱尔和马拉美等苦吟诗人一样,瓦莱里看重的也是诗歌创作中的理性因素和自觉努力。在他看来,世上的那些宝贵财富——黄金、钻石、宝石,都散落和深藏在大量岩石或砂砾之中。如果没有人类的劳动将它们从沉睡的黑暗中发掘出来,将它们制作成首饰,那么它们就毫无价值。诗人要做的就是这样的工作。一个人无论具有多大的天赋,也难以不假思索地即兴创作。[250] 因此,瓦莱里重申:

---

[247] Paul Valéry, "Memoirs of a Poem", in *The Art of Poetry*, translated by Denise Folliot, Routledge & Kegan Paul Ltd., 1958, p.112.
[248] 瓦莱里:《关于〈阿多尼斯〉》,见《文艺杂谈》,段映红译,百花文艺出版社,2002年,第26页。
[249] 瓦莱里:《论诗》,见《文艺杂谈》,段映红译,百花文艺出版社,2002年,第339—340页。
[250] 瓦莱里:《诗与抽象思维》,见《文艺杂谈》,段映红译,百花文艺出版社,2002年,第299页。

> 凡是真正的诗人必定是第一流的批评家。若对此有所怀疑，就根本不要去设想什么是脑力劳动，这是一场与时刻的不平等、结合的偶然、注意力的涣散、外部消遣进行的抗争……这还不是全部。任何真正的诗人远比人们一般所认为的更加擅长正确推理和抽象思维。[251]

正是在这个意义上，瓦莱里高度评价了爱伦·坡的《创作哲学》，称赞他是"一位数学家、哲学家和伟大的作家"。[252]

瓦莱里反复讨论的另一话题，是所谓"纯诗"（pure poetry）问题。早在1920年为吕西安·法布尔（Lucien Fabre，1889—1953）的诗集《认识女神》（*Connaissance de la Deesse*）所撰写的前言中，瓦莱里就提出了"纯诗"这一概念，并把它当作自爱伦·坡和波德莱尔以来诗歌所追求的一种理想。[253] 在后来的《纯诗》（*Pure Poetry*，1928）、《关于〈海滨墓园〉》（*Concerning Le Cimetiere marin*，1933）和《诗与抽象思维》等一系列论文中，他又作了更多的阐述。概括地说，所谓"纯诗"，意味着有一个与现实世界截然不同的幻想世界，一种排除了散文因素的"绝对的诗"（absolute poetry），一种与音乐相类似的艺术创造。尽管瓦莱里承认，这是一个难以企及的目标，但诗歌将永远是为了达到这个理想而作的一种努力。

而要追求纯诗，首先就会遇到一个如何处理语言材料的问题。瓦莱里多次谈到这样一件饶有风趣的事：大画家埃德加·德加（Edgar Degas，1834—1917）为写诗而深感苦恼，他曾对马拉美抱怨说，他满脑子都是思想，可是却写不出诗来。马拉美却回答说："亲爱的德加，写诗用的不是思想，而是词语。"[254] 然而，在瓦莱里看来，语言却是一种普通的、实用的因素，因而也是一种粗糙的工具。不仅每个人都使用它，而且每个人都根据自己的意愿对它加以改造。诗人的困难就在于：一方面，他的任务是创造一个与实用毫无关系的世界；另一方面，他又必须从这个实用的工具提取种种手段，以便创造出一部在本质上非实用的作品。因此，现代诗人的任务是何其复杂，他所面临的困难又是何其繁多！[255]

---

[251] 瓦莱里：《诗与抽象思维》，见《文艺杂谈》，段映红译，百花文艺出版社，2002年，第300页。
[252] Paul Valéry, "On Literary Technique", in *The Art of Poetry*, translated by Denise Folliot, Routledge & Kegan Paul Ltd., 1958, p.319.
[253] Paul Valéry, "A Foreword", in *The Art of Poetry*, translated by Denise Folliot, Routledge & Kegan Paul Ltd., 1958, pp.41—42.
[254] 瓦莱里：《诗与抽象思维》，见《文艺杂谈》，段映红译，百花文艺出版社，2002年，第287页。
[255] Paul Valéry, "Pure Poetry", in *The Art of Poetry*, translated by Denise Folliot, Routledge & Kegan Paul Ltd., 1958, p.189.

要说明诗人的任务是何等艰巨,只需将他的情况与音乐家作一对比便可以明了。几个世纪以来,音乐的发展早已区分了噪音世界与纯音世界。一旦出现某种纯音,即刻就创造了一种特殊的氛围,使我们的感觉产生一种特殊的期待。因此,音乐家是多么幸运,在他们开始工作之前,就为其精神的运作提供了适当的材料和精确无误的手段。与之相比,诗人所遇到的情况则全然不同。摆在诗人面前的是普通的语言,他所拥有的只不过是词典和语法这些粗略的工具。此外,他要诉诸的并非是听觉这一特殊的感官,而是一种普遍的、散漫的期待。更何况,没有什么比语言中各种属性的古怪结合更复杂的了。不仅声音与意义协调的情况极为罕见,而且某一话语可能显示了极为不同的属性:它可能是合乎逻辑而缺乏和谐的,可能是和谐而毫无意义的,可能是清晰而缺乏美感的,可能是散文,亦可能是诗。诗人所要应付的正是如此庞杂的语言属性,他必须利用这些平庸、杂乱的材料,创造出一个富于诗情画意的"纯诗"境界。瓦莱里由此指出:

> 假如这个悖论问题能够彻底解决,换言之,假如诗人能够创造出其中没有任何散文成分的作品,在这样的诗中,音乐的持续性永不间断,意义之间的关系始终符合和谐关系,思想之间的转换似乎比任何思想本身都更为重要,修辞格的运用包含了主题的实现,那么,人们便可以把纯诗作为某种存在的事物来谈论了。[256]

显然,在瓦莱里的论述中,诗歌的音乐性,诗歌与散文的对立,是评判"纯诗"的两个重要标准。在他看来,如果说在现实生活中话语的形式几乎无足轻重的话,那么,在写诗的过程中,诗人则必须同时考虑声音和意义这两个方面,满足其音乐性的要求。因此,音乐性乃是构成"纯诗"的第一个标准:"诗歌要求或暗示着一个迥然不同的'世界':一个与类似声音的世界相关联的世界,在这个世界产生和流动着音乐的思维。正是在诗的世界里,共鸣远胜于因果关系,远未在效果中消失的'形式'仿佛又被它重新召回。观念召唤着它的声音。"[257] 另一方面,所谓"纯诗",也意味着要创造一种彻底清除了散文因素的诗歌。瓦莱里采用法国古典诗人马雷伯(Malheerbe,1555—1628)的说法,把散文比作行走,把诗歌比作舞蹈。在他看来,

---

[256] Paul Valéry, "Pure Poetry", in *The Art of Poetry*, translated by Denise Folliot, Routledge & Kegan Paul Ltd., 1958, p.192.

[257] Paul Valéry, "Concerning Le Cimetiere marin", in *The Art of Poetry*, translated by Denise Folliot, Routledge & Kegan Paul Ltd., 1958, p.146.

散文犹如行走，瞄准着一个确定的目标。一旦实现了它的目标，目的就掩盖了方式。诗歌则犹如舞蹈，并不是要执行某个确切的行动。如果说舞蹈也追求某个目标的话，那只不过是"一个想象中的目标，一种状态，一阵欣喜，想象中的鲜花，一种生活的极端，一个微笑——它最终出现在那个希望从空荡荡的空间得到它的人的脸上"，与实用目标毫不相干。[258]

这里值得注意的是，瓦莱里在一定程度克服了极端的形式主义倾向，而将形式与意义视为诗歌中不可或缺的两个基本因素。他要求我们去设想在两个对称点之间晃动的钟摆，其一端是语言的可感知的形式（声音、节奏、重音等等），另一端是构成话语的"内容"或"意义"的东西（形象、思想、感情等等）。这样，诗的钟摆就"摇晃在声音和思想之间，在思想和声音之间，在在场与不在场之间"，"一首诗的价值存在于声音与意义不可分割的关系之中"。[259] 瓦莱里由此指出，在一切艺术中，诗歌"需要协调的独立成分或因素最多，声音、意义、真实、想象、逻辑、句法以及内容和形式两方面的创造……"[260] 从这个意义上说，所谓"纯诗"，仍然是由诸多对立的成分构成的，因而也终将为"非纯诗"所解构。

第十一节 萨　特

毫无疑问，让－保尔·萨特（Jean-Paul Sartre，1905—1980）是二战前后法国最有影响的知识分子。他一生著述甚丰，广泛涉及哲学、伦理学、政论和文学等诸多领域。而萨特的文学批评，则是他整个写作活动的有机组成部分。即使撇开那些运用"存在精神分析法"的《波德莱尔》(*Baudelaire*, 1946)、《圣·热奈：喜剧演员和殉道者》(*Saint Genet: comedien et martyr*, 1952)、《家庭的白痴：古斯塔夫·福楼拜》(*L'Idot de la famille: Gustave Flaubert*, 1971) 等专题研究不论，他的《什么是文学？》(*Qu'est ce que la littérature?* 1947) 和收入在《处境》第一集 (*Situation*, 1947) 中的早期评论，也在当时法国批评界具有重要影响。为方便起见，且让我们从他的《什么是文学？》谈起，而后再回过头来评述他早期的批评活动。

---

[258] 瓦莱里：《诗与抽象思维》，见《文艺杂谈》，段映红译，百花文艺出版社，2002年，第294页。
[259] 同上书，第295—296页。另参见瓦莱里：《论诗》，见《文艺杂谈》，段映红译，百花文艺出版社，2002年，第338页。
[260] 同上书，第303页。

《什么是文学?》及其"介入文学"的主张

萨特写作《什么是文学?》,是与他战后积极投身社会活动分不开的。1945年10月,萨特在《现代》(Les Temps Moderns)杂志上撰文,提出"介入文学"的主张,号召作家在写作时必须履行自己的职责,回答时代的各种重大问题。由于这一主张在法国文坛引起了轩然大波,进而促使他写成《什么是文学?》一书,对什么是写作、为什么写作、为谁写作以及当前作家的处境等一系列问题作出全面回答。从这个意义上说,《什么是文学?》乃是萨特文学观的集中表述。

在第一章"什么是写作?"中,萨特首先指出,作家是用文字作为表达工具的,因而是与意义打交道的。不过,萨特又把文学分为诗歌和散文两个不同的领域。在他看来,诗歌的语言是非功利性的,因而不可能要求诗人也介入社会生活。与此相反,散文在本质上就是功利性的。对于散文作家来说,重要的不在于词语本身是否讨人喜欢,而在于它们能否正确地指称世界。因此,散文首先是一种精神态度,是我们获得的一种纯粹的功能。语言是行动的某一特殊瞬间,我们不能离开行动去理解它。

这样,人们就有权去问一个散文作家:你为什么目的写作?你投入了什么事业?为什么这项事业要求你写作?萨特由此断言:

> 说话就是行动:任何东西一旦被人叫出名字,它就不再是原来的东西了,它失去了自己的无邪性质。如果你对一个人道破了他的行动,你就对他显示了他的行动,于是他看到了他自己。由于你同时也向所有其他人道破了他的行动,他知道自己在看到自己的同时也被人看到……他又怎么能照原来的方式行动呢?[261]

所以,散文作家是选择语言作为行动方式的人,他的行动方式可以称为"通过揭露而行动"。那么,他要揭露世界的哪种面貌呢?他想通过揭露给世界带来什么变化呢?萨特指出:"作家选择了揭露世界,特别是向其他人揭露人,以便其他人面对赤裸裸向他们呈现的客体负起他们的全部责任。"[262] 因为一旦介入语言的天地,作家就再也不能假装他不会说话,即使沉默也仍然是语言的一个瞬间。沉默不是不会说话,而是拒绝说话。

由此可以理解,萨特何以强烈反对"为艺术而艺术"的论调。在他看来,"纯

---

[261] 萨特:《什么是文学?》,见《萨特文论选》,施康强译,人民文学出版社,1991年,第102页。
[262] 同上书,第103页。

艺术和空虚的艺术是一回事，美学纯洁主义不过是上个世纪的资产者们漂亮的防卫措施"。[263] 萨特也不能容忍所谓"作家的职责在于向读者传递信息"的说法，因为这种不痛不痒的说法与"写作即揭露即行动"的见解相去甚远。他甚至偏激地把大部分批评家称为"公墓看守人"，指责他们不与现实打交道，却选择了与死者交往。既然那些作家早已离开人世，批评家就不必在爱和恨之间作出抉择。其结果，阅读作品竟然成了躲避社会生活的一种方式。总之，在萨特看来，写作就是行动，从事文学创作就是介入社会生活。因此，关于"什么是写作"，萨特完全是从作家的社会角色和社会职责来展开论述的。

在第二章讨论"为什么写作？"这一问题时，萨特充分吸收了现象学的有关理论，对读者的阅读活动给予了高度重视。在他看来，作家不可能单独完成作品，要使白纸黑字成为艺术作品，就需要有一个被人们称之为"阅读"的具体行动。正如萨特所说的："既然创造只能在阅读中得到完成，既然艺术家必须委托另一个人来完成他开始做的事情，既然他只有通过读者的意识才能体会到他对于自己的作品而言是最主要的，因此，任何文学作品都是一种召唤。写作，这是为了召唤读者以便读者把我借助语言着手进行的揭示转化为客观存在。"[264]

在萨特看来，阅读并不是一项机械性的行动，而是知觉与创造的综合。文学客体虽然通过语言才能得以实现，但作品的意义和风格从来都不是现成给予的，必须由读者在不断超越字句的过程中去发现和获得。当然，这一过程离不开作者的引导，"但是作者只是引导他而已，作者设置的路标之间都是虚空，读者必须自己抵达这些路标，他必须超过它们。一句话，阅读是引导下的创作"。[265] 正是在这里，萨特运用了现象学方法，把阅读活动描述为一个充满预测和期待的动态过程：

> 阅读过程是一个预测和期待的过程。人们预测他们正在读的那句话的结尾，预测下一句话和下一页；人们期待它们证实或推翻自己的预测，组成阅读过程的是一系列假设、一系列梦想和紧跟着梦想之后的觉醒，以及一系列希望和失望；读者总是走在他正在读的那句话的前头，他们面临一个仅仅是可能产生的未来，随着他们的阅读逐步深入，这个未来部分得到确立，部分则沦为虚妄，正是这个逐页后退的未来形成文学对象的变幻的

---

[263] 萨特：《什么是文学？》，见《萨特文论选》，施康强译，人民文学出版社，1991年，第105页。
[264] 同上书，第121页。
[265] 同上书，第120页。

地平线。没有期待，没有未来，没有无知状态，就不会有客观性。[266]

而正是由于强调了读者的积极参与作用，萨特的理论接近了罗曼·英加登的现象学美学，也成为后来德国"接受美学"的先声。

如果说文学作品是一种召唤，那么，作家向什么发出召唤呢？萨特认为，作家是向读者的自由发出召唤，让他来协同产生作品。一方面，作家为诉诸读者的自由而写作，他也只有得到这个自由才能使他的作品得以存在。另一方面，作家还要求读者把他给予他们的信任再归还给他，要求他们承认他的创造自由。这样，在阅读过程中就出现了这样一种辩证关系："我们越是感到我们自己的自由，我们就越是承认别人的自由，别人要求于我们越多，我们要求于他们的就越多。"[267] 当然，泛泛谈论写作是"要求自由"、"保卫自由"还不够，必须具体考察历史上作家与读者的关系，才能对这一问题作出正确的回答。这样，萨特就离开"为什么写作"这一话题，转而讨论作家的阶级身份及其服务对象、作家与社会意识形态的关系、作家与读者关系的历史变迁等问题。

第三章"为谁写作？"一开篇，萨特指出，所谓"为所有的读者写作"只是一个抽象的梦，不管作家的意愿如何，事实上他总是在对自己的同时代人、同阶级的读者说话。值得注意的是，由于受泰纳和埃米尔·埃内基（Emile Hennequin, 1859—1888）的影响，萨特完全转向了文学社会学方面的讨论。他认为，既然作家的任务是向社会揭示它的真相，因而往往与统治阶级的利益背道而驰。具体地说，这一冲突表现为"保守势力——即作家的真正读者，与进步势力——即作家的潜在读者之间的对抗"。[268] 当然，历史上也曾出现过潜在的读者群几乎不存在的情况。例如，在12世纪欧洲，教士专门为教士们写作，因为当时阅读和写作都是只有专业人员才能掌握的技巧。在17世纪法国，读者群仍然极其有限。读者既是上流社会的成员，又是文学的行家里手，而作家则由国王供养，他们的作品专供这些精英分子阅读。这样，古典主义作家就成了读者的同谋，不加批判地接受精英集团的意识形态，按照传统的价值观念和古代作品的典范来写作。

在萨特看来，18世纪为法国作家提供了千载难逢的机会。一方面，统治阶级已失去了对意识形态的控制；另一方面，受压迫的资产阶级已拥有金钱、文化和闲暇，

---

[266] 萨特：《什么是文学？》，见《萨特文论选》，施康强译，人民文学出版社，1991年，第117页。
[267] 同上书，第125页。
[268] 同上书，第148页。

作为真正的读者群向作家显现出来。在这种背景下,文学第一次意识到了自身的独立性,并与创造思想和批判思想的权力融为一体。资产阶级渴望舆论自由,把取得这一自由当作通向政治权力的一个步骤。因此,"作家在为他自己并作为作家要求思想自由及表达思想的自由的同时,他必定在为资产阶级的利益服务"。[269]

然而,一旦资产阶级夺取政权之后,情况就完全改变了。作家被要求去满足一个统一的读者群,即表现资产阶级的意识形态和理想主义。当然,最优秀的作家拒绝合作。他们的拒绝固然挽救了文学,但也确定了文学在此后50年间的基本特征。从1848年到1914年,作家在原则上为反对所有读者而写作,文学史上出现了前所未有的作家与读者之间的根本冲突。作家不愿意知道为谁而写作,更乐意声称仅为自己或上帝而写作。萨特以激进的姿态对19世纪文学展开了批判,并断言:"从'为艺术而艺术'经过现实主义和巴那斯派直到象征主义,所有的流派在一点上达成一致,即艺术是纯消费的最高形式。"[270] 而到了超现实主义那里,人们写作已经不止是要把世界消费掉,而且是为了把文学消费掉。萨特认为,当前迫切需要回答的问题是:什么是1947年作家的处境,他有怎样的读者群,怎样的神话,他可能、愿意、应该写作什么?由此可以想见,萨特的论述将继续围绕着作家所面临的社会处境展开,对文学现状的讨论实际上变成了对战后法国社会的分析。

在第四章讨论"1947年作家的处境"时,萨特把当代法国作家分为三代人。第一代作家在第一次世界大战之前开始创作,现已功成名就,安德烈·纪德、弗朗索瓦·莫里亚克、马塞尔·普鲁斯特、罗曼·罗兰、保尔·克洛岱尔就是这一代作家的代表。第二代作家在1918年以后成人,活跃于两次世界大战之间,其代表是安德烈·布勒东等超现实主义作家。在萨特看来,他们"通过用睡梦和自动写作来象征性地取消自我,用生产渐趋消失的客体性来象征性地取消客体,用产生怪诞不经的意义来象征性地取消语言,用绘画来毁灭绘画,用文学来取消文学"。[271]

第三代作家是在二战爆发前开始写作的,萨特把安德烈·马尔罗、圣埃克絮佩里和他自己都划入了这一代。如果说上一辈作家缺乏历史意识,所写的是一种"平均处境文学"的话,那么,由于严酷的战争,新一代作家却被粗暴地重新纳入历史,体验到作为人的极限,着手创作"极限处境文学"。在此情况下,福楼拜和莫里亚克的小说艺术已不再适用,卡夫卡、福克纳和海明威的作品则提供了有益的借鉴。

---

[269] 萨特:《什么是文学?》,见《萨特文论选》,施康强译,人民文学出版社,1991年,第165页。
[270] 同上书,第181页。
[271] 同上书,第219页。

萨特认为,在战后这样一个强调生产和建设的社会里,作家的任务已被指定:"就文学是否定性而言,文学将对劳动的异化提出异议;就它是创造和超越而言,它将把人表现为创造性行动,它将伴随人为超越自身的异化,趋向更好的处境而做的努力。"[272] 这种文学不可能为读者带来享乐,而是带来痛苦和疑问;不是让人"观看"世界,而是去改变世界。但萨特却耸人听闻地断言,文学正在死去,因为作家已不再知道为谁写作,他们的读者群正在消失。

尽管《什么是文学?》在当时法国激起了很大反响,然而从今天来看,萨特的论述也存在明显的失误。第一,由于强调文学作品是作家与读者合作的产物,萨特对作家和读者的关系史表现了浓厚的兴趣。然而,当他把一部法国文学史描述为作家与读者的关系从和解走向冲突的历程时,也对19世纪以来的法国文学作了极其简单的处理。第二,萨特的兴趣并不在于文学本身,而在于探讨作家的社会处境和当代文学的历史使命。他的讨论从一开始就偏离了文学话题,一步步引向了各种社会历史问题。其结果,他既没有说清"什么是写作"的问题,也没有解答"为什么写作"和"为谁写作"的问题,因而也不可能交出一份"什么是文学"的答案。

论莫里亚克、加缪和福克纳

如果说《什么是文学?》带有强烈的政论色彩的话,那么,收入在《处境》第一集中的早期评论,则更多地体现了萨特对小说艺术本身的思考。《弗朗索瓦·莫里亚克先生与自由》(*Francois Mauriac and Freedom*, 1939)一文,是对这位法国作家的小说《黑夜的终止》所作的批评。在萨特看来,作家要赋予笔下的人物以生命,就必须给他们以充分自由。倘若读者猜到人物未来的行动已被他的遗传因素、社会影响或其他机制所预先规定,那么,作品的意趣就会荡然无存。莫里亚克虽然企图在最深处触及一个女人的自由,但作家在动笔之前就铸定了人物的本质,把命运与性格混为一谈,其结果,就把女主人公苔蕾丝·德斯盖鲁变成了"一件物,一连串安排好的动机、模式、情欲、习惯和利益——一个可以概括为几句格言的——一种宿命力量"。[273] 萨特认为,命运的概念固然饶有诗意,但唯有人物根据自己的自由意志采取的行动,才是小说应当表现的内容。

与此相联系的是,莫里亚克对他笔下的人物采取了无所不知的上帝的观点。他

---

[272] 萨特:《什么是文学?》,见《萨特文论选》,施康强译,人民文学出版社,1991年,第255页。
[273] 萨特:《弗朗索瓦·莫里亚克先生与自由》,见《萨特文论选》,施康强译,人民文学出版社,1991年,第29页。

解释他的人物，给他们分类，不容上诉地给他们定罪。他在叙述时既位于人物内部，又位于人物外部。换言之，小说时而采用苔蕾丝的视角叙述故事，时而采取作者的视角来评判她，向读者提供一些连人物自己都一无所知的情况。而在萨特看来，小说家并不是上帝，他也没有权利对人物作出绝对的判决：

> 无论如何，把绝对真理，即上帝的观点引入小说是双重的技术错误：首先，这一绝对真理意味着存在一个不卷入行动、纯粹处于观察者地位的叙述者……其次，绝对是没有时间性的。如果你用绝对方式进行叙述，时间的持续就会断裂，小说从你眼皮底下消失，只剩下一种萎靡不振的表现为永恒形式的真理。[274]

正如韦恩·布斯在其《小说修辞学》(The Rhetoric of Fiction, 1961) 中所指出的，萨特不仅要求作家完全避免全知的议论，而且要求作家提供一种他根本不存在于作品之中的幻觉。[275] 而这种试图从小说中清除掉作家声音的主张，事实上是根本不可能做到的。

然而，萨特对《局外人》所作的解读，却表明了他对这部小说的深刻理解。他认为，加缪的《西西弗的神话》为我们理解这部小说提供了一把钥匙：荒诞既是一种事实状态，也是某些人对这一状态的清醒意识，局外人就是这样一个面对世界的人。当然，荒诞的感觉毕竟不同于荒诞的概念。如果说加缪的《西西弗的神话》只是提供了荒诞的概念，那么，《局外人》却为我们提供了荒诞的感觉。由此，便产生了这部小说的艺术特点："一方面是切身经历的日常生活平淡无奇的细流，另一方面则是由人的理性和言词重新组合这一现实生活，以便给人教益，于是产生荒诞的感觉，即我们无法用我们的观念和语汇去思考世上的事件。"[276]

萨特指出，为了表现这一荒诞感觉，加缪借鉴了海明威的语言技巧，即喜欢使用短句，而且是利用句子的不连贯性来表现彼此孤立的生活现象。这样，《局外人》的每句话都是一个现时，每句话都好像是一座岛屿，避免了任何因果联系，也过滤掉任何意义。加缪也不喜欢有条理的叙述，他所有的句子都彼此等值，就跟荒诞的人的所有经验都是等值的一样。他甚至把人物的对话加以简化，往往用非直接引语

---

[274] 萨特：《弗朗索瓦·莫里亚克先生与自由》，见《萨特文论选》，施康强译，人民文学出版社，1991年，第28页。

[275] Wayne C. Booth, *The Rhetoric of Fiction*, Penguin Books Ltd., 2nd edition, 1983, p.56.

[276] 萨特：《〈局外人〉的诠释》，见《萨特文论选》，施康强译，人民文学出版社，1991年，第63页。

记录对话，或不用特殊的印刷符号标明对话。

在此之前，萨特还对几部美国小说发生了浓厚的兴趣。他撰写了两篇评论福克纳的论文，一篇题为《福克纳的〈萨托里斯〉》（*On Faulkner's Sartoris*, 1938），另一篇题为《关于〈喧哗与骚动〉，福克纳小说中的时间》（*The Sound and the Fury, or Time in the Novel of Faulkner*, 1939）。萨特指出："一种小说技巧总与小说家的哲学相关联。批评家的任务是在评论小说家的技巧之前，首先找出他的哲学观点。"[277] 在萨特看来，福克纳的哲学是一种时间哲学。正如这部小说中的昆丁砸毁了他的手表所具有的象征意义一样，在福克纳的小说中，只有过去和现在，而没有未来。换言之，福克纳把人写成一个没有未来的总体，他笔下的人物被剥夺了可能性，只能通过他的过去来解释他的现在。究其原因，一是作为一种普遍的文学现象，当代许多大作家，诸如普鲁斯特、乔伊斯、多斯·帕索斯、福克纳、纪德和弗吉尼亚·伍尔夫，都企图以自己的方式割裂时间，而福克纳则与普鲁斯特相似，去掉了时间的未来。二是要到当时的社会状况中去寻找原因。福克纳生活在一个不可能发生革命的时代，于是他用出众的艺术，描绘了一个正在死于衰老的社会，以及人们在这个社会里所感到的窒息。这样，萨特就把对小说中时间处理的分析与对社会状况的观察结合起来。

萨特把多斯·帕索斯赞誉为"当代最伟大的作家"。他指出，多斯·帕索斯把这个世界展示给我们看，却不加任何解释和评论。然而，正是通过描绘这些熟悉的外表，他使这些外表变得无法忍受。多斯·帕索斯对时间的处理也是一个独特的创造：他使用完成时和未完成时并非为了遵循语法，而是为了使过去的事实保留当时的鲜味。这样，他所描绘的人生便已封闭，它们有声、有味、有光，但却没有生命。因此，"多斯·帕索斯想表达的，正是这种窒息感。资本主义社会里的人没有生命，他们只有命运"。[278] 从艺术效果上说，多斯·帕索斯仅仅用新闻报道的技巧讲述某个人的一生，这样，"人生就如萨尔茨堡的盐矿里的树枝一样结晶，取得社会意义。社会小说最棘手的向典型过渡的问题也就同时得到解决"。[279] 于是，在萨特的论述中，对时间处理的探讨，就再次被归结为小说的社会意义。

---

[277] 萨特：《关于〈喧哗与骚动〉，福克纳小说中的时间》，见《萨特文论选》，施康强译，人民文学出版社，1991年，第44—45页。
[278] 萨特：《关于多斯·帕索斯和〈1919年〉》，见《萨特文论选》，施康强译，人民文学出版社，1991年，第12页。
[279] 同上书，第15页。

第十二节　俄国形式主义

俄国形式主义（Russian Formalism）是在十月革命前后出现的一个文学批评流派。1915年，以罗曼·雅各布森（Roman Jakobson, 1896—1982）为代表的几个大学生在当时科学院的赞助下，建立了"莫斯科语言学小组"。次年，一伙青年学者又在彼得堡成立了"诗歌语言研究会"，其主要成员有维克多·什克洛夫斯基（Viktor Shklovsky, 1893—1984）、鲍里斯·艾亨鲍姆（Boris Eichenbaum, 1886—1959）、奥西普·勃里克（Osip Brik, 1888—1938）、鲍里斯·托马舍夫斯基（Boris Tomashevsky, 1890—1957）、尤里·迪尼亚诺夫（Yury Tynyanov, 1894—1943）等等。此外，还有一些受到影响、但严格说来却并不属于形式主义流派的人物，诸如维克多·日尔蒙斯基（Viktor Zhirmunsky, 1891—1971）、维克多·维诺格拉多夫（Viktor Vinogradov, 1895—1969）、列夫·雅库宾斯基（Lev Jakubinsky, 1892—1945）、弗拉基米尔·普洛普（Vladimir Propp, 1895—1970）等人。正是在这些青年学者的共同努力下，创建了一套别开生面的文学理论，也改变了长期以来俄国文学批评所形成的传统观念。

一般认为，俄国形式主义的历史大致可以分为三个阶段：从1916年至1921年是其自我确立的阶段，它致力于同以往的文学理论决裂，集中探讨了诗歌语言和散文写作问题；从1921年至1928年是其发展阶段，在这一阶段它不仅重新审视了整个复杂的文学问题，而且转向了对文学史的探讨；从1928年至1935年是其解体阶段，迫于当时占统治地位的意识形态的压力，一部分人放弃了原来的立场，一部分人试图调和马克思主义与形式主义，还有一部分人则干脆改行转向了其他学科。[280] 从此，俄国形式主义在它的本土偃旗息鼓，乃至几乎被人完全遗忘。

然而，罗曼·雅各布森早在1920年就离开俄国前往捷克，并在那里与维勒姆·马蒂修斯（Vilem Mathesius, 1882—1945）、扬·穆卡洛夫斯基（Jan Mukarovsky, 1891—1975）等人一起建立了布拉格语言学派，使形式主义的研究在那里得到延续。1939年，布拉格学派由于二战爆发而解体，雅各布森又前往美国，继续从事他的学术研究。从这个意义上说，雅各布森犹如一个普罗米修斯式的人物，正是他把俄国形式主义的思想火种带到了国外。从20世纪50、60年代起，俄国形式主义引起了西方学者的浓厚兴趣，各种译介性论著纷纷出版，产生了广泛影响。以

---

[280] R. Wellek, *A History of Modern Criticism*, vol. 7, Yale University Press, 1991, pp.319—320.

致佛克马和易布思在《二十世纪文学理论》(Theories of Literature in the Twentieth Century, 1977)一书中这样写道:"俄国形式主义的许多假说和价值观念,现在比以往任何时候似乎都更富于活力……欧洲各种新流派的文学理论中,几乎每一流派都从这一'形式主义'传统中得到启示,都在强调俄国形式主义传统中的不同趋向,并竭力把自己对它的解释,说成是唯一正确的看法。"[281]

从"文学性"与"陌生化"说起

正如我们所知,20世纪伊始,在文学研究领域就出现了一种新趋势。人们对沿袭已久的实证主义方法普遍不满,纷纷试图从各种崭新的角度来重新审视文学。而俄国形式主义所作的探索,其根本目的就是为了使文学研究真正成为一门相对独立的学科。正如鲍里斯·艾亨鲍姆在《"形式方法"的理论》(The Theory of the 'Formal Method', 1926)一文中所指出的:"表明我们特点的,既不是作为一种美学理论的'形式主义',也不是作为一种业已完成的科学体系的'方法论',我们的特点只是试图创造一门独立的文学学科,它将着重研究文学的材料。我们唯一的任务是获得对文学艺术这一理论事实和历史事实的认识。"[282]

而要创建一门独立的文学学科,就必须与传统的研究方法实行决裂。在俄国形式主义者看来,那些学院派批评家,无论是亚历山大·波捷勃尼亚(Alexander Potebnya, 1835—1891)还是亚历山大·维谢洛夫斯基(Alexander Veselovsky, 1838—1906)的门徒,总是固守教条,把文学研究当作其他学科的附庸来看待。而在20世纪初,尽管以德·梅列日科夫斯基(Dmitry Merezhkovsky, 1865—1941)、维·伊凡诺夫(V. Ivanov, 1866—1949)、安德烈·别雷(Andrey Bely, 1880—1934)为代表的象征主义诗学影响甚广,但却同样把诗学混同于哲学或宗教,带有浓厚的主观主义倾向。因此,正如艾亨鲍姆所强调的,要建立一门独立的文学学科,"首要的问题不在于如何研究文学,而在于明确文学研究的对象究竟是什么"。[283]

对此,雅各布森给出了一个独特的答案。他在《现代俄国诗歌》(Modern Russian Poetry, 1921)中指出:

---

[281] 佛克马、易布思:《二十世纪文学理论》,林书武等译,生活·读书·新知三联书店,1988年,第13—14页。
[282] Boris Eichenbaum, "The Theory of the 'Formal Method'", in *Russian Formalist Criticism: Four Essays*, Translated by Lee T. Lemon and Marion J. Reis, University of Nebraska Press, 1965, p.103.
[283] Ibid., p.102.

> 文学研究的对象不是文学，而是文学性（literariness）——也就是使一部作品成为文学作品的东西。时至今日，文学史家依然好像那种警察，他想要逮捕某个人，就会把恰好在房间里遇到的所有的人都抓起来，甚至把街上路过的人统统都抓起来。文学史家使用了所有的东西——人类学、心理学、政治学、哲学。他们制作了一大堆土产学问的混合物，用来取代一门文学学科。他们似乎忘记了，他们的论著滑进了其他的相关学科——哲学史、文化史、心理学史等等，而这些学科只是把文学作品当作不完善的、第二手的文献来使用罢了。[284]

由此可以理解，俄国形式主义者始终将探讨"文学性"作为文学研究的根本任务，把对哲学、心理学、社会学、人类学等问题的探究排斥在文学研究的范围之外。

俄国形式主义者甚至也不能容忍"形象思维"这一说法。什克洛夫斯基在《作为手法的艺术》（*Art as Technique*, 1917）一文中强调："无论如何，形象思维既不包括艺术的所有门类，甚至也不包括语言艺术的所有门类。形象的变化并不是诗歌演变的根本所在。"[285] 更何况，支撑形象思维理论的是赫伯特·斯宾塞（Herbert Spencer, 1820—1903）和象征主义者所推崇的节省精力的理论，即用熟悉的形象指示复杂事物的意义。可是，在什克洛夫斯基看来，节省精力的理论用在日常语言中也许是恰当的，用在艺术中却是错误的。因为动作一旦成为习惯性的，它就会变成一种自动化过程，我们也就丧失了对它的感觉。

由此说到俄国形式主义的另一个核心概念，即艺术的"陌生化"问题。早在《词语的复活》（*The Resurrection of the Word*, 1914）中，什克洛夫斯基就已指出："我们感觉不到常见的事物，熟视无睹，我们只能认知它。我们看不见我们房间的墙壁，也很难发现校样上的错误，尤其当它是用我们熟悉的语言写的，因为我们无法强迫自己去看，去读，也无法强迫自己去'辨认'那些熟悉的词语。如果要给'诗歌的'感觉和'艺术的'感觉下一个定义，那么，我们可以说，'艺术的'感觉是我们在其中体验到形式的一种感觉——或许不仅仅是形式，但至少是形式。"[286]

---

[284] R. Jakobson, "Modern Russian Poetry", quoted from Boris Eichenbaum, "The Theory of the 'Formal Method'", in *Russian Formalist Criticism: Four Essays*, University of Nebraska Press, 1965, p.107.

[285] V. Shklovsky, "Art as Technique", in *Russian Formalist Criticism: Four Essays*, University of Nebraska Press, 1965, p.7.

[286] V. Shklovsky, "The Resurrection of the Word", quoted from Boris Eichenbaum, "The Theory of the 'Formal Method'", in *Russian Formalist Criticism: Four Essays*, University of Nebraska Press, 1965, p.112.

在《作为手法的艺术》这一俄国形式主义"宣言"中，什克洛夫斯基更详尽地阐述了他的"陌生化"理论。他强调指出：

> 艺术之所以存在，是为了使人恢复对生活的感觉，为了使人感觉到事物，为了使石头成为石头。艺术的目的就是要使人感觉到事物，而不是知道事物。艺术的手法就是要使对象"陌生"，要使形式变得困难，以增加感觉的难度和时间长度。因为感觉过程本身就是审美的目的，必须设法延长。艺术是体验对象的艺术构成的一种方式，而对象本身则并不重要。[287]

什克洛夫斯基以托尔斯泰的一则日记为例，来说明人们是怎样在习惯性动作中失去对生活的感觉的。托尔斯泰在1897年2月28日的日记中写道：他在房间里打扫，可是转了一圈以后却记不清是否擦了长沙发。究其原因，由于这是无意识的习惯性动作，因而擦没擦过便全然记不清了。由此引申开去，我们在日常生活中往往对许多事物习以为常，熟视无睹，在自动化的习惯性过程中丧失了对它们的感觉。而艺术的目的，就在于通过各种"陌生化"的手法，使事物以崭新的、奇特的面貌呈现在我们面前，重新唤起我们对生活的敏锐感觉。

在什克洛夫斯基看来，托尔斯泰的创作便经常运用了各种"陌生化"技巧。在他的短篇小说《霍斯托密尔》中，故事是从一匹老马的视角来审视私有制社会的。在《战争与和平》中，他对舞台演出的描写故意不使用专业术语，好像是一个外行人在观看歌剧。甚至在描写宗教仪式时，托尔斯泰也以日常的词语来代替宗教的用语，由此产生一种奇特的效果。在民间文学中，也常常以"陌生化"的方式把色情事物描写为不曾见过的东西，或采取迂回的手法来再现色情的事物。什克洛夫斯基由此断言："我个人认为，凡是有形式的地方，几乎都有陌生化……形象的目的并不是要我们去理解其意义，而是为了创造一种对事物的特殊感觉，即创造一种对事物的'视觉'，而并不是将它作为一种认知的工具。"[288]

俄国形式主义的诗歌研究与小说研究

既然"陌生化"就在于揭示文学与其他日常事物之间的差异，那么，对俄国形

---

[287] V. Shklovsky, "Art as Technique", in *Russian Formalist Criticism: Four Essays*, University of Nebraska Press, 1965, p.12.
[288] Ibid., p.18.

式主义者来说，探讨诗歌语言与普通语言或散文语言之间的区别，就是一个容易想到的出发点。不过，要评述这方面的问题，就必须对俄语诗歌有相当精深的了解。由于语言方面的限制，我们只能对俄国形式主义的诗歌研究作一粗浅的介绍。

什克洛夫斯基认为，与散文语言相比，"诗歌语言是一种难懂的、艰深的、受阻的语言"。[289]它是为使感觉摆脱自动化而创造的，以便增加感觉的难度和时间长度。当然，在某些特殊事例中，情况似乎恰好相反。例如，普希金的《叶甫盖尼·奥涅金》就是用通俗的大众语言写成的。这是因为对普希金同时代的人来说，杰尔查文的高雅风格才是常见的诗歌语言，普希金正是利用大众语言作为一种特殊的手段，才吸引了读者。而当下俄国诗歌所表现出的对方言的偏爱，对不规则的语言的偏爱，以及赫列勃尼科夫等人为创造一种特殊的诗歌语言而作的尝试，都是为了重新唤起人们对事物的敏锐感觉。从这个意义上说，"诗歌语言是构成的语言。散文语言是普通的语言，即省力的、容易的、合乎规则的语言"。[290]

雅库宾斯基在其早期论文《论诗歌语言的声音》(*On the Sound of Poetry Language*, 1916) 中指出，可以把纯属实际交流目的的语言称为实用语言，在这一语言系统中，语言的形式 (语音、形态学特征) 没有独立的价值，而只是一种交流的手段。然而，在诗歌语言中，实际交流的目的已退居背景的地位，而语言的形式却取得了独立的价值。[291]奥西普·勃里克在《论声音的重复》(*On Sound Repetitions*, 1917) 一文中表明，在诗歌中，语音的重复本身就具有一种特殊的审美作用。[292]所有这些见解都突出强调了诗歌的语音层面，而贬低了形象在诗歌中的作用。

俄国形式主义的小说研究，集中体现在艾亨鲍姆的《果戈理的〈外套〉是怎样写成的》(*How Gogol's 'The Overcoat' Is Made*, 1918)、什克洛夫斯基的《情节结构手法与一般风格手法的联系》(*The Relation of Devices of Plot Construction to General Devices of Style*, 1919)、《斯泰恩的〈项狄传〉：风格评注》(*Sterne's 'Tristram*

---

[289] V. Shklovsky, "Art as Technique", in *Russian Formalist Criticism: Four Essays*, University of Nebraska Press, 1965, p.22.

[290] Ibid., p.23.

[291] L. Jakubinsky, "On the Sound of Poetry Language", quoted from Boris Eichenbaum, "The Theory of the 'Formal Method'", in *Russian Formalist Criticism: Four Essays*, University of Nebraska Press, 1965, p.108.

[292] Osip Brik, "On Sound Repetitions", quoted from Boris Eichenbaum, "The Theory of the 'Formal Method'", in *Russian Formalist Criticism: Four Essays*, University of Nebraska Press, 1965, pp.110—111.

Shamdy': Stylistic Commentary, 1921)、迪尼亚诺夫的《陀思妥耶夫斯基与果戈理》(*Dostoevsky and Gogol*, 1921) 等论著中。在这些论著中，既有细致的文本分析，也有小说理论方面的建构。从某种意义上说，俄国形式主义的小说研究可以被视为20世纪后期兴起的叙事学研究的先导。

与传统的见解不同，艾亨鲍姆否认果戈理的《外套》是一部现实主义的小说，而是将它看作一篇怪诞的滑稽作品。他指出，果戈理的小说往往显得情节贫乏，在这种情况下，他便把重心转移到叙述手法上来，使文字游戏具有了特殊的滑稽效果，也使一些微不足道的细节凸现出来。在这种叙述中，发音变成了有力的表现手段。例如，不仅巴什马奇金这个姓是从俄语"鞋子"变化而来的，而且阿卡基·阿卡基耶维奇这个怪里怪气的名字也是从声音上选择的结果。就连小说对主人公所作的外表描写，也并不是现实主义的，而是摹仿和发音的再现。在艾亨鲍姆看来，小说中有关阿卡基·阿卡基耶维奇说出"让我安静一下吧！为什么你们要欺负我呢？"的那段著名描写，并不关乎人道主义，而是果戈理所特有的艺术手法，也是"夸张风格与滑稽叙事系统的结合"。[293] 甚至小说的结尾也与人道主义相去甚远，而是一种滑稽的顶点，类似于《钦差大臣》里的哑场。

在《情节结构手法与一般风格手法的联系》中，什克洛夫斯基摒弃了亚历山大·维谢洛夫斯基及其民俗学派从历史发生学的角度来解释母题和情节的做法，强调情节的结构方式有其自身的特殊规律。他指出，在许多作品中，都存在着重复叙述和延缓手法的运用。例如，在《罗兰之歌》中，奥利维尔曾三次劝说罗兰吹响号角，罗兰在最后关头也曾三次吹响号角。而在一些民谣中，我们也可以见到同义排比的运用。如果像维谢洛夫斯基那样，仅仅把这些手法归结为最初的轮唱机制，或是在歌谣中追寻其风土人情的起源，那肯定是不得要领的。"事实上，故事不断被打散，又不断重新组合，都遵循着特殊的、尚未为人知晓的情节结构规律"。[294] 因此，针对所谓"新形式是为了表现新内容而创造的"这一传统见解，什克洛夫斯基突出强调了艺术形式的相对独立性。他指出：

> 艺术作品是在与其他作品联想的背景上，并通过这种联想而被感受的。
> 艺术作品的形式决定于它与该作品之前已存在过的形式之间的关系。艺

---

[293] 艾亨鲍姆：《果戈理的〈外套〉是怎样写成的》，见茨维坦·托多罗夫编选《俄苏形式主义文论选》，蔡鸿宾译，中国社会科学出版社，1989年，第195页。

[294] 什克洛夫斯基：《情节结构手法与一般风格手法的联系》，见《散文理论》，刘宗次译，百花文艺出版社，1994年，第28页。

作品的材料必定特别被强调，被突出。不单是戏拟作品，而是任何一部艺术作品都是作为某一样品的类比和对立而创作的。新形式的出现并非是为了表现新的内容，而是为了代替已失去艺术性的旧形式。[295]

俄国形式主义者一般很少讨论外国文学，唯独什克洛夫斯基的《斯泰恩的〈项狄传〉：风格评注》是一个例外，对这部风格独特的18世纪英国小说展开了探讨。在他看来，正是通过不时的停顿和那些题外话，通过有意识地暴露其结构的手法，通过对传统小说的滑稽摹仿，《项狄传》使我们强烈意识到了小说的艺术形式，而斯泰恩就成了在艺术形式方面的"一位激进的革命者"。[296] 在这篇论文的结尾，什克洛夫斯基明确提出了"情节"（plot）与"故事"（story）的区别。他指出："情节的概念时常被混同于对事件的描写，即混同于我称之为故事的东西。事实上，故事只是组成情节的材料。因此，《叶甫盖尼·奥涅金》的情节并不是男主人公与达吉雅娜的罗曼史，而是通过插叙而产生的对这个故事题材的加工……艺术的形式应通过艺术的规律来予以解释，而不是通过它们的现实主义来辩护。"[297] 而《项狄传》正是利用"情节"对"故事"加以"陌生化"处理的一个范例，因而堪称"世界文学中最典型的小说"。

俄国形式主义的文学史观

显然，俄国形式主义者的最初动机，是为了探寻文学之所以成为文学的特性，因而强调唯有创造新的艺术形式，才能使人们摆脱"自动化"的过程，重新恢复对事物的感觉。然而，随着研究的逐步深入，他们愈来愈强烈地意识到，任何一种艺术手法都不可能是永远新奇的。时间一久，陌生的就会变成熟悉的，人们对它的感知便会再度陷入"自动化"的过程。因此，不能孤立地看待文学作品，必须把它们置于文学演变的动态过程中去加以考虑。这样，俄国形式主义就从理论诗学自然地跨入了文学史研究的领域。

迪尼亚诺夫的《陀思妥耶夫斯基与果戈理》试图表明，不仅陀思妥耶夫斯基的早期小说《穷人》、《双重人格》和《女房东》摹仿了果戈理，而且他的《斯捷潘奇科

---

[295] 什克洛夫斯基：《情节结构手法与一般风格手法的联系》，见《散文理论》，刘宗次译，百花文艺出版社，1994年，第31页。

[296] V. Shklovsky, "Sterne's 'Tristram Shamdy': Stylistic Commentary", in *Russian Formalist Criticism: Four Essays*, University of Nebraska Press, 1965, p.27.

[297] Ibid., p.57.

沃村及其居民》也是一部借鉴了果戈理的《与友人书信集》的滑稽摹仿作品，尽管他此时已经在许多问题上与果戈理的见解大相径庭。由此，迪尼亚诺夫阐发了一套有关滑稽摹仿的理论，对文学史上的这一普遍现象作了概括。他认为："当人们谈到'文学传统'或'延续'时……通常都意味着有一条直线，它将代表某个已知文学分支的幼者与长者联系起来。然而，其实这一问题却要复杂得多。那里并没有一条连续的直线，有的则是从某个已知点起始的偏离，一场斗争……任何文学的延续都首先是一场斗争，一种旧价值的毁灭和一种旧因素的重建。"[298] 文学史的演变不能被理解为一种世代相传的遗产的和平转让，恰恰相反，这是一场激烈的、错综复杂的斗争。

在《罗扎诺夫》（*Rozanov*, 1921）一书中，什克洛夫斯基也对这一问题作了专门论述。在他看来，文学的演变并不关涉内容，而是一种"新形式的辩证的自我创造"。在这一演变过程中，有几种情况特别值得注意。第一种情况与文学流派的更替有关。什克洛夫斯基指出："每一个文学时代都并非只有一个文学流派，而是有好几个文学流派。它们同时并存着，其中一个居于首位，代表了当下潮流的正宗。其他流派则默默存在着却未被视为经典。"[299] 因此，追溯文学的演变历程，不能仅仅着眼于某一流派的盛衰过程，而必须对那些文学流派的彼此消长加以同时考察。

另一种情况则与文学体裁的变化和文学形式的革新有关。在文学史上，许多被视为正宗的文学体裁，往往来自于民间的通俗体裁。正如什克洛夫斯基所指出的：

> 勃洛克把吉普赛人歌谣的主题和节奏变成受欢迎的诗作，契诃夫将《警钟》引入了俄国文学，而陀思妥耶夫斯基则是将廉价小说的手法引入了文学的主流。每一种新的文学流派都预示了一场革命，犹如一个新的阶级的出现。当然，这只是一种类比而已。被击败的阵营并没有销声匿迹，它依然存在。它只是从顶峰上被击落下来；它潜伏着，以便像一个王位的觊觎者那样东山再起。更有甚者，事实上，由于新的霸权通常并不是先前形式的一种单纯复活，而是由晚近诸流派的那些特征与从前王那里继承而来的那些特征（如今它们退居第二位）混杂在一起，而使问题变得愈加复杂。[300]

---

[298] Yury Tynyanov, "Dostoevsky and Gogol", quoted from Boris Eichenbaum, "The Theory of the 'Formal Method'", in *Russian Formalist Criticism: Four Essays*, University of Nebraska Press, 1965, p.134.

[299] V. Shklovsky, "Rozanov", quoted from Boris Eichenbaum, "The Theory of the 'Formal Method'", in *Russian Formalist Criticism: Four Essays*, University of Nebraska Press, 1965, p.135.

[300] Ibid., p.135.

随着研究的不断深入，在俄国形式主义的文学史观中，也发生了若干微妙的变化，"功能"意义越来越凸显出来，而"手法"和"形式"的概念则越来越变得不那么重要了。这就是说，在文学的演变过程中，"陌生化"的效果并非取决于某一特定的手法或形式，而是取决于这一手法或形式在整个文学系统中的功能。正如迪尼亚诺夫在《论文学的演变》(*Literary Evolution*, 1927) 一文中所说的："一种事实如文学事实的存在取决于其差别的性质（也就是说它与文学系列的类比，或是与非文学系列的类比），换句话说，取决于它的功能。""自动化，某个文学要素的'衰退'，也是同样的情况：它不会消失，只是它的功能改变了，变成了辅助的东西。如果一首诗的格律失去影响，那么它就把自己的作用让给作品中出现的诗句的其它特点，而自己去承担另外的功能。"[301] 这些见解，既说明了俄国形式主义与费尔迪南·德·索绪尔 (Ferdinand de Saussure, 1857—1913) 的语言学的学术渊源，也说明了它与后来法国结构主义批评的关系。

　　毋庸置疑，俄国形式主义的文学史观是一种自律论的文学史观，它力图克服传统文学史观的种种局限，揭示文学演变的自身规律。而上述探讨文学演变的几种情况也的确道前人所未道，因而能启发我们重新认识文学演变的机制和方式。然而，我们也必须认识到，俄国形式主义的文学史观存在着明显的偏颇和失误。它几乎完全割裂了文学与社会之间的联系，而把文学的历史仅仅归结为纯粹的形式演变史。即使就文学形式的演变而言，俄国形式主义者的描述也过于简单，无法回答文学演变的具体趋势和方向这一根本问题。于是，文学的演变就被看作是一个从"自动化"到"陌生化"，又从"再自动化"到"再陌生化"的循环过程，而演变的唯一动力就是为了摆脱感觉的习惯性反应，追求艺术的新奇感。这样，俄国形式主义的文学史观就陷入了简单化和抽象化的困境，难以取得突破性的进展。

---

[301] 迪尼亚诺夫：《论文学的演变》，见茨维坦·托多罗夫编选《俄苏形式主义文论选》，蔡鸿滨译，中国社会科学出版社，1989 年，第 104—105 页。

第六章

20 世纪后期的文学批评

本章的任务是评述第二次世界大战至 80 年代西方文学批评的发展，而描述这一时期的文学批评可以采取多种多样的方法。例如，文森特·伯·利奇（Vincent B. Leitch, 1944— ）撰写的《30 年代至 80 年代的美国文学批评》（*American Literary Criticism from Thirties to the Eighties*, 1988），就将这段批评史概括为 13 种流派或思潮，逐一评述了 30 年代的马克思主义批评、新批评派、芝加哥学派、纽约批评家、神话批评、现象学与存在主义批评、阐释学、读者反应批评、文学结构主义与符号学、解构主义批评、女性主义批评、黑人批评、60 年代至 80 年代的左派批评等。而当代美国文学批评仿佛是西方文学理论的一个缩影，各种理论流派和批评方法都在这里竞相登场，争奇斗艳，尽管其渊源多半可以追溯到大西洋彼岸。在特里·伊格尔顿（Terry Eagleton, 1943— ）的《文学理论导论》（*Literary Theory: An Introduction*, 1983）、拉曼·塞尔登（Raman Selden, 1938—1991）等人撰写的《当代文学理论导读》（*A Reader's Guide to Contemporary Literary Theory*, 1985）等著作中，我们则可以看到对当代西方文学批评所作的不同概括。

当然，在上述著作问世之后，当代文学批评又经历了不断的分化和重组，从而引发了一系列翻天覆地的变化。如果我们试图对此加以补充的话，至少还应当将新历史主义、后殖民主义理论、后现代主义理论、少数族裔话语等晚近的思潮包括在内。尽管乔纳森·卡勒（Jonathan Culler, 1944— ）的《文学理论：简明导论》（*Literary Theory: A Vary Short Introduction*, 1997）、J. 希利斯·米勒（J. Hillis Miller, 1928— ）的《论文学》（*On Literature*, 2002）、特里·伊格尔顿的《理论之后》（*After Theory*, 2003）等一系列著作试图重新对此作出概括，但即便是如此，面对纷至沓来、更替频繁的各种理论潮流,任何研究者都会有望洋兴叹的无奈!弗雷德里克·詹姆逊(Fredric Jameson,1934—)据此断言,我们正在进入一个"理论话语"的时代。这种"理论话语"的迅速扩散,不仅标志着传统哲学的终结,而且也成为后现代主义的主要现象之一。[1]

乔纳森·卡勒也在《论解构》(On Deconstruction,1982)一书中谈到,越来越多的证据表明,当代文学理论与一个姑且可称之为"理论"领域的那些著作有着密切的关系。它既不是通常所谓的"文学理论",也并非时下所说的"哲学",因为它不仅包括了索绪尔、马克思、弗洛伊德、雅各·拉康(Jacques Lacan,1901—1981)等人,也包括了黑格尔、尼采和汉斯-格奥尔格·加达默尔(Hans-Georg Gadamer,1900—2001)。因此,与其将这些著作称为"文本理论",不如干脆称之为"理论"。[2] 尽管当代批评家致力于本学科的探讨,但却更热衷于接受来自其他学科的各种新理论。在这种情况下,当代西方文学批评就成了一个热闹非凡的"竞技场"。

在这种情况下,与其泛泛介绍各家各派的兴衰更替,不如对论述的范围有所限制,以便深入探讨那些重大的文学理论问题。而本章将论述范围限定在20世纪40年代后期至80年代,一方面固然受到篇幅的限制,另一方面也与上述考虑有关。更何况,与研究对象保持适当的时间距离,乃是一种不成文的学术惯例,对批评史研究来说就更是如此。倘若读者急欲了解最新的理论动态,理应通过其他途径去获取,或者径直去阅读那些出版物。

让我们还是从英语国家的几位重要批评家说起。而雷纳·韦勒克(René Wellek,1903—1995)和奥斯丁·沃伦(Austin Warren,1899—1986)合著的《文学理论》(Theory of Literature,1949)恰好为本章提供了一个适当的起点。它既总结了新批评派的理论成果,又吸收了俄国形式主义、布拉格学派和罗曼·英加登的现象学美学,从而成为一部里程碑式的著作。此外,韦勒克的批评史研究则梳理了18世纪中叶至20世纪中叶西方文学批评的发展脉络,其内含的评价标准也正是20世纪以来文学理论演变的一个逻辑结果。相比之下,加拿大批评家诺思罗普·弗莱(Northrop Frye,1912—1991)更是雄心勃勃,在近半个世纪的学术生涯中不断拓展着自己的研究领域。他的《批评的剖析》(Anatomy of Criticism,1957)被誉为原型批评的"圣经",不仅建构了一套博大精深的文学理论,而且以注重文学的整体联

---

[1] 弗·詹姆逊:《后现代主义与消费社会》,见《晚期资本主义的文化逻辑》,张旭东编,生活·读书·新知三联书店,1997年,第398—399页。

[2] Jonathan Culler, *On Deconstruction*, Cornell University Press, 1982, p.8.

系和开阔的理论视野，构成了对新批评的强烈冲击。

而伊恩·瓦特（Ian Watt，1917— ）的《小说的兴起》（*The Rise of Novel*，1957）和韦恩·C. 布斯（Wayne C. Booth，1921—2005）的《小说修辞学》（*The Rhetoric of Fiction*，1961），则是这一时期英美小说理论研究的重要创获。如果说前者的主要贡献是将社会学方法与文本分析有机地结合起来，对18世纪英国小说作了深入剖析，那么，后者就更是一部富于挑战性的著作，对20世纪以来西方小说理论作了一次批判性的总结。从今天来看，这两部著作无疑是结构主义叙事学兴起之前英美小说理论的代表作。

随后我们将回到欧洲，评述俄罗斯学者米哈伊尔·巴赫金（Mikhail Bakhtin，1895—1975）的文学理论。虽然早在二战之前即已开始了他的学术生涯，但由于种种原因，巴赫金的影响直到很晚才显示出来。如今他的著作，如《陀思妥耶夫斯基诗学问题》（*Problems of Dostoevsky's Poetics*，1963）和《弗朗索瓦·拉伯雷的创作与中世纪和文艺复兴时代的民间文化》（*Rabelais and His World*，1965）等已享誉世界，而他所提出的一些理论问题，诸如"复调小说"、"狂欢化"和"对话理论"，也引起了学术界持久的兴趣。

这一时期的德国文学批评，我们将选择四位人物来加以评述。如果说埃里希·奥尔巴赫（Erich Auerbach，1892—1957）的《摹仿论》（*Mimesis*，1946）代表了罗曼语语文学研究的最高成就的话，那么，在促使20世纪后期文学理论发生变革的诸多因素中，汉斯－格奥尔格·加达默尔的哲学诠释学则起着重要作用，它不仅直接促进了接受美学的兴起，而且在一定程度上影响了读者反应批评。而接受美学的宗旨便是考察文学作品被读者接受的过程，揭示读者在整个文学活动中所起的重要作用。尽管就具体途径而言，汉斯·罗伯特·姚斯（Hans Robert Jauss，1921—1997）主要是从文学史的角度提出问题的，沃尔夫冈·伊瑟尔（Wolfgang Iser，1926—2007）则是从探讨具体的阅读现象入手的。然后，让我们跨越莱茵河，呈现在眼前的则是另一番情景。从20世纪60年代起，法国成了结构主义的天下。它以索绪尔的语言学理论为基础，并借鉴了俄国形式主义和克劳德·列维·斯特劳斯（Claude Lévi-Strauss，1908—2001）的结构人类学，在文学研究领域掀起了一股强劲的潮流。结构主义批评的突出成就无疑是叙事学，代表人物有罗兰·巴特（Roland Barthes，1915—1980）、阿·于·格雷马斯（A. J. Greimas，1917—1993）、热拉尔·热奈特（Gérard Genette，1930— ）和茨维坦·托多罗夫（Tzvetan Todorov，1939— ）等人。其中，罗兰·巴特堪称结构主义和后结构主义的一代宗师，其涉及范围也远非通常意义上的文学批评所能局限。热拉尔·热奈特的《叙事话语》（*Narrative Discourse*，1972）虽然篇幅不大，并引起诸多争议，但却是结构主义叙事学的经典著作。

我们也将对雅克·德里达（Jacques Derrida，1930—2004）的解构主义批评进行评述。尽管德里达所受的是哲学训练，但在其数量惊人的著述中，却频繁地穿行于语言学、文学、哲学、心理学和人类学等诸多学科的文本之间，对各种各样的文本展开了解构游戏。他的解构主义不仅为人们重新审视西方传统哲学和文化提供了锐利的武器，也改变了人们对文学作品的解读方法。正是在他的带动下，解构主义批评曾在美国风靡一时，形成了以保罗·德曼（Paul de Man，1919—1983）、J·希利斯·米勒（J. Hillis Miller，1928—　）、杰弗里·哈特曼（Geoffrey Hartman，1929—　）、哈罗尔德·布鲁姆（Harold Bloom，1930—　）为代表的耶鲁解构学派，深刻影响了20世纪后期西方文学批评的基本走向。

不难发现，在20世纪后期的西方文学批评中，马克思主义批评显示了巨大的活力。无论是法国的吕西安·戈德曼（Lucien Goldman，1913—1970）、英国的雷蒙德·威廉斯（Raymond Williams，1921—1988）和特里·伊格尔顿（Terry Eagleton，1943—　），还是美国的弗里德理克·詹姆逊（Fredric Jameson，1934—　），都以相当激进的姿态，积极回应了当代西方的各种文化问题和文学理论问题。与此同时，为了对后殖民主义理论有所了解，我们也将重点评述爱德华·W. 萨义德（Edward W. Said，1935—2003）的学术见解。正是通过他的一系列论著，后殖民主义批评才得以创立，并在世界范围内产生了深刻影响。

第一节　雷纳·韦勒克

毫不夸张地说，雷纳·韦勒克（René Wellek，1903—1995）在西方文学批评史上占据着一个重要的位置。这不仅因为在其漫长的学术生涯中，这位捷克出生的美国学者在文学理论、批评史研究、比较文学等诸多领域纵横驰骋，为我们奉献了一部又一部里程碑式的著作，而且因为他兼备了理论家的思想锋芒、学问家的深厚功力和鉴赏家的敏感。即使在人才辈出的 20 世纪，像他这样涉猎广博、治学严谨的批评家也是相当罕见的。尽管在他的晚年，面对西方文学批评总体格局的急遽变化，韦勒克往往显得有些步履蹒跚，但他在上述领域里的卓越建树，他的学术视野和学术品格，仍然是后来者难以企及的楷模。

关于文学的外部研究与内部研究

韦勒克与奥斯丁·沃伦（Austin Warren，1899—1986）合著的《文学理论》（*Theory of Literature*，1949），是西方同类著作中最有影响的一部力作。正如该书序言所指出的，这既不是一本传授文学鉴赏知识的教科书，也不是一部综述研究方法的著作，而是力图将诗学、文学批评、文学研究和文学史这四个范围融为一体。全书分为四个部分：第一部分主要探讨文学的本质和作用；第二部分论述文学研究的基本知识和技能；第三部分和第四部分，分别题为"文学的外部研究"和"文学的内部研究"，所占篇幅最多，也是这部著作的重点与核心。

所谓"文学的外部研究"，指的是从文学的背景、环境或外因来解释作品的批评方法，包括"文学和传记"、"文学和心理学"、"文学和社会"、"文学和思想"以及"文学和其他艺术"等问题。而对这些问题的梳理，包含着韦勒克的一个基本理论立场，即对实证主义方法的质疑与批判。韦勒克指出，文学研究的出发点理应是解释和分析作品本身。但以往的文学史却把大量精力耗费在对文学的背景和环境的研究上，对作品本身反而极不重视。其结果，许多学者在遇到要对文学作品进行分析和评价时，便陷入捉襟见肘、一筹莫展的尴尬境地。[3] 因此，必须对各种各样的

---

[3]　韦勒克、沃伦：《文学理论》，刘象愚等译，生活·读书·新知三联书店，1984 年，第 145—146 页。

"文学的外部研究"作出正确的估价。

不言而喻，一部文学作品的直接起因是它的作者，因而文学的传记研究，即从作者的生平个性去解释作品，是十分自然的事。但韦勒克却对此提出了两点质疑：以诗人的作品为根据来撰写传记究竟有多大可靠性？文学传记的成果对理解文学作品又有多大重要性？在韦勒克看来，作家的生活与作品的关系远不是一种直接的因果关系，那种认为艺术是纯粹的自我表现，是个人感情和生活经验的再现的观点，显然是站不住脚的。虽然传记式批评可以帮助人们认识作家的创作道路、素材来源和他所受到的外来影响，然而，正如韦勒克所指出的："不论传记在这些方面有什么重要意义，但如果认为它具有特殊的文学批评价值，则似乎是危险的观点。任何传记上的材料都不可能改变和影响文学批评中对作品的评价。"[4]

关于文学与心理学的关系，该书指出，天才、灵感、创作中的无意识和意识，以及作家的"自我"与其笔下人物的关系，所有对这些问题的探讨都不能替代我们对作品本身的分析和评价。至于文学作品中的心理描写，问题并不在于作家是否成功地将心理学体现在作品中，即使意识流小说也不过是把心理现象加以戏剧化的一种表现方法，而不是内心变化过程的真实再现。心理学本身并没有艺术上的价值，"只有当心理学上的真理增强了作品的连贯性和复杂性时，它才有一种艺术上的价值——简而言之，如果它本身就是艺术的话，它才有艺术的价值。"[5] 由此可见，在反对将心理学方法引入文学研究这一问题上，该书的立场是与新批评一脉相承的。

关于文学与社会的关系，韦勒克谈到，文学不仅受到社会的影响，文学也对社会产生影响。然而，要确切说明这些问题却殊非易事。例如，狄更斯的作品是否促成了负债人监狱和贫民院的改革？斯托夫人是否是那个造成南北战争的小夫人？海明威和福克纳是怎样影响他们的读者的？所有这些问题，显然难以获得准确的答案。人们时常把文学作品当作社会文献，当作社会现实的写照来研究。例如，艾迪生、菲尔丁和斯摩莱特描写了18世纪英国的资产阶级，特罗洛普、萨克雷和狄更斯则描写了维多利亚时代的风貌。如果说波旁王朝复辟时期的法国社会生活保留在巴尔扎克的《人间喜剧》中，那么，普鲁斯特则描绘了衰落的法国贵族社会。对于这些说法，韦勒克表示了谨慎的认可，但旋即又一针见血地指出：

> 倘若研究者只是想当然地把文学单纯当作生活的一面镜子，生活的一

---

[4] 韦勒克、沃伦：《文学理论》，刘象愚等译，生活·读书·新知三联书店，1984年，第74页。
[5] 同上书，第90—91页。

种翻版，或把文学当作一种社会文献，这类研究似乎就没有什么价值。只有当我们了解所研究的小说家的艺术手法，并且能够具体地而不是空泛地说明作品中的生活画面与其所反映的社会现实是什么关系，这样的研究才有意义。[6]

同样，韦勒克也对探讨文学与思想的研究方法作了批判性的考察。他并不否认某些文学作品与哲学思想有关，但在他看来，如果把作品看成是一种教条的陈述，或把作品分割肢解，断章取义，那就是分解了艺术作品的结构，硬塞给它一些其他的价值标准。难道一首诗的哲理愈多，这首诗就愈好吗？难道可以根据诗歌所吸收的哲学价值来判断它的优劣吗？难道这种哲学标准就是文学批评的准则吗？韦勒克认为，文学研究者必须关注这样的问题，即思想在实际上是怎样进入文学的。"只有当这些思想与文学作品的肌理真正交织在一起，成为其组织的'基本要素'，质言之，只有当这些思想不再是通常意义和概念上的思想而成为象征甚至神话时，才会出现文学作品中的思想问题。"[7]

综上所述，在韦勒克看来，尽管文学的外部研究可以帮助我们理解作品，可是在大多数情况下，它却成了一种"因果式"研究，以致把文学作品完全归结为它的起因。而研究文学的环境和起因，显然不可能解决对文学作品的描述、分析和评价问题。不过，韦勒克惊喜地发现，20世纪以来的西方文学批评出现了一种健康的发展趋势，那就是集中力量去分析和研究作品文本。无论是俄国形式主义，还是英国的理查兹及其追随者、美国的新批评派，都给文学批评带来了新的活力。因此，从批评史的角度看，韦勒克和沃伦合著的《文学理论》，正是这样一部继往开来的著作。

毋庸置疑，倡导"文学的内部研究"，就是坚持新批评的文本批评，但由于韦勒克的特殊的学术背景，又使他不为其所局限，而是广泛吸收了源自欧洲的文学理论。一方面，他汲取了俄国形式主义的研究成果，坚决反对内容与形式的二分法，主张代之以"材料"与"结构"相统一的观点。另一方面，在讨论文学作品的存在方式时，韦勒克改造了罗曼·英加登的理论，把文学作品视为一个由多层面构成的体系。第一是声音的层面，第二是意义单元的层面，第三是作品所表现的事物的层面，第四是"观点"的层面，第五是所谓"形而上性质"的层面。但韦勒克认为，"观点"这一层面已经暗含在第三层面中，而"形而上性质"的层面在某些作品中也

---

[6] 韦勒克、沃伦：《文学理论》，刘象愚等译，生活·读书·新知三联书店，1984年，第104页。
[7] 同上书，第128页。

可以阙如。[8] 因此，所谓"文学的内部研究"，大体上是按照前三个层面来依次加以论述的。

韦勒克指出，一部文学作品首先是一个声音的系列，从这个声音的系列再生出意义。尽管在许多小说中声音这一层面往往不为人注意，但是，对讲究修辞的散文和所有韵文来说，它却是构成作品审美效果的不可或缺的组成部分。因此，文学作品的第一个层面是声音层面，包括谐音、节奏和格律。不过，从艺术作品是一个整体的观点来看，那种脱离意义去分析声音的做法显然是错误的。没有一首具有"音乐性"的诗歌不具有意义，或至少是具有感情色彩的某种一般概念。[9]

文体和文体学涉及文学作品的语言，或者说涉及语言的审美效果。韦勒克指出，语言与文学的关系是一种辩证的关系，文学并非仅仅被动地反映语言的变化，文学同样也给予语言的发展以深刻影响。然而，泛泛的语言研究并不属于批评家的任务，只有当研究语言的审美效果时，才算得上是文学研究。从这个角度看，广义的文体学由于探讨一切能够获得某种特别表现力的语言手段，因而比文学、修辞学的研究范围更广。狭义的文体学则从语言的审美功能和意义方面对文学作品加以描述，因而便成为文学研究的一个重要部分。

在《文学理论》一书中，"意象、隐喻、象征、神话"与"叙述性小说的性质和模式"这两章是由奥斯丁·沃伦撰写的。应该说，关于诗歌的论述相当出色，有关小说的见解却平平不足观。作者吸收了新批评的诗歌理论，强调意象、隐喻、象征和神话是诗歌的基本存在方式，而不是什么偶然的、可有可无的装饰或技巧。他援引埃兹拉·庞德的话说，意象是"一种在瞬间呈现的理智与感情的复杂经验"，它可以是视觉的和听觉的，也可以是心理上的。同时，意象既可以作为一种描述存在，也可以作为一种隐喻存在。而象征的定义则应当是："甲事物暗示了乙事物，但甲事物本身作为一种表现手段，也要求给予充分的注意。"[10] 此外，这里所说的"神话"，指的是诗歌的象征系统。但真正复杂的问题在于，在意象、隐喻和象征之间既有区别，又有重叠之处："一个意象可以被转换成隐喻一次，但如果它作为呈现与再现不断重复，那就变成了象征，甚至是一个象征（或者神话）系统的一部分。"[11] 因此，一般的程序仿佛是这样的：由意象转换成隐喻，隐喻再转换成象征。

---

[8]　韦勒克、沃伦：《文学理论》，刘象愚等译，生活·读书·新知三联书店，1984年，第158—159页。
[9]　同上书，第166页。
[10]　同上书，第204页。
[11]　同上书，第204页。

而诗歌的象征往往是多义的、不确定的，倘若把它们固定为一种僵硬的解释，便完全违背了诗歌表述的实质。

最后，由韦勒克撰写了"文学史"一章。回顾英国文学史的修撰历程，他不禁深感失望，因为大多数文学史著作要么偏重于社会史或思想史而缺乏文学性，要么偏重于文学性而缺乏历史进化的概念。前者不是"艺术"史，后者不是艺术"史"。在韦勒克看来，一部文学作品在历史进程中是不断变化和发展的，对它的解释、批评和鉴赏的过程从未中断过，而文学史的任务之一就是描述这一过程。文学史的另一个任务，则是描述按照共同的作者、风格类型、语言传统而分成一组组作品的发展过程，进而探索整个文学内在结构中的作品的发展过程。[12]当然，这样做的关键，在于把历史过程与某种价值标准联系起来。因为修撰任何文学史都离不开价值评判，所谓"纯描述性的"文学史实际上是并不存在的。

总之，韦勒克与沃伦合著的《文学理论》，是一部全面论述文学的基本原理和文学研究方法的力作。尽管从今天来看，我们不难发现它的种种局限，但只要我们还是把文学作品当作一种艺术来看待，那么，《文学理论》一书就依然具有它的真理性，值得我们认真借鉴。而该书的核心思想，或许可以用韦勒克后来在《比较文学的危机》(*The Crisis of Comparative Literature*, 1959)中的一段话来加以概括：

> 真正的文学研究关注的不是死板的事实，而是价值和质量……今天的文学研究首先应当认识到，明确自己的研究内容和重点的必要性。必须把文学研究区别于被人用以取代它的思想史研究、或宗教、政治观念和情感的研究……除非它决心把文学作为一种不同于人类其他活动和产物的对象来加以研究，否则文学研究就不会在方法论上取得任何进展。因此，我们必须面对"文学性"这一问题，即文学艺术的本质这一美学的核心问题。[13]

韦勒克的文学批评史研究

韦勒克的另一卓越贡献，是他的8卷本《近代文学批评史》(*A History of Modern Criticism*, 1955—1992)。这是迄今为止该研究领域规模最大、最具权威性

---

[12] 韦勒克、沃伦：《文学理论》，刘象愚等译，生活·读书·新知三联书店，1984年，第293页。
[13] R. Wellek, "The Crisis of Comparative Literature", in *Concepts of Criticism*, Yale University Press, 1963, pp.291—293.

的著作。就视野开阔、涉猎广博、学风严谨和资料翔实而言,当今西方学术界尚无同类著作堪与之相比。就韦勒克本人而言,如果从 40 年代后期着手准备算起,直至该著全部付梓问世,他为此付出了近半个世纪的心血。如此罕见的学术魄力与如此深厚的学识修养结合在一起,的确堪称学术史上的奇迹。也正是通过他的辛勤努力,把批评史研究的整体水平提升到了一个前所未有的高度,从而成为文学研究中的一个不容忽视的分支学科。

韦勒克之所以选择 1750 年至 1950 年期间文学批评的发展和演变为论述范围,原因就在于他认为:"批评史不应该成为一门单纯研究古籍的课题,而应该阐明和解释我们的现状。反过来,也唯有借助于近代文学理论的眼光才能对它有所理解。"[14] 在他看来,且不说古希腊罗马和中世纪文学理论,就是从文艺复兴到 18 世纪中叶的这段批评史,也与当代文学批评并无多大关联。在那近三个世纪的岁月里,批评家反复讨论的也无非是亚理斯多德和贺拉斯的诗学原理,很少取得突破性的进展。这种状况直到 18 世纪后期才有所改变,这就是新古典主义批评的解体与浪漫主义批评的兴起。韦勒克认为,20 世纪文学批评可以说是新古典主义与浪漫主义批评的混合物,尽管许多新学说(诸如语义学、社会学、精神分析学和人类学)对它的发展作出了重大贡献,然而,它所提出的问题以前就曾提出过,而且深深植根于 18 世纪后期至 19 世纪初期的文学批评之中。[15] 因此,选择 18 世纪中叶作为论述的起点,与 20 世纪文学批评相互参照,彼此说明,便构成了韦勒克批评史研究的一个显著特点。

毫无疑问,修撰任何批评史都不能没有一定的理论立场,不能没有自己的取舍标准和评价尺度。韦勒克多次指出,批评史研究不应该成为一项纯粹描述性的活动,批评史家也不能一味罗列事实而放弃自己的选择和判断。"想要一种完全中立的、纯说明性的历史,在我看来只不过是幻想。任何历史都不可能没有一种方向感、某种对未来的预见、某种理念、某种标准以及某种后见之明"。[16] 那么,《近代文学批评史》是以什么样的理论立场和评价尺度写成的呢?在该著第 6 卷中,韦勒克为新批评派的历史功绩作了全面辩护。在他看来,新批评派阐明了未来仍将复归的文学思想,这就是:

---

[14] R. Wellek, *A History of Modern Criticism*, vol. 1, Yale University Press, 1955, p.v.
[15] Ibid., p.5.
[16] Ibid., vol. 5, 1986, p.xxi.

> 审美的具体特性、艺术作品的标准的存在，它形成一种结构，一种统一体、连贯体和一个整体，而它不能被任意解释，并且相对地独立于它的起源和效果。新批评派还令人信服地表达了文学的功用不在于提供抽象的知识和信息、资料或陈述的思想，他们发明了一种阐释的技巧，常常能成功地揭示暗含的作者态度与解决的或未解决的张力和对立，而不是诗的所谓形式……[17]

如果考虑到韦勒克的这些评价发表于新批评早已失势之时，而他却依然对此信守不渝，我们便不难明了它意味着什么。

当然，韦勒克的理论视野并不限于一家之见，而是广泛吸收了20世纪西方文学批评的优秀成果。事实上，《近代文学批评史》中贯穿着一条主线，这就是以美国新批评、俄国形式主义和罗曼·英加登美学为理论框架，始终强调文学作品是一个有机整体，内容与形式不可分割，以及它是一个由多层面构成的审美结构。体现在批评史上，这就是由赫尔德、歌德和德国浪漫派批评家复活了亚理斯多德的有机整体论诗学，并通过柯勒律治、波德莱尔、德·桑克蒂斯等不同途径，一直传承到20世纪。克罗齐、艾略特、理查兹、美国的新批评、俄国形式主义和德国的形式分析方法，尽管有着各自不同的学术背景，但都在不同程度上坚持了从德国浪漫派那里继承而来的有机整体论诗学，从而代表了20世纪前期西方文学批评的主流。而批判文学研究中的实证主义方法，清算唯美主义和印象主义批评的流弊，则是这一理论立场的题中应有之义。

从写作伊始，韦勒克就认识到，纯粹的"思想史"方法并不能使我们对那些批评家的见解有深入细致的了解，也不能帮助我们领略他们的思想风采。而他的目标，不仅是对批评史的演变进行宏观描述，而且也要将那些批评家的博大精深介绍给读者。在韦勒克看来，"在批评中，至关重要的是个人的观点，而不是集体的思潮，绝不应该把批评家仅仅视为思潮的'实例'。"[18]因此，与维姆萨特和布鲁克斯合著的《文学批评简史》(*Literary Criticism: A Short History*, 1957) 相比，韦勒克的著作正是以采用相对微观的方法，深入剖析每位批评家的理论得失而见长的。倘若忽视他对众多批评家的个案分析，我们就无法领悟这一著作的独到之处。

一般说来，韦勒克对那些重要批评家的评述，往往兼顾了探本溯源、概念辨

---

[17]　R. Wellek, *A History of Modern Criticism*, vol. 1, Yale University Press, 1955, p.157.
[18]　Ibid., vol. 5, 1986, p.xxii.

析、趣味综述和理论评价等诸多方面,从而展示每位批评家的精神风貌,评定他在批评史上的地位。而韦勒克的许多评语之所以经得起推敲,一个重要原因就在于采用了这种相对微观的研究方法,避免了轻率的断语和浮泛的概括。例如,柯勒律治在《文学生涯》第14章中把想象力描述为各种对立成分的均衡与协调的那段文字,早已成为英美现代批评的"经文"。艾略特和理查兹曾多次引用过,新批评派也对它推崇备至,唯独韦勒克不为前人的见解所拘囿,凭借其严谨的态度和非凡的学识,对此作出了独到的判断。他指出,柯勒律治所罗列的各种成分多半是极其随意的。因为在他的表述中,想象力所协调的并非只是属于诗人心智的诸因素,也不只是属于作品方面的诸因素,而是将作者、作品、自然和读者的感觉一勺烩了。这至少在逻辑上是极度混乱的。[19]

即使对于那些打着共同旗号或早已被人划归一类的批评流派,韦勒克也从不作笼统的处理,而是充分注意到了每位批评家的理论特点和个人建树,作出具体、细致的分析。在他看来,尽管新批评派具有共同的特征,但组成这支同盟军的成员之间在文学见解上远不是协调一致的,他们时常持有极为不同的甚至对立的理论。[20]因此,他对每一位新批评家都用专章作了评述。而在撰写"俄国形式主义"一章时,韦勒克首先概述了这一批评流派的历史和基本倾向,然后分别论述了什克洛夫斯基、艾亨鲍姆、迪尼亚诺夫、托马舍夫斯基等代表人物。他认为,为了准确描述俄国形式主义的学说,必须对这些代表人物加以区别对待,因为他们事实上有着截然不同的背景、气质和学识。[21]如果考虑到当时搜集这方面的文献资料是何等艰难,我们不能不钦佩韦勒克的学术勇气和严谨态度。

正如我们所知,批评史家毕竟不同于一般文学理论家,其任务不是建构自己的理论体系,参与当代文坛的论争,而是必须对历史上的那些批评现象进行描述,作出阐释。但另一方面,批评史研究不应当成为一项纯粹描述性的活动,批评史家也不能仅仅描述事实而放弃自己的评判。因此,如何处理历史描述与评价标准的关系,就成了一个不容回避的问题。早在《文学理论》中,韦勒克就针对文学史研究中的"历史重建论",提出了一种"透视主义"(perspectivism)的研究策略。在他看来,一部文学作品的全部意义,不能仅仅归结为它的作者和同时代人的看法,而是一个不断积累的过程,即历代读者对它的鉴赏和批评过程的结果。"'透视主义'的意思

---

[19] R. Wellek, *A History of Modern Criticism*, vol. 5, Yale University Press, 1986, p.186.
[20] Ibid., Vol. 6, p.146.
[21] Ibid., vol. 7, p.318.

就是：把诗、把其他类型的文学，看成一个整体，这个整体在不同时代都在发展着、变化着，可以互相比较，而且充满着各种可能性"。[22]

在批评史研究中，韦勒克再次重申了这一观点："相对主义和绝对主义都不是我的指导标准，我的标准是一种'透视主义'，它试图从各个可能的方位来打量这一客体，并确信存在着这一客体：正如不管盲人如何各执己见，大象总是存在的。"[23] 简言之，批评史研究中的"透视主义"，就意味着既要阐释批评文献的本来意义，又要考虑到历史上对它们的各种理解；既要阐释各种各样的理论，又不能放弃对它们的判断。唯有如此，批评史研究才能既避免重蹈相对主义的覆辙，又不致于陷入绝对主义的泥沼。

从今天来看，韦勒克的《近代文学批评史》所面临的一个挑战，是当代西方文学批评所发生的深刻变革，从而使他的评价尺度受到多方面的质疑。正如 J·希利斯·米勒所指出的，自从 20 世纪 70 年代后期以来，西方文学批评的整体格局经历了翻天覆地的变化，文学研究的兴趣已发生大规模转移，即从文学的内部研究转向了文学的外部研究，试图重新确定文学在心理学、历史或社会学语境中的位置。随之而起的则是一次普遍的回归，即回到新批评之前的研究方法上去。[24] 由此可以想见，未来的一部西方文学批评史将在不同的理论框架下重新改写。不过，可以辩解的是，韦勒克的批评史研究并非是向壁虚构的产物，而是 20 世纪西方文学批评演变发展的一个逻辑结果。因此，无论理论潮流如何变迁，批评方法如何更新，韦勒克的《近代文学批评史》所取得的学术成就是不应当随意打发掉的，也是不可能被一笔抹煞的。

第二节　诺思罗普·弗莱

诺思罗普·弗莱（Northrop Frye，1912—1991）的文学批评不仅是加拿大现代学术的一个骄傲，也是 20 世纪英语国家文学研究中最富于雄心壮志、最具有思辨色彩的成果之一。从早期著作《威严的对称：威廉·布莱克研究》（*Fearful Symmetry:*

---

[22]　韦勒克、沃伦：《文学理论》，刘象愚等译，生活·读书·新知三联书店，1984 年，第 36—37 页。
[23]　R. Wellek, *A History of Modern Criticism*, vol. 3, Yale University Press, 1965, p.vii.
[24]　J. Hillis Miller, "The Function of Literary Theory at the Present Time", in *Theory Now and Then*, Harvester Wheatsheaf, 1991, p.385.

A Study of William Blake，1947）起，他就试图超越新批评的局限，探寻一条新的"批评之路"，但直到《批评的剖析》(*Anatomy of Criticism*，1957) 一书问世，弗莱的原型批评才引起人们的普遍关注。在以后的岁月里，弗莱又陆续推出了一系列论著，其中包括《有教养的想象力》(*The Educated Imagination*，1963)、《同一的寓言》(*Fables of Identity*，1963)、《自然的视镜：莎士比亚喜剧和传奇剧的发展》(*A Natural Perspective: The Development of Shakespearean Comedy & Romance*，1965)、《英国浪漫主义研究》(*A Study of English Romanticism*，1968)、《批评之路》(*The Critical Path*，1971)、《伟大的代码：圣经与文学》(*The Great Code: The Bible and Literature*，1982)，等等。通过这些论著，不仅极大地拓展了他的研究范围，也使他跻身于历史上卓有建树的批评家行列。

从《文学作为语境：弥尔顿的〈黎西达斯〉》说起

为了更好地理解弗莱的批评思想，我们不妨从他的一篇论文《文学作为语境：弥尔顿的〈黎西达斯〉》(*Literature as Context: Milton's Lycidas*) 说起。它原是弗莱在1958年国际比较文学学会第二次会议上的发言稿，后来收入他的论文集《同一的寓言》。由于这篇论文既扼要概括了弗莱的原型批评理论，又是将这种理论运用于具体批评实践的一个典范，因而可以把它视为通往弗莱的批评思想的一条捷径。

正如我们所知，弥尔顿的《黎西达斯》写作于1637年，是诗人为哀悼大学时代的同窗好友爱德华·金 (Edward King, 1612—1637) 不幸溺水身亡而作的。对于这一诗篇，批评家历来众说纷纭，评价不一。弗莱的独到之处在于，他不是把这首诗当作一个孤立的现象来加以分析，而是将它置于西方文学的传统中进行考察。在弗莱看来，既然《黎西达斯》是一首牧歌传统的挽歌，它的起源部分地来自古希腊罗马的文学传统，部分地来自《圣经》的传统，那么，按照这一传统，被哀悼的对象便不再是作为个人，而是被视为一个死去的自然精神的代表来看待的。弥尔顿赋予爱德华·金以一个与阿都尼斯 (Adonis) 相似的名字——黎西达斯 (Lycidas)，而他是与自然的循环节奏联系在一起的。[25] 因此，在这一诗篇中，日落、冬天和大海是黎西达斯死亡的象征，日出和春天则是他复活的象征。从这个意义上说，黎西达斯

---

[25] 阿都尼斯 (Adonis) 是古希腊神话中的美少年，深受爱神阿佛洛狄忒的宠爱。他被野猪咬伤致死后，阿佛洛狄忒悲痛欲绝。后经宙斯裁定，他每年有六个月得以从冥府复活，与阿佛洛狄忒相会。现代学者把阿都尼斯的死亡和复活看成是四季循环的象征。

这一原型并不仅仅是爱德华·金的文学形式，同时也是同类人物传统的或反复出现的形式。而所谓"原型"，弗莱在此将它界说为"一种文学象征，或一组象征，它们由于在文学中被反复运用而成为传统的"。[26]

由此，弗莱进一步指出：

> 在《黎西达斯》的写作中，有四条特别重要的创作原理。当然，说四条原理，并不意味着它们是彼此分开的。第一是传统，即对诗歌素材进行重组，使之适合于主题。第二是体裁，即选择适当的形式。第三是原型，即运用适当的，因而也是反复运用的意象和象征。第四尚无名称，指的是文学的形式是独立自主的：这就是说，它们不存在于文学之外。弥尔顿不是在写一篇讣告：他不是从爱德华·金及其生平和时代出发，而是从这一主题的诗歌所需要的传统和原型出发。[27]

值得注意的是，弗莱要求批评家将目光牢牢地锁定在文学的范围之内，坚决反对将诗歌与生活混为一谈。他认为，如果我们追问黎西达斯是谁？那么回答便是：他是与忒俄克里托斯的达芙尼斯、彼翁的阿都尼斯、《旧约》中的亚伯等同一个家族的成员。显然，这一回答有助于我们对文学有更广泛的理解，对文学的结构原理和反复出现的主题有更深刻的认识。然而，倘若我们追问爱德华·金是谁？他与弥尔顿是什么关系？他是一个怎样的诗人？那么，我们就会偏离文学而陷入巨大困惑之中。因为诗篇中涉及爱德华·金的地方并不多，诗篇中的"我"也并非弥尔顿本人，而是一个以传统的牧人面目出现的职业诗人。

同样，个人的真诚与文学的真诚也是两码事。撒缪尔·约翰逊曾经指责《黎西达斯》由于缺乏"真情实感"而显得矫揉造作。但在弗莱看来，个人的真诚在文学作品里是没有位置的。而从文学的角度看，《黎西达斯》却是一首感情真挚的诗，原因就在于弥尔顿对葬礼挽歌的结构和象征深感兴趣。因此，弗莱这样写道：

> 如果我们问是什么激发了诗人？那总会有两种答案。一种机缘，一种经验，一个事件，都可以激发写作的冲动。但是，写作的冲动却只能来自先前与文学的接触；而形式方面的灵感，环绕新事件而形成的诗歌的结构，

---

[26] Northrop Frye, "Literature as Context: Milton's Lycidas", in *Fables of Identity*, Harcourt, Brace & World, Inc., 1963, p.120.

[27] Ibid., p.123.

也只能从其他的诗篇中获得。因此,每一首新诗既是一种新的独创,同时也是对熟识的文学传统的一次重组,否则,它就完全不会被人确认为是文学作品。[28]

即使在华兹华斯和惠特曼的那些充满个人色彩的作品里,弗莱也发现了它们与文学传统的联系。

弗莱再三强调,没有一首诗是孤立的,每一首诗都与同类的其他诗歌保持着内在的联系。因此,"在整个文学秩序的内部,某些结构和体裁的原理,某些叙述和想象的组合,某些手法和主题的常规,都一再反复出现。在每一部新的文学作品中,这些原理都被赋予了新的形态"。[29]《黎西达斯》就是以这样一种反复出现的结构原理构成的,这一结构原理便是"神话"。当然,没有一首诗的丰富内涵可以简单地归结为或等同于一个神话,《黎西达斯》里的阿都尼斯神话指的只是这一诗篇的结构,其作用宛如出现在莫扎特交响曲第一乐章中的奏鸣曲形式一样。正是借助于它,这首诗才与诗歌经验的其他形式统一起来。由此可以理解,弗莱何以对新批评的那种解读诗歌的方法不以为然。在他看来,倘若我们只是像新批评派所做的那样,孤立地探讨《黎西达斯》的独创性,仅仅满足于分析其措辞的含混和微妙,那么,我们就无法真正理解弥尔顿的这一诗篇。

原型批评的"圣经":《批评的剖析》

要深入了解弗莱所建构的批评体系,把握原型批评的精髓,我们就必须对那部博大精深的《批评的剖析》展开讨论。这部著作由一个"论辩性前言"和四篇论文构成,其根本目的,正如弗莱自己所指出的,是"试图从宏观的角度探索一下关于文学批评的范围、理论、原理和技巧等种种问题"。[30]

《批评的剖析》一开篇,弗莱就开宗明义地捍卫了文学批评的自主权。他指出:"批评的要义在于,并非诗人不知道他所言说的,而是他不能言说他所知道的。因此,为了维护批评存在的权利,就应该假定批评是一种有其自身存在权利的思想和

---

[28] Northrop Frye, "Literature as Context: Milton's Lycidas", in *Fables of Identity*, Harcourt, Brace & World, Inc., 1963, p.125.
[29] Ibid., p.127.
[30] Northrop Frye, *Anatomy of Criticism*, Princeton University Press, 1957, p.3.

知识的结构，相对于艺术而言，它具有一定程度的独立性。"[31] 这就是说，批评是以一种特殊的概念框架的术语来谈论文学的。而这一概念框架既不是文学本身，也不是某种文学之外的东西。在弗莱看来，无论是马克思主义、托马斯主义、自由人文主义，还是弗洛伊德学派、荣格学派或是存在主义，都是以文学之外的概念框架来谈论文学的，从而使作为一门独立学科的文学批评趋于消失。当然，作为一种特殊的知识结构，文学批评也与它的研究对象——文学本身判然有别。正像研究物理学的人并不是在"研究自然"一样，"研究文学"也是不可能的，我们所能研究的只能是文学批评。[32]

《批评的剖析》第一篇论文题为"历史批评：模式理论"("Historical Criticism: Theory of Modes")，从历史演变的角度将西方文学分为神话、传奇、高级摹仿、低级摹仿和反讽等五种模式。具体地说，在神话中，主人公的力量绝对地优胜于其他人和环境，因为他实际上就是神祇。在传奇文学中，主人公的力量则在一定程度上优胜于其他人和环境，因而他往往具有超常的勇敢和耐力。在高级摹仿中，主人公虽然在一定程度上优胜于其他人，但却战胜不了他的环境，因而他是大多数史诗和悲剧中的主人公。在低级摹仿中，主人公既不优胜于其他人，也不优胜于他的环境，因而他是大多数喜剧和现实主义小说中的主人公。至于反讽文学中的主人公，则无论在力量方面还是在才智方面都低于我们，从而使我们对他抱着一种轻蔑的感觉。弗莱认为，从古至今，一部西方文学史正是按照这一顺序依次演变的，这就是古希腊罗马神话、中世纪传奇、文艺复兴时期的悲剧和民族史诗、18至19世纪的现实主义文学，以及近百年来占据主导倾向的反讽文学。

当然，上述五种模式并非是截然分开的，弗莱指出："当一种模式构成一部虚构作品的基调时，其他四种模式也可能部分或全部同时并存。我们对伟大文学的许多精微感受，正是来自这些模式的配合。"[33] 然而，当弗莱把西方文学的演变描述为一个循环的圆圈，并且断言当代文学已出现了从反讽文学向神话回归的迹象时，人们不禁对他的这种说法产生了怀疑。在他看来，这种向神话回归的趋向不仅表现在卡夫卡、乔伊斯和叶芝的创作中，也表现为人们对象征理论和神学教义的广泛兴趣，甚至侦探小说和科幻作品等通俗文学的流行，也证明了当代文学复归神话的强烈趋向。尽管弗莱的意图是想说明后世文学（传奇文学、高级摹仿、低级摹仿直至反讽

---

[31] Northrop Frye, *Anatomy of Criticism*, Princeton University Press, 1957, p.5.
[32] Ibid., p.11.
[33] Ibid., p.50.

文学等模式）不过是一系列"移位的神话"（displaced myths），[34]但这一文学循环理论毕竟过于简单化，因而不能不使他所标榜的科学体系打了折扣。

在第二篇论文"伦理批评：象征理论"（"Ethical Criticism: Theory of Symbols"）中，弗莱研究了文学象征的五个层面，即文字的、描述的、形式的、神话的和神秘的等不同层面的象征。而他所谓"象征"，指的是"任何可以被分离出来而为批评所注意的文学结构的单位"，包括了词语、词组和意象。[35]在他看来，一部文学作品往往具有多重的意义，因而文学批评可以对它进行多层面的解释。如果仅从文字的层面来解释一部作品，那么，我们所关注的只是各词语和象征之间的关系。如果从描述的层面来看待一部作品，那么，我们所关注的就是文字符号与外部世界的关系。如果从形式的层面来解释一部作品，那么，批评就会专注于对其意象系统的考察。然而，当我们不再孤立地看待一首诗，而是把它与其他诗篇联系起来，将它视为诗歌整体的一个单位时，我们便是从神话的层面来考察一部作品了。那些将众多诗歌联系起来的纽带，就是作为原型的象征。再进一步，我们便假定存在着一个包罗万象的文学宇宙，而这个词语秩序是与整个自然秩序相对应的。因此，从神秘的层面来看，文学就成为一种启示录，与宗教有着直接的关系。

显然，强调将一首诗置于文学的整体关系中去加以考察，也就是强调整个文学传统对一部作品的巨大制约作用。然而，从浪漫主义时代以来，由于过分看重诗人的独创性，也由于版权法的制订，文学已完全被看成是个人的事业，文学中的传统因素被大大遮蔽了。而原型批评的任务，就是要把个别诗篇置于作为整体的文学系统中去进行考察，揭示一部作品与传统中的其他作品之间的内在联系。在弗莱看来，一首诗不仅是对自然的摹仿，更是对其他诗歌的摹仿，它的最直接、最重要的背景就是与它同一体裁的文学传统。弗莱由此指出：

> 文学中可以有生活、现实、经验、自然、想象的真理、社会境况，或你所设想的任何内容；但是，文学本身却不是由这些东西所构成的。诗歌只能从其他诗篇中产生；小说只能从其他小说中产生。文学是由其自身形成的，而不是由外在的东西所形成的；文学的形式不可能存在于文学之外，正像奏鸣曲、赋格曲和回旋曲的形式不可能存在于音乐之外一样。[36]

---

[34] Northrop Frye, *Anatomy of Criticism*, Princeton University Press, 1957, p.52.
[35] Ibid., p.71.
[36] Ibid., p.97.

所谓"原型"(archetype),弗莱明确地将它界定为文学史上"一种典型的或反复出现的意象",正是它"把一首诗与其他的诗篇联系起来,并有助于统一和整合我们的文学经验。"[37] 在他看来,倘若孤立地去看待一首诗,不去追寻那些将诸多诗篇联系起来的原型的或传统的因素,我们就难以真正地理解文学。事实上,"把各种意象扩展到传统的文学原型中去,是我们在所有阅读中无意识地发生的过程。一个像大海或荒原这样的意象不会只停留在康拉德或者哈代的作品中:它注定要通过许多作品延伸到作为整体的文学的原型性象征中去。莫比·迪克也不会只停留在麦尔维尔的小说里,它会被归入到自《圣经》以来我们有关海中怪兽和巨龙的想象性经验中去"。[38] 正是在这个意义上,弗莱又把原型称为"联想群"(associative clusters)。[39]

《批评的剖析》第三篇论文题为"原型批评:神话理论"("Archetypal Criticism: Theory of Myths"),其目的是"对出于古典和基督教遗产语境中的西方文学的结构原理作出一种理性的描述"。[40] 关于自己的研究策略,弗莱作了这样一个比喻:

> 观赏一幅画时,我们可以站在近处,分析其笔法和刀法的细节,这大致相当于文学中新批评派的修辞分析。稍微站远一点,我们便清晰地看到了构图,从而着重研究它所表现的内容:例如,这是观赏荷兰现实主义绘画的最佳距离……我们再往后站,那就愈见其组织构图。如果在较远的距离观赏一幅百合花图,我们所能看见的只是百合花的原型,一大片蓝色块及与之相对照的处于中央的注意点。在文学批评中,我们也常常需要离诗篇远一点,以便看清它的原型组织。[41]

由此可见,弗莱的原型批评是针对新批评专注于修辞分析的琐细而发的。正如他后来在《批评之路》中所指出的,新批评是一种修辞形式的批评,它的最大优点就在于承认诗歌的语言和形式是诗歌意义的基础。然而,它的缺陷也同样明显:"它只是一个接一个地解释文学作品,而对文类或对把所分析的不同文学作品联系起来的

---

[37] Northrop Frye, *Anatomy of Criticism*, Princeton University Press, 1957, p.99.
[38] Ibid., p.100.
[39] Ibid., p.102.
[40] Ibid., p.133.
[41] Ibid., p.140.

任何更大的结构原理却不加注意。"[42]

从意义的角度来区分，弗莱把西方文学中的原型意象分为三大类型，即启示意象（apocalyptic imagery）、魔怪意象（demonic imagery）和类比意象（analogical imagery）。启示意象和魔怪意象都属于"非移位"的神话，前者为我们展现了人类所向往的世界（天堂），后者为我们展现了人类所厌恶的世界（地狱）。而诗歌中的大多数意象属于类比意象，它们所表现的是介于天堂与地狱这两个极端之间的世界。弗莱认为，如果说启示意象适用于神话模式，魔怪意象适用于反讽模式，而后又复归于神话，那么，类比意象大体上是与传奇文学、高级摹仿和低级摹仿这三种模式相对应的。[43] 从叙述的角度来区分，弗莱又将西方文学中的叙述模式分为四种：喜剧与春天相对应，充满了希望和欢乐，表现蓬勃的青春战胜衰朽的老年；传奇与夏天相对应，充满了梦幻般的神奇色彩，表现冒险和对理想的追求；悲剧与秋天相对应，富有壮丽而崇高的格调，表现英雄的苦难和死亡；反讽和讽刺文学则与冬天相对应，这是一个没有英雄、也没有理想的混乱世界，因而充满着荒诞感。如果说神话完整地讲述了神的一生，从而象征了四季循环和昼夜更替的话，那么，作为"移位的神话"，后世的文学作品不过是以不同方式讲述了这个神话的不同阶段，因此也就与不同的季节相对应。

第四篇论文题为"修辞批评：体裁理论"（"Rhetorical Criticism: Theory of Genres"），是从修辞的角度来探讨文学体裁问题的。在弗莱看来，一个诗人的创作意图包含着多种选择，其中既涉及主题和意象的选择，也涉及体裁的选择。而从体裁方面来对文学作品进行批评的目的，与其说是为了进行分类，不如说是为了将它们归入特定的传统和类同关系中去，从而引出一大批文学关系来。倘若不考察这些语境，就不可能注意到这些文学关系。[44] 换言之，原型批评既然强调要从宏观上把握一部作品与其他作品之间的联系，那么，考察深深植根于传统之中的文学体裁的沿革问题，便是它的题中应有之义。

然而，长久以来，体裁理论却始终是文学批评中的一个薄弱环节。为了弥补传统的戏剧、史诗、抒情诗三分法的缺陷，弗莱主张引进"虚构作品"（fiction）这一术语，用以概括那些通过印刷物品向读者说话的文学体裁。这样，口传史诗与虚构作品就构成了文学的中心领域，其两侧，一边是戏剧，另一边是抒情诗。如果说

---

[42] 诺思罗普·弗莱：《批评之路》，王逢振等译，北京大学出版社，1998年，第6页。
[43] Northrop Frye, *Anatomy of Criticism*, Princeton University Press, 1957, p.151.
[44] Ibid., pp.247—248.

口传史诗是面对听众口头讲述的作品，那么，虚构作品就是通过书面形式向读者说话。如果说戏剧的特点在于作者没有露面，而是通过剧中人物在观众面前表演，那么，抒情诗的特点恰好就在于它仿佛没有观众，正如当年穆勒所言，抒情诗是被人偶尔偷听到的。由此可以理解，弗莱何以会把有关文学体裁问题的研究称为"修辞批评"，因为在他看来，文学体裁的分类始终是由诗人与读者之间的关系所决定的。

应该承认，弗莱有关"散文虚构作品"的论述是别开生面的。他认为，虚构作品并不等同于人们通常所说的"小说"，而是包括了小说(novel)、传奇(romance)、自白体(confession)和剖析体(anatomy)等四种主要形式。按照这一区分，笛福、菲尔丁、简·奥斯丁和亨利·詹姆斯等人的作品位于小说传统的中心，而艾米莉·勃朗特的《呼啸山庄》与其说是小说，不如称为传奇更合适。两者的根本区别在于人物塑造的观念不同，传奇作品并不试图创造"真实的人物"，而是着力描写理想化的人物。[45] 在弗莱看来，圣·奥古斯丁是自白体的开创者，卢梭则建立了这一文学体裁的近代形式。从此，它便进入了小说，以对思想和理论的关注而独具特色。剖析体的虚构作品则渊源于"梅尼普讽刺"(Menippean satire)，它所描写的人物往往是其思想的传声筒。在文学史上，彼特隆纽斯、阿普列尤斯、拉伯雷、斯威夫特、伏尔泰是这一传统体裁的继承人，而罗伯特·伯顿的《忧郁的剖析》则是英国文学中"最伟大的梅尼普讽刺作品"，"剖析"这一术语便来自于此。[46] 当然，单独使用一种形式的虚构作品是很少见的。如果说拉伯雷的作品是传奇与剖析体的结合体，《堂吉诃德》综合运用了小说、传奇和剖析体，那么，乔伊斯的《尤利西斯》就是一部同时运用了以上四种形式的完整的散文史诗。[47] 而所有这些见解，对我们更好地认识文学史上的经典作品，无疑是富于启发性的。

由于篇幅方面的限制，我们无法对弗莱的批评事业作出全面评价，更不可能对他的莎士比亚研究、布莱克研究、浪漫主义研究和《圣经》文学研究加以评述。然而，《批评的剖析》所显示的广阔的学术视野，它那包罗万象的批评体系和博大精深的理论建树，对于以新批评派为代表的英美现代批评来说，无疑是一个巨大的挑战。人们或许可以指责弗莱的文学理论过于庞杂而缺乏精细，或许也可以指责他忽视了对文学作品的价值判断，但从批评史的角度看，弗莱的原型批评仿佛是一个"序幕"，预示了此后西方文学批评日趋"理论化"和多元化的发展趋势。

---

[45] Northrop Frye, *Anatomy of Criticism*, Princeton University Press, 1957, pp.304—305.
[46] Ibid., p.312.
[47] Ibid., p.314.

第三节　韦恩·布斯

如果说新批评的主要成就在于建构了一套以隐喻和反讽为核心的诗歌理论，那么，从 20 世纪 60 年代起，美国学界也出现了一股小说理论的研究热潮。而韦恩·C. 布斯（Wayne C. Booth, 1921—2005）的《小说修辞学》(*The Rhetoric of Fiction*, 1961)、罗伯特·斯科尔斯（Robert Scholes, 1929— ）和阿·拉·凯洛格（Alfred Latimer Kollogg, 1915—1986）合著的《叙事的本质》(*The Nature of Narrative*, 1966)，无疑是其中最优秀的代表作。通过他们的探索，不仅弥补了此前为新批评派所忽略的薄弱环节，而且也纠正了 20 世纪以来批评家有关小说艺术的种种偏见。布斯的《小说修辞学》更是一部富于挑战性的著作，对近半个多世纪以来的西方小说理论作了一次批判性的总结。

小说中作者的声音

尽管《小说修辞学》涉及的问题极为广泛，但布斯的基本立场却是明白无误的。在他看来，要在小说中清除作者的声音，坚持艺术的"纯洁性"和绝对客观性，是根本不可能做到的。因为小说是人类意义交流的一种形式和手段，是不可能与人类意义相分离的。正如他在该书结尾所指出的：

> 当人类活动被赋予形式以便创作一部艺术作品时，其创作的形式是不可能与人类意义相分离的，包括道德判断，只要有人类的活动，它就隐含在其中……小说唯有作为某种可以交流的东西才能得以存在，而其交流的手段并不是令人羞愧地被强加的，除非它们是以令人羞愧的愚蠢方式构成的。[48]

因此，该书所要探讨的是，作为一种与读者交流的艺术，小说是怎样把它的虚构世界灌输给读者的，或者说作家是如何通过种种技巧来控制读者、感染读者的。这就恢复了古希腊罗马修辞学的本来意义。因为传统的修辞学不仅要对各种修辞格展开研究，更是一门着重研究如何感染听众、说服听众的学问。

在布斯看来，小说中作者的声音有多种多样的表现形式。首先，它表现为所有

---

[48]　Wayne C. Booth, *Rhetoric of Fiction,* 2nd edition, Penguin Books Ltd., 1983, p.397.

以作者身份作出的议论。从福楼拜以来，许多批评家都认为，直接的、无中介的议论是要不得的，然而问题在于，我们是否赞同那些更少介入性的议论呢？其次，每当作者进入人物的内心时，作者的存在也是十分明显的。所有的内心观察其实都是作者的一种介入，因为在生活中这样的角度是不会有的。第三，作者实际上也出现在所有具有可靠性的人物的讲话中。当这些权威性人物讲话时，也就是作者在讲话。第四，如果要去除作者的声音，那么，就意味着"从作品中清除每一种看得出的个人色彩，每一种特殊的文学典故或生动的比喻，每一种神话的或象征的形式"，因为任何有眼力的读者都能够辨别出它们受到了作者的影响。[49] 最后，即使清除了以上各种形式的作者的声音，也还存在着运用哪种流行的形式来讲述的选择问题。

从这个角度来重新审视此前的小说理论，布斯指出，许多批评家都犯了简单化的毛病，误以为"客观的"、"非人格化"或"戏剧化的"叙述方法要远远高于由作者或他的叙述者直接出现的方法，而这个问题又被简单地概括为艺术的"展示"（showing）和非艺术的"讲述"（telling）之间的区别。[50] 在布斯看来，尽管亨利·詹姆斯对场景描绘越来越感兴趣，对用自己的声音来叙述越来越不满意，但他并没有偏袒自己的方法而否定其他的方法。然而，自从珀西·卢伯克（Percy Lubbock, 1879—1965）的《小说技巧》（*The Craft of Fiction*, 1921）对詹姆斯的理论作出系统阐述以来，原本具有灵活性的探讨便为各种教条所取代，许多批评家都把展示与讲述的区别看成是理解现代小说的关键，而这无疑是一种误导。

布斯指出，大多数对作者的声音所作的攻击，都是在"逼真"的名义下进行的，即认为现实主义必须掩饰它是叙述这一事实，从而创造出仿佛并无作者作为中介的事件正在发生的幻觉。例如，对萨特来说，仅仅避免全知的议论是不够的，作家还必须提供一种他根本不存在于作品之中的幻觉。萨特反对莫里亚克对他的人物"扮演上帝"的企图，而这无异于是在要求一种不被视为"人的产物"，而被看作像植物一样的小说。在布斯看来，无论一部作品显得多么逼真，它总是通过人为的技巧而起作用的。"无论一位非人格化的小说家隐藏在叙述者或是观察者之后……作者的声音都从未真正沉默过。事实上，它正是我们在阅读小说时所寻求的东西"。[51]

---

[49] Wayne C. Booth, *Rhetoric of Fiction*, 2nd edition, Penguin Books Ltd., 1983, p.19.
[50] Ibid., p.8.
[51] Ibid., pp.59—60.

论小说中"隐含的作者"

现代小说理论也常常强调,所有的作家都应当是"客观的"、"中立的"、"公正的"和"不动情的"。布斯也对这些似是而非的说法作了逐一辨析。毫无疑问,布斯当然并不赞成作者直接地、甚至笨拙地闯入自己的作品。但是,在他看来,如果要求作家对一切价值都保持中立的态度,或是在文学中做到完全公正,那显然是错误的。事实上,正如他所指出的,作家对作品的介入,往往是通过"隐含的作者"(implied author),即作者的"第二自我"(second self)得以实现的。正是这一"隐含的作者",引领着读者对作品的理解和反应。

因此,正确理解"隐含的作者"这一核心概念,乃是把握《小说修辞学》一书的关键。布斯强调,首先,必须把小说的实际作者与作品文本中的"隐含的作者"区别开来。所谓"隐含的作者",是隐含在作品中的作者形象,是读者从作品文本中获得的。我们要考察的不是一个作家在实际生活中采取了什么行为方式,而是他在作品中创造出来的那个"替身",是作品中所体现的价值。正是这个"隐含的作者"有意无意地选择了我们所阅读的内容,告诉我们应该在价值领域站在哪里。正如布斯所指出的:

> 我们对隐含的作者的感觉,不仅包括从所有人物的每一行动和受难中可以得出的意义,而且也包括从中得出的道德和情感内容。简言之,它包括对一部完成的艺术整体的直觉理解;这个隐含的作者信奉的主要价值观念是由其全部形式来表达的,不论他的创造者在真实生活中属于什么党派。[52]

另一方面,在一个作家的不同作品中往往含有不同的替身,即不同思想规范所组成的理想,正如根据与每个通信人的不同关系和不同的目的,一个人的私人书信往往含有不同的替身一样。[53] 举例来说,在《江奈生·魏尔德传》、《约瑟·安德鲁传》、《汤姆·琼斯》和《阿米莉亚》等作品中,我们就看到了菲尔丁的不同替身。

其次,布斯强调,我们也必须把"隐含的作者"与小说中的"叙述者"区别开来。"隐含的作者"存在于小说所讲述的故事中,是通过艺术作品的整体而得以呈现的。而叙述者则是指作品中的说话者,他只是"隐含的作者"所创造的诸多

---

[52] Wayne C. Booth, *Rhetoric of Fiction,* 2nd edition, Penguin Books Ltd., 1983, pp.73—74.
[53] Ibid., p.71.

成分之一，可以用大量反讽把他与"隐含的作者"分离开来。换言之，叙述者通常是指一部作品中的"我"，但这个"我"却并不等同于作者的隐含形象。[54]更何况，布斯还区分了"戏剧化的叙述者"（dramatized narrator）和"非戏剧化的叙述者"（undramatized narrator）、"可信的叙述者"（reliable narrator）和"不可信的叙述者"（unreliable narrator），这些都足以将叙述者与"隐含的作者"区别开来。然而，无论小说采取哪种叙述方式，"隐含的作者"的感情和判断都是"构成伟大小说的材料"。[55]

当然，在布斯看来，小说作者不仅创造了隐含在作品中的"第二自我"，而且也创造了适合欣赏这部作品的读者。令人遗憾的是，尽管这种交流活动对文学来说是至关重要的，但它在现代文学批评中却时常被人忽视了。我们一再被告知，真正的艺术家并不考虑他们的读者，他们只为自己写作。而这种对读者因素的否定，常常是以"纯艺术"的理论为依据的。在布斯看来，如果说对读者的吁请是一种不完美的标志，那么，所谓"完美的文学"是找不到的。不仅在小说中，而且在所有伟大的作品中，我们处处都能发现这种对读者的吁请。

不过，可以辨识的修辞并不限于那些直接针对读者而发的议论，即使在高度戏剧化的小说中，我们也不难发现许多为帮助读者的理解而精心设置的修辞成分。因此，要欣赏一部作品，读者就必须与这部作品"隐含的作者"所持的见解达成一致。"简言之，作者创造了一个他自己的形象和另一个他的读者的形象；正如他创造了他的第二自我，他也创造了他的读者，而最成功的阅读是这样的：被创造出来的这两个自我，即作者和读者，在阅读中能够达成完全一致。"[56]布斯由此指出："作者无法选择回避修辞，他只能选择他所采用的修辞的种类。他无法通过选择叙述方式来决定是否影响读者，他只能选择做得好一些还是差一些。"[57]

不同类型的叙述者

所谓"戏剧化的叙述者"，就是叙述者化身为小说中一个戏剧化的人物，因而成为"与其所讲的人物同样生动的人物"。[58]例如，在斯泰恩的《项狄传》、普鲁斯

---

[54] Wayne C. Booth, *Rhetoric of Fiction,* 2nd edition, Penguin Books Ltd., 1983, p.73.
[55] Ibid., p.86.
[56] Ibid., p.138.
[57] Ibid., p.149.
[58] Ibid., p.152.

特的《追忆似水年华》、康拉德的《黑暗的中心》和托马斯·曼的《浮士德博士》中，就将叙述者完全戏剧化了。他们或是纯粹的旁观者（如《汤姆·琼斯》中的"我"），或是程度不同地介入事件的叙述代言人（从《了不起的盖茨比》中的尼克，到《项狄传》、《摩尔·弗兰德斯》、《哈克贝里·芬历险记》的主人公）。不过，布斯同时也指出，尽管许多戏剧化的叙述者未被贴上叙述者的标签，仿佛只是在扮演着自己的角色，但他们的每一次说话，每一个姿态，其实都是在讲述。

所谓"非戏剧化的叙述者"，则恰好与"戏剧化的叙述者"相反，由于他们并未以个性化的面目出现，因而在小说中往往是含蓄的，也不那么生动。但布斯强调，类似海明威的《杀人者》那样严格的无人称叙述毕竟是极少数，在大多数小说中，即使叙述者没有被赋予任何个性特征，其故事也是通过叙述者的意识而得以呈现的。[59]

从另一角度看，小说中的叙述者又可以分为"可信的叙述者"和"不可信的叙述者"。当叙述者按照"隐含的作者"的规范来言说或行动时，他便可称为"可信的叙述者"；反之，当叙述者背离"隐含的作者"的规范时，他就是"不可信的叙述者"。在布斯看来，探讨这一问题至关重要："如果说讨论视点是为了探寻它如何与文学效果有关的话，那么，对我们的判断来说，叙述者的道德和智力性质，显然比他是否称为'我'或'他'更为重要，也比他是否不受限制或有所限制更为重要。"[60]

在各种具体作品中，无论"可信的叙述者"还是"不可信的叙述者"，既有程度上的区别，也有不同的表现形式。有时候，一位戏剧化的"可信的叙述者"尽管在小说中抛头露面，公开发表评论，就像《汤姆·琼斯》中的叙述者那样，但仍然是令人信服的。究其原因，这个叙述者不仅是"隐含的作者"的戏剧化替身，与读者建立了一种亲密的关系，而且是与小说主人公的故事相协调的。因此，当这个叙述者在最后一卷向读者告别的时候，我们觉得仿佛"失去了一位亲密的朋友"。[61] 而那些菲尔丁的摹仿者之所以失败，就在于作者自称的高明与故事的拙劣之间的巨大差距。

布斯以简·奥斯丁的《爱玛》为例，来说明"可信的叙述者"是怎样在小说中发挥作用的。正如我们所知，这部小说的女主人公具有知识、聪慧、美貌、财富和地位，但却由于过分自负而缺乏自知之明。因此，简·奥斯丁所面临的困难就在于，

---

[59]　Wayne C. Booth, *Rhetoric of Fiction,* 2nd edition, Penguin Books Ltd., 1983, p.151.
[60]　Ibid., p.158.
[61]　Ibid., p.218.

既要使读者嘲笑女主人公的缺点，又要保持读者对她的同情，从而希望看到她性格得到改变并最终获得幸福。在布斯看来，尽管简·奥斯丁并不懂得亨利·詹姆斯的小说理论，但她正是凭借着笔下的那位"可信的叙述者"，凭借着内心观察的方法和小说的男主人公奈特利的客观议论，成功地解决了这个难题：

> "作者她自己"——不一定是真实的简·奥斯丁，而是一位隐含的作者，在这本书里由一个可信的叙述者来代表——通过不断指引我们的智力、道德和情感的进展来提高效果。当然，她履行着第七章中所描述的大多数功能。然而，她最重要的作用便是加强了贯穿全书的双重视象的两个方面：我们对爱玛价值的内心观察和我们对她的重大缺点的客观观察。[62]

至于"不可信的叙述者"，布斯指出，由于拒绝运用全知叙述，也由于面对戏剧化的"可信的叙述者"的限制，许多现代作家已在运用"不可信的叙述者"进行尝试。根据"不可信的叙述者"距离作者的规范有多远，根据他们在什么方向上背离了作者的规范，我们不难发现，他们之间存在着显著的差异。其中，既有全然不可信的，也有大量介于可信与不可信之间的混合类型。因此，较之那些"可信的叙述者"，这些"不可信的叙述者"显然对读者的判断力提出了更高的要求。[63] 布斯提醒我们，有些"不可信的叙述者"在作品的进程中，其性格是发生变化的。例如，在狄更斯的《远大前程》中，成年的匹普被描写成一个慷慨无私的人，他的心地与读者是一样的；而他所注视着的那个青年时代的自我却是远离读者的，但后来又回到了读者那里。正如布斯指出的，这种模式已被20世纪作家广泛采纳，似乎决心在此基础上把所有可能的形式都写出来："叙述者在小说开始时是远离读者的，到了结尾时则接近读者；开头是接近读者的，然后却远离读者，到了结尾又接近读者；开头就背离读者，接着愈加远离读者，等等。"[64]

综上所述，布斯的《小说修辞学》是对20世纪前期西方小说理论所作的一次批判性的总结，因而成为这一时期英美小说理论的经典著作。然而，我们也无庸讳言，他的基本倾向却是比较保守的。尽管布斯再三表白："认为我们需要的是返回巴尔扎克、返回19世纪英国，或返回菲尔丁或简·奥斯丁的时代，那将是一个严重的错误……所需要的不是过去模式的任何简单恢复，而是一种对所有武断区别的

---

[62] Wayne C. Booth, *Rhetoric of Fiction,* 2nd edition, Penguin Books Ltd., 1983, p.256.
[63] Ibid., p.159.
[64] Ibid., p.157.

否定……",[65] 尽管他在该书第二版后记中对自己的某些见解作了补充或修正,但从他所列举的大量作品来看,布斯似乎更欣赏那些传统小说,却对现代小说缺乏足够的好感。由此可以理解,布斯何以一再强调:

> 在20世纪中叶,我们终于可以懂得,写作一部由自己讲述、完全避免作者介入、以一种始终如一的视点处理方法来显示的小说是多么容易。甚至那些毫无才能的作家,也可以教会他们来遵守这第四个"整一律"。但是,我们现在也知道,他们在这一过程中未必能够学会写出好小说。倘若他们只知道这一点,那不过是知道如何去写作貌似现代的小说……他们还须学习这样的艺术,即选择将什么加以完全戏剧化,将什么加以省略,什么需要概括,什么需要提高。正如任何艺术一样,这门艺术是不可能从抽象的法则中学到的。[66]

这固然有助于纠正卢伯克、萨特或其他批评家的偏颇,但从另一角度来看,布斯在捍卫传统修辞技巧、强调作者控制读者方面似乎走得太远,从而有意无意地低估了现代小说的艺术探索。而究其原因,这不仅与他所属的芝加哥新亚理斯多德学派的保守倾向有关,而且也在一定程度上反映了二战后英美小说创作风气的扭转。

第四节 巴赫金

20世纪70年代以来,俄罗斯学者米哈依尔·巴赫金(Mikhail Bakhtin, 1895—1975)已经享誉世界,他提出的一系列富于创造性的文学思想,诸如"复调小说"(polyphonic novel)、"狂欢化"(carnivalization)和"对话理论"(dialogism),引起了人们的广泛兴趣。正如法国批评家茨维坦·托多罗夫在《批评的批评》(*Critique de le Critique*, 1985)一书中所指出的:"在20世纪中叶的欧洲文化中,米哈依尔·巴赫金是一个非常迷人而又神秘的人物。这种诱惑力不难理解,他那丰富且具特色的作品,是苏联人文科学方面任何成果所无法媲美的。"[67]

巴赫金一生命运多舛,历经磨难。尽管早在20世纪20年代即已发表了若干批

---

[65] Wayne C. Booth, *Rhetoric of Fiction,* 2nd edition, Penguin Books Ltd., 1983, p.397.
[66] Ibid., p.64.
[67] 托多罗夫:《批评的批评》,王东亮等译,生活·读书·新知三联书店,1988年,第73页。

评论著，但由于流放和二战的缘故，他的学术活动曾长期被迫中断。战后他又重返莫尔多瓦的萨兰斯克师范学院，在那里过着与世无争的教书匠生活。60年代初，苏联的政治局势和学术氛围日渐松动，巴赫金在几个年轻人的怂恿之下，才重新修改自己的著作，先后发表了《陀思妥耶夫斯基诗学问题》(*Problems of Dostoevsky's Poetics*, 1963) 和《弗朗索瓦·拉伯雷的创作与中世纪和文艺复兴时期的民间文化》(*Rabelais and His World*, 1965) 等著作。他本人也时来运转，得以重新回到莫斯科，一边整理旧稿，一边接受各方面的朝拜。但毕竟风烛残年，不久离开了人世。

陀思妥耶夫斯基与复调小说

《陀思妥耶夫斯基诗学问题》一开篇，巴赫金就对以往的评论见解提出了质疑。在他看来，无论瓦西里·罗扎诺夫 (Vasily Rozanov, 1856—1919)、德米特里·梅列日科夫斯基 (Dmitry Merezhkovsky, 1865—1941)，还是列夫·舍斯托夫 (Lev Shestov, 1866—1938)，都企图把作家所表现的为数众多的意识纳入到一个统一的世界观中去，从而都误解了陀思妥耶夫斯基的艺术世界。因为这位俄国作家的独特之处就在于突破了传统的独白型小说模式，创造了一种全新的"复调小说"或"多声部"小说。巴赫金指出：

> 有着众多的各自独立而不相融合的声音和意识，由具有充分价值的不同声音组成真正的复调——这确实是陀思妥耶夫斯基长篇小说的基本特点。在他的作品里，不是众多性格和命运构成一个统一的客观世界，在作者统一的意识支配下层层展开；这里恰是众多的地位平等的意识连同它们各自的世界，结合在某个统一的事件之中，而互相间不发生融合。陀思妥耶夫斯基笔下的主要人物，在艺术家的创作构思之中，便的确不仅仅是作者议论所表现的客体，而且也是直抒己见的主体。[68]

这里重要的是，陀思妥耶夫斯基笔下的主人公不同于传统小说中的人物，他不是任作者随意摆布的奴隶，而是几乎与作者平起平坐的自由的人。他对自己、对世界的议论，与作者的议论具有同样的分量和价值。他可以不同意作者的见解，甚至可以反驳作者的见解。因此，主人公就对作者保持了相对的自由和独立，小说所表现的

---

[68] 巴赫金：《陀思妥耶夫斯基诗学问题》，见《巴赫金全集》，第五卷，白春仁等译，河北教育出版社，1998年，第4—5页。

就不是作者的完整意识,而具有了几个意识相互作用的对话性质。

在巴赫金看来,陀思妥耶夫斯基小说的另一显著特点,是它的全面对话性。而所谓"对话性",并非限于通常所说的人物之间的对话或交谈,它是一个内涵极广的概念,指的是一切人类生活都包含着对话关系:"这几乎是一种无所不在的现象,浸透了整个人类的语言,浸透了人类生活的一切关系和一切表现形式,总之是浸透了一切蕴含着意义的事物。"[69] 这种对话关系体现在小说艺术中,便形成了所谓"大型对话"和"微型对话"。前者指的是小说结构上形成的情节线索、人物组合之间的对位关系,后者指的是小说主人公的语言特点,从而也带来了陀思妥耶夫斯基小说所特有的语言风格。从这个意义上说,复调小说也就是一种对话小说。

巴赫金认为,陀思妥耶夫斯基对主人公的兴趣,不在于他是现实生活中具有社会典型特征和个人性格特征的人,而在于他是对自己和对世界的一种特殊看法。换言之,在陀思妥耶夫斯基的小说中,着力刻画的并不是主人公特定的生活,而是他对自己和世界的最终看法。这样,通常用来塑造人物的种种手段,诸如人物的社会地位、他的性格脾气、他的精神面貌乃至他的外表,都成了自我意识的对象;而自我意识的功能本身,反倒成了作者观察和描绘的对象。巴赫金由此断言:"陀思妥耶夫斯基好像是实现了一场小规模的哥白尼式的变革,把作者对主人公的确定的最终的评价,变成了主人公自我意识的一个内容。"[70]

上述视角的变化,也导致陀思妥耶夫斯基笔下的主人公具有了一些非同寻常的特点。首先,在独白型小说中,主人公的自我意识被限定在作者意识的范围之内,因而主人公是封闭式的;而在复调小说中,作者则把作出最后定论的权利留给了主人公。换言之,这里没有作者全知全能的独白,有的却是主人公的自我说明、自我揭示、自我议论。其次,陀思妥耶夫斯基的主人公都激烈地反驳他人对自己的背后议论,反对一切盖棺论定的断语,对自己的未完成性和不确定性有着深刻的认识。这就是说,只有人还活着,他的个性就还没有完成,就还可能从内部发生变化,因而无法对之背靠背地下一个外在的结论。"总之,在陀思妥耶夫斯基的复调小说里,作者对主人公所取的新的艺术立场,是认真实现了的和彻底贯彻了的一种对话立场;这一立场确认主人公的独立性、内在的自由、未完成性和未论定性。对作者来说,主人公不是'他',也不是'我',而是不折不扣的'你',也就是他人的另一个货

---

[69] 巴赫金:《陀思妥耶夫斯基诗学问题》,见《巴赫金全集》,第五卷,白春仁等译,河北教育出版社,1998年,第55—56页。
[70] 同上书,第64页。

真价实的'我'('自在之你')。"[71]

由此论及这位俄国作家对思想的处理，巴赫金认为："陀思妥耶夫斯基的主人公，是思想的人；这不是性格，不是气质，不是某一社会典型或心理典型。"[72] 因为他们不仅叙说自身和自己身边的环境，还用思想观念来评说世界。因此，正如巴赫金所指出的：

> 陀思妥耶夫斯基所有的主要人物，都是冥思苦想的人，每个人都有种"伟大的却没有解决的思想"，他们全都首先"要弄明白思想"。他们真正的整个生活和自己的未完成性，恰恰就在于需要弄明白思想。如果把他们生存其中的思想排除掉，那他们的形象就会完全被破坏。换句话说，主人公的形象同思想的形象紧密联系着，主人公的形象不可能离开思想的形象。我们是在思想中并通过思想看到主人公，又在主人公身上并通过主人公看到思想。[73]

另一方面，陀思妥耶夫斯基之所以成为"一个伟大的思想艺术家"，就在于他深刻地理解了人类思想的对话本质。巴赫金指出，思想并非生活在孤立的个人意识之中，而是生存于同他人思想的积极交往之中："思想只有同他人别的思想发生重要的对话关系之后，才能开始自己的生活，亦即才能形成、发展、寻找和更新自己的语言表现形式，衍生新的思想……恰是在不同声音、不同意识互相交往的连接点上，思想才得以产生并开始生活。"[74] 而陀思妥耶夫斯基创作的一个特点，恰恰是把思想看作不同声音、不同意识间演出的生动事件而加以描绘的。举例来说，即使是《罪与罚》中的拉斯柯尼科夫在收到母亲来信之后的内心独白，也成了与他人声音争辩的舞台，成了与他的妹妹、母亲、索尼娅、马美拉多夫等缺席的交谈者之间的对话。正是在这场对话中，拉斯柯尼科夫努力想解决自己的那个"思想"。

毫无疑问，巴赫金的复调小说理论，的确揭示了陀思妥耶夫斯基创作的若干重要特征。所谓陀思妥耶夫斯基小说的"大型对话"和"微型对话"，他对主人公的自我意识的观察和描绘，他的艺术世界中对思想的处理，这些分析都是富于启发意义

---

[71] 巴赫金:《陀思妥耶夫斯基诗学问题》,见《巴赫金全集》,第五卷,白春仁等译,河北教育出版社,1998年,第83页。
[72] 同上书,第111页。
[73] 同上书,第113页。
[74] 同上书,第114页。

的。尤其是他所阐述的对话理论，为我们更深入地认识小说艺术提供了一把钥匙。从更广的范围来说，巴赫金反对全知全能的叙述视角，要求生动地展示而非讲述主人公的内心世界，高度重视小说的戏剧化场面，所有这些见解都与20世纪前期西方小说理论的主导倾向相去不远，因而不难为我们所理解。

然而，我们肯定人物与人物之间的对话关系，却难以认可作者与主人公之间是一种平等的对话关系的说法。无论如何，小说主人公是作者创造出来的，尽管他不是任作者随意摆布的奴隶，他的议论也有着自身的内在逻辑，但他的自由毕竟是在艺术构思范围内的自由，他的自我意识也是从属于作者的创作意识的。倘若以为主人公能够不同意作者的见解，甚至能够反驳作者的见解，这些说法显然是夸大其词的。我们不禁要问：难道陀思妥耶夫斯基的复调小说果真没有作者的完整意识吗？难道叙述视角的变化果真改变了文学创作的根本性质吗？难道陀思妥耶夫斯基对他笔下的人物，果真就没有自己的爱憎吗？

"苏格拉底对话"、"梅尼普讽刺"与"狂欢化"

论及陀思妥耶夫斯基作品的体裁特点，巴赫金的见解同样是令人惊异的。在他看来，这位俄国作家的复调小说，远非通常的传记小说、社会心理小说、风俗小说和家庭小说的体裁形式、情节布局形式所能容纳。与同时代的屠格涅夫、冈察洛夫、托尔斯泰等人的创作相比，陀思妥耶夫斯基的作品显然属于一种全新的体裁类型。因为对他的小说创作起了决定性作用的，乃是"苏格拉底对话"（Socratic dialogue）和"梅尼普讽刺"（Menippean satire）这两种体裁。

与通常的解释不同，巴赫金认为"苏格拉底对话"是在民间狂欢节文化的基础上形成的，渗透着狂欢节的世界感受。它的主要特征在于：其一，这一体裁形成的基础，是苏格拉底关于真理以及人们对真理的思考具有对话本质的见解。其二，由真理具有对话性质的见解，产生了"苏格拉底对话"的两种基本手法，即对照法和引发法。其三，"苏格拉底对话"的主人公都是一些思想家，因而在文学史上第一次塑造了思想家式的主人公。其四，"苏格拉底对话"还利用对话中的情节场景，迫使人物显露出个性和思想中深层的东西。其五，"苏格拉底对话"中的思想，是与该思想所有者的形象有机地结合在一起的。[75] 总之，正是"苏格拉底对话"这一体裁，

---

[75] 巴赫金：《陀思妥耶夫斯基诗学问题》，见《巴赫金全集》，第五卷，白春仁等译，河北教育出版社，1998年，第144—147页。

在文学史上为通向陀思妥耶夫斯基的创作铺平了道路。

巴赫金认为，陀思妥耶夫斯基创作的另一源头是"梅尼普讽刺"（或称"梅尼普体"）。它以古希腊犬儒主义哲学家梅尼普（Menippus，约公元前3世纪）的名字命名，是一种既庄严又诙谐的文学体裁。与"苏格拉底对话"相比，它增加了笑的比重，出现了闹剧和插科打诨等新的艺术范畴，具有明显的狂欢节性质；它是一种在虚构和幻想方面更自由的体裁，以幻想的惊险故事引发哲理思想，并常常将哲理和幻想与贫民窟的自然主义有机地结合在一起；它也是解决人生的"最后的问题"的一种体裁，总是企图写出人们最终的决定性的话语和行动；它还第一次描写了不正常的精神状态，诸如精神错乱、个性分裂、耽于幻想、异常的梦境、发狂的欲念、自杀等；它的情节与人物充满鲜明的对照和矛盾的结合，也喜欢剧烈的变化更迭，把相去甚远的事物突然聚拢到一起；此外，它还常常包含社会乌托邦的成分，具有现实的政论性。[76] 凡此种种，不一而足。然而，当巴赫金断言这一体裁的所有特点都能在陀思妥耶夫斯基那里找到时，显然夸大了事实。尽管他明知这位俄国作家并非有意地师法古代文体，但却令人费解地辩解道："可以说不是陀思妥耶夫斯基的主观记忆，而是他采用的这一体裁本身的客观记忆，保持了古希腊罗马'梅尼普体'的特点。"[77]

同样，巴赫金全然不顾陀思妥耶夫斯基创作的阴郁、痛苦、绝望的情绪色调，竟试图发现其中的狂欢化成分。在他看来，所谓"狂欢化"，指的是狂欢节式的庆贺活动的总和，一种混合的游艺形式。在狂欢中，所有的人都过着狂欢式的生活。而这是一种脱离了常规的生活，规范着日常生活的那些禁令和限制在此期间均已荡然无存，平常不可逾越的等级屏障也不复存在，代替这一切的则是人们之间随便而亲昵的接触。正是由于人与人之间形成了一种新型的相互关系，便出现了插科打诨这一狂欢式的世界感受中的另一范畴，它同亲昵接触这一范畴是有机地联系在一起的。与此同时，狂欢式也使神圣与粗俗、崇高与卑下、伟大与渺小、明智与愚蠢重又接近起来。而粗鄙，即狂欢式的冒渎不敬，一套降低格调的作法，与生殖相关的不洁秽语，对神圣文字的摹仿，则始终与之相伴随。[78] 一旦狂欢式转化为文学的语言，这就是所谓的狂欢化。

---

[76] 巴赫金：《陀思妥耶夫斯基诗学问题》，见《巴赫金全集》，第五卷，白春仁等译，河北教育出版社，1998年，第150—156页。
[77] 同上书，第160页。
[78] 同上书，第160—162页。

在巴赫金看来，不仅"苏格拉底对话"和"梅尼普体"渗透着狂欢化，而且陀思妥耶夫斯基的小说也处处体现着狂欢化。从传承关系看，文艺复兴时期的作家，诸如薄伽丘、拉伯雷、莎士比亚、塞万提斯和早期流浪汉小说，是近代文学狂欢化的一个基本来源。而在伏尔泰、狄德罗、欧仁·苏、雨果、巴尔扎克、斯泰恩、狄更斯、爱伦·坡、霍夫曼、普希金和果戈理等一大群作家那里，巴赫金也发现了狂欢化的传统，并断言他们的作品对陀思妥耶夫斯基产生了巨大的影响。尽管他声称陀思妥耶夫斯基是将狂欢化与复调小说的其他特点结合在一起的，但令人困惑不解的是，巴赫金居然在陀思妥耶夫斯基的所有重要作品中都发现了狂欢化的因素。如果说《罪与罚》里拉斯柯尼科夫或马美拉多夫一家生活在边沿上（住所紧挨着楼梯口，故事发生在门槛边）就意味着狂欢化；[79] 如果说《白痴》里梅思金和娜斯塔西娅·菲利波夫娜被排除在普通生活中的人际关系之外，因而围绕着这两个人物的整个生活便发生了狂欢化；[80] 如果说《卡拉马佐夫兄弟》里卡捷琳娜对德米特里·卡拉马佐夫的爱表明仇恨与爱情毗邻，因而也意味着狂欢化，[81] 那么，巴赫金的解释是否过于牵强附会呢？如果连雨果、巴尔扎克、狄更斯、爱伦·坡、霍夫曼等这些风格迥异的作家都被纳入了狂欢化传统，那么，巴赫金的说法是否过于简单化？

当然，这并不意味着我们全盘否定巴赫金的狂欢化理论，也并不意味着我们无视他的《拉伯雷的创作与中世纪和文艺复兴时期的民间文化》所取得的学术成就。事实上，由于将研究重点限定在拉伯雷与民间文化的渊源关系这一范围之内，该书不仅深化了我们对拉伯雷小说的认识，而且也为文学史研究开拓了一个新领域。这就是摒弃那种仅仅注重追溯正宗文学源流的研究方法，深入探讨拉伯雷创作的民间文化源头。正如巴赫金所指出的：

> 拉伯雷是世界文学所有经典作家中最难研究的一个，因为要理解他，就必须对整个艺术和意识形态的把握方式加以实质性的变革，必须对许多根深蒂固的文学趣味要求加以摒弃，对许多概念加以重新审视，重要的是，必须深入了解过去研究得很少而且肤浅的民间诙谐创作。[82]

---

[79] 巴赫金：《陀思妥耶夫斯基诗学问题》，见《巴赫金全集》，第五卷，白春仁等译，河北教育出版社，1998 年，第 227 页。
[80] 同上书，第 232 页。
[81] 同上书，第 236 页。
[82] 巴赫金：《拉伯雷的创作与中世纪和文艺复兴时期的民间文化》，见《巴赫金全集》，第六卷，李兆林等译，河北教育出版社，1998 年，第 3 页。

巴赫金认为,拉伯雷的《巨人传》堪称是"一部完整的民间文化的百科全书"。[83]因此,要解开拉伯雷创作之谜,必须对民间诙谐文化有所认识。在他看来,中世纪和文艺复兴时期的民间诙谐文化,可以分为三种基本形式:第一,是各种仪式—演出形式,包括各种狂欢节类型的节庆活动、各类诙谐的广场表演等等。巴赫金强调,节庆活动远非游戏和休息所能解释,它是与人类生存的最高目的联系着的,"成为民众暂时进入全民共享、自由、平等和富足的乌托邦王国的第二种生活方式"。[84]在狂欢节期间,一切现有制度和等级关系均被取消,从而形成一种表达狂欢节世界感受的语言。不懂得这种语言,就不可能真正理解拉伯雷的形象体系。第二,是各种诙谐的语言作品,包括拉丁语和各民族语言的作品。尽管这些作品已不是民间创作,而且在漫长的发展过程中出现了体裁和风格的变体,但依然渗透着狂欢节式的世界感受,广泛运用了狂欢节的形式和形象的语言。第三,是不拘形迹的广场言语,诸如骂人话、指天赌咒、发誓、民间的褒贬诗,等等。狂欢节广场上人们之间那种不拘形迹的交往,是产生新的言语生活现象的原因。这些言语渗透着狂欢节式的世界感受,对拉伯雷的艺术风格产生了深刻影响。总之,通过拉伯雷的创作来揭示民间诙谐文化的本质,反过来又从民间文化的角度来解读拉伯雷,这就是巴赫金研究拉伯雷的基本策略。可惜限于篇幅,我们无法对此展开详细讨论。

小说话语和对话理论

早在《长篇小说的话语》(*Discourse in the Novel*, 1935)和《长篇小说话语的发端》(*The Prehistory of Novelistic Discourse*, 1940)等论著中,巴赫金就致力于探讨小说修辞的问题。他指出,如果说诗歌的语言反映了一种托勒密式的语言修辞见解的话,那么,小说的话语则表现了一种伽利略式的语言观。这就是说,"长篇小说是用艺术方法组织起来的社会性的杂语现象,偶尔还是多语种现象,又是个人独特的多声现象……因为小说正是通过社会性杂语现象以及以此为基础的个人独特的多声现象,来驾驭自己所有的题材、自己所描绘和表现的整个实物和文意世界"。[85]而诗歌却尽可能地排除杂语现象,"有一个统一的又是唯一的语言,对于实现诗歌风

---

[83] 巴赫金:《拉伯雷的创作与中世纪和文艺复兴时期的民间文化》,见《巴赫金全集》,第六卷,李兆林等译,河北教育出版社,1998年,第68页。
[84] 同上书,第11页。
[85] 巴赫金:《长篇小说的话语》,见《巴赫金全集》,第三卷,白春仁等译,河北教育出版社,1998年,第40—41页。

格中个人的直接意志（而不是个人的客观性格），对于实现诗歌一贯始终的独白性，是不可缺少的条件"。[86] 因此，要理解小说艺术，就必须研究话语在杂语世界和多种语言世界里的行为，而这一问题恰恰是被传统语言学和修辞学所忽略的。

巴赫金认为，小说话语的显著特征就在于它的全面对话性，在于它"仿佛生活在自己语境和他人语境的交界处"。[87] 而这种对话性，既表现为针对对象身上的他人话语所采取的对话态度，也表现为针对预期的听者答话里的他人话语所采取的对话态度。这样，小说话语便打破了诗歌语言闭锁在自身语境中的狭小天地，而对众多的社会性语言采取了一种兼收并蓄的开放性态度。因此，熟谙和采纳杂语的多种语言，扩大和深化语言的视野，精通不同社会性语言之间的区别，正是形成小说风格的前提和基础，也是小说话语与诗歌语言的根本区别所在。巴赫金强调，如果说普希金的诗体小说《叶甫盖尼·奥涅金》是"俄罗斯生活的百科全书"的话，那么，从小说修辞的角度来看，"俄罗斯生活在这里用自己所有的一切声音说话，用时代所有的语言和风格说话。文学语言在小说中不是表现为一个统一的、完全现成的和毫无争议的语言；它恰恰表现为生动的杂语，表现为形成和更新的过程"。[88]

在《陀思妥耶夫斯基诗学问题》一书中，巴赫金一再指出，陀思妥耶夫斯基的卓越之处，就在于他能在人类生活的一切关系和一切表现形式中倾听到对话的关系。巴赫金强调："语言只能存在于使用者之间的对话交际之中。对话交际才是语言的生命真正所在之处。语言的整个生命，不论是在哪一个运用领域里（日常生活、公事交往、科学、文艺等等），无不渗透着对话关系。"[89] "语言的生命，在于由这人之口转到那人之口，由这一语境转到另一语境，由此一社会集团转到彼一社会集团，由这一代人转到下一代人。"[90] 因此，巴赫金改变了对文学语言的研究角度，他所关注的已不再是叙述语言的多样性和人物语言的鲜明个性，而是各种语言材料究竟是如何按照对话关系组织在一部作品之中的。

正是从上述角度出发，巴赫金将文学语言分为三种类型：第一种类型是直接指

---

[86] 巴赫金：《长篇小说的话语》，见《巴赫金全集》，第三卷，白春仁等译，河北教育出版社，1998年，第66—67页。
[87] 同上书，第63页。
[88] 巴赫金：《长篇小说话语的发端》，见《巴赫金全集》，第三卷，白春仁等译，河北教育出版社，1998年，第471页。
[89] 巴赫金：《陀思妥耶夫斯基诗学问题》，见《巴赫金全集》，第五卷，白春仁等译，河北教育出版社，1998年，第242页。
[90] 同上书，第269页。

称事物的言语，其目的在于使人们直接了解事物。第二种类型是作为客体加以描绘的言语，最常见的就是主人公的直接引语。其目的虽然也在于表现自己的对象（即指称事物），但它本身又是作者所要表现的对象。只是这里作者的干预并不深入到客体语言的内部，并不改变其语义和语调而使之服务于自己的创作目的。因此，无论第一种类型还是第二种类型，都属于单声语。第三种类型是包容他人话语的言语，即双声语。这种语言包含着一个必不可少的因素，就是对待他人话语的态度，因而具有双重的指向，既针对言语的内容而发，又针对他人的话语而发。其结果，一种语言竟含有两种不同的语义指向，含有两种声音。不言而喻，巴赫金所看重的正是这种双声语，并对此作了进一步分类。

限于篇幅，我们无法详细讨论这些双声语的细类，只能谈谈其中最具有代表性的几种。论及双声语中的暗辩体，巴赫金指出，"这种语言除了自己指物述事的意义之外，还要旁敲侧击他人就此题目的论说，他人对这一对象的论点。这个语言指向自己的对象，但在对象之中同他人的语言发生了冲突"。[91]尽管他人语言并未在文本中直接出现，但仍然从内部影响了作者的语言，左右着作者语言的语调和含义。与此同时，暗辩体语言也是一种向敌对的他人语言察言观色的语言。这种语言感到了他人语言的存在，预感到他人的反驳，因而本身仿佛遭到了扭曲。于是，组织运用语言的格调就在很大程度上取决于对他人语言的感受，取决于用什么方法对他人语言作出反应。同样，对话体中的对语"既表达对象，同时又紧张地应对他人语言，或是回答或是预测到他人的语言。回答和预测的因素，深深地渗透到紧张的对话语言中"。[92]此外，还有一种隐蔽的对话，即将对话中的第二个交谈者的对语全部略去，虽然不见他的语言，但是他的语言却留下了深刻的痕迹，正是这种痕迹左右着第一个交谈者的所有对语。

巴赫金指出，在陀思妥耶夫斯基的小说中，"明显占着优势的，是不同指向的双声语，尤其是形成内心对话关系的折射出来的他人语言，即暗辩体、带辩论色彩的自白体、隐蔽的对话体。陀思妥耶夫斯基的作品里，几乎没有不紧张地盯着他人话语察言观色的语言"，而且，这些纷繁的语言类型经常处于突然的交替之中。[93]举例来说，《穷人》用的就是一种折射性质的语言，即书信的形式。而书信体的一大

---

[91] 巴赫金:《陀思妥耶夫斯基诗学问题》，见《巴赫金全集》，第五卷，白春仁等译，河北教育出版社，1998年，第259页。

[92] 同上书，第261页。

[93] 同上书，第270—271页。

特点，便是始终意识到有交谈者、收信人的存在，考虑到对方可能的种种反应和可能的回答。这种对缺席的谈话对方的考虑，在《穷人》中具有特别积极的意义。主人公马卡尔·杰符什金几乎每说一句话，都要回望一眼缺席的谈话对方（瓦莲卡）。这种察言观色的态度，首先表现为小说特有的语言阻塞和由于不断解释所造成的语言中断。同时，由于对他人议论的极度敏感，杰符什金的语言也变得扭曲变形了，自我肯定和自我意识带有深刻的对话性与争辩性。[94]

同样，在长篇小说《罪与罚》中，拉斯柯尼科夫对一个东西进行思考，就意味着和它谈话。他不是思考种种事物，而是与这些事物说话。于是，他同自己说话，劝说自己，挑逗自己，揭露自己，嘲笑挖苦自己。而这种内心语言的特点就在于其中充满了他人的语言：来自母亲的来信中，来自信里所引述的卢仁、杜涅奇卡、斯维德理加依洛夫的话中，来自马美拉多夫的话中，以及由他所转述的索尼娅的话中。然而，每一个人物进入他的内心语言，都不是作为一种性格或一种典型，而是作为某种生活目的和思想立场的象征，是他正在思考的问题的持不同见解者。他把这些人物相互联系起来，迫使他们相互回答问题，相互呼应或相互揭露。"结果，他的内心的语言就像哲理剧一般展开，其中的人物都是生活中现实存在的不同生活观和世界观的体现者"。[95]

综上所述，巴赫金的话语理论和对话理论，为我们研究小说艺术开辟了一个崭新的天地。长期以来，小说语言被人们看作是大杂烩，它的审美特性也一直被排斥在文学研究的范围之外。在这种情况下，维克多·日尔蒙斯基（Viktor Zhirmunsky，1891—1971）干脆断言小说语言不具有任何艺术价值，甚至俄国形式主义批评家也放弃了对小说语言的研究，而试图从情节结构的角度来探讨小说艺术的特征。巴赫金的独特贡献，就在于揭示了小说话语的修辞特点，充分肯定了杂语现象和多语现象在建构小说艺术中所起的作用。而巴赫金的对话理论，尤其是他关于"微型对话"的论述，不仅深刻揭示了陀思妥耶夫斯基创作的艺术特征，而且对我们深入理解小说艺术，也是一个极好的启示。不过，正如我们前面业已指出的，即使某些小说采取了"全面对话"的修辞策略，也不可能改变文学创作的根本性质。正如茨维坦·托多洛夫所指出的："巴赫金把作者与人物平等这种观点强加给陀思妥耶夫斯基，这

---

[94] 巴赫金：《陀思妥耶夫斯基诗学问题》，见《巴赫金全集》，第五卷，白春仁等译，河北教育出版社，1998年，第274—277页。
[95] 同上书，第321页。

不仅与陀思妥耶夫斯基本人的意愿相悖,而且,说句实话,这种平等的观点在原则上就无法成立。"[96]

第五节　奥尔巴赫

埃里希·奥尔巴赫(Erich Auerbach, 1892—1957)是德国著名的罗曼语语文学学者。他最初担任马尔堡大学教授,二战期间被迫流亡土耳其,在伊斯坦布尔写成《摹仿论:西方文学中所描绘的现实》(*Mimesis: Dargestellte Wirklichkeit in der abendländischen Literatur*, 1946)一书,从此享誉西方学界。战后,他先后任教于美国宾夕法尼亚大学和耶鲁大学,留下两部遗著《后期拉丁语和中世纪的文学语言与读者》(*Literatursprache und Publikum in der lateinischen Spätantike und im Mittelalter*, 1958)和《罗曼语语文学论集》(*Gesammelte Aufsätze zur romanischen Philologie*, 1962)均在身后陆续出版。当然,奥尔巴赫最负盛名的还是《摹仿论》,即使在众多优秀的 20 世纪文学批评论著中,这也是一部不可多得的经典力作。

从文体演变史看现实主义的发展

尽管奥尔巴赫无意于将《摹仿论》写成一部完整的西方文学史,而是像该书副标题所表明的,只是着重考察"西方文学中所描绘的现实"。然而,他的学术视野是如此广阔,论述对象是如此众多,不仅包括了从荷马史诗到 20 世纪前期的西方文学,而且涉及了一批鲜为人知的作家作品。因此,虽然存在着许多遗漏,《摹仿论》仍然不失为一部独特的文学史著作,为我们描述了自古希腊罗马以来西方写实文学的历史。

不过,与以往的文学史著作不同,《摹仿论》的一个独特视角就在于,它是将一部现实主义文学史置于西方文体演变的历史进程中去加以描述的。在该书中,奥尔巴赫所设定的一个主要任务,便是考察日常生活是如何突破古典文学的文体分用规则,进入高雅的、严肃的文学作品的。正如作者在该书"后记"中所指出的,19 世纪前期在法国形成的现实主义文学是一种全新的美学现象,它彻底摆脱了有关文体分用的古典学说的束缚,从而顺应不断变化的现实,拓展了愈益多样的表现形式。

---

[96]　托多罗夫:《批评的批评》,王东亮等译,生活·读书·新知三联书店,1988 年,第 85 页。

"司汤达和巴尔扎克将日常生活中的随意性人物限制在当时的环境之中,把他们作为严肃的、问题型的、甚至悲剧性描述的对象,由此突破了文体有高低之分的古典文学规则。"[97] 而按照古典文学的文体分用规则,表现日常生活只能限定在低等或中等文体之中,它们在作品中或是作为荒诞滑稽的角色,或是作为惬意、轻松的娱乐消遣。唯有突破这种限制,作家们才能以严肃的、高雅的文体描绘日常生活,为现实主义文学的发展开辟广阔的道路。当然,19世纪文学反对文体分用的那股潮流在历史上并非第一次。正如我们所知,它所反叛的那些清规戒律,是由17世纪新古典主义作家建立起来的。而在此之前,在中世纪和文艺复兴时期,也曾存在过一种严肃的现实主义文学。它渊源于耶稣基督的故事,将日常生活与严肃的、悲剧性的描写融为一体,从而超越了罗马文学的文体规则。

如果说奥尔巴赫为我们勾勒了西方文学史上的两次文体"革命"的话,那么,在他看来,一部现实主义文学史恰好是在这两次文体"革命"之后才出现的。奥尔巴赫认为,一部以滑稽、低俗的文体描写日常生活的作品,既不可能提出任何严肃的人生问题,也不可能触及当时的历史背景。而一部将日常生活纳入重大的历史背景,并对它展开严肃的、悲剧性描写的现实主义作品,唯有在突破了文体分用规则的时代才可能出现。因此,历史似乎仅给现实主义文学提供了两度获得自由创造和蓬勃发展的机缘,第一次是从中世纪到文艺复兴时期,第二次是自19世纪以来的持续发展。当然,这两个阶段都各有自己的前奏,前者渊源于《圣经》的文体传统,后者则由18世纪的某些作品和浪漫主义文学为它揭开了序幕。

在奥尔巴赫看来,在中世纪,唯有基督教文学才同时继承了《圣经》的文体风格和现实主义传统。一方面,"《圣经》创造了一种全新的崇高,它不排斥普通的、低等的东西,而是兼收并蓄,因而无论在其风格还是其内容上看,《圣经》都实现了低等与崇高的直接联系"。[98] 另一方面,表现日常生活始终是中世纪基督教文学的基本特征。但丁的《神曲》就是一个典型的例证。这位中世纪的伟大诗人不仅将尘世的历史性搬进了他的彼世世界,详尽地摹仿日常生活,而且他所采用的文体也渊源于基督教的文体混用传统,"文体混用在这里比在任何地方都更加接近于文体破坏"。[99]

在现实主义文学史上,文艺复兴时期无疑是一个重要的发展阶段。薄伽丘、拉伯雷、蒙田、莎士比亚和塞万提斯,均以不同的艺术方式丰富了文学摹仿现实的手

---

[97] 奥尔巴赫:《摹仿论》,吴麟绶等译,百花文艺出版社,2002年,第619页。
[98] 同上书,第169页。
[99] 同上书,第204页。

段。不过，奥尔巴赫虽然描述了这些作家的创作特点，但从总体上看，这些作品却未能完全符合他的评价标准。在他看来，尽管《十日谈》第一次使讲述生活的真实事件成为一种高雅文体，尽管这种现实主义的表现手法自由而丰富，然而，恰恰在那些需要涉及问题和悲剧的地方，薄伽丘的描写就变得平淡无奇了，由此不难发现早期人文主义思想还缺乏坚实的根基。[100] 同样，在奥尔巴赫看来，莎士比亚悲剧也并不完全是现实主义的，原因就在于"他并不认为日常普通的现实是严肃的或悲剧性的，他按悲剧来处理的只是高贵的人，诸侯和国王，政治家，统帅和古典时代的英雄；在平民、士兵或其他中下层人物登场时，使用的总是低等文体，总是他所掌握的众多的喜剧色彩中的一种。这种社会等级式的文体分用在他身上表现得比在中世纪的文学艺术中，尤其是基督教作品中还要坚定，它无疑是古典悲剧概念的影响"。[101] 由此说明，在奥尔巴赫的心目中，一部现实主义文学史始终是与文体演变的历史紧紧缠绕在一起的。

回顾19世纪法国现实主义文学的演进历程，情况亦复如此。奥尔巴赫认为，法国大革命后的一系列历史事件，固然有力促进了现实主义的发展，但由雨果所倡导的文体混用，也对它的发展作出了重要的贡献。正是由于打破了新古典主义的清规戒律，才使得像于连、高老头和伏盖太太等不同阶层的人物，连同他们的日常生活琐事，成为严肃文学的表现对象。从此，日常生活和悲剧的严肃性混合在一起，开始进入现代文学之中。且不说司汤达、巴尔扎克、福楼拜分享了浪漫主义作家反对文体分用所带来的成果，即便左拉也是以极为严肃的态度采用文体混用的。他的夸张和粗犷，他对丑陋事物的偏爱，只有巴尔扎克堪与之相比。[102]

因此，将现实主义文学置于西方文体演变的历史进程中去加以考察，是《摹仿论》的一个重要特点，也是奥尔巴赫给予我们的一个重要启示。长久以来，人们对现实主义的理解仅限于考察文学与现实生活的关系，却完全忽略了这样一个基本事实，即文学在本质上是一种语言艺术，因而不能不受到语言媒介和文体风格的制约。换言之，一部现实主义作品固然是对现实的摹仿，然而这种摹仿总是通过语言艺术和文体风格得以实现的。倘若无视文体风格这一重要因素，只是想当然地把文学单纯当作反映生活的一面镜子，或是仅仅把作品当作一种社会历史文献，这样的研究就难以取得实质性的进展。《摹仿论》给我们的一个重要启示，便是在考察作品与

---

[100] 奥尔巴赫：《摹仿论》，吴麟绶等译，百花文艺出版社，2002年，第256—257页。
[101] 同上书，第366页。
[102] 同上书，第572页。

现实生活之间的关系时，必须具体地说明现实生活是通过怎样的文体风格才进入作品的。不然的话，一部现实主义文学史就可能不复为一部真正的"文学"史，充其量只不过是社会发展史的一种翻版。

对现实主义文学的三种理解

如果以一部完整的现实主义文学史著作来衡量，那么，《摹仿论》的疏漏和缺陷是显而易见的。正如雷纳·韦勒克所指出的，奥尔巴赫不仅对乔叟、伊丽莎白时代的中产阶级悲剧、笛福只字不提，而且压根儿也未能涉及更晚近的英美现实主义和自然主义文学。该书论述俄国现实主义小说也仅用了三言两语，甚至也没有提到斯堪的纳维亚文学。[103] 对于一部规模宏大的文学史著作来说，这不能不说是一个重大缺憾。

然而，《摹仿论》的最大失误，还在于它对现实主义文学缺乏一个统一的认识。雷纳·韦勒克曾指出："奥尔巴赫试图把两种互相矛盾的现实主义概念联系起来。第一种可以称为存在主义的，即对'极限情境'、作出重大抉择时刻的现实进行痛苦地揭示……此外，奥尔巴赫还有另一种现实主义，即19世纪法国现实主义，他将它界定为描绘当代现实，沉浸在不断变化的历史潮流之中。"[104] 应当说，这一批评是一针见血的。尽管我们将在下面指出，实际上，除了这两种现实主义概念之外，奥尔巴赫对现实主义还有另一种理解，这就是以伍尔夫、普鲁斯特、乔伊斯和托马斯·曼为代表的20世纪现实主义文学。

显然，就第一种理解而言，奥尔巴赫的现实主义概念是极其独特的，也是令人质疑的。按照这一理解，现实主义文学不仅应该以严肃的文体去描写日常生活，而且还必须刻意表现生活中那些具有悲剧意味的，因而也更触动人心的特殊场景。如果借用萨特的话来说，那么，奥尔巴赫所看重的与其说是"平均处境文学"，毋宁说是一种"极限处境文学"。[105] 究其实质，这就要求文学去描写一种脱离了日常生活的常规，在生死攸关的时刻作出重大抉择，并感受大喜大悲的特殊情境。因此，这种表现"极限处境"的文学实际上与我们通常所理解的现实主义相去甚远。

正是基于这一点，奥尔巴赫不仅对《旧约》中上帝考验亚伯拉罕的那则近乎残

---

[103] R. Wellek, *A History of Modern Criticism*, vol. 7. Yale University Press, 1991, p.115.

[104] R. Wellek, "The Concept of Realism in Literary Scholarship", in *Concepts of Criticism*, Yale University Press, 1963, p.236.

[105] 萨特：《什么是文学？》，见《萨特文论选》，施康强译，人民文学出版社，1991年，第245—246页。

酷的故事颇为偏爱，而且对中世纪作家安东尼·特·拉·萨尔的《弗雷纳夫人的安慰》大加赞赏。在这部作品中，作家描写了百年战争期间发生的一桩悲惨事件：当坚守要塞的指挥官面临要么失去扣为人质的儿子，要么就可耻地向敌人投降的时刻，他的妻子大义凛然地作出抉择，不惜牺牲儿子以拯救丈夫的荣誉。在奥尔巴赫看来，尽管这则故事是用华丽文体写成的，它对现实的描绘还是那么肤浅，但由于它表现了一个悲剧性的真实场景，因而令人感慨万千。他写道："像一个如此简单、如此真实的悲剧性冲突，在中世纪的文学里几乎找不到第二个例子，我常常感到惊奇，这部美妙的作品竟如此没有名气。"[106] 然而，为什么唯有表现"极限处境"，触及悲剧性冲突的作品才是现实主义文学？读遍《摹仿论》，我们始终不得其解。

奥尔巴赫对现实主义的第二种理解，则接近于我们通常的见解。这就是19世纪法国现实主义文学，尤其是司汤达、巴尔扎克和福楼拜的创作。在他看来，这些作家的共同特征，便是以表现时代生活为己任，始终将日常生活纳入具体的时代背景中去加以描述。此外，受惠于浪漫主义作家反对新古典主义所带来的成果，这些作家以严肃的文体描写普通人的日常生活，从而形成了一种全新的高雅文体。奥尔巴赫由此指出：

> 严肃地处理日常现实，一方面使广大的社会底层民众上升为表现生存问题的对象，另一方面将任意的日常生活中的人和事置于时代历史进程这一运动着的历史背景之中，这就是现代现实主义的基础。[107]

然而，无论司汤达还是巴尔扎克，在如何客观严肃地对待现实方面都还显得犹疑不定。在司汤达那里，一个倾注了其全部同情的主人公必须是一位英雄，必须具备伟大的思想感情。巴尔扎克则往往把一个平淡无奇的人间纠葛夸张为不幸，把任何一种欲望都视为伟大的激情。直到福楼拜的《包法利夫人》问世，才真正出现了一种对待现实的"客观严肃的态度"，它意味着"进入到一个人生的激情与困境的深处，而作家本人却并不激动，或至少不表露出自己的激动"。[108] 因此，客观严肃地描绘现实生活，并将日常生活纳入社会的历史进程中去加以表现，乃是19世纪现实主义文学的一个主要成就。

不过，除了上述两种现实主义概念之外，奥尔巴赫对现实主义文学还有另一种

---

[106] 奥尔巴赫：《摹仿论》，吴麟绶等译，百花文艺出版社，2002年，第270页。
[107] 同上书，第551页。
[108] 同上书，第550页。

理解。在他看来，尽管伍尔夫、普鲁斯特、乔伊斯、托马斯·曼等人的目标依然是揭示事物的客观性，可是，他们已不再热衷于完整地描绘外部事件，而是改变了观察的角度和叙述的重点，在这种情况下：

> 许多作家为了描写对于外部命运的转折来说微不足道的小事而描写它们，或者更确切地说，作家把这种描写作为展现主题的引子，作为用透视法深入一种环境、一种内心活动或时间背景的引子；他们放弃了在讲述人物故事时一定要全面介绍外部事件、按时间顺序着重描写重大的外部命运转折的写作手法……作家倒是更相信，信手拈来的生活事件中，任何时候都包含着命运的全面内容，而这也是可以表达的；人们更相信从日常事件中获得的综合印象，而不那么相信按时间顺序从头到尾叙述、不漏掉任何表面的大事、像突出关节那样强调重要的命运转折关头的做法。[109]

显然，这是一种与19世纪现实主义文学截然不同的描写现实生活的方法，因而也不应当与之混为一谈。

如此说来，《摹仿论》一书包含着奥尔巴赫对现实主义文学的三种不同的理解。这就是说，在着重描写悲剧性冲突的中世纪和文艺复兴时期的现实主义之外，在刻意将日常生活纳入时代历史背景中去加以描绘的19世纪现实主义之外，还存在着另一种独特的20世纪现实主义文学。它的基本特点就在于，作家把描写的重心放在随意性的事情上，但同时又表现了一种非同寻常的东西："即作家无意中捕获的任意一个瞬间之中所有的真实和生活的深度。在这个瞬间所发生的一切，无论外部事件也好，还是内心活动也好，虽然涉及的完全是生活在此瞬间的人本身，但由此也涉及到人类基本的和具有共性的东西。"[110]

奥尔巴赫没有意识到，上述三种现实主义概念其实是相互矛盾，难以并存的。显然，如果认为唯有表现人们在"极限处境"中的重大抉择才能揭示生活的本质，唯有触及悲剧性冲突的作品才是现实主义文学，那么，我们就不会重视那些描写日常生活和表现"平均处境"的作品，因而也就不会认同19世纪的现实主义文学。同样，倘若认为现实主义文学的要义就在于将日常生活置于重大的历史进程中去加以表现，那么，司汤达、巴尔扎克和福楼拜的小说就理应成为现实主义文学的典范，我们也就不会放弃对外部世界的把握，而去随意地描写那些微不足道的小事，甚至

---

[109] 奥尔巴赫：《摹仿论》，吴麟绶等译，百花文艺出版社，2002年，第611—612页。
[110] 同上书，第617页。

一意孤行地去捕捉人物内心的瞬间变化。既然如此,这一现实主义概念也就难以容纳20世纪的诸多作品。由此再次表明,修撰任何文学史,都不能没有一套理论框架和评价标准。而《摹仿论》的这些失误,正是由于作者拒绝界定现实主义文学的概念,缺乏统一的评价尺度所导致的。

奥尔巴赫的批评方法

尽管存在着上述缺陷,奥尔巴赫的批评方法还是值得赞赏的,至今仍给我们以生动的启示。概括地说,他的批评方法就是从某部作品中选取一个片断,从细致的文本分析入手,进而作出文学史和文化史方面的概括。而这种注重对作品文本进行微观分析的方法,显然与罗曼语语文学研究的学术传统有关。无论是列奥·施皮策(Leo Spitzer, 1887—1960),还是欧内斯特·罗贝尔·库尔蒂斯(Ernst Robert Curtius, 1886—1956),都在他们的研究中采用了这种见微知著的方法,而《摹仿论》一书则将这种方法发挥到了淋漓尽致的程度。另一方面,奥尔巴赫的批评方法,也受到了伍尔夫、普鲁斯特、乔伊斯等现代作家的启发。在他看来,这些作家已不再满足于详尽地描述外部事件,却更相信在某个生活片断中蕴含着人生的全部内容,因而更喜欢从随意抓取的某些片断切入主题。[111] 因此,《摹仿论》对作品的解读方法,也在一定程度上受到它的批评对象的制约。

当然,学术研究毕竟不同于文学创作,奥尔巴赫也并不像他所声称的那样随心所欲。在批评实践中,他往往还是从一部作品在文学史上的典型意义来予以取舍定夺的。更何况,他论述的对象是如此众多,他对作品的分析又是如此精湛,不能不使我们对他的批评方法表示由衷赞叹。下面,我们不妨选取几个例证,看看他究竟是如何进行文本分析的。

例证之一,选自《摹仿论》的第8章"法利那太和加法尔甘底",是对但丁《神曲》所作的分析。《神曲·地狱篇》第10歌这样写道:当诗人与维吉尔路经一片坟茔时,突然从棺材里冒出来一个鬼魂向他问话,此人是佛罗伦萨基伯林党的领袖法利那太。可是,这场谈话旋即被另一个鬼魂加法尔甘底所打断。当他以为儿子已经不在人世时,竟绝望地倒下了。这是《神曲》中非常著名的一个片断,因而奥尔巴赫从这里切入主题,并不让人感到新奇。令人赞叹的是,他的解读首先着眼于对作品文本的细致分析,进而扩展为对这部巨著的整体把握。

---

[111] 奥尔巴赫:《摹仿论》,吴麟绶等译,百花文艺出版社,2002年,第612页。

奥尔巴赫指出，但丁的文体既以维吉尔等古典诗人的庄严风格为表率，又以口语的表达方式摹仿粗俗的日常生活。因此，古典文学的文体分用规则和基督教的文体混用传统在《神曲》中形成了一种奇特的结合。[112] 另一方面，尽管《神曲》表现的是亡灵的境遇，然而，诗人还是将尘世的历史性搬进了彼世世界。法利那太和加法尔甘底虽然身处地狱，可是依然满怀着对尘世的回忆和关切。于是，"佛罗伦萨历史、意大利历史乃至世界历史就在这一幕幕剧中展开。作为尘世事件标志的焦急和发展已不复存在，然而历史的浪涛依旧涌入彼世，一部分是对尘世往事的回忆，一部分是对尘世现时的关心，一部分是对彼世未来的忧虑"。[113] 正是依据这一分析，奥尔巴赫认为，但丁继承了中世纪基督教的现实主义传统，他的《神曲》因此而成为一部摹仿现实的百科全书式的艺术作品。

例证之二，选自《摹仿论》第 14 章"着了魔法的杜尔西内娅"，讨论的是塞万提斯的《堂吉诃德》。在小说第二部中，堂吉诃德派桑丘·潘沙去托波索城寻访杜尔西内娅。桑丘看到三个村姑骑着毛驴出城，便谎称杜尔西内娅带着两个使女来了。可是，堂吉诃德这一次看到的却是现实，即三个骑驴的村姑。奥尔巴赫指出，在描写堂吉诃德的幻想与生活发生碰撞的众多事件中，这一事件具有特殊的意义。首先，它涉及杜尔西内娅，这是堂吉诃德幻想的顶点，也是他失望的顶点。其次，原先堂吉诃德总是按照骑士小说去理解生活，而这次却丧失了幻想的能力。这是一次可怕的危机，可能造成他更大的疯狂。所幸的是，由于堂吉诃德确认杜尔西内娅着了魔法，因而他能继续保持一个骑士的忠诚、勇敢和牺牲精神。因此，这部小说始终是一部喜剧，其中发生的任何近乎悲剧的事件最终都化解为滑稽的场面。[114]

在奥尔巴赫看来，虽然《堂吉诃德》保持着日常生活的特征，但这部小说却极少涉及社会问题，也缺乏悲剧意味。原因就在于堂吉诃德的理想主义不是建立在对现实的认识上，他的所作所为没有任何意义，只能引起可笑的混乱。因此，一反浪漫主义批评家的见解，奥尔巴赫认为，堂吉诃德并不是什么悲剧性人物，这里也不存在任何严肃的东西。"这样一种世界范围的、多层次的、没有提出任何批评、没有提出任何问题的欢快，描述日常真实中显现的欢快，在欧洲再也没人进行过尝试"。[115] 尽管我们未必赞同这一看法，从而将《堂吉诃德》排斥在现实主义文学的

---

[112] 奥尔巴赫：《摹仿论》，吴麟绶等译，百花文艺出版社，2002 年，第 203—204 页。
[113] 同上书，第 219 页。
[114] 同上书，第 376—378 页。
[115] 同上书，第 401 页。

主流之外,可是,奥尔巴赫对这部小说所作的分析,却为我们提供了一个解读作品文本的范例。

例证之三,选自《摹仿论》第 20 章"棕色的长筒袜",是从伍尔夫的《到灯塔去》中的一段描写谈起的。奥尔巴赫指出,在这段描写中,所讲述的一切都仿佛是人物意识的映像,即兰姆西太太的所思所感。作者也没有给我们介绍她对人物性格的认识,好像根本就不存在从外部观察人物的视角。作者通过许多不同人物的主观印象,引导读者去接近"真实的"兰姆西太太。[116] 作者也不试图将外部事件完整地表述出来,而是更多地听命于真实的任意性。因此,在伍尔夫的作品中,外部事件业已无足轻重,它们的功能仅在于引发更为重要的内心活动。

由此引申开去,奥尔巴赫不仅概括了伍尔夫小说的艺术特征,也概括了 20 世纪现实主义文学所取得的成就。在他看来,在两次世界大战之间,许多作家都在努力寻找避免外部描写的途径,以便对现实作出更为多样、更触及本质的描写。他们放弃了全面介绍外部事件、按时间顺序描写重大的命运转折点的手法,而宁愿相信从日常生活中获得的印象,把描写微不足道的事件作为深入内心活动或时代背景的途径。于是,人物的意识描写、时间的多层次处理、外部事件之间的松散联系,所有这些技巧交织在一起,由此便构成了这一时期现实主义小说的基本特点。[117]

综上所述,奥尔巴赫从一开始就摒弃了从生平传记、个性心理等角度来研究文学的实证主义方法,而把注意力集中在对作品的文本分析上,从而代表了 20 世纪前期西方文学批评的主流。当然,既然《摹仿论》的主旨是考察西方文学中所描绘的现实,因而就不能不涉及文学的演变与社会背景之间的关系,何况他在一定程度上肯定了泰纳的社会学方法。[118] 可是,他并未把文学的演变仅仅归结为社会历史方面的原因,在处理具体问题时也极为谨慎。另一方面,在如何达成微观研究与宏观研究的结合上,奥尔巴赫也为我们提供了一个生动的典范。他的微观分析是如此细致入微,他的宏观概括又是如此恰如其分,因而常常能启发我们重新认识某些文学史现象。所有这一切,既得益于他深厚的学识修养和纯正的鉴赏趣味,也得以于他当年严谨、扎实的学术训练。就此而言,即使在如何改进我们的治学方法上,奥尔巴赫也给了我们一个深刻的启迪。

---

[116] 奥尔巴赫:《摹仿论》,吴麟绶等译,百花文艺出版社,2002 年,第 599 页。
[117] 同上书,第 610 页。
[118] 同上书,第 437 页。

第六节 加达默尔

自从《真理与方法》（*Truth and Method*，1960）问世以来，汉斯－格奥尔格·加达默尔（Hans-Georg Gadamer，1900—2002）已经享誉学术界，他所开创的哲学诠释学也产生了深远的影响，其观点与方法已被广泛应用于哲学、美学、历史学、语言学和文学批评等人文科学领域。从我们特定的角度看，他的诠释学不仅直接促进了德国接受美学的兴起，而且也在一定程度上影响了读者反应批评。从这个意义上说，在推动 20 世纪后期文学批评发生巨大变革的诸多理论中，加达默尔的诠释学无疑是其中重要的因素之一。

诠释学的起源与解释者的历史性

如果说理解和解释是人类社会普遍存在的一种现象，那么，顾名思义，诠释学（Hermeneutics）就是专门研究这种现象的一门学问。[119] 早在古希腊罗马时代，当人们对荷马和其他诗人进行解释的时候，诠释学作为一种技能便已应运而生。而随着基督教的传入，在解释《圣经》的基础上又发展起来一种神学诠释学。近代以来，由于人文主义者复兴古典文学的需要，也由于宗教改革运动要将《圣经》的解释从教条中解放出来，进一步促进了语文诠释学和神学诠释学的发展。当然，只有经过弗里德利希·施莱尔马赫（Friedrich Schleiermacher，1768—1834）和威廉·狄尔泰（Wilhelm Dilthey，1833—1911）的改造，诠释学才作为一门探讨理解和解释的科学真正建立起来。

在施莱尔马赫看来，理解和解释并非仅限于《圣经》研究或古典语文学这些特殊的领域，而是适用于一切人类表现活动。诠释学的任务并不是探讨"不理解"的问题，而是一种研究如何避免误解的艺术。而误解之所以产生，是由于语言、生活和观念在作者与解释者所隔的年代里发生了变化。因此，要获得正确的理解，就必须消除历史所造成的距离。施莱尔马赫在语法学的解释和心理学的解释中看到了积极的解决办法。如果说语法学的解释可以扫除语言方面的障碍，使解释者与当初的读者处于同一层次上的话，那么，心理学的解释则有助于获知作者的生活和思想，

---

[119] 诠释学（Hermeneutics）一词来源于古希腊神话中的神使赫尔墨斯（Hermes）的名字。他的使命不仅是传递神的指令，而且也向人们解释神的指令。因此，这门探讨理解和解释问题的学问便被命名为"赫尔墨斯之学"，中文或将其译为"解释学"、"阐释学"、"释义学"等。

使解释者与作者处于同一层次上。因此，理解不仅意味着重返作品文本的原来意义，而且也意味着重构作者当年的思想。正是通过这种重构，"我们试图直接地理解作者，以致我们使自身变成为另一个人"。[120] 也正是通过这种重构，施莱尔马赫确信，我们能够像"作者一样好甚至比他还更好地理解他的话语"。[121]

尽管最后这句名言被人们不断重复，近代诠释学的历史似乎就体现在对它的不同解释中，但我们应当认识到，施莱尔马赫是在浪漫主义的批评语境中提出这一命题的，因而把追寻作者的意图当作了诠释学的目标。正如加达默尔后来所指出的："显然，施莱尔马赫在这里是把天才说美学应用于他的普通诠释学。天才艺术家的创造方式是无意识的创造和必然有意识的再创造这一理论得以建立的模式。"[122] 我们将会看到，这种浪漫主义的诠释学见解正是加达默尔所着力批判的。

狄尔泰是在另一种学术氛围中发展和完善施莱尔马赫的诠释学理论的。面对19世纪后期自然科学的挑战，狄尔泰毕生致力于为"精神科学"奠定方法论基础。在他看来，自然科学所探讨的是那种与个人经验相脱离的知识，相反，精神科学的研究对象则是各种生命的表现以及人对它们的体验。这种生命的表现和体验既是个别的、具体的，也是客观的、历史的。因此，对它们的重新体验和理解便构成了精神科学的认识论基础。[123] 狄尔泰确信，只要把对各种生命表现的理解提高为普遍有效性，精神科学就可以宣称有关人类历史的知识能够像自然科学一样确凿无疑。

在狄尔泰看来，理解并不完全是一个逻辑的推理过程，它也包含着同情、直觉和移情作用。然而，无论哪种理解形式，都是以克服解释者自身的历史局限性，重新体验过去的精神和生命表现为目标的。面对那些历史流传物，理解的任务就是恢复它们所暗示的生活世界，并如同那些历史当事人和作者理解自己一样去理解它们。从这个意义上说，"理解永远与生命进程本身一起前进……重新体验是沿着事件的路线的创造。这样，我们就与时间的历史并行，与一个发生在遥远的事件并行，或与我们周围的一个人的心灵中发生的事情并行"。[124] 而要做到这一点，解释者就必

---

[120] 施莱尔马赫：《诠释学讲演》，见《理解与解释——诠释学经典文选》，洪汉鼎译，东方出版社，2001年，第68页。

[121] 同上书，第61页。

[122] 加达默尔：《真理与方法》，上卷，洪汉鼎译，上海译文出版社，1999年，第249页。

[123] 狄尔泰：《诠释学的起源》，见《理解与解释——诠释学经典文选》，洪汉鼎译，东方出版社，2001年，第75页。

[124] 狄尔泰：《对他人及其生命表现的理解》，见《理解与解释——诠释学经典文选》，李超杰译，东方出版社，2001年，第103页。

须克服把他与认识对象分离开来的时间距离,抛弃自己时代的偏见,以便使自己与认识对象处于一种同时性的关系之中。

综上所述,在施莱尔马赫那里,理解就意味着重构作者的思想和生活;在狄尔泰那里,理解就意味着重新体验过去的精神和生命。而能否达到这种正确的理解,便取决于认识者是否能够成功地从自身的历史条件及其偏见中解脱出来,对事物采取一种历史主义的态度。他们天真地以为,认识者自身的历史性仿佛只是一种偶然的因素,或只是一种可以消除的消极因素。要对历史的流传物作出"客观的"解释,认识者就应超越自己当下的处境。正如加达默尔所指出的,狄尔泰对历史意识的思索,无非是为了证明"某种结构关系可以从其自身中心出发来理解,这既符合古老的诠释学原则,又符合历史思维的要求,即我们必须从某个时代自身来理解该时代,而不能按照某个对它来说是陌生的当代标准来衡量它"。[125]

然而,我们不禁要问:难道认识者自身的历史性仅仅是一种偶然的因素吗?难道认识者果真能够脱离自己当下的处境吗?换言之,按照这种历史主义的见解,岂不意味着只是承认那些认识对象的历史性,而忽视了认识者自身的历史性吗?在加达默尔看来,所有这些问题都被传统的诠释学遮蔽了,因而在施莱尔马赫和狄尔泰那里,历史主义便走入了困境。而加达默尔给自己设定的任务,正是要对诠释学处境进行反思,力图阐明隐藏在各种理解现象背后的前提条件。

"理解按其本性乃是一种效果历史事件"

显而易见,加达默尔的哲学诠释学正是从一种对诠释学处境所作的反思开始的。在他看来,19 世纪的历史科学是浪漫主义最骄傲的果实。这种历史科学确信,自己已从独断论的束缚中解放出来,对过去采取了一种历史主义态度,从而为客观地认识历史开辟了道路。可是,在强调认识对象的历史性的同时,这种历史方法恰恰忽视了自身的历史性。它天真地以为自己彻底消除了偏见,却没有对自身理解的前提条件进行反思。因此,正如加达默尔所指出的:"所谓历史主义的朴素性就在于它没有进行这种反思,并由于相信它的处理方法而忘记了他自己的历史性……一种真正的历史思维必须同时想到它自己的历史性,只有这样,它才不会追求某个历史对象(历史对象乃是我们不断研究的对象)的幽灵,而将学会在对象中认识它自己的

---

[125] 加达默尔:《真理与方法》,上卷,洪汉鼎译,上海译文出版社,1999 年,第 298 页。

他者,并因而认识自己和他者。"[126]

然而,问题恰恰在于,认识者非但不可能摆脱自己当下的处境,因而也不可能超越自己的历史性和前见。不仅如此,从根本上讲,消除一切前见的要求本身就被证明是一种偏见。加达默尔这样问道:"我们处于各种传统之中,这一事实难道不首先意味着我们受前见所支配,以及自己的自由受限制吗?一切人的存在,甚至最自由的人的存在难道不都是受限制、并受到各种方式制约的吗?"[127]加达默尔强调,前见并非是理解的障碍,而是一切理解的前提。彻底的历史意识不仅要求把握认识对象的历史性,而且要求承认理解本身的历史性条件。正是在这个意义上,加达默尔不仅承认"一切理解都必然包含某种前见",[128]而且充分肯定了这种前见在理解活动中的创造性作用,从而给传统的诠释学理论以致命的一击。

而这一点,也恰好表明了加达默尔的诠释学与海德格尔的现象学之间的学术传承关系。正如我们所知,马丁·海德格尔(Martin Heidegger, 1889—1976)对人类"此在"的时间性分析业已表明,理解不是一种可以孤立起来的"认识",而是"此在"本身的存在方式。如果说人的存在是由时间构成的,那么,理解也完全是历史性的,它始终被人所置身的具体处境所卷入。而这就意味着,理解始终是被理解的前见、前把握、前结构所规定、所制约的。正如海德格尔所言:"把某某东西作为某某东西加以解释,这在本质上是通过前有、前见和前把握来起作用的。解释从来不是对先行给定的东西所作的无前提的把握。准确的经典注疏可以拿来当作解释的一种特殊的具体化,它固然喜欢援引'有典可稽'的东西,然而最先的'有典可稽'的东西,原不过是解释者的不言自明、无可争议的先入之见。"[129]

加达默尔多次表明,自己正是从海德格尔出发,致力于探究诠释学问题的新方向的。[130]在他看来,19世纪诠释学所描述的那种从整体到部分、又从部分到整体的理解的循环运动,总是沿着文本来回地跑着。按照这种说法,一旦文本被理解时,解释者便将自己置身于作者的精神之中,这种循环也就自行消失了。而对于海德格尔来说,情况则完全不同:"对文本的理解永远都是被前理解的先把握活动所规定。在完满的理解中,整体和部分的循环不是被消除,而是相反地得到最真正的

---

[126] 加达默尔:《真理与方法》,上卷,洪汉鼎译,上海译文出版社,1999年,第384页。
[127] 同上书,第354页。
[128] 同上书,第347页。
[129] 海德格尔:《存在与时间》,陈嘉映等译,生活·读书·新知三联书店,1987年,第184页。
[130] 同上书,第334页。

实现。"[131] 这就是说，理解的循环活动不是在文本范围内进行的，而是在文本与解释者之间发生的，是解释者理解和参与了文本的进程，因而也是文本与解释者之间的一种内在相互作用。

于是，就出现了文本的历史性与解释者的历史性之间的时间距离，以及这种时间距离对于理解有何意义的问题。加达默尔强调，理解并不是一种简单的复制行为，而是一种创造性的行为。时间距离也不是某种必须被克服的东西，恰恰相反，它为理解作为一种创造性行为提供了可能。事实上，正是由于我们与那些当代艺术之间缺乏必要的距离，才导致我们难以对它们作出恰当的判断。从这个意义上说，时间距离不仅不应被视为必须消除的因素，反倒应该被看作是历史理解的积极条件。倘若考虑到历史的绵延无穷无尽，那么，得出以下结论便不足为奇了：

> 对一个文本或一部艺术作品里的真正意义的汲舀是永无止境的，它实际上是一种无限的过程。这不仅是指新的错误不断被消除，以致真正的意义从一切混杂的东西被过滤出来，而且也指新的理解源泉不断产生，使得意想不到的意义关系展现出来。[132]

事实上，传统的诠释学试图克服的时间距离从来也没有中断过，那些流传下来的文本以其在历史上所产生的效果，总是在不知不觉地影响着我们的理解活动。加达默尔指出："当我们力图从对我们的诠释学处境具有根本性意义的历史距离出发去理解某个历史现象时，我们总是已经受到效果历史的种种影响。这些影响首先规定了：哪些问题对于我们来说是值得探究的，哪些东西是我们研究的对象……"[133] 因此，不管我们是否明确意识到，在一切理解活动中，这种效果历史的影响早已内在地起着作用。也正是在此意义上，加达默尔强调："理解按其本性乃是一种效果历史事件。"[134]

如果说效果历史始终影响着我们对历史流传物的理解的话，那么，我们的诠释学处境也决定了我们独特的视域，正如我们的立足点制约着我们所能看视的范围一样。然而，这是否意味着要理解历史，就必须置身于流传物的历史视域之中，在过去自身的历史视域中来观看过去呢？当然不是。在加达默尔看来，既不存在一种没

---

[131] 海德格尔：《存在与时间》，陈嘉映等译，生活·读书·新知三联书店，1987年，第376页。
[132] 同上书，第383页。
[133] 同上书，第386页。
[134] 同上书，第385页。

有前见的现在视域,也不存在一种凝固静止的历史视域。"正如没有一种我们误认为有的历史视域一样,也根本没有一种自为的现在视域。理解其实总是这样一些被误认为是独自存在的视域的融合过程"。[135] 因此,正是在理解过程中,产生了一种真正的视域融合。

那么,这种视域融合是怎样产生的呢?加达默尔认为,视域融合是通过解释者与文本之间的对话而得以实现的。一旦某个流传下来的文本成为我们的解释对象,这就意味着它向我们提出了一个问题。理解这个文本,就是理解这个问题。或许可以反过来说,理解一个文本,就意味着我们向它提出问题,而文本的意义就是对这个问题所作的回答。[136] 于是,流传下来的文本就被带入了充满生机的正在进行谈话的当代,呈现出一种开放状态。不仅如此,既然理解活动是一种视域融合,那么,它的每一次实现只不过是开启了一种历史可能性。我们必须认识到,未来的世代将以不同的方式去理解文本,文本的意义是不可穷尽的。

加达默尔指出,在理解中所发生的视域融合,从本质上讲也是一个语言过程。这并不是说理解是事后被嵌入语言中的,而是说理解的实现方式就是使事物获得语言的表述。事实上,只有谈话双方在语言上取得了一致理解的时候,他们才有可能相互了解并对事物达成一致意见。因此,加达默尔强调:"语言就是理解本身得以进行的普遍媒介……语言表达问题实际上已经是理解本身的问题。一切理解都是解释,而一切解释都是通过语言的媒介而进行的,这种语言媒介既要把对象表述出来,同时又是解释者自己的语言。"[137] 更重要的是,世界本身是在语言中得到表现的,我们的世界经验(一切认识和陈述的对象)都已被语言的世界所包围。因此,能被理解的存在就是语言,"谁拥有语言,谁就'拥有'世界"。[138]

诠释学与文学艺术问题

像许多德国哲学家在理论体系中给美学留下了重要位置一样,加达默尔也对文学艺术问题给予了极大关注。他的《真理与方法》就是从艺术作品的本体论及其诠释学意义开始谈起的。对他来说,探讨艺术经验中的真理问题,既有助于拯救已被自然科学方法论弄得极其狭隘的美学理论,也可以为进一步探究精神科学中的理解

---

[135] 加达默尔:《真理与方法》,上卷,洪汉鼎译,上海译文出版社,1999 年,第 393 页。
[136] 同上书,第 480 页。
[137] 同上书,下卷,1999 年,第 496 页。
[138] 同上书,第 578 页。

问题找到一个出发点。

加达默尔认为,若要探究艺术经验的实质,不妨以美学史上的游戏概念作为切入点。在他看来,"游戏的真正主体并不是游戏者,而是游戏本身。游戏就是具有魅力吸引游戏者的东西,就是使游戏者卷入到游戏中的东西,就是束缚游戏者于游戏中的东西"。[139] 而游戏之所以吸引游戏者,就在于它使游戏者在这一过程中得到了自我表现。但从另一角度看,尽管游戏具有一套自身封闭的游戏结构,但游戏却是由游戏者和观赏者所共同组成的整体。"事实上,最真实感受游戏的,并且游戏对之正确表现自己所'意味'的,乃是那种并不参与游戏、而只是观赏游戏的人"。[140]

由此引申开去,不仅游戏的存在方式是表现,其意义唯有在观赏者那里才能得以实现,而且艺术作品的本质也在于表现。这就是说,戏剧只有在它被表演的时候才存在,音乐只有在它被演奏的时候才存在,绘画只有在它被观赏的时候才存在,诗歌只有在它被阅读的时候才存在。总之,艺术作品唯有在被表现、被理解和被解释时,它的意义才得以实现:

> 正如我们能够指明的,艺术作品的存在就是那种需要被观赏者接受才能完成的游戏。所以对所有文本来说,只有在理解过程中才能实现由无生气的意义痕迹向有生气的意义转换……我们已看到,艺术作品是在其所获得的表现中才完成的,并且我们不得不得出这样的结论,即所有文学艺术作品都是在阅读过程中才可能完成。[141]

既然如此,在艺术作品与观赏者之间便存在着一种奇特的"同时性"。这一点,尤其突出地体现在文学作品的阅读活动中。在加达默尔看来,没有什么事物像文字这样生疏而需要理解,当然也没有什么事物像文字这样指向理解的精神。正是"在对文字的理解和解释中产生了一种奇迹:某种陌生的僵死的东西转变成了绝对亲近的和熟悉的东西。没有一种我们往日所获得的流传物能在这方面与文字相媲美……在阅读过程中,时间和空间仿佛都被抛弃了。谁能够阅读流传下来的东西,谁就证实并实现了过去的纯粹现时性"。[142] 正是这种"同时性",构成了加达默尔所谓"同在"的本质,即观赏是一种积极的参与方式,在这一瞬间,观赏者全然忘却了自我,

---

[139] 加达默尔:《真理与方法》,上卷,洪汉鼎译,上海译文出版社,1999 年,第 137 页。
[140] 同上书,第 141 页。
[141] 同上书,第 215 页。
[142] 同上书,第 214 页。

狂热地投入并陶醉于艺术活动之中。

另一方面，作为历史流传物，文学作品在向我们述说的同时，也把它的隐匿的历史带进了每一个现时之中。从这个意义上说，"艺术的万神殿并非一种把自身呈现给纯粹审美意识的无时间的现时性，而是历史地实现自身的人类精神的集体业绩"。[143] 只要我们在世界中与艺术作品接触，并在艺术作品中与世界接触，那么，它就不会始终是一个我们刹那间陶醉于其中的陌生的宇宙。相反，我们对艺术作品的观赏和理解，始终离不开人类生活的历史性。认识到这一点至关重要，因为这不仅意味着承认艺术作品所具有的历史性，也意味着承认理解者自身的历史性。由此可以理解，要探讨文学艺术的真理问题，就必须将美学带入诠释学的领域。

综上所述，加达默尔给我们的启示是多方面的。首先，当他断言艺术作品的存在方式就是表现，它的意义唯有在阅读过程中才能得以实现的时候，充分肯定了读者的积极参与作用。虽然我们可以在罗曼·英加登和萨特那里发现类似的见解，但唯有加达默尔才确立了读者及其阅读活动在整个文学中的本体论地位。他一再重申："阅读正如朗诵或演出一样，乃是文学艺术作品的本质的一部分"，"文学概念决不可能脱离接受者而存在"。[144] 因此，在 20 世纪后期兴起的有关文学的接受研究中，加达默尔的影响始终发挥着重要的作用。

其次，在将重心转向读者研究的同时，以往诠释学和文学理论赋予作者的那种至高无上的权威也遭到了加达默尔的质疑。在他看来，理解和解释并不是为了追寻作者的创作意图，"正如所有的修复一样，鉴于我们存在的历史性，对原来条件的重建乃是一项无效的工作……这样一种视理解为对原来东西的重建的诠释学工作无非是对一种僵死的意义的传达"。[145] 因此，加达默尔强调："创造某个作品的艺术家并不是这个作品的理想解释者。艺术家作为解释者，并不比普通的接受者有更大的权威性……解释的唯一标准就是他的作品的意蕴，即作品所'意指'的东西。"[146]

第三，如果说 19 世纪的文学史研究仅仅看到了作品的历史性的话，那么，加达默尔的诠释学则告诫我们，不仅要把握作品文本的历史性，也要充分认识到解释者本身的历史性问题。但是，意识到解释者的诠释学处境，承认作品文本的历史性与解释者的历史性之间的时间距离，并不应当得出令人沮丧的结论。恰恰相反，正

---

[143] 加达默尔：《真理与方法》，上卷，洪汉鼎译，上海译文出版社，1999 年，第 124 页。
[144] 同上书，第 211 页。
[145] 同上书，第 218—219 页。
[146] 同上书，第 249—250 页。

是这种时间距离，为我们理解历史上的文学作品开辟了广阔的空间。因为说到底，对任何文学作品的解读都基于过去与现在的对话，都是一次视域的融合，而每一次融合都会对作品的意义有新的发现。

第七节　姚斯与伊瑟尔

论及接受美学在批评史上的意义，正如特里·伊格尔顿在其《文学理论导论》（*Literary Theory: An Introduction*，1983）中所指出的：

> 我们的确可以把现代文学理论史大体分为三个阶段：全神贯注于作者的阶段（浪漫主义与19世纪），绝对关注于文本的阶段（新批评），以及近年来将注意力明显地转向读者的阶段。读者原来在这个三重奏中一直地位很低——这颇令人奇怪，因为没有读者就根本没有文学文本。文学文本并非存在于书架上；它们是只有在阅读实践中才能得以具体化的意义过程。为了使文学发生，读者就像作者一样重要。[147]

因此，顾名思义，接受美学的宗旨就是要考察文学作品被读者接受的过程，揭示读者及其阅读行动在整个文学活动中的重要作用。

姚斯：从文学史研究走向接受美学

接受美学的兴起，主要得益于两位德国学者的努力。其中，汉斯·罗伯特·姚斯（Hans Robert Jauss，1921—1997）是德国康斯坦茨大学的法国文学教授。他早年师从加达默尔，因而在学术思想上深受这位诠释学大师的影响。1967年4月，有感于当时文学研究所面临的困境，姚斯在一次学术研讨会上发表了题为《文学史作为向文学理论的挑战》（*Literary History as A Challenge to Literary Theory*）的演讲，标志着康斯坦茨学派的崛起，同时也开启了20世纪后期文学批评的一个新方向。

作为接受美学的宣言，《文学史作为向文学理论的挑战》是从考察以往的文学史研究论起的。姚斯指出，在19世纪，撰写一部民族文学史曾被认为是文学研究

---

[147] T. Eagleton, *Literary Theory: An Introduction*, Second Edition, Blackwell Publishers Ltd., 1996, pp.64—65.

者最崇高的事业。然而，时至今日，这一辉煌业绩已成为遥远的回忆，文学史研究正面临日益衰落的危机。如果说早期学者往往把一部文学史描述为民族精神的体现的话，那么，实证主义的文学史只是热衷于揭示文学演变的外在因素，将文学归结为一大堆"影响"的结果。同样，尽管马克思主义批评力图将孤立的文学事实重新带回到文学的历史性中来，但无论卢卡契还是吕西安·戈德曼（Lucien Goldmann，1913—1970）都仅仅把文学看作是被动反映现实的镜子。俄国形式主义虽然强调了艺术感受问题，把文学的演变描述为一种"新形式的辩证的自我创造"，但却完全割裂了文学与生活实践的联系。而在姚斯看来，这些理论流派之所以在文学史领域难以有所作为，都是由于忽略了读者在文学进程中的重要作用。

因此，要解决文学史研究中的种种难题，就必须高度重视读者在整个文学活动中所起的作用。姚斯指出：

> 在作者、作品和读者的三角形中，读者并不是被动的部分，并不仅仅是反应的锁链，而是一种对历史有重大影响的力量。没有作品接受者的积极参与，一部文学作品的历史生命便是不可想象的。因为只有通过其媒介过程，作品才进入一个连续的变化的经验视野，在其中发生着从简单的接受到批评的理解，从消极的接受到积极的接受，从公认的审美规范到超越这些规范的新创造的永恒转变。[148]

在他看来，文学史是一个审美的接受和创造的过程，它是由作家、作品和读者共同完成的。而那些仅仅堆砌了大量文学"事实"的传统文学史，根本不成其为历史，只不过是伪历史罢了。

在姚斯看来，读者并非是一块"白板"，他对作品的接受是以审美感受的经验背景为前提条件的。换言之，任何一部作品都不是出现在真空中的全新事物，相反，它唤起读者对已读过的东西的回忆，使读者形成某种特别的感情态度，并以其开头唤起对中间和结尾的期待。正是这种审美感受的经验背景，构成了读者特定的"期待视野"（horizon of expectations）。它们"来自于对体裁的前理解，来自于已熟悉的作品的形式和主题，来自于诗歌语言和实用语言之间的对立"。[149] 当然，读者的期待视野也不是一成不变的。新的文本为读者唤起了来自早先某些文本的期待视野

---

[148] H. R. Jauss, "Literary History as A Challenge to Literary Theory", in V. B. Leitch ed., *The Norton Anthology of Theory and Criticism*, W. W. Norton & Company, Inc., 2001, p.1551.

[149] Ibid., p.1554.

和熟悉法则,但与此同时,它们又被这一阅读过程所修正、改造,也可能仅仅只是复制。有时候,某些作品唤起读者的期待视野,只是为了消灭它,以便再造富于诗意的效果。例如,塞万提斯让读者以一种阅读骑士故事的期待视野去接受《堂吉诃德》,最后却对这一期待视野作了无情嘲弄。

正是这种由既定的期待视野与新作品之间造成的审美距离,对接受美学具有一种特别重要的意义。姚斯指出:

> 一部文学作品在其出现的历史时刻,其最初读者满足、超越、反对或失望的方式,显然为确定其审美价值提供了一个标准。期待视野与作品之间的距离,先前审美经验的熟悉性与接受新作品所需的"期待改变"之间的距离,决定了一部文学作品的艺术特性。根据一种接受美学,这一距离越小,接受意识就越是无需转向未知经验的视野,作品也就越接近于"烹调的"或娱乐性艺术的层面。[150]

换言之,这类娱乐性艺术并不要求读者的期待视野有所改变,它们仅仅满足复制的欲望。而另一些作品则不同,由于彻底打破了熟悉的期待视野,以致它们的受众只能逐渐发展起来。例如,《包法利夫人》的叙述方式,对于当时多数读者的期待视野来说是难以接受的。等到它被读者认可而形成一种新的期待标准之后,当年曾经风靡一时的另一部小说《范妮》就被人遗忘了。

由此可见,文学作品的意义并不是一劳永逸地给定的。为了更好地理解过去的文学作品,就必须研究它的接受史,通过期待视野的重构发现当年的读者是如何看待和理解该作品的,进而揭示出对作品的以前的和现在的理解之间的诠释差异。正是在这里,姚斯重申了加达默尔的有关"效果历史"的理论,展开了对历史客观主义的批判。他强调,理解不仅仅是重复,而始终是创造。换言之,一部文学作品的潜在意义是在它的历史接受中得以实现的。而认识到这种理解和接受的创造功能,将有助于我们更好地把握文学的历史性,为一种新型的文学史研究奠定基础。

姚斯认为,尽管与实证主义文学史相比,俄国形式主义的"文学演进"理论是革新文学史研究的有益尝试之一,然而,它的缺陷也是不容忽视的:仅仅着眼于"新形式的辩证的自我创造"并不足以解释文学的成长,而否定文学演进与社会变

---

[150] H. R. Jauss, "Literary History as A Challenge to Literary Theory", in V. B. Leitch ed., *The Norton Anthology of Theory and Criticism*, W. W. Norton & Company, Inc., 2001, p.1556.

化之间的联系更是它的一个误区。在他看来，唯有从文学接受的历时性角度来考察，才能揭示一部文学作品的历史地位和意义。姚斯指出："一部作品的艺术特性……永远不会在其最初出现于其中的视野中被即刻感知，更别说在新旧形式的纯粹对立中被即刻穷尽了。对一部作品的最初实际感知与它的实在意义之间的距离，换言之，新作品对它的最初受众的期待所作的抵抗，可能非常大，以致需要一个漫长的接受过程，才能使最初视野中未预料的和未运用的得以理解。因此可能发生这种情况，作品的实在意义长期未被认识，直至通过一个更新的形式的实现，'文学演进'才达到这样一个视野，它现在第一次允许人们去寻求对被误解的旧形式的理解。"[151] 举例来说，正是马拉美等人的抒情诗篇，使人们得以去重新认识早已被遗忘的巴洛克诗歌，尤其是为重新阐释贡戈拉的诗歌打下了基础。

当然，从生产美学的角度来看，同时出现的文学作品既有非常传统的，也有相当前卫的；既有通俗易懂的，也有晦涩难解的。这些同时出现的作品在历史上显然属于性质不一的非同时性作品。从接受美学的角度来看，我们可以把某一特定历史时刻的文学视野理解为一个共时性系统。面对如此复杂的文学现象，面对那些同时出现的非同时性作品，它必然会有所选择，有所取舍。从这个意义上说，某个特定历史时期的文学视野隐含着历时性，它是一个历时性过程在一个共时性系统上的投影。因此，姚斯认为，"文学演进"历史过程中的视野变化，不能仅仅在历时性事件中追寻，也可以从文学接受的共时性角度来加以考察。[152]

最后，接受美学不仅要求人们将个别作品嵌入它的"文学系列"之内，在文学经验的上下文中来认识它的历史地位和意义，而且要求人们在文学的内在发展与历史的普遍过程的关系中来把握文学的历史性。因为一部作品的读者不仅是在文学的期待视野内感受它的，也是在更广阔的生活经验视野内感受它的。正是基于这一点，姚斯指出："文学史的任务只有在这样的时候才完成：文学生产不仅在其诸系统的连续中被共时地和历时地描述，而且也被视为与'普遍历史'有着独特贡献的'特殊历史'。"[153] 强调这一点，也是为了说明文学的社会造型功能。在姚斯看来，文学与社会的关系并非终结于这样一种反映论，即在文学作品中可以发现社会存在的典型的、讽刺的或乌托邦式的肖像，更重要的还在于："只有当读者的文学经验进入他

---

[151] H. R. Jauss, "Literary History as A Challenge to Literary Theory", in V. B. Leitch ed., *The Norton Anthology of Theory and Criticism*, W. W. Norton & Company, Inc., 2001, p.1562.

[152] Ibid., p.1563.

[153] Ibid., p.1564.

的生活实践的期待视野,预先形成他对世界的理解,从而对他的社会行为有所影响的时候,文学的社会功用才以其真正的可能性显示出来。"[154]

在姚斯看来,文学的社会功用是多方面的。它既可以在感觉领域内表现为对审美感受的刺激,也可以在伦理领域内表现为对道德内省的召唤。正是在这个意义上,姚斯指出:"如果文学史并非单纯描述作品所反映的一般历史过程,而是在'文学演进'的过程中发现真正属于文学的社会造型功能,因为文学与其他艺术和社会力量正在竞相把人类从自然的、宗教的和社会的束缚中解放出来,那么,文学与历史、美学知识与历史知识之间的鸿沟便能得以沟通。"[155] 因此,通过打破读者的期待视野以不断更新人们的审美经验,进而促使读者的生活实践的期待视野也不断得以更新,这正是接受美学理论探索的出发点。由此不难发现,在姚斯的理论主张中,仍然回响着当年席勒的人道主义呼声。

伊瑟尔的阅读活动研究

康斯坦茨学派的另一位领军人物是沃尔夫冈·伊瑟尔(Wolfgang Iser, 1926—2007)。在那场倡导接受美学的运动中,他与姚斯齐名,共同促进了文学批评潮流的转向。但正如某些学者所指出的,同是倡导接受美学,伊瑟尔与姚斯所采取的具体途径却迥然不同。如果说姚斯是从文学史研究走向接受美学的,那么,伊瑟尔则是从研究新批评和叙事理论起步的。如果说姚斯主要受到诠释学传统,尤其是加达默尔的影响,那么,对伊瑟尔影响最大的则是现象学,特别是罗曼·英加登的美学。最后,如果说姚斯对许多社会历史问题抱有浓厚兴趣的话,那么,伊瑟尔更加重视的则是读者与具体文本之间的关系。因此,姚斯研究的是宏观的接受问题,而伊瑟尔研究的则是微观的接受问题。[156]

伊瑟尔的主要著作是《隐含的读者》(*The Implied Reader*, 1972)和《阅读活动》(*The Act of Reading*, 1976)。前者通过对班扬、菲尔丁、斯摩莱特、司各特、萨克雷、福克纳、贝克特、乔伊斯等英美作家一系列小说的解读,从现象学角度探讨了读者在意义生成过程中所起的作用。后者则进一步阐发了上述论题,通过对阅读过

---

[154] H. R. Jauss, "Literary History as A Challenge to Literary Theory", in V. B. Leitch ed., *The Norton Anthology of Theory and Criticism*, W. W. Norton & Company, Inc., 2001, p.1564.

[155] Ibid.

[156] R. C. 霍拉勃:《接受理论》,见《接受美学与接受理论》,周宁等译,辽宁人民出版社,1987年,第366—367页。

程中审美反应的描述，详尽分析了文本、读者及其相互作用的辩证关系。

在伊瑟尔看来，文学作品具有两极，一极是艺术的即作家所创作的文本，另一极是审美的即由读者所完成的实现或"具体化"（concretization）。"从这种两极化的角度来看，文学作品既不能完全等同于文本，也不等同于文本的实现，而是介于这两者之间"。[157] 因此，伊瑟尔重申了罗曼·英加登的见解，即在考虑一部文学作品时，人们不仅要关注文本，而且必须同时兼顾读者对文本的反应。因为文本仅仅提供了"图式化的观点"（schematized views），其意义的生成却有待于阅读活动。正是通过文本与读者之间的这一相互作用，文本的意义才得以具体化。

当然，读者对文本的反应尽管多种多样，但却不是随意的，而是由文本的结构引导和制约的。从这个角度来看，文本的结构中早已包含着一部文学作品实现其效果所必需的一切规定。伊瑟尔把这种文本的结构称为"隐含的读者"，而这是从韦恩·布斯所谓"隐含的作者"改造而来的。在《隐含的读者》一书中，他解释说："这一术语既包含了文本潜在意义的前结构，也包含了读者通过阅读过程使这一潜力得以实现。"[158] 因此，它既意味着一种文本的结构，也意味着一种意义产生的过程。在《阅读活动》一书中，伊瑟尔则反复强调："作为一种概念，隐含的读者深深植根于文本的结构中，它只是一种构想，绝不等同于任何真实的读者。""隐含的读者的概念，标示了一个召唤反应的结构网，促使读者去理解文本。"[159]

伊瑟尔指出，隐含的读者不同于真实的读者，它作为一种文本的结构，允许有不同的实现方式。真实的读者则根据历史和个人的不同情况，在阅读过程中将文本具体化，对此作出一种理解。换言之，文本结构中隐含的读者为阅读和理解提供了一种参照框架，其意义是丰富的，而真实的读者对它的完成和具体化，总是一个选择性的过程，"每一次实现都代表了隐含的读者的一种选择性的实现"。[160] 不过，由于深受现象学的影响，伊瑟尔无意于讨论历史上真实的读者，他所关注的毋宁说是现象学意义上的"读者"。

在伊瑟尔看来，既然文学是文本与读者之间的一种交流，那么，正像语言交流的双方必须具备共同遵守的惯例和成规一样，成功的文学交流也建立在文本所提供的惯例和成规的基础上。伊瑟尔把这些惯例称为文本的"保留剧目"（repertoire），

---

[157]　W. Iser, *The Implied Reader*, The John Hopkins University Press, 1974, p.274.
[158]　Ibid., p.x.
[159]　W. Iser, *The Act of Reading*, The John Hopkins University Press, 1978, p.34.
[160]　Ibid., p.37.

而把对这些惯例的组织称为"策略"(strategies)。他指出:"保留剧目包括了文本中所有熟悉的领域。它们或以早期作品为参照,或以社会的和历史的规范为参照,或以文本得以产生的整个文化为参照。"[161] 正是这些保留剧目的确定性,为文本与读者之间的交流提供了一个交汇点。但另一方面,交流总会包含新的信息,这就要求文本对社会的和文化的规范进行重新编码,对文学传统及其诸因素加以重新组织。而策略的功能就在于运用各种技巧实施这种组织,将熟悉的东西加以陌生化,激发读者的想象力。

然而,文本的保留剧目和策略只是提供了一个交流的框架,要切实达成交流,还必须由读者在此框架内为自己建构审美对象。换言之,尽管文本对阅读活动起着一种引导作用,但要实现从文本到读者的转化,则取决于文本在多大程度上激发了读者的理解和想象能力。另一方面,文学阅读的特点就在于,整个文本绝不可能在任何一刻就被同时感知,它作为"客体"只能通过连续的语句阅读的方式来加以想象。因此,在伊瑟尔看来,必须从现象学的角度考察阅读的动态过程,通过描述理解活动中的"游移视点"(wandering viewpoint),揭示读者综合文本意义的基本运作程序。

伊瑟尔指出,阅读过程并非是一个单向的流程,而是一个充满着"延展和回忆的辩证运动",始终贯穿着"修正期待与转换回忆之间的持续的相互作用"。[162] 正是在这里,伊瑟尔发挥了英加登在《对文学的艺术作品的认识》(*The Cognition of the Literary Work of Art*, 1937)中的说法,把阅读活动描述为一个由期待、预测和回忆构成的"万花筒"。其中每一句都预示着下一句,对即将发生的作出探测;反过来,这又改变着预示,从而对业已阅读的部分作出修正。因此,阅读过程并不是一帆风顺的,而是时常出现英加登所说的那种"语句思维"的"阻塞",甚至可能完全打破原先的期待。不过,由于英加登崇尚古典艺术的缘故,他把这种"阻塞"视为一种令人恼怒的瑕疵。而在伊瑟尔看来,情况正好相反。正是由于充满这种"阻塞"和波折,文本才深深吸引了读者。

由此论及伊瑟尔的"空白"(blank)理论。毫无疑问,这一理论的渊源仍然可以追溯到英加登那里。早在《文学的艺术作品》(*The Literary Work of Art*, 1931)一书中,英加登就提出了"未定点"(spots of indeterminacy)的概念。他认为,文学

---

[161] W. Iser, *The Act of Reading*, The John Hopkins University Press, 1978, p.69.
[162] Ibid., pp.111—112.

作品只是一个具有各种未定点的图式化结构，有待于进一步的补充。唯有通过阅读过程中的具体化这一补充活动，作品中的未定点才能得以完成。[163] 尽管伊瑟尔并非全盘接受英加登的见解，但他却承认其"未定点"和具体化的思想是一个创见。在他看来，"未定点"有两种基本结构，即"空白"和"否定"，它们作为交流的基本条件，是建立在文本与读者相互作用的运动中的。伊瑟尔指出：

> 空白和否定以它们各自不同的方式控制着交流的过程：空白使文本中各种观点之间的联系保持开放，换言之，它们引导读者在文本中完成基本运行。各种类型的否定只是将各种熟悉的或确定的因素加以取消。然而，被取消的因素仍然依稀可辨，从而改变了读者对熟悉的或确定的因素的态度，换言之，读者被导向了一个与文本相关的立场。[164]

伊瑟尔认为，正是由于文本被"空白"所打断，因而才激发了读者的想象，以便通过各种方式将图式和视点联结起来。现代小说家则充分利用了这一技巧，"在他们片段式的叙述中增加了如此大量的空白，而那些缺失的联系正是不断激发读者的想象建构功能的源泉"。[165] 例如，在詹姆斯·乔伊斯、萨缪尔·贝克特和法国的"新小说"那里，这种"空白"和各种视点的错乱无序都达到了登峰造极的程度。而"否定"作为"未定点"的另一种基本结构，则是由于文本中的保留剧目被改变而引起的。换言之，正是由于以往熟悉的标准被淘汰，读者突然陷入了一种无所适从的境地。在这种状态下，读者不得不发展起一种能够使他发现"否定"所意味的特殊态度。当然，"否定"并不意味着对以往熟悉标准的全盘拒绝，它只是对原先还存在问题的部分加以质疑，从而对旧标准进行重新评价。因此，伊瑟尔强调："否定是一种激发读者去建构想象客体的含蓄而非阐明意蕴的力量。否定引起的空白预先结构了想象客体的轮廓，也预先决定了读者对它的态度。"[166]

总之，"空白"和"否定"是进行交流的两个基本条件，正是它们构成了文本与读者之间相互作用的基础。也正是在这里，伊瑟尔的阅读理论接近了姚斯的接受美学。因为这两位康斯坦茨学派的代表人物都要求文学作品打破读者原先熟悉的期待视野，都反对娱乐性艺术和"轻松阅读"，从不同的角度阐明了现代主义文学的美

---

[163] 罗曼·英加登：《论文学作品》，张振辉译，河南大学出版社，2008年，第248页。
[164] W. Iser, *The Act of Reading*, The John Hopkins University Press, 1978, p.169.
[165] Ibid., p.213.
[166] Ibid., p.215.

学基础。因此，无论是姚斯的接受美学，还是伊瑟尔的阅读理论，都保持了相当前卫的姿态。任何将接受美学等同于那种"消费文化"或"快感美学"的做法，都是一种莫大的曲解。

第八节　罗兰·巴特

尽管罗兰·巴特（Roland Barthes，1915—1980）常常被人视为结构主义或后结构主义批评家，他本人似乎更愿意被人称为"文学符号学家"，但由于他涉猎的范围是如此之广，以致任何一种称号都难以恰如其分地概括他的专长。更何况，他还是一位善于频繁地转移研究方向的新派学者。正如美国批评家乔纳森·卡勒所指出的："每当罗兰·巴特主张某种新的、雄心勃勃的构想的价值时，他又会迅速地转移到其他方面去。他往往会放弃自己曾支持过的事物，以讽刺的或轻蔑的口吻去描写先前所关注的事物。巴特是一个善于播种的思想家，但当幼苗长出来以后，他却企图拔掉它们。当他的构想正逐步得以实现之时，这些构想又都离他而去，不再与他相干了。"[167]

从《写作的零度》说起

罗兰·巴特作为一个批评家而崭露头角，始于《写作的零度》（*Writing Degree Zero*，1953）一书。显然，这是在萨特的强势影响下写成的，其中有关文学与社会历史之间关系的思考，有关法国文学史的历史分期，都明显地受到了《什么是文学？》的影响。但另一方面，巴特也在很大程度上改写了一部"法国写作史"。如果说萨特是从"介入"或"行动"的角度，强调了作家所肩负的社会责任，那么，巴特则从写作的角度考察了文学形式的意识形态含义；如果说萨特对1848年以后的法国文学作了否定性的评价，那么，巴特则把从福楼拜以来的法国文学视为另一种写作形式，其成就同样可以在另一层面上予以辩护。

正如我们所知，萨特把散文视为一种功利性的语言，其作用就在于明白无误地指称世界，以直接的方式介入社会生活。然而，对于巴特来说，文学语言却远不是那么透明的，它本身就形成了一种独立于表达内容的历史，即写作的历史。当然，

---

[167] 乔纳森·卡勒：《罗兰·巴特》，方谦译，生活·读书·新知三联书店，1988年，第5页。

即便写作是"一种形式性现实的存在"，[168] 它也与社会有着某种联系。例如，法国大革命时期的政论家埃贝尔（Jacques-Rene Hebert, 1757—1794）在写作时，总爱用一些"见鬼！"和"妈的！"字眼，这些粗俗的字眼虽然并不表达什么，然而，这种写作方式却是当时革命形势的需要。如果说这种形式的历史表现了写作与社会历史的深层联系的话，那么，正如巴特所说的，他的任务便是探索一种文学记号的历史，进而"对写作和历史的这种联系加以描述"。[169]

在巴特看来，写作是"思考文学的一种方式"，是作家对文学形式所作的社会性选择。[170] 几个世纪以来，古典写作的方式几乎从未改变，而现代写作的多样性却扩增到了无以复加的程度。这种写作的分裂现象，无疑是与一种重大的历史危机相伴随的。具体地说，虽然巴尔扎克和福楼拜使用同样的语言结构，思想上的差异也并非天壤之别，但他们的写作方式却截然不同。由此可以理解，巴特将一部法国文学史大致分为两个阶段。从17世纪中叶到19世纪中叶的法国文学普遍采用了一种古典写作方式，即使法国大革命和浪漫主义运动也没有改变其根本性质。这种写作以古典语言的明晰性和普遍性为基础，从而也使资产阶级的意识形态成为社会的普遍法则。然而，从1850年起，法国社会发生的深刻变化却把资产阶级抛入了一种新的历史情势之中。从那时起，古典写作的统一性就开始分崩离析，现代写作变得日趋多样化。作家不再关心文学的普遍意义，所关注的仅仅是写作本身。

巴特以同情的态度描述了1850年以后的法国文学，以便我们能更好地理解现代写作的多样性。在他看来，如果说此前的文学体现在生动的描绘和异国情调方面，那么，对福楼拜来说，资产阶级生活好比是一种缠绕着作家的噩梦，他对此无可奈何，只能以辛勤的劳作来拯救文学，"从而奠定了这样一种艺匠式写作的基础"。[171] 莫泊桑、左拉和都德的写作，一方面企图尽可能逼真地去描绘自然，另一方面则充满了写作中的种种规约。直到加缪出现，才摆脱了各种文学形式和写作规约的束缚，代之以所谓"零度的写作"、"白色的写作"或"中性的写作"。按照巴特的说法，这是一种"直陈式写作"，也是一种"新闻式写作"。例如，《局外人》便是这样"一种

---

[168] R. Barthes, *Writing Degree Zero*, translated by Annette Lavers and Colin Smith, New York: The Noonday Press, 1968, p.5.
[169] Ibid.
[170] Ibid., p.16.
[171] Ibid., p.64.

毫不动心的写作，或者说一种纯洁的写作"。[172]它似乎拒绝了作家的历史责任，不再为资产阶级意识形态所利用，而采取了"一种以沉默来存在的方式"，达到了"一种纯方程式的状态"。[173]

应该说，《写作的零度》并不是一部很成功的批评著作，它对法国文学史的讨论还相当粗浅，对所谓"古典写作"、"现代写作"或"零度的写作"的描述也缺乏具体的文本实例来予以说明。尽管如此，这部著作却由于它在一定程度上修正了萨特对福楼拜以后法国文学的评价，为巴特赢得了声誉。尤其值得注意的是，巴特在此把文学的写作方式而不是文学所反映的现实，当作一个核心问题凸现出来，为他以后的学术研究定下了基调。

不过，在接下来的几部论著中，巴特却出人意料地改变了研究方向。他的《米什莱自述》(*Michelet par hui-meme*, 1954)是对这位法国浪漫主义历史学家所作的探讨，在研究方法上则受到现象学批评的影响。论文集《神话学》(*Mythologies*, 1957)则试图揭示隐藏在大众文化现象背后的意识形态性质，破除人们对这些当代"神话"的迷信。直到《论拉辛》(*On Racine*, 1963)和《批评文集》(*Critical Essays*, 1964)相继出版，才表明巴特又重新回到文学批评上来。

巴特的《论拉辛》是一部兼用结构主义和精神分析学方法，解读拉辛悲剧的尝试性著作，因而也是对实证主义批评的一次挑战，不能不引起学院派批评家的愤慨。索邦大学教授雷蒙·皮卡尔(Raymond Picard)撰写了一本言词激烈的小册子《新批评还是新骗术？》(*Nouvelle critique ou nouvelle imposture*, 1965)，对巴特的拉辛研究横加指责。巴特则在《批评与真实》(*Criticism and Truth*, 1966)一书中予以反击。巴特指出，传统的学院派所标榜的种种规则，虽然貌似客观、严谨，实际上却早已打上了"某种意识形态的烙印"。[174]巴特在此建议创立一门有关文学的科学，以便将它与文学批评区别开来。这门文学科学以书写为研究对象，其任务是揭示制约着文学作品的意义生成的潜在系统。"它所感兴趣的，是由作品产生的生成意义，也可以说是可生成意义的变异。它不诠释象征，而只是指出象征的多方面功能。总而言之，它的对象并非作品的实义，相反地，是负载着一切的虚义"。[175]而当他强调

---

[172] R. Barthes, *Writing Degree Zero*, translated by Annette Lavers and Colin Smith, New York: The Noonday Press, 1968, pp.76—77.
[173] Ibid., p.78.
[174] 罗兰·巴特：《批评与真实》，温晋仪译，上海人民出版社，1999年，第3页。
[175] 同上书，第55页。

这一文学科学应以语言学为模式,将语言学描述各种句子的生成过程的方法运用于文学作品的分析时,显然是在倡导一种结构主义诗学。

符号学研究与结构主义诗学

罗兰·巴特在20世纪60年代的写作,从属于那个时期崛起的一股特定的知识潮流,即学者们通常所说的"结构主义时代"。而他的《符号学原理》(*Elements of Semiology*, 1965),则无疑是一部探讨结构主义符号学的力作。该书所阐发的基本概念,诸如语言与言语、能指与所指、横组合关系与纵组合关系等等,均来自于索绪尔的结构主义语言学,只是个别部分吸纳了雅各布森、列维-斯特劳斯和其他学者的见解。令人感兴趣的是,巴特不仅强调符号学乃是语言学的一个分支,因而颠倒了索绪尔的原来说法,而且他也把语言学的模式推广到了语言现象之外的图像或实物系统中去。例如,在他看来,虽然膳食的"言语"极为丰富,包括一切饮食的个人的或家庭的差异,但膳食的"语言"却是由这样一些规则构成的,它们规定了什么是可以吃的,各种菜肴是怎样搭配的,以及用膳的程式等等。[176] 而餐馆中的菜单则恰好体现了横组合和纵组合这两个层面的交叉关系。

在随后出版的《时装系统》(*Fashion System*, 1967)、《符号帝国》(*The Empire of Signs*, 1970)和《恋人絮语》(*A Lover's Discourse: Fragment*, 1977)等著作中,巴特更是将这一套符号学方法运用得炉火纯青,把它用于对时装系统、日本文化和情人话语的分析。虽然巴特的论述令人眼花缭乱,读来也意趣盎然,但却与本书的题旨相去甚远。因此,让我们还是回到文学理论问题上来,以便着重探讨巴特在结构主义叙事学方面的建树。

正如我们所知,作为一门新兴的学科,叙事学是随着结构主义在法国的兴起应运而生的。如果说叙事学研究从一开始就在"叙事结构"和"叙事话语"两大层面上展开的话,那么,巴特的研究兴趣显然是在叙事结构方面。他的《叙事结构分析导论》(*Introduction to the Structural Analysis of Narratives*, 1966)一开篇就指出,世界上的叙事多得不计其数。叙事不仅具有多种多样的形式(包括神话、传说、寓言、小说、史诗、历史、悲剧、喜剧、绘画、电影、新闻等等),而且存在于一切时代、一切地方和一切社会之中。为了把握如此繁多的叙事现象,研究者必须借助于索绪尔的语言学模式,即通过描述作为符号系统的"语言"来掌握具体"言语"

---

[176] 罗兰·巴特:《符号学原理》,王东亮等译,生活·读书·新知三联书店,1999年,第18页。

的无限性。

巴特认为，语言学研究从一开始就给叙事的结构分析提供了一个有用的概念，即"描述层次"的概念。这就是说，对一个句子可以从多层次上（语音的、音位的、语法的、语境的）加以描述，而这些层次则处于一种等级的关系之中。虽然每一层次都有自己的单位和相关联系，但没有一个层次自身能够产生意义。唯有归并到更高一级的层次中去，属于某一特定层次的单位才能取得意义。同样，叙事也是一个多层次的结构。巴特强调：

> 理解一个叙事，不仅仅要了解故事的展开，而且也应当辨识故事的结构层次，将叙事"线索"的横向关联的事物投射到一条隐含的纵向轴线上去；阅读（或聆听）一个叙事，不仅仅是从一个词移到另一个词，而且也是从一个层次移到另一个层次。[177]

巴特建议，从叙事作品中区分出三个描述层次，即"功能"（function）层、"行动"（action）层和"叙述"（narration）层。这三个层次是按照一种逐渐归并的方式连接起来的：一个功能唯有在行动者的总体行动中占据地位才具有意义，而这一行动也唯有被叙述才获得最终的意义。

在巴特看来，如果把意义作为衡量叙事单位的标准，那么，功能就是最基本的叙事单位。当然，有些功能是与同一层次上的单位相关联的，例如，购买手枪的相关单位是以后使用手枪，拿起电话的相关单位是后来挂上电话；而另一些功能则必须与更高层次上的相关单位结合起来，才能被理解，例如，有关人物性格的心理标志，有关人物身份的资料，"气氛"的记号，等等。前者是严格意义上的功能，后者则称为"标志"（indices）。不难发现，有些叙事是偏重于功能性的（如民间故事），有些叙事是偏重于标志性的（如"心理"小说）。[178]需要指出的是，巴特高度重视的是基本功能之间的关系，因为正是这种关系决定了故事发展的方向。在巴特看来，若干基本功能按照逻辑连接起来，就构成了一个"序列"（sequence）。而这些序列逐步连接、扩展开来，就构成了叙事的结构。

在特别看重叙事作品的故事的同时，巴特也重申了亚里斯多德关于人物从属于行动（情节）的诗学观念。他指出，叙事的结构分析既不愿把人物当作一种本质

---

[177] R. Barthes, "Introduction to the Structural Analysis of Narratives", in Susan Sontag ed., *A Barthes Reader*, London: Vintage, 1993, p.259.

[178] Ibid., p.265.

来对待，也避免用心理学的术语去界定人物，却更倾向于把人物视为行动的"参与者"。因此，尽管结构分析的第二个描述层次涉及的是人物，但仍然被称为"行动"层。当然，正如巴特所指出的，这里的"行动"一词不应被理解为第一层次中的微小行动，而应该被理解为"实践"（欲望、交际、斗争）的主要关节。[179]

巴特所谓"叙述"层，相当于茨维坦·托多洛夫和热拉尔·热奈特所说的"叙事话语"。巴特认为，对于叙事结构分析来说，"问题并不在于探究叙述者的动机，也不在于探究叙事对读者所产生的效果，而在于描述叙述者和读者通过叙事本身得以被指示的代码"。[180] 因为从符号学的观点看，叙述者和人物都不是真实的、活生生的人，都不过是"纸上的生命"。唯有叙述者的符号才存在于叙事作品之中，因而可以对它们进行符号学分析。然而，巴特有关叙事话语的论述毕竟较为粗浅，就连整个《叙事结构分析导论》都像是一份研究提纲，只是勾勒了结构主义叙事学的大致轮廓，更深入的研究还有待巴特继续作出努力。

从《S/Z》到《文本的愉悦》

果然，巴特在几年后推出了一部不同凡响的批评著作《S/Z》（1970）。该著以巴尔扎克的短篇小说《萨拉金》（*Sarrasine*，1831）为研究对象，对此展开逐字逐句的解读，从而把叙事结构分析推进到了一个前所未有的高度。从今天来看，这是一部介于结构主义和后结构主义之间的批评文献，其意义不仅在于提出了一套解读文本代码的理论，而且也把注意力转移到了读者的阅读问题上来，阐明了可读性文本与可写性文本之间的区别。

巴尔扎克的《萨拉金》是一部并不起眼的作品，但却讲述了一个惊心动魄的故事。在德·朗蒂府邸的盛大晚会上，一个古怪的老人引起了人们的巨大好奇。人们不知道这个老人的神秘身世，更不知道朗蒂家族巨额财富的来历，各种传言不胫而走。直到叙述者讲述了萨拉金和藏比内拉的故事，才为读者解开了谜团：当初，年轻的雕塑家萨拉金疯狂地爱上了美貌无比的歌唱家藏比内拉，结果却发现这个"尤物"竟是一个被阉割的男人，并为红衣主教所豢养。绝望的雕塑家企图杀死藏比内拉，不料自己却被红衣主教派来的刺客所杀。岁月无情，藏比内拉如今已成为风烛

---

[179] R. Barthes, "Introduction to the Structural Analysis of Narratives", in Susan Sontag ed., *A Barthes Reader*, London: Vintage, 1993, p.278.
[180] Ibid., p.281.

残年的老头儿，而他所积攒起来的钱财却支撑了朗蒂家族的奢华……

巴特将自己的著作题为《S/Z》，具有多重意味。这既意味着萨拉金（Sarrasine）对藏比内拉（Zambinella）的多重关系，也意味着巴特（Barthes）对巴尔扎克（Balzac）小说文本的多重解读方式。而巴特解读《萨拉金》的独特方法，是首先将这一文本分解为 561 个阅读单位，这些阅读单位或长或短，有的仅有数个词语，有的则涵盖了好几个句子。随后，巴特又将这些阅读单位分为五种不同类别的代码，确定每一阅读单位所属的代码类别，以此对这部小说进行了精细的分析。

按照巴特的说法，所谓"阐释性代码"（hermeneutic code）掌管着小说中的奥秘和悬念，它"以不同方法表述问题、回答问题，以及形成或能酝酿问题、或能延迟解答的种种机遇事件……其功能乃至可以构成一个谜，并使之解开"。[181] 例如，《萨拉金》中这样写道："谁也不知道，这个家族来自哪个国度，它那估计有好几百万的家产又是怎么得来的。靠经商？靠诈骗？靠海上掠夺？还是继承了什么遗产？"这便是一个阐释性代码。它提出了朗蒂家族的原籍在哪儿，他们家族的财产来源是怎么回事等问题，这些问题直到小说的末尾才最终得以解答。所谓"情节性代码"（proairetic code），其功能在于引导读者将细节纳入各种行动序列，而每一个序列均可以为之命名（诸如漫步、谋杀、约会等等），以便读者把握小说的情节构架。例如，《萨拉金》一开篇就这样写道："我沉浸在深深的默想中……"，这便是一个典型的情节性代码，直到这一默想状态被别人的谈话所惊醒。

如果说阐释性代码和情节性代码属于时序性代码的话，那么，此外三种代码则不然。"意义性代码"（semic code）是一种典型的所指，它通过语义的闪现，为读者提供有关人物和环境的信息。例如，小说这样写道："那是一种在喧闹的晚会上一般人都会产生的默想，即便是轻薄的人也不例外。爱丽舍-波旁街的钟楼刚报过子夜。"这不仅提供了一个"晚会"的信息，而且还提供了"座落在圣奥雷诺郊区的私人豪宅"的信息，共同组成了一个直接相关的所指，即"朗蒂家族的财富"。

所谓"象征性代码"（symbolic code），其功能在于引导读者对细节作出象征意义的推论，从而揭示了文本的多义性和可逆性。例如，小说写道："我坐在一扇窗下……"，一边是花园里覆盖着积雪的树木，月光惨淡；另一边是在金碧辉煌的大厅里，巴黎最俊俏、最富有的女人荟萃一堂，翩翩起舞。"在我的右方是一幅沉寂

---

[181] 罗兰·巴特：《S/Z》，屠友祥译，上海人民出版社，2000 年，第 79 页。译文根据英译本作了一定修正，以下情况相同。见 Roland Barthes, *S/Z*, New York: The Noonday Press, 1991。

阴森的死亡图景，在我的左方是活人的狂舞纵饮行乐图；一边是冷冰冰、阴沉沉、披着丧服的大自然，另一边是寻欢作乐的人类"。在巴特看来，正是通过一系列对照，这段描写把花园和沙龙、生命和死亡、室外和室内连接了起来。因此，这是一个庞大的象征结构，它覆盖了小说诸多置换和变体的全部空间。[182]

最后，所谓"指涉性代码"（referential code）或称"文化代码"（cultural code），为读者提供了文本所涉及的各种文化知识背景。例如，当小说写朗蒂伯爵"性情忧郁像个西班牙人，令人讨厌像个银行家"，或是声称"这个神秘的家庭对人们有一种吸引力，犹如一首拜伦的诗，一首隐晦而又卓绝的诗，对其中的难懂之处，上流社会的人各有各的解释"时，便是运用了这类文化代码。因此，巴特认为："文化代码是对科学或智慧代码的引用；我们指出这些代码，仅仅点明其所引及的知识类型而已（如物理学、生理学、医学、心理学、文学、历史等等）。"[183]

当然，这些阅读单位往往同时分属几个类别的代码。例如，《萨拉金》中有这样一段话："即使朗蒂家祖上是波希米亚人，现在它既然如此阔气，如此吸引人，上流社会也就原谅它来历不明了。然而不幸的是，这一家谜一般的历史颇像安娜·拉德克利夫的小说，始终引起好事者的兴趣。"巴特认为，这既是一种阐释性代码，提出了朗蒂家族的来历问题；又是一种文化代码，因为它所提到的这位英国小说家显然关涉到文学知识。[184]一部作品文本正是由上述五种代码编织而成的网络："众多声音（众多代码）的汇聚成为写作，成为一个立体空间，其中五种代码、五种声音相互交织：经验的声音（情节性代码），个人的声音（意义性代码），科学的声音（文化代码），真相的声音（阐释性代码），象征的声音（象征性代码）。"[185]

如上所述，《S/Z》一书也具有从结构主义向后结构主义过渡的性质，因而充满深刻的矛盾。一方面，巴特遵循结构主义方法，对一部作品文本的代码作了系统的分析；另一方面，他又放弃了追寻叙事作品的普遍性结构的幻想，强调每个文本都有自己独特的叙事模式，对结构主义叙事学的简约化倾向表示怀疑。在《S/Z》的一开篇，巴特就以嘲讽的口吻评价了那种幼稚的"雄心壮志"：

　　据说某些佛教徒凭借苦修，最终在一粒蚕豆中见到一个完整的世界。

---

[182] 罗兰·巴特:《S/Z》，屠友祥译，上海人民出版社，2000年，第80—81页。
[183] 同上书，第83—84页。
[184] 同上书，第113页。
[185] 同上书，第85页。

这正是最初的叙事分析家想做的事：在单一的结构中见出世界上的所有故事（从古到今，它们数不胜数）。他们以为，我们应从每个故事中抽象出它的模式，然后经由这些模式，得出一个庞大的叙事结构，（为了验证）再把这个结构应用于任何叙事。这是一个令人殚精竭虑的苦差事……最终让人生厌，因为这使得文本丧失了自身的差异性。[186]

因此，在巴特看来，重要的不是追寻叙事作品的普遍结构，而是去探讨文本自身的差异，以及它是如何通过那些五花八门的代码的相互交织，最终突破了叙事结构的普遍常规的。

与此同时，巴特也提出了可读性（readerly）文本与可写性（writerly）文本的区别。在他看来，由于可读性文本的代码是读者所熟悉的，因而读者只是它被动的消费者。在这种情况下，读者"无法将自身的功能施展出来，不能完全体味到能指的狂喜，无法领略到写作的快感，他所能做的只是要么接受，要么拒绝文本这一可怜的自由罢了"。[187] 而可写性文本则不同，其代码是读者一时难以卒读的，因而充满着诱惑和挑战。它要求读者积极参与到写作活动中去，"使读者成为文本的生产者，不再做它的消费者"。从这个意义上说，可写性文本"就是我们自己在写作"。[188] 显然，可读性文本与可写性文本的区别，就是古典写作与现代写作之间的区别。而巴特的兴趣不在可读性文本即古典写作一边，而是在可写性文本一边。然而，正如乔纳森·卡勒所指出的："《S/Z》的矛盾在于它的范畴明显地贬低古典的、可读的文学，巴尔扎克是这类文学的典型，但他的分析又赋予巴尔扎克的一篇短篇小说以有力的、引人入胜的复杂性。"[189] 其结果，巴特便违背了自己的初衷，把《萨拉金》这一古典小说当作了一种可写性文本。在他的描述中，这部小说不再是一部忠实摹写社会生活的现实主义作品，却成了一个由各种代码相互交织，令人眼花缭乱的现代写作的样本。

巴特的另一部著作《文本的愉悦》（*The Pleasure of the Text*, 1973），完全转向了后结构主义批评。他不仅不再追寻叙事作品的普遍结构，甚至也不再探讨文本的代码，而是把文本看作是一种愉悦的对象。他将文本的愉悦分为两种不同的类型：

---

[186] 罗兰·巴特：《S/Z》，屠友祥译，上海人民出版社，2000年，第55页。
[187] 同上书，第56页。
[188] 同上书，第62页。
[189] 乔纳森·卡勒：《罗兰·巴尔特》，方谦译，生活·读书·新知三联书店，1988年，第96—97页。

一种是给人带来"愉悦"（pleasure）的文本，一种是给人以"极乐"（bliss）的文本。巴特这样写道：

> 愉悦的文本就是那种使欣悦得以满足、充实、获准的文本，是源自文化而且没有与之分离的文本，因而是与一种惬意的阅读实践相联系的文本。极乐的文本是一种使人陷入迷失的文本，是令人不适的文本（甚或达到某种令人厌烦的程度），动摇了读者的历史的、文化的、心理的假设，扰乱了他的趣味、价值观、记忆的连贯性，并将他与语言的关系带入了危机。[190]

因此，从某种意义上说，愉悦的文本就是我们知道如何阅读的文本，即可读性文本；极乐的文本就是那些我们一时难以卒读的文本，即可写性文本。

当然，标榜一种来自文本的愉悦，推崇享乐主义的美学观，在构成巴特后期写作生涯的基本主题的同时，也是对传统的文学观念提出的一个挑战。因为正如巴特所说的，在古老的思想传统中，享乐主义几乎受到每一种哲学的压制。唯有文学史上的那些边缘性人物，如萨德、傅立叶等人才公然为之辩护。而人们贬低、诋毁愉悦，为的是抬高真理、死亡、进步、斗争和幸福的崇高价值。[191] 由此可以理解，巴特所倡导的享乐主义理论是对西方传统思想的一种颠覆。更何况，对于巴特来说，这种文本的愉悦与其说来自于我们的思想意识，莫如说是我们的身体在体验和享受着一个文本。这种愉悦甚至也无关乎文本是否构成一个完整的有机整体，它只是一种游戏，所采取的是一种"漂移"（drift）的形式。巴特这样描述道："我在某个叙事中所享受的，并非直接来自它的内容，甚至也不是它的结构，而是我在这完美的外表上所划下的擦痕：我读下去，我省略，我抬头凝望，我再次沉浸于其中……"[192] 因此，阅读的愉悦正是在我们的身体与文本的这种交互作用中获得的。

最后，我们有必要指出，这种不再关注整体，也不追寻文本中心的批评态度，也深刻影响了巴特后期写作的形式。无论是《文本的愉悦》，还是《罗兰·巴特自述》（*Roland Barthes by Roland Barthes*, 1975），或是《恋人絮语》（*A Lover's Discourse: Fragment*, 1977），都彻底摒弃了那种按部就班、逻辑严密的传统写法，而采取了片断式的、格言式的表述方式，并且是以字母的顺序来加以排列的。这些

---

[190] R. Barthes, *The Pleasure of the Text*, Translated by Richard Miller, Oxford: Basil Blackwell Ltd., 1995, p.14.

[191] Ibid., p.57.

[192] Ibid., pp.11—12.

任意的排列顺序，以及附加在每一片断之上的同样任意的小标题，都透露了作者的良苦用心，即避免读者在这些著作中去寻求某种完整的"阅读理论"、"思想体系"或"爱情哲学"。正是这种表述方式，使巴特的后期著作显得愈加扑朔迷离，晦涩难解，也常常使得后来的研究者望而却步。

第九节　热拉尔·热奈特

热拉尔·热奈特（Gérard Genette，1930—　）从20世纪50年代后期开始从事批评活动，并长期执教于巴黎高等研究中心。在那场结构主义运动中，他与罗兰·巴特、阿·于·格雷马斯、茨维坦·托多洛夫等人一道，共同致力于叙事学研究。而系列论著《辞格一集》（*Figures I*，1966）、《辞格二集》（*Figures II*，1969）、《辞格三集》（*Figures III*，1972）和《辞格四集》（*Figures IV*，1999），正是热奈特长期探索的可喜创获。限于篇幅，我们在此集中评述收入在《辞格三集》中的《叙事话语》（*Narrative Discourse*，1972）。

故事时间与叙事时间的关系

毫无疑问，《叙事话语》是一部运用结构主义方法分析叙事作品的经典力作。它以普鲁斯特的《追忆似水年华》为研究对象，进而试图概括出一套叙事理论，使之成为既适用于分析这部小说，又能够用来说明其他叙事作品的方法。

热奈特在《叙事话语》的"引论"中指出，该书主要讨论通常意义上的叙事，即叙事话语。而在文学上，它恰好就是一篇叙述文本。但是，对叙述话语的分析，总是包含着对这一叙述话语与它叙述的事件之间关系的研究，以及对这一话语与产生它的叙述行为之间关系的研究。因此，热奈特建议把"所指"或叙述内容称为"故事"，把"能指"、话语或叙述文本称为"叙事"，把叙述行为称为"叙述"。[193] 同时，我们理应认识到，热奈特的研究是以茨维坦·托多洛夫在《叙事作为话语》（*Narrative as Discourse*，1966）一文中所提出的划分为出发点的，即把叙事问题分成三个范畴：时间范畴，讨论故事时间与话语时间的关系；语体范畴，讨论叙述者

---

[193] 热拉尔·热奈特：《叙事话语》，见《叙事话语　新叙事话语》，王文融译，中国社会科学出版社，1990年，第7页。

感知故事的方式;语式范畴,讨论叙述者使用的话语类型。

《叙事话语》的前三章分别题为"顺序"、"时距"、"频率",涉及的是故事时间与叙事时间的关系。

叙事时间的第一个问题是"顺序"。热奈特指出,在叙事作品中,存在着故事时间与叙事时间的区别。因此,必须研究故事中事件接续的时间顺序与这些事件在叙事中排列的时间顺序之间的关系。一般说来,民间故事习惯于遵循年代顺序,但从荷马史诗以来,西方文学传统就是以明显的时间倒错为特征的。而所谓"时间倒错",指的是"故事时序和叙事时序之间各种不协调的形式"。[194] 从荷马以来,从故事的中间开始,继之以解释性的回顾,就成为史诗体裁的手法之一。许多19世纪现实主义小说也是如此。因此,把时间倒错说成是现代的发明就会贻笑大方。

在热奈特看来,对时间倒错既可以进行微观结构的分析,也可以作宏观结构的分析。例如,从宏观的角度看,《追忆似水年华》就是从主人公一生较后阶段的某个时刻开始的,那时他饱受失眠之苦,夜里大部分时间便用来回忆往事。于是,这个失眠者占据了中心位置,而其回忆支配了全部叙事。从"孔布雷(一)"到"孔布雷(二)",从"孔布雷(二)"到"斯万的爱情",从"斯万的爱情"到"巴尔贝克",都必须回到这个中心位置。直到从巴尔贝克过渡到巴黎,叙事才开始变得较有规律,并符合故事时间的顺序,尽管它仍然从属于主人公的回忆,因而也是一种倒叙。[195]

热奈特指出,时间倒错可以在过去或未来与"现在"之间隔开一段距离,我们把这段时间间隔称为时间倒错的"跨度"。而时间倒错本身也可以涵盖一段或长或短的故事时距,可称之为时间倒错的"幅度"。例如,《奥德修记》第19章追忆了奥德修腿上伤疤的来历。这一段占据了70余行的倒叙,其跨度有数十年,但其幅度却只有几天。此外,时间倒错可以分为倒叙和预叙,而倒叙又可以分为"外倒叙"和"内倒叙"两种。显然,奥德修受伤的插曲是在这部史诗"第一叙事"的时间起点之前,而且并不与整个故事相衔接,因此它是一个"外倒叙"。相反,《包法利夫人》第6章描写爱玛在修道院的生活,则显然是在整个故事的起点之后,因而是一个"内倒叙"。[196] 所谓预叙,指的是事先讲述或是提及以后发生的事件。当然,在西方叙事传统中,预叙无疑要比倒叙少见得多。而在《追忆似水年华》中,时间倒

---

[194] 热拉尔·热奈特:《叙事话语》,见《叙事话语 新叙事话语》,王文融译,中国社会科学出版社,1990年,第14页。

[195] 同上书,第20—22页。

[196] 同上书,第25页。

错呈现出极其复杂的情况,往往倒叙之中有预叙,预叙之中有倒叙,因而走向了所谓"无时序"。

叙事时间涉及的第二个问题是所谓"非等时"或"速度"问题,即故事实际延续的时间与叙事文本的长度之间的关系。如果说故事延续的时间是以秒、分、时、日、月、年为计算单位的,那么,叙述它们的文本就是以行、段、页为计算单位的。显然,故事延续的时间与叙事文本的长度之间不可能保持恒定的关系。从这个意义上说,"叙事可以没有时间倒错,却不能没有非等时,或毋宁说没有节奏"。[197] 热奈特的方法,是把《追忆似水年华》划分为11个大的叙述单位,计算出每个单位故事延续的时间和它实际所占的篇幅。结果却发现,有的用190页的篇幅描写历时3小时的故事(盖尔芒特午后聚会),有的则用3行的篇幅概述历时12年的故事。

热奈特进一步指出,叙述速度可以分为概要、停顿、省略、场景等四种基本形式。所谓"概要",就是用几段或几页篇幅叙述好几天、好几个月,甚至好几年的生活。所谓"停顿",指的是在故事时间停顿的情况下而进行的描写,类似通常所说的"静态描绘"。所谓"省略",是指故事延续了若干时间,而在叙事文本中却基本不占篇幅。小说可以告诉我们:"五年之后",或"许多年过去了"。所谓"场景",就是用相当的篇幅来描写在情节中起着决定性作用的戏剧场景。在热奈特看来,在普鲁斯特的小说中既没有概要,也没有停顿,有的只是场景和省略。[198] 如果考虑到省略基本上不占篇幅的话,那么,我们就不难得出结论,普鲁斯特的文本可以确定为时间意义上的场景。在《追忆似水年华》中,仅仅维尔帕里西午后聚会、盖尔芒特晚宴、王妃家的晚会、拉斯珀利埃的晚会、盖尔芒特午后聚会等五大场景,就占据了600多页。

叙事时间涉及的第三个问题是所谓"频率",即叙事与故事之间的频率关系。热奈特认为,我们可以先验地把这种关系归纳为四种类型:第一种是讲述一次发生过一次的事,如"昨天,我睡得很早"。这种叙事形式显然是最常见的,热奈特把它称为单一叙事。第二种是讲述几次发生过几次的事,如"星期一我睡得很早,星期二我睡得很早,星期三我睡得很早"。从叙事与故事之间的关系看,这种类型实际上是与上述类型相同的。第三种是讲述几次发生过一次的事,如"昨天我睡得很

---

[197] 热拉尔·热奈特:《叙事话语》,见《叙事话语 新叙事话语》,王文融译,中国社会科学出版社,1990年,第54页。
[198] 同上书,第67—68页。

早,昨天我睡得很早,昨天我睡得很早"。这种形式看似纯属假设,但在现代小说中却不乏其例,热奈特称之为重复叙事。第四种是讲述一次发生过几次的事,如"一周的每一天我都睡得很早"。这种类型可以称为反复叙事。由此看来,"《追忆似水年华》叙事的节奏不像古典叙事取决于概要与场景的交替,而主要取决于另一种交替,即反复与单一的交替"。[199]

调节叙述信息的方法:距离和投影

《叙事话语》第四章题为"语式",谈的是对叙述信息的调节。热奈特这样指出:

> 讲述一件事的时候,的确可以讲多讲少,也可以从这个角度或那个角度去讲;叙述语式范畴涉及的正是这种能力和发挥这种能力的方式……叙事可用较为直接或不那么直接的方式向读者提供或多或少的细节,因而看上去与讲述的内容保持或大或小的距离;叙事也可以不再通过均匀过滤的方式,而依据故事参与者(人物或一组人物)的认识能力调节它提供的信息,采纳或佯装采纳上述参与者的通常所说的"视角"或视点,好像对故事作了这个或那个投影。我们暂且这样命名并下定义的"距离"和"投影"是语式即叙述信息调节的两种形态,这就像欣赏一幅画,看得真切与否取决于与画的距离,看到多大的画面则取决于与或多或少遮住画面的某个局部障碍之间的相对位置。[200]

因此,"距离"和"投影"是调节叙述信息的两种基本方式。

热奈特认为,探讨"距离"问题,必须首先分清事件叙事和话语叙事。所谓"事件叙事",就是用言语记录非言语,因而对它的摹仿将永远只是摹仿的错觉。这种摹仿的错觉取决于信息发送者与信息接受者之间千变万化的关系,而并不仅仅取决于叙述的文本。如果说完美摹仿的定义是最大的信息量和信息提供者最小的介入,那么,在热奈特看来,《追忆似水年华》恰好是对上述定义的否定。一方面,普鲁斯特的叙事几乎全部是"场景",即采用了信息量最丰富,也最有"摹仿力"的叙述形式;另一方面,叙述者又在叙事中频繁地出现,完全违背了福楼拜的创作原则。因

---

[199] 热拉尔·热奈特:《叙事话语》,见《叙事话语 新叙事话语》,王文融译,中国社会科学出版社,1990年,第95页。
[200] 同上书,第107—108页。

此，普鲁斯特与巴尔扎克、狄更斯、陀思妥耶夫斯基一样，把最高度的展现与最纯粹的讲述熔于一炉，而且在这方面表现得更为突出，因而也更为自相矛盾。

所谓"话语叙事"，即如何处理人物话语的问题。热奈特把人物话语分为三种类型：第一种是"摹仿话语"，即假定被如实转述的人物话语。这是最具有摹仿力的人物话语，如"我对母亲说：'我无论如何要娶阿尔贝蒂娜。'"第二种则是"间接叙述体的转换话语"，如"我告诉母亲我无论如何要娶阿尔贝蒂娜"。这种类型也具有较强的摹仿力，但难以使读者确认它一字不差地复述了实际所讲的话，叙述者的痕迹也很明显。第三种是"叙述化话语"或"讲述话语"，如"我告诉母亲我决定娶阿尔贝蒂娜"。这种形式最能拉开距离，也最凝练，但它完全省略了人物话语，把它写成了一个事件。

调节叙述信息的另一基本方式是"投影"，即选择一个限制性的"视点"来调节信息的问题。在热奈特看来，以往的小说理论大多混淆了语式和语态，即混淆了视点决定投影方向的人物是谁和叙述者是谁的问题，也就是混淆了谁看和谁说的问题。从语式的角度考虑，此处只涉及所谓"视点"或"视角"的限定，而将谁说的问题放到另一个层面即语态范畴去考虑。热奈特赞成托多洛夫的见解，采用了以下分类方法：第一类相当于通常所说的无所不知的叙述者的叙事，可以用"叙述者＞人物"来表示（即叙述者比任何人物知道的都多）；第二类是"叙述者＝人物"（即叙述者只说某个人物知道的情况）；第三类则是"叙述者＜人物"（即叙述者说的比人物知道的少）。由于"视角"、"视点"是过于专门的视觉术语，热奈特建议用较为抽象的"聚焦"一词来取代它们。[201]

热奈特把第一类由传统的叙事作品所代表的类型，称为无聚焦或零聚焦叙事。把第二类称为内聚焦，它又可以细分为三种形式：一是固定式（如亨利·詹姆斯的《专使》）；二是不定式（如福楼拜的《包法利夫人》）；三是多重式（如书信体小说根据几个写信人的视点追忆同一事件）。第三类称为外聚焦（如海明威的《杀人者》和《白象似的山丘》），值得注意的是，第三类外聚焦并不是20世纪小说所特有的，从司各特、大仲马到凡尔纳，大量惊险小说的开头都是以外聚焦来处理的。当然，采用这种手法还可能有其他动机，比如《包法利夫人》中有关出租马车的那段描写，就是为了不失体统而依照一个不知内情的目击者的视点来讲述的。

---

[201] 热拉尔·热奈特：《叙事话语》，见《叙事话语　新叙事话语》，王文融译，中国社会科学出版社，1990年，第129页。

另一方面，聚焦方法不一定在整部叙事作品中保持不变。例如，不定内聚焦就没有贯穿《包法利夫人》的始终，不仅出租马车的那一段是外聚焦，而且在小说第二卷开始时，对永镇的描写也并不比巴尔扎克的大部分描写更聚在一个焦点上。此外，各个视点之间的区别，也并不像考虑纯类型时那样清晰可辨。对一个人物的外聚焦，有时可能被看成是对另一个人物的内聚焦。不定聚焦和无聚焦之间的分野，有时也难以确认。而不折不扣的内聚焦也是十分罕见的，因为这种叙述方式严格要求绝不从外部描写焦点人物，叙述者也不得客观地分析他的思想或感受。

由此可见，聚焦的变化是一种常见的叙述方法，而卢伯克等人把视点的一致视为荣誉攸关的规则显然是极其武断的。[202] 热奈特把聚焦的变化称作"变音"，正像在古典音乐中把调性的暂时变化视为变音，而总的调性却不受影响一样。在他看来，变音存在两种类型：一种是提供的信息量比原则上需要的要少，可以称为省叙；另一种是提供的信息量比支配总体的聚焦原则上许可的要多，可以称为赘叙。从这个角度看，《追忆似水年华》虽然在总体上是对主人公的内聚焦，但由于作者常常运用省叙和赘叙这些变音，因而打破了以往的传统规则。热奈特把这部小说在聚焦方式上的创新称作"复调式"，并将它与斯特拉文斯基的《春之祭》相比拟。[203]

关于叙述行为与叙述主体

《叙事话语》第五章题为"语态"，探讨的是产生叙述话语的主体，即叙述行为的问题。热奈特指出，传统诗学在讨论这一问题时，常常遇到两个困难：一方面，叙述行为问题常常被简化为"视点"问题；另一方面，叙述主体与"写作"主体，叙述者与作者，叙事的接受者与作品的实际读者也被等同起来。热奈特强调，叙事学所要研究的对象并不是作者，而是叙述主体在叙述话语中留下的痕迹。在虚构的叙事作品中，叙述者本身便是一个虚构的角色，它所假设的叙述情境也与写作行为大相径庭。在《曼侬·列斯戈》中，讲述曼侬与格里厄的爱情的，不是作者普雷沃，而是格里厄。同样，《高老头》的叙述者也不是巴尔扎克，尽管他不时表述巴尔扎克的见解，而巴尔扎克不过是把这一切想象出来罢了。

当然，在一部叙事作品中，这个叙述主体并非总是一成不变的。例如，《曼

---

[202] 热拉尔·热奈特：《叙事话语》，见《叙事话语 新叙事话语》，王文融译，中国社会科学出版社，1990年，第133页。

[203] 同上书，第145页。

侬·列斯戈》的主要情节是由格里厄讲述的,但其中几段却出自勒侬古先生之口。《奥德修记》的主要情节是由"荷马"讲述的,但从第 9 章至第 12 章则是由奥德修讲述的。而《一千零一夜》、《吉姆爷》使我们习惯于更加复杂的情境。因此,热奈特建议,必须逐个研究那些实际上同时发挥作用的因素,它们是叙述时间、叙述层和"人称"(即叙述者与所讲的故事之间的关系)问题。

关于叙述时间,热奈特指出:

> 由于存在某种不对称,我完全可以讲一个故事而不点明故事发生的地点以及该地点与我讲故事的地点之间的距离,但我几乎不可能不确定这个故事与我的叙述行为相对而言发生的时间,因为我必须用现在、过去或将来的一个时间来讲述它。叙述主体的时间限定明显地比空间限定重要,原因也许正在于此。[204]

的确,我们无须知道《追忆似水年华》的主人公马塞尔是在哪儿叙述了他的一生,但我们却必须知道,小说的第一个场景发生的时刻与追述这一场景的时刻相隔多久。因为这段时间距离以及在此期间发生的事,是表现叙事涵义的一个至关重要的因素。

一般来说,叙述只能在被叙述的事情发生之后进行。然而,由于"预言"叙事的各种形式(预言、启示录、神谕、占星术、手相术、占梦)的存在,以及从艾杜阿·杜夏丹的《月桂树被砍掉了》以来的现在时叙事,否定了这个显而易见的道理。此外,过去时的叙述可以分割成几个部分,作为即时性的报道插入到故事的不同时刻中去,这是书信体小说或日记形式的叙事作品的惯用手法。因此,从时间位置的角度看,可以把叙述时间分为事后叙述、事前叙述、同时叙述和插入叙述等四种类型。只是限于篇幅,这里无法对此展开讨论。

所谓"叙述层",是指许多小说中包含着二度叙事,因而也存在着产生这些叙述话语的不同的叙述层面。热奈特把整个故事情境称为"第一叙事",而把叙事中的叙事称为"元叙事"或"第二叙事"。[205] 在他看来,元故事叙事与它插入其中的第一叙事之间可能存在这样几种关系:一是元故事事件和故事事件之间存在着直接的因果关系,它赋予元叙事以解释的功能。二是一种纯主题关系,并不要求元故事

---

[204] 热拉尔·热奈特:《叙事话语》,见《叙事话语 新叙事话语》,王文融译,中国社会科学出版社,1990 年,第 148—149 页。
[205] 同上书,第 158 页。

与故事之间存在任何时空的连续性。这是一种对比的关系,或类比的关系,许多讽喻故事或道德寓言依据的正是这种类比的训诫作用。三是在两层故事之间不包含任何明确的关系,在故事中起作用的是不受元故事内容牵制的叙述行为本身,起分心作用或阻挠作用。最典型的例子就是在《一千零一夜》中,山鲁佐德借助各种各样的叙事推迟死刑。

关于人称问题,热奈特认为,必须把两种类型的叙事区分开来。一类是叙述者不在他所讲的故事中出现(如《伊利亚特》、《情感教育》),可以称作异故事;另一类是叙述者作为人物在他所讲的故事中出现(如《吉尔·布拉斯》、《呼啸山庄》),可以称作同故事。[206] 值得注意的是,如果说荷马和福楼拜完全不介入两个有关的叙事的话,那么,我们却不能说吉尔·布拉斯和洛克乌德以同等程度介入了各自的叙事。吉尔·布拉斯无疑是他所讲的故事的主人公,而对洛克乌德则要打个问号了。换言之,不介入是绝对的,而介入则有程度之别。因此,至少应在同故事类型中区分出两个种类:一是叙述者就是叙事的主人公,比如吉尔·布拉斯;二是叙述者扮演的是观察者和见证人的角色,比如《呼啸山庄》中的洛克乌德、《白鲸》中的伊希梅尔、《吉姆爷》中的马洛,以及柯南道尔笔下的华生大夫。在通常情况下,叙述者与故事的关系在原则上不会改变。指同一个人物时更换人称,更被视为严重的违规现象。但是,现代小说早已越过这条界限,在叙述者和人物之间建立起可变的关系,用令人目眩的代词转换表现更自由的逻辑。普鲁斯特最初的手稿《让·桑特依》有意采用了异故事形式,而到了《追忆似水年华》则成了一部同故事的作品。由此可见,第一人称叙事是有意识的选择,而不是直抒胸臆的自传的标记。

论及叙述者的功能,热奈特将它们分为五类:第一是狭义的叙述功能,任何叙述者离开这一功能,就会失去叙述者的资格。第二是管理功能,叙述者用某种元叙述话语来指明作品是如何谋篇布局的。第三是交际功能,这类叙述者(比如书信体小说)更感兴趣的是自己与受述者的关系。第四是所谓证明功能,叙述者以此来说明他获得信息的来源,他本人回忆的准确程度,或某个插曲在他心中唤起的情感,从而表明了他与故事有什么关系。第五是叙述者对故事的介入,也可以采取对情节作权威性解释的、更富于说教性的形式,其功能可称作思想功能。以此来审视《追忆似水年华》,那么,它的一个显著特点就是这个叙述者几乎垄断了思想功能。与陀思妥耶夫斯基等人把发表议论的任务交给笔下人物的做法不同,除了马塞尔,普

---

[206] 热拉尔·热奈特:《叙事话语》,见《叙事话语 新叙事话语》,王文融译,中国社会科学出版社,1990年,第161—163页。

鲁斯特没有给自己找任何"代言人",唯有他享有发表思想评论的特权。这一话语在数量和质量上是如此重要,因而不能不使小说形式的传统平衡在这部作品中受到最强烈的震动。[207]

《叙事话语》在最后部分讨论了受述者问题。热奈特认为,受述者可以分为两种,即故事内的受述者和故事外的受述者。与故事内的叙述者相对应的,是故事内的受述者,而故事外的叙述者只能以故事外的受述者为目标。如果说故事内的受述者总是夹在读者和叙述者中间,使读者与叙述者保持一定的距离,那么,故事外的叙述者越是很少提到受述者,读者就越是容易把自己视为这个潜在的接受主体。热内特由此指出,《追忆似水年华》与读者保持的正是这后一种关系,"每个读者都知道自己就是这个蜿蜒伸展的叙事望眼欲穿的潜在受述者,该叙事要真正存在下去,或许比任何别的叙事更需要避开'最后信息'和叙述结尾围成的藩篱,以便不停地、循环往复地从作品转到它'讲述'的志向,又从志向转到它产生的作品,如此周而复始,永无止境"。[208]

第十节　雅克·德里达

自从 20 世纪 60 年代以来,由雅克·德里达(Jacques Oerrida,1930—2004)所开启的解构主义思潮已经风靡欧美学界,而他本人也成为继萨特和罗兰·巴特之后最具锋芒、同时也最有争议的法国思想家之一。尽管德里达主要从事哲学研究,曾经长期在巴黎高等师范学校讲授西方哲学,但在其数量惊人的著述中,他却频繁地穿梭于哲学、政治学、语言学、心理学、人类学、社会学和文学批评等诸多学科的文本之间,几乎涉及了人文科学的方方面面。因此,德里达的解构理论不仅渗透于人文科学领域之中,为人们重新审视西方传统哲学和文化提供了锐利的思想武器,而且也改变了人们对文学作品的阅读方式和阐释策略,深刻影响了 20 世纪后期西方文学批评的基本走向。

---

[207] 热拉尔·热奈特:《叙事话语》,见《叙事话语　新叙事话语》,王文融译,中国社会科学出版社,1990 年,第 183 页。
[208] 同上书,第 185 页。

对逻各斯中心主义的解构

在德里达看来，自从柏拉图以来，一部西方哲学史始终是围绕"逻各斯中心主义"（Logocentrism）和"在场的形而上学"（metaphysics of presence）而展开的。这一逻各斯中心主义不仅把思想、真理、理性、"道"视为人们认识的终极目标，而且还设置了一系列二元对立，诸如主体与客体、自然与文化、意义与形式、本质与现象、所指与能指，等等。而在传统哲学中，这些对立的双方并不是一种平等的关系，而是一种从属的关系。其中第一项往往处于优先的支配地位，第二项则处于派生的、附属的地位。而解构主义的一个主要策略，便是要颠覆这些二元对立的命题，把它们的等级秩序颠倒过来。正如德里达在《多重立场》（Positions，1972）中所指出的：

> 在古典哲学的对立中，我们所处理的不是面对面的和平共处，而是一个强暴的等级制。在两个术语中，一个支配着另一个（在价值上，在逻辑上，等等），或者有着高高至上的权威。要消解对立，首先必须在一定时机推翻等级制。[209]

或许可以这样说，终其一生，德里达对众多文本所作的解读，就是试图通过这样一种新的阅读方式和阐释方式，来颠覆思想史上形形色色的二元对立的等级秩序，从而对西方传统哲学展开了有力的批判。

而德里达在逻各斯中心主义的坚固堡垒上打开的一个缺口，便是从探讨"文字学"，即有关书写符号的科学着手进行的。在德里达看来，当索绪尔在《普通语言学教程》（Course in General Linguistics，1915）中将语言界定为一个符号系统，并强调任何符号的意义都不是由它自身的属性所决定的，而是由它与其他符号之间的差异所决定的时候，无疑是背离了传统哲学的逻各斯中心主义。因为在这里，索绪尔并没有赋予语言的任何一个要素以优越于其他要素的特权，而是把语言视为一个充满差异的系统，其中任何一个要素的意义都是由它与其他要素的差异而构成的。

然而，一旦涉及能指与所指的区分，索绪尔便陷入了"语音中心主义"（phonocentrism）的泥沼而难以自拔。一方面，他突出强调了语音与意义之间的自然纽带，赋予言语以直接指涉所指（意义、思想）的特权。[210] 另一方面，他认定语言的本质与文字无关，文字只是言语所派生的记号，是"能指的能指"，因而将它

---

[209] 德里达：《多重立场》，佘碧平译，生活·读书·新知三联书店，2004年，第48页。
[210] 索绪尔：《普通语言学教程》，高名凯译，商务印书馆，1980年，第50页。

排除在语言学研究的范围之外。正如索绪尔所说的:"言语和文字是两种不同的符号系统,后者唯一的存在理由是在于表现前者。语言学的对象不是书写的词和口说的词的结合,而是由后者单独构成的。"[211] 这样,索绪尔就不由自主地捍卫了西方传统的语音中心主义。而在德里达看来,这种语音中心主义,无非是一种"在场的形而上学",因而也是逻各斯中心主义的一种翻版。

为什么说肯定言语而贬低文字,就是重新回到了逻各斯中心主义的立场呢?因为在西方传统思想家看来,一切言说都是当下在场的,因而说出来的语音最接近思想,也最接近逻各斯。这就是说:"当我说话时,我不仅意识到对于我的所思是当下在场的,而且我也意识到让一个没有落入世界之中的能指尽量接近我的思想或'概念',一旦我说出这个能指,我也同时听到它,它似乎依赖于我纯粹的和自由的自发性,不要求使用来自世界的工具、附加物和力量。这样,能指与所指不仅似乎是统一的,而且在这一混同中,能指似乎抹去了自身或者变得透明了,从而允许概念按其本来面貌呈现出来,并且只指涉它的在场而不是他物。"[212] 于是,语音就成了思想的直接呈现。而文字则不然,它不仅是与思想相分离的物质记号,只在言说者缺席的情况下才发挥作用,而且它还是一种危险的技巧,有时甚至还会对言说造成严重的扭曲,阻碍对思想和意义的准确把握。

在德里达看来,这种对文字的责难由来已久,从柏拉图到笛卡尔和莱布尼兹,从卢梭、黑格尔到胡塞尔和海德格尔,它几乎涵盖了西方形而上学的全部历史。早在柏拉图的《斐德若篇》中,通过苏格拉底所讲述的那则古老传说,他就把文字看作是对心灵的一种毒害。因为这种"外在的符号"只能医治再认,却不能医治记忆。更何况,由于文字的流传物无法像在场的言说者那样解说自己,它还是一切误解的来源。[213] 而在卢梭的《论语言的起源》和《爱弥儿》等论著中,他也把文字视为严重危险的手段。在卢梭看来,言语是通过约定俗成的符号来再现思想的,而文字则是用来再现言语的,从这个意义上说,书写的艺术仅仅是思想的间接表达。因此,德里达认为,正是通过对文字的指责,卢梭捍卫了逻各斯中心主义的形而上学。[214] 同样,尽管在对传统形而上学的解构中,德里达从海德格尔那里获得了若干启示,

---

[211] 索绪尔:《普通语言学教程》,高名凯译,商务印书馆,1980年,第47—48页。
[212] 德里达:《多重立场》,佘碧平译,生活·读书·新知三联书店,2004年,第26页。
[213] 柏拉图:《斐德若篇》,见《柏拉图文艺对话集》,朱光潜译,人民文学出版社,1980年,第169—170页。
[214] 德里达:《论文字学》,汪堂家译,上海译文出版社,1999年,第145页。

但他依然发现，在海德格尔哲学中，仍然残留着语音中心主义和逻各斯中心主义。他指出，语音中心主义是与作为在场的一般存在意义相联系的，因而在海德格尔那里，逻各斯中心主义支持将在者的存在规定为在场。"由于海德格尔的思想并未完全摆脱这种逻各斯中心主义，它也许会使这种思想停留于存在—神学的时代，停留于在场哲学中，亦即停留在哲学本身"。[215] 由此可见，在西方哲学传统中，语音中心主义和逻各斯中心主义是何等根深蒂固。

然而，问题果真如此简单吗？德里达发现，虽然索绪尔提醒人们要警惕文字的"危险"，防止文字"篡夺"了言语的优先权，但恰恰是他的论述，不仅颠覆了言语和文字二元对立的等级关系，而且表明言语乃是文字的一种形式，或毋宁说"语音首先就是文字"。[216] 尽管索绪尔声称文字与语言的"内部系统"无关，谴责"文字的暴虐"会造成读音的错误，但他却不得不借助于文字来阐明音位学问题。在他看来，声音一旦脱离了书写符号，就会变得模糊不清，所以，人们还是不得不依靠文字来标明那些发音相近或相似的词。其结果，正如德里达所指出的：

> 当索绪尔不再明确地考察文字时，当他以为这一问题已被完全悬置起来时，他也开辟了普通文字学领域。这样，文字不仅不再从普通语言学中被排除出去，而且支配它并把它纳入自身之内。于是，人们意识到，那个被逐出界外的东西，语言学那个四处飘零的流浪者，不断涉及语言的领域，把它作为自己最重要、最贴近的可能性。[217]

这样，文字便构成了语言的基础，言语反倒成了文字的一种派生物。德里达甚至设想有一种"原型文字"，它是言语和狭义上的文字的基本条件。

如果说上述有关索绪尔的讨论是一种典型的解构式解读，从而彻底颠覆了语音与文字、能指与所指、在场与缺席等一系列二元对立关系的话，那么，这一例证也表明，德里达通常采取的解构策略，恰好与传统的文本阐释方法截然不同。他并不是将文本视为一个有机整体，进而去把握某个统一的内容或中心主题，而是从文本中抽取一个边缘性的片段，或是抓住文本中某个异质性成分，把它们置于足以威胁到整个文本的重要位置，从而颠覆原先的等级秩序。换言之，他正是借助于这些边缘性的事物，解构了前人雄心勃勃建构起来的理论体系，也颠覆了原本位于中心的内容。

---

[215] 德里达：《论文字学》，汪堂家译，上海译文出版社，1999年，第16页。
[216] 同上书，第50页。
[217] 同上书，第60页。

解构是一种差异的游戏

这里需要指出的是,德里达对语音中心主义和逻各斯中心主义的解构,并不意味着他试图建立一种新的语言学理论或哲学体系;赋予边缘性的事物以重要位置,也并不意味着他试图把我们引向某个新的中心。德里达一再告诫我们,解构不是从一个概念跳向另一个概念,也不是从一个中心转向另一个中心,恰恰相反,解构是一种差异的游戏,其运作在于颠覆本质与现象、中心与边缘的区分。因此,任何企图从某个单一的立场来界定意义的做法都是不足取的。解构必须"通过一种双重姿态、双重科学、双重写作,以实现对经典的二元对立的推翻,对这一系统全面取代。只有在这一条件下,解构才会提供方法,'介入'它所批驳的二元对立的领域"。[218] 从这个意义上说,解构是一种新颖的阅读方式,正是借助于它,打破了文本原先的封闭状态,使文本的内在差异和各种意义呈现在我们面前。

与传统的学者不同,德里达甚至也不愿意将自己局限于某个学科专业,而是纵横驰骋于广阔的文化领域,对各种各样的文本展开解构游戏。例如,他在《论文字学》(*Of Grammatology*, 1967)中对卢梭和索绪尔所作的解读,在《书写与差异》(*Writing and Difference*, 1967)中对弗洛伊德和列维-斯特劳斯的解读,在《声音与现象》(*Speech and Phenomena*, 1967)中对胡塞尔现象学的解读,在《撒播》(*Dissemination*, 1972)中对柏拉图和马拉美的解读,在《哲学的边缘》(*Margins of Philosophy*, 1972)中对黑格尔和海德格尔的解读,以及在《文学行动》(*Acts of Literature*, 1991)中对诸多作家作品的解读,几乎都出人意表而又精彩纷呈。而要对这些解构活动作进一步了解,就必须对德里达常用的几个概念,诸如"延异"(différance)和"撒播"(dissemination)有所认识。

什么是"延异"呢?这是德里达根据法语 différence(差异),别出心裁地新造出来的一个词。différance(延异)与 différence(差异)在读音上完全相同,只有根据书写才能将它们区别开来。由于在其中替换了 a 这一字母,就可以使它弥补 différence(差异)词义单一的缺憾,既可以用来表示空间上的差异(différence),同时又可以用来表示时间上的延宕(deferring)。由此足以表明,书写比言说更能够体现语言是一个充满差异的系统。不仅如此,德里达创造 différance(延异)一词,也是为了说明差异是不可穷尽的,也是没有中心的。因此,différance(延异)是不

---

[218] Jacques Derrida, *Margins of Philosophy*, translated by Alan Bass, The University of Chicago Press, 1982, p.329.

能从在场与不在场这一简单的二元对立的角度来加以思考的。正如他所指出的："延异是差异和差异之踪迹的系统游戏，也是间隔的系统游戏。"[219]

如果说以上解释仍然令人费解的话，那么，我们不妨以索绪尔有关语言（Langue）和言语（parole）的论述为例来说明这一问题。按照索绪尔的见解，言语要被理解并产生它的全部结果，是以语言系统为其前提和条件的；而语言系统的建立，又是以言语为前提和条件的。于是，这里就出现一个循环。因为如果有人要严格区分语言和言语，希望能公正对待这里所表述的两个前提，那么他就不知道从何处开始。正如德里达所指出的："在使语言和言语、符码和信息等等分离（以及伴随着这种分离的一切东西）之前，必须承认差异的系统产物，差异系统的产物也即延异……"[220] 换言之，延异不仅意味着此差异以彼差异为前提和条件，而且意味着彼差异以此差异为前提和条件。从这个意义上说，没有任何一个要素是先于延异的。因此，延异是不断产生差异的差异。它拒绝在语言和言语之间作出两难选择，它是无中心的差异的游戏。

从这个角度来考察，任何言说和书写都不可能概括为一种精确的意义。如果说传统的写作和解读总是急于将自己固定在限定的意义上，或是试图去揭示文本的主要所指的话，那么，在德里达看来，意义恰好是在延异中生成的，或毋宁说是差异的系统游戏的产物。因此，任何概念和意义都是开放的、撒播的，因而也是无中心的、不可还原的。德里达反复强调，所谓"撒播"就意味着意义不能被界定，意味着"不再还原到父亲的东西"，不再把某个东西当作"文本的终极诉求、中心真理或终极真理"来加以把握，[221]因而也意味着把注意力放在文本的多元意义或多元主题上面。[222]

由此可以理解，德里达何以总是在形形色色的文本中，热衷于解构那些词语。而通过他的解构，那些原本似乎清晰明了的词语，竟然变得语义双关，疑窦丛生了。收入在《撒播》中的《柏拉图的药》（*Plato's Pharmacy*）一文，就是一个典型的例证。如上所述，在柏拉图的《斐德若篇》中，苏格拉底曾讲述过一则故事：图提把他发明的文字献给国王，称它是医治教育和记忆力的良药。但国王却认为，人们一旦掌握了文字，就只会认书写，不会再努力记忆，因而拒绝了这一馈赠。而德

---

[219] 德里达：《多重立场》，佘碧平译，生活·读书·新知三联书店，2004年，第31页。
[220] 同上书，第33页。
[221] 同上书，第95页。
[222] 同上书，第51页。

里达发现，柏拉图在此反复将文字比喻为"药"（Pharmakon），其实大有深意。文字的发明者把它作为一剂良药献给人类，而苏格拉底却把文字视为一种危险的毒药。这样，"药"一词便具有了双重意味。不仅如此，"药"（Pharmakon）还与"魔术师"（Pharkeus）、"替罪羊"（Phamakos）等词语相近，而苏格拉底后来正是被人以蛊惑青年的罪名，作为"替罪羊"被迫饮下毒药而身亡。正如驱逐"替罪羊"是为了净化城邦一样，驱逐文字的"毒药"则是为了净化言语和思想。于是，在这一文本中，Pharmakon 的多重意义便在撒播中弥散开来，解构了柏拉图的本来意思。德里达由此指出："正是基于这一游戏或运动，柏拉图终止了各种二元对立和差异，Pharmakon 就是差异（生产）的运动、地点和游戏。"[223]

解构与文学批评

论及解构理论与文学批评的关系，那就不能不提到德里达那篇名噪一时的论文《人文科学话语中的结构、符号与游戏》（Structure, Sign and Play in the Discourse of the Human Sciences, 1966），这是他当年在美国约翰·霍普金斯大学召开的学术研讨会上发表的演讲，在某种意义上也是他后来享誉英美学界的起点。从此，解构理论在美国风靡一时，德里达也定期到耶鲁大学讲学，从而形成了后来的耶鲁解构学派。

尽管今天读来，《人文科学话语中的结构、符号与游戏》仍是一篇晦涩难懂的论文，其论题也与文学理论没有什么直接的关联，而是将批判的矛头指向了克劳德·列维－斯特劳斯（Claude Levi-Strauss, 1908—   ）的结构主义人类学。但在那个结构主义风起云涌的年代，德里达的演讲却好似当头棒喝，警示人们更清醒地去看待当下的学术潮流。德里达指出，作为一个概念，结构与西方的科学与哲学有着同样古老的年轮。但人们也不难发现，这一概念总是被要求赋予它一个中心，而"这种中心也关闭了那种由它开启并使之成为可能的游戏。中心是那样一个点，在那里内容、组成成分、术语的替换不再有可能。组成部分（此外也可以是结构所含的结构）的对换或转换在中心是被禁止的"。[224] 尽管列维－斯特劳斯的人类学研究试图超越欧洲中心论，然而，当他以结构主义方法来研究"乱伦禁忌"的时候，他

---

[223] Jacques Derrida, *Dissemination*, translated by Barbara Johnson, The University of Chicago Press, 1981, p.127.

[224] 德里达：《人文科学话语中的结构、符号与游戏》，见《书写与差异》，张宁译，生活·读书·新知三联书店，2001年，第503页。

仍未能摆脱传统的二元对立的思维模式,仍然陷入了在自然与文化之间依违两难、无所适从的境地。

由此,德里达要求人们去思考这样一个问题:"即中心并不存在,中心也不能以在场在者的形式去被思考,中心并无自然的场所,中心并非一个固定的地点而是一种功能、一种非场所,而且在这个非场所中符号替换无止境地相互游戏着。"[225] 既然如此,一切不过是符号之间的相互指涉,一切都是符号替换的游戏。而列维-斯特劳斯尽管比别人更好地显现了符号的游戏,但他的工作依然怀旧般地追逐着中心。德里达因此强调:

> 因而存在着两种对解释、结构、符号与游戏的解释。一种追求破译,梦想破译某种逃脱了游戏和符号秩序的真理或源头,它将解释的必要性当作流亡并靠之生存。另一种则不再转向源头,它肯定游戏并试图超越人与人文主义、超越那个叫做人的存在,而这个存在在整个形而上学或存有神学的历史中梦想着圆满在场,梦想着令人安心的基础,梦想着游戏的源头和终极。[226]

对于这两种不可调和的阐释策略,虽然德里达声称他并不想在此作出选择,然而,从他后来对一系列文本所作的解读来看,他显然更倾向于第二种阐释策略,却无意于去破译那个被称作"源头"、"终极"、"存在"或"真理"的中心。

在《论解构:结构主义之后的理论与批评》(*On Deconstruction: Theory and Criticism after Structuralism*, 1982)一书中,乔纳森·卡勒指出,尽管德里达并未直接论及文学理论的许多重大问题,但其解构实践却对文学理论和批评方法产生了深远影响。卡勒把这种影响概括为以下四个方面:一是解构理论对一系列批评概念,包括文学本身这一概念的影响;二是解构理论也导致了各种各样特殊的主题批评,虽然它宣称不相信主题的概念;三是解构活动还为我们提供了一种特殊的阅读方式和阐释策略;四是解构理论也改变了人们对批评活动的性质和目标的看法。[227] 可惜限于篇幅,无法对此展开讨论,我们只能对解构批评的几个特点略加评述。

既然德里达的解构理论意在颠覆逻各斯中心主义,因而可以想见,这种理论是

---

[225] 德里达:《人文科学话语中的结构、符号与游戏》,见《书写与差异》,张宁译,生活·读书·新知三联书店,2001 年,第 505 页。

[226] 同上书,第 524 页。

[227] Jonathan Culler, *On Deconstruction*, Cornell University Press, 1982, p.180.

与新批评的有机整体论诗学大相径庭的。正如我们所知,尽管新批评推崇"隐喻"、"悖论"和"反讽",但对他们来说,优秀的诗歌始终是一个由各种因素组成的有机整体。因此,阐释诗歌必须着眼于它的整体结构,着眼于一首诗的个别成分与其整体语境的内在联系。然而,对德里达来说,不仅不存在这样一个作为整体的统一的语境,而且由于文本的意义始终处于"延异"和"撒播"之中,因而总是导致一部看似晓畅明白的作品变得歧义丛生,充满着难以调和的矛盾冲突。当然,从另一角度看,德里达对诸多文本所作的解读,与新批评的细读方法颇有异曲同工之妙,而他的解构理论之所以在美国找到知音,看来也并非偶然。

不言而喻,德里达的解构理论也是与结构主义批评迥异其趣的。如果说结构主义批评借助于索绪尔的语言学模式,试图探寻制约着文学作品的"语法"系统和普遍法则的话,那么,解构批评则断然抛弃了这一宏伟的"科学"幻想。德里达的论著一再表明,任何文本都可能内含着足以颠覆整个系统的异质因素,意义的"撒播"和"延异"几乎是不可避免的。在这种情况下,解构批评便转向了对个别文本的解读,热衷于发掘那些为以往批评家所忽略的边缘成分,以此挑战传统的阐释策略。当然,解构并非无端的怀疑和任意的颠覆,而是要揭示文本内部早已存在的冲突因素,表明文本中那些边缘的成分已解构了传统批评家精心建构起来的理论大厦。

从我们特定的角度看,德里达的解构理论常常忽略了"文学性"问题。尽管德里达曾经援引瓦莱里的见解,把哲学视为"一种特殊的文学类型",主张"从它的形式结构、修辞组织、文本类型的特殊性和多样性、其表述和生产的各种模式来研究哲学文本",从而模糊了哲学话语与文学话语之间的区别。[228] 然而,从总体来看,德里达的学术活动主要是在哲学领域进行的。他对柏拉图、卢梭、马拉美、瓦莱里、布朗肖、卡夫卡、乔伊斯等诸多诗人和作家的解读,不仅与通常的文学批评相去甚远,而且很少有审美方面的考虑。不仅如此,德里达甚至从根本上质疑是否存在一个名曰"文学性"的问题:

> 文学的空间不仅是一种建制的虚构,而且也是一种虚构的建制,它原则上允许人们讲述一切。要讲述一切,无疑就要借助于说明把所有的人物相互聚集在一起、借助于形式化加以总括。然而要讲述一切同时也就是要逃脱禁令,在法能够制订法律的一切领域解脱自己。文学的法原则上倾向

---

[228] Jacques Derrida, *Margins of Philosophy*, translated by Alan Bass, The University of Chicago Press, 1982, p.293.

于无视法或取消法，因此它允许人们在"讲述一切"的经验中去思考法的本质。文学是一种倾向于淹没建制的建制。[229]

从这个意义上说，追寻文学的本质注定是徒劳的，因为它本身就是一种虚构的建制。德里达由此得出结论："没有内在的标准能够担保一个文本实质上的文学性。不存在确实的文学实质或实在。"[230] 因此，从批评史的角度看，德里达的意义主要在于改变了人们对文学作品的阅读方式和阐释策略。要将他的解构理论转换成一种文学理论，并且灵活自如地运用于批评实践，还有待于耶鲁解构学派的共同努力。

第十一节 布鲁姆与米勒

由于德里达的影响，从上世纪 70 年代起，解构批评在美国风靡一时，蔚为大潮。而随着保罗·德·曼（Paul de Man, 1919—1983）和 J. 希利斯·米勒（J. Hillis Miller, 1928— ）先后来到耶鲁大学，与早已执教于此的哈罗德·布鲁姆（Harold Bloom, 1930— ）和杰弗里·哈特曼（Geoffrey Hartman, 1929— ）成为同事，便形成了解构批评的"耶鲁学派"。随后，一些年轻的批评家，诸如肖姗娜·费尔曼（Shoshana Felman, 1942— ）、芭芭拉·约翰逊（Barbara Johnson, 1947—2009）、佳亚特里·斯皮瓦克（Gayatri Spivak, 1942— ）等人也纷纷参与其中，更为解构批评在美国的崛起起了推波助澜的作用。[231] 虽然这一潮流遭到了迈·霍·艾布拉姆斯等老一代批评家的强烈抵制，但毫无疑问，解构批评仍然是 70 年代至 80 年代美国文坛最重要的理论思潮之一。限于篇幅，这里既无法全面介绍解构批评在美国的来龙去脉，也无法对"耶鲁学派"的四员主将展开逐一讨论，而只能着重评述哈罗姆·布鲁姆与 J. 希利斯·米勒的几部代表性论著。但愿通过这一简要评述，使我们能够对解构批评的理论得失有一个基本的认识。

---

[229] 德里达：《访谈：称作文学的奇怪建制》，见《文学行动》，赵兴国等译，中国社会科学出版社，1998 年，第 3—4 页。

[230] 同上书，第 39 页。

[231] Vincent B. Leitch, *American Literary Criticism from the Thirties to the Eighties*, Columbia University Press, 1988, p.267.

布鲁姆论"影响的焦虑"

尽管此前早已出版了一系列批评论著,但直到《影响的焦虑:一种诗歌理论》(*The Anxiety of Influence: A Theory of Poetry*, 1973)、《误读图示》(*A Map of Misreading*, 1975)、《卡巴拉与批评》(*Kabbalah and Criticism*, 1975)和《诗歌与压抑》(*Poetry and Repression*, 1976)等著作问世,哈罗德·布鲁姆才以"影响的焦虑"理论而独树一帜,赢得了广泛声誉。

布鲁姆指出,长久以来,诗人之间的影响一直被看作是一种子承父业的关系,或被视为一个前辈诗人对另一个诗人的慷慨施舍,因而所谓"影响"便存在于后代诗人对前辈诗人的素材、观念和意象的借鉴和吸收之中。然而,布鲁姆却对这种传统看法作了彻底修正。在他看来,近代以来,面对前辈的伟大诗篇,诗人越来越被一种仰慕与压抑、耻辱与焦虑相交织的心理所困扰。除非他放弃自己的追求,承认自己是一个渺小的诗人,不然的话,他就会拒绝前人的施舍,通过一种"防御"(defensively)机制自觉不自觉地"误读"前辈的诗作。因此,正如布鲁姆所指出的:

> 诗的影响——当它涉及两位强者诗人、两位真正的诗人时——总是以对前一位诗人的误读而进行的。这种误读是一种创造性的校正,实际上必然是一种误译。一部成果斐然的"诗的影响"的历史——亦即文艺复兴以来的西方诗歌的主要传统——乃是一部焦虑的自我拯救的漫画的历史,是歪曲和误解的历史,是反常和随心所欲地修正的历史,而没有所有这一切,现代诗歌本身是根本不可能生存的。[232]

因此,诗的影响并不会抑制诗人的创造性,恰恰相反,"诗的影响往往使诗人更加富有独创精神——虽然这并不等于使诗人更加杰出"。[233] 而研究诗的影响是一门深奥的学问,它是不能仅仅归结为传记、考证、思想史或形象塑造史的。

当然,布鲁姆所着眼的是诗人中的强者,而所谓"诗人中的强者",用他的话说,"就是以坚忍不拔的毅力向威名显赫的前代巨擘进行至死不休的挑战的诗坛主将们。天赋较逊者把前人理想化,而具有较丰富想象力者则取前人之所有而为己用"。从这个意义上说,"一部诗的历史就是诗人中的强者为了廓清自己的想象空间

---

[232] 哈罗德·布鲁姆:《影响的焦虑》,徐文博译,江苏教育出版社,2006年,第31页。
[233] 同上书,第8页。

而相互'误读'对方的诗的历史"。[234] 布鲁姆承认,当他这样来看待诗的影响问题时,他更多地受到了尼采的逆反理论和弗洛伊德精神分析学的启示。而杰弗里·哈特曼的《超越形式主义》(Beyond Formalism, 1970)和保罗·德·曼的《盲视与洞见》(Blindness and Insight, 1971)在冲决形式主义批评(指新批评)和原型批评方面,则为他的研究拓展了学术空间。

既然诗人中的强者是一些逆反式的人物,他们与前辈诗人的关系是一种类似于俄狄浦斯与其父之间的对抗关系,因此,他们对前辈之作往往采用了一种"有意误读"的方式。而表现在作品中,便形成了对前辈诗篇加以误读的六种"修正比"(revisionary ratios),即后代诗人在偏离前辈诗人时所采取的六种方式。布鲁姆独出心裁地将这六种修正比分别命名为:"克里纳门"(Clinamen)、"苔瑟拉"(Tessera)、"克诺西斯"(Kenosis)、"魔鬼化"(Daemonization)、"阿斯克西斯"(Askesis)、"阿波弗里达斯"(Apophrades)。坦率地说,如果说"克里纳门"意味着一个诗人有意误读阅读前辈的诗篇,"苔瑟拉"意味着以一种逆向对照的方式将前辈的诗篇续完,"魔鬼化"意味着以"逆崇高"的方式来完成对前辈的"崇高"的反动,那么,布鲁姆对其余三种方式的解说则是令人费解的。[235]

布鲁姆的另一部著作《误读图示》继续探讨诗歌的影响问题。他反复指出:阅读是"一种延迟的、几乎不可能的行为,如果更强调一下的话,那么,阅读总是一种误读"。[236] "为着生存,诗人就必须对前辈进行重写,凭借这至关紧要的误解行为来误释前辈"。[237] 值得注意的是,在《误读图示》中,布鲁姆试图表明,后代诗人对前辈的误读,既表现为心理防御所采取的六种"修正比",同时也表现为在修辞上采用了六种不同的比喻类别,它们就是"反讽"(irony)、"提喻"(synecdoche)、"转喻"(metonymy)、"夸张"(hyperbole)、"隐喻"(metaphor)和"替代"(metalepsis)。尽管布鲁姆认为,反讽相当于"克里纳门",提喻相当于"苔瑟拉",转喻类似于"克诺西斯",夸张类似于"魔鬼化",隐喻相当于"阿斯克西斯",替代相当于"阿波弗里达斯",但他却强调,如此来描述误读的六种方式,"意味着想同时将修辞学的、心理学的、意象主义的解释,结合成一个完美解释的单一

---

[234] 哈罗德·布鲁姆:《影响的焦虑》,徐文博译,江苏教育出版社,2006年,第5页。
[235] 同上书,第14—16页。
[236] 哈罗德·布鲁姆:《误读图示》,朱立元、陈克明译,天津人民出版社,2008年,第1页。
[237] 同上书,第17页。

系统"。[238] 由此可见，布鲁姆已改变了此前过分倚重心理学的倾向，而更多受到了解构批评注重修辞分析的启示。

同时，我们还应当注意到，当年在写作《影响的焦虑》时，布鲁姆完全被浪漫主义诗歌的情况迷惑住了，因而他试图将文学史上的创造性误读现象限定在启蒙运动之后。在他看来，一方面，我们所理解的"诗的影响"一词，直到柯勒律治那里，才具有了今天所使用的意义。另一方面，由于受沃尔特·杰克逊·贝特（Walter Jackson Bate，1918—1999）的启示，布鲁姆认为，只是随着启蒙运动之后人们对"天才"和"崇高"的热忱不断高涨，诗人才越来越被影响的焦虑所困扰。[239] 因此，《影响的焦虑》将其讨论范围基本上限定在弥尔顿之后，诸如布莱克、华兹华斯、柯勒律治、雪莱、济慈、勃朗宁、丁尼生、哈代、叶芝、惠特曼、弗罗斯特和斯蒂文斯等诗人。

而在《误读图示》中，布鲁姆则收回了先前把影响的焦虑限定在启蒙运动之后的看法。[240] 这样，他便将文学史上的"影响的焦虑"现象提前了一个世纪，着重探讨了弥尔德对其前辈的"误读"问题。布鲁姆指出，弥尔顿不仅给后世的英国诗歌造成了巨大的影响，而且他也以自己特有的方式来战胜他的前辈诗人：

> 就其作为艺术家的自我意识强度而论，就其克服一切此类意识消极结果的能力而论，没有一位诗人可以同弥尔顿相比拟。弥尔顿惨淡经营的雄心勃勃的计划，必然使他跻身于同其他重要前辈——荷马、维吉尔、卢克莱修、奥维德、但丁和塔索等直接相竞争的行列。更令人焦虑的是，它把他引向极为接近于斯宾塞的境地。斯宾塞对《失乐园》的真正的影响，比迄今学术界已认识到的重要性更深刻、更微妙、更广泛。最令人焦虑的是，《失乐园》最终勃勃雄心，向弥尔顿提出了扩大《圣经》而无须歪曲上帝之言的问题。[241]

正是通过细致的分析，布鲁姆试图表明，弥尔顿彻底改变了文学传统，仿佛使自己成为了原创者，"而荷马、维吉尔、奥维德、但丁、塔索、斯宾塞却成为迟到的现

---

[238] 哈罗德·布鲁姆：《误读图示》，朱立元、陈克明译，天津人民出版社，2008年，见 Harold Bloom, *A Map of Misreading*, Oxford University, 1975, pp.70—71。
[239] 哈罗德·布鲁姆：《影响的焦虑》，徐文博译，江苏教育出版社，2006年，第8页。
[240] 哈罗德·布鲁姆：《误读图示》，朱立元、陈克明译，天津人民出版社，2008年，第77页。
[241] 同上书，第125页。

代人"。[242]

不仅如此，随着研究的深入，布鲁姆也改变了自己对莎士比亚的看法。在《影响的焦虑》初版时，他曾认为，"莎士比亚属于洪水前的巨人时代。那时候，对影响的焦虑还没有形成诗歌意识中的核心"。[243]时隔20多年，当该书在美国再版（1997年）时，布鲁姆撰写了"再版前言"，对上述见解作了重要修正。他指出，当莎士比亚步入伦敦戏剧界之际，马洛无疑是当时一颗耀眼的明星，因而超越马洛就成了莎士比亚初出茅庐时期的沉重的思想负担，同时也是激励他奋起直追的动力。因此，不仅在他的早期剧作中可以感觉到马洛的干扰，而且这种影响始终激励着他不断创新。"而莎士比亚一旦摆脱马洛的羁绊，立即创造出具有鲜明个性的丰富的人物形象。这是诗的影响迄今取得的最伟大的胜利"。[244]

由于多种原因，我们无法对布鲁姆的其它著作展开逐一讨论。仅就以上评述而言，便不难看出他的影响理论是一个颇具争议的话题。一方面，当他对莎士比亚、弥尔顿、华兹华斯、叶芝和斯蒂文斯的诗篇作出精妙分析时，或当他将一部诗歌史描述为后代诗人为了创新而作出的一系列逆反行动时，的确给我们带来了多重的启示。但另一方面，我们也不禁犯疑：一部诗歌史是否像他所描述的那样，仅仅是一个争夺生存空间、充满血腥厮杀的战场？是否每一首诗都是对前辈诗作的误读和曲解，"没有解释，只有误释"？[245]如果一切阅读都是误读和误释，那么，所谓"正确的阅读"岂不等于虚设的前提？

J. 希利斯·米勒的解构批评

J. 希利斯·米勒（J. Hillis Miller, 1928— ）的学术生涯大致经历了两个阶段。1953年，他来到约翰·霍普金斯大学任教，结识了现象学批评家乔治·布莱（Georges Poulet, 1902—1991），因而深受其"意识批评"（criticism of consciousness）的影响。在这一时期的论著中，诸如《狄更斯的小说世界》（*Charles Dickens: The World of His Novels*, 1958）、《上帝的消失》（*The Disappearance of Gods*, 1963）和《现实的诗人》（*Poets of Realty*, 1965）中，米勒致力于探讨作家的整体性思想。60

---

[242] 哈罗德·布鲁姆：《误读图示》，朱立元、陈克明译，天津人民出版社，2008年，第140页。
[243] 哈罗德·布鲁姆：《影响的焦虑》，徐文博译，江苏教育出版社，2006年，第11页。
[244] 同上书，"再版前言"，第42页。
[245] 同上书，第96页。

年代后期，米勒的批评思想发生了一个重大转折。随着他 1972 年来到耶鲁大学，便迅速成为美国解构批评的代表人物。其后出版的《小说与重复：七部英国小说》(*Fiction and Repetition: Seven English Novels*，1982)、《语言的时刻：从华兹华斯到斯蒂文斯》(*The Linguistic Moment: From Wordsworth to Stevens*，1985)、《阅读伦理学》(*The Ethics of Reading*，1986)、《解读叙事》(*Reading Narrative*，1998) 等等，充分显示了他作为一个优秀批评家的卓越才华。

对于自己的批评立场，米勒在《作为寄主的批评家》(*The Critic as Host*，1979) 一文中作了集中表述。他问道：对一首诗作解构主义的解读，是否像某些批评家所想的那样，总是寄生于"明显的或单义的解读"，犹如常春藤攀附于高大的橡树，最后却葬送了寄主呢？情况也可能是这样：所谓"明显的或单义的解读"，本身就是依附于语言和西方文化中的寄生物？由此看来，这两种解读方法都是同坐在一张餐桌旁的食客，同为"主人兼客人，主人兼主人，寄主兼寄生物，寄生物兼寄生物"。[246] 因而它们之间的关系，并不是传统形而上学所设想的二元对立的关系，而是一种特殊的三角关系。对于这两种解读方法来说，诗歌是它们共同需要的食物，因而也是这种三角关系中的第三种成分。

不仅如此，米勒还以雪莱的《生命的凯歌》为例，说明任何一首诗都与先前的文本有着千丝万缕的联系，因而其内部隐居着一条寄生性存在的长长的锁链。米勒由此断言：

> 任何诗篇都寄生于更早的诗篇，或在其自身内部以寄生物和寄主间无休止颠倒的另一种变体包含着更早的诗篇，把它们当作被封闭起来的寄生物。如果说这首诗是批评家的食物和毒药的话，那么，它自己一定食用过更早的诗篇。它必定是一个嗜食同类的消费者。[247]

因此，不仅每一种解读既是寄主，又是寄生物，而且每一首诗篇也是寄主兼寄生物。新诗既需要那些老的文本，又必须消灭它们。它既寄生于它们，又贪婪地吞食它们的躯体，同时它是一个邪恶的主人，通过把它们邀请到家里对其进行阉割。因此，要确定哪些成分是寄生物，哪些成分是寄主，几乎是不可能的。批评家所能做的充其量只是追溯文本，使它的各种成分再次生动起来。而在此过程中，他又感受着确

---

[246] J. Hillis Miller, "The Critic as Host'", in *Theory Now and Then*, Harvester Wheatsheaf, 1991, p.148.
[247] Ibid., p.149.

切解读的失败。[248]

米勒指出，解构批评一方面将西方形而上学的机器拆卸成各个零件，使之无法重新安装；但另一方面，由于解构批评是运用修辞的分析来解除文学语言的神秘性，因而便与它的分析对象具有了同样的性质。它不是从外部来审视文本，而是始终处于追寻文本的活动之中。[249]然而，与以往文学批评不同的是，解构批评并不把一部文学作品视为"有机整体"，也不追寻某种终极的阐释，而是采取了更灵活、更开放的姿态。"解构活动试图抵制批评的笼统化和极权主义倾向。它试图抵制它自身对作品的掌控，从而停滞不前的倾向。它以一种不确定的阐释的愉悦抵制这些倾向……" [250]

米勒的《小说与重复》通过对七部英国小说的细致解读，探讨了小说中普遍存在的重复现象。米勒指出，许多读者对小说的解释，在一定程度上是通过识别其中的那些重复现象，并进而理解它们的意义而实现的。以《德伯家的苔丝》为例，当红色在小说中第一次出现时，它可能被人们当作单纯的描写而受到忽略。然而，当红色连续不断地重复出现时，它便作为一个引人注目的主题凸现在人们面前。[251]当然，小说中的重复形式多种多样，可以是言语成分的重复，也可以是以隐喻方式出现的重复，可以是一部作品中的事件或场景的重复，还可以表现为对其他小说中的动机、主题、人物或事件的重复。正是这些重复，组成了作品的内在结构。

在米勒看来，小说中的重复形式可以分为两种类型。第一种类型可以称为"柏拉图式的重复"，它植根于某个原型模式，重复因素之间的相似建立在与那个原型的关系上，因而成为文学中摹仿概念的基础。另一种类型则可以称为"尼采式的重复"，它假定世界建立在差异的基础上，每件事物都是独一无二的，因而重复因素之间的相似便缺乏一个根基，这个世界也不是摹本，而是吉尔·德勒兹（Gilles Deleuze, 1925—1995）所说的"幻影"或"幻象"。换言之，第一种类型的重复强调文学与历史之间有一种摹仿、再现的关系，因而成为现实主义小说的前提。第二种类型的重复，则"使我们得以理解文学戏剧化表演、丰富多彩、开拓创新（文学如

---

[248] J. Hillis Miller, "The Critic as Host'", in *Theory Now and Then*, Harvester Wheatsheaf, 1991, p.166.
[249] Ibid., p.169.
[250] Ibid., p.170.
[251] J. 希利斯·米勒:《小说与重复》，王宏图译，天津人民出版社，2008年，第1—2页。

何创造历史）等既错综复杂而又疑团丛生的情形"。[252]

当然，这两种重复常常是纠结交叉在一起的。"要想在拥有重复的一种形式的同时舍弃另一种形式，看来是不可能的，纵然这种或那种形式在一个特定作家身上占有明显优势时，情形也是这样"。正是这一"既不／也不"（neither/nor）与"既／又"（both/and）被强扭在一起的非逻辑关系，构成了"解构"批评的操作原则。[253]而米勒所讨论的这七部小说，包括康拉德的《吉姆爷》、艾米莉·勃朗特的《呼啸山庄》、萨克雷的《亨利·艾斯芒德》、哈代的《德伯家的苔丝》和《心爱的》，以及伍尔夫的《达洛卫夫人》和《幕间》，恰好表明了这两种类型的重复相互纠缠、彼此交叉的复杂情况。

以《呼啸山庄》为例。一方面，作为一部现实主义小说，它使读者确信这是对19世纪初期约克郡社会生活所作的精确描写；另一方面，它又诱使读者将那些丰富的感性材料融为一体，以便达到对小说的终极阐释。然而，问题在于《呼啸山庄》同时也是一个"神秘莫测"（uncanny）的文本，它的异质多样性就在于既诱惑读者去寻找某个能解释那些重复因素的本原，又使这种期望不断受挫。在米勒看来，从夏洛蒂·勃朗特的《〈呼啸山庄〉新版前言》（*Preface to the New Edition of Wuthering Heights*, 1850）以来，批评家已对这部小说作出了种种解释，而且都自以为捕捉到了某些因素，并可由此推衍出总体上的解释，但它们的谬误却在于"假设了意义是单一的、统一的、具有逻辑上的连贯性"。[254]而事实上，任何企图系统阐述其隐秘真理的做法都将归于失败。"最好的解释是这样一些解释，它们最能清晰地说明文本的多样性——这种多样性表现为文本中明显地存在着多样潜在的意义，它们相互有序地联系在一起，受文本的制约，但在逻辑上又各不相容。要想清楚明白、有条有理地展现这样一个意义的系统非常困难，也许不可能办到。"[255]

在米勒看来，与《呼啸山庄》不同，《德伯家的苔丝》对作为内在构思的重复形式作了出色的探索。为什么苔丝的一生既重复着以不同形式存在的相同的事件，同时又重复着历史上其他人曾有过的经历？是什么使她的命运被后代其他人所重复的？为了表现这一故事，小说中既重复了一系列实质性因素（如红色的事物），又

---

[252] J. 希利斯·米勒：《作为重复的翻译：〈小说与重复〉中文译本序言》，见《小说与重复》，王宏图译，天津人民出版社，2008年，第3页。
[253] J. 希利斯·米勒：《小说与重复》，王宏图译，天津人民出版社，2008年，第19—20页。
[254] 同上书，第57页。
[255] 同上书，第57—58页。

重复了一系列的隐喻（如移植或写作等修辞手段），或重复了一系列主题因素（如性行为或谋杀），或重复了一系列观念因素（如起因问题或历史理论）。尽管每个重复因素都有其不可替代的特性和效力，但正如米勒所指出的那样："这些系列中没有一个拥有对其他系列的优势，能自命为这部小说意义的真实解释。每个系列实质上不过是对其他系列加以更换，它不是一个可以明确论说的领域。"[256] 由此再次表明，假定每部小说中都有一个居于中心地位的结构，或是假定它必然存在某种独一无二的解释源泉，那从原则上说就是错误的。

论及弗吉尼亚·伍尔夫的《达洛卫夫人》，米勒指出，批评家通常强调了伍尔夫的创新之处，但却忽略了她与英国小说传统的联系。事实上，像传统小说中的无所不知的叙述者一样，这部小说有赖于一个能回忆一切、并在她的叙述中使往昔复活的叙述者的存在。不仅如此，小说还将所有往事都压缩在一天。当作品中的主要人物走在伦敦街头时，他们往昔所经历的种种事情便涌向心头，因而小说描写的那一天可被看作是一个到处有回忆的日子。于是，"那些人物使之复活的过去又变成了另一重过去，再由叙述者将它唤醒，使之死而复生"。[257] 米勒指出，尽管这个叙述者可以毫不费力地从一个心灵转入一个心灵，因而它似乎建立在人物彼此间相互理解的基础上，尽管克拉丽莎的聚会将人物从互不相关的生活中聚拢来，似乎也有助于促进人们之间的沟通，但小说的高潮却表明："除去生活中短暂的一瞬间，交流沟通无法实现。"[258] 因此，在这部小说中并不存在一个中心，存在的恰恰是"一种更富于结构意义的因素，一种决定性的转折——它再一次使两极间关系发生倒转，或者更确切地说，它使它们在无法相容的情形下保持一种平衡"。[259]

第十二节　爱德华·萨义德

仿佛是一种巧合，爱德华·W. 萨义德（Edward W. Said, 1935—2003）的学术生涯以《起始：意图与方法》（*Beginnings: Intention and Method*, 1975）为开端，以他身后出版的《论晚期风格》（*On Late Style*, 2006）而告终。前者探讨了人文

---

[256] J. 希利斯·米勒：《小说与重复》，王宏图译，天津人民出版社，2008 年，第 144 页。
[257] 同上书，第 213 页。
[258] 同上书，第 222 页。
[259] 同上书，第 224 页。

科学研究的方法论问题，后者考察了多位音乐家和文学家的晚期作品。而书名中的"起始"和"晚期"，似乎恰好征兆了这位美籍巴勒斯坦批评家的学术生涯。当然，萨义德最重要的论著还是《东方学》（*Orientalism*，1978）、《世界·文本·批评家》（*The World, the Text, and the Critic*，1983）和《文化与帝国主义》（*Culture and Imperialism*，1993）。正是通过这些论著，他开创了后殖民主义批评，深刻影响了佳亚特里·斯皮瓦克（Gayatri Spivak, 1942—   ）、霍米·巴巴（Homi K. Bhabha, 1949—   ）、罗伯特·扬（Robert Young, 1948—   ）等人。他们以激进的立场对殖民主义话语展开批判，从而成为 20 世纪后期最具活力的批评潮流之一。

作为一种权力话语的东方学

所谓"东方学"，指的是西方有关东方的知识，是西方所人为建构起来的一种言说、处理东方的方式。东方不仅与欧洲相毗邻，它也是欧洲最古老的殖民地，是欧洲最常见的"他者"（the Other）形象之一。东方学作为一种话语方式，则在文化和意识形态的层面对此进行表述，并在学术机制、词汇、意象、观念甚至殖民体制方面形成了深厚的基础。[260] 萨义德赋予"东方学"（Orientalism）一词以三种含义：首先，它是学术研究的一个学科，任何教授东方、书写东方或研究东方的人都是东方学家，而他所做的便是东方学研究。其次，东方学是一种思维方式，因为"东方"（the Orient）是与"西方"（the Occident）相对而言的，东方学的思维方式即以二者之间的区分为基础，把它作为建构与东方有关的理论、诗歌、小说、社会分析和政治论说的出发点。第三，东方学也是一种权力话语，是"西方用以控制、重建和君临东方的一种机制"。[261]

正是在这里，萨义德采用了米歇尔·福柯（Michel Foucault, 1926—1984）的话语理论，强调东方学是"一套被人为创造出来的理论和实践体系，蕴含着几个世代沉积下来的物质层面的内含"。[262] 萨义德再三指出：

> 它（东方学）是一种话语，这一话语与粗俗的政治权力决没有直接的对应关系，而是在与不同形式的权力进行不均衡交换的过程中被创造出来并且存在于这一交换过程之中，其发展与演变在某种程度上也受制于其与

---

[260] 萨义德：《东方学》，王宇根译，生活·读书·新知三联书店，2007 年，第 2 页。
[261] 同上书，第 3—4 页。
[262] 同上书，第 9 页。

政治权力、学术权力、文化权力、道德权力之间的交换。实际上，我的意思是说，东方学本身就是——而不只是表达了——现代政治/学术文化一个至关重要的组成部分，因此，与其说它与东方有关，还不如说它与"我们"的世界有关。[263]

因此，萨义德所要考察的并不是"真正"的东方，而是作为一种权力话语的东方学是如何表述东方的。不仅如此，他还借鉴安东尼奥·葛兰西（Antonio Gramsci, 1891—1937）的"文化霸权"理论，认为东方学也存在着这一霸权，它不断重申西方比东方优越，比东方先进，因而排除了更具独立意识和怀疑精神的思想家对此提出异议的可能性。[264] 所有这些，正是萨义德的后殖民理论的独到之处，也是他区别于此前的殖民主义批评的根本之处。

萨义德指出，现代东方学是在18世纪中叶建立起来的。它离不开无数的航海探险和地理发现，也离不开贸易和战争。但更重要的是，离不开当时东西关系中所出现的两大特征：其一是欧洲东方知识的日益增长和系统化，这一知识为殖民扩张以及对新异事物的兴趣所加强，被人种学、比较解剖学、语言学等新兴学科所运用，而且还加进了由小说家、诗人、翻译家和旅行家所创作的大量文学作品。其二是在东方与欧洲的关系中，欧洲总是处于强力地位，更不必说优势地位了。在19世纪和20世纪，东方学研究越来越走向深入。而这一时期东方与欧洲的关系，已为欧洲的殖民扩张活动所决定，与此同时，东方学也完成了从学术话语向帝国主义机制的转化。正如萨义德所指出的，现代东方学家的"东方并非现实存在的东方，而是被东方化了的东方。一道知识与权力的连续弧线将欧洲或西方的政治家与西方的东方学家联结在一起：这道弧线构成了东方舞台的外缘……东方学的范围与帝国的范围完全相吻合，是二者之间这种绝对的一致性引发了西方在思考东方和面对东方的过程中所隐含的全部危机"。[265]

当然，问题并不在于断言现代东方学是帝国主义和殖民主义的一个组成部分，还必须对此进行具体细致的分析。通过对西尔维斯特·德·萨西（Silvestre de Sacy, 1757—1836）、厄内斯特·赫南（Ernest Renan, 1823—1892）、爱德华·威廉·雷恩（Edward William Lane, 1801—1876）等东方学家著述的文本分析，萨义德力图说明，

---

[263] 萨义德：《东方学》，王宇根译，生活·读书·新知三联书店，2007年，第16—17页。
[264] 同上书，第10页。
[265] 同上书，第136—137页。

支配着东方学话语的现代专业词汇和实践是如何被制造出来的。其结果，便使东方获得了一种话语身份，"这一话语身份使其与西方相比处于一种不平等的位置"。[266] 萨义德甚至偏激地断言："每一个欧洲人，不管他对东方发表什么看法，最终都几乎是一个种族主义者，一个帝国主义者，一个彻头彻尾的民族中心主义者。"[267]

萨义德把这种潜伏在东方学中的几乎是无意识的观念称为"隐伏的东方学"（latent Orientalism），把对东方社会、语言、文学、历史所做的明确陈述称为"显在的东方学"（manifest Orientalism）。而在 19 世纪，无论那些书写东方的作家之间存在多大差异，但几乎都原封不动地沿袭了前人赋予东方的异质性、怪异性、落后性、柔弱性、惰怠性。[268] 尽管东方学在 20 世纪取得了长足的进步，但这种根深蒂固的观念却依然未变。虽然许多东方学家都相信自己对东方事物的看法是个人性的，但最终都表露出西方传统上对东方的敌意和恐惧。

二战以后，随着世界格局的巨大变化，英、法两国在东方学领域所占据的优势地位被美国的"区域研究"所取代。尽管在新的语境中这一研究发生了诸多变化，然而，从旧的东方学中分裂出来的每一碎片仍然因袭着东方学的传统信条。在当代美国的阿拉伯和伊斯兰研究中尤其如此。萨义德对这些信条作了如下概括：

> 其一是理性、发达、人道、高级的西方，与离经叛道、不发达、低级的东方之间的绝对的、系统的差异。另一信条是，对东方的抽象概括，特别是那些以代表着"古典"东方文明的文本为基础的概括，总是比来自现代东方社会的直接经验更有效。第三个信条是，东方永恒如一，始终不变，没有能力界定自己；因此人们假定，一套从西方的角度描述东方的高度概括和系统的词汇必不可少甚至有着科学的"客观性"。第四个信条是，归根到底，东方要么是给西方带来威胁，要么是为西方所控制（绥靖、研究和开发，可能时直接占领）。[269]

萨义德由此断言，在 20 世纪后期，"东方学已经成功地汇入了新的帝国主义之中。它的那些起支配作用的范式与控制亚洲这一经久不衰的帝国主义设计并不发生冲

---

[266] 萨义德：《东方学》，王宇根译，生活·读书·新知三联书店，2007 年，第 201 页。
[267] 同上书，第 260 页。
[268] 同上书，第 262 页。
[269] 同上书，第 387 页。

突,甚至是不谋而合"。[270] 因此,如果东方学知识有什么意义的话,那就在于它可以使人们对知识的堕落有所警醒,因为这种堕落现在也许比以往任何时候都更甚。

西方文学中的东方主义

虽然《东方学》并不是一部严格意义上的文学批评著作,但却涉及了不少文学作品,力图揭示其中的东方主义话语。从我们特定的研究目标来说,这些讨论无疑是值得关注的。更何况,正如萨义德自己所说的,如果说福柯认为单个文本或作家无关紧要的话,那么,他在分析时却使用了文本细读的方法。[271] 而这是与他所受的学术训练分不开的。

萨义德指出,西方有关东方的最早想象可以追溯到埃斯库罗斯的《波斯人》和欧里庇得斯的《酒神的女祭司》那里,正是这两部戏剧奠定了欧洲想象东方的基本主题。在此后漫长的岁月,东方更被西方视为恐怖、毁灭、邪恶、野蛮的象征。以但丁笔下的穆罕默德形象为例。既然伊斯兰已在欧洲成为一个恐怖的形象,而穆罕默德已被视为假启示的传播者,同时也成了放荡、堕落、淫秽以及其他种种邪恶的象征,那么,在《神曲》中,他的形象也就可想而知。在《地狱篇》第 28 章,穆罕默德被打入了第八层地狱,他所犯的罪名则是"散播不睦者"。穆罕默德所受的惩罚也是极为痛苦的:他被恶魔无休无止地撕裂开来,从下颚直到脚踝。穆罕默德不仅向但丁解释了自己所受的惩罚,还请他警告一个名叫多尔西诺的纵欲者,等待他的将会是什么。而读者不会不明白:在叛逆、纵欲以及在宗教上沽名钓誉等方面,穆罕默德与多尔西诺是相似的。萨义德由此指出,在这里,重要的不是关于东方的经验事实,真正起决定作用的是"东方学的想象视野,这一想象视野决不仅仅限于专业的学者,而是所有曾经思考过东方的西方人的普遍看法"。[272]

而在现代东方学的建构过程中,不仅是学术研究强化了一个"东方化的东方",而且那些想象性作品和游记也对这一话语的建构做出了重大贡献。这既包括了雨果、拉马丁、夏多布里昂、金雷克、内瓦尔、福楼拜、雷恩、理查德·伯顿、司各特、拜伦、维尼、迪斯累里、乔治·艾略特、戈蒂耶等人的作品,也包括了查尔斯·道蒂、彼埃尔·洛蒂、劳伦斯、福斯特等人的作品。萨义德指出,尽管他们的写作是

---

[270] 萨义德:《东方学》,王宇根译,生活·读书·新知三联书店,2007 年,第 415 页。
[271] 同上书,第 31 页。
[272] 同上书,第 89 页。

为了消除先前存在的东方学研究中的陈规,有助于形成新鲜的东方经验库,但"即使如此,这些计划也常常会向东方学式的还原论举手投降"。[273]

在整个 19 世纪,东方特别是近东,是欧洲人最爱游历和书写的地方。而且,以个人的东方经验为基础,欧洲出现了数量众多的东方风格的文学作品。但所有这些作品,都毫无例外地打上了东方主义的烙印,只是程度各有不同罢了。萨义德将这些作家分为以下三种类型:第一类作家意在为专业的东方学提供科学材料,因而将自己的东方之旅视为科学考察的一种形式。第二类作家抱有同样的目的,但却不情愿为此而牺牲个人经验的独特性。对第三类作家来说,东方之旅象征着自己深深眷恋并且急于实施的某个计划,因而其文本建立在为这一计划所激发的个人审美的基础上。然而,尽管存在着差异,这三种类型的作品"都深深依赖于欧洲意识所具有的自我中心的强力。在所有情况下,东方只是欧洲观察者眼中的东方"。[274]

当然,如果细加分辨的话,区别还是有的。在英国作家的眼中,所见到的东方是从地中海直到印度这样一个连绵不断的帝国领地,到 1880 年代已完全被英国所控制。因此,"书写埃及、叙利亚或土耳其,恰如在这些地方旅行一样,其实质是在英国政治意志、政治管理、政治控制的王国之中漫游"。与此相反,法国的朝圣者却在东方处处遭逢着失落感。法国对这个地区没有政治上的控制权,地中海不断响起法国失败的回声。其结果,法国人所想象的主要局限在他们的头脑中,"他们的东方是由记忆、感伤的废墟、遗忘的秘密、诡秘的交流和几至精妙绝伦的生存风格所组成的东方"。[275] 而在这类作品中,最富于文学色彩的是内瓦尔的《东方之旅》和福楼拜的《圣安东的诱惑》(1849—1874)、《萨朗波》(1862)等作品。

在萨义德看来,内瓦尔和福楼拜对 19 世纪东方学的重要意义就在于,与其他作家相比,他们的作品更多地是以个人的和审美的方式来处理其东方之行的,因而在一定程度上超越了正统东方学的局限。内瓦尔试图寻找的是他个人情感和梦想的踪迹,而福楼拜则试图在一个孕育了众多宗教、想象和古典文化的地方寻找自己的"家园"。然而,由于没能实现自己系统再现东方的意图,内瓦尔最终仍然不得不使用东方学文本的权威。[276] 福楼拜的作品虽然博大,但借助于其他书写东方的作家们所创造的语境,其东方学的某些主要特征还是可以被清晰地描述出来。就此而言,

---

[273] 萨义德:《东方学》,王宇根译,生活·读书·新知三联书店,2007 年,第 218 页。
[274] 同上书,第 203—204 页。
[275] 同上书,第 218—219 页。
[276] 同上书,第 238 页。

"他的东方小说是一种殚精竭虑的历史重构和学术重构"。[277]

由此可见,由于深受福柯的影响,萨义德对文学作品的分析,主要是为了说明一种权力话语是如何牢牢控制着东方学这一"公共游戏场"的。我们固然赞叹他的学识,但同时也不免产生疑惑:是否在所有的想象性作品中,东方都毫无例外地"从一个地理空间变成了受现实的学术规则和潜在的帝国统治支配的领域"?[278]是否每一个欧洲人,不管他对东方发表什么看法,"最终都几乎是一个种族主义者,一个帝国主义者,一个彻头彻尾的民族中心主义者"?[279]换言之,萨义德的结论是否过于绝对?是否在着意揭示一种僵化的话语机制的同时,却或多或少地忽略了整个西方文学的复杂问题?所有这些,都有待于进一步思考。

帝国主义与作为文化形态的小说

作为《东方学》的姊妹篇,《文化与帝国主义》尽管保持了此前的批判锋芒,但在内容和见解上却作了很大调整。正如萨义德在该书"前言"中所指出的:首先,如果说《东方学》所涉及的仅限于中东地区,那么,《文化与帝国主义》则对西方宗主国与其殖民地的关系作了更广泛的描述,将范围扩展到了非洲、印度、远东地区、澳大利亚和加勒比地区。其次,该书不仅讨论世界范围内的帝国主义文化问题,也特别关注对帝国主义的反抗。[280]而这正是《东方学》一书所忽略的。

萨义德指出,这里所谓"文化",首先指的是描述、交流和表达的艺术等活动。它们虽然相对独立于经济、社会和政治领域,但作为一种文化形态,"小说对于形成帝国主义态度、参照系和生活经验极其重要"。由此,萨义德开宗明义地表述了《文化与帝国主义》一书的主旨:

> 我的基本观点就是:故事是殖民探险者和小说家讲述遥远国度的核心内容;它也成为殖民地人民用来确认自己的身份和自己历史存在的方式。帝国主义的主要战场当然是在土地的争夺上,但是在关于谁曾经拥有土地,谁有权力在土地上定居和工作,谁管理过它,谁把它夺回,以及现在谁在规划它的未来,这些问题都在叙事中有所反映、争论甚至有时被故事所决

---

[277] 萨义德:《东方学》,王宇根译,生活·读书·新知三联书店,2007年,第239—240页。
[278] 同上书,第255页。
[279] 同上书,第260页。
[280] 萨义德:《文化与帝国主义》,李琨译,生活·读书·新知三联书店,2003年,"前言",第2页。

定……叙事,或者阻止他人叙事的形成,对文化和帝国主义的概念是非常重要的。[281]

不仅如此,萨义德甚至耸人听闻地断言:"没有帝国,就没有我们所知道的欧洲小说。"[282] 这当然并不意味着小说"造成了"帝国主义,而是说,作为资产阶级社会的文化形态,"小说和帝国主义如果缺少一方就是不可想象的"。[283] 正如笛福的《鲁滨孙飘流记》所表明的,小说不仅伴随着资产阶级在西方社会的兴起,也以某种方式参与了欧洲在海外的扩张。另一方面,小说有着一种包容性很强的形式,"包含在它里面的既有高度有序的情节,也有建立在现存的资产阶级社会结构和它的权威和权力之上的一整套社会参照体系"。[284] 因此,《文化与帝国主义》一书的主要任务,便是对小说与帝国主义的关系展开研究。

然而,回顾历史,萨义德不禁深感失望。在西方学术史上,很少以批判的眼光把注意力集中在帝国主义与其文化的关系上。而在晚近的批评思潮中,诸如新历史主义、结构主义、解构主义和西方马克思主义的理论探索中,往往也忽略了西方文化的一个主要方面,即帝国主义问题。可是,如果我们在阅读和解释这些文学作品时,认为它们与帝国主义有关,那么,我们就有责任去重新阐释这些文本。换言之,"这种批评要求把现有文本当作欧洲扩张的复调伴奏来读,给康拉德和吉卜林这样的作家以重新定位和评价"。[285] 而完成这一任务,既需要渊博的学识,也需要全新的视野,因而萨义德恰好是肩负这一历史使命的最佳人选。

的确,《文化与帝国主义》一书以前所未有的规模,集中探讨了19世纪以来英、法、美等国小说与帝国主义的殖民扩张之间的关系,从而为文学研究拓展了一个新的空间。在萨义德看来,在19世纪和20世纪初期,在英、法文化的几乎每个角落里,我们都可以见到帝国的种种暗示。英国小说更是其中最突出的例证。在简·奥斯丁的《曼斯菲尔德庄园》中,正是托马斯·伯特兰爵士在海外的领地给他带来了财富。在夏洛蒂·勃朗特的《简·爱》中,罗切斯特的疯女人是一个西印度人,同时也是一个有威胁的人物。在萨克雷的《名利场》中,约瑟夫·赛德利是一个来自印度的富翁。在狄更斯的《远大前程》中,正是罪犯马格维契在澳大利亚的财富使

---

[281] 萨义德:《文化与帝国主义》,李琨译,生活·读书·新知三联书店,2003年,"前言",第3页。
[282] 同上书,第95页。
[283] 同上书,第96页。
[284] 同上书,第96—97页。
[285] 同上书,第80—81页。

匹普梦想成真。在迪斯累里的《坦克莱德》和乔治·艾略特的《丹尼尔·狄隆达》中，东方部分是当地人的居住地，部分是受帝国摆布的土地。在亨利·詹姆斯的《一位女士的画像》中，拉尔夫·杜切特在阿尔及利亚和埃及旅行。更不要说在吉卜林、康拉德、柯南道尔、斯蒂文森、乔治·奥威尔、福斯特等人的小说中，帝国在其中每一处都是重要的背景。[286] 凡此种种，不一而足。

当然，问题并不在于梳理出一份与帝国殖民扩张相关的小说清单。作为一个训练有素的批评家，萨义德的贡献就在于为我们如何具体分析这类作品提供了一个卓越的典范。正是凭借敏锐的目光和深厚的修养，萨义德对若干经典作品作出了独到的阐释。这其中既包括奥斯丁的《曼斯菲尔德庄园》、吉卜林的《吉姆》、康拉德的《黑暗的心》，也包括叶芝的诗篇、纪德的《背德者》和加缪的《局外人》。尤其令人感兴趣的是，他还对朱塞佩·威尔第（Giuseppe Verdi, 1813—1901）的歌剧《阿依达》作了精湛的解读。

另一个值得注意的问题是，此时萨义德业已突破了福柯的理论，具有了更开阔的理论视野。早在《世界·文本·批评家》一书中，萨义德就对福柯表示了质疑。[287] 而在《文化与帝国主义》一书中，他更多提到的是卢卡契、弗朗兹·法农（Frantz Fanon, 1925—1961）和雷蒙德·威廉斯（Raymond Williams, 1921—1988）等人，福柯反而遭到了冷落。在他看来，尽管法农和福柯都强调了西方知识和学科体系的停滞与局限问题，但两者之间却存在明显差异，"法农的作品有计划地试图把殖民地与宗主国社会当作不同但有联系的实体来一起考虑；而福柯的著作却越来越少地认真考虑社会整体，相反，却把注意力集中在难以抗拒、正在不可避免推进的微型权力中的个人上面。法农代表土著与西方人的双重利益，从限制走向解放。福柯却无视他自己理论的帝国背景，似乎实际上代表了一种不可抗拒的殖民化运动"。[288] 因此，福柯既忽略了谁在操纵权力话语的问题，也看不到对抗这一权威的可能性。

由于突破了福柯的理论，萨义德在《文化与帝国主义》一书中，不仅揭示了小说与帝国主义的共谋关系，也高度评价了各种形式的反对帝国主义和殖民主义的运动。他指出，叙事固然以某种方式参与了欧洲的海外扩张，但与此同时，关于解放和启蒙的叙事也动员了人民奋起反抗帝国主义的统治。"在这个过程中，许多欧洲人和美国人也受到了这些故事及其宣传者的激励，他们也在为建立关于人类社会的

---

[286] 萨义德：《文化与帝国主义》，李琨译，生活·读书·新知三联书店，2003年，第83—85页。
[287] 萨义德：《世界·文本·批评家》，李自修译，生活·读书·新知三联书店，2009年，第390—399页。
[288] 萨义德：《文化与帝国主义》，李琨译，生活·读书·新知三联书店，2003年，第396页。

平等的新的叙事而斗争"。[289] 换言之，文化并非如福柯所设想的那样，是一个由权力话语操控的一统天下，而是一个战场，"各种力量在上面亮相，互相角逐"。[290]

在萨义德看来，至少从 18 世纪中叶起，欧洲就有了关于殖民地问题的辩论。在现代主义思潮中，一种对帝国挑战的声音也依稀可辨。而二战之后，声势浩大的非殖民地化运动不仅导致传统帝国的解体，也使世界文学的格局为之一变。萨义德指出："这个后殖民地世界已不再是康拉德作品中所描绘的'地球上黑暗的地方之一'，而是重新成为了生气勃勃的文化中心。今天，讨论加布列尔·加西亚·马尔克斯、萨尔曼·拉什迪、卡洛斯·富恩特斯、奇努阿·阿奇比、沃莱·索因卡、法耶兹·阿哈迈德·法耶兹和许多其他类型的人，就是讨论一种新颖的、正在出现的文化。"[291] 而从某种意义上说，这也是对一个批评家或比较文学学者所提出的挑战。遗憾的是，由于篇幅的限制，萨义德并未对上述作家展开讨论。正如他所言："我敢肯定，没有人希望这本书比现在更长了。"[292]

的确，我们也敢肯定，没有人希望我们这本书比现在更长的了。那么，还是就此打住吧。

---

[289] 萨义德：《文化与帝国主义》，李琨译，生活·读书·新知三联书店，2003 年，第 3 页。
[290] 同上书，"前言"，第 4 页。
[291] 同上书，第 346 页。
[292] 同上书，"前言"，第 17 页。

主要参考文献

中文参考书目

阿诺德:《文化与无政府状态》,韩敏中译,生活·读书·新知三联书店,2002年。
爱默生:《爱默生集》(2卷),赵一凡等译,生活·读书·新知三联书店,1993年。
奥尔巴赫:《摹仿论》,吴麟绶等译,百花文艺出版社,2002年。
奥古斯丁:《忏悔录》,周士良译,商务印书馆,1963年。
巴赫金:《巴赫金全集》(6卷),白春仁等译,河北教育出版社,1998年。
罗兰·巴特:《批评与真实》,温晋仪译,上海人民出版社,1999年。
　　《S/Z》,屠友详译,上海人民出版社,2000年。
　　《符号学原理》,王东亮等译,生活·读书·新知三联书店,1999年。
欧文·白璧德:《文学与美国的大学》,张沛译,北京大学出版社,2004年。
　　《卢梭与浪漫主义》,孙宜学译,河北教育出版社,2001年。
　　《法国现代批评大师》,孙宜学译,广西师范大学出版社,2002年。
别林斯基:《别林斯基选集》(6卷),满涛、辛未艾译,上海译文出版社,1979—2006年。
本雅明:《启迪:本雅明文选》,张旭东等译,生活·读书·新知三联书店,2008年。
　　《德国悲剧的起源》,陈永国译,文化艺术出版社,2001年。
　　《巴黎,19世纪的首都》,刘北成译,上海人民出版社,2006年。
波德莱尔:《波德莱尔美学论文选》,郭宏安译,人民文学出版社,1987年。
柏拉图:《文艺对话集》,朱光潜译,人民文学出版社,1980年。
勃兰兑斯:《十九世纪文学主流》(6卷),多人译,人民文学出版社,1980—1986年。
哈罗德·布鲁姆:《影响的焦虑》,徐文博译,江苏教育出版社,2006年。
　　《误读图示》,朱立元、陈克明译,天津人民出版社,2008年。
布瓦洛:《诗的艺术》,任典译,人民文学出版社,1959年。
车尔尼雪夫斯基:《艺术与现实的审美关系》,周扬译,人民文学出版社,1979年。
　　《车尔尼雪夫斯基论文学》(3卷),辛未艾译,上海译文出版社,1979—1982年。
德里达:《论文字学》,汪堂家译,上海译文出版社,1999年。
　　《书写与差异》,张宁译,生活·读书·新知三联书店,2001年。

《声音与现象》,杜小真译,商务印书馆,2002年。

《多重立场》,佘碧平译,生活·读书·新知三联书店,2004年。

狄德罗:《狄德罗美学论文选》,多人译,人民文学出版社,1984年。

杜勃罗留波夫:《杜勃罗留波夫选集》(2卷),辛未艾译,上海译文出版社,1983年。

弗洛伊德:《释梦》,孙名之译,商务印书馆,1996年。

《弗洛伊德论美文选》,张唤民译,知识出版社,1987年。

伏尔泰:《伏尔泰论文艺》,丁世中译,人民文学出版社,1993年。

歌德:《歌德谈话录》,爱克曼辑录,朱光潜译,人民文学出版社,1978年。

海德格尔:《存在与时间》,陈嘉映译,生活·读书·新知三联书店,1987年。

赫士列特、穆勒等:《十九世纪英国文论选》,多人译,人民文学出版社,1986年。

贺拉斯:《诗艺》,杨周翰译,人民文学出版社,1962年。

黑格尔:《美学》(3卷),朱光潜译,商务印书馆,1979年。

华兹华斯等:《十九世纪英国诗人论诗》,多人译,人民文学出版社,1984年。

加达默尔:《真理与方法》,洪汉鼎译,上海译文出版社,1999年。

凯·埃·吉尔伯特、赫·库恩:《美学史》,夏乾丰译,上海译文出版社,1989年。

康德:《判断力批判》,上卷,宗白华译,商务印书馆,1964年。

克罗齐:《美学原理 美学纲要》,朱光潜等译,外国文学出版社,1983年。

《美学或艺术和语言哲学》,黄文捷译,中国社会科学出版社,1992年。

莱辛:《拉奥孔》,朱光潜译,人民文学出版社,1979年。

《汉堡剧评》,张黎译,上海译文出版社,1981年。

朗松:《方法、批评及文学史:朗松文论选》,徐继曾译,中国社会科学出版社,1992年。

利维斯:《伟大的传统》,袁伟译,生活·读书·新知三联书店,2002年。

卢卡契:《卢卡契文学论文集》(2卷),多人译,中国社会科学出版社,1981年。

《卢卡契文学论文选》,范大灿编选,人民文学出版社,1986年。

卢梭:《论戏剧》,王子野译,生活·读书·新知三联书店,1991年。

J.希利斯·米勒:《小说与重复》,王宏图译,天津人民出版社,2008年。

《重申解构主义》,郭英剑等译,中国社会科学出版社,1998年。

尼采:《悲剧的诞生:尼采美学文选》,周国平译,生活·读书·新知三联书店,1986年。

普鲁斯特:《驳圣勃夫》,王道乾译,百花文艺出版社,1992年。

热拉尔·热奈特:《叙事话语 新叙事话语》,王文融译,中国社会科学出版社,1990年。

萨特:《萨特文论选》,施康强译,人民文学出版社,1991年。

爱德华·W.萨义德:《东方学》,王宇根译,生活·读书·新知三联书店,2007年。

《文化与帝国主义》,李琨译,生活·读书·新知三联书店,2003年。

《世界·文本·批评家》,李自修译,生活·读书·新知三联书店,2009年。

拉曼·塞尔登等:《当代文学理论导读》,刘象愚译,北京大学出版社,2006年。

桑塔耶纳：《美感》，缪灵珠译，中国社会科学出版社，1982年。
什克洛夫斯基：《散文理论》，刘宗次译，百花洲文艺出版社，1994年。
弗·史雷格尔：《浪漫派风格——史雷格尔批评文集》，李伯杰译，华夏出版社，2005年。
叔本华：《作为意志和表象的世界》，石冲白译，商务印书馆，1982年。
斯达尔夫人：《德国的文学与艺术》，丁世中译，人民文学出版社，1981年。
　《论文学》，徐继曾译，人民文学出版社，1986年。
约翰·斯特罗克：《结构主义以来》，渠东等译，辽宁教育出版社，1998年。
司汤达：《拉辛与莎士比亚》，王道乾译，上海译文出版社，1979年。
索绪尔：《普通语言学教程》，高名凯译，商务印书馆，1980年。
让-伊夫·塔迪埃：《20世纪的文学批评》，史忠义译，百花文艺出版社，1998年。
泰纳：《艺术哲学》，傅雷译，人民文学出版社，1963年。
托多洛夫：《批评的批评》，王东亮等译，生活·读书·新知三联书店，1988年。
托多洛夫编选：《俄苏形式主义文论选》，蔡鸿宾译，中国社会科学出版社，1990年。
托尔斯泰：《艺术论》，丰陈宝译，人民文学出版社，1958年。
　《托尔斯泰论创作》，戴启篁译，漓江出版社，1982年。
瓦莱里：《文艺杂谈》，段映红译，百花文艺出版社，2002年。
韦勒克、沃伦：《文学理论》，刘象愚等译，生活·读书·新知三联书店，1984年。
雷蒙德·威廉斯：《文化与社会》，吴松江等译，北京大学出版社，1991年。
席勒：《美育书简》，徐恒醇译，中国文联出版公司，1984年。
亚理斯多德：《诗学》，罗念生译，人民文学出版社，1962年。
特里·伊格尔顿：《二十世纪西方文学理论》，伍晓明译，北京大学出版社，2007年。
　《理论之后》，商正译，商务印书馆，2009年。
罗曼·英加登：《论文学作品》，张振辉译，河南大学出版社，2008年。
雨果：《雨果论文学》，柳鸣九译，上海译文出版社，1980年。

英文参考书目

Abrams, M. H., *The Mirror and the Lamp*, Oxford University Press, 1953.
Adams, Hazard, ed., *Critical Theory since Plato*, Harcourt Brace Jovanovich, Inc., 1971.
Adams, H., and L. Searle ed.,*Critical Theory since 1965*, Florida State University Press, 1986.
Arnold, Matthew, *Essays in Criticism*, First Series, The Macmillan Company, 1924.
　Essays in Criticism, Second Series, The Macmillan Company, 1924.
Auerbach, Erich, *Mimesis: The Representation of Reality in Western Literature*, Princeton University Press, 1953.
Babbitt, Irving, *The Masters of Modern French Criticism*, Houghton Mifflin Company, 1923.
　Rousseau and Romanticism, University of Texas Press, 1977.

Barthes, Roland, *Writing Degree Zero*, The Noonday Press, 1968.
    A Barthes Reader, Vintage, 1993.
    The Pleasure of the Text, Basil Blackwell Ltd., 1995.
    S / Z, The Noonday Press, 1991.
Bate, Walter Jackson ed., *Criticism: The Major Texts*, Harcourt Brace Jovanovich, Inc., 1970.
Booth, C. Wayne, *Rhetoric of Fiction*, 2nd edition, The University of Chicago Press, 1983.
Bloom, Harold, *A Map of Misreading*, Oxford University Press, 1975.
Brooks, Cleanth, *The Well Wrought Urn*, Harcourt Brace & World, Inc., 1947.
    Modern Poetry and the Tradition, The University of North Carolina Press, 1939.
Coleridge, S. T., *Biographia Literaria*, London: J. M. Dent, 1906.
    Lectures and Notes on Shakespeare, George Bell & Sons, Covent Garden, 1893.
Culler, Jonathan, *Structuralist Poetics*, Cornell University Press, 1975.
    On Deconstruction, Cornell University Press, 1982.
Derrida, Jacque, *Of Grammatology*, The Johns Hopkins University Press, 1974.
    Positions, The University of Chicago Press, 1981.
    Dissemination, The University of Chicago Press, 1981.
    Margins of Philosophy, The University of Chicago Press, 1982.
Eagleton, Terry, *Literary Theory: An Introduction*, Blackwell Publishers Ltd., 1996.
Eliot, T. S., *Selected Essays*, Faber & Faber Limited, 1932.
    The Use of Poetry and the Use of Criticism, Faber and Faber Limited, 1933.
Frye, Northrop, *Anatomy of Criticism*, Princeton University Press, 1957.
    Fables of Identity, Harcourt, Brace & World, Inc., 1963.
Iser, Wolfgang, *The Implied Reader*, The Johns Hopkins University Press, 1974.
    The Act of Reading, The Johns Hopkins University Press, 1978.
Jauss, Hans Robert, *Toward an Aesthetic of Reception*, University of Minnesota Press, 1982.
Keats, John, *John Keats Selected Poems and Letters*, Houghton Mifflin Company, 1959.
Leitch, Vincent B., *American Literary Criticism: From the Thirties to the Eighties*, Columbia University Press, 1988.
    The Norton Anthology of Theory and Criticism, W. W. Norton & Company, Inc., 2001.
Lemon, L. T. and M. J. Reis ed., *Russian Formalist Criticism: Four Essays*, University of Nebraska Press, 1965.
Lentricchia, Frank, *After the New Criticism*, The University of Chicago Press, 1980.
Leavis, F. R., *Revaluation: Tradition and Development in English Poetry*, W. W. Norton & Company Inc., 1963.
Lodge, David, ed., *20 th Century Literary Criticism: A Reader*, Longman Group Limited, 1972.
    Modern Criticism and Theory: A Reader, Longman Group Limited, 1988.
Lukács, Georg, *Studies in European Realism*, New York: Grosset & Dunlap, 1964.
Miller, J. Hillis, *The Form of Victorian Fiction*, Cleveland, Ohio: Arete Press, 1968.

Fiction and Repetition, Basil Blackwell Publisher Limited, 1982.

Theory Now and Then, Harvester Wheatsheaf, 1991.

Owen, W. J. B. ed., *Wordsworth's Literary Criticism*, Routledge & Kegan Paul Ltd., 1974.

Ransom, J. C. , *The World's Body*, Charles Scribner's Sons, 1938.

The New Criticism, New Direction Publishing Corporation, 1941.

Selected Essays of John Crowe Ransom, Louisiana State University Press, 1984.

Richards, I. A., *Principles of Literary Criticism*, Routledge and Kegan Paul Ltd., 1976.

Practical Criticism, Kegan Paul, Trench, Trubner & Co. Ltd., 1935.

Sainte-Beuve, *Sainte-Beuve Selected Essays*, Doubleday & Company, Inc., 1963.

Saintsbury, George, *A History of Criticism and Literary Taste in Europe*, 3 vols., William Blackwood and Sons, 1928.

Schlegel, Frederick, *Lectures on the History of Literature: Ancient and Modern*, Bell & Daldy, York Street, Covent Garden, 1873.

Valéry, Paul, *The Art of Poetry*, Routledge & Kegan Paul Ltd., 1958.

Wimsatt, W. K., *The Verbal Icon,* University of Kentucky Press, 1954.

Wimsatt, W. K. & Brooks, C., *Literary Criticism: A Short History*, Alfred A. Knopf, 1957.

Wellek, René, *A History of Modern Criticism*, 8 vols. Yale University Press, 1955—1992.

Concepts of Criticism, Yale University Press, 1963.

Discriminations: Further Concepts of Criticism, Yale University Press, 1970.

The Attack on Literature and Other Essays, Yale University Press, 1982.

后　记

撰写这样一部批评史著作,是我多年的夙愿。然而,对我来说,这又是一次多么漫长而艰辛的跋涉啊!

回想起来,倘若从1985年第一次去北京查阅相关资料算起,已过去了二十七年。倘若从1990年开设相关课程算起,也已过去了二十二个春秋。如果说当初这门学问还很少有人问津的话,那么,这些年来,随着大规模的译介活动,西方文学理论不仅潮水般地涌入中国,对它的研究也成了当下的"显学"。相形之下,我的研究进度便显得有点不合时宜,依然按部就班地读书,依然不紧不慢地写作。不知不觉间,时光就这样逝去了。直到如今我已不再年轻,才最终交出了这样一份"答卷"。

我也深知,西方文学批评史研究是一门艰深的学问,对我的知识储备和理论修养都是一个巨大的挑战。面对浩如烟海的文献资料,面对花样繁多的批评理论,我时常感到力不从心,徒叹无奈!但既然当初选择了这条道路,那就只能义无反顾地走下去。的确,如果说最初的动力来自于读书的兴趣,那么,在此后的岁月里,激励我的则是对一种学术境界的向往,也是对青年时代理想的忠诚。"几分耕耘,几分收获",这本是一个最朴实的道理,但我却用了这么多年才领悟其中的含义。

当然,这并不意味着眼下的这份"答卷"是完美无缺的。由于这一课题本身的研究难度,也由于我在学识方面的种种局限,因而这份"答卷"仍然是有待进一步探讨的读书心得。举例来说,本书所评述的许多批评家都堪称学术史上里程碑式的人物,理应做专题研究,但我却因为战线拉得太长了,就难以对他们作更深入细致的研究。此外,批评史研究必然会涉及许多文学理论问题,尤其是那些新潮批评家提出的见解,往往在学界引起很大争议,而我却囿于自己的理论视野,时常陷入无所依循的困境。更何况,历史上的批评家多如繁星,相关文献资料也汗牛充栋,我不可能将其穷尽，只能有所选择，同时也有所割舍。所有这些遗憾与不足，还望读者批评指正。

作为一名教师，我的研究工作始终是与教书生涯相伴随的。自从我开设这门课程以来，许多学生对西方文学批评产生了浓厚的兴趣，同时也提出了种种值得思考的问题。正是这些来自学生的反馈，使这部书稿在不断修改中得以充实和提高。同时，在漫长的研究过程中，我的家人、同事和朋友也给了我诸多帮助。对于来自各方的支持和鼓励，我深为感铭。

本书为教育部人文社会科学研究基金项目成果（批准号08JA752006）。需要说明的是，由于此前已出版了《文学理论：从柏拉图到德里达》（北京大学出版社，2009年）一书，因而此次增订遵从出版社的意见，仍然沿用了原先的书名，尽管内容上已作了很大修改和充实，篇幅也从原来的40万字增加到了70万字。此外，本书的写作也得到了吉林大学哲学社会科学研究项目和吉林大学研究生院的经费资助，在此一并致谢！

最后，我还要感谢北京大学出版社，感谢本书的责任编辑于海冰博士。正是他们的热情支持，使本书得以顺利出版。于海冰博士的精湛业务和敬业精神，尤令我心存感激。

2012年4月1日于长春

第三版补记

拙著《文学理论：从柏拉图到德里达》（第2版）问世于2012年年底，两年后售罄，出版社建议我修订再版。不用说，这让我感到十分高兴。我从事西方文学批评史研究近三十年，还有什么能比获得读者的认可更令人欣慰的呢？

不过，出版社这次要我做的不是加法，而是减法，即将70多万字删改成50万字左右，一则力求内容更为精炼，二则或可使书价不至于太贵。于是就有了这第三版，但愿它没有辜负读者的期待。

2015年3月10日